《红楼梦》中的文化密码

周晓波 张劲松 雷庭来 著

巴蜀书社

图书在版编目（CIP）数据

《红楼梦》中的文化密码/周晓波，张劲松，雷庭来著. —成都：巴蜀书社，2019.2

ISBN 978-7-5531-1094-3

Ⅰ.①红… Ⅱ.①周…②张…③雷… Ⅲ.①《红楼梦》研究Ⅳ.①I207.411

中国版本图书馆 CIP 数据核字（2018）第 300087 号

《红楼梦》中的文化密码 周晓波 张劲松 雷庭来 著

策划组稿
责任编辑 何 锐
封面设计 何东琳
内文设计 何 玄
出 版 巴蜀书社
成都市槐树街 2 号 邮编 610031
总编室电话：(028)86259397
网 址 www.bsbook.com
发 行 巴蜀书社
发行科电话：(028)86259422 86259423
经 销 新华书店
照 排 四川胜翔数码印务设计有限公司
印 刷 成都东江印务有限公司（028）82601551
版 次 2019 年 2 月第 1 版
印 次 2019 年 2 月第 1 次印刷
成品尺寸 170mm×240mm
印 张 23.5
字 数 340 千
印 数 1～3000 册
书 号 ISBN 978-7-5531-1094-3
定 价 52.00 元

目 录

《红楼梦》的版本系统及其争议

版本，是指某一图书经过多次传抄、刻印或以其他方式而演变流传成为各种不同的本子。《水浒传》就有七十回、一百回、一一〇回、一一五回、一二〇回等不同版本，《金瓶梅》亦有词话本、绣像本、张评本三个系统。而《红楼梦》作为中国古典小说的集大成者，版本更是众多。总的来说主要分为抄本系统和刻本系统。

抄本系统顾名思义就是早期靠人工抄写流传的《红楼梦》版本，这些早期抄本大多夹杂着脂砚斋等人的评语，且在小说流传的过程中，这些评语也一起流传下来，甚至很多早期版本的名字直接就叫《脂砚斋重评石头记》，所以抄本又叫作脂评本、脂本。

《红楼梦》经过曹雪芹在悼红轩中“披阅十载、增删五次”，在这长时间的创作过程中，书稿就被其亲友以手抄本的形式在圈子内流传阅读。如果说曹雪芹创作的底稿是“红楼始祖”的话，那这些传出来的抄本就是二世祖、三世祖……但是随着《红楼梦》的广泛流传，名气越来越大，受众越来越多，便衍生出许多牟利之人，他们以某一抄本为底本，找来大量誊抄书籍的工匠，开始大量复制《红楼梦》，借以谋取利益，以致后期的很多抄本会出现前后字迹不一的情况，这就是由几个工匠同抄一本导致的。还因为很多抄书工匠文化水平并不高，以至于抄出前后不一的错字、漏字，甚至他们还会擅自修改某些原文等情况。当然，由于《红楼梦》的创作过程十分漫长，而作者又几经修改，所以还造成了许多抄本之间章回名字不同、人物内容不同、故事情节不同等等问题。但不管这些抄本是父子关系，还是兄弟关系，他们都或多或少保留了底本的面貌。

由于《红楼梦》的抄本众多，较为重要的有以下几种。

（一）甲戌本：此本全称《脂砚斋重评石头记》，由于此本第一回第八页有“至脂砚斋甲戌抄阅再评”字样，所以简称为“甲戌本”，“甲戌”即乾隆十九年（公元1754年），此本流传时曹雪芹尚在人间。虽然此本残缺，只存十六回内容（第一回至第八回、第十三回至第十六回、第二十五至第二十八回），但书中存有大量的批语，实在弥足珍贵。但我们今天看到的“甲戌本”并非1754年的那个本子，而是此本的“过录本”（依照一个本子誊录过来），因为其中出现了很多甲戌年之后的批语，好在其“过录”次数不多，应该是最接近原始母本的。

此本在流传过程中被晚清官吏刘诠福收藏过，后又辗转被胡适购得，胡适离开大陆时，只带了两部书，其中一部就是“甲戌本”，可见其钟爱程度。后“甲戌本”经胡适漂洋过海，带到美国，先藏于纽约康奈尔大学图书馆，现被上海市博物馆购回收藏。

（二）己卯本：全称《乾隆己卯四阅评本脂砚斋重评石头记》，因书中有“己卯冬月定本”字样，所以称之为“己卯本”。“己卯”即乾隆二十四年（1759），按冯其庸所说：“当然这个年份是指底本的年份而不是现在这个本子的抄定的年份”，所以现如今的“己卯本”，也只是1759年的“过录本”。“甲戌本”是重评，“己卯本”是四阅，可惜初评本和三评本没有流传下来。此本虽也是残本，但较之“甲戌本”保留内容多了两三倍。有完整的四十三回和两个半回内容。据考证现在过录的“己卯本”是由乾隆时期的怡亲王弘晓主持的，因为“己卯本”正文的避讳现象中，除了避国讳“玄”和“禛”，还避两代怡亲王胤祥和弘晓的名讳“祥”和“晓”。据此判定为清代怡亲王弘晓府中的原抄本。后经董康、陶洙收藏，现藏于北京图书馆。

（三）庚辰本：因书中有“庚辰秋月定本”字样，所以简称为“庚辰本”，“庚辰”即乾隆二十五年（1760）。由于此版本内容与“己卯本”极其相似，而年代上又仅隔一年，所以冯其庸论断“庚辰本”是由“己卯本”过录而来（详见《论庚辰本》)。此本基本保存了前八十回内容，现存七十八回，缺六十四回和六十七回。原被徐星署收藏，现藏于北京大学图书馆。

（四）戚序本：此本书名《石头记》，由于书前有一位署名“戚蓼生”的人写有序言，所以简称为“戚序本”，此本有完整的前八十回内容，戚蓼生曾与一个叫狄楚青的书商合作，在书上是印行“国初抄本”来证明自己是最接近曹雪芹的初稿版本，而“戚序本”又有“有正本”和“南图本”两个兄弟版本，“有正本”是清末民初有正书局石印的版本，故以此命名；“南图本”由于现藏于南京图书馆，故以此命名。两个版本内容大同小异，都是根据共同底本过录而来的抄本。

（五）王府本：据说曾由清朝某蒙古王府旧藏，名为《石头记》，又称“蒙古王府本”、“蒙府本”等等，共有一百二十回，而且还有程伟元的序。这可不是我们后来意义上的通行本，它的前八十回用的是朱丝栏粉纸，后十四回用的白纸。除纸张不同外，前八十回除补抄的第五十七回至六十二回外，其余七十四回与“戚序本”基本一致，所以“王府本”的前八十回要么是照抄的“戚序本”，要么就是和“戚序本”抄的一个底本。后四十回是根据程甲本抄配的，序也是抄来的。但抛开补抄的内容来说，原有内容是从没出现通行本以前的一种在贵族家庭间流传的手抄本过录的，属于古本性质。此本现藏于北京图书馆。

（六）列藏本：是 1962 年春，苏联汉学家李福清在苏联亚洲人民研究所列宁格勒分所发现的一部古抄本，由于苏联解体后，列宁格勒更名为圣彼得堡，所以此本又叫“列宁格勒藏本”“圣彼得堡藏本”“俄藏本”等名。此本是清道光十二年（1832）由传教士库尔良采夫带回俄国。此本第七十九回与八十回尚未分回，合为一章，八十回内容中缺了第五回与第六回。眉批、侧批虽未署名，但属于早期批语，可确定为“脂批本”的古抄本。

（七）梦稿本：此本曾被清末官员杨继振收藏，杨继振卷首题记“兰墅太史手定《红楼梦稿》百廿卷”，1963年中华书局将此书影印出版，定名为《乾隆抄本百廿回红楼梦稿》，所以此书既名“梦稿本”，又称“杨藏本”。之前所有抄本都叫《石头记》，而此书最早出现“红楼梦”字样。它是个一百二十回的手抄本，后四十回大体是抄自程甲本，前八十回所依据的过录本看来比较复杂，是用几种流传在社会上的手抄本拼合而成的。关于此本的成书过程极其复杂，学界又多有争论。最有意思的是在第七十八回末有“兰墅阅过”四字，兰墅是高鹗的别号，所以一些学者认为此本极有可能是后来“程甲本”的原稿，但俞平伯又认为“梦稿本”的许多修改内容与程乙本接轨，所以并非“程甲本”底稿。至今学界有将此本归于脂本系统，亦有归于程本系统的。现“梦稿本”收藏于中国社会科学院文学研究所。

（八）梦觉本：因卷首有甲辰岁梦觉主人序，故名，这个序写于乾隆甲辰年，也就是乾隆四十九年（1784），所以又叫“甲辰本”。此本题名《红楼梦》，共八十回，在“梦觉本”第四十九回回前总评这样写道“原本评注过多，未免旁杂，反扰正文。今删去，以俟观者凝思入妙，愈显作者之灵机耳”。所以此本原本是脂本，但梦觉主人觉得有碍阅读，就把脂批大量删弃了。而此本之中出现大批异文，被“程高本”所沿袭，所以可以推断的是此本是脂评本向程高本过渡的桥梁。

（九）舒序本：这个手抄本题名为《红楼梦》，因为书前有一位叫舒元炜的人作序，故称“舒序本”。又因此本为红学家吴晓玲收藏，所以又称“吴藏本”。此本原来是一个八十回的抄本，但现在只存前四十回。它的过录时间可以确定为乾隆五十四年（1789）。“舒序本”中脂批虽然不多，但出现很多较之其他抄本不同的文字内容。例如太虚幻境的牌坊楹联诸本都是“假作真时真亦假，无为有处有还无”，可“舒序本”独作“色色空空地，真真假假天”。由于“舒序本”是一个拼凑版本，舒元炜在序言中提到说：“就现在之五十三篇，特加雠校。借邻家之二十七卷，合付抄胥。”所以这些异文极有可能是舒元炜在雠校过程中自己修改的。

抄本之中，除了以上所述重要的版本之外，郑振铎收藏的仅存两回版本“郑藏本”，卞亦文收藏的仅存十回的“卞藏本”，原本由靖应鹍收藏的“靖藏本”可惜1964年后下落不明，由于此本已经遗失，所以真假尚有待分辨。除此之外，坊间还流传着很多伪造版本，虽也是手抄本，但内容离奇、文笔粗俗不堪，实在很难以《红楼梦》给它们冠名，则不一一赘述。如要阅读抄本系统，可从脂批数量与完整程度入手。想侧重探究脂砚斋批语，可优先选择甲戌本、己卯本、庚辰本三个版本，此三本脂批众多，尤以甲戌本为最。想侧重探究前八十回内容可从庚辰本、戚序本、蒙古本、列藏本等版本入手。

除却抄本系统，最为重要的就是刻本系统了，刻本系统又称“程高本”，是程伟元、高鹗木活字排印的一百二十回通行本。本来《红楼梦》都是以前八十回的手抄本流传于世，据书商程伟元的序言提到：“一日偶与鼓担上得十余卷，遂重价购之，欣然翻阅，见起前后起伏，尚属接榫，然漶漫不可收拾。及同友人细加厘剔，截长补短，抄成全部，复为镌板，以公同好，红楼全书始自是告成。”程伟元说他偶然遇到一个挑夫货郎，见到了后四十回的十余卷内容，便重金购买。这残卷内容与前八十回虽能接上，但故事内容衔接上不够协调，他便邀请一位朋友，增减内容，加以整理，于是一百二十回《红楼梦》全本就此告成。当然程伟元找的那位朋友自然就是高鹗。

乾隆五十六年（1791）第一本套全本印刷的《红楼梦》出版，我们称之为“程甲本”。程甲本印行七十多天后，次年即乾隆五十七年（1792），程伟元又出版了第二版《红楼梦》，我们称之为“程乙本”。程甲本可能由于出版仓促以及排字人员的文化水平低下，致使文中出现了大量的错字、漏字。所以程乙本的出版，是经过一轮审阅的。程伟元和高鹗声称“复聚集各原本详加校阅，改订无讹”，除了修改第一版的讹误，程乙本还将程甲本中的许多语言表达、措辞造句进行了修改。这也就是程乙本被后人诟病的很大一个原因。虽然程乙本信誓旦旦地说“改订无讹”，但仔细阅读还是会发现一些错字。

程乙本与程甲本的版式插图等完全一样，但文字上有两万多字内容被进行了修改，且多出一篇由程伟元和高鹗联合署名的“引言”，从程高本出版之后，一系列的评本、绣像本都是以此为母本。由于程甲本与程乙本互为表里，所以要阅读刻本系统可以两个版本都参照进行。

然程高本的问世，的确对《红楼梦》的流传，以及在文学的完整价值上起到了不可磨灭的贡献，但也为后人和学术界带来了无尽的疑惑和争议。其一大争议就是曹雪芹写完全书和续书作者之争。

以胡适、俞平伯、顾颉刚、张爱玲、吴世昌、周汝昌、蔡义江等学者为首的群体认为后四十回乃高鹗续作。张爱玲在《红楼梦魇》中就提到人生第三恨是“《红楼》未完”，并且认为：“小时候看《红楼梦》看到八十回后，一个个人物都语言无味，面目可憎起来，我只抱怨‘怎么后来不好看了?’……很久以后才听见说后四十回是有一个高鹗续的。怪不得！也没深究。”

以王国维、林语堂、王蒙、白先勇等学者为首的群体，认为一百二十回皆曹雪芹所作，只是后四十回为遗稿、残稿。林语堂在《平心论高鹗》中说：“后四十回系据曹雪芹原作的遗稿而补订的，而非高鹗所能作。”白先勇甚至说：“后四十回的文字丰采、艺术价值绝对不输前八十回，有几处可能还有过之。……而我感到我这一生中最幸运的事情之一就是能够读到程伟元和高鹗整理出来的一百二十回全本《红楼梦》，这部震古铄今的文学经典巨作。”

如今随着人民文学出版社将《红楼梦》作者由之前的高鹗，改为无名氏，现在又演变出无名氏续书的说法。

但笔者认为，《红楼梦》前后内容作者非曹雪芹莫属，后四十回的文字也确如白先勇所说不逊前八十回，包括其中“黛玉抚琴”、“宝钗出嫁”、“黛玉之死”、“宝玉洒泪”、“鸳鸯自尽”、“袭人出嫁”、“宝玉出家”等等故事都精彩异常。但之所以为人质疑就是因为家破人亡、故事太悲，而读者又都是喜聚不喜散、喜乐不喜悲。所以主观上就倾向于后四十回不如前八十回，且非出自曹雪芹之笔。虽然后四十回的确写得不错，却也有很多硬伤，例如妙玉作为“金陵十二钗”正册的女主角，结局却草草收场；巧姐也作为“金陵十二钗”正册的女主角在刘姥姥走后竟然没了下文等等不尽善尽美的地方。这可能就和程伟元、高鹗的整理有很大关系了。

而且笔者还有一个小小的质疑，程伟元以“一日偶与鼓担上得十余卷，遂重价购之”叙述了他遇见后四十回的经历，可是“鼓担”一词虽未明言，读者都知道是挑夫走卒之流，笔者常年混迹古玩旧货市场之间，曾亲见一买家于收废品的挑夫箩筐中以低廉之价，收购到一部清代《康熙字典》。既然程伟元在这类人群中遇到后四十回遗稿，又岂会花费“重价购之”？岂非前后有所矛盾。但也确如冯其庸所说：“要否定这段话，没有确凿的、充分的证据是不行的。” （雷庭来）

《红楼梦》各个版本对阅读的影响

《红楼梦》虽然版本众多，对于小说主体内容上各个版本都是一致的，只是各版本彼此之间文字上存在着些许的差异，这其实对小说本身阅读是没有多大影响的。但细究这些差异，却还是有高低优劣之分。

兹以甲戌本和程甲本的开篇第一回为例。

甲戌本：

一日，正当嗟悼之际，俄见一僧一道远远而来，生得骨格不凡，丰神迥别，说说笑笑来至峰下，坐于石边高谈快论。先是说些云山雾海、神仙玄幻之事，后便说到红尘中荣华富贵。此石听了，不觉打动凡心，也想要到人间去享一享这荣华富贵，但自恨粗蠢，不得已，便口吐人言，向那僧道说道：“大师，弟子蠢物，不能见礼了。适闻二位谈那人世间荣耀繁华，心切慕之．弟子质虽粗蠢，性却稍通，况见二师仙形道体，定非凡品，必有补天济世之材，利物济人之德。如蒙发一点慈心，携带弟子得入红尘，在那富贵场中、温柔乡里受享几年，自当永佩洪恩，万劫不忘也。”二仙师听毕，齐憨笑道：“善哉，善哉！那红尘中有却有些乐事，但不能永远依恃，况又有‘美中不足，好事多魔’八个字紧相连属，瞬息间则又乐极悲生、人非物换，究竟是到头一梦、万境归空，倒不如不去的好。”这石凡心已炽，那里听得进这话去，乃复苦求再四。二仙知不可强制，乃叹道：“此亦静极思动，无中生有之数也。既如此，我们便携你去受享受享。只是到不得意时，切莫后悔。”石道：“自然，自然。”那僧又道：“若说你性灵，却又如此质蠢，并更无奇贵之处，如此也只好踮脚而已。也罢，我如今大施佛法助你助，待劫终之日，复还本质，以了此案，你道好否？”石头听了，感谢不尽。那僧便念咒书符，大展幻术，将一块大石登时变成一块鲜明莹洁的美玉，且又缩成扇坠大小的可佩可拿。

程甲本：

一日，正当嗟悼之际，俄见一僧一道远远而来，生得骨格不凡，丰神迥异，来到这青埂峰下，见着这块鲜莹明洁的石头，且又缩成扇坠一般，甚属可爱。

这是青埂峰下那块女娲石偶遇茫茫大士、渺渺真人时的场景，这“顽石”变成“通灵宝玉”在甲戌本中是有过程的，而且一僧一道与石头的对话也颇有趣味，可到了程甲本中，这一僧一道毫无缘由就把石头带到凡间去历劫，内容一下子少了四五百字，最为重要的是，这一僧一道施法将石头变成了美玉，而不是像程甲本中那样一见到就是美玉，这与后面故事的发展也有很大关联，例如在第二十五回贾宝玉和王熙凤被马道婆赵姨娘施了厌胜巫术、命悬一线，幸得一僧一道解救。那和尚拿着“通灵宝玉”便说："青埂峰一别，展眼已过十三载矣！人世光阴，如此迅速，尘缘满日，若似弹指！可羡你当时的那段好处：天不拘兮地不羁，心头无喜亦无悲，却因锻炼通灵后，便向人间觅是非。可叹你今日这番经历：粉渍脂痕污宝光，绮栊昼夜困鸳鸯。沉酣一梦终须醒，冤孽偿清好散场！"这话和青埂峰相见时说的"乐极悲生、人非物换，究竟是到头一梦、万境归空"是前后照应的。显然在故事情节上甲戌本更符合逻辑，并且故事完整，又耐人寻味。程甲本的寥寥数语就没那么生动了。

除了段落与段落之间的不同，句与句也有不同。比如第三回林黛玉进贾府，宝黛初次见面，借宝玉之视觉描述黛玉眉眼时，各个版本都有差异。

两弯似蹙非蹙笼烟眉，一双似喜非喜含情目。（甲戌本）

两弯似蹙非蹙罥烟眉，一双似笑非笑含露目。（己卯本）

两弯半蹙罥鹅眉，一双多情杏眼。（庚辰本）

两弯似蹙非蹙罩烟眉，一双俊目。（戚序本、王府本）

两弯似蹙非蹙罥烟眉，一双似泣非泣含露目。（列藏本）

两弯似蹙非蹙罥烟眉，一双似飘非飘含露目。（卞藏本）

两弯似蹙非蹙笼烟眉，一双似喜非喜含情目。（程甲本、程乙本）

寥寥数字，诸版本都略有差异。但从形式来看，庚辰本最为另类。前一句对于眉毛的描绘，争议主要在"笼"和"罥"字上，至于戚序本、王府本里的"罩"极有可能是过录的时候抄错了，而且"罩"和"笼"虽意思相近，但用在此处，"罩"字显然落了下乘。再说回"笼"和"罥"，"笼"可以有"烟笼寒水月笼沙"之意，与烟搭配是没有问题的，但此处是形容黛玉的眉毛，如果用"笼"，显然就面目模糊了，缺乏眉清目秀的美感。而"罥"字从网字头，既有"笼"的含义，又有小巧、缠绕之意，既写出了黛玉的眉毛精巧弯曲，又带着一种朦胧美。所以显然用"罥"字更胜一筹。

而对于眼睛的描绘，到底是"含情目"还是"含露目"这就不好说了，说是“含情目”，可理解为宝黛初次见面，情人眼里出西施，黛玉眼光中透露出的对于宝玉的似曾相识之深情。但“含露目”也可理解为黛玉天生眼中含泪，似泣非泣，并且黛玉初见贾母，宝玉来之前就哭过一场，眼中含泪也属正常，更重要的是这“露”一语双关，既指泪水，更有“木石前盟”黛玉下凡来还宝玉露水灌溉之恩的隐喻。何况宝玉常说“女儿是水作的骨肉”，黛玉眼中含露正和宝玉的审美一致。

即便版本众多，但每一则都算是古代描写女子面容的杰出之作，难怪脂砚斋在此点评到“奇眉妙眉，奇想妙想；奇目妙目，奇想妙想”。虽然只有细微的差别，仍可见作者创作过程的思虑，以及文笔的奇巧。

除了句与句之间的不同，许多字的不同，使得对小说意义的解读也有所不同。曹雪芹用字，颇有诗词炼字之妙。例如在第十三回讲述秦可卿死了，给王熙凤托梦之后，凤姐吓醒，贾府上下都知道了秦可卿的死讯，文中这样描写到：“彼时合家皆知，无不纳罕，都有些疑心。”除了戚序本和程乙本在此处写的是“伤心”，其他每个版本都用的“疑心”。

至于“伤心”和“疑心”一字之差，显然后者更好更妙。秦可卿死了，贾府伤心，这自然没什么。但用“疑心”这意义便不一样。秦可卿的死因本就是一宗迷案，秦可卿与贾珍有奸情，这是贾府流传的秘密，她突然死了，众人疑心也是理所应当。在甲戌本第十三回后有批语道：“‘秦可卿淫丧天香楼’，作者用史笔也。老朽因有魂托凤姐贾家后事二件，这是安富尊荣坐享人不能想得到处。其事虽未漏，其言其意则令人悲切感服，姑赦之，因命芹溪删去。”按此批语本回篇目内容原本作“秦可卿淫丧天香楼”，但被作者修改删去，正因为用了一个“疑”字，才让删掉的内容隐含期间，使得故事的发展合情合理。所以脂砚斋在这“疑心”之后点评道：“九字写尽天香楼事，是不写之写。”所以“疑心”无论从创作角度，还是阅读角度都更为恰当。

各版本之间的差异，诸如此类不胜枚举。最后还是那句话，虽然各版本间有着或多或少的差异，但对阅读故事的连贯上没有太多影响，但真要赏析《红楼梦》自然可以品味出孰强孰弱。对于初看《红楼梦》的读者，最好先选择程高本阅读，再对脂本进行了解。或者选择品质好的出版社及好的校勘版本，在熟悉故事内容，有一定基础之后，再涉猎版本差异也不迟。　（雷）

脂砚斋与脂批真伪之辨

在讲《红楼梦》的抄本系统时，多次提到了“脂砚斋”，然而脂砚斋是谁？至今学术界没有一个统一的说法。学者给脂砚斋下的两个定义是：其人是《红楼梦》的批注者；同时也是曹雪芹的知己。对脂砚斋使用第三人称代词时是非常慎重的，之所以称“其”（含他、她），是因为我们至今连脂砚斋的性别都无法确定；脂砚斋甚至还有可能是“他们”，因为《红楼梦》评点者不止一个人，其中署名为“畸笏叟”的批语在抄本中数量仅次于脂砚斋，除此之外还有署名为杏斋、松斋、立松轩、梅溪、常村、绮园、鉴堂、玉蓝坡、左绵痴道人等评点者。对每个评点者之间是什么关系，我们也不得而知。

脂砚斋，与畸笏叟、兰陵笑笑生等齐名，乃此人别号，可以猜测一二的是，此人书斋中收藏有脂砚，所谓脂砚便是红色的砚台。还有可能就是此名是为了配合《红楼梦》《石头记》而专门取的，脂为红，砚为石，相互照应。

金圣叹与施耐庵，毛宗岗父子与罗贯中，李卓吾与吴承恩，这些评点家与作者之间都是没有关系的，仅有的关系就是我写了，你读了、还懂了、且评了。可脂砚斋与曹雪芹不同，从脂批的措辞用语来看，他们两是相互熟识的。所以这就为脂砚斋的身分披上了一层神秘面纱。并且至今还有许多学者质疑《红楼梦》作者究竟是不是曹雪芹，连作者身分都是有争议的，这又为脂砚斋身分增添了疑惑。更重要的是关于曹雪芹及其家族的资料实在不多，所以这也为揭秘脂砚斋增添了难度。关于脂砚斋的身分红学界大致有四种说法。

（1）作者说。此说意思是脂砚斋即曹雪芹。最先提出这个说法的就是新红学鼻祖胡适，这个说法是胡适先生看了庚辰本后提出：“现在我看了此本，我相信脂砚斋即是那位爱吃胭脂的宝玉，即是曹雪芹自己。”（详见《跋乾隆庚辰本〈脂砚斋重评石头记〉钞本》一文）胡适先生还在此文中断言：“脂砚只是那块爱吃胭脂的顽石，其为作者托名，本无可疑。”胡适先生提出这个论断的依据是庚辰本中第二十二回的一则批语：“凤姐点戏，脂砚执笔事，今知者寥寥矣，不怨夫。”由于凤姐不识字，点戏时需要别人帮忙执笔，那能为王熙凤做此事的首当其冲就是宝玉，宝玉本就是曹雪芹的自传化身，所以脂砚斋在批语中说自己为凤姐执笔，按这个逻辑推理，执笔人就是脂砚斋，宝玉最可能是执笔者，宝玉又是曹雪芹化身，所以最后胡适先生得出的结论为脂砚斋就是曹雪芹。首先笔者对这个推断提出两点疑虑，这个推断是基于宝玉是曹雪芹的前提，那万一《红楼梦》自传说被推翻，贾宝玉未必就是曹雪芹化身，那这个推断的理论基础岂不是坍塌了。退一步说，就算《红楼梦》自传说成立，并且脂砚斋也的确真的为凤姐执过笔，那就没有可能是当时在场家族里的其他人执笔吗，就一定是宝玉吗？所以此论似乎经不起推敲。

除此之外，俞平伯先生也执此说。俞平伯主要从文学角度来看待，他认为：“近来颇疑脂砚斋即曹雪芹的化名假名……作者作书时的心理，旁人怎得知。”（详见《〈红楼梦〉简论》一文）当然俞平伯先生提出这种疑惑完全靠主观猜想，没有充足的论据证明。执此说法者，还有一些其他言论，如认为曹雪芹写下《红楼梦》，又恐读者不解其中真意，于是自己化名脂砚斋，在小说中一一评点出来。当然，对于这种解释可供读者们茶余饭后一议。

（2）堂兄弟说。此说也是胡适提出，不过在“作者说”之前，为早期说法。靖藏本第二十二回有一条畸笏叟批语：“前批知者聊聊（寥寥），不数年，芹溪，脂砚，杏斋诸子皆相继别去，今丁亥夏，只剩朽物一枚，宁不痛杀！”畸笏叟批语中称曹雪芹、脂砚斋、杏斋为“诸子”，语气显然以长辈自居，即便不是长辈也是年龄比曹雪芹、脂砚斋等人要大些，由此可见曹雪芹和脂砚斋乃是同辈之人。而胡适提出此说的依据，也仅仅是甲戌本中的几条批语，胡适认为：“评者脂砚斋是曹雪芹很亲的族人，第十三回所记宁国府的事即是他家的事，他大概是雪芹的嫡堂兄弟或从堂兄弟，——也许是曹颙或曹欣的儿子。松斋是他的表字，脂砚斋是他的别号。”（详见《考证〈红楼梦〉的新材料》一文）胡适的看法也仅是从脂批入手，没有更多他证，即便脂砚斋是曹雪芹的堂兄弟，仍缺乏足够说服力。

（3）妻子说。又叫“史湘云”说，此说的提出者是著名红学家周汝昌先生。周汝昌曾主张史湘云为宝玉最后的妻子，所以也就是曹雪芹的妻子。周汝昌认为脂批中很多批语为女子语气，于是认定脂砚斋即曹雪芹之妻，并且就是小说中的史湘云。此类批语像庚辰本第二十六回一条侧批：“玉兄若见此批，必云‘老货，他处处不放松我，可恨可恨！’回思将余比作钗，颦等乃一知己，余何幸也！一笑。”周汝昌先生认为“断乎非女性不合”，诸如此类批语，周汝昌还例举了很多，来力证自己的“史湘云说”。为此周汝昌找出甲戌本第二回的一条侧批“先为宁荣诸人当头一喝，却是为余一喝”为依据，认为脂砚斋称贾家人为“宁荣诸人”，那言下之意就是自己不是贾家的人，却又见证了贾府的一干事迹，从说中对号入座的原型便有林黛玉、薛宝钗、史湘云。周汝昌又一次排除掉黛玉和宝钗：“但雪芹原书，黛早逝；钗虽嫁了宝玉也并未白头偕老。且她们二人的家庭背景和宝玉家迥不相似。唯有湘云家世系几乎和贾家完全无异，而她独未早死，且按以上三次宴会而言，湘云又恰巧都在，并无一次不合。因此我疑心这位脂砚，莫非即是书中之湘云的艺术原形吧？”当然要说脂砚斋是曹雪芹妻子也并无不可，但非说是史湘云却也牵强。并且脂批中还有许多男儿语气，难道脂砚斋又从女性转了男性不成？更何况脂批中脂砚斋回忆了一些家族旧事，这些陈年往事又岂会是嫁进来的媳妇能不分巨细都知道的。所以此说恐怕也经不起仔细推敲。

（4）叔父说。此说较之前面三说较为靠谱的是，有明确的资料记载进行佐证。根据清人裕瑞的《枣窗闲笔》记载："闻旧有《风月宝鉴》一书，又名《石头记》，不知为何人之笔。曹雪芹得之，以是书所传叙者，与其家之事迹略同，因借题发挥，将此书删改至五次……曾见抄本卷额，本本有其叔脂砚之批语，引其当年事甚确，易其名曰《红楼梦》。"又"闻其所谓'宝玉'者，当系指其叔辈某人，非自己写照也。"这是至今可见到的古代文献中提到脂砚斋是曹雪芹叔父的文字记录。

但关于这则记载的真伪，历来争议不定，有认为《枣窗闲笔》是伪书，有认为《枣窗闲笔》可信度很高，各自都有依据，且僵持不下。《枣窗闲笔》的真伪我们先抛开不论，但其提出了几条较为有价值的信息，第一，曹雪芹是根据《风月宝鉴》一书创作的《红楼梦》，包括甲戌本第一回的一条批语也有类似的话语："雪芹旧有《风月宝鉴》之书，乃其弟棠村序也。今棠村已逝，余睹新怀旧，故仍因之。"第二，贾宝玉不是曹雪芹的原型，是他叔父发生的事情。第三，脂砚斋是曹雪芹的叔父。

《枣窗闲笔》中还有一则关于曹雪芹的有趣记载："雪芹二字，想系其字与号耳，其名不得知。姓曹。汉军人，亦不知其隶何旗。闻前辈姻戚有与之交好者。其人身胖头广而色黑，善谈吐，风雅游戏，触景生春，闻其奇谈娓娓然，令人终日不倦，是以其书绝妙尽致。"这里面提到了曹雪芹的容貌，中国向来有"文如其人"的说法，单看《红楼梦》的文字，每个读者都会幻想曹雪芹的样子，是眉清目秀亦惑潇洒俊逸。可惜此处却提到，曹雪芹是个"身胖头广而色黑"的黑胖子，着实让人惊讶。当然这段文字还提到了一个重要信息就是关于曹雪芹和《红楼梦》的许多事，裕瑞都是听与曹雪芹交好的前辈提及，这些事既然是听来的，所以真实性就自然大打折扣。并且对于“叔父说”还有一大疑惑就是，按前文提到的畸笏叟批语来看，畸笏叟辈分高于曹雪芹，脂砚斋和曹雪芹又同辈，现在有了“叔父说”，那脂砚斋就比曹雪芹高一辈，岂不是和畸笏叟同辈。那畸笏叟的批语就和“叔父说”相互矛盾了。并且《枣窗闲笔》的作者裕瑞连“雪芹”是字还是号都含糊其辞说不清楚；又说前辈姻亲和曹雪芹交好，岂非前后有所矛盾。所以关于《枣窗闲笔》提及曹雪芹和《红楼梦》的那些事，还有待考证。

除了对脂砚斋的身分争议不断，如今对脂批的真伪学术界都有很大争议，认为脂批乃是后人伪造。此说法以欧阳健、曲沐、克非等学者为主。

持此说法的学者们均从脂批中找出问题来支持自己的观点，欧阳健先生认为脂批出自胡适之后：“当我发现脂批的主体是从有正本抄来的证据以后，则脂砚斋不可能早于1911年，就是毫无疑问的了。我又对‘秦可卿淫丧天香楼’观念的来龙去脉作了分析，对脂批出于胡适之后、是为迎合胡适的‘观念’、靠克隆源自胡适的话语而炮制的的看法，坚信不疑。”作家克非更是在《红坛伪学》一书中提到：“脂本是嘉庆以后伪造出来的，脂砚斋与曹雪芹非同代人，他也不了解曹雪芹的一切。脂砚斋是一个书商，脂批是他雇人抄写的。”诸如此类还有“刘铨福伪造脂本”、“陶洙伪造脂本系列”等等观点。

笔者对于“脂批伪造”仍有一个疑问，造假者是出于什么目的造假？如按克非所言，脂砚斋为书商，作为商人，造假脂批显然是为了牟利，可手抄本的受众是在小范围内流传，一套手抄本光是抄写小说内容就耗时耗力，抄完之后还得研读《红楼梦》，理解探究小说内容，写出一条条精彩到位的评语，显然获利的成本过高。再如一些研究者认为是造假者看中古籍收藏市场，故而造假。可文学造假和文物造假不同，文物造假是技术层面的问题；文学造假是文学、学术层面的问题，这对造假者的文学功底要求也太过严苛了，造假者都有这样的水平了，干嘛不直接效法金圣叹、毛宗岗等人直接真名点评《红楼梦》，这样还能博得个“文学评论家”的美名，干嘛吃力不讨好去伪造一个“脂砚斋”来点评《红楼梦》。最为重要的是这些造假者就能预料到，他们所伪造的脂批会成为后世红学界研究的重要对象。当然，脂批的出现和文字的错陋确实是一个问题，清代少有文献提及脂批，但却在胡适“曹雪芹自传说”后，突然出现了，这是耐人寻味的。

执此说法者的还有一论据就是最早的脂本“甲戌本”是1927年被胡适购得后，脂本系列至此才进入学者研究的视线，此后胡适开创了“新红学”时代。而继甲戌本之后，己卯本、庚辰本等早期脂批抄本陆续现世。而且从程高本出版到甲戌本现世，其间经历了一百三十六年，在这一百多年间竟无一人提及、研究脂砚斋批语（《枣窗闲笔》曾提及，但此书真伪尚有争议）。基于此种原因，不少学者陆续开始质疑脂本乃是后世伪作。但笔者仍然认为各脂本之间关系千丝万缕、或同或异，且脂本系列数量众多，凭空伪造实在不易。且脂本多为残本，又都被藏家收藏，历来许多藏书家都不愿以珍藏秘宝示人，这也是情理之中。至于脂本是否伪造，还难有定论。脂批疑点虽多，这还需要未来发现更多史料去论证。

对于脂砚斋和脂批，其实我们应该以客观角度看待，既不要过分颂扬，也不必刻意贬责。因为批语仅仅只是批语，红学研究应以《红楼梦》文本为主，《红楼梦》精彩不是因为有了脂砚斋的点评才精彩，《红楼梦》的伟大也不是因为有了脂砚斋才伟大。有本有末，方能枝繁叶茂。（雷）

《红楼梦》署名与作者曹雪芹之谜

现代“红学”虽已成为显学，但一些基础问题却还是模糊的。譬如小说的署名和作者之谜。《红楼梦》无论是以抄本或刻本在坊间传布，其封面的署名其实都没有曹雪芹三个字。《金瓶梅》至少还有个“兰陵笑笑生”的署名（尽管其真实姓名无考），《红楼梦》却没有。欧阳健从版本学的角度说得最简洁明了：

> 《红楼梦》所有的古代版本，包括很多人认为是接近曹雪芹“原稿面貌”的脂砚斋本子，卷端一律不题撰人；各种版本的序言，也无一指明作者姓名，唯程伟元程甲本序曰：“作者相传不一”，究未知出自何人，唯书内记雪芹曹先生删改数过。……小说里的话，称“小说家言”，你可以说是真的，也可以不相信。（《红楼梦诠辨》）

清代《红楼梦》以抄本和刻本流传以来，并未“著作者姓名”。在《红楼梦》流传时，作者的署名定然也是阙失的。因为“署名问题，并不是一件文本之外的小事，它是作者和文类的社会地位之标志”（赵毅衡《苦恼的叙述者》）。时人“或以为曹雪芹作，想亦臆度之辞”。（《蕺园赘谈》）清代不少文人都说此书撰者无考，如嘉庆间兰皋居士云：“《红楼梦》一书，不知谁氏所作。”（《绮楼重梦楔子》）道光间的讷山人云：“《红楼梦》一书，不知作自何人。”（《增补红楼梦序》）今人盛世闲人总结较当：“清人对《红楼梦》作者为谁的问题，并无统一的认识与记载。说《红楼梦》为曹雪芹所撰者有之，说曹雪芹为删改者有之，说《红楼梦》作者另有其人者亦有之。”（《清代红学史》）

其实伟大著作找不到作者，是很正常的，如长篇市井社会小说《金瓶梅》的作者笑笑生至今也无法断定其真实姓名。著名历史学家余英时对此看得较为切实。他说：“纵使《红楼梦》作者的姓名不幸而永远失传，但凭其中所写丧祭二礼，我们也可以考出此书必出于清代八旗世家子弟之手。”（《红楼梦的两个世界》第186页）

自胡适倡“自传说”以来，有两大疑问一直未解决。第一，所有证明曹雪芹乃曹寅之子的材料均是外证。而关键的核心内证曹氏家谱中都没有曹霑或雪芹的名号。并且外证也多有相互矛盾之处。如敦诚兄弟描绘的曹雪芹是穷书生样，而永忠诗歌却尊称其为“曹侯”，而曹家系内务府包衣

（满洲贵族奴仆）则绝不可能称为“侯”；张宜泉说的曹芹溪任过州同这样的官，若按支持者说曹氏家谱没有曹雪芹名字是因为只载仕宦者，那么曹公之名应入家谱，除非此芹溪非曹雪芹。显然这与敦诚兄弟描述的布衣曹雪芹似非同一人。第二，就小说叙述层面而言，“自传”也不实。因为《红楼梦》中所描述的荣宁二府，乃赫赫钟鸣鼎食之世家大族，而曹家不过是江宁一织造，一个为朝廷采购绸缎的衙门罢了。曹公真若这样写自传，那也太肉麻吹捧美化自己的家庭了，写自传体小说，不可能如此虚构。此外，《红楼梦》贾宝玉最后出家，而曹雪芹没有，这是不符合自传的。退一步而言，即使认定曹雪芹就是《红楼梦》的作者，毕竟“批阅十载，增删五次”至少是小说的编撰者了。可是这个“曹雪芹”的面貌依然是一个巨大的谜。因为迄今还没有清晰可靠的直接证据证明曹霑号雪芹者（包括了一系列的芹溪、芹圃等别号）撰写了《红楼梦》。同时也没有直接证据表明曹雪芹一定是那个江宁织造曹家的后代，最明显的是曹氏宗谱没有这个人。胡适认为《红楼梦》是曹雪芹的自传，甄贾宝玉都是作者的化身。其实还是索隐的延伸和猜测，同样是没有直接证据的。这些重要问题至今都是推测式的，仍然不清晰。所有关于作者的说法，都是靠间接证据和想象式的叙述构成。而这种缺乏证据的猜测和想象来源于清代乾隆以来文人关于曹雪芹的文献叙述。从这些与曹雪芹有交往的士人的记载来看，很多文字叙述都不大可靠。

长篇贵族家世小说《红楼梦》的作者曹雪芹，在乾隆以来的文人描述中，可以说是混沌的，其相貌性情和年龄家世等都如迷雾般呈现于世人。这种不清不楚多与我们信赖的清人的文献叙述密切相关。首先，曹雪芹的相貌是怎样的？在清代文人的叙述中就很不一致。敦诚和敦敏弟兄一直被认为是和曹雪芹有交游的朋友，两兄弟有关曹公的诗词被看作研究《红楼梦》的最重要的资料，如敦诚的《寄怀曹雪芹》等。在敦诚兄弟的叙述中，曹雪芹是很瘦的样子，如敦诚《挽曹雪芹》诗云：“四十萧然太瘦生，晓风昨日拂铭旌。”敦敏《题芹圃画石》云：“嶙峋更见此支离。”富察明义《题红楼梦》有“王孙瘦损骨嶙峋”句。据此则曹雪芹当是一个典型瘦诗人的形象，这似与《红楼梦》中贾宝玉乞红梅诗的“槎枒谁惜诗肩瘦，衣上犹沾佛院苔”也相仿。且从两兄弟诗中看来，曹雪芹生活贫困，以至于弄到“举家食粥”的地步（《赠曹雪芹》）。如此营养不好，瘦亦理所当然。可是裕瑞的《枣窗闲笔》中却如此描述曹雪芹：“其人身胖头广而色黑，善谈吐，风雅游戏，触景生春。”（卷一）然考其说来源是“闻前辈姻戚有与交好者”。这就是说，他不过是听前辈亲戚和曹雪芹有交往者所言。说白了，就是道听途说。这与亲眼见过曹公的敦诚兄弟所述的雪芹形象恰好相反。按说我们更应该相信敦诚兄弟的话，因为他们毕竟是和曹雪芹有交集的友人。而《枣窗闲笔》早就被潘重规考证为非裕瑞手稿，晚出且是他人所抄。那其中的想象叙述成分就更大了。不过，孰是孰非，还是难以判断。因为在叙述曹雪芹的性情时，敦诚和敦敏两兄弟也是相互矛盾的。如敦诚诗云：“劝君莫弹食客铗，劝君莫扣富儿门。残杯冷炙有德色，不如著书黄叶村。”（《寄怀曹雪芹》）这似乎是暗示曹雪芹曾低三下四干谒权贵豪门，“亦与《红楼梦》作者的器度志向不符”（《还原脂砚斋》第153页）。可是敦敏的诗却又赞美雪芹“傲骨如君世已奇”（《题芹圃画石》），这就和敦诚之诗的描述“扣富门”产生矛盾。一个人的性情不会在同时交往的人中相差这么大，除非曹雪芹是一个双重人格。否则就是敦诚兄弟俩并不怎么熟悉曹雪芹的为人。如果真是如此，二敦的文字就可能是在想象或是说的另一个与《红楼梦》毫无关系的曹雪芹了。必须考虑到“曹雪芹”三个字极有可能是笔名，而且当时有同名者。

其次，关于曹雪芹的年龄，清人的叙述也是想象远大于实录。敦诚诗多次提到曹雪芹去世年龄，都是四十岁。如“四十萧然太瘦生”“四十年华付杳冥”等（《挽曹雪芹》）。这很明确地说明，曹雪芹只活了四十岁。这还是一个约数，因为古代习惯一般把三十五到四十岁去世的人，都笼统称为四十。也就是说雪芹年近四十而卒。但与雪芹交往的张宜泉《伤芹溪居士》小序中却说他是“年未五旬而卒”。也就是说年近五十。这就和敦诚的说法有较大的差距。按照胡适开创的新红学肯定小说就是自传的说法，那么《红楼梦》第一回里貌似作者自述的话："背父兄教育之恩，负师友规谈之德，以至今日一技无成，半身潦倒之罪，编述一集，以告天下人。"则可断定曹雪芹起码活到了五十，至少是年近五十，与张氏说法相近。按古代人的寿命短、头发早白，且文人爱自称老的习惯，如欧阳修三十九岁就自称醉翁，一般也有"老夫"等称呼风尚。故一般人到了四十岁以上，也许会自称"半生"等。但这至少要过四十五岁以上。所以胡适肯定地说"我们可以断定他的年纪不能不在四十五岁以上"。（《跋红楼梦考证》）从这个意义上言，"四十"和"半生"就是一个公案了。由于这个"四十"与"年未五旬"之争，引出了红学"壬午说"和"癸未说"的作者生卒年之争，至今未有定论。清代文人的叙述如此矛盾，不是出于清人的想象，就是后世的附会。欧阳健就指出《八旗艺文编目》载张宜泉乃嘉庆举人，道光年间官光泽和侯官知县。其诗文中多咏闽地风物，那么，"与他交往的曹芹溪，肯定不是'卒于乾隆壬午癸卯'的曹雪芹"。（《还原脂砚斋》）宜泉诗中曹霑的"霑"字其实笔划有异，且字号与敦诚的均不相同，那么他所写的曹霑字梦阮者的诗是否和敦家兄弟的是同一个人，就很难说了。如果真是这样，所有的争论岂不是徒劳。

再次，曹雪芹是如何死的，清人的叙述同样模糊不清。敦诚《挽曹雪芹》云："三年下第曾怜我，一病无医竟负君。"这表明曹雪芹是病逝的。自称是作者亲戚、最熟悉作者的评书者脂砚斋却说他是哭死的："壬午除夕，书未成，芹为泪尽而逝。"（《甲戌本》眉批）而且还添加一个去世前"书未成"。但最早的关于曹雪芹的任何一种文献中都没有"书未成"这样的说法。病死和哭死，这两种说法，我们应该相信哪一种？按理应该相信敦诚一些，毕竟他是作者同时代的友人。而脂评《石头记》却出现在曹雪芹去世一百七十多年后的二十世纪二十年代。在明清的小说评点中还从未有过著者和评点者相互熟悉，采取一写一评的创作模式。虽然长篇小说《姑妄言》林钝翁的评点与作者大概同时，但钝翁也只是个单纯的读者和评点者，他在评点中从未强调与著者很熟悉。而不断突出熟悉作者的脂砚斋是明显违反常规，反常必然有异常。这是现代红学想象性的产物，因为新红学的自传说需要这样的材料。所谓的“泪尽而逝”明显更有一种浪漫和煽情的诱惑力。清代关于作者家世的文献矛盾也很多。敦诚兄弟写了那么多挽赠曹雪芹的诗，却没有一个地方提到或暗示他是显赫的江宁织造曹家的后裔。虽然《寄怀曹雪芹》“扬州旧梦久已觉”旁注“雪芹曾随先祖寅织造之任”。但此条不一定是敦诚自己写的。很可能是附会者后来补上去的。因为张宜泉诗序中也只是说他“素性放达，好饮”，却没有提他的家世。“如此重大之事，宜泉却毫不知情”。（《还原脂砚斋》第155页）据说与曹雪芹有交往的富察明义也不知道曹雪芹的先祖是谁，否则不会仅仅说他的先人是“江宁织府”这样模糊的话了。而且扬州也非江宁。二敦和宜泉都没有说曹雪芹是“侯”。可是永忠的诗却说：“可恨同时不相识，几回掩卷哭曹侯!”（因墨香得观《红楼梦》小说吊雪芹三绝句）他与曹雪芹不“不相识”，但却此称其为“曹侯”，可谓奇矣。众所周知，曹雪芹穷困潦倒，乃是一名八旗“包衣”。敦家兄弟最多称他为“曹君”，从未称之“曹侯”。“包衣”要成为“侯”，唯一的可能就是家里的女儿嫁给皇帝，成为妃子。包衣家的男子，才有可能升为“侯”。就现有的资料看，曹寅家根本不可能有“曹侯”的资格。因为织造不过是清代内务府的差使，不是正式官职。连擅长考据的胡适都承认《红楼梦》中的“元妃”是虚构的。此外，敦诚诗说曹雪芹死后留下了寡妇和幼儿。但张宜泉、明义诗中丝毫不见提及。

细读清代曹雪芹的文献，还有很多让人迷惑之处。譬如敦家兄弟、张宜泉和明义三人据他们说都和曹雪芹有交往，但所叙述差别颇大，甚至同一人的记录都有混乱之处。清代文人的这种漏洞和矛盾的叙述，不是出于想象，就是他们所叙述的不一定就是《红楼梦》的那个曹雪芹，因为自古同名同姓者不少，如宋代有两个张先，两个叶梦得，不能排除这种可能性。学界已经有不少有识之士在辩证关于曹雪芹的原始资料，相信随着辨伪的深入，会有更多的谜底解开。还有一个重要疑问，敦家兄弟的那么多关于曹雪芹的诗中，从未提到过《红楼梦》这部小说的名字。不少人认为“不如著书黄叶村”的“书”暗指《红楼梦》。但是这个说法过于牵强附会。因为“书”在这里是广义的。且“著书”可以是泛指，非仅小说。两兄弟的诗中从未将曹雪芹看作是小说家，反而多比之诗人。如敦诚《寄怀曹雪芹》：“爱君诗笔有奇气，直追昌谷破篱樊。”《挽曹雪芹》云：“牛鬼遗文悲李贺，鹿车荷插葬刘伶。”《佩刀质酒歌》：“知君诗胆昔如铁。”敦敏云：“诗才忆曹植，酒盏愧陈遵。”敦家兄弟与曹雪芹既有如此交往，不提《红楼梦》是非常奇怪的。同样是曹雪芹好友的张宜泉也从未提到他写小说，更不用说《红楼梦》了。他的《怀曹芹溪》云：“何当常聚会，促膝话新诗。”《和曹雪芹西郊信步憩废寺原韵》云：“君诗曾未等闲吟，破刹今游寄兴深。”《伤芹溪居士》序云：“好饮，又善诗画。”恰好说明曹雪芹擅长诗画而已。出现这类现象只有三种可能性。一是此处的曹雪芹并非《红楼梦》的那位作者；二是敦家兄弟和张宜泉根本不熟悉曹雪芹；三是这些记载都有后人编造添加的可能。清代名士袁枚《随园诗话》卷二这段话一直很有名：

> 康熙间，曹练亭为江宁织造。每出，拥八驺必携书一本，观玩不辍。人问：“公何好学？”曰：“非也。我非地方官，而百姓见我必起立，我心不安，故藉此遮目耳。”其子雪芹撰《红楼梦》一部，备记风月繁华之盛。明我斋读而美之。当时红楼中有某校书尤艳，我斋题云：“病容憔悴胜桃花，午汗潮回热转加。犹恐意中人看出，强言今日较差些。”“威仪棣棣若山河，应把风流夺绮罗。不似小家拘束态，笑时偏少默时多。”

袁枚的话有两点很重要，一是较早明确说曹雪芹是《红楼梦》作者；二是他是曹寅之子。但这两点其实都有问题。首先袁枚的话语是从据说见过曹雪芹的明义那里而来，并添枝加叶进行想象性叙述。明义题《红楼梦》小序云：“曹子雪芹出所撰《红楼梦》一部，备记风月繁华之盛。盖其先人为江宁织府。”欧阳健分析说：“‘曹子雪芹出所撰《红楼梦》一部的’的‘出’字，可作‘取出’解，也可作‘传出’解，很难判定明义与曹雪芹是否有过交往。”再对照《随园诗话》，袁枚想象成分就明显增多了，他虽然提到曹雪芹的《红楼梦》，但未说曹雪芹是曹寅之子，只说“曹子”，这是袁枚的想象。其增添痕迹很重，如把明义的“江宁织府”改成“江宁织造”，“其先人”改为“曹练亭”。袁氏将明义文中的“江宁织府”后人曹雪芹，明确为“江宁织造曹练亭之子”。嘉庆以后的陈其元《庸闲斋笔记》亦承此说认为“此书乃康熙间江宁织造曹练亭之子雪芹所撰”云云。并且陈氏又丰富了关于曹家的想象，添上曹勋入天理教，又加上了果报之谈：

棟亭在官有贤声，与江宁知府陈鹏年素不相得，及陈被陷，乃密疏荐之，人尤以为贤。至嘉庆年间，其曾孙曹勋以贫故入林清天理教。林为逆，勋被诛，覆其宗。世以为撰是书之果报焉。（卷八）

但著名学者邓之诚就垢病其说，他以《靖逆记》载此曹勋之伯祖乃瑛，父廷奎死苗难。也就是说此曹姓者绝非曹寅一族。“寅”和“瑛”乃“声相近而混耳”（卷三）。但晚清笔记《寄蜗残赘》还是拾其唾余，唯改曹勋作曹纶。尚需注意者，明义说这部书的内容是记“风月繁华”，这里的“风月”在古代多指青楼烟花之地。袁枚也说“当时红楼中有某校书尤艳”。“校书”在唐代以来就是指妓女，如成都著名女诗人薛涛被称为“薛校书”。但我们今天知道的《红楼梦》完全是一部八旗贵族世家的小说，它重在叙述家庭婚姻和爱恋，绝无关青楼之“风月”，其中主要人物也绝无“校书”这样的妓女。唯一的妓女是第二十八回有叫云儿的歌女出场。关于这一点，著名红学家曲沐和欧阳健等早有论述，但一直被学界忽视。不过，“校书”和“风月”却是人物题材和谐的，也许当时真有一部这样的书。明义《题红楼梦》诗中提到“怡红院”和“潇湘馆”，按理和小说是一致的，但与袁枚说的“校书”又完全不合。袁枚难道把这部书当成他知道的《红楼梦》？清代关于曹雪芹的叙述多为想象性虚构。综上所述，和曹雪芹有交往之人皆未说到《红楼梦》。明义是否见过曹雪芹，他的诗词文中从未说过。此外，曹雪芹是曹寅子，还是曹寅孙，又或者是“曹子”即曹寅本人等，都一直是模糊的。被胡适赞为“最熟悉八旗文献掌故”的晚清杨钟羲《雪桥诗话》却说：“雪芹，为楝亭通政孙。”（续编卷六）这又和袁枚不同。同时代的李放《八旗画录》却认为曹雪芹是寅之孙。清代文士这种混乱的记载也是因为想象性大于实证的结果。文人们都是道听途说的进行描述。如此说来，明义和袁枚所言之《红楼梦》一定是我们今天读的《红楼梦》吗？不一定，因为古代同书名者亦很多。而且《红楼梦》经历了《石头记》、《情僧录》、《风月宝鉴》等很多书名。最后才用《红楼梦》的书名。

同时，曹雪芹作为作者的模糊性又带来另一个重要问题。若《红楼梦》为自传，则书中贾宝玉应该具有一定的作者的气质性情。然在清代文人的叙述中，却不能对应。例如曹雪芹的酒量问题，在敦诚诗说曹公“雪芹酒渴如狂。未若一斗复一斗，令此肝肺生角芒!”《红楼梦》第二十三回宝玉《冬夜即事》诗云：“女儿翠袖诗怀冷，公子金貂酒力轻。”第八回李嬷嬷总担心宝玉饮酒，还说“给了一口酒吃，葬送的我挨了两日骂”。这些都说明宝玉酒力较差。如此一比，《红楼梦》自传的说法，就自然站不住脚了。除非敦诚根本不熟悉曹雪芹。现在的曹氏家谱和档案中，一直找不到含有曹霑或曹雪芹的所有别号（芹圃、芹溪等）。尽管一些红学研究者硬把其中一个叫曹天佑的认定为是曹雪芹，原因大概如霍国玲兄妹的《红楼解梦》中说的“天佑”就是老天保佑，贾宝玉就是“假的保佑”。还有学者以《诗经·小雅·信南山》的“既沾既足，生我百谷。曾孙寿考，受天之祐”。以为取名之缘，其实也是牵强附会。因为“受天之祐”若作“受之天佑”则失韵，诗礼之家的曹家不可能如此。天佑乃取《易经》“自天佑之，吉无不利”之意，和“霑”字毫无关系。而且这个曹天佑曾“官州同”。是有历史记载的。据《五庆堂辽东曹氏宗谱》记载，曹天佑为“颙子，官州同”。有案可稽的《八旗满洲氏族通谱》，始修于雍正十三年十二月（1736），成于乾隆九年（1744）十一月。它明确记载说，“曹天佑，现任州同”，可见曹颙的这个遗腹子是做过官的。可是在清代文人叙述的曹雪芹里却从来未有此经历。曹雪芹的生前好友，如敦诚兄弟、张宜泉和明义等从未有只言片语提到他担任过任何官职。敦诚兄弟对于曹雪芹的描述有诸多矛盾，但对于曹雪芹白衣一身的穷却贯彻始终。如敦诚诗云：“举家食粥酒常赊。”（《赠曹雪芹》）敦敏诗：“卖画钱来付酒家。”（《赠芹圃》）赊账、买画糊口，可谓“穷得很不像样”。清梁恭辰《北东园笔录》四编卷四说曹雪芹“然以老贡生槁死牖下，徒抱伯道之嗟”。邓之诚《骨董琐记》卷二曹雪芹条说：“雪芹名沾，以贡生终，无子。”曹寅家谱说：“天佑：颙子、官州同”（《五庆堂谱》所记）如果官州同的曹天佑真是曹雪芹，能没有钱喝酒吗？绝不至于弄到“举家食粥酒常赊”的地步。因为此曹雪芹非彼《红楼梦》之曹雪芹。小说亦非自传。因为贾宝玉最后虽然中举，然马上就出家了，没有当过县官。而且宝玉还经常骂醉心仕途经济的是“国贼禄蠹”。不过，由此而言，曹雪芹也许是真实存在的一个人物，但不一定就是所谓的曹天佑。也就是说他不一定就是江宁织造曹家的人。曹雪芹和曹天佑是两个人。曲沐总结了二十世纪以来对曹雪芹身世的猜谜，蔚为壮观，但都缺乏有力的证据：

> “曹寅家世”说之信奉者，长篇累牍地烦琐考证，无非都是在猜测：先是猜测曹颙即曹雪芹，后又推想曹颙妻马氏的遗腹子是曹雪芹，或说曹赟之子是雪芹，还有人推测曹雪芹是曹寅家族中其他什么人，可谓不一而足。（《“曹寅家世”说质疑》，《烟霞集》第 294 页）

《红楼梦》作者之谜是一个学术公案，案件扑朔迷离的原因很多。由于清代文人对于曹雪芹的叙述充满想象和猜测，这就带来后来更丰富的想象。这种想象性产生的一个重要原因，主要是没有一个叙述者是和曹雪芹真正有亲密接触的。包括敦诚和敦敏。如他们写的有关曹雪芹的诗，几乎还没有一首是真正和他在一起欢聚的。多数都是题“赠”、“挽”、“题”、“寄”、“怀”等远距离的空间形式交往。敦敏有一首《访曹雪芹不值》，但最终还是没有见到。细读这些赠诗挽词，敦诚兄弟其实和曹雪芹关系并不甚密切。两兄弟与雪芹相关的诗，赠诗多，唱和的少，见面亦少，唯《佩刀质酒歌》诗序说“秋晓遇雪芹于槐园”。

张宜泉诗中透露的见过或与曹芹溪相处的生活也很少。反过来看，现存曹雪芹唱和敦家兄弟的诗也非常少，仅《雪桥诗话》记有一首残句“白傅诗灵应喜甚，定教蛮素鬼排场”。（续集卷六）如此而言，历来红学家所说的“敦敏、敦诚和曹雪芹的关系特深”亦要打折扣了。余英时说：“《红楼梦》只流传在一个很小圈子之中。”（《敦敏、敦诚与曹雪芹的文字因缘》）那常常和雪芹饮酒赋诗的二敦算不算这个圈子内的人呢？如果是，为何连曹雪芹的性情家世都把握不准？弄得矛盾重重。二敦算是最了解曹雪芹的人，尚且如此，其他未与曹公交往的清代文士更不用说了。明义自称见过曹雪芹，但按照学者的考证，他实际上比曹雪芹小得多，二人是否真有很密切的交往，还难肯定。袁枚虽然生活在乾隆朝，但其实并不了解曹雪芹，只是读到明义关于大观园是随园故址后，才想象了曹雪芹的家世情况。裕瑞也是道听途说的描写曹雪芹的相貌。乾隆以后清代文人大多是在猜测中叙述《红楼梦》的作者。这样的想象性叙述越来越浓厚。此外，一部小说盛行后，文人们就会去考证小说作者，在没有多少真凭实据的情况下，就会出现捏造、想象的方式来叙述作者。敦诚诗的自相矛盾就是突出例子。而且居然没有提到《红楼梦》半个字。比曹雪芹小很多的明义反而说曹雪芹出示《红楼梦》给他看，这确实是有后来补上的感觉。如果曹雪芹那时真写了小说，应该会向身边朋友透露的。

其实明清时代的小说大多数作者都是模糊的。在传统文学领域，诗文始终是正体。朝廷又经常查禁淫词小说，故著者一般低调，又由于小说这种文体的卑贱地位，作者多数都是隐姓埋名或以笔名署名。第一部伟大的市井家庭小说《金瓶梅》的真实作者就是模糊的。其他几部著名小说其实都是如此。《水浒传》、《三国演义》、《西游记》，作者其实都是不明确的。如清代周亮工辨析考证《水浒传》作者之种种说法，质疑其皆为不实之传闻：

> 《水浒传》相传为洪武初越人罗贯中作，又传为元人施耐庵作，田叔禾《西湖游览志》又云此书出宋人笔。近金圣叹自七十回之后，断为罗所续；因极口诋罗，复为施序于前，此书遂为施有矣。予谓世人安有为此等书人当时敢露其姓名者，阙疑可也。（《因树屋书影》卷一）

赵景深也认为《水浒》作者“都任意署名，不足为据。罗贯中还可靠，施耐庵就更渺茫了”。（《水浒传简论》）由此可见，《水浒传》之著者其实依然是一个谜。至于《西游记》，章培恒早就指出：“天启《淮安府志》并未说明吴承恩的《西游记》是否小说，而清代黄虞稷的《千顷堂书目》则把吴承恩的《西游记》列入地理类，作为游记性质的著作。”（章培恒、骆玉明主编《中国文学史》）可见，此《西游记》非小说的《西游记》。吴承恩作为著者依然是存疑的。《红楼梦》的作者也许并非今天我们考证到祖宗十八代的那个曹雪芹。清代不少笔记都提到周松蔼的《红楼梦记》就明确说《红楼梦》是叙述金陵张侯张谦家事（如《管庭芬日记》等）。清人的想象性叙述的影响也是很深的。民国以来研究《红楼梦》者，无一不是在俞平伯所说的以“猜测”的怪圈中研究《红楼梦》。他们继续着清人的想象叙述之路。周汝昌的考证是如此，即使是历史功底很深的余英时也并未完全走出此种窠臼。如他以敦诚《午梦记》有“至幻之身入之至幻之境”，就认为与《红楼梦》的“太虚幻境”有联系。也只是猜想而已（《敦敏、敦诚与曹雪芹的文字因缘》）。从清代文人记载的曹雪芹的相关资料看，真正站得住脚的很少，不实的虚构和添加却不少。正如欧阳健所言：“与曹雪芹有关的主干史料，是清代文人的著述笔记，随着红学研究的深化，它们的权威性陆续受到严峻挑战。”（《还原脂砚斋》）几种署名的能够证明《红楼梦》作者的文献，如《四松堂集》、《懋斋诗抄》、《春柳堂集》、《绿烟琐窗集》、《枣窗闲笔》及《随园诗话》都是有问题的，其叙述的真实性都是难以确定的。我们对《红楼梦》的作者“曹雪芹”的了解程度，其实并不比对《金瓶梅》的作者兰陵笑笑生多多少。这部伟大作品的著者曹雪芹依然是一个谜团。

有几个疑问需要继续探索。一是和敦诚兄弟交往曹雪芹确实是存在的，但是否著《红楼梦》还没有任何文献证据，应该继续探索；二是袁枚虽说曹寅子的曹雪芹撰了《红楼梦》。但其人物和内容乃叙述妓女之风月故事，非社会家庭小说的《红楼梦》。这是研究者应该重视的；三是敦诚赠诗住在黄叶村的曹雪芹终身贫困，是个老贡生。就像《儒林外史》中举前的范进。而江宁织造的曹氏家谱的被认为是曹雪芹的曹天佑曾经当过官的。而这两者皆有一定文献证据，曹雪芹和曹天佑是两个不同的人，这是不能混淆的；四是从清代文人的叙述来看，《红楼梦》属于自传也是不可靠的；五是我们过去认为最熟悉并且和曹雪芹有交往的人，他们所提供的文献都有问题。更别说一百七十多年后突然冒出来的脂砚斋和脂批了。

中国人一直有“知人论世”的传统，对于文学作者特别喜欢找到真名实姓，这是深入理解小说的一种方式。《红楼梦》的作者肯定是八旗望族世家的子弟，这是毋庸置疑的；但目前认为的作者曹雪芹，却不是板上钉钉的，依然存在诸多疑问和谜团，还有待红学界的继续考索。（张劲松）

一百二十回完璧的《红楼梦》

关于《红楼梦》流传时是完整的一百二十回还是八十回残卷的情况，程伟元早在程甲本序言中就说的很清楚了，一百二十回本乃其辛苦收集，因缘所得：

> 然原目一百廿卷，今所传只八十卷，殊非全本……爰为竭力搜罗，自藏书家甚至故纸堆中无不留心，数年以来，仅积有廿余卷。一日偶于鼓担上得十余卷，逐重价购之，欣然翻阅，见其前后起伏，尚

属接榫，然漶慢不可收拾。乃同友人细加厘剔，截长补短，抄成全部，复为镌板，以公同好。（欧阳健、曲沐等校注程甲本《红楼梦》序）

“原目一百廿卷”说明小说本就是完璧，绝非只有八十回。程氏说他是偶然从鼓担上得“十余卷”，持怀疑论者却不相信。如胡适认为“世间没有这样巧合的事”！（欧阳健《红楼新辨》）可是程、高两人的生活时代离曹公去世并不远，而且世间的巧事亦非绝不可能。远的如明朝“罗贯中旧刻”的《平妖传》最初只有二十回，后来冯梦龙留心搜求，果然“于长安负购得数回”，重编为《新平妖传》四十回。近的如俞平伯自己的著作《红楼梦辨》也是先遗失在黄包车上，后来顾颉刚也是偶然一日在马路上，从鼓儿担上重新找回文稿（《红楼梦辨稿之失而复得》，《俞平伯论红楼梦》）。容庚说自己费六角钱在地摊上买了一部与各本不同的旧钞本《红楼梦》。而这部《红楼梦》乃其弟弟三天前见了不顾而去的（《红楼梦本子问题质胡适之俞平伯先生》）。程甲本高鹗叙也说：“予闻《红楼梦》脍炙人口，几廿余年，然无全璧，无定本。今年春，友人程子小泉过予，以其所购全书见示，且曰：‘此仆数年铢积寸累之苦心，将付刊，公同好，子闲且惫矣，盍分任之？’”高鹗之叙有两点值得注意，一是二十余年来“《红楼梦》脍炙人口，这是程高搜集残稿刊刻小说的动力”；二是程伟元是苦心数年搜集了这部小说后四十回书稿，并请高鹗和他一起把残稿补缀完璧。胡适后来依俞樾《小浮梅闲话》所载张船山（问陶）《赠高兰墅鹗同年》其中一句所注“《红楼梦》八十回以后，俱兰墅所补”。（《红楼梦考证》）便如获至宝地认为发现了高鹗续写后四十回的确然证据。然而，“说者张问陶说都是‘所补’，而不是‘所撰’或‘所作’、‘所写’、‘所著’、‘所续’。撰、作、写、著、续，与‘补’有截然的差别。张问陶那样有高度文化的大家，绝不会搞混”。（克非《红坛伪学》第 123 页）这个“补”与程甲本高叙所言实际上是一致的。程伟元搜集到“漶慢”的后四十回，请高鹗一同补缀。张问陶的诗句反而证明了高鹗是补缀《红楼梦》为完璧的功臣。清代固然写小说不算是很荣耀之事，但是这部小说流传后即“脍炙人口”，高鹗若真是续书者，他完全是可以承认的。因为他一直活到嘉庆二十年，而嘉庆年间，已经有了不少《红楼梦》续书刊刻了。

程伟元和高鹗将抄本的小说收齐补缀，校订错讹，刊刻天下，是《红楼梦》的重大功臣。程刻《红楼梦》（甲乙本）自清代到民国一百三十多年为最通行之版本，坊间各种刻本均以此为准。清代的文人赞此功绩：

> 曹雪芹《红楼梦》一书，久已脍炙人口，每购抄本一部，须数十斤，自铁岭高君梓成，一时风行，几于家置一集。（逍遥子《后红楼梦序》）

并且程甲本和程乙本不仅是修补了后四十回，对前八十回也有完善，如启功就认为前八十回“也不见得毫无后人修补甚至改动的笔墨”。（《启功论丛·论文卷》第278页）可是，对于程伟元和高鹗当这种功绩，受胡适影响的人多不相信，多诋之“作伪”说他意在“冒名顶替”。（俞平伯《辨后四十回底回目非原有》）但是清代小说地位不高，《红楼梦》因描写风月还曾遭朝廷查禁，程伟元又何必非要冒这个“名”呢？还是林语堂说得合理，“适之可得残本于一百七十年后，程氏自亦可得残本于曹卒后二三十年后。但是谁也不能引此为胡适作伪之证”。（《平心论高鹗》）那么，我们为什么宁愿相信一百三十多年后脂砚斋说的只有八十回的说法，却不相信与曹公较接近时代人的说法，这是很奇怪的。一般做学术研究，都是重视较早的原始史料，如研究宋史者自然以宋人笔记和诗词散文等为第一手的文献，《续资治通鉴长编》为南宋李焘所修，也是较可信的资料，而像元代人编撰的《宋史》，则当为较次一级的资料。同理研究明史者，《明实录》和明代文人笔记文集等一定是最原始的资料。而研究《红楼梦》者，则恰恰与此相反，多相信二十世纪初才出现的来历不明的资料，而怀疑最接近曹雪芹生活时代的清代的史料，殊为不可解，这是违反证据使用法则的。目前所有的“脂本”系统如甲戌、己卯、庚辰本等皆出现在民国以后。红学家克非说：“从曹雪芹生前到清王朝结束那漫长的时间里，尽管红热持续不断，却从无一人见到过、读到过、提到过这三个脂本。”（《红坛伪学》）按古代小说版本流传规律，小说诞生后一般先以抄本流行，若受读者欢迎，就会有刻本出现。而刻本“价值既廉，且又极为醒目，对于一般读者，自会舍抄本而取印本，抄本被逐渐淘汰，几乎是必然的”。譬如《金瓶梅》明代有很多抄本，然刻本一出，抄本几乎“湮灭消失了，甚至连片纸残叶都未留存下来”。（详见欧阳健《红楼新辨》）因此，民国年间突然出现的脂砚斋重评石头记的抄本其来历就大为可疑了。我们可以反过来想想，为什么《金瓶梅词话》一直没有发现明代的抄本，而胡适“自传”说一经大倡，已经消失一百三四十多年的所谓“真本”的抄本就蹊跷地“出土”了（其实清代已有论者提出过“自传”说。胡适不过是炒冷饭）。

小说一经刊刻流传，读者和评论家必然众多，通过分析清代以来的《红楼梦》评点阐释话语系统也可以证明百二十回本是否完璧。首先在小说的大关目和情节上，清代文人的评述均符合现在的百二十回本。最重要的是明义的《题红楼梦》，因为按其自序，他是得作者赠书，所谓“曹子雪芹出所撰《红楼梦》一部”，而且“见其抄本焉”。而这个“抄本”乃是全璧的小说。为什么呢？因为《题红楼梦》第十七和十八首诗歌咏了黛玉死亡、宝玉为僧的结局：

> 伤心一首葬花词，似谶成真自不知。安得返魂香一缕，起卿沉痾续红丝？莫问金姻与玉缘，聚如春梦散如烟。石归山下无灵气，总使能言亦枉然。

“返魂香”说明黛玉后来是亡故了的，这也符合《葬花词》“花落人亡两不知”的诗谶。“石归山”就是宝玉的“悬崖撒手”。这是后四十回的内容。而小说第三十回和三十一回两回宝玉都说到将来黛玉若死，他就去当和尚。可见明义所见“抄本”就是圆满的百二十回，“这是曹雪芹写完了一百二十回《红楼梦》的铁证”。（杜福华《试论红楼梦后四十回仍为曹雪芹所作》）道光年间沈谦作《红楼梦赋》，其最后一赋即《焚稿断痴情赋》

写黛玉之死，亦是百二十回情节。徐曼仙《偶书石头记后》，以七绝诗形式演绎宝黛爱情悲剧。其最后一首云："梨花落尽不成春，梦里重来恐未真。漫道玉郎真薄幸，空门遁迹为何人。"分明叙述了黛玉死，宝玉出家的情节。这一组诗大概作于光绪十八年前后。此外，如谢兆珊诗云："披发慨然归大荒，秋闱战罢红尘净。"（《红楼梦歌》）姜云裳诗云："绛珠一死神瑛去，雪冷空闺悔已迟。"（《偶读红楼梦传奇并孟徽叔芳仲嘉季英四小姑娘题词率成四绝以博一笑》）林孝箕《红楼诗借》之《贾宝玉登科》一首末云："锦衣肯与缁衣换，中有闲情一段情。"鹤睫《红楼梦本事诗》有概括宝玉一生行止云："腻粉柔脂伴一生，浮云富贵不关情。临行织出《登科记》，修到神仙转近名。"由此可见"黛死玉归"是清代读《红楼梦》者的基本共识。

同时，清代阅读和研究《红楼梦》的评点家多将百二十回情节视为完整一体的，少有人怀疑其前后有异。譬如乾隆时人周春就说八十回《石头记》和一百二十回《红楼梦》只是"微有异同"。(《阅红楼梦随笔》）生活在嘉庆、道光年间的哈斯宝评点《红楼梦》，亦是将此书看着完整的故事，丝毫没有质疑后四十回的情节与前八十回有矛盾之处。他对一百二十回小说是细读深思的。他认为一百二十回的小说前后呼应，环环相扣，情节合理。如小说以香菱为始终关结。第一百二十回说士隐自去度了香菱，送到太虚幻境。哈斯宝此处评点云：

> 本书始自一梦，这不算奇，终一睡才是奇。开头故事始于英莲，不为妙，完结时又终于香菱，这才是妙。（《新译红楼梦回批》）

哈氏还认为第二回上半部是四十回的引线，下半部是全书结纽。贾雨村被革职游览天下胜迹，看似"闲笔"却是结尾的预示。"虽才干优长，未免贪酷，故被革职，以及倾颓的庙宇，龙钟老僧这些话，看到了最后一回，方能知道本书千里伏线长绵不断的妙处。"《红楼梦》第一百二十回雨村果然因贪索削职为民，在渡口草庵中再遇甄士隐，说起宝玉出家姻缘，完成红楼大结局。清代《红楼梦》三大评点家之一的王希廉（雪香）在其

《红楼梦总评》中云："《红楼梦》一百二十回分作二十一段开，放知结构层次。"这是批书人很经典的完璧概念。张其信也说："一百二十回袭人出贾府。宝玉情缘，以袭人始，故仍以袭人终。"（《红楼梦偶评》）陈蜕云："书以香菱始，以香菱终，而始以英莲，终以秋菱，则尤于此事实有关者。"（《列石头记于子部说》）嘉庆文士陈其泰云："香菱起，香菱结。菱、林同音。须知叙无数女子，只是为一林黛玉也。"（《桐花凤阁评红楼梦辑录》）张新之认为全书浑然一体，断言续书的不可能：

观其中结构，如常山蛇，首尾相应，安根伏线，有迁一发浑身动摇之妙，且词句笔气，前后略无差别，则所谓增之四十回，从中后增耶？仰参差夹杂入耶？绝其难有甚于作书百倍者。虽重以父兄命，万金赐，使闲人增半回，不能也。何以耳为目，随声附和者之多。（《红楼梦读法》）

王凤姐"瞒婚"之调包计乃后四十回重要关节，而文人丝毫没有怀疑这是续写的。如胡寿萱《读石头记偶占》三首，其中有"读到潇湘焚稿日，负心转自恨神瑛……何事瞒婚来设计，高堂偏听凤丫头"。谢桐仙咏诗云："设计瞒婚假凤鸾，双双喜气满庭兰。"（《读红楼梦传奇满成七绝六首》）谢兆珊的《红楼梦歌》是按小说发展情节所作。其中有"可怜玉树正交枝，恰是红颜绝命时"之句。恩煦诗亦云："蘅芜花烛成欢夕，风雨潇湘绝命诗。"（《题前红楼梦传后》）西园主人《红楼梦论辩》云："遂使权奸窃发，设计瞒婚，假虚名于寄生之曹，结新姻于同气之花。"（《林黛玉论》）可见清代读者和批书人对《红楼梦》完全没有前八十回与后四十回的意识。还不仅如此，清代文人对于"瞒婚"所蕴含的深意，还有非常深入的发掘和阐释。佚名的《读红楼梦随笔》评贾母闻黛玉死道"是我弄坏了他了"一段话：

弄之云者，谓不应先许后赖，形同戏弄，戕其生耳。其词深有悔焉。非悔今日不应娶宝钗，正悔从前不应许黛玉。故一闻其死，不觉天良难昧，愧悔顿萌，自责己之言，信口而出矣。必然，黛玉病死与贾母何干？即为情死与贾母何干？胡为深自悔者若此哉！

由此可见，“瞒婚”乃因此前暗伏的“赖婚”的揭示。而这种微妙蕴藉之文，非有大手笔者，是写不出来的。整部小说是完整的艺术杰作。不仅是关键情节，一些细节也是前后一体的。如刘姥姥一进荣府，见到凤姐。为后来救巧姐千里伏线。陈其泰批曰此节：“直至百回之处，才用着刘姥姥，而此处已见，以为闲文闲事耳。不知名手行文，多在闲处埋根。”（《桐花凤阁评红楼梦辑录》）《红楼梦评赞》说得更明确。“刘姥姥取名巧姐，既补充巧姐生日又说逢凶化吉，遇难成祥。直伏一百十八回事。”这些细节都是今天的研究者不大注意的，反而在后四十回乃续书拙劣的心理意识下，认为调包计写得拙劣，其实是不识庐山真面目。近人俞平伯曾得一部百二十回本嘉庆年刻本《红楼梦》，其上有评语。他发现“这些评语也不太好，每把后四十回与前八十回混合了讲，但他看本书很细，是忠实于《红楼梦》的”。（《读红楼梦随笔》）俞老说清人评点小说“每混合了讲”，意在批评其不知有前八十回和后四十回的区别，但却恰好证明了离曹公生活不远的乾、嘉时代的文人，均将百二十回本的程甲本看作是一体全璧，丝毫没有怀疑前后有所不同。凡此种种皆可证明百二十回本的构思和情节都是完整的。完璧的百二十回程甲本《红楼梦》是最早的刻印本也是流传最好的版本。甚至胡适经过“仔细审查”后也不得不承认“程伟元的一百二十回本的《红楼梦》，即是这一百三十年来的一切印本《红楼梦》的老祖宗。……没有一种翻本不是从程本出来的”（《红楼梦考证》）。当然，后四十回因就残稿所补缀，造成“种种脱枝失节，总不及前八十回之头绪清楚”（《桐花凤阁评红楼梦辑录》）是在所难免的。

还有个值得玩味的现象，现代研究《红楼梦》者不少人都确信程甲本提到的删改者曹雪芹就是作者，并且小说还是“自传”性质，却不相信程伟元和高鹗确实是搜集连缀了全本小说的有功者。史学大师钱穆告诫学华夏研究历史文化者，尤须附随一种“对其本国以往历史之温情与敬意”。（《国史大纲》）后世对清代苦心搜集刊刻补全《红楼梦》的程、高两位先辈，是否也应该抛弃无端之猜疑和歧见而持有这样一份“敬意和温情”呢?

其次，就小说发展事理和艺术表现而言，《红楼梦》一百二十回的结局是圆满而合符情理的。钱锺书在《谈艺录》中不满王国维生搬硬套叔本华悲剧之说于《红楼梦》，他反驳说：“然《红楼梦》现有收场，正亦切事入情，何劳削足适履。王氏附会叔本华以阐释《红楼梦》，不免作法自毙。”钱氏所言，不仅是对王氏的批评，对于我们完整认识《红楼梦》全书有非常重要的意义。所谓“切事”者，《红楼梦》宝玉出家的结局是合符小说人物的内在逻辑的。第三回黛玉说三岁时有和尚要化其出家，第三十和第三十一回宝玉又两次明确对黛玉谈过你死了我就出家的话。故清代文人云：“宝玉做和尚为是书全部大纲目，许做和尚为宝玉一片至诚。”（佚名《读红楼梦随笔》第三十一回评）王国维心目中的《红楼梦》也是完璧的。“读者观自九十八回以至百二十回之事实，其解脱之行程，精进之历史，明了精且何如哉!”（《红楼梦评论》）所谓“入情”者，指与时代的思想一致。遁入空门，是帝制时代一个苦闷的知识者最可能的选择。因为作者曹雪芹并没有时代的思想局限。有人批评小说最后荣府的“家道复初，兰桂齐芳”不好，认为贾府应该是一败涂地到宝玉当乞儿。其实这个结局前八十回已有伏笔。如七十五回“开夜宴异兆发悲音，赏中秋新词得佳谶”，“上半句伏贾府衰败，下半句伏贾府‘兰桂齐芳，家道复初’谶者，必将应验之预兆也”。（杜福华《试论红楼梦后四十回仍为曹雪芹所作》）民国佩之先生从现代结构美学的视角亦剖析精辟：

> 这部书在中国小说中，算是很长的小说。全书有一百二十回，这一百二十回，却是脉络贯穿，一丝不乱。从第一回到底九十七回，全书的进行，是向上的。从第九十七回到末回，全书的进行，是向下的。中间“苦绛珠魂归离恨天”一回，便是全书最高的一点。全书的层次，错综变化，是自然的，不是机械的‘而秩序却极整齐。……依全书的结构而看，这书万万不是出于两人。作者写第一回时候，全书

结构，了然于胸；不是随随便便，一回一回的写下去的，所以才有这样精密的结构。（《红楼梦新评》）

若是站在阅读心理学和接受美学的角度而言，认为后四十回不如前八十回，很大程度上是一种心理上的暗示效应。民国学者说得很好：

上八十回的文笔，和下四十回的文笔，溶化得没有一点痕迹。我们若不是知道这书是两个人做的，绝不会疑心是两种笔墨，这也是自古有续书者以来不常见的事。（哀梨《红学之点滴》）

“溶化得没有一点痕迹”是清代至民初大多数读者读《红楼梦》最直觉的感觉。李长之《红楼梦批判》的阐释更为精辟：

通常总认为后四十回不及前八十回，这完全为一种心理所束缚……在未确定后四十回是高鹗的续书的时候，大家都很公平的去欣赏，而且说非常精彩，一经证明是续书，大家都改变态度，我认为是不对的。

可见，至少到民国初年，很少有人不认可四十回的艺术质量的。怀疑小说结局的思想其实是从民国后出现的，恰好契合了二十世纪初五四运动以来打倒孔家店、埋葬封建家庭的激进思潮，如巴金的小说《家》等。脂批说小说最后是“一败涂地”正好与这种激进思潮相符。这种意识是所谓“革命性”的，但这绝不是清朝那时文人会有的意识。如凌承枢《红楼梦百咏词》自序云：“《红楼梦》者，花月之刑书，风流之刑鼎也。”（吴克岐《忏玉楼丛书提要》卷二）“花月”即风花雪月，“风流”即宝黛钗情事。陈其泰云：“始读《红楼梦》传奇。悦其舌本之香，醉其艳情之长。”（《桐花凤阁评红楼梦辑录》）这是很有代表性的意见，也是清代读者普遍的阅读感受。遍查所有清人评点，几乎都有类似的观点。史学大师钱穆也认为《红楼梦》的故事与宝玉出家结局是最合理的：

《红楼梦》仅描写当时满洲人家庭之腐败堕落，有感慨，无寄托。然作者心胸已狭，即就当时满洲人家庭之由盛转衰，一叶知秋，惊心动魄。雪芹乃满洲人，不问中国事犹可，乃并此亦不关心，而惟儿女

私情亭榭兴落，存其胸怀间。结果黛玉既死，宝玉以出家为僧结局。斯则作者之学养，亦即此可见。（《中国文学论丛》）

以此而言，脂砚斋若在清朝就有如此“革命”的清醒意识，足可见其虚妄。关于小说一百二十回的完整性，林语堂从艺术表现的角度说得更为精辟：

假使曹雪芹所写仅是风花雪月、吃蟹赏菊、饮酒赋诗之事，而一无世情变化沉痛经验，雪芹之才，只见一半（闺阁闲情之细致描写），未见匠才（结构之大，伏线之精），难称为第一小说家。书中主人公也不过是一个永不成器，纵情任性的多情茜纱公子而已，无甚足观。（《平心论高鹗》）

林语堂的最终结论是“程伟元以二十年苦心，求《红楼》全书，果然求得。时去曹未远，由鼓担上或由私藏求得后四十回散稿，乃合情合理可信之事”。其实程氏之功在补缀残卷连为完璧，所谓高鹗续作云云，皆虚妄之谈。而且还有一个最重要的现象，《红楼梦》自诞生以来的种种续书（包括经典的上世纪八七年版电视剧）的结局都是失败的，这种失败反过来证明了程高本的《红楼梦》宝玉出家的结局是最符合传统文学意识的。鲁迅所言自《红楼梦》出来后，“传统的思想和写法都打破了”，而其“破”正在主人公的出家，给读者留下无限的味外之味。

最后兹以容庚的话总结此节文字。“百二十回本是曹氏的原本，后四十回不是高鹗补作的。（1）就文俗的的变迁，看起来，钞本当在程本之前。钞本已经是百二十回，则后四十回断不是高鹗所补作。（2）如果后四十回是高鹗所补作，断不会把第九十二回的两段改易或脱略去。”（《红楼梦的本子问题质胡适之俞平伯先生》）程伟元和高鹗功德无量，没有他们两人的贡献，我们今天只能看见一个半成品的《红楼梦》。 （张）

高鹗可能续书吗？

现在的《红楼梦》排印本，基本上都是署名曹雪芹著，高鹗续。但高鹗是否续了后四十回，得先回答什么文献记载了高鹗续书，文献证据是否充分。

一、高鹗续书是谁提出的？

乾隆五十六年（1791）程甲本问世后，第二年虽又有修订重新排印的程乙本，但这个本子除了原刊以外，一直到二十世纪三十年代才由上海亚东图书馆标点排印一次，因此长时期广泛流传产生较大影响的就是程甲本。至于八十回《红楼梦》（抄本大都题作《石头记》），直到 1912 年才有有正书局影印的《国初钞本原本红楼梦》一种出现，但也只是被个别研究《红楼梦》的人重视，对社会几乎没有产生什么影响。而脂砚斋评点的抄本，二十世纪二十年代后期才发现，未被影印出版之前几十年，一直没有公开。所以，能够使《红楼梦》成为中国古代小说史上的不朽巨著，具有极强的艺术感染力的本子，实际只是程甲本一百二十回本《红楼梦》。程甲本所署的名字，只有曹雪芹一个人，读者也是把前八十回和后四十回当作一个整体来读，没有什么后四十回的问题。

二十世纪八十年代，舒芜在《说梦录》（人民文学出版社，2004 年版）中明确表示："自从一百二十回本问世以后，胡适的《红楼梦考证》发表以前，一百多年间的普通读者的绝大多数全都相信后四十回是曹雪芹的原作，读的最感动乃至抛书痛哭的地方都在第九十七、九十八回，这就是说，即使后四十回全是高鹗手笔，广大普通读者实际上已经肯定他续得成功。"并进一步推断："我甚至相信程伟元、高鹗确实得到八十回以后的曹雪芹的残稿他们又做了不少连缀补充，由于他们的思想和才力与曹雪芹的差殊，所以今本后四十回才会这么不统一，好的地方太好，坏的地方又太坏，不可能是出于同一人之手笔。”

在胡适之前，虽然也有几个人说过后四十回不是原著而是续作的话，甚至也有说是高鹗“所补”，但却语焉不详，并无详实根据，说法也鲜为人知。直到1922年，胡适《〈红楼梦〉考证》的发表，后四十回为高鹗续书的说法才在红学界产生重大影响。胡适的依据共有四点。

第一，张问陶的诗及注，此为最明白的证据。

第二，俞樾举的“乡会试增五言八韵诗始乾隆朝，而书中叙科场事早已有诗”一项。这一项不十分可靠，因为乡会试用律诗，起于乾隆二十一二年，也许那时《红楼梦》前八十回还没有做成呢。

第三，程序说先得二十余卷，后又在鼓担上得十余卷。此话便是作伪的铁证，因为世间没有这样奇巧的事！

第四，高鹗自己的序，说得很含糊，字里行间都使人生疑。大概他不愿完全埋没他补作的苦心，故引言第六条说：“是书开卷略志数语，非云弁首，实因残缺有年，一旦颠末毕俱，大快人心，欣然题名，聊以记成书之幸。”因为高鹗不讳他补作的书，故张船山赠诗直说他补作后四十回的事。

这四条证据中，第二条胡适自己已作了否定；第四条是他个人的感觉和推测，由“生疑”而成“结论”；第三条胡适认为是“铁证”，鼓担得书之事过于奇巧，不可信。其实，胡适自己就亲遇过两件更“奇巧的事”。一件是1922年，他花了一年多时间找不到的《四松堂集》，“忽然三日以内”得到两部，其中一部还“是天地间惟一的孤本”。另一件则是1927年他得到《乾隆甲戌脂砚斋重评石头记》的“奇巧”故事了。“鼓担购书”是否过于神话？

宋健先生在其论文《“鼓担购书”与〈红楼梦〉全璧》中详细论证了此事的可能性：

1990年，我结识了1946—1948年间在北平独立主办大型综合杂志《太平洋月刊》的老报人笑天（本名耿守铨）先生，并与之成为忘年挚交。……我向耿先生请教程伟元在“鼓担”上获得残稿的可能性，耿先生说，程伟元在“鼓担”上搜求并获得《红楼梦》残稿，不但是可能的，且属其搜求佚书的必循途径之一。耿先生在北京生活了近60年，一生经历颇为坎坷，对北京下层民众的生活情况及北京旧俗详知深谙，如数家珍。据耿先生介绍，旧时北京“鼓担”，看似散兵游勇，其实则有类似帮会性质的组织，有自己的“行规”，这些人对古旧文物都称得上是内行，搜求文物正是他们的专长，谁家“坏事了”，谁家破产，谁家有什么贵重之物要售了，他们的消息最灵通，之后他们会很快订出一个“最高收购价格”，同行之间不准随意哄抬购价，至于谁能够收购到，那就看谁的运气好了。是以急于售物之家，明知物品珍贵，也难能卖到一个满意的价钱。“鼓担”行还是古董商的重要进货渠道，他们互通声气，一旦“鼓担”行发现了珍贵之物，古董商一般就不再介入，而乐得坐享其成。京城许多的文物，就是通过“鼓担”行而转手易户的。程伟元从“鼓担”上重金购得十余卷《红楼梦》残稿，合情合理，又有什么可奇怪的？

胡适当过北京大学的校长，是社会名流，是知名学者，是上层人物，对社会下层的世俗生活不够了解。因而，无比珍贵的《红楼梦》残稿在“为贪小利苦奔驰，打鼓营生贱可知”的旧物小贩那里被发现并被高价购买，在胡适看来，不啻天方夜谭，成了“世间没有的奇巧的事”。

高鹗是否续书，最关键的问题应该是：程、高在“序言”和“引言”中是否说了谎话，是否有作伪嫌疑？

二、程伟元、高鹗怎么说？

程伟元“序”说：

《红楼梦》小说本名《石头记》，作者相传不一，究未知出自何人，惟书内记雪芹曹先生删改数过。好事者每传钞一部，置庙市中，昂其值得数十金，可谓不胫而走者矣。然原目一百廿卷，今所传只八十卷，殊非全本，即间称有全部者，及检阅仍只八十卷，读者颇以为憾。不佞以是书既有百廿卷之目，岂无全璧？爰为竭力搜罗，自藏书家甚至故纸堆中无不留心，数年以来，仅积有廿余卷。一日偶于鼓担上得十余卷，遂重价购之，欣然翻阅，见其前后起伏尚属接榫，然漶漫不可收拾，乃同友人细加厘剔，截长补短，钞成全部，复为镌板，以公同好，《石头记》全书始至是告成矣。书成，因并志其缘起，以告海内君子。凡我同人，或亦先睹为快者欤？小泉程伟元识。

关于后四十回的要点如下：

（一）程高本出现之前，就出现了“案头置书”的情况，且深受读者喜爱，有市场价值。

（二）程藏有八十回《红楼梦》，也另外看到过别的八十回本。

（三）程见过一百二十回的回目，而且他数年积有的二十多卷及鼓担上所得的十余卷和一百二十回目一致或没有太大的出入。

（四）程甲本是程和友人“细加厘剔，截长补短”，进行了编辑加工，最后“钞成全部”。

此外，还有一序，是所谓续书者高鹗的：

予闻《红楼梦》脍炙人口者，几廿余年，然无全璧，无定本。向曾从友人借观，窃以染指尝鼎为憾。今年春，友人程子小泉过予，以其所购全书见示，且曰：“此仆数年铢积寸累之苦心，将付剞劂，公同好。子闲且惫矣，盍分任之？”予以是书虽稗官野史之流，然尚不谬于名教，欣然拜诺，正以波斯奴见宝为幸，遂襄其役。工既峻，并识端末，以告阅者，时乾隆辛亥冬至后五日，铁岭高鹗叙并书。（程甲本《红楼梦》卷首）

关于后四十回，高鹗告诉我们的信息如下：

（一）程甲本前无全璧，无定本。

（二）程伟元搜罗来的残稿中已经有了后四十回。

（三）高鹗在1791年春才见“全璧”真面目。

（四）是程伟元购得全书并自任“主编”，邀请他“襄其役”，协助完成编辑加工工作的。

几个月之后的1792年排印的程乙本中，程高联署的“引言”又对这一情况再次做了说明：

书中前八十回抄本，各家互异；今广集核勘，准情酌理，补遗订讹。其间或有增损数字处，意在便于披阅，非敢争胜前人。是书沿传既久，坊间缮本及私家所藏秘稿，繁简歧出，前后错见，即如六十七回，此有彼无，题同文异，燕石莫辨。兹惟择其情理较协者，取为定本。书中后四十回系历年所得，集腋成裘，更无他本可考。惟按其前后关照者，略为修辑，使其有应接而无矛盾。至其原文，未敢臆改，俟再得善本，更为厘定，且不欲尽掩其本来面目也。（程乙本《红楼梦》卷首）

这里再次强调：后四十回是历年收集所得，无他本可考；略为修辑，未敢臆改。

由此可见，程伟元、高鹗两人只是把历年收得的后四十回各种不同的残本做了“修辑”，即拼凑、加工理顺而已。而且为了保留其本来面目“未敢臆改”。和程甲本一样，他们做的仍是编辑加工而不是续作工作，并且期待能以后再有更加完善的机会。

这是《红楼梦》一百二十回的刊刻出版者的第一手交代，文献信息非常重要，应该是最有信服力的《红楼梦》后四十回出处的证据。本不应该再有什么伪续的说法。然而，一位局外人的一首诗注却给《红楼梦》后四十回带来了一段至少二百多年未了的公案，这个局外人就是和高鹗同时代的张船山。

张船山（1764—1814），名问陶，字仲治，四川遂宁人。清代诗人，工诗善画。乾隆朝进士，官吏部郎中，最后做到山东莱州知府。在其诗集《船山诗草》卷十六《辛癸集》中有一首诗序曰：

赠高兰墅（鹗）同年传奇《红楼梦》八十回以后，俱兰墅所补

无花无酒耐深秋，洒扫云房且唱酬。
侠气君能空紫塞，艳情人自说红楼。
逶迟把臂如今雨，得失关心此旧游。
弹指十三年已去，朱衣帘外亦回头。

这首诗是张高两人于嘉庆六年（1801）顺天府乡试任考官时的唱酬之作。张、高曾于乾隆五十三年（1788）同榜中举，故称“同年”。十三年后，又同任考官，得以重逢。这首诗及注有两处为红学家所关注，并成为胡适和“高续说”者的“证据”：一是题下注，特别是那个“补”字；二是诗中的“艳情人自说红楼”一句。有人认为这个“补”字应作“补作”解，即“八十回以后俱高鹗补作”；也有人说，这“补”字应是“补缀”之义。张问陶非直接见证人，他的所谓“俱兰墅所补”的信息最有可能是来自高鹗。而高鹗早就言明，对于前八十回，是“广集核勘，准情酌理，补遗订讹。”对于无他本可考的后四十回“惟按其前后关照者，略为修辑使其前后有应接而无矛盾。”高鹗与弟子华岭所编《月小山房遗稿》里有一首七绝记录此事，全诗录如下：

重订《红楼梦》小说既竣题：

老去风情减昔年，万花丛里日高眠。
昨宵抱得嫦娥月，悟得光阴自在禅。

作者在标题上说“重订”而没有说“补作”或“补续”。参之程伟元的序，则有“乃同友人细加厘剔，截长补短”等语，则“补”的含义就很明确，应不是“补作”、“补续”之义，而是“补订”、“补缀”之义。至多告诉我们，程伟元和高鹗在分任“补缀”工作时，高鹗主要负责后四十回的整理工作。恰恰印证程甲本序中所言：“见其前后起伏尚属接榫，然漫漶不可收拾，乃同友人细加厘剔，截长补短，钞成全部……”

至于张问陶诗中的“艳情人自说红楼”一句，无非是张问陶深知高鹗与《红楼梦》的深厚渊缘，以赞其对《红楼梦》编印问世所做出的贡献而已。

胡适推测高鹗“不愿完全埋没他补作的苦心”。我们也能从这首诗中看出高鹗“工既竣”的欣喜之情，他还为自己起了“红楼外史”的别号。然而，高鹗终究是个正直的文人，他没有贪天之功为己功。况且，见过后四十回之人应不止他一人，也不太好说假话。

从到目前为止所发现的早期八十回抄本也好，一百二十回抄本也好，都证明程《序》《引言》中的话是事实。前人所写的许多“摘误”和今人的诸多“指谬”“批评”，也都说明程高并没有说“假话”“谎话”，更不是“鬼话”。张船山的“所补”说不但不能做“续作”的证据，反是高鹗“补遗订讹”的好证据。由于高鹗 1791 年春才看见程伟元搜集的“全璧”本，不是做研究和考证，承担任务只是“补遗订讹”，后四十回的水平如何也不该由他来承担。

三、从程甲程乙本的出版情况看，高鹗有没有时间和精力续书？

首先，程高刊刻《红楼梦》前后不到一年时间，续书哪能如此容易。高鹗在程甲本叙中说了整理抄本和刊刻的时间：

> 予闻《红楼梦》脍炙人口，几廿余年，然无全璧，无定本。……今年春，友人程子小泉过予，以其所购全书见示，且曰：“此仆数年铢积寸累之苦心，将付剞劂，公同好，子闲且惫矣，盍分任之?”……时乾隆辛亥冬至后五日，铁岭高鹗叙并书。

从这个序言中可知高鹗从程伟元手中得到了数年收集到的《红楼梦》全书，进行整理编辑，从本年春到冬至，不足一年。就算高鹗才华不在曹公之下，但是且不说创作后四十回，就是补缀完善前八十回的时间都是很紧的。如果说高鹗在不到一年就能写出艺术水平很高的四十回，那他只能是超过曹雪芹的伟大天才了。因此，容庚从时间上判断高鹗续书绝无可能：

> 曹雪芹做了十年的时光，只做了八十回的《红楼梦》，连回目都没有留下，来让高鹗补做。我现在看高鹗的序文，由春道冬，能够补作了后四十回并兼排印出来。怎那么快？……高鹗五十三年中举人，五十六年补《红楼梦》，也不过只有三年的工夫。（《红楼梦的本子问

题质胡适之俞平伯先生》）

林语堂也认为高鹗续《红楼梦》无论是在个人才华和时间上都是不可能之事：

高鹗是个举人（后成进士），举人能当编辑，倒不一定能写小说。除非我们见过高鹗有自著的小说，能有相同的笔力外，叫他于一二年中续完四十回，将千条万绪的前部，撮合编纂，弥缝无迹，又能构成悲剧，流雪芹未尽之泪，呕雪芹未呕之血，完成中国创造文学第一部奇书，实在是不近情理，几乎可说是绝不可能的事。（《平心论高鹗》）

综上而言从程甲本及程乙本排印出版的情况看，胡适的“高续说”是难以成立的。

其次，再看看从程甲本到程乙本的演变过程。自程甲本印成于“辛亥冬至后五日”（1791 年 12 月 8 日），到程乙本印成于“壬子花朝（1792 年 3 月 23 日），只有七十五天。在这么短的时间里，他们修改了多少呢？据统计：全书一百二十回，共改动文字 21506 字，其中前八十回有 15539 字，后四十回有 5967 字。俞平伯先生说：“这在《红楼梦》版本史上是个‘谜’”。不过，这个“谜”还是俞先生自己解开了。他认为是高、程根据不同底本整理加工的结果（见谈新刊《乾隆抄本百廿回红楼梦稿》）。窃以为前八十回之所以改动大，是因为版本众多，“各家互异”，“繁简互出，前后错见”；后四十回之所以改动小，是由于“无他本可考”，且是他们刚刚整理过一遍。

后四十回若是如胡适曾指责后四十回有不通之处。例如：程甲本第九十三回，水月庵事发，赖大问贾芹谁和他不对？书中写道：“贾芹想了一想，忽然想起一个人来。未知是谁，下回分解。”可第九十四回没有了下文，其实，如果确是高鹗续作，反不会如此。可能的情况是，原稿就是这样，或者原作者忘了上下衔接；或是抄书人的“偷工减料”所致。高鹗校勘时也未发现这一“纰缪”，就照排上去了。书印出后，才突然发现，于是在程乙本中改成了如下的文字：

贾芹想了一会子，并无不对的，只得无精打彩，跟了赖大走回。未知如何抵赖，且听下回分解。

这样一改，上下就衔接了。这样的例子还有，无须一一列举。

四、程伟元的地位应该重新评估

从第一手证据看，搜罗《红楼梦》八十回后佚稿达多年并“积有廿余卷”的是程伟元；重金在鼓担上得“十余卷”者是程伟元；打算整理出版者是程伟元；请高鹗“盍分任之”——参与修补工作的是程伟元；在这里，高鹗只是“欣然承诺”并“遂襄其役”而已。所以，台湾潘重规老先生说判定《红楼梦》后四十回为高鹗作而剥夺了程伟元著作权是红坛的“一大冤案”。

如再讨论《红楼梦》后四十回，不能不先弄清这些事实，重新评定程伟元的历史功绩与地位。目前，高鹗不是《红楼梦》后四十回续书作者问题已成共识。早在2008年《红楼梦》新校本第三次修订出版时，署名就由“曹雪芹、高鹗著”，改为“曹雪芹著，无名氏续，程伟元、高鹗整理”了。只是“无名氏”之提法有些古怪，须知“无名氏”不是古代词汇，更不是版本用语。以版本学论，古籍不知作者为谁，一般说法是“佚名”。（如唐诗《金缕衣》）佚名者，不是没有姓名的人，（“无名氏”）而是在书中没有署名，或姓名无法查寻而已。（欧阳健·《〈后胡适红学〉的奇异风景线——评张庆善答问〈红楼梦〉后四十回作》）

目前的结论可以确证的是在程、高编印程甲本《红楼梦》之前，世间确实有百二十回抄本流传。后四十回是程伟元“历年所得，集腋成裘”、“竭力搜罗”而得，自1791年程甲本问世后，到1927年胡适的所谓“铁证”出现之前，能够使《红楼梦》成为中国古代小说史上的不朽巨著，具有极强的艺术感染力的本子，实际只有程甲本一百二十回本《红楼梦》。程、高两人并没有“作伪”的动机与可能性，也无“续书”之举，但绝对有“补缀”之大功。因此，我们对具有保全和“补缀”大功的程伟元和高鹗应该抱有足够的温情和尊重。（周晓波）

《红楼梦》是曹雪芹的自传体小说吗？

1921年，胡适发表《红楼梦考证》，认为“《红楼梦》是一部隐去真事的自叙：里面的甄、贾两个宝玉，即是曹雪芹自己的化身，甄、贾两府即当日曹家的影子”。从而提出了《红楼梦》这部书是曹雪芹的自叙传的观点，即“自传说”。

这一观点得到新红学家俞平伯、顾颉刚、周汝昌等人赞同，于是，自二十世纪二十年代以来《红楼梦》一直被认为是“写实自传”。《红楼梦》的史学研究，其前提、出发点和根基就是这部小说为一部自传，具有史料性质。曹学、探佚学更是根基于此。因此，有两个基本问题必须澄清。

第一，《红楼梦》是自传吗？

自传是作者自述其生平经历的一类文章，内容应该是曾经发生过的真实的事情，不能或基本上不能孱入虚假的事情，属历史文献的范畴。自然也不妨写得深细入微，生动形象。这其中，“作者”是关键词，探讨《红楼梦》的“自传说”成立与否，作者问题尤为关键。

可惜，自小说问世以来，《红楼梦》的作者，迄今尚无定论，或者说，作者“众多”。

自清朝迄今，就有曹寅之子、曹寅之孙、曹寅父子、曹雪芹、吴梅村、曹頫、石头或石兄、曹竹村、石兄与曹雪芹、曹渊、曹颜、曹硕、曹頔、纳兰性德、家族累积说等多种说法。

《红楼梦》作者之所以署名曹雪芹，其主要原因正如程伟元所说，是由于“书内记曹雪芹先生删改数过”。也就是说，因为《红楼梦》的第一回中有“后因曹雪芹先生于悼红轩中，批阅十载，增删五次，纂成目录，分出章回，又题曰《金陵十二钗》并题一绝”。这样的话，似乎把《红楼梦》的著作权给了曹雪芹。后来有些学者就以此为据，认为《红楼梦》真是曹雪芹所作。于是，前有胡适的《考证》，后有周汝昌的《新证》，都在证明《红楼梦》不过是曹雪芹的“自传”而已。

特别是周汝昌先生，先后写了《曹雪芹》《曹雪芹小传》《曹雪芹传》。周先生八十高龄时还出版了四十多万字的《文采风流曹雪芹》，另有近四十万字考证曹雪芹的《红楼家世》。正如其自序所言：“所谓红楼家世，即曹雪芹家世。”在书中，他从曹氏受姓到汉曹参为相，三国曹操称王、曹丕称帝，再到宋曹彬封王，一直写到曹雪芹，考证非常详尽。也诞生了一门新学，即余英时所说的“曹学”。此外又有所谓“探佚学”与之相呼应。探佚学不过是曹学的变种，因为它所“探”的“佚”，就是书中的人和事与曹家以及曹家与清代康雍二朝的人和事的对应关系，是新的索隐派。还有最为重要的一支，就是所谓“脂学”。1927 年胡适收藏了一部来历成谜且近四十年不对外公开的《脂砚斋重评石头记》（甲戌本）残本，在红学界引起巨大反响，“脂学”也应运而生。

陆续发现的十来种“脂本”，提供了大量的有关曹雪芹及其创作《红楼梦》的扑朔迷离的信息，与“自传说”非常契合，其批语还表明，前八十回是曹雪芹作，后四十回是高鹗伪续，曹雪芹创作过程也是至亲好友或闺阁密友的脂砚斋（畸笏叟等）亲见亲闻和亲自参与的。“脂本”所提供的这些关于曹雪芹的资料，成了“曹学”、“探佚学”的支柱。

通过对“脂本”材料的论证，《红楼梦》的作者问题似乎已经解决，结论是：前八十回是曹雪芹所写，后四十回为高鹗“伪续”。从 1921 年胡适的《红楼梦考证》发表到今天，红学发展了九十余年，依然没有彻底走出胡适在《考证》中所作的结论。在 2008 年《红楼梦》新校本第三次修订出版时，署名由“曹雪芹、高鹗著”，改为“曹雪芹著，无名氏续，程伟元、高鹗整理”。

从胡适考证《红楼梦》起，近百年来，陆陆续续发现了一些有关曹雪芹生平事迹的文物和资料。最早被发现的是敦敏、敦诚兄弟的诗集，明义的《绿烟锁窗集诗选》，袁枚的《随园诗话》，兴廉（宜泉）的《春柳堂诗稿》，裕瑞的《枣窗闲笔》，然后是十来种“脂本”。还有“文革”前后不时发现的曹雪芹的遗著、画像、书箱、墓碑、遗诗等等。这些几乎都是鱼目混珠，以假作真的东西。对于这些东西的考证，得出各种各样的结论，多以闹剧收场。

海外红学家赵冈说：“如果面包是面粉做的，研究面粉是有用的，如果面包是空气做的，研究面粉当然是错了。”这个比喻，形象地说明了《红楼梦》作者研究的现状。现有已知文献中没有曹雪芹为《红楼梦》作者的直接证据。所有的不过是四五条提及芹溪、芹溪居士、雪芹、芹圃或曹雪芹等称谓的诗句或附注，而附注则是后人伪造的，试图证明诗句中的芹溪居士、芹圃、曹雪芹等即《红楼梦》作者的“证据”。这些证据，要么文理不通，要么欲盖弥彰，要么前后抵牾。至于曹雪芹与《红楼梦》作者之间的真正逻辑关系，则一直无处探寻。

应该说《红楼梦》是署了名的，只是署得扑朔迷离，令人捉摸不透。

作者在第一回中开篇先卖了个关子：“看官，你道此书从何而来？说来虽近荒唐，细玩颇有趣味。”随后，却清楚地告知读者，书的第一作者是“无才补天”的那块石头。因为空空道人在大荒山无稽崖青埂峰下看见的那块大石“上面字迹分明，编述历历”，因对石头道：“石兄，你这一段故事，据你自己说来，有些趣味，故写在此，意欲闻世传奇。”这就告诉读者，此书是“石头所记”，它的第一作者，是那块被遗弃的石头，至于石头的真实姓名，书上并不明说，让读者去猜。书的第二个作者，就是空空道人，是他，把“石头所记”“从头至尾抄写回来”。并因此改名为情僧（由道而僧），把书名改为《情僧录》。书的第三个作者是东鲁孔梅溪，是他把书名由《情僧录》改为《风月宝鉴》。书的最后一个作者才是曹雪芹，正是他“于悼红轩中，披阅十载，增删五次，纂成目录，分出章回，又题曰《金陵十二钗》”。

按这段自述，我们知道《红楼梦》的问世，至少经历了四个人之手。只是我们无法知道这四个人的真实姓名而已。作者既然善于“将真事隐去”，“用假语村言”，焉知在作者问题上他不会用同一手法呢？红学家们都承认“石头”（石兄）、空空道人（情僧）、孔梅溪都是作者虚拟的，例如清人周春就说孔梅溪乃乌有先生也，其曰东鲁孔梅溪者，不过言山东孔圣人之后，北省人口语如此（一粟《红楼梦卷》）。既然其他三位都是“乌有先生”，为什么偏偏把曹雪芹当成真实的存在呢？这个曹雪芹很可能不是作者的真实署名。

清代，尤其是乾隆时期，文字狱非常厉害。据说，清宗室弘旿，知道有《红楼梦》一书却始终不敢看，因为“恐其中有碍语”。冯其庸说，贾宝玉的那番“文死谏，武死战”的宏论，比起乾隆二十年胡中藻的“一把心肠军浊清”这句诗来，比起乾隆三十九年徐述夔的“明朝振羽陋，一举去清都”这样的诗句来，总要厉害得多，直露得多罢？胡中藻惨遭凌迟，即行处斩。一向欣赏胡中藻诗，并和胡中藻有唱和之雅的满人鄂昌，被乾隆宣示为满洲败类，赐令自尽。徐述夔的结局是乱刀砍死，抛于荒郊。首级砍下，悬挂示众……”（冯其庸《论红楼梦思想》）

由此可推见，在这种严酷的现实中，冒着抄家、杀身甚至凌迟处死的危险，把自己的名字写到比胡、徐的诗还要“厉害”的《红楼梦》上去，可能性较小。“假作真时真亦假”，作者在署名上很可能是有意作假，或被迫作假。

另外，中国古代，对小说、戏曲一向采取轻蔑的态度，明清以来多数小说家，不敢或不愿把名字写到自己的作品上。吴敬梓一生穷困，写了一部《儒林外史》，在今天看来是很荣耀的事，可是他的朋友程晋芳却为作者感到悲哀：“外史纪儒林，刻画何工妍！吾为斯人悲，竟以稗说传。”可见这种观念深入人心。

明代的“四大奇书”，它们的作者至今都是迷团，因为书上的署名都不是真的。《金瓶梅》署名“兰陵笑笑生”，作序的叫“欣欣子”，但他们究竟是谁，坊间便有十余种猜想。《三国演义》的作者罗贯中的历史资料，也只有《录鬼薄续编》上的八十余字的记载。除了说他写过三个杂剧之外，只说他“乐府隐语，极为清新”，没有说他写过小说，更不用说《三国演义》了。《水浒传》托名施耐庵和罗贯中著。有关施耐庵的生平和籍贯的说法也是五花八门。最近还有学者认为，施耐庵是“俺乃是”谐音的倒装。

《西游记》的作者在明代都未署名，现存最早刻本为明万历二十年世德堂本，只题华阳洞天主人校，前有陈元之的序，序中说此书“不知何人所为”。与此本同时或稍后的版本，也都不署作者之名。清初本则有署名丘处机的。清中叶，有人认为是吴承恩所作，这一说法，到1922年经鲁迅、胡适确认后，次年被鲁迅写入《中国小说史略》。但有一点可以肯定，就算是吴承恩所作，他也不愿或是不敢署上自己的名。此外，像《好逑传》、《醒世姻缘传》、《玉娇梨》等，作者都不署真名，这是中国古代文人的不成文规则。故《红楼梦》文本所署的曹雪芹，很难说是作者的真实姓名。而且在曹氏族谱中，从未找到“曹雪芹”这三个字，可见，《红楼梦》的真正作者不管是为保命也好、保名声也罢，都存在名字作假的极大可能。

结合《红楼梦》的文本考论，可知《红楼梦》的作者，确实如程甲本编者程伟元所说“相传不一，究不知出自何人”。到1791年，程伟元至少听到了两个以上作者之名，而且应该不包括“曹雪芹”这个名字，否则，参考小说中自叙，程伟元当时就可直接判定“作者”之名，不会再有后来这些公案了。

那么，《红楼梦》的作者会是谁呢？这个问题，只能留给学者们继续研究了。其中有一种观点得到许多人认同，那就是《红楼梦》的作者，应该如《红楼梦》开篇所说：是“曾历过一番梦幻”的人。只有经历了由“花柳繁华”、“温柔富贵”到“蓬牖茅椽”、“绳床挖灶”的大起大落的人，才有可能写出像《红楼梦》这样的“彻头彻尾的悲剧”。（王国维《红楼梦评论》）

即使假定作者是曹雪芹，作者与叙事者“石兄”也并非同一人物，而小说主人公贾宝玉更不是“一个实有之人”；叙事对象或文本中的人物也并非作者曹雪芹自己，而是闺阁中的“彼一干裙钗”，其编撰之目的是“使闺阁昭传”；所谈的主题也不是作者的“个人生活”，而是满洲贵族贾、王、史、薛四大家族没落衰败的血泪史。无法满足自传要求作者、叙述者和人物必须同一的必要条件，从而可推知《红楼梦》不是自传。

第二，《红楼梦》是自传体小说吗？

自传必须作者、叙述者和人物具有同一性。自传体小说不需要具有作者与人物的同一性，但是需要具有相似性。以此来观照《红楼梦》，就会发现，石头（或第三人称叙事者）与贾宝玉并非一致，而曹雪芹（假设这就是作者的实有之名）与贾宝玉是否具有相似性又无从得知，因为以目前所知曹雪芹的文献，都无法确证曹雪芹其人其事。曹雪芹可能是曹頫、曹颙的遗腹子，也可能是其他任何人，但都仅仅是“可能”而已。所以从严格意义上说，《红楼梦》也不是自传体小说，而是小说。

读书要知人论世，古人早就提出了这个命题。从作家的生平经历、思想性情来解析其作品，也早就成了一种常用的，甚至可以说是习惯性的研究方法。中国如此，外国亦然，称作传记式文学批评。由于受传统的经学、史学的影响较深，这点在中国表现得更为突出，在文学史研究中，许多研究者对考证作家的生平事迹，怀有浓厚的兴趣。

鲁迅曾经以他创作小说的经验，从小说人物与其生活原型的关系的角度，批评过“新红学派”对“自传说”的固执。他说，“纵使谁整个的进了小说，如果作者手段高妙，作品久传的话，读者所见的就只是书中人，和这曾经实有的人倒不相干了了。”（鲁迅《〈出关〉的“关”》）

美籍“新批评派”的雷奈·韦勒克和奥斯汀·沃伦合著的《文学理论》中也有类似的论述，“即使文学艺术作品中可能具有某些因素确实同传记资料一致，这些因素也都经过重新整理而化入作品之中，已失去原来特殊的个人意义，仅仅成为具体的人生素材，成为作品中不可分割的组成部分”。这都是强调文学作品中的人物、情节，与其生活原型，素材是不能混同、不能等同的。现实中的人和事都是客观的社会存在，文学作品中的人物和情节则是作家的创作，是在作家特定的意向和思想情趣的导向和约制下重新复制出来“化入作品之中”的，性质和意义也就不同了。

恰如俞平伯所说：“夫小说非他，虚构是也。虚构原不必排斥实在，如所谓‘亲睹亲闻’者是。但这些素材已被统一于作者意图之下而化实为虚。故以虚为主，而实从之；以实为宾，而虚运之此种分寸，必须掌握，若颠倒虚实，喧宾夺主，化灵活为板滞，变微婉以质直，又不几成黑漆断纹琴耶。”（《索引与自传说闲评》）鲁迅曾说：“作家的取人为模特儿，有两法。一是专用个人，言谈举动，不必说了，连微细的性格，衣服的式样，也不加改变……二是杂取种种人，合成一个，从和作者相关的人们里去找，是不能发见切合的了。但因为‘杂取种种人’，一部分相像的人也就更其多数，更能招致广大的惶怒。我是一向取后一法的……况且这方法也和中国人的习惯相合，例如画家的画人物，也是静观默察，烂熟于心，然后凝神结想，一挥而就，向来不用一个单独的模特儿的。”（鲁迅《〈出关〉的“关”》）鲁迅所言，属于文艺理论上的常识，已然具备数十年创作经验的张爱玲自然更懂得。她晚年就说：“不少读者硬是分不清作者和他作品中人物的关系，往往混为一谈。曹雪芹的《红楼梦》如果不是自传，就是他传，或是合传，偏偏没有人拿它当小说读。”她还举了《色·戒》被误解的例子，并引用王尔德的话：“艺术并不模仿人生，只有人生模仿艺术。”（张爱玲《〈续集〉自序》）

张爱玲根据自己多年创作经验说：“写小说的间或把自己的经验用进去，是常有的事。至于细节套用实事，往往是这种地方最显出作者对背景的熟悉，增加真实感。作者的个性渗入书中主角的，也是几乎不可避免的，因为作者大都需要与主角多少有点认同。这都不能构成自传性小说的条件。书中的‘戏肉’都是虚构的。”（《红楼梦魇》）

最后的结论就是《红楼梦》不是自传，也不是自传体小说，而是一部

虚构的小说。应该“拿它当小说读”，张爱玲如是说。这样简单的道理，实际上很值得我们认真思考，反复说明。（周）

红楼四大家族构思源于《姑妄言》

研红学者多《红楼梦》的家庭描写承袭《金瓶梅》，却多忽视了清代另一部被湮没的长篇家庭巨制《姑妄言》的深厚影响①。《红楼梦》第四回叙述贾雨村断薛蟠打死人案，门子给贾雨村介绍“护官符”的贾、薛、王、史四大家族。明清自《金瓶梅》后写家庭小说者不少，但四大家族这种叙述结构关系唯有《姑妄言》与《红楼梦》。而前者成书时间早于《红楼梦》。《红楼梦》的创作构思极有可能是从雍正年间这部长篇巨制《姑妄言》袭来。这部小说淹没很久，“写成后并没有刊行，只在小圈子中抄录流通，清代文献中，我们未看到有关此书的任何记录”。（陈庆浩、王秋桂《姑妄言》出版说明）曹雪芹极有可能是这个流传小圈子中的幸运儿。其书抄写全本直到二十世纪六十年代才发现于苏联，故知者甚少。它是中国性小说的集大成者。然而其不少情节文字与《红楼梦》多有相似之处。

第一，很巧的是作者都是姓曹。而且都是北方人。一是三韩的曹去晶；一是北京的曹雪芹。但两人的籍贯居然都是辽阳。当然，《姑妄言》的作者在明清小说中是最确定的。因为小说中曹去晶的自序和自评就把作者说得很清楚了。“去晶”也很有可能只是个笔名。这种署名的清楚在明清小说中实属罕见。而《红楼梦》的著者则较模糊。曹雪芹被断定为作者并无十足的证据。两书都是百万字以上的鸿篇巨制，描写细腻的家庭生活

① 能通读《姑妄言》者，极少。

与广阔社会生活。但全书的结构安排极为相似。《红楼梦》以葫芦庙的门子给贾雨村讲述“连络有亲，一损俱损，一荣皆荣，扶持遮饰”的贾、王、薛、史四大家族的富贵权势。《姑妄言》也是四大家族——宦、贾、童、钟四家结拜兄弟，相互联姻。第十六回讲五家为儿女们相互结亲（加上钟生莫逆之友梅生家共五男五女）。如梅家的女儿配与钟家大少爷。宦家孙女配钟家小儿子。进士贾文物的令爱配了宦家的孙儿。童家的女儿配与钟家小儿子。宦家小孙女配与了童家的儿子。除了结构的相似，两部小说的构思和主旨也很相似。且其书名之意乃讽刺世人“以妄为真，以真为妄”，这与《红楼梦》中多次提及“以真为假，以假为真”，“假作真时真亦假”的构思极为相似。曹去晶在自序中说：“余之此书，不名曰真而名曰妄者，何哉？以余观今日之衣冠中人妄，富贵中人妄，势力之人妄，豪华中人妄，虽一举一动之间而未尝不妄。”《姑妄言》第二十回有一句诗赞宦萼：“昔年呆公子，今日善菩萨。”这句赞也颇适合贾宝玉的一生。宝玉不就是经常说呆话，发呆气吗？最后黛玉死而出家成了菩萨。

第二，犹如《红楼梦》第二回以冷子兴讲述豪富权势熏天的四大家族。《姑妄言》也以帮闲文人邬合给宦萼叙述四大家族的情况，如说号称“童百万”的童自大：

> 邬合见说，没奈何，只得将杯箸放下，抽中掏出块帕儿来擦了擦嘴，说道：“城中有一个富翁，叫做童百万，大老爷可曾闻名么？”宦萼道：“我也知道此人，却不曾会过，不知果是如何？”邬合道：“那童百万名自大，晚生也认得他，他家里面真豪富，金银满库，米豆千仓，圆的是珠，光的是宝。犀牛头上角，大象口中牙。十数座当铺，千百间佃房，南乡的田，江北的洲，山中的大木，江里的鱼套，都是有的。虽比不得老爷府上奢华，在南京也还颇充得第二。晚生愚意，像这样人家，将就同他相与也罢了。”（第五回）

这段绘声绘色的夸张的描绘与门子说“护官符”上薛家的“丰年好大雪，珍珠如土金如铁”很相似。邬合接下又说贾文物家：

又有一家，是前科发甲的贾老先生讳文物的。他令先尊贾翰林名播一城，他令先岳富户部官闻四处。他家中房子住着有几十进，门面漆得雪亮，彩画得光烂陆离。正中悬着个伽楠香的匾，斗大“进士第”三个石青地的金字。外面竖着四根沉香旗杆，刷得通红，下边白玉石雕花鼓子。这个体面豪富，在城中也就要算第三家了。（第五回）

这贾文物家世系出翰林，故与《红楼梦》贾家颇像，都是所谓的“诗礼簪英，钟鸣鼎食”之族。“斗大的‘进士第’”亦似黛玉所见贾府正门匾上大书的“敕造宁国府”。贾文物的父亲贾翰林名字叫做贾明，“做过一任主考。年老无子，致仕家居。前妻王氏早故，后娶了一个莫氏续弦”。贾政的正室也是王氏，贾宝玉也是中年才生的。《姑妄言》的一些用语也影响了《红楼梦》。如著名的“女儿是水做的骨肉”，听起来很是新颖。可是《姑妄言》却早有这么一段相似的话语：

容老儿道：“我当初借易老爹只十两银子，这些年来利上滚利，才聚上许多。如今我家日食都艰难，瞒不得你老人家，那得还有钱还债。我只有一策，我家大姐是你见过的，也不为丑，女婿又死了。他今年才二十来岁，水也似的。后生料道也守不得。（第六册第十四回）

宝玉说的女儿是“水做的骨肉”，意与此同。可见《红楼梦》的艺术表现是有所借鉴的。《姑妄言》第十六回说道“堂堂男人不若这一关闺阁妇人者甚多”，旁边钝翁评曰：“此书大主意不过说世上无情男子不若有义妇人。”这与《红楼梦》对女子的崇拜如出一辙。

第三，除了四大家族的构思相同。两部书的名字和建筑亦有相通之处。《姑妄言》中人物众多，奴仆、官宦、婢女、武将等，名字多取有独特意义的谐音。这与《红楼梦》相仿。如聂变豹妻子“单氏”，乃喻善良之意。贾文物谐音“假文物”，红楼贾宝玉谐音“假宝玉”，两个名字盖皆有深意。特别值得注意都是《姑妄言》的重要人物钟情谐音“钟情”，其名字倒过来就是“情钟”，谐音“情种”。是书第十四回梅生赞扬钟生是“真情种也”，将其名字寓意点出。而《红楼梦》中秦钟的名字亦是“情种”之意。书中叙阮大铖的大儿媳妇郑氏也是官宦人家，她的父亲叫郑钲。正好谐音“假正”。与《红楼梦》中贾政名字发音很相似。而且郑钲同贾政一样，也是“荫生出身”。贾政当了工部员外郎，郑钲则是刑部员外郎。如此的巧合已经不是一般的巧合了。至少可以说曹公读过《姑妄言》这部书的可能性很大，故其小说的取名有所借鉴。《红楼梦》有金陵十二钗之说，而《姑妄言》第十七回也说大财主董自大娶十个小妾合金钗十二之数：

童自大跟着这些媒婆各处相看了许多，只拣了十个，他暗算道：“我听见人说金钗十二，我家中有一双。”带这十个，岂不是十二了，奶奶独当一夜，他们两人当二夜，恰恰是七日一轮。

第四，两部书最主要的人物的爱情皆是前世姻缘。《红楼梦》中宝玉和黛玉的恋情是因当年赤瑕宫神瑛侍者浇灌绛珠仙草而结下，仙子下世“还泪”的木石前盟。所以第三回宝、黛初见如似曾相识之感。而《姑妄言》的钟生和钱贵也是前世种下的姻缘。小说第十六回二人梦见城隍庙神说：

尔夫妻虽是今生之缘分，却是前世之往因，尔可能记忆否?”钟生道：“某下土愚士，已昧往因，求大王指示。”王道：“此一种公案，俟将来期到再为明剖，今只将你二人往事示知。尔钱贵前生姓白，生得颇有姿容，却爱富嫌贫。尔钟情前世姓黄，家资富厚，欲求白氏为婚，白氏倒也心愿，因他父母见你生得奇丑异常，不肯依允，故尔二人遂两地相思而亡。吾神因白氏爱钱，命姓钱家做女。为他不分好丑，故罚瞽目为娼。尔钟情前世不过痴愚，却无过犯，怜你枉死，故使你初为贫士，复查尔颇有善行，后博一第终身，与钱贵先做烟花友，后成结发缘，了却前生相思之债。

第五，两部书的一些空间场景相似。《红楼梦》有大观园，《姑妄言》里的四大家族之一的宦萼家也有个大花园叫“斐园”。其内部“山石玲珑，树木掩映，楼阁参差，池沼婉曲，十分富丽”。与大观园不相上下。《红楼梦》第三十八回描写贾母等品茶赏花，很有雅致。斐园有个四周围绕着水的亭子“吞萍阁”。书中说：

> 你道何为吞萍阁？这是夏天避暑的一座凉厅，四围是水，此阁在内独峙。塘沿四周都是参天垂柳，遮得那阁上一隙日光皆无。水内荇藻铺满，那龟鳖鱼虾往来游戏不绝，皆浮于水面，吞吐浮萍，景甚可观，故此取名为吞萍。（第十回）

“吞萍阁”的雅致与大观园的藕香榭非常相似，都是建筑在水中间的一个亭子，这些地方很可能启发了曹雪芹的构思。《姑妄言》钟生的妻子瞎姑钱贵性情孤高傲世，她住的南京朝天宫大街所居环境，颇类林黛玉的潇湘馆：

> 只见一带疏篱，数竿修竹，树木掩映。一个小小青门楼儿，迎门一座花台，栽着一丛天竺，点缀着几块宣石。（第二册第四回）

除了这种环境描述的相似，人物设计也有些地方相仿。譬如火氏有婢女巧儿，红楼凤姐也有个女儿唤巧姐。《红楼梦》帮助赵姨娘用厌胜术暗害凤姐和宝玉叫马道婆。《姑妄言》第三回也描述了一个马婆子。她协助祁辛奸淫朋友何幸之婢妾葵花。马道婆后来事情败露为官府所抓，问了死罪。赵姨娘后来也被索魂而死。马婆子也被邻家叫暴利者杀伤而亡。

第六，两部书不少情节和细节也有不少相仿之处。如《红楼梦》第一回说此书作者“曾历过一番梦幻之后，故将真事隐去”云云。而《姑妄言》第一回说南京应天府闲汉到听醉卧古城隍庙，梦历了一场古今因果报应的历史姻缘。醒来后即遇见道士。《红楼梦》石头记过来几世几劫后，空空道人见到了石头。两部书皆以梦幻开首，是很少见的。《红楼梦》开篇以一僧一道贯穿始终，《姑妄言》也是一道一僧在其中扮演角色。只不过那峨眉山道士和少林僧乃以房中术授之以四大家族。两部书的情节相似之处尚多。如《红楼梦》第四回写贾雨村听葫芦僧门子的话，就糊糊涂涂地将打死人的薛蟠放脱，乱断了案。《姑妄言》（台版全本）第二回叙述金陵开赌场的人屠户“葫芦提认”了老婆通氏怀上侄子的骨肉，颇有几分相似之处：

自昌氏死后，通氏将侄儿做了副夫。屠四在当日也想尽力以报昌氏，无奈穷主人请了大肚汉的客，再不能使他饱足。此虽竭力铺排，彼并不见感谢。今遇通氏，见他还易于打发，只仗着本事，尽力可供他饱足。他二人恩爱得了不得，只瞒着人屠户一个。通氏虽然好淫，竟还知足。自从有了屠四，把外边向日的旧主顾一概谢绝，不去招揽。人屠户见妻子忽然贞节起来，暗暗称奇，那知他宠幸可心可口的爱侄。过了年余，通氏忽生一子，人屠户方才大异，究问其从何而来。通氏还道："是你当日好的时候我受得孕。"人屠户道："我已病废了这几年，那里有怀七八十个月的道理。"通氏只是笑，说道："你有了儿子就罢了，管这些闲事怎么？"人屠户也料到是侄儿之种，也还是他屠家的骨血，就葫芦提认了。（第一册第二回）

小说中说人屠户老婆通氏原是娼家婊子，他为其费了许多钱卖了来家为妻。不想一年之后，人屠户得了一个"下疳"，竟然将阳物蚀去。上面还是须眉男子，下面竟无男子之具了。通氏娼家出身，自然耐不住寂寞，守不住贞洁，不久即和来投奔的侄儿屠四好上了。二人瞒住人屠户，夜夜云雨，竟然怀了他的孩子。人屠户知道后"大异"。通氏很会说话，竟然说这是他"当日好的时候受得孕"。人屠户自然不肯信。但想到是"屠家之种"，也就葫芦提认了。《红楼梦》中狡黠的门子是指导贾雨村乱判案的关键，而他曾是当年雨村微时所居的葫芦庙小沙弥。人屠户下身因病废了，犹如那出家的僧人。而通氏与侄儿通奸怀孕，无丝毫愧色，还振振有词不要丈夫管"闲事"，正与门子说起四大家族一荣俱荣，一损俱损的护身符为世间天经地义一般。发迹了的贾雨村遂冤枉好人，包庇呆霸王薛蟠，将恶霸杀人当成闲事。还搞了个"扶乩"请仙的把戏，蒙骗众人，将薛蟠杀人一案弄成玄幻的"夙孽相逢"。薛蟠被冯魂追索而死，贾雨村徇情枉法，胡乱断了案件了事。"葫芦提"是明清俗语，而《姑妄言》与《红楼梦》作者是同代人，又皆姓曹，亦是辽阳人，两者神秘联系还真不少。

这类情节似同者还有不少。如娇杏被贾雨村扶正与《姑妄言》中郗氏扶正的故事很相似。郗氏扶正与《红楼梦》娇杏被贾雨村娶为妾，一年后被扶正很相似。两个女子命运都有一个“巧”字上。郗氏命运比娇杏还苦些，她本是个穷家少妇，被不良丈夫充好古卖与他人。投水自尽正好为钟生救下。后又正巧碰上过路上任去的荣巡抚，因无子息，要娶几个美妾。媒人见郗氏貌美，巡抚派人看相亦甚合意，遂花了二百四十两银子娶了去。次年郗氏就生子，专宠房内。二年后大夫人亡后，竟将郗氏册了正，一下子成了三品诰命夫人。书中第十六回这样说：

> 那郗氏生了二十多岁，从不曾这样体面过，忽然而得，不但不恼恨了，而且欢喜起来，晚间荣公就同他共宿，那绣帐高悬，锦衾重叠，睡在上面好生受用……那荣巡抚见他容貌既美，又和气又温柔，虽寻了三四个女子，都不及他，竟有专房之宠。除了正夫人，就要数他了。……随到了江西任上，次年就生了一子。这荣巡抚诺大年纪，官居八座，才得了这个活宝，真比斗大的一颗明珠还值钱些，爱其子而及其母，先还是叫姨娘，此时竟称起奶奶来了。二年后，大夫人病故，过了周年，这样个大人家，没有个夫人在内中统属这些姬妾，可还行得？荣公不但是自来疼爱他，古语说，母以子贵，看儿子的面上，竟册了正，公然一位三品淑人。

而娇杏本来只是甄家的丫鬟，偶然一日撷花被微时的贾雨村看中。后雨村当官后费百金娶为妾，亦甚宠爱。“只一年便生了一子，又半截，雨村嫡妻忽染疾下世，雨村便将他扶侧作正室夫人了”。所谓“偶因一着错，便为人上人”。郗氏本来命运悲惨，被丈夫贱卖，这是“错”，但却幸运地被荣巡抚纳为妾，从此过上锦衣玉食的生活，后又被册立为正室，成为“人上人”。所谓世事难料。小说中云：“况妇人们裙带上的衣食更定不得的。”即是此理。郗氏和娇杏可谓世上幸运者，两个故事亦相似。如此相似的情节还有不少，如嬴氏夫妇设计整龙飏，就与王熙凤害贾瑞相仿。两部书在细节方面亦有类同处。如《姑妄言》第十六回提到郗氏赠钟生两个儿子每人一个金麒麟挂在项上。《红楼梦》第三十一回亦有宝玉丢失金麒麟，为史湘云拾到之事。《姑妄言》第十三回叙述书生宋奇生的艳：

那人是个标致少年，穿了一身华服。他姓宋名奇生，生性浮浪。家中有数千金之产，才二十多岁。因娶了个奇丑妻子，两不相睦，时常在外三瓦两舍嫖妓宿娼，淘碌空虚。现在弱病在身，还不知检，犹自贪欢。这日在此走过，不想汪氏泼了一身脏水。正要发作，猛回头，见是这样个妙人，遍体酥麻。

此种情节乃《金瓶梅》潘金莲掉落晾衣杆打西门庆翻版。文字上有极似《红楼梦》薛蟠瞥见林妹妹“已酥倒在那里”。“酥”字可谓是词骨，见人物的灵魂。宝玉和黛玉吵嘴，贾母说了“不是冤家不聚头”，两人听了都有同感。而《姑妄言》第十八回富新一妻二妾被杀后与之共埋一处，书中亦云“不是冤家不聚头”。此虽谚语，明清小说中皆有，然红楼中突出此言，盖有深意。

第七，两书地域色彩显著。《姑妄言》是地道的金陵语言的风俗小说，而《红楼梦》虽是北京风味，然也涉及到南京甄家。这种四大家族的写法一直到现代，还有作家沿袭，如贾平凹著名的长篇小说《废都》。此外，还有一点也很值得注意。《姑妄言》多次提到《西游记》，而《红楼梦》亦深受这部神魔小说的影响，只是藏得很深。譬如大家都知道的第一回将石头通灵，幻形入世的故事，亦是从《西游记》仙石化猴而来。且此书第一回开篇诗句有“混沌未分天地乱，茫茫渺渺无人见”。《红楼梦》的“茫茫大士”与“渺渺真人”的名号正是从这里来的。说到《红楼梦》的继承关系，一般多拿《金瓶梅》和《红楼梦》两部家庭小说进行对照。然《金瓶梅》不过西门庆一家之事情，其结构尚小。而《姑妄言》是第一部以几个家族为主线的小说，这点对《红楼梦》启发肯定更大。

《姑妄言》和《红楼梦》成书时间相隔不远，且都有熟悉作者的评点者。虽然脂砚斋是否真实，还有待考证。当然两书也有很大不同，《姑妄言》有明确的朝代地域，重点讲述崇祯末年世风和历史烟云，里面有李自成等贼寇。它是汉人作家一曲缅怀明朝覆灭的挽歌。书中女子皆缠足，且处处描绘金莲的美，表明其汉家女子的风俗。而《红楼梦》是叙述“八旗世家”的贵族生活。因清代的文字狱，书中对朝代讳莫如深，对政治避而远之。故无朝代年纪，筑一虚构的大观园，躲到那里避开红尘。因此，它主要是谈情。而《姑妄言》看似淫秽色情描写很多，其实如金庸之《笑傲江湖》，实质上是十足的政治小说。书中按明末帝王顺序叙述，从万历到南明弘光朝，将最后一个汉家王朝沦亡之事，以小说形式进行演绎，寄托亡国之恸。《姑妄言》语言艺术也很高超。特点是自然流转，诙谐有趣，同时反映了清代南京风俗。只是书全本只有台湾的《思无邪汇宝》本，能通读者较少。此书性描写的文字较多，远远超过《金瓶梅》和《肉蒲团》，被目为古代性小说集大成者，故深入研究往往受到限制和消极影响。 （张）

清代文人对《红楼梦》的评点歌咏

今日研究《红楼梦》者谓之“红学”。而红学的奠基与话语发源从清代就开始了。清代文人的阐释以当时的传统意识进行评点，更为切合著者的思想，不少话语至今仍然有非常珍贵的价值。

清人评点《红楼梦》主要是两方面。一是各种关于小说的阐释文字，包括随笔杂记和《红楼梦》的章回评点，据一粟《红楼梦书录》所载评点本有七十九种，评点家竟有一百四五十家；二是品评论赞《红楼梦》的诗词歌赋，前者如著名的脂砚斋评点，叶朗赞其为“历史上第一位红学家”。（《中国小说美学》）但此书来历很是不明。“在清代，清人的随笔很少提及‘脂砚斋’三字，更无人指出脂砚斋姓甚名谁；在清人的点评文字中很少引用和论述脂批。”（盛世闲人《清代红学史》）并且脂批宣称写在曹雪芹去世前，与著者相约一创作，一点评。这在明清小说评点话语系统中是非常少的，可以说是绝无仅有。清代长篇巨著《姑妄言》的评点者林钝翁虽然说与曹去晶是“如影随形，无呼吸之间相离”，但曹去晶写这部小说时，两人也未在创作期间就商量好一写一评。而是“曹子偶以所著之《姑妄言》示予”。钝翁亦是过后评阅。严格的说脂批的话语不少是属于民国的话语系统，因为不少学者已经指出其评点中的一些词汇是近现代的。如甲戌本批语有“造化主”一词，刘广定考证“中国古时所无，可能是基督教传入后才出现的。梁启超光绪壬寅旅居日本时首用之”。（《庚辰本石头记七十一至八十回之版本研究》）欧阳健考证出其不少批语并不是“原创性的”，而是“回应性的”。是针对清代的护花主人、太平闲人、大某山民、涂瀛和花月痴人等的评点话语的。而这些批书者的生活时代却是从道光十二年至光绪十年之后（《脂批的“针对性”和锋芒所向》）。脂批本身有浓厚的伪托迹象。如首页前四行的下部有“撕去的一角”，所缺之处很可能是“题署”或藏书人的印章，那么撕去的动机很可疑。书中文字错讹颇多，又多不避讳康熙帝名讳“玄”字。若再对比雍正庚戌年间的《姑妄言》则可知其造假之嫌很大。该书的清代唯有抄本流传，凡“玄”字缺末画，避康熙讳。而乾隆的名讳“弘历”字却不避。脂批中还不断暗示较熟悉作者，并且是创作构思的知情者，这反而给人“此地无银三百两”之感。让人怀疑其评点的动机和真伪。“脂批”虽然现在已成主流红学的至宝，并在阐释《红楼梦》的艺术和审美方面确有功绩，如其评湘云“咬舌”。指出“真正美人方有一陋处”，正与西方“缺陷美”契合等。但其紧密联系自传说，评点努力指向曹家，并预言所谓的“树倒猢狲散”，贾府一败涂地等并不大可靠。脂批的“自我呈现”是怪异的，完全不同于明清评点家的风格。胡适只“看了一遍”就断定它是海内最早的《石头记》抄本，显得异常草率。胡氏在考证小说方面其实一直不甚严谨。譬如金圣叹腰斩《水浒》为七十回，冒称古本，他就“信以为真”。看到龚圣与的《宋江三十六人赞并序》说“虽有高如李嵩辈传写”，遂将“传写”误会为

“写字”。（均见赵景深《水浒传简论》）且胡适得此本后，长期“秘不示人”，其中隐情，颇耐人寻味。在清代评点家中道光年间哈斯宝较为突出。哈氏虽是蒙古族人，但对《红楼梦》异常喜爱，将其翻译成蒙古文，并把百二十回缩编为四十回。每回皆有批点。哈氏读红，独具慧眼，常常在他人不留意处，体会深刻。如书中皆云宝钗会做人。哈氏却云：

因为妒忌宝玉对黛玉的爱情，她费尽心机，故意要鉴赏那块玉，笑脸看着婢女，让婢女说出同己金锁上的话是一对儿。写这等情节，令人觉不出她的奸诈狡猾，回目上也只写“巧合”二字，就这样玲璃（淋漓）尽致地揭出她是何等奸狡。（第五回回批）

王凤姐的才干在小说中很突出，但哈斯宝却说“写凤姐，真像一个奸佞之徒”。（第三十回评）并言其不过曹操、李林甫之流。凤姐献调包计，世人以为“奇谋”。但哈斯宝批得很精到。“此计毁了四人：黛玉因此而死，宝玉因此出家，宝钗因此守寡，袭人因此失节。由此可见，傻大姐并不傻，凤姐才是真傻。作者让从宝玉口中说出‘你才傻呢’岂是无意的？”（第三十一回批）凤姐只有奉承贾母，聚敛财富的小聪明却没有真正治家的大智慧。凤姐郎君贾琏是书中的浪荡公子，历来对其研究亦多皮相之谈。然而涂瀛《红楼梦论赞》之《贾琏赞》却发掘出贾琏人性中极为闪光的一面，真是眼光独到：

贾琏烧琴煮鹤，大煞风景，红楼市中物也。以配凤姐，且在所辱，况平儿哉！然负荆一节，颇能自降，拔其帜而树娘子帜，一腹负将军解风雅者也。收入色界中，置风流坛外，作金刚尊者。

这种赞词较之今天动辄将贾琏贬为好色淫荡，更为客观。其“金刚尊者”之断言，不仅是对贾琏人性一面的理解，更可看作读《红楼梦》的指导。即在每一个人物身上细心体会，发现他们隐藏的“金刚”的一面。《彩云赞》云：“然平儿诘盗，慨然挺身，宝玉认赃，毫无输色，落落乎石乞子风也。”这种评价确有眼光。他说邢夫人是“似柔非柔”，对于我们以多面角度理解红楼贵妇颇多助益。涂瀛较早注意到黛玉父亲死后所留的巨大财富为贾府所吞，并认为黛玉之死与这笔财富暗中相关：

或问："凤姐之死黛玉，似乎利之，则何也？"曰："不独凤姐利之，即老太太亦利之。何言乎利之也？林黛玉葬父来归，数百万家资，尽归贾氏，凤姐领之。脱为贾氏妇，则凤姐应算还也；不为贾氏妇，而为他姓妇，则贾氏应算还也。而得不死之耶？然则黛玉之死，死于其才，亦死于其财也。"（《红楼梦问答》）

涂瀛字铁纶号读花人，举人出身。其对《红楼梦》"深情无限"，故其红楼论赞"议论精审，褒贬适宜"。（《忏玉楼丛书提要》卷二）姚燮《读红楼梦纲领》亦是杰构。如其评探、惜二人。"探姑娘之待赵姨，其性太漓，惜姑娘之讦尤氏，其词太峻。"其识超出诸家之上。江顺怡《读红楼梦杂记》间有精辟之解，如他说"红楼之金闺硕彦，皆出乎情而守乎礼，即荡检逾闲如司琪等，亦矢志不移。"这恰好是我们端量著者思想的重要砝码。清代阐释红楼者，尚有至今难以逾越之处，如赵之谦《章安杂说》云"尤三姐、鸳鸯不如司琪，柳湘莲、宝玉不如潘又安"。这个判断异常独到，盖尤三姐和鸳鸯之死不值，柳湘莲和宝玉虽有情却乏胆量，未若司琪壮烈，潘又安始逃避，终以勇气回来殉情表妹。湘莲则不识人，宝玉则懦弱任由家长摆布。赵氏之见识至今看来都是视域开阔，阐释深刻的。没有对小说的沉潜细品，难有如此器识。其他如陈其泰的《桐华凤阁评红楼梦》、周春的《阅红楼梦随笔》、无名氏的《读红楼梦随笔》、二知道人《红楼梦说梦》、晚清吴克歧的《犬窝谭红》与《读红小识》均是上乘之作。

清代文士品赏咏怀《红楼梦》的诗词及对联多蕴含了不少真知灼见，但往往被忽略。这些诗词，自这部伟大小说传抄刻印以来，就有了歌咏。著名红学宿老周汝昌云："题咏《红楼梦》的诗词，到嘉、道间就多了起来了。"（《红楼梦新证》）对这些评点资料的发掘，有助于还原和梳理《红楼梦》人物方面的话语系统。这些诗词歌赋多彩多姿，数量不少。仅晚清虫天子编辑的《香艳丛书》就收录了十三种咏怀《红楼梦》的诗赋。柴萼尝说“《红楼》词，予所见者，都十六种，皆藻思軼群，绮芬溢楮”（《梵天庐影集》卷二十六）。可见当日盛况。一粟概括最好：“在中国古典小说名著里面，没有再比《红楼梦》拥有这末数量丰富的歌咏的了。……至少还有三千首。”（《红楼梦资料汇编》编辑说明）这样数量巨大的咏红诗词，可谓古典小说之最。有些诗词由于影响巨大，甚至开创一种评论形式。如潘孚铭的《红楼百美诗》以五言排律六十韵，一百二十句，分咏红楼一百三十位女性。“裁对工整，言简意赅。”（《香艳丛书》二集卷四）这种方式在士林影响深远，同体裁的作品相继而起：如丁嘉琳和佚名的《红楼梦百美吟》，东香闪人的《红楼梦百美合咏五言排律五十韵》，邱炜爰的《红楼梦分咏绝句》等几十种。所谓“百美新咏创格以后，继者林立”。（孙樗《馀墨偶谈》卷七）咏红楼诗词就内容而言，大致有两种类型，一种是概括小说故事，敷衍其中情节的；另一种是品评人物的。前者像王芝岑《题红词》，以一首词牌，演绎一个《红楼梦》的情节。如《绮罗香》描述“意绵绵静日玉生香”一回故事。卢先骆《红楼梦竹枝词》以七绝形式概括整部小说。相较而言，清人品评红楼人物的最有价值，它属于阐释的诗词表达。这类诗词往往用精炼的一二句诗就概括了所评人物的特质和形象。譬如关于王熙凤，清代诗词歌咏不少。周澍《红楼新咏》之《哭巧姐》云：“积恶可期儿获报，遭殃多半鬼衔冤。”写出凤姐身前作恶多端，死后女儿遭到报应的悲剧。廷奭《红楼八咏》歌咏凤姐云：“言语尖酸颇自豪，杀人无血笑中刀。”凤姐作为管家的颐指气使的霸道和毒辣心肠透出纸上。西园主人的《红楼梦金陵十二钗本事词》以此叙述和评论人物。其描述凤姐一生的几个重要片断：

智赚淫尤，侯门深入，安排巧计秋桐。事兼两府，丧仪停寺，双双谁与车同？最怜倾溺粪，置死地，萏蔷夹攻。却原来是骷髅粉黛，风月鉴当中。　　都尽道，笑言藏利刃，丈夫巾帼，乱世奸雄。馒头纳贿，杀人如草，看鸳颈鹃红。尽百花蜂采，金银窟，仇深怨丛。冰山已化，大观月夜感魂通。（《王熙凤调寄飞雪满群山》）

一个笑言藏奸，心狠手辣凤姐被呈现出来。而有的诗词，短短几句就揭示了凤姐的某些本质。一般人都说很欣赏凤姐的口才伶俐和杀伐果决能治家。然而邱炜爰《红楼梦分咏绝句》评凤姐却云："绝大才华绝妙言，可怜家政出私门。""绝大"和"绝妙"一语似赞凤姐聪明才略，然而一个"可怜"两字便将凤姐眼光短浅，缺乏智慧，只顾放贷捞钱的实质揭露出来。姜祺咏凤姐云"此妇若除贪与诈，承欢理剧胜姑嫜"，正中熙凤病处(《红楼梦诗》)。贾母是荣府的老祖宗，享尽荣华，儿孙满堂。姜祺诗评其一生可谓点睛：

祥呈五福画堂前，酷妇顽孙独见怜。慈爱有余明不足，无边欢笑乐年年。

"酷妇"乃凤姐，其管家够酷而贪婪；"顽孙"自然是宝玉。"独"乃偏爱。"慈爱"句正是荣府衰败之因。贾母溺爱宝玉等很像《战国策》中的溺爱长安君的赵太后而"不为之计深远"。紫鹃是黛玉的侍女，周澍《红楼新咏·哭紫鹃》云："几年形影伴潇湘，药灶茶档细较量。多病有谁医怨女，薄情终不恕痴郎。"绘出紫鹃和黛玉超越一般主仆关系的姐妹友情，紫鹃忠心侠义的性情让人嘘嘘。《红楼梦》人物众多，许多次要人物少有人注意，如喜欢贾环的彩霞和彩云两个丫鬟，即便现代论文也少有关注。但清代文人的论诗却早有评赏。如凌承枢的《红楼梦百咏词》之《彩霞·朝中措》叙述彩环之恋：

春来底事乱如麻，为有旧情赊。幸苦多年勤勉，如何只是波查！

云窗雾阁，事何恍惚，惜此娇花。可恨小郎太憨，落花流水同嗟。

短短的一个小令，便将彩霞和贾环的"旧情"揭出，最后叹息贾环对爱情的不珍惜，不禁让人吁叹。清代咏红诗词，有一首怀一个者，亦有一句叹一人。如潘孚铭《红楼百美诗》说凤姐是"承愉鹦舌巧"，遂将一个巧言令色，整日奉承谄媚贾母的王熙凤呈现。同样说凤姐，丁嘉琳咏叹："持家独揽权"，状凤姐贪权得意之态。"独"字警策(《红楼梦百美吟》)。

林苇南的《红楼梦百咏》说探春“客在芭蕉下”，说湘云“人依芍药边”。均将人物性情画出。倪鸿《桐阴诗话》载一女郎湘妃竹扇面咏红楼人物，配《西厢记》一句，“词意酷肖”。言简意赅，很能抓住人物命运和性情特质。如咏王熙凤“酸醋当归浸”，红楼酸凤姐形象跃然纸上。说平儿是“做夫人便做得过”。将平儿在小说中的人品和受人敬爱托出（卷四）。清代文人还有以花评赏红楼人物的方式。如王希廉《石头记评花》将每个人比作一种花，象征其性情和遭际。后有一句注释。如说宝玉是紫薇，注云：“俏东君与莺花做主。”黛玉比之灵芝，注云：“多病多愁身。”平儿是夹竹桃，注云：“好教我左右做人难。”这正是平儿夹在凤姐之威、贾琏之淫的缝隙中的真实处境。

清代人比较喜欢玩一种牌叫叶子戏，光绪年间徐曼仙以此撰《红楼叶戏谱》，这是迄今少有的保存完整的红楼叶子戏。它以红楼人物做成牌，将众多人物分为情种、情淑、情贞、情义、情怜、情幽、情胎、情庸、情慧、情傲、情妒、情移等十二类。每种情有一句四言诗的判词，藉以概括品行。如分宝玉为“情种”，判词是“穿花蛱蝶”。充分体现其为“闺中良友”。黛玉被归入“情淑”，评句是“金钗领袖”，是对其诗才第一的尊敬。徐氏以女性心态和意识体会小说，细腻敏柔，寥寥几句就能抓住性情特质。譬如将王熙凤、夏金桂和赵姨娘归入“情妒”，凤姐领衔“骚”字。而妒虽一，具体却别。赵姨娘和金桂是“鼓舌如簧”，凤姐却是“游丝别引”，颇堪玩味。邢夫人和尤氏被列入“情庸”，暗喻平庸。忠心事主紫鹃和平儿被归为“情义”。二人一个是宝、黛的红娘；一个后来救巧姐。香菱、巧姐和妙玉皆入“情怜”。盖三人一个从小被拐走，一个差点被舅舅所卖，一个被强盗劫走，身世皆堪怜惜。芳官归入“情慧”，但判词是“鼓舌如簧”。巧慧弄舌正是戏子的本色。不过，徐氏将王夫人和薛姨妈归入“情胎”，让人费解。总的来看，这种“情”的分类确实有助于对红楼人物的深入理解。

清代这些诗词其实就是另一种阐释话语，只是注意者较少。对清代批书者的话语发掘，其实就是还原《红楼梦》的原生态。若能将清代至民国的咏《红楼梦》诗词条分缕析，多加发掘，一定能得到更多的有益资源。（张）

曹雪芹真的反传统吗

对于《红楼梦》撰者曹雪芹的思想一直都有一种教科书式的断言，即所谓“反封建”和“反传统”。其实曹雪芹的思想只是阳明心学的继承，是《牡丹亭》“一往情深”的小说表现。故而黛玉和宝玉是“木石前梦”的前世姻缘，然而依旧抵不过世俗的金玉良缘。宝、黛最终一死一出家。这是曹雪芹思想的最远边界，其核心还是没有超出传统礼教的范围，因为宝玉毕竟还是完了婚，考了科举，留下了遗腹子才遁迹空门的。

宝、黛的爱情悲剧告诉我们，在传统礼教的家庭，自由恋爱的不可能。但若论其要逆反整个传统思想，是根本不可能的。即便是阳明心学，它也只是反对纯粹的代圣贤立言的模拟，而主张要自己用心去体会圣贤之言，做出自己的判断，因此对中国人的思想空间稍有拓展。如阳明先贤云：

> 如吾儒有个父子，还他以仁；有个君臣，还他以义；有个夫妇，还他以别。何曾着父子、君臣、夫妇的相？（《传习录》语录三）

在阳明心中，儒家五伦常序是神圣的。他们对儒家圣贤是绝不反对的，这就像宝玉不喜欢读书，但对儒家经典依旧是尊崇的。曹雪芹的思想是在传统范围内对真性情的坦露。因为明清社会还是传统的体制。受五个社会阶段发展论的影响，一般研《红楼梦》者，多以清代为最后的王朝，遂多关注所谓“封建社会末世”之类的文化现象和文学阐释。其实清朝并非末世王朝，它只是中华大一统君主专制王朝的组成部分。如果不是十九世纪中叶西方文明的武力撞入，中国社会将继续帝制的兴盛和衰落的永久循环，这是因为中国君主专制或官僚主义的传统社会走的是自己独特的道路，与西洋社会全然不同。人类社会并非所有地域都会自动由所谓的原始社会逐渐走向资本主义社会，这只是一种一厢情愿的“上帝”般的臆测。诚如现代大儒梁漱溟所断言：

中国走上了与西洋不同的路。而它在此路上，又走不出去，遂陷于盘旋不进。中国历史上只有一治一乱之循环，而不见有革命，即此盘旋不进之表露。我曾说它是“不痛不痒无可指名的大病”，假使没有外力进门，环境不变，它会要长此终古。(《中国文化要义》)

明清两代并没有出现所谓的“资本主义萌芽”，因为没有这种萌芽产生的条件和环境。按著名历史学家黄仁宇的观点，资本主义是一项社会整体的运动，绝非出现几个商人，有点织布机器就行的。《金瓶梅词话》中西门庆尽管经商致富，却一心想让儿子将来读书考科举，因为当时商人地位依然不高。他的钱也是去买田地置房产，完全是自秦汉以来的传统生活方式。《姑妄言》中的童百万虽然富甲金陵，可还是用钱去纳了一个监生来当。他自己盼望生个儿子，“大了送他去读书，像二哥似的。买个举人进士给他，也就算得现任了”。(第十回)可见传统价值观的深入骨髓。由此可见，曹公所撰《红楼梦》一书，仍然是一部帝制文化模式下的传统书写，并无革命性的意义。历来研究《红楼梦》者有一误区，就是无限拔高此书的思想意识。如所谓反传统，反封建。其实在传统文化的熏染下，作者还是一个比较正统的文士，他只是写了一个贵族家庭悲欢离合的生活故事。明清小说一般都会在揭露讽刺之后归于正统帝制思想的“合模要求”。殷海光在《中国文化的展望》中云：“至少在传统中国，甚至文学于艺术也隐含牢固的合模作用。”《红楼梦》也没能免俗。它虽写出了豪门的虚伪奢靡，但意在惋惜伦常的堕落和维护正统的纲纪。清代士大夫倒很清楚这一点：

一则曹雪芹尖簪缨巨族、乔木世臣之不知修德载福、承恩衍庆，托假言以谈真事，意在教之以礼与义，本齐家以立言也。（观鉴我斋《儿女英雄传序》）

因此而言，作者绝无埋葬旧时代的愿望，《红楼梦》的整体思想并未超越时代的规范。克非就注意到生活于虐待奴隶较严重的雍正时代的曹公“竟然对奴隶制度毫不反对”。书中特别喜欢描写主子和奴婢之间的“情义、信任、关注、相倚、和谐”。（《红坛伪学》第297页）大骂宁府堕落的焦大是作者心目中的忠义之仆，贾府被抄后，还特地塑造了包勇这个“义仆”的形象。凡此种种正如黑格尔所言，这个历史性的人们还未摆脱心灵上的“臣民的精神”，他们的文化心灵“像孩童一般不敢越出家族的伦理原则，也不能够自行取得独立和公民的自由”。（《历史哲学》）二千多年的帝制文化体系侵蚀了一代又一代的人，深入骨髓。黄仁宇说清代小说“仍为官僚主义之下的产物”，堪为至论（《中国大历史》）。清代文人说此书亦确，“《红楼梦》实才子书也”。（《樗树轩丛谈》卷二）王蒙的分析可谓有胆有识。“贾宝玉这个人物算不上叛逆异端，曹雪芹本人也算不上叛逆异端，从政治的，实践的观点看，贾宝玉、曹雪芹毋宁说都是顺民，都是听话的，至少是无害的。”（《红楼梦启示录》）

曹雪芹的思想与同时代人相比，差距也不大。如他与《儒林外史》的作者吴敬梓所塑造的自我形象杜少卿颇为相似。都是不羁乡里，不拘名教，著名思想史学者郭兆光判断较切：

大清帝国里，知识阶层或士绅相对独立的空间就越来越小了，他们既不能逃避体制的控制，逃逸到皇权所不能达到的地方去生存，也不能逃避真理的压迫，自由地表达另类思想。（《中国古代思想史》第二卷）

而且清代是满洲统治，怀部族政权之狭，对文士的思想控制是空前绝后的。正像柳诒徵所言：“前代文人受祸之酷，殆未有若清代之甚，故雍、乾以来，志节之士，荡然无存。有思想才能者，无所发泄，惟寄之于考古，庶不干当时之禁忌。”（《中国文化史》下册）曹雪芹之写《红楼梦》未尝不是一种逃避意识。他构筑了一个陶渊明梦想的桃花源般的乌托邦式——大观园。一个人性自在的怡红公子和一帮丫鬟，表面似乎过得逍遥，然而也终究免不了最后散去的凄凉。如余英时所言：“曹雪芹的反传统思想基本上属于魏晋一型，尤其是竹林七贤那种任情不羁的风流。”（《曹雪芹的反传统思想》）这是不错的。敦城的诗也常将他比作魏晋风度的阮籍。如“狂于阮步兵”、“步兵白眼向人斜”等。阮籍之狂傲在魏晋是很有代表性的。余英时认为曹雪芹最倾心的古人是阮籍，亦很有眼光。如曹雪芹自号“梦阮”就是仰慕阮籍为人。但问题也在这里，其所言的曹雪芹“反传统思想”是否存在？而这种反传统是否包含了对皇权和专制制度的批判——即我们所谓的“反封建”？其实余英时的另一句话已经看到问题的实质：“八旗世家及其高度的虚伪化是直接激起曹雪芹‘反叛’的社会原因。”（《曹雪芹的反传统思想》）但批评制度的虚伪和反对制度本身是有根本区别的。就像清初的思想家黄宗羲、顾炎武等批评专制君主都很强烈，但绝不能因此判定他们反对君主制度，因为“他们都有尊君之论，即都认同有君论，都赞成君为政本，都以圣王之治为理想”。（张分田《中国帝王观念》）正如绝不能仅仅因为宝玉骂热中科举之士为“国贼禄鬼”，就认定作者真的反对科举制度了。中国历朝历代都有狂生畸人，但在心底反而是承认和维护礼教道德价值的，包括“竹林七贤”这批“越名教而任自然”的人。鲁迅曾精辟地分析过他们在狂放掩饰下的真实内心：

> 魏晋时代，崇奉礼教看来似乎很不错，而是在毁坏礼教，不信礼教的。表面上毁坏礼教，实则倒是承认礼教，太相信礼教。……凡人们的言论，思想，行为，倘若自己以为不错的，就愿意天下的别人，自己的朋友都这么做。但嵇康阮籍不这样，不愿意别人来模仿他。竹林七贤中有阮咸，是阮籍的侄子，一样的饮酒。阮籍的儿子阮浑也愿加入时，阮籍却道不必加入，吾家已有阿咸，够了。于此可见魏晋的破坏礼教者，实在是相信礼教到固执之极的。（《而已集》，《鲁迅全

集》第三卷）

我们姑且称这种士的双重人格为“阮籍人格”。它表面上异端于虚伪礼教，但内心深处依然是这个普世“真理”的忠实信徒。这是一种变态的自求平衡，所谓“道德仁义，非礼不成”。（《礼记·曲礼》）中国的士没有人能超越这个藩篱，他们始终以礼乐为务，从不愿离开这个根基。但礼乐在俗人眼中是外在的形式，在士人心中是内在的体悟”（金太金、王庆五《中国传统政治文化新论》）。因此，他们实际上比别人更为坚定地维护礼制的神圣。

《红楼梦》是否蕴含反传统礼教的意义，只要检验一下作者是否也具有这种“阮籍人格”就清楚了。小说中的“恶人”赵姨娘正好是这样一块特殊的“镜子”。因为她恰有“犯上”之嫌。作者对赵姨娘的极端的蔑视厌恶态度，学界早有论及，但问题的关键是作者为什么就单单厌恶赵姨娘，对她的描述一点好的地方都没有？仅仅是嫡庶之见吗？事情并非如此简单。按照儒家礼教，姨娘的身分是妾，而“妾在家长（制）家中实非家属中一员。她与家长的亲属根本不发生亲属的关系。不能像妻一样随着丈夫的身分而获得亲属的身分。她与他们之间没有亲属的称谓，也没有亲属的服制”。（瞿同祖《中国法律与中国社会》）因此，对于姨娘来说，安分守己是一条最重要的规矩，书中极力赞扬周姨娘堪为楷模。赵姨娘因生了两个孩子，对自己身分在潜意识上确有不安分的表现，如当贾环说她怕探春时，“一句话戳了他娘的肺，便嚷道：‘我肠子里爬出来的，我再怕不成，这屋里越发有得说了。’”（第六十回）。多少表露了自持亲娘，不服探春的意识，但这是犯礼教大忌的。她要管家的女儿“拉扯”她，就是忘了自己的身分，探春“谁家的姑娘拉扯奴才”的回答虽无情却完全合乎礼制。按照儒家伦理思想，“礼”是核心的价值观念，如《礼记·曲礼》所云：“君臣上下，父子兄弟，非礼不定。”“夫礼者，所以定亲疏、决嫌疑、别同异，明是非也。”这就要求每个人清楚自己的社会地位，并按照自己的身分做事。而赵姨娘只是妾，其地位本就“近于家中的奴仆”。（瞿同祖

《中国法律与中国社会》)《红楼梦》中描写的贾府“是儒家社会结构观与社会控制原则的具体表现。儒家的社会结构观与社会控制原则的中心思想，就是维护等级身份制度”。(杨知勇《家族主义与中国文化》)因此赵姨娘的不安分对贾府中大大小小的“猫儿狗儿”似的“玩意儿”——丫鬟及各房的姨娘们是一种危险的“示范”作用。丫鬟们平时笑闹一下，家长们尚能容忍，但若谁想身分越轨，那就要被整治了。如晴雯就因常以主子的姿态教训小丫头，被王夫人撞见而遭驱逐。这表明在维护传统上作者是“固执之极”的。表面上蔑视礼教的一些虚伪和规范，如写宝玉不愿见搢绅，骂功名之士，喜看杂书，但真正碰到身分等级——这个最重要的文化价值底线时，就看出所谓“叛逆”的严重局限了。故《红楼梦》对一切遵守礼治者都是赞扬的，如以王夫人为母亲却对生母赵姨娘很无情的探春，守本分而老实巴交的周姨娘等。梁漱溟认为中国是个“伦理本位的社会”，“文化失没于伦理之中，殆将永不被发现。中国的最大偏失，就在个人永不被发现这一点。多少感情要求被压抑，被消灭。不知者以为中国桎梏于封建，其实封建不过依恃于武力与迷信，植根甚浅，何足以久存？久据中国而不可去者，是伦理观念。理念虽后天形成，而在人类理性中远有其根，终不可拔”。(《中国文化要义》)

曹雪芹当然不可能超越这一点。他笔下的赵姨娘，与其说是因嫡庶之见丑化她，不如说是把她作为使贾府礼教堕落失序的典型，是出于警示人心的目的来塑造的暗示了贾府不仅有“爬灰的爬灰，养小叔子的养小叔子”这样的乱伦，更有妾乱家室的危险。而后者的危险性甚至还大于前者，因为这更具对统治秩序的破坏性。如殷海光在《中国文化的展望》所言：“至少在传统中国，甚至文学于艺术也隐含牢固的合模作用。”赵姨娘作为极力贬斥的对象极具有历史的合理性。作者对赵姨娘的态度正是“阮籍人格”中深藏于传统士人内心忠实于伦理秩序的表现。明清小说一般都会在揭露讽刺之后归于正统思想的“合模要求”。《红楼梦》也没能免俗。它虽写出了豪门的虚伪，但意在惋惜伦常的堕落和维护正统的纲纪。清代士大夫倒很清楚这一点：

一则曹雪芹尖簪缨巨族、乔木世臣之不知修德载福、承恩衍庆，托假言以谈真事，意在教之以礼与义，本齐家以立言也。（观鉴我斋《儿女英雄传序》）

赵姨娘“犯上”的被否定，她的命运的无人同情，也就严重消解了作者寄托于黛玉身上所表露的对等级秩序的蔑视，对生活的渴望。因为说到底，赵姨娘同样也是一个不幸者。林黛玉和贾宝玉是书中所谓“叛逆”的代表，但他们同样是很遵守礼制的模范，王国维就指出：

宝玉之于黛玉，信誓旦旦，而不能言之于最爱之祖母，则普通之道德使然，况黛玉一女子哉！由此种种原因，而金玉以之合，木石以之离，又岂有蛇蝎之人物、非常之变故行于其间哉？不过通常之道德、通常之人情、通常之境遇而已。（《红楼梦评论》）

王氏所谓“通常之道德、通常之人情”。不就是传统礼教的约束吗？而林黛玉对赵姨娘是连“正眼也不瞧”的，她的身分等级意识同样也是很强的，这种态度和凤姐等并无本质的区别。这些恰好说明作者对“高度礼教化”的等级秩序仅有蔑视之傲气，但远未达到否定怀疑的程度，只是惋惜正统礼教的衰微。赵姨娘被探春骂作是“阴微鄙贱的见识”，“忒昏愦的不象了”（第二十七回）。足以代表时代的判定了。清人所谓“通部《红楼》，止左氏一言概之曰：“讥失教也。”确实看得很准。（张新之《红楼梦读法》）

曹公思想的最大边界就是给读者呈现了一个传统礼教文化的颓面和人性的抑制，而以诗意的生活追求来升华生命。正如胡兰成所言：“荣宁二府的生活形式是礼教的，但大观园中贾宝玉林黛玉与众姑嫂丫鬟过的日子却是诗的、音乐的。”（《中国礼乐风景》）　（张）

贾宝玉独特性情与其独特教育

《红楼梦》开篇便以"作者自云"的名义说："……当此日，欲将已往所赖天恩祖德，锦衣纨绔之时，饫甘餍肥之日，背父兄教育之恩，负师友规训之德，以致今日一技无成，半生潦倒之罪，编述一集，以告天下……"言语间似乎以背父兄的教育之恩为憾，但读来总让人心生言不由衷之感。年纪轻轻、足迹很少迈出贾府，整日在大观园厮混的贾宝玉异常憎恶男人，甚至认为女人们的可恶也是受了男人们的"熏染"所致。看来，"渣滓浊沫"的父兄们的"教育之恩"并没有使他感恩，更无法成为他的成长偶像，而偶像的缺失也必定会对宝玉的性格与成长有着至关重要的影响。

一、"渣滓浊沫"的贾府父兄们

先说宁国府的贾敬，他是第二代宁国公贾代化的次子，宁国公的嫡孙。其长兄贾敷至八九岁上便死了，贾敬袭了官，"一味好道，只爱炼丹炼汞……在都中城外和道士们胡羼"，（第二回）最终落得"吞金服砂，烧胀而殁"。（第六十三回）其独子贾珍袭了官，位居贾府玉字辈之首并居族长之职。他与其父爱好不同，"只一味的高乐不了"，把"宁国府竟翻了过来，也没有人敢来管他"。（第二回）书中他的两场重头戏就是为秦可卿发丧和勾引二尤，是个标准的"皮肤淫滥之蠢物"的模版型人物。儿媳秦可卿突然夭亡，做为公公的贾珍哭得像泪人儿似的，引起了众人疑惑，也隐约坐实了"爬灰"之名。

再说荣国府第三代嫡孙贾赦，袭着官，却"成日家和小老婆喝酒"，"左一个小老婆右一个小老婆放在屋里"。还算计着讨贾母的大丫环鸳鸯做妾，以图人财两得（第四十六回）。用平儿的话说，"这个大老爷也太好色了，略平头正脸的，他就不放手了”。

贾赦之子贾琏，继承了其父的风流本性。“成日家偷鸡摸狗”，（第四十四回）甚至一日不可离“色”。女儿出痘疹被隔离几天，“便暂将小厮内有清俊的选来出火”。接着便和“妖调异常，轻狂无比”（第二十一回）的多姑娘一拍即合，难舍难分。贾琏房中此时已有正妻王熙凤，通房丫头平儿，还满足不了他的色欲、淫欲。后来其父贾赦又把身前的秋桐“赐”给了他，还不够，又背着凤姐将尤二姐娶到手。

贾政是贾赦的弟弟，算是个难得的“正经”男人，“谦恭厚道”，（第三回）“训子有方，治家有法”，（第四回）“人品端方，风声清肃”，（第三十七回）但也是个无能、无奈、无作为的平庸之辈。他当官是靠乃父贾代善临终“一本”而得的赏赐，后来的屡被钦点，一大半原因又是靠女儿元春的“荫庇”。做官后，能力平平，任由一个长随李十儿“自己做起威福，钩连一气的哄着贾政办事”。（第九十九回）

曾追随先祖，立下汗马功劳，如今眼见贾家子孙堕落的宁府老仆焦大醉骂道：

> 我要往祠堂里哭太爷去。那里承望到如今生下这些畜牲来！每日家偷狗戏鸡，爬灰的爬灰，养小叔子的养小叔子，我什么不知道？咱们“胳膊折了往袖子里藏”！（第七回）

焦大的话一针见血地揭穿了贾家父辈们的真实面目。

二、无人承担的教育职责

贾宝玉的父兄们没有一个男人能真正承担起正面教育职责，一个个自身不检、道德败坏、人格低下，曹雪芹自云的“父兄教育之恩”用在贾宝玉的父兄身上真是个笑话。

第一代如何教子小说中没有明言，但从第二代的女性家长贾母的态度中可约略推断一二。贾母在贾赦强要鸳鸯时说：“他要什么人，我这里有钱，教他只管一万八千的买。”（第四十七回）贾母纵容贾琏淫乱时说：“什么要紧的事！小孩子们年轻，馋嘴猫儿似的，哪里保得住不这么着。”

还说："从小世人都打这么过的。"（第四十四回）看来后代贾敬、贾赦、贾政、贾琏、贾蓉们不过是步前人后尘而已。

贾敬、贾赦、贾政三人是贾府中的第三代当家男人，但在教育子女上都严重失职。贾敬的教子之道是全然放弃，一味好道，直接结果是自己急于求成，烧涨而死，间接后果是造成其子贾珍、其孙贾蓉的彻底堕落。第五回《好事终》曲中有"箕裘颓堕皆从敬，家事消亡首罪宁。宿孽总因情"。即暗示宁国府之败由贾敬而始，贾敬的自身不检与教育角色的缺失直接加剧了宁府的堕落速度。贾赦好色无度，又贪得无厌，为五千两银子可以将女儿"准折卖给""中山狼"孙绍祖；看上了穷书生石呆子的二十把古扇，就唆使贾雨村制造冤案来夺得古扇；强抢鸳鸯不得，还迁怒儿子贾琏，将贾琏"混打一顿"，此等父亲，能教育出什么样的好儿子呢？

贾政在管理家政上也无计可施。他对贾敬、贾赦所做所为只能视而不见；贾珍是一族之长，他也约束不着，甚至连"劝解"也不被采纳一句；侄子贾琏和侄媳妇掌管荣府事务，他也无从插手。所以贾政完全是大撒把状态，每日回家有闲"不过看书着棋而已"。在教子问题上，他也是个彻底失败者。前期的表现是绝望，后期的表现是妥协。贾政对宝玉的绝望情绪由宝玉的"抓周"而始，因宝玉只抓"脂粉衩环"，贾政极度失望，断言"将来酒色之徒耳"，便"大不喜欢"。（第二回）对贾宝玉一直持疏淡、呵斥、嘲讽、谩骂之态，即使偶生怜爱之情，也总不忘"断喝一声"："作孽的畜牲！""无知的孽障！""叉出去！"使得宝玉一见贾政，便如"避猫鼠儿一般"，听到贾政叫唤，心中就"不觉打了个焦雷"，父子亲情荡然无存。实在不行，贾政还有一招——笞挞，在三十三回、三十四回里贾政借着宝玉"在外流荡优伶"、"在家淫辱母婢"的由头，大打出手。可笑的是，打得"动弹不得"、"小衣下皆是血渍"，不得不用长凳抬回怡红院去的宝玉竟未有一丝一毫的悔意，还说："就便是为这些人死了，也是情愿的。"贾政的教育彻底宣告失败。

贾敬、贾赦、贾政的教育失责直接导致了第四、第五代贾府男人贾珍、贾琏、贾环、贾蓉、贾蔷等人“青出于蓝而胜于蓝”。第六十三回贾蓉在其祖父贾敬治丧期间的不堪表现就是明证。他的不堪丫头们都看不过了，说“热孝在身上，老娘才睡了觉，他俩个虽小，到底是姨娘家，你太眼里没有奶奶了。回来告诉爷，你吃不了兜着走”。贾蓉还自有一番大道理：“从古到今，人还说脏唐臭汉，何况咱们这宗人家。谁家没风流事，别讨我说出来。连那边大老爷这么厉害，琏叔还和那小姨娘不干净呢。凤姑娘那样刚强，瑞叔还想他的帐。哪一件瞒得了我！”贾蓉的话彻底抖出了贾府男人们的底子。

三、偶像缺失后的宝玉

男人在成长中是需要偶像的，需要父兄辈的言传身教作为行动指南。贾府里没有一个男人可以成为宝玉成长中的正面偶像，可以对宝玉施加正面的、有效的教育，其父贾政简单、粗暴的教育反而使宝玉更加逆反，宝玉也在不知不觉中沾染上了一些恶习。

在第八回中，宝玉因为一碗枫露茶迁怒茜雪，不仅摔了杯子，“泼了茜雪一裙子的茶”，而且还将她撵走。在第三十回里，宝玉似乎是无心踢了袭人，但他确实是“满心里要把开门的踢几脚，及开了门，并不看真是谁，还只当是那些小丫头子们，便抬脚踢在肋上……”宝玉身上公子哥的傲慢骄横由此可见一斑。

第九回“闹学”的就有宝玉。“原来这学中虽都是本族人丁与些亲戚的子第……秦钟腼腆温柔，未语面先红，怯怯羞羞，有女儿之风；宝玉又是天生成惯能作小服低，赔身下气，情性体贴，话语缠绵，因此两人更加亲厚，也怨不得那起同窗起了疑，背地里你言我语，诟谇谣诼，布满书房内外。”从那场“闹学堂”众顽童与茗烟秽言污语的对骂中，明眼人都可看出这其中的暧昧“情爱”，这正是公子哥们的另一种纨绔陋习。

金钏之死宝玉更脱不了干系。他的性意味的言语挑逗最终使金钏儿跳井自杀。而金钏儿被打时他却悄悄溜走，被逐后他也未置一喙，自杀后也未见他有何动作，只在王夫人旁垂泪而已。晴雯被逐时他未立即解救，否则她或许可免一死。司棋被逐时当面求宝玉，宝玉却只是含泪道："都要去了，这却怎么的好。"（第七十七回）虽然恨的只瞪着他们，但在王夫人"盛怒之际，自不敢多言一句，多动一步"。贾宝玉性格中的阴暗层面使得他的形象更为立体真实，也是近墨者黑的结果。

说贾宝玉是封建社会的叛逆，有点评价过高了。他的一些行为，如逃学、厌恶读经、不思功名进取、寄生虫般享乐的生活方式等等实际上反映了整个贾府子弟甚至是当时整个贵族子弟的消极颓废的精神面貌，宝玉在这一点上和贾府的其他老少爷们并没有多大的区别，也是无以继业的子孙而已。

宝玉既是个"中看不中用"的"小废物"，也是个家族中的"局外人"。正如第三回的《西江月》评宝玉。"无故寻仇觅恨，有时似傻如狂。纵然生得好皮囊，腹内原来草莽。潦倒不通世务，愚顽怕读文章。行为偏僻性乖张，哪管世人诽谤。"在众人眼里，宝玉空有"好皮囊"，腹内却只有"草莽"，并且"潦倒不通世务"，"于国于家无望"。"无事忙"（薛宝钗语，见第三十七回）是他的生活状态，"富贵闲人"是他的日常追求。养尊处优的物质生活和受宠的处境使他可以率性而为，可以自由地表达对异性的爱慕和关心，可以优哉游哉地游离于这个家庭之外，不必为家族操心尽责，一切优越的物质生活与呵护似乎都是与生俱来，理应如此的，甚至是令人厌烦的。第七回贾宝玉见到秦钟后立即想到"可恨我为什么生在这侯门公府之家……富贵两字，不料遭我荼毒了……"第六十二回中，连"孤标傲世"的林黛玉都在为家族的命运担忧，说："我虽不管事，心里每常闲了，替他们一算，出的多进的少，如今若不省俭，必致后手不接。"宝玉却笑道："凭他怎么后手不接，也短不了咱们两个人的。"局外人的心态显露无遗。

但贾宝玉和那些贾府的爷们儿有着本质的区别，他对女儿们的"意淫"是真情体贴，不同于"皮肤淫滥之蠢物"的父兄们。他的"与众不同"不是来自于父兄们的言传身教，而是来自于自身的灵性与女性的熏染，小说作者给了一个合理的解释。

首先，贾宝玉前世是神瑛侍者，“西方灵河岸上三生石畔……神瑛侍者凡心偶炽，乘此昌明太平朝世，意欲下凡造历幻缘……”（第一回）贾宝玉是神瑛转世之俗身，神瑛的“瑛”乃似玉之美石。这一切已说明了宝玉似玉而非真玉，有着玉的光泽与美丽之“表”，有着石的秉性与愚顽之“质”，也为宝玉的个性打下了基调。

其次，宝玉的生长环境与贾府众男子不同。

宝玉从小得到贾府最高掌权者贾母的庇护，养在身边。因为宝玉“衔玉而诞”，面貌又酷似贾母的亡夫，贾母对宝玉的爱里更多的是溺爱与庇护，致使贾政无法全力对宝玉进行教育，保留了宝玉天性中的灵性。母亲王夫人虽知道宝玉是“孽障”“混世魔王”，但宝玉是她唯一的命根子，她不得不拼命保护宝玉。而元春的省亲，更为宝玉提供了“在内帏厮混”的机会，使宝玉以唯一例外的男性身分生活在大观园的女儿国里。这样，宝玉既可以不必循规蹈矩地领受贾政的教诲，“四书”的熏陶，更可以避开恶劣的贾府男性的种种勾引，也使贾宝玉能尽可能多地保持了先天的“童心”与纯情，他甚至听不懂“爬灰”和“养小叔子”样的污言秽语，成了贾府最特别的一个“清净”男人。

他整日看的是钟灵毓秀、天真烂漫的女儿们，一见了女儿便觉得“清爽”，甚至心里也愿意别人将他比作女儿。如书中写宁府为秦可卿出殡，写到：“凤姐儿因记挂着宝玉……惟恐有个闪失，难见贾母，因此便命小厮来唤他……凤姐笑道：‘好兄弟，你是个尊贵人，女孩儿一样的人品，别学他们猴在马上。下来，咱们姐儿两个坐车，岂不好？’宝玉听说，忙下了马，爬入凤姐车上，两人说笑前来。”可见，宝玉挺受用“女孩儿一样的人品”的评价，正如脂评说：“非此一句宝玉必不依，阿凤好才情。”这对宝玉心理的分析，可谓准确。

第三，宝玉自身有着超乎常人的、与生俱来的感性与悟性。

宝玉是“特别”的，“置之于万万人之中，其聪俊灵秀之气，则在万万人之上，其乖僻邪谬不近人情之态，又在万万人之下。”（第二回）这正是他与众不同的感性与悟性的体现。

第五十八回里宝玉的特定性格化心理的描写就够得上“乖僻邪谬”四字。他见到“一棵大杏树……上面已结了豆子大小的许多小杏”便“仰望杏子不舍”，又想起刑岫烟已择了夫婿……未免又少了一个好女儿，想到：“再几年，岫烟未免乌发如银，红颜枯槁了”，“忽有一个雀儿飞来，落于枝上乱啼，宝玉又发了呆性”，想到：“这雀儿必定是杏花正开时他曾来过，今见无花空有子叶，故也乱啼……但不知明年再发时，这个雀儿还记得飞到这里来与杏花一会了？”宝玉舍不得散，又知不得不散。第十九回他有一段著名的表白：“只求你们看着我，守着我，等我有一日化成了飞灰——飞灰还是不好，灰还有形有迹，还有知识——等我化成一股轻烟，风一吹便散了的时候……那时凭我去，我也凭着你们爱到哪里去就去了。”到了第三十六回，宝玉还进一步说：“比如我此时果有造化……趁你们在，我就死了，再能够你们哭我的眼泪流成大河，把我的尸首漂起来，送到那鸦雀不到的幽僻之处，随风化了，自此再不要托生为人，就是我死的得时了。”

如此年轻的宝玉却有如此彻骨悲凉、绝望的心态，实在惊人。可能是物质上的餍足使他可以超然于物质之外，将更多的精力放在精神追求之上。但更根本的原因应是他天生悟性使然，使他对聚散福祸，荣辱浮沉特别敏感脆弱，在一片繁华中提前感受到了繁华落尽的无限孤独与悲哀。最后，不合于世，不合于时也无力“补天”的贾宝玉终在经历了“红尘”的洗礼后，“悬崖撒手”。

在整个贾府中，作为家庭和国家的支柱的男人的形象是整体不堪的，被作者整体否定。贾府另类贾宝玉的痴情个性终也“于国于家无望”。贾家败落是多种因素的综合作用。经济是基础，经济基础动摇了，大厦必然不稳。而这一代又一代的男性家长们自身堕落，教育意识淡漠，教育理念偏失更是下代堕落的直接原因，上梁不正下梁歪。唯一有点教育意识的贾政又是个外强中干的无奈人儿。贾府男人中没有一个为这大厦添砖加瓦，加固根基，只会一个赛一个地盗砖偷瓦，最终导致大厦忽啦啦顷刻坍塌。小说作者在塑造这些贾府的爷们儿时，应有很深刻的心理体验，甚而至有更广阔的横向思考，一个家的末世之路又何尝不是一个国家的末世之路的缩影呢。正如侠人的一段评论：

> 《红楼梦》一书，贾宝玉其代表人也。而其言曰：贾宝玉视世间一切男子，皆恶浊之物，以为天下灵气悉钟于女子。言之不足，至于再三，则何也？曰：此真著者疾末世之不仁，而为此言以寓其生平种种之隐痛也。凡一社会，不进则退，中国社会数千年来，退化之迹昭然，故一社会中种种恶业毕具。而为男子者，日与社会相接触，同化其恶风自易，女子则幸以数千年来权利之衰落，闭置不出，无由与男子之恶业相熏染。虽别造成一卑鄙龌龊绝无高尚纯洁的思想之女子社会，而其尤有良心，以视男子之胥戕胥贼，日演杀机，天理忘而人欲肆者，其相去犹千万也。　（周）

贾雨村栖葫芦庙与古代举子住庙习俗

《红楼梦》里描绘了很多的寺庙，每个寺庙都能给人留下深刻印象，甄士隐家隔壁的葫芦庙，贾府停灵的铁槛寺，秦钟与智能幽会的水月庵，大观园里妙玉修行的栊翠庵，宝玉祭祀金钏的水仙庵，只出现在脂砚斋批语中的狱神庙等等。

而作为第一回就出现的葫芦庙更是别有深意。《红楼梦》写道：“这阊门外有个十里街，街内有个仁清巷，巷内有个古庙，因地方窄狭，人皆呼作葫芦庙。”这葫芦庙只是别称，本名书中没说，但“葫芦”二字谐音“糊涂”，这是读者历来就深知的。关键这葫芦庙在十里街、仁清巷内，“十里”谐音“势利”，“仁清”谐音“人情”，这就有意思了，一座本应超凡脱俗的古庙，竟和势利、人情相挂钩，这是出淤泥而不染，还是同流合污呢？

在这葫芦庙里除了和尚，还寄居了一个进京赶考的举子贾雨村，按甲戌本对这个贾雨村的描述最是有趣，“姓贾名化（假话）字时非（实非），别号雨村”，（村言粗语）“这贾雨村原系湖州人氏”。（胡诌）其姓名字号，籍贯都是谐音贬义，与这葫芦庙实在般配。

贾雨村正因在这葫芦庙寄居，结识了乡绅甄士隐，幸得其资助才如愿赶考。可之后贾雨村在仕途几经浮沉，在应天府做官时，明明遇见甄士隐的孤女甄英莲（即香菱）被薛蟠强抢，却不施以援手。与曾在葫芦庙做和尚的一个门子相勾结，判下这糊涂冤案。而贾雨村这一生没有逃脱“势利”、“人情”、“糊涂”的枷锁。

除了《红楼梦》里有举子寄宿寺庙的描述，在古代许多文学作品中都能看到这种习俗。最有名的王实甫《西厢记》里，张君瑞在普救寺中邂逅崔莺莺；汤显祖《牡丹亭》里，柳梦梅病居梅花庵遇到杜丽娘的游魂；蒲松龄《聊斋志异》里，宁采臣在荒郊野寺中与女鬼聂小倩缠绵纠葛。凡此种种都是书生举子进京赶考寄宿寺庙，结下的爱情故事。清代许多举子借宿寺庙，除已提到的《聊斋志异》，在《阅微草堂笔记》《子不语》中都很常见。例如《子不语》卷一中还提到书生结伴留宿寺庙的：“江南南昌县有士人某，读书北兰寺，一长一少，甚相友善。长者归家暴卒，少者不知也，在寺读书如故。”

为什么古代的举子进京赶考喜欢留宿寺庙呢？这个问题其实很好解答。在《聊斋志异·聂小倩》中就有解释：“城舍价昂，思便留止。”古代赶考的书生虽然都会带着盘缠赶考，但进京路途遥远，所以花销也就较多，并且赶考路上难免会有很多意外，例如生病，遇到歹徒。再加上城里的驿站、旅店价格都比较昂贵，所以通常书生就会选择留宿寺庙，既经济又安全。还有一个更为重要的原因就是，寺庙通常远离世俗喧嚣，考生们能在这安静之地，静心读书。

说到在寺庙里读书，纪晓岚的《阅微草堂笔记》中记载了一个颇有趣的故事：

南皮许南金先生，最有胆，于僧寺读书，与一友共榻。夜半，见北壁燃双炬。谛视，乃一人面出壁中，大如箕，双炬其目光也。友股栗欲死。先生披衣徐起曰："正欲读书，苦烛尽。君来甚善。"乃携一册背之坐，诵声琅琅。未数页，目光渐隐；拊壁呼之，不出矣。

又一夕如厕，一小童持烛随。此面突自地涌出，对之而笑。童掷烛仆地。先生即拾置怪顶，曰："烛正无台，君来又甚善。"怪仰视不动。先生曰："君何处不可往，乃在此间？海上有逐臭之夫，君其是乎？不可辜君来意。"即以秽纸拭其口。怪大呕吐，狂吼数声，灭烛而没。自是不复见。

这个文中提到的许南金，乃是雍正癸卯举人，也是纪晓岚的老师。别人在寺庙里遇见了鬼怪都是畏惧，而这许南金偏偏不怕，不仅不怕，还将鬼魂戏弄一番。

对于举子留宿寺庙的风俗，这当然既有佛家乐善好施的理念在其中，但更是寺庙宗教世俗化的一种体现。不说其他，只从《红楼梦》中看，就可见一斑。就那"葫芦僧乱判葫芦案"来说，一个从寺庙还俗的小沙弥，却极通官场的运作，还能教贾雨村如何使用"护官符"，便是一例。再说"王熙凤弄权铁槛寺"一回，水月庵的老尼姑净虚，本是个出家人，却干起牵线拉媒的工作，把一个叫张金哥的女子同时许了两个官家子弟，这明显是这净虚在其中挣了昧心钱，事情摆不平了，净虚就找到王熙凤，以三千两的贿金拜托王熙凤解决此事。可见净虚不仅贪财，还熟识官场运作，哪有一点出家人的样子。就在此回净虚的徒弟智能儿和秦钟，竟然在水月庵里做出了违背佛家清规戒律之事。像这样的事，不独《红楼梦》，明清小说里随处可见。

所以从这些小说的记载中，可以看出那个时代的寺庙，不说藏污纳垢，但世俗化是非常强的。虽然小说有讽刺社会现实的用意，但我们亦不可只见其弊不见其善。自科举废除，时代又不断进步，今人自然没有机会借宿寺庙了，不过方外之地，即便只是游玩也是洗涤内心的好去处。（雷）

“菩萨哥儿”——宝玉出家的诸多暗示和预兆

清代文士黄钧宰《庸闲斋笔记》尝载其寓江宁城南正觉寺，见为山和尚书室有套版《红楼梦》甚精，为山亦不以为意。黄氏遂云：“雪芹此作，原与天下能作和尚者读，不与凡夫俗子读也。能读《红楼》，乃是真和尚。”（卷八）此语看似戏谈，其实暗藏深意。盖《红楼梦》一书可谓悟道之书，即在一场繁华盛筵后，觉悟“千里搭长棚，天下没有不散的宴席”的结局。宝玉之最终出家，乃小说发展之必然，亦是此部人情小说超越明清大多数小说的所在。宝玉暗蕴的佛性，整部小说多有暗示。

《红楼梦》第八回，宝玉被众清客们称呼为“菩萨哥儿”，这是他后来出家的预兆，只是多半没有引起太多的注意。《红楼梦》中被称为“菩萨”者，还有几个人，譬如李纨被王熙凤尊为“佛爷”，王夫人也被认为是“佛爷”。宝玉有两次向黛玉表明，若其死，则要出家当和尚。（第一一八回）有一次袭人怄他急了，便也赌誓说做和尚。这是读者都了解的。但他自己也被他人呼为“菩萨”，却少有注意。小说第八回。宝玉想避开父亲，特意绕道走，没想到却遇见贾政的清客詹光和但聘仁：

> 谁知到了穿堂，便向东向北绕厅后而去。偏顶头遇见了门下清客相公詹光、单聘仁二人走来。一见了宝玉，便都笑着赶上来，一个抱住腰，一个携着手，都道：“我的菩萨哥儿！我说作了好梦呢，好容易得遇见了你。”说着，请了安，又问好，唠叨半日，方才走开。

这是书中记载宝二爷第一次被呼为"菩萨哥儿"。然后是第五十八回，宝玉要用膳了，嫌汤烫，贴身丫鬟袭人忙来侍候：

> 一面摆好，一面又看那盒中，却有一碗火腿鲜笋汤，忙端了放在宝玉跟前。宝玉便就桌上喝了一口，说："好烫！"袭人笑道："菩萨！能几日不见荤，馋得这样起来！"一面说，一面忙端起，轻轻用口吹。

细读这两回，宝玉被清客们称"菩萨哥儿"，又被心腹丫鬟玩笑地称为"菩萨"，足见其性情之仁厚，心地之慈善犹如菩萨。袭人口中"菩萨"，固然可以理解为一种玩笑，但《红楼梦》这部小说真正的"闲言"很少，所谓闲话才是要紧处。这是宝玉"菩萨"别号的自我呈现，一见其心慈，如常常帮丫鬟们担罪过。又没有什么主子的架子，惯于做小服低，小厮和贾环等都不怕他。二是这个"菩萨"寓意了其最终出家的命运。由此可见，后四十回丝毫没有违背曹雪芹原意。

《红楼梦》的最后结局是宝玉在黛玉亡后撒手出家。这个结局是这部悲剧小说的最好最精彩绝伦的收场，正如钱锺书在《管锥编》所言"《红楼梦》现有结局，正亦切事入情，何劳削足适屦"。何谓"切事入情"？就是切于事理，入乎人情。即合乎情节发展逻辑，顺应人物之情感。后世续红者几乎都失败，就因为忽略了宝玉的出家已经是当时文士对生命的最终极的思考了。深受儒道佛思想熏陶的中国传统文人，脑袋里不可能生出造反革命这类东西，最多只能是规避儒门的道德高要求，退回佛道求得心灵的安宁。孟子所谓"达则兼济天下，穷则独善其身"。自秦汉以来，知识分子都生活在这个框框里。《红楼梦》一开篇说石头"无才补天"就是这个意思。抛弃事功的追求，只能像智通寺的那个煮粥老僧一样，在山中禅定空灵。小说中的一僧一道反映了著者的思想和视域的边界。鲁迅说宝玉出家"超凡入圣"堪为透彻。一个曾悠游大观园，备尝荣华富贵、香闺绣春的贵族公子，并未按照科举当官的老路走下去，宝玉出家本身就超越了自己，所谓"超凡入圣"。敢于披上袈裟，就如同屈原敢于自杀一样，这本身就是惊心动魄的大彻大悟。红楼一梦，必须皈依佛门，否则"梦"无处可解，可醒。整部小说暗示宝玉出家的地方还有不少，譬如第二十二回宝玉参禅写偈子，特别提到宝玉称赏不已的《寄生草》词：

漫揾英雄泪，相离处士家。谢慈悲，剃度在莲台下。没缘法，转眼分离乍。赤条条，来去无牵挂。那里讨，烟蓑雨笠卷单行？一任俺，芒鞋破钵随缘化！

这首词，正是宝玉后来人生的写照。黛玉不太信佛，但却因为对宝玉的关心，曾五次念了“阿弥陀佛”。特别是第二十五回宝玉被赵姨娘厌胜所病，癞头和尚医好了他，醒来的时候，“黛玉先念了一声佛”。（其他还有第十九、三十四、五十七回等）宝玉平日不大念佛，但也因为黛玉，说了两次“阿弥陀佛”。第五十七回，听闻黛玉咳嗽好了。宝玉说：“‘阿弥陀佛！’宁可好了罢。紫鹃笑道：‘你也念起佛来，真实新闻！’”（第五十七回）第二次是紫鹃情愿随惜春出家。宝玉念道：“‘阿弥陀佛！’难得，难得。不料你倒先去了。”

“菩萨哥儿”既是宝玉的符号自我，也是其文化人格的象征。

（张）

宝玉的人生导师林黛玉

“古之学者必有师”这是韩愈的名言，别说“学者”有师，各行各业都可有师。而师生关系，也是中国文化关系中尤其有着重要特色的一种关系。因为有师生关系为前提，先秦诸子才得以建派立说，百家争鸣。当然师生关系也是后来中国政治中结朋纳党的一个前提。诸如：令狐绹之于李商隐，欧阳修之于苏轼。

《红楼梦》中有许多有趣的故事都发生在私塾中，而秦可卿死时托梦王熙凤，交代的两件保存家族力量的方法之一就是重视教育。所以家庭教育、师生关系在《红楼梦》中也是值得人们探究的方向。

林黛玉与贾宝玉这两位主人公的人物形象异常抢眼，但他们学识、性情、志趣的养成，自然不是一蹴而就，也是需要老师引导的，而什么样的人能做他们的老师呢？林黛玉的老师书中明确提及的是贾雨村，这是众所周知的。但贾雨村做黛玉老师不过一两年，而在这一两年中，黛玉又体弱多病，常常缺课。况且贾雨村做这老师本身也只是为了找一栖身之所，筹些盘缠，所以与这黛玉的师生关系实在勉强得很。林黛玉的一生修为，自然不可能由贾雨村指导而来。如若非要给林黛玉的老师找个合理的由来，那可能就是其母贾敏的影响居多，连贾雨村也说："度其母必不凡，方得其女。"更重要的是林黛玉自身的天赋异禀。

说完林黛玉，我们再看贾宝玉的老师，细读小说，我们会发现，宝玉所学甚杂，所以他的老师也就各式各样。

首先是贾元春的幼年启蒙。第十八回元春省亲时文中就已交代："那宝玉未入学堂之先，三四岁时，已得贾妃手引口传，教授了几本书，数千字在腹内了。"

其次是私塾先生的教导。在进贾家私塾之前，宝玉都是请先生在家上学，从第七回，贾宝玉与秦钟的交谈不难看出。贾宝玉说："我们却有个家塾，合族中有不能延师的，便可入塾读书，子弟们中亦有亲戚在内可以附读。我因业师上年回家去了，现也荒废着呢。家父之意，意欲暂送我去温习旧书，待明年业师上来，再各自在家里读。"而在私塾教授宝玉功课的老师当然就是贾代儒了，但无论在家还是在私塾，这些请来的教书先生，授课内容显然都是"四书五经"等经典，以及科举考试的八股文章等等。

还有警幻仙子的生理启蒙。中国教育中是欠缺"生理教育"这个环节的，而《红楼梦》一书的前瞻性与不朽性于此也可见一斑。中国没有任何一部文学作品能像《红楼梦》这般，科学合理的对青少年生理发育成长起着引导作用。而警幻仙子对贾宝玉的"生理启蒙"源自于荣国公和宁国公的恳求。《红楼梦》第五回提到："万望先以情欲色声等事警其痴顽，或能使彼跳出迷人圈子，然后入于正路。"曹公之用心良苦，教化世人，托词于小说之家，用意却深而远矣。因为贾宝玉有这么合理的"生理启蒙"，最终能别于贾琏、薛蟠之流，所以这段教育在宝玉一生中起着正本清源、至关重要的作用。

可是，对贾宝玉人生产生重要影响的导师，其实应是最爱他的林黛玉。

林黛玉在贾宝玉的文学生涯中有重要的启迪作用。例如第八回贾宝玉新题写了"绛云轩"三个字，就一定是要林黛玉来评价的，只有黛玉赞赏了，贾宝玉才觉得这字算是写好了。

再如第六十三回，贾宝玉过完生辰，收到妙玉自称"槛外人"的拜帖，急急忙忙想了半天，却又不知怎么回信，只得袖了帖儿，径直去寻黛玉。有此一例，便可看出，宝玉平时会有多少这些问题请教黛玉。

最为直观的一例就是晴雯去世后，贾宝玉写下《芙蓉女儿诔》祭奠时，黛玉将这祭文与"曹娥碑"并称，宝玉听了，不觉脸红，心里却高兴，忙让黛玉"改削改削"。黛玉只是一听，便指出"红绡帐里，公子多情；黄土陇中，女儿薄命"未免熟滥。便让宝玉改为"茜纱窗下，公子多情。"这是字面上的改动，文字上的指导。宝玉听完，"不禁跌足笑道"，可见心中对黛玉这一修改的认可和喜欢，但又有所顾虑说道："但只一件：虽然这一改新妙之极，但你居此则可，在我实不敢当。"宝玉向来是个喜欢"杜撰"的人，但在黛玉面前却谦虚起来，这段话可见黛玉在宝玉心中的地位之崇高。

更为重要的是，黛玉接下来对宝玉在文学之上的见识指导。黛玉笑道："何妨？我的窗，即可为你之窗，何必分析得如此生疏。古人异性陌路，尚然同肥马轻裘，蔽之而无憾，何况咱们。"正因黛玉的这番指点，宝玉的见识才又进一层："论交之道，不在肥马轻裘，即黄金白璧，亦不当锱铢较量。"于是将句子改为"茜纱窗下，小姐多情；黄土陇中，丫鬟薄命”。可写到这黛玉又觉不妥，一则丫鬟小姐也非典雅之词；二则晴雯又不是她的丫鬟，失了真实。遂又提出异议，最后宝玉写出了那句赫赫有名的“茜纱窗下，公子无缘；黄土陇中，卿何薄命?”

林黛玉的才华是大观园中绝无仅有的，她的才华既体现在博闻强识、涉猎广泛，又包含着不可超越的文学感悟力。短短十六个字的修改，便可见出黛玉在宝玉心中的分量，以及黛玉在文辞的运用上对于宝玉创作的指点和启发。薛宝钗在第十八回元妃省亲时，将宝玉写下的“绿玉春犹卷”，改为“绿蜡春犹卷”。当时宝玉便称宝钗为“一字师”，而以此情形对比，黛玉何尝不是宝玉的老师呢?

除了文学上的指导，在生活行为上，黛玉对宝玉的影响也是处处可见。宝玉、黛玉从小一起长大，一应衣食住行皆在一块，宝玉天生痴顽，黛玉天生聪慧，生活行为上也就难免耳濡目染。其中最有代表性的一则例子是，宝玉因在王夫人房中，趁着王夫人午睡，和丫鬟金钏嬉戏，竟不曾想，引来王夫人大怒，以至于后来金钏跳井自尽。宝玉却也因为这事一直耿耿于怀。后来九月初二是王熙凤生日，贾母又隆重地给她操办着，可就在这日，宝玉却带着小厮茗烟到城外荒芜的水仙庵里，找了个水井，在那含泪祭祀。读者读至此处时都云里雾里，不知宝玉为何在这大喜的日子，表现出这番行为，就连茗烟陪同而去也不知宝玉用意。直到后来，宝玉为平儿梳妆后，小说才道出真相：“今日是金钏的生日，故一日不乐。”

原来金钏和王熙凤一天的生日，宝玉不惜撒谎跑出府去祭祀，这么重要的日子，宝玉缺席，回来难免被长辈责怪。宝玉回来时，王熙凤的生日宴上，正演着《荆钗记》这出戏。

《荆钗记》讲述的是书生王十朋与钱玉莲的爱情故事，其中《男祭》这一折，讲述王十朋误以为妻子钱玉莲投江自尽，便在清明节到江边去祭祀的故事。

而此刻宝玉刚祭祀完金钏回来，刚坐好，就听得黛玉对宝钗道：“这王十朋也不通得很，不管在那里祭一祭罢了，必定跑到江边子上来作什么。俗语说，‘睹物思人’，天下的水总归一源，不拘那里的水舀一碗看着哭去，也就尽情了。”

在这所有人都以为黛玉是在评说戏文，可宝玉心里知道，她这话是说给自己听的。林黛玉这番话，至少给贾宝玉三点指示：第一，对宝玉的这番举动表示不认可；第二，告诉宝玉遇事当分清轻重，免得惹来不必要的麻烦；第三，凡事不必拘于形式，情到即可。再如第七十回，大观园一众姐妹填完了柳絮词就紧接着放风筝。每个人的风筝都放飞起来了，独独宝玉的飞不起来，惹得宝玉又急又恨，此刻黛玉也就笑道：“那是顶线不好，拿出去另使人打了顶线就好了。”

所以林黛玉不是一个只会空谈文学，心高气傲的大家小姐。在对贾宝玉的指导除了文学艺术上的，在为人处事上，黛玉也有其聪慧之处，并且在时时的相处中给予宝玉指点，但是这种指点，又是只有他二人才能知晓领会，对于旁人来说，都无甚重要。而黛玉对于宝玉的这种教育方式，也是旁敲侧击式的，不露痕迹，又直达内心。更为重要的是黛玉对于宝玉人格思想上的引导。陈寅恪先生在王观堂先生墓碑上写下的那句“独立之精神，自由之思想”或许能揭示黛玉对宝玉这一生最重要的影响。而纵观整部《红楼梦》也只有林黛玉和贾宝玉有这般精神、思想境界。

《红楼梦》第二十二回，薛宝钗为贾宝玉讲解《山门》这出戏里填的《寄生草》戏文，而宝玉听了，喜得拍膝画圈，称赏不已。薛宝钗一则为哄贾母高兴，点了这出戏，眼看宝玉不喜，又用这《寄生草》来安抚宝玉。可宝钗哪里又明白贾宝玉的秉性，只看见此刻宝玉听得高兴，不曾想以后宝玉对这，“赤条条，来去无牵挂”的走火入魔。所以黛玉立即说道：“安静看戏罢，还没唱《山门》，你倒《妆疯》了。”这话或许有对宝钗的醋意，但恐怕更多的是借佛家的机锋，给予宝玉“当头棒喝”，不要得了一句话，就“得形忘意”，莫要“装疯”。

果不其然，宝玉因和黛玉拌嘴，心里大不畅快，一时流着眼泪，也填了一阕《寄生草》还有佛家偈语。

你证我证，心证意证。

是无有证，斯可云证。

无可云证，是立足境。

而此刻黛玉对宝玉的精神引导马上就显现出来了。她先是把宝玉的这篇《寄生草》和偈语拿给宝钗和湘云看。这就是学生犯错，老师马上要予以警示，可是警示不是最重要的，最重要的是引导。黛玉于是问宝玉："至贵者是宝，至坚者是玉。尔有何贵，尔有何坚？"宝玉听了竟不能答。

佛家禅宗，师父在教授弟子时，大致有三种办法：一种是"阻截式"，一种是"反问式"，还有一种是"无语式"。

所谓"阻截式"，宋僧普济《五灯会元·黄檗运禅师法嗣·临济义玄禅师》写道："上堂，僧问：'如何是佛法大意？'师竖起拂子，僧便喝，师便打。"这便是当头棒喝的公案由来，当老师看见学生错误了，立即呵斥，望能停止。也就是黛玉第一次对宝玉的指导。

所谓"反问式"，宋僧释道原《景德传灯录》记载："一曰：'师作什么？'师曰：'磨作镜。'一曰：'磨砖岂能成镜邪？'师曰：'坐禅岂得成佛邪？'"这便是在学生困惑时，或者在学生走上迷途时，故意反问。也就是黛玉第二次对宝玉的指导。

当然，老师在指导别人的过程中除了要敲打警示外，显然还得夸奖引导，这样学生才能容易听得进。所以黛玉接着说："你那偈末云'无可云证，是立足境'，固然好了，只是据我看还未尽善。我再续两句在后。"接着说道："无立足境，是方干净。"

而面对黛玉的这番指导，宝玉作何表现呢？文中说，宝玉自己以为觉悟，不想被黛玉一问，便不能答，最后只得笑道："谁又参禅，不过一时顽话罢了。"

由此不难看出，黛玉对宝玉的精神思想层面的指导，不可谓不循循善诱，用心独到啊。林黛玉对贾宝玉的指导既讲求方法，还能达到教而化之的作用。

林黛玉是贾宝玉血缘上的表亲，是贾宝玉情爱中的恋人，是贾宝玉心灵上的知己，是贾宝玉精神上的伴侣，也是贾宝玉生活里的冤家。但除却这种种牵连，他们之间还有一层似是而非的“师生关系”，所以林黛玉更是贾宝玉真正的人生导师。　（雷）

黛玉操缦与红楼琴话

琴棋书画乃是中国文人最为推崇的四门艺术，而琴的符号排名又居四艺之首，可见其地位与重要性。而在《红楼梦》中对于棋、书、画三艺都多有提及，可对于琴，却只在第八十六、八十七回浓墨重彩地出现。

第八十六回，提到宝玉到潇湘馆寻黛玉，只见黛玉在桌前读书，书上尽是奇形怪状的符号，似字又非字，宝玉还以为黛玉在读“天书”，其实这书就是古琴谱。中国古琴谱，异于其他乐器的谱子，古琴最早使用文字谱，用文字记述古琴弹奏指法、弦序和音位。现存琴谱《碣石调·幽兰》就是目前唯一的古琴文字谱。由于文字谱过于繁复，使用不便，后来经由唐代琴家曹柔减化，发展成为减字谱。而宝玉看见的这部“天书”就是减字谱。包括金庸在创作小说《笑傲江湖》时，《笑傲江湖》的曲谱也因为是减字谱的记录方式，被无知者误认为是武林绝学。

而《红楼梦》中提到的减字谱在常人看来，都和宝玉的感受一样，一个也不认识，又顿觉奇妙，笔者现将其一一注解出来：

有的像“芍”字，这是右手指法散音勾弦。

有的像“茫”字，这是右手指法散音挑弦，配合左手指法。

也有一个“大”字旁边“九”字加上一勾，中间又添个“五”字。这是左手大指按九徽，右手勾五弦。

也有上头“五”字“六”字又添一个“木”字，底下又是一个“五”字，这是左手按五徽六分，右手食指抹五弦。

黛玉不仅是懂得古琴指法，还善于去领悟琴曲的内涵。《红楼梦》中黛玉对宝玉这样说道：“究竟怎么弹得好，实在也难。书上说的师旷鼓琴能来风雷龙凤，孔圣人尚学琴于师襄，一操便知其为文王，高山流水，得遇知音。”

在为宝玉讲解了这些古琴的基础知识后，宝玉喜得手舞足蹈，便叫黛玉教他学琴。而此时黛玉说道：

琴者，禁也。古人制下，原以治身，涵养性情，抑其淫荡，去其奢侈。若要抚琴，必择静室高斋，或在层楼的上头，在林石的里面，或是山巅上，或是水涯上。再遇着那天地清和的时候，风清月朗，焚香静坐，心不外想，气血和平，才能与神合灵，与道合妙。所以古人说“知音难遇”。若无知音，宁可独对着那清风明月，苍松怪石，野猿老鹤，抚弄一番，以寄兴趣，方为不负了这琴。还有一层，又要指法好，取音好。若必要抚琴，先须衣冠整齐，或鹤氅，或深衣，要如古人的像表，那才能称圣人之器，然后盥了手，焚上香，方才将身就在榻边，把琴放在案上，坐在第五徽的地方儿，对着自己的当心，两手方从容抬起，这才心身俱正。还要知道轻重疾徐，卷舒自若，体态尊重方好。

从这段话中，我们不难看出黛玉对于古琴的领悟。从古至今，古琴在中国文化中都不仅只是乐器而已，往小了说它是文人修生养性之名器，所谓“文人琴”；往大了说它是圣人教化于民的神器。对于古琴的尊重，古人立下许多的规矩，总而言之要正身正心，不可亵玩。并且黛玉对于古琴的态度除了极其端正，还异常谦逊。宝玉与黛玉朝夕相处，直到后四十回才知道黛玉会琴，觉得她藏了本事，黛玉只说：“我何尝真会呢。”黛玉还说：“三日不弹，手生荆棘。”黛玉此话既是谦虚也是实话，但凡操缦抚弹琴之人皆知，古琴不同于其他技艺，只要长时间不弹，便会忘谱迟疑。

而在紧接着的八十七回，黛玉由于收到宝钗寄来的生辰帖子，生出惺惺相惜之感，赋和宝钗所写的秋兴四句，然后借《猗兰》《思贤》两支古琴曲，为这四句词赋谱上音律，我们把可以配以歌词吟唱的曲子叫做“弦歌”。从这段描写中我们可以看出黛玉对于古琴，不仅是精通操弹，更加长于创作。就在潇湘馆的漫漫长夜，黛玉弹着琴，唱着弦歌，抒发自己内心苦闷的同时，宝玉和妙玉恰好经过潇湘馆。黛玉之前曾提到，弹琴不可无知音，而此时宝玉和妙玉的出现正好照应了前文。作者安排宝玉和妙玉来听琴，真真是神来之笔。首先于宝玉而言，他和黛玉的知己关系自是不必多说，而妙玉向来孤芳自赏、孤傲不群。有她听琴，方能带着读者领悟黛玉琴音中的内涵。

当宝玉和妙玉听见潇湘馆传来的琴音时，宝玉说：“想必是林妹妹那里抚琴呢。”妙玉道：“原来他也会这个，怎么素日不听见提起？”一个“也”字便可看出妙玉也是精通古琴之人。宝玉又说：“咱们去看他。”妙玉道：“从古只有听琴，再没有‘看琴’的。”仅仅这寥寥数语，便知这妙玉不是知音，又是什么？

妙玉一边听着琴音，一边点评道：“君弦太高了，与无射律只怕不配呢。”君弦又叫宫弦，是古琴的第一根弦，无射律是古代十二音律的一种，但由于古代音律不像西方音律那般固定，且古琴又碍于流派的不同、演奏者的不同，所以无射律在这并无一个固定说法。抛开音律学不谈，我们从文化内涵角度解读，或许是作者用意所在。按照古代“五音十二律”的排列，君弦为宫音，五行属土；而无射律本属商音，五行属金。按《礼记·月令》所说：“季秋之月，律中无射。”黛玉此时弹琴正值季秋九月，所以用的是无射律，但黛玉在弹奏宫弦时，明显音调高亢，不符合其五行属土的低沉厚重，而无射律本属商音，五行属金主决断。所以妙玉才有了之前的言论。

紧接着黛玉的琴音又为之一变，妙玉惊讶道：“如何忽作变徵之声？音韵可裂金石矣。只是太过。”宝玉就问道：“太过便怎么？”妙玉道：“恐不能持久。”对于“变徵之声”，单从文化角度来看，据太史公《史记·荆轲传》曰：“高渐离击筑，荆轲和歌，为变徵之声，士皆垂泪涕泣。”所以“变徵之声”在中国文化中有着凄凉悲壮的内涵，黛玉此刻弹奏此音，正是内心的写照，亦是其结局的暗示，紧接着正在宝玉和妙玉谈论之时，君弦弹断了。这也暗示着黛玉的结局和命运。妙玉虽从中读出深意，也预料到黛玉恐英年早逝，却并不点破，不可谓不是知音之举。

而通常涉猎古琴之人，看到此回，常常会有一个疑惑。黛玉弹琴，将君弦弹断。君弦不只是古琴第一根弦，也是古琴最粗的一根弦，今人更因此质疑《红楼梦》作者不通古琴，试想黛玉一个柔弱女子，纤纤玉手，怎么能轻易就将古琴的粗线弹断。其实不然，古人弹琴用的琴弦都是蚕丝所制，异于今人所用之钢弦。丝弦经过磨损，便会断裂。别说弹琴会断弦，就是调音时将弦绷紧都会发生断裂。所以黛玉弹断君弦，也就不足为奇了。

读罢《红楼梦》，我们直观印象上便知道黛玉、妙玉二人精通古琴，可大观园除了此二女，难道就没有其他人了吗？

《红楼梦》中给贾府四位小姐的贴身大丫鬟取名，颇有意味。元春的大丫鬟是抱琴，迎春的大丫鬟是司棋，探春的大丫鬟是侍书，惜春的大丫鬟是入画。后面三位均有多次出场，人物形象也较为明晰。唯独抱琴，却只在元春省亲一回，寥寥数语提及。

根据小说中提到的迎春擅于弈棋，探春酷爱书法，惜春精于绘画，顺理成章的便可推断，元春极有可能擅长弹琴。只是其作为皇妃，又早早的入嫁深宫，关于她弹琴的画面，只能留待读者猜想了。但对于元春是否会古琴，这还有待商榷。从第八十六、八十七回宝玉的表现来看，宝玉虽生在贾府这般“钟鸣鼎食”之家，但对古琴是一窍不通的。而且宝玉还曾提到家里多挂有古琴，可却无人会弹，“前年来了一个清客先生叫做什么嵇好古，老爷烦他抚了一曲。他取下琴来说，这使不得，还说：‘老先生若高兴，改日携琴来请教。’想是我们老爷也不懂，他便不来了。”可见贾政也不通古琴，这位清客先生嵇好古也是个叶公好龙、沽名钓誉之辈。可“元妃省亲”时这样描述元春与宝玉的关系：“且同随祖母，刻未暂离。那宝玉未入学堂之先，三四岁时，已得贾妃手引口传，教授了几本书，数千字在腹内了。其名分虽系姊弟，其情状有如母子。”由此可知两条信息，第一，元春和宝玉朝夕相处且一同住在贾母处；第二，元春待宝玉情同母子，且时时教导宝玉。

就此来看如果元春会弹古琴，她与宝玉朝夕相处，又时时教导，可宝玉为何在后四十回面对古琴时不仅一窍不通，且极具陌生，这岂不是前后内容矛盾？当然我们不能仅凭宝玉对古琴的了解与否就断定元春是否会弹古琴。这也许和宝玉年幼有关，也许和作者的创作意图有关，譬如暗示黛玉对宝玉的人生影响等。但无论如何古琴作为古代四艺之首，能擅长此道，绝非常人可为之。从“黛玉弹琴”便可知《红楼梦》作者对古琴的认知绝不是流于肤浅，他对古琴技法、内涵、乐理知识都有相当深刻的了解和研究。　（雷）

宝黛爱情悲剧的文化宿命

在众人眼中，黛玉“孤标傲世”，小心眼，不懂经济，是个不食人间烟火的人儿。加上身子孱弱，母死父亡，寄食在贾家，所以竞争不过有着王夫人撑腰、薛姨妈周旋、深谙做人之道的宝钗，没能和宝玉成就神仙眷属，是一出爱情悲剧。但细读文本下来，会发现宝、黛的爱情悲剧里还有许多深层次的因素，特别是这种恋爱与传统文化礼教是绝不相容的。

一、木石前盟的天生缺憾

（一）一个“受享”，一个“还泪”，目的不同。爱情还未开始，就注定了悲剧的结局：

只因西方灵河岸上三生石畔，有绛珠草一株，时有赤瑕宫神瑛侍者，日以甘露灌溉，这绛珠草便得久延岁月。后来既受天地精华，复得雨露滋养，遂得脱却草胎木质，得换人形，仅修成个女体……只因尚未酬报灌溉之德，故其五内便郁结着一段缠绵不尽之意。恰近日神瑛侍者凡心偶炽，乘此昌平太平朝世，意欲下凡造历幻缘……警幻亦曾问及："灌溉之情未偿，趁此到可了结的？"那绛珠仙子道："他是甘露之惠，我并无此水可还。他既下世为人，我也去下世为人，但把我一生所有的眼泪还给他，也偿还得过他了。"（第一回）

神瑛侍者的下世为人的理由是——"凡心偶炽""造历幻缘"。而绛珠仙子则是为了报神瑛的甘露之恩。两人下世为人的动因上，已经有了很大的不平等的成分，一个是去人间"受享"，一个是一心一意去"还泪"。不知神瑛侍者是否仅单独浇灌绛珠一个？其他花草是否也承受过神瑛的甘露？又或许因神瑛偶尔的一点偏心，致使绛珠情根深种，要追随下世将自己所有的情还给神瑛。总之，他们的爱情还未开始，就预设了悲剧的结局——黛玉要为心上人泪尽而亡。用俗话说，就是黛玉爱上了一个不该爱的人。

（二）宝玉是个多情和不作为的"情痴情种"。

作者在第二回里借贾雨村之口将贾宝玉性格来历渲染得颇为离奇：

故其气亦必赋人……使男女偶秉此气而生者……置之于万万人中，其聪明灵秀之气，则在万万人之上；其乖僻邪谬不近人情之态，又在万万人之下。若生于公侯富贵之家，则为情痴情种……

宝玉前世是神瑛侍者，今世又秉正邪两气而生，生来就是个"情痴情种"。他和黛玉的爱本是先天注定。所以黛玉一见宝玉，"便吃了一大惊，心下想到：好生奇怪，到像在那里见过一般，何等眼熟到如此！"宝玉一见黛玉就笑道："这个妹妹我曾见过的。"（第三回）两人一见面就相知相惜，在后来的耳鬓厮磨中逐渐加深了情感，成就了知音之爱。

但宝玉对女子“天生成惯能作小服低，赔身下气，情性体贴，话语缠绵”。（第九回）希望众女子都围绕在他的周围，对所有的女孩都极力维护，极力体贴，并以此为乐。这爱所及的对象不限于黛、钗、湘，也包括晴、袭、紫鹃、鸳鸯、平儿、香菱和其他一些小丫头。不但对于活人，连画上的美人也怕她寂寞，特意去“望慰”一番。惟其“博爱”，所以“心劳”。如果贾宝玉心中仅有一黛玉，何至于如此劳碌！为人担忧，代人受过，替丫头充役，这类事在贾宝玉的“行状”中简直不胜枚举，俯拾即是。“为平儿理妆”一节，事情原本与宝玉毫不相干，但宝玉不仅“劳形”，为其理妆；而且“劳心”，叹其身世。且因能为平儿理妆，补偿了他平日不能“尽心”的“恨事”，竟感到是“今生意中不想之乐”。香菱因斗草弄脏了石榴红绫裙之后，他让袭人将同样一条裙子送给她换，也是很高兴得到这样一次“意外之意外”的体贴和尽心的机会。后来他又把香菱斗草时采来的夫妻蕙和并蒂莲用落花铺垫着埋在土里，以至香菱都说他“使人肉麻”。

因为宝玉的多情，小说中多次出现黛玉吃醋的镜头，吃醋时的黛玉是尖酸刻薄的，很多人不喜欢这个状态下的黛玉。其实只要不触及到这个敏感神经，黛玉就是个知书达理、礼数周到的姑娘。在第四十回里，以贾母为首的太太奶奶们携刘姥姥游逛到潇湘馆时，林黛玉亲自用小茶盘捧了一盖碗茶来奉与贾母。“王夫人道：‘我们不吃茶，姑娘不用倒了。’林黛玉听说，便命丫头把自己窗下常坐的一张椅子挪到下首，请王夫人坐了。”不仅对贾府的长辈如此，黛玉对贾府内无足轻重的丫头婆子，都很客气。第四十五回，蘅芜院的婆子来送燕窝，黛玉道：“回去说‘费心’。命她外头坐了吃茶。婆子笑道：‘不吃茶了，我还有事呢。’黛玉笑道：‘我也知道你们忙。如今天又凉，夜又长，越发该会个夜局，痛赌两场了……难为你。误了你发财，冒雨送来。’命人给她几百钱，打些酒吃，避避雨气。”甚至对贾府上下人人嫌恶的赵姨娘，林黛玉也能以礼相待。五十二回赵姨娘上潇湘馆串门：“一语未了，只见赵姨娘走了进来瞧黛玉，问：‘姑娘这两天好?’黛玉便知他是从探春处来，从门前过，顺路的人情。黛玉忙陪笑让坐，说：‘难得姨娘想着，怪冷的，亲身走来。’又忙命倒茶。”其实黛玉也并非完全不懂经济，如第六十二回她对宝玉建言说：“心里每常闲了，替他们一算，出的多进的少，如今若不省俭，必致后手不接。”宝玉却道：“凭他怎么后手不接，也短不了咱们两个人的。”可见黛玉对贾府的现状比宝玉更加清醒也更加关心，只是一心为情的黛玉未在此处多下功夫罢了。

宝玉的多情泛情致使黛玉不停地多心，使性子。所以二人“三日恼了，两日好了”，成天乌眼鸡似的好斗，这种吵闹实际上也是炽热的爱情受外力阻隔无法交流的特殊表现，是恋爱中男女的常态。况且孤身寄居贾府的黛玉内心会更敏感和脆弱，更希望得到心上人的呵护与怜惜。第七回送宫花片段常被人指证为黛玉刻薄，“周瑞家的进来笑道：‘林姑娘，姨太太着我送花儿与姑娘带来了。’……黛玉之就宝玉手中看了一看，便问道：‘这是单送我一人的，还是别的姑娘们都有呢?’周瑞家的道：‘各位都有了，这两支是姑娘的了。’黛玉冷笑道：‘我就知道，别人不挑剩下的也不给我。’”但这种刻薄应是因为宝玉在身边，黛玉故意使性子要宝玉疼惜、怜爱的有心之举。因为宝钗的金锁，湘云的金麒麟都是对黛玉的深深的刺激，让黛玉难以释怀，所以黛玉爱在宝钗、湘云与宝玉同在时使性子。在爱情还在试探阶段时，这种表现非常正常。

在第三十二回，宝、黛肺腑证爱情之后，就再也见不到黛玉多心小性爱恼人的毛病了。薛宝钗教导她不可看“杂书”，她心悦诚服，毫不见外(第四十二回)；贾母厚待薛宝琴，众人皆疑心黛玉会恼，可她却“赶着宝琴叫妹妹，直是亲姊妹一般”(第五十五回)；大观园中秋赏月，连湘云都抱怨宝钗薄情，丢下姊妹独自回家过节去了，她却未有半句怨言(第七十回)。

宝玉除了多情之外还是个不作为的人，真的遇到女孩们需要保护的时候，他就躲在一边，无能也无力了。金钏被打时他悄悄溜走，被逐后他未发一言，自杀后也未见他有何动作，只在王夫人旁垂泪而已。晴雯被逐时他未立即解救，否则晴雯也许会逃过一死。司棋被逐时当面求他相救，他却只是垂泪说道：“……都要去了，这却怎么的好……”自不敢多言一句，多动一步（第七十七回）。到与心爱的黛玉不能结合时，宝玉仍是无力无奈，一疯了之。“行为偏僻性乖张，那管世人诽谤！”的宝玉看似像个叛逆者，可具有叛逆思想和成为叛逆者是不能混为一谈的。他所深恶痛绝的，正是他所仰赖的；他所反对的，正是他所依靠的。纵观宝玉的一生，不是个真正的叛逆者，充其量是个多情泛情的“小废物”。这样的男人，算是黛玉应该爱的人吗？

二、孤独战斗的黛玉

黛玉和宝玉婚姻的道路上还有一个竞争者——薛宝钗，和势单力薄只有一个紫鹃相助的黛玉相比，薛宝钗可称得上人多势重了。宝钗之母薛姨妈是荣府王夫人和京营节度使王子腾之妹，虽披着“慈”的外衣，但她的很多行为令人生疑。

首先，客观上薛家确有和贾家联姻的必要。薛家此时已无贾、史、王三大贵族世袭高官的显赫声势，且并不在朝，远处金陵故地。虽家中仍有百万之富，但在地方上人单势孤，已大不如前。而且丈夫早逝，儿子薛蟠又不成才，在金陵闹出人命，还得姨爹、舅舅的人情才可解决。如能和贾府联姻，对薛家是极大的帮助。

其次，“金玉良缘”有主观故意之嫌，而且散布这一说法的是薛姨妈，接收的第一个对象是王夫人。薛家母子三人是打着送宝钗应选才人之名住到贾府来的，可一到了贾府，此事就不再提起。不久，就传出了“金玉良缘”之说，还编出个和尚送金锁的故事。宝玉衔玉而生，众人皆知，薛姨妈刚刚来到贾府，就传布此事，目的何在？也许是王夫人的主意也不一定呢，只是王夫人暂时还得顾及贾母之威，不能一时实现。因为做得巧妙，此说法整个贾府尽人皆知，为薛宝钗嫁进贾府做足了舆论功夫。为此宝、黛之间多次误会、口角，此事也是黛玉难解的心头之痛。

宝、黛自幼亲密，贾家上下无人不知，薛姨妈在贾母面前绝口不提宝、黛的恋情与婚事，完全回避。第五十七回“蘸姨妈爱语慰痴颦”，薛姨妈假意要替黛玉说和亲事，就连紫鹃、婆子都认为“倒也不差呢。到闲了时和老太太一商议，姨太太竟做媒保成这门亲事是千妥万妥着的”时，她却打了个哈哈，没有后文了，看来这不过是试探黛玉心思的一个手段罢了，也显出薛姨妈关爱黛玉的虚伪本质。特别是第三十三回宝玉挨打后，有人说是薛蟠说了宝玉的坏话，宝钗信以为真，责怪薛蟠，把薛蟠惹急了，就说：“好妹妹，你不用和我闹，我早知道你的心了。从先妈妈和我说，你这金要拣有玉的才可正配，你留了心，见宝玉有那劳什骨子，你自然如今行动护着他。”这一下把宝钗和薛姨妈的内心秘密全抖出来了，气得宝钗大哭，薛姨妈气得乱战，也间接证明了这是个由来已久的阴谋。

王夫人喜不喜欢黛玉在前八十回里不太明显，但黛玉恐怕也不是王夫人喜欢的类型，书中写到王夫人听了王善保家的告晴雯的状时，猛然触动往事，便问凤姐道：“上次我们跟了老太太进园逛去，有一个水蛇腰，削肩膀，眉眼又有些象你林妹妹的，正在那里骂小丫头。我的心里很看不上那狂样子。”（第七十四回）这样把黛玉和被“告倒”的晴雯往一起联系，看来黛玉没给王夫人留下什么好印象，黛玉想成为她的儿媳恐怕难上加难了。王夫人想紧紧把握贾府的大权，把王熙凤安插进来了，但王熙凤毕竟只是侄媳妇，不如自己的媳妇好使。现在宝玉大了，让宝钗做儿媳，在她看来才是肥水不流外人田的双赢。

除了薛姨妈和王夫人的助力外，宝钗自己也非等闲人物，除了样貌才华不输黛玉之外，还深谙做人之道，赢得了贾府上下的欢心。首先，宝钗能体贴人，有修养，有能力。“读书识字，较之乃兄竟高过十倍。自父亲死后，见哥哥不能依贴母怀，他便不以书字为事，只留心针黹家计等事，好为母亲分忧。”（第四回）她的理家才能在第五十六回“敏探春兴利除宿弊，贤宝钗小惠全大体”时表现很充分。而且薛宝钗“安分随时”，霸气内敛，平时“罕言寡语”，“立定了主意，不干己事不开口，一问摇头三不知”。（第五十五回）深谙处世之道。第三十八回螃蟹咏的故事中，宝钗作的“眼前道路无经纬，皮里春秋空黑黄”的诗句，显示了她对人性的深刻认识。黛玉才气外露，薛宝钗则冷静理智。

其次，宝钗对富贵存有思慕之心，注重经营人际关系。小说第二十八回，她得到元妃赏赐的物品与宝玉相同时，先是“昨儿见元春所赐的东西，独他与宝玉一样，心里越发没意思起来”。可第二天她已经将元春所赐的红麝珠子戴上了左腕到处逛，还特别“到了王夫人那里，坐了一回，然后到了贾母这边”。可见她对此事的重视（第三十五回）。宝钗对贾府所有人都小心对待，连对她一向存有戒心的林黛玉，后来也完全接纳了她，并对宝玉说：“谁知他竟真是个好人，我素日只当他藏奸。”（第四十九回）宝玉房中的丫头红玉，在被宝钗听了秘密之后，也说：“若是宝姑娘听见，还倒罢了。”对宝钗非常信任。宝钗自己生活简朴，对别人却表现得很大方，主动提出送燕窝给黛玉，出主意拿螃蟹给湘云做东请客，对已经和薛蝌定亲的邢岫烟体贴照顾，还主动拿出自己的衣服送给跳井死的金钏儿，博得了王夫人的欢心。连赵姨娘认为她“会做人，很大方。”（第六十七回）她的乖巧功夫没有白费，连贾母都当着大家的面称赞她：“提起姐妹，不是我当着姨太太的面奉承，千真万真，从我们家四个女孩儿算起，全不如宝丫头。”

所以，与孤苦无依的黛玉相比，宝钗具备了太多的人脉力量。林黛玉想要与她抗衡，无异以卵击石。所以黛玉虽然赢得了宝玉的心，但无法赢得与宝玉的婚姻也是无可奈何的事。

三、时代文化不具备自由爱情存活的土壤

作者笔下的宝、黛爱情，在那个时代是一种全新的爱情模式。男女双方从孩提时起就朝夕相处，爱情在两小无猜中渐渐生长加固，直到最后的生死不渝。在爱情过程中，还不断有新的竞争者加入，形成三角、四角、多角抗衡的局面，使这份爱情变得更加艰辛与曲折。经历了曲折之后，两人却更加认定对方，最后凝结成生死相许爱情。但礼教文化支配下的婚姻是与传统政治不可分的，“门当户对”、“父母之命”、“媒灼之言”才是构成婚姻的要件。在这一点上，黛玉彻底输了。

黛玉的祖上虽曾袭过列侯，但到林如海已是第五代，只能从科第出身了。林如海当过巡盐御史，财富是有点，但和贾家的权势还是不可同日而语。更何况林如海过早病故，使黛玉成了一个孤苦零丁之人。黛玉出身是高贵的，但在礼教文化上的劣势是无人作主。黛玉经常叹息的也是这一点。没有父兄，也就无人提这门亲。宝钗的优势太多了，王夫人、凤姐、薛姨妈都围着贾母转。宝钗在婚姻上是赢定了的。所以书中一再写到黛玉的孤零之感，后四十回为了不露出宝玉的怯懦（即不敢向祖母和母亲提亲，礼教是绝不允许当事人自己提亲的），只能安排一个丢玉失性的套路。第二十七回里黛玉的葬花词就有“一年三百六十日，风刀霜剑严相逼”的感叹。黛玉的“质本洁来还洁去，强于污淖陷沟渠”（第二十七回）的高洁自许与向往着朦胧的清净理想世界的贾宝玉殊途同归，“独有林黛玉自幼不曾劝他去立身扬名等语，所以深敬黛玉”。（第三十六回）“林姑娘从来说过这些混账话不曾？若他也说过这些混账话，我早和他生分了!”（第三十二回）这两句话里宝玉把宝钗、湘云和黛玉放在一起作了比较。钗、湘两人，都极力要宝玉走仕途经济的之路，只有黛玉同他一样，要保持自身的洁来洁去，要寻找自己理想的世界，黛玉与宝玉的生死爱情，是他们思想、气质、秉赋自然一致所致。

但是，宝玉侯门公子的现实地位，与黛玉的孤零之身相去太远。尽管宝玉全身心的爱她，但宝玉只有爱人的自由，却无决定婚姻的权力。对于这一点，薛宝钗就理智、聪明得多，知道重要的是要婚姻，知道谁具有婚姻决定权，知道要在王夫人、贾母处下功夫。黛玉也知道父母、媒妁的力量，并为此焦心痛苦，但铺叙中却未见黛玉在这一点多下功夫，或许是想去下功夫也无能为力吧。所以在第三十二回听到宝玉的心声后，黛玉也明白“所悲者，父母早逝，无人为我主张……你纵为我知己，奈我薄命何!”一个弱女子，独力在贾府生存，既无外援，又少内助，何处经营？非不为也，实不能也。黛玉只有拼命要宝玉的心，但要得了宝玉的心，也要不来期盼的婚姻。贾母虽疼爱自己的孙子，也疼爱自己的外孙女，在宝、黛的爱情婚姻问题上，她却未能逾越封建的婚姻原则，更不能不尊重元妃的示意，仍不能充当宝、黛爱情的保护神。换个角度说，就黛玉而言，她的失败只是婚姻形式上的失败，并不意味着爱情的失败，因为宝玉始终不曾忘记他们的“木石前盟”，并没有从感情上抛弃她，他们的爱情可以说是至死不渝的。黛玉以死捍卫了自己的爱情，表现了对宝玉的忠贞，而宝玉的悬崖撒手也算给了黛玉一个交代。

宝、黛的时代，爱情不是男人的特权，至少还不是贾府男人或是大观园中宝玉所能享受的权力。甚至至高无上的帝王，因为现实利益的政治谋略也无法完全自主地选择心仪的皇后，他所拥有的权力只能是添加妃子的数量，将自己真正心爱的女子纳入其中，却还是不能专房专宠。女人无法掌握自己的命运，而男人也无法自主抉择。整个人类臣服于自己所制定的规则中，受其所害。宝、黛生活的时代，还没有自由呼吸的土壤，当然也就不会开出自由爱情的花朵来，他们的爱情最后也与尤三姐和柳湘莲、司棋和表哥潘又安的爱情一样，成了不容于时代的牺牲品，最终灰飞烟灭了。　（周）

《红楼梦》中茶之雅趣与礼仪风尚

生活习惯是文化的某种标记符号，也是社会阶层生活水平的象征。贾府中的饮食文化绝不仅仅是生理的需要，更重要的是它显示着贵族家庭的教养和独有的嗜好。茶字在《红楼梦》大约出现了四百次以上，它充实在这个贵族家庭的有闲生活中。而摆茶的趣味与空间场所紧密联系，它的叙述传递着符号自我的趣味和一个有闲阶层有闲的生活状态及其优越感。“茶”作为符号在古典时代的任务是“把世界揭露出来，把世界并置在一个无限开放的表面上”（福柯《词与物》）。

室内日常的摆茶趣味依人而不同。譬如二老爷贾政没有承袭爵位，但却当家住荣府正屋荣禧堂。这是“仪门内大院落，上面五间大正房……四通八达，轩昂壮丽”（第三回）。匾额文字乃天子御赐所书。但这个场所亦非其主要的起居之所。他中年后资质愈平庸，以不惯俗务为由，遂将家事委给琏、凤夫妇。自己整日就和清客们自在逍遥。“梦坡斋”书房是他摆茶、清谈和弈棋的重要场所。“梦坡”可能是梦东坡之意。也许是政老爷在儒家道德规训下的规规矩矩的生活中，想留一丝曾经的梦想吧。东坡是宋代饮茶大师，他的《汲江煎茶》写烹茶之趣：

活水还须活火煮，自临钓石取深清。
大瓢贮月归春瓮，小杓分江入夜瓶。
雪乳已翻煎处脚，松风忽作泻时声。
枯肠未易禁三碗，坐听荒城长短更。

政老爷年少轻狂的生活，在婚后被规训为规矩的人生模式。“坐听荒城”的这份趣味洒脱也许只有在“梦坡斋”摆茶时，还能让他回味一点青春的自由吧。尽管听不见松风，但荣府的水却讲究得起的。在与单聘仁、詹光这些清客对一壶清茶瓜果而谈时，还能保留一点士风，呈现一点真实的自我。这是贾政逃避俗务所获得的灵性和优越感。至少他还能欣赏诗词，特别是他读了黛玉拟的凸碧山庄和凹晶溪馆的名称，很是喜欢，并遗憾当日未让黛玉拟了各处名称。可见贾政虽迂腐，但对美的欣赏力还有。然而“梦坡”毕竟只是梦了。“宝鼎茶闲烟尚绿，幽窗棋罢茶已凉”，日长静如年的望族生活唯有饮茶的趣味还保留了一点生命的灵性。

《红楼梦》是一部以女性为主角的小说，男人饮茶的趣味似乎多在内屋，而仅将赏花饮茶的院外空间给了女人们。女人的天性是展示自己，这种安排将艳丽的女人们呈现于贾府和大观园的空间里。所谓“帘外桃花帘内人”。即使是室内饮茶的镜头也多是女子的叙述目光。特别是第三回黛玉进贾府，“茶”字突然增多，似是以才女的眼光注视和叙述这个闲家庭室内空间的茶香流溢。如“已摆上茶果上来。熙凤亲为捧茶捧果。“当下茶果已撤，贾母命两个老嬷嬷带了黛玉去见两个母舅。”（第三回）室外娱乐观赏性的摆茶在《红楼梦》中较为突出，充满愉悦和生活的优越感。荣府和大观园本就是园林式的建筑，将摆茶空间置于山水亭台间，赏花听曲，品茶吃喝。这正是一个贵族世家的生活习惯和“赏心乐事谁家院”有闲生活的象征。第五回宁府花园梅花开，贾珍和尤氏请贾母、邢、王二夫人到会芳院赏花，“先茶后酒”。第十一回因为贾敬的寿辰，尤氏对凤姐和王夫人说：“这个时候，天气正凉爽，满园的菊花又盛开，请老祖宗过来散散闷。看着众儿孙热闹热闹，是这个意思。谁知老祖宗又不赏脸。”可见，庭院中的赏花吃茶或饮酒乃是贾府最为喜欢的一种趣味和娱乐。在这种较大的空间摆茶，并不仅仅是赏心悦目的消遣。由于旁边会有大量奴仆丫鬟的侍候，这是一种派头和“仪式”，它凸显了望族之家的“明显有闲”和“明显消费”特征。凡伯伦对此有精辟之解：

> 蓄养一批仆役，不让他们从任何生产工作，其所证明的却是更多的财富和更高的地位。在这样的原则下，就兴起了一个仆役阶层，其人数越大越好，他们的惟一任务就是懵懵懂懂地侍候主人，从而证明她们的主人有力量消费大量不生产的劳务。（《有闲阶级论》）

也就是说奴仆本身的数量和存在就是主子作为有闲阶级的符号自我的象征。自然，摆茶和饮茶更是贵族优越性和有闲消费的最好体现。如第十五回宁府出殡，“家下仆妇们将带着行路的茶壶、茶杯、十锦屉盒、各样小食端来”。难怪孟子说“食前方丈，侍妾数百人，我得志弗为也”。（《孟子正义》）真正的士志向是实现“仁政”的政治抱负非仅仅当个员外老爷那样的有闲阶级。尤氏所说的老祖宗自然就是贾母。老太太出身贵族大家，少女时候是如宝钗和湘云那样的才女，其号“枕霞旧友”。她于茶道之趣最为讲究。于是就有了藕香榭那场最有生命趣味和浮生有闲的摆茶了。这次品茶起因乃是湘云因想做东搞海棠诗社的活动，宝钗便出主意弄来螃蟹，把老太太等请来赏桂花。贾母这段时间兴致极好，带了王夫人和凤姐等来。如何摆茶王夫人是没主见的，凤姐便主张在藕香榭：

凤姐道："藕香榭已经摆下了，那山坡下两颗桂花开得又好，河里的水又碧清。坐在河当中亭子上岂不敞亮，看着水眼也清亮。"贾母听了说："这话很是。"说着，引了众人往藕香榭来。原来这藕香榭盖在池中，四面有窗，左右有曲廊可通，亦是跨水接岸，后面又有曲折竹桥暗接。众人上了竹桥，凤姐忙上来搀着贾母，口里说："老祖宗只管迈大步走，不相干的，这竹子桥规矩是咯吱咯喳的。"

一时进入榭中，只见栏杆外另放着两张竹案，一个上面设着杯箸酒具，一个上头设着茶筅、茶盂各色茶具。那边有两三个丫头煽风炉煮茶，这一边另外几个丫头也煽风炉烫酒呢。贾母喜得忙问："这茶想的到，且是地方、东西都干净。"（第三十八回）

凤姐平日说话是颇世俗之人，然毕竟生在金陵王家，具备有闲阶级的审美眼光。两个"亮"字兼容了赏花看水，不知此时此刻所煮之茶是否亦有清亮之味。贾母一听很赞赏。清代贵族家庭对于摆茶空间场所异常讲究。此回写藕香榭摆茶即为典型。呈现三个特点。第一，对于摆茶的环境要求颇讲求趣味和诗意。品茶对于有闲阶层的世家来说，绝不是解渴之物，而是诗意栖居和身分的象征。之所以摆茶藕香榭，首先因有桂花可赏，河水又"清亮"。赏花和看水皆为古人雅致，古诗有"更持明炷赏残花"、"行到东溪看水时"等；其次藕香榭构筑独特，其改在池中，四面有窗。左右有曲廊可通，曲折竹桥暗接，颇像灿烂伸展的一片荷花，视野开阔而静谧。这种建筑有很悠久的文化渊源。宋人笔记《懒真子》记载司马光宅第亦有"柳坞"。"水四环之，待月亭及竹阁西东，水亭也。"（卷五）史学巨著《资治通鉴》就在此种环境写成。明代钟惺《梅花墅记》有"然亭之所垮，廊之所往，桥之所踞，石卧所立，垂杨修竹之所冒荫，则皆水也"。（《隐秀轩集》卷二十一）藕香榭之设计全在此"皆水"二字。这种环水的居处，有非常悠远的休闲文化传统。所谓“智者乐水”。茶水还飘拂着桂花的香味，难怪贾母说“这茶想的到，且是地方”。第二，不仅有水之清，因竹桥暗通，故“其势如临其上”很有立体感（《脂砚斋重评石头记》第三十八回夹评）。第三，茶具雅致。贾府虽是豪富人间，却有书香传统，只“两张竹案”而已。可贾母看了很高兴，连赞“想的到，且是地方”。因为竹子本就是清拔脱俗的符号象征，《山鬼》“余处幽篁兮”正是此意。竹案摆茶，岂非得古人况意。一摆茶，一设酒。一淡一浓。精致的茶筅、茶盂，风炉煮茶，丫鬟扇风。一派雅致，绝无富贵庸俗气象。反而有隐士烹茶之“干净”。花，水，竹桥，炉，丫鬟、贾母等众闲人，盘桓此处，得半日之闲。接着贾母见亭子中挂的黑漆嵌对联，又想起了年轻时自己曾玩过的“枕霞阁”。

藕香榭摆茶雅而有趣，但毕竟地点是凤姐所选，烹茶是宝钗所置，并没有真正露出贾母之深谙茶道。故第五十三回贾府过新年，书中又再描述史太君在其大花厅的一场雅致高华的茶道：

> 这边贾母花厅之上，共摆了十来席。每一席旁边设一几，几上设炉瓶三事，焚着御赐百合宫香。又有八寸来长、四五寸宽、二三寸高的点着山石、布满青苔的小盆景，俱是新鲜花卉。又有小洋漆茶盘，内放着旧窑茶杯并十锦小茶吊，里面泡着上等名茶。一色皆是紫檀透雕，嵌着大红纱透绣花卉并草字诗词的璎珞。

“花厅”一般设在跨园和花园。这里后文说贾母看戏，可知是在花园中。旁边还有“小盆景”。茶具皆是名贵。茶盘是“小洋漆茶盘”，杯子是“旧窑茶杯”，泡的是“上等名茶”，“一色紫檀透雕”。然而真正无价的是嵌着“大红纱透绣花卉并草字诗词的璎珞”。这“璎珞”叫“慧纹”，乃是姑苏才女慧娘所绣，慧娘本书香之家。精于书画，所绣花卉皆仿唐、宋、元、明名家。其格式皆从雅，非一味浓艳匠工可比。慧娘早夭，其绣遂成绝品。贾母“爱如珍宝，不入在请客各色陈设之内，只留在自己这边，高兴摆酒时赏玩”。这段话语其实是从侧面告诉读者，贾母摆茶的趣味和标准，那就是一个字“雅”。绝不露出一般富贵人家的庸俗之象。必须是侯门之家的气派。所以才在紫檀雕的茶吊上嵌这幅绝品璎珞。宋代词人晏殊是当朝宰相，其小令却风尚高致。如其“一场愁梦酒醒时，斜阳却照深深院”。据宋代吴处厚《青箱杂记》载：

晏元献公虽起田里，而文章富贵，出于天然。尝览李庆孙《富贵曲》云：“轴装曲谱金书字，树记花名玉篆牌。”公曰：“此乃乞儿相，未尝谙富贵者。’故公每吟咏富贵，不言金玉锦绣，而唯说其气象。若“楼台侧畔杨花过，帘幕中间燕子飞”，“梨花院落溶溶月，杨柳池塘淡淡风”之类是也。（卷五）

贾母之雅正是顺“天然”，重“气象”，喜韵味。参观大观园时，“见纸窗木榻，富贵气象一洗皆尽。贾政心中自是欢喜”。贾府不愧是诗礼簪缨之族，什么趣味重雅致。“贵族习惯就是把所有其他阶层不具备的、带有持重特质的种种生活细节活动组织起来，并在这些活动中注入了性格、权力和上层地位的表达。”（戈夫曼《日常生活的自我呈现》）不过，花厅摆茶还不是贾母的最高境界。第七十六回中秋之夜，凸碧山庄的听箫吃茶才可谓这个贵族之家的雅致之极。《红楼梦》写贾母赏箫笛，共有两次，一次是在藕香榭听箫，空间是在水中。这次凸碧山赏笛品茶，是在山上，因为要闻那桂花的芳香，香气随花而散，伴着茶香。这次场所的安排，笛声的布置，皆是贾母决定，这是华丽家族最后的雅韵，也是红楼盛筵符号的余韵。贾母赏笛的道理“音乐多了，反失雅致，只用吹笛的远远的吹起来就够了”。只是这种声音尽管那么悠扬却少了生气：

只听桂花阴里，呜呜咽咽，袅袅悠悠，又发出一缕笛音来，果真比先越发凄凉。大家都寂然而坐。夜静月明，且笛声悲怨，贾母年老带酒之人，听此声音，不免有触于心，禁不住堕下泪来。

藕香榭和凸碧山庄的摆茶，皆是茶、酒、花俱在，时正爽秋，然而欢乐和悲情两相对照，空间的转换叙述暗示了家道的盛衰轮回。藕香榭的箫声让刘姥姥“手舞足蹈”，而此刻的笛声“越发凄凉”。这个有闲家族的内囊已空了，但面子上的“优雅”还保持着，也许，这就是所谓的贵族气。茶在这种场所空间的工笔叙述中，显得雅致而飘逸。望族的优裕闲适都得到呈现。然而他们的符号自我还需要进一步地被确认，被展现，实现自我的价值。这就使得吃茶生活中呈现自我的表演情趣。

相对于摆茶这种静态的空间雅趣，那么“吃茶”则是一种灵性摇曳的自我呈现。“符号并不默默地等着能够确认它的人的到来；符号只能被认识活动构成。”（福柯《此与物》）整个贾府既是一个侯门世家同时也是一个世间的“剧班”，他们“通过相互间的密切合作在维持一种特定的情境定义”。（戈夫曼《日常生活中的自我呈现》）因此，无论是中老年的贵妇还是大观园中的众姐妹们，其生活状态都具有了某种表演的特性。因为“当个体处于他人面前时，常常会在他的行为中注入各种各样的符号，这些符号戏剧性地突出并生动勾画出若干原本含混不清的事实”。（戈夫曼《日常生活中的自我呈现》）这种“表演”自然融合在饮茶的日子中。通过这种“表演”，自我的心灵得到展示，而世家的生活状态亦被传递出来。

且看茶事中个体表演的自我呈现。个体自我呈现的表达包括两种“符号活动”。即“他给予的表达和他流露的表达”。（戈夫曼《日常生活中的自我呈现》）前者通过词语符号或它的替代物的传递信息，后者预示着行为者的某些征兆和导致行为的原因。管家少奶奶凤姐儿是小说中最动人的女性，也是最好的一个“演员”。我们看黛玉刚到荣府，凤姐出场的那种人未到声先到，接着口齿伶俐地奉承老祖宗，体贴黛玉的表演就可知了。但也许读者忽视了她亦是一位茶道表演高手。第六回那位与金陵王家有些渊缘的刘姥姥来了。周瑞家的把她引见给正春风得意的琏二奶奶。当时正巧是凤姐儿的饮茶时间。琏二奶奶把“给予”和“流露”自我身分的表演呈现得近乎完美：

> 那凤姐儿家常带着秋板貂鼠昭君套，围着攒珠勒子，穿着桃红撒花袄，石青刻丝灰鼠披风，大红洋绉银鼠皮裙，粉光脂艳，端端正正坐在那里，手内拿着小铜火箸儿拨手炉内的灰。平儿站在炕沿边，捧

着小小的一个填漆茶盘，盘内一个小盖钟。凤姐也不接茶，也不抬头，只管拨手炉内的灰，慢慢的问道："怎么还不请进来?"一面说，一面抬身要茶时，只见周瑞家的已带了两个人在地下站着呢。这才忙欲起身，犹未起身，满面春风的问好，又嗔周瑞家的怎么不早说。

凤姐这次表演以其"符号装备"，即通过"物质财富表现出来的身分象征"构成一个权势女人的符号自我（《日常生活的自我呈现》）。雍容华贵的"戏服"显示了她的权力和地位。连续性两个动态词"也不"、两个"一面"。凤姐之倨傲可谓惟妙惟肖，形容殆尽。凤姐儿的"手炉"是这场表演的"刺点"。它引导了茶。"刺点是画面之外某种微妙的东西，好像图像把欲望导向了它给人看的东西之外。"（罗兰·巴尔特《明室》）丫鬟平儿捧着添漆茶盘与拨灰的主子相互映衬。凤姐儿并不会为了刘姥姥而有所特意装扮，但此时备受老太太和太太的宠爱，正可谓大权在握，权势熏天。而"桃红撒花袄"、"大红洋绉银鼠皮裙"正映现了面若桃花的少奶奶此时的心境和地位显赫。她"端端正正"坐在那里，犹如帝王般坐在金銮殿，正等待蕃邦的觐见。最后那一句"怎么还不请进来"，好似一个主宰一切的皇后接见番邦入朝觐见的村姥姥，有闲阶级所有优越感和高等的身分顿时坦露无遗。

凤姐儿身上完全具备天才优伶的禀赋，她每天都在贾母和王夫人面前演戏。但宝玉的演技也不遑多让。第八回他要驱赶李嬷嬷，也是因茶而上演了一场好戏：

宝玉吃了半碗茶，忽又想起早起的茶来，因问茜雪道："早起沏了一碗枫露茶，我说过，那茶是三四次后才出色的，这会子怎么又沏了这个来?"茜雪道："我原是留着的，那会子李奶奶来了，她要尝尝，就给她吃了。"宝玉听了，将手中的茶杯只顺手往地下一掷，豁啷一声，打了个粉碎，泼了茜雪一裙子的茶。

宝玉留的枫露茶应该是给袭人的，因为豆腐皮包子是给晴雯的。这两个丫鬟乃宝二爷的心腹丫鬟。但李嬷嬷吃了豆腐皮包子，宝玉并没有生气，吃了枫露茶，宝玉却发怒了。表面看是泡这个茶很费心。但真正的原因，是宝玉失去了以枫露茶在袭人面前显露一下的机会。其实袭人装睡也正是在等宝玉来“怄他顽耍”。宝玉这么大的摔杯子，要撵嬷嬷出去，其实也极具表演性。这么大的动静，是在告诉袭人，丫头我很在乎你。他跳起来大声问着茜雪道：“他是你那一门子奶奶，你忙这么孝敬他？不过是仗着我小时候吃过他几日奶罢了。如今逞的他比祖宗还大了。如今我又不吃奶了，白白的养着祖宗干什么！撵了出去，大家干净。”果然，袭人立即起身劝解配合这场戏。贾母来问，忙道：“我才倒茶来，被雪滑倒了，失手砸了钟子。”宝玉的表演非常符合一个纨绔少爷特有的娇嗔和备受宠爱的自我，动作和话语具有夸张感。

宝二爷会摔茶杯，风流的琏二爷更会摔。凤姐整死尤二姐后，自己遭到报应，孩子流产，身体日衰，丈夫愈厌。第一〇一回，贾琏早起找太监裘世安不成，又因凤姐之兄王仁所为气恼，摔茶碗迁怒于凤姐：

平儿方下炕来要去，只听外面脚步响。谁知贾琏去迟了，那裘世安已经上朝去了，不遇而回，心中正没好气，进来就问平儿道：“那些人还没起来呢么？”平儿回说：“没有呢。”贾琏一路摔帘子进来，冷笑道：“好，好！这会子还都不起来，安心打擂台打撒手儿！”一叠声又要吃茶。平儿忙倒了一碗茶来。原来那些丫头、老婆见贾琏出了门，又复睡了，不打量这会子回来，原不曾预备。平儿便把温过的拿了来。贾琏生气，举起碗来，哗啷一声，摔了个粉碎。

贾琏的“演技”出众，自然中有夸张。两个“摔”字。表面是针对“那些人”，实乃迁怒于凤姐，茶碗是摔给凤姐看的。这是长期遭凤姐压一头的撒娇撒痴似的自我呈现。果然凤姐被“惊醒，唬了一身冷汗，哎哟一声，睁开眼，只见贾琏‘气狠狠’的坐在旁边”。面对凤姐儿，贾琏没有一句温柔话：

凤姐道：“你怎么就回来了？”问了一声，半日不答应，只得又问一声。贾琏嚷道：“你不要我回来，叫我死在外头罢？”凤姐笑道：

“这又是何苦来呢！常时我见你不像今儿回来的快，问你一声，也没什么生气的。”贾琏又嚷道：“又没遇见，怎么不快回来呢！”凤姐笑道：“没有遇见，少不得奈烦些，明儿再去早些儿，自然遇见了。”贾琏嚷道：“我可不吃着自己的饭，替人家赶獐子呢。”

凤姐两次“笑道”很勉强，贾琏是三次“嚷道”却很激情。一直惧内的丈夫对她已然厌倦，但凤姐虽病余威尚在。如此维持了特定的情境定义。预示着两人的情意已渐渐消失。贾府被抄后，凤姐儿所敛之财富一空，贾琏更不关心凤姐死后了。按照戈夫曼所言“剧班是一群个体的集合，他们通过相互间的密切合作来维持一种特定的情境定义”。（《日常生活的自我呈现》）就贾府而论，吃茶的表演呈现出一个华丽家族的独特生活情境。此种生活有闲而奢侈，它是只配这个有闲群体享受的。贾府众多的奴仆也是一个独特的大剧班，有老生，有小旦，也有花旦。寿怡红那一回，林之孝家的带人查夜。查的和被查的都以茶说事表现身分和存在感。宝玉先让“倒茶”，因为林之孝家的可是老辈子陪房的，一见倒茶，林之孝家满足了面子，就开始了一个老仆的絮絮叨叨的表演。她要宝玉早睡早起，这是代贾母规训，接着笑着要袭人等泡普洱茶消食，显示了自己的阅历。袭人和晴雯忙道沏了一盅女儿茶，便请林之孝家的喝茶。林之孝家的坐下来倚老卖老地慢慢唠嗑了。说起宝玉乱叫姑娘们名字，有失侯门礼节。唠唠叨叨半天，最后吃了茶走了。栊翠庵品茶，主角虽是妙玉，但实际上是一次群体表演。它的情景定义是呈现雍容典雅的世家状态。妙玉的表演是隐蔽而雅致。呈现在贾母面前的就是“一个海棠花式雕漆填金云龙献寿的小茶盘，里面放一个成窑五彩泥金小盖钟”。老太太不吃六安茶，泡在茶碗里的是“老君眉”。水是“旧年蠲的雨水”。妙玉做足了舞台的准备。

妙玉对情意的渴求而自持的表演不正与黛玉和宝玉那种爱着而不敢互诉衷肠相似吗？她的表演异常本色，出身官宦世家，带发修行。每晚的打坐都靠茶的滋味来觉悟佛的真理。可是要将贵族精神的清高自持表现出来，其实并不比实践一个俗人更容易。然而无论藕香榭的清雅还是贾母花厅的高贵，又或是凤姐儿和妙玉表演性的符号呈现，“茶”作为人的自我的人格呈现，在明清时代的生活中必然与礼教的规训相伴融合，以此达到一个对拘滞的伦理家庭的符号书写。

茶一旦超出饮用范围，就成传递的媒介，其所传递包涵了礼教的规训和培育。唐以来的“茶道”要传播的首要任务就是礼教的永续。礼法是有闲阶级的产物和象征，只有在身分制盛行时，才有充分发荣滋长的机会（凡伯伦《有闲阶级论》）。藕香榭摆茶确实雅致，但吃茶的座次却很严格的，礼教上丝毫不乱。《浮生六记》载沈三白夫妻和友人郊外烹茶，随意不拘：

> 明日看花者至，余告以故，众咸叹服。饭后同往，并带席垫至南园，择柳阴下团坐。先烹茗，饮毕，然后暖酒烹肴。是时风和日丽，遍地黄金，青衫红袖，越阡度陌，蝶蜂乱飞，令人不饮自醉。既而酒肴俱熟，坐地大嚼，担者颇不俗，拉与同饮。游人见之莫不羡为奇想。杯盘狼藉，各已陶然，或坐或卧，或歌或啸。

沈复对于礼法是有微词的，况其家至中产商人，此次饮茶又均是同辈，故能自由散满。贾府却是公爵侯门，礼法甚严。藕香榭又是荣府内院，茶席虽在亭子里，贾母和王夫人俱在，礼仪不能乱：

> 说着，一齐进入亭子，献过茶，凤姐忙着搭桌子，要杯箸。上面一桌贾母、薛姨妈、宝钗、黛玉、宝玉。东边一桌：史湘云、王夫人、迎、探、惜。西边靠门一小桌：李纨和凤姐的，虚设坐位，二人皆不敢坐，只在贾母、王夫人两桌上伺候。

贾母上首一席有薛姨妈和宝钗是贵客，故还在宝玉等之前。东面史湘云主人席位，故王夫人和迎、叹和惜春等陪。西边靠门虚设，因凤姐和李纨是不吃的，她们是服务众人的。黛玉初进荣府，她既品味了茶的滋味，更领略了融合在彬彬礼仪中的茶道。凤姐初见黛玉，未见其人先闻其声：“我来迟了，不曾迎接远客。”不似其他人“敛声屏气，恭肃严整”。可是当茶果摆上来，凤姐却“亲为捧茶捧果”。因为贾母和王夫人都在场，凤姐是一点不敢乱了孙媳妇的礼仪的。饭后，丫鬟捧上茶来。出身书香世家的黛玉很警觉，知道头道茶只是漱口的，这是讲究，也是侯门的礼仪体面。茶的礼仪，越是贵族家庭越是讲究。妙玉奉茶贾母，就用心选茶、水和碗。这是讲究但也是礼仪。茶是饮用的，但茶道却要传递礼教，这个过程就是礼仪的涵养。贾府中人见到长辈，也皆以献茶或上茶为礼节。如第十一回凤姐和宝玉去看秦可卿。贾蓉忙叫：“快倒茶来，婶子和二叔在上房还未喝茶呢。”第五十三回贾府除夕筵席。吃茶的礼仪整齐严密：

> 尤氏用茶盘亲捧茶与贾母，蓉妻捧与众老祖母；然后尤氏又捧与邢夫人等，蓉妻又捧与众姊妹。凤姐、李纨等只在地下伺候。茶毕，邢夫人等便先起身来侍贾母。贾母吃茶，与老妯娌闲话了两三句，便命看轿。

如第十一回宁府给贾敬庆寿，尤氏的母亲也过来祝贺。“大家见过了，彼此让了坐。贾珍尤氏二人亲自递了茶。”而当王夫人要贾环抄《金刚咒》丫鬟不给他倒茶，这就是无礼了，这是他在贾府的真实地位。

传统家庭的爱恋是收敛而压抑的，因为伦理道德束缚着身心。但通过茶事，却可以巧妙而暗地传递出情意。如智能儿和秦种争夺“情意茶”，这种传递恰好将情意融合于礼仪，符号心灵的自我的呈现非常自然：

> 宝玉笑道：“有没有也不管你，你只叫住她倒碗茶来我吃，就丢开手。”秦钟笑道：“这又奇了，你叫她倒去，还怕她不倒？何必要我说呢。”宝玉道：“我叫她倒的是无情意的，不及你叫她倒的是有情意的。”

王凤姐调笑黛玉“你既吃了我们家的茶，怎么还不给我们家作媳妇?”一向敏感的黛玉听了，也只是“红了脸，一声儿也不言语，回头过去了”（第二十五回）。因为凤姐虽然有所特指，但却毕竟没有把那事“说破”。可见，以茶为传递某种情义的方式非常有效。所以凤姐才专门让下人送茶给黛玉。女子出嫁“吃茶”，明清就已是民俗。明代郎瑛的《七修类稿》

云："种茶下子，不可移植，移植则不复生也。故女子受聘，谓之吃茶。"福格《听雨丛谈》："今婚礼行聘，以茶叶为币。满汉之俗皆然，且非正室不用。今八旗纳聘，虽不用茶，而必曰下茶，存其名也。"（卷八）

使人容易尴尬之事亦可通过吃茶来缓解并消融于无形。第三十二回描述袭人斟了茶来与史湘云吃，一面笑道："大姑娘，听见前儿你大喜了。"史湘云红了脸吃茶不答。贾琏调情尤二姐，也是因茶成事，"贾琏一面接了茶吃茶，一面暗将自己带的一个汉玉九龙佩解了下来，拴在手绢上，趁丫鬟回头时，仍撂了过去"。茶之礼仪，很好地掩饰了扔九龙佩的放肆，此时真是无声胜有声，贾琏淫荡的自我在茶的掩饰中完成。以至于晴雯临终，还借助倒一碗茶来和宝玉作永别，完成主仆最后的伦理情义。此刻的晴雯对昔日的小主子，"又惊又喜，又悲又痛"。宝玉来看她，是尽了主子的情义，而她病重不能起来奉茶一杯，反而只能让宝玉倒半碗茶喝。通过这"茶碗"，完成了主仆情谊的诀别，因为在怡红院时，夜晚喝茶皆晴雯所服侍。喊茶即是叫心爱的丫鬟。而此刻却是多情公子去端起那粗糙的茶碗了。所谓茶倾香尽，物是人非，今日之茶已然不是昨日之枫露茶矣。今日饮茶之地亦非翠玉铺金的怡红院了。晴雯"一气灌下去"饮茶绝非大观园中的舒适慢品而是饥渴解物。纯真的晴雯无限忠于宝玉，却落此下场，不亦悲乎；情钟于宝玉，却只担了一个"虚名"，只因长得好看些，嘴尖一些，无端被馋，命乎？书中叙此次饮茶，深意很多，读者自可慢慢品味：

> 晴雯道："阿弥陀佛！你来得好，且把那茶倒半碗我喝。渴了这半日，叫半个人也叫不着。"宝玉听说，忙拭泪问："茶在哪里？"晴雯道："那炉台上就是。"宝玉看时，虽有个黑沙吊子，却不像个茶壶。只得桌上去拿了一个碗，也甚大甚粗，不像个茶碗，未到手内，先就闻得油膻之气。宝玉只得拿了来，先拿些水洗了两次，复又用水汕过，方提起沙壶斟了半碗。看时，绛红的，也太不成茶。晴雯扶枕道："快给我喝一口罢；这就是茶了。哪里比得咱们的茶。"宝玉听

说，先自己尝了一尝，并无清香，且无茶味，只一味苦涩，略有茶意而已。尝毕，方递与晴雯。只见晴雯如得了甘露一般，一气都灌下去了。

此节文字连下十个“茶”字，可谓一字千金，惊心动魄。宝玉去拿茶具，文笔颇细腻。茶壶只是个“黑沙吊子”，茶碗“甚大甚粗”，“不像个茶碗”。而怡红院的茶具，那可是玉、石、木、瓷的极品啊。而宝玉先闻得这茶，只是一股“油膻之气”。绝非那种“轻浮”一片了。再看那茶色，“绛红的，也太不成茶”。这可不是泡三四次才有的枫露茶的颜色了。尽管都是红的，但枫露是闲暇的玩品，这“绛”却是死亡的象征。多情公子只是照看着奄奄一息垂死之花。宝玉去尝这茶，只是“苦涩”，这是地道的粗茶，这“苦”是悲情的苦味。生活在怡红院惯了的晴雯，吃穿和主子一样，指甲长长的涂着各色的彩油，手如柔夷。平日对茶品企求可是很高的。此刻却如“得了甘露一般，一气都灌下去了”。晴雯这些丫头太天真了，她们以为跟了一个好主子，就可以天长地久在一起。岂不知富贵荣华皆是浮云，况且这是主子赐予的。人生的真相恍若梦境啊。晴雯忠于宝玉，但她确实没有理解生活的实质，她确实太过天真。

茶是饮用的，但当这种符号渗入社会，它的摆弄和交流就充满了生命的自我符号的呈现。贾府的茶乃是其有闲和高贵身分的坦露，它在每时每刻都是人生的展现，它的表演是如此多姿多彩，正如生活本身那般高华。

（张）

《红楼梦》的女性态度与女性主义倾向

《红楼梦》是一部以女性为主角叙述的小说，有一定的现代“女性主义”的倾向。诚如小说开篇就说：

今风尘碌碌，一事无成，忽念及当日所有之女子，一一细考较去，觉其行止见识，皆出于我之上。何我堂堂须眉，诚不若彼裙钗哉？实愧则有余，悔又无益之大可如何之日也！当此，则自欲将以往所赖天恩祖德，锦衣纨绔之时，饫甘餍肥之日，背父兄教育之恩，负师友规训之德，以至今日一技无成、半生潦倒之罪，编述一集，以告天下人：我之罪固不免，然闺阁中本自历历有人，万不可因我之不肖，自护己短，一并使其泯灭也。虽今日之茅椽蓬牖，瓦灶绳床，其晨夕风露，阶柳庭花，亦未有妨我之襟怀笔墨者。虽我未学，下笔无文，又何妨用假语村言，敷演出一段故事来，亦可使闺阁昭传，复可悦世之目，破人愁闷，不亦宜乎？

小说第一回还有这样的文字：

原来女娲氏炼石补天之时，于大荒山无稽崖炼成……顽石三万六千五百块，只单单剩了一块未用，便弃在此青埂峰下……因见众石俱得补天，独自己无材不堪入选，遂自怨自叹，日夜悲号惭愧。

并有一偈云：

无材可去补苍天，枉入红尘若许年。

此系身前身后事，倩谁记去作奇传？

按照小说意在笔先的文学创作规律，可大略看出作者写书之主旨：忆往昔繁华，愧无材补天，使闺阁昭传，悦世人之目。《红楼梦》前，该书先后被题以四名：《石头记》、《情僧录》、《风月宝鉴》、《金陵十二钗》。前三者分别托名石头、空空道人、孔梅溪，独十二钗明白标示为曹雪芹所题。全书故事，以大观园为活动中心，围绕贾宝玉和几个“或情或痴，或小才微善”的异样女子展开。从写作重心来看，《红楼梦》是一部以家族兴衰为大背景，以女性为描摹中心的小说。小说中呈现的复杂、多元、矛盾的女性观尤为令人关注。兹总结如下。

（1）“使闺阁昭传”与“女人祸水论”

作者深感“当日所有之女子”，“皆出于我之上”，唯恐“因我之不肖，自护己短，一并使其泯灭”，所以要“敷演出一段故事来，亦可使闺阁昭传”。这样的女性思想在当时无疑是超前和难得的。清人涂瀛赞美作者此功绩曰：

> 自有天地以来……独闺阁无传心之谛，作养之人。造物有忧之，于是萃日之精月之华，花木之灵芬，山川之秀异，笃生一不道不德、不功不业、不雅不俗、不顽不灵者，为娥眉调其气，为脂粉和其神……极大之文章，实人间之瑞事。

作者小说中的第一男主角贾宝玉是个标准的“闺阁良友”，（如第五回警幻仙子称之）也敷演出了小说中的多段情事。除对黛玉、宝钗姐妹们倾尽一片心外，到处都可见他体贴多情的身影。第八回给晴雯留包子，第十九回为袭人留点心，第二十回给麝月篦头，第三十回关心龄官淋雨，第三十五回关爱玉钏，第四十四回替平儿理妆，第六十二回为香菱送裙，第三十九回找那个刘姥姥说的雪地女孩等。另外还去伤悼金钏、写诗缅怀晴雯之逐死、秦可卿病亡时而吐血等。

在与众女子终日盘桓之时，小说借宝玉之眼之口，塑造了黛、钗等一众行止见识高于须眉的裙钗，为闺阁立了传。作者在为众女子立传的同时，还将背了父兄师友恩德之悔，“枉入红尘若许年”而“一技无成、半生潦倒”之恨，与“大旨谈情”纠结在了一起。世人认为吴三桂的“冲冠一怒”为的是红颜陈圆圆。洪昇《长生殿》自叙中也曾云：“玉环倾国，卒至陨身。死而有知，情悔何极。”把杨玉环悲剧的原因归结于其倾国倾城的美貌。《红楼梦》在谈情的同时，同样在述说着“情悔”，不自觉地把不能“补天”之因归之女子，归之于情，归到了女人祸水的老路上。作为总纲第五回就围绕着让宝玉改悟“情”之幻展开。

警幻手下的众仙姑的道号分别是痴梦仙姑、钟情大士、引愁金女与度恨菩提等，暗寓“情”之苦。宝玉在幻境所品之茶名曰“千红一窟”，所饮之酒名为“万艳同杯”，其谐音乃“千红一哭”、“万艳同悲”。宝玉随警幻到太虚幻境后，见一宫门上的横批为“孽海情天”，对联为“厚地高天，堪叹古今情不尽；痴男怨女，可怜风月债难偿。”这里已提到“风月之债”。十二钗正册秦可卿的判词是：

情天情海幻情身，情既相逢必主淫，

漫言不肖皆荣出，造衅开端实在宁。

并在《红楼梦》之《好事终》咏秦可卿一曲中唱道：

画梁春尽落香尘。擅风情，秉月貌，便是败家的根本。 箕裘颓堕皆从敬，家事消亡首罪宁。宿孽总因情。

“造衅开端实在宁”，“家事消亡首罪宁”，表明宁府是造衅开端，“宿孽总因情”句，指出宁府之败的根本在于情与淫，在于女子，女人是败家的根本。

总观全书，《红楼梦》赋予贾宝玉式的“意淫”以审美意义，和“意淫”成对照的是贾珍、贾蓉式的肉淫。作者将贾府的肉淫乱伦事件集中在宁国府。贾珍、贾蓉之流自不用说，贾瑞勾引尤二姐在宁国府；贾瑞见堂兄嫂王熙凤而起淫心亦在宁国府；即使是茗烟和万儿性交，贾宝玉和花袭人偷试云雨情也在宁国府。宁国府的老仆焦大醉后痛骂宁国府：

每日家偷狗戏鸡。爬灰的爬灰，养小叔子的养小叔子，我什么不知道！

第六回，刘姥姥一进荣国府后，小说就开始详写宁府风月之事。对此，清人王希廉评道：

按第六回刘姥姥一进荣国府后，应即叙荣府情事，乃转详于宁而略于荣者，缘贾府之败，造衅开端，实起于宁。秦氏为宁府淫乱之魁，熙凤虽在荣府，而弄权实始于宁府，将来荣府之获罪，皆其所致，所以首先细叙。

第五回中，宁、荣之灵为挽救贾家百年基业，核心妙计是拜托警幻“先以情欲声色等事警其痴顽”，可见思维逻辑是“戒了风月”就可走上“经济之道”。警幻仙姑让宝玉经历风月之前对宝玉谆谆教诲：

今既遇令祖宁荣二公剖腹深嘱，吾不忍君独为我闺阁增光，见弃于世道，是以特引前来，醉以灵酒，沁以仙茗，警以妙曲，再将吾妹一人，乳名兼美字可卿者，许配于汝。今夕良时，即可成，不过令汝领略此仙闺幻境之风光尚如此，何况尘境之情景哉？而今后万万解释，改悟前情，留意于孔孟之间，委身于经济之道。

警幻是先让宝玉尝过仙界灵酒、仙茗、妙曲，再将兼钗、黛二人之美的可卿许配于宝玉，以毒功毒，希望借此使宝玉对人间“俗物”失去兴趣，断了妄动风月之心。看来，警幻同样认同事无成是由于迷于女色的“女祸论”。可惜，爱鲍鱼之人，未必戒烧烤。宝玉跟可卿柔情缱绻后，不仅随之强袭人试云雨，在大观园里也仍一心沉迷于情事，未能跳出“情”的迷途，走上“经济之道”。这个聪明灵慧本可补天的宝玉，难戒风月，辜负了宁、荣二公的殷殷在天之灵。

第五回重点提示“戒妄动风月之情”之意后，后面又有多处情节与此呼应。秦可卿青春美貌却因“淫”而亡，情若堕于淫而不能自拔，那么结果只有死路一条。秦可卿的丧亡是“因情”，“情既相逢必主淫”。“情”和“淫”是她命丧的原因，更是宁家不“宁”的“根本”。第十六回可卿的弟弟秦钟（情种），与水月庵的女尼智能儿“偷期缱绻”，父亲秦业气得老病发作，一命呜呼，秦钟感到“痛悔无极”，也很快命丧黄泉。“水月庵”本就是镜里花、水中月省称，也是虚幻之意。秦钟没有看破风月之幻，沉迷其中，不思功名，断送了性命。

第十二回“贾天祥正照风月鉴”，贾瑞沉溺于凤姐之美貌，不愿正照“风月宝鉴”，奔往黄泉的象征性叙事，也已经将美人等同于勾魂魄、害人命的骷髅了。作者于第一回就有“东鲁孔梅溪则题曰《风月宝鉴》”之语，风月宝鉴只在此回出现过一次，可见其象征警世的作用。

尤氏姐妹的悲剧结局，也在昭示“妄动风月”之祸。第六十九回作者借尤三姐之口托梦警诫尤二姐：

> 你我生前淫奔不才，使人家沦丧败行，故有此报……你虽悔过自新，然已将人父子兄弟致于麀聚之乱，天怎容你安生？

这里明显有女性为男性淫乱之根本的“男权中心”逻辑。

第二十一回，宝玉续了《庄子·胠箧》文，是宝玉深层意识的流露，其中的女性祸水观显而易见：

> 焚花散麝，而闺阁始人含其劝矣；戕宝钗之仙，灰黛玉之灵窍，丧减情意，而闺阁之美恶始相类矣。彼含其劝，则无参商之虞矣；戕其仙姿，无恋爱之心矣；灰其灵窍，无才思之情矣。彼钗、玉、花、麝者，皆张其罗而穴其隧，所以迷眩缠陷天下者也。

为与滥淫的污浊相区别，作者生造出大观园的清净女儿之地与之对照，在写宝、黛真正爱情时，刻意突出宝、黛节情又节欲的爱情表现。第三十二回“诉肺腑心迷活宝玉”，俩人即使在情感激荡的高潮，尚在节制：

> 两个人怔了半天，林黛玉只干咳了一声，两眼不觉滚下泪来，回身便要走，宝玉忙上前拉住，说道：“好妹妹，且略站住，我说一句话再走。”林黛玉一面拭泪一面将手推开说道：“有什么可说的。你的话我早知道了！”口里说着，却头也不回竟去了。

欲是孽，情也是孽，需节制才好。

(2) 爱“女儿”与恨“女人”

在第二回借冷子兴口传宝玉名言：“女儿是水作的骨肉，男人是泥作的骨肉。我见了女儿，便清爽，见了男子，便觉浊臭逼人。”同回又借甄宝玉之口说：“这女儿两个字，极尊贵、极清净的，比那阿弥陀佛、原始天尊的这两个宝号还要尊荣无对的呢!”第二十回贾宝玉自白说:“原来天生人为万物之灵,凡山川日月之精秀,只钟于女儿,须眉男子不过是些渣滓浊沫而已。”宝玉口中与男人进行对称的词始终是“女儿”,而不是“女人”,他衷心喜爱的“女儿”,并不是普遍意义上的女性,不具备尊女轻男的女性意识。

第五十九回,春燕引用宝玉的话来解说“女儿”:

女孩儿未出嫁,是颗无价之宝珠;出了嫁,不知怎么就变出许多的不好的毛病来,虽是颗珠子,却没有光彩宝色,是颗死珠了;再老了,更变的不是珠子,竟是鱼眼睛了。分明一个人。怎么变出三样来?

第七十七回,在周瑞家的指挥下,几个媳妇把司棋拉了出去。宝玉的女儿言说又发声了:

宝玉看已远去。方指着恨道:“奇怪,奇怪,怎么这些人只一嫁了汉子,染了男人的气味,就这样混帐起来,比男人更可杀了!”园门的婆子听了。也不禁好笑起来,问道:“这样说,凡女儿个个是好的了,妇人个个是坏的了?”宝玉点头道:“不错,不错。”

宝玉口中“女儿”特指未出嫁的年轻女孩子。在宝玉看来,未出嫁叫“女儿”,珍贵可爱,出嫁以后即成为“女人”,失去了光彩,是颗死珠了。嫁了男人又年老的女性就是可恶而不忍目睹的鱼眼睛了。女儿如若也染上男人的气味,就要被称作“女人”,不配“女儿”这一可爱的称呼了。如第三十六回,宝钗劝宝玉立身扬名,宝玉反生气起来,只说:

好好的一个清净洁白女儿,也学的沽名钓誉,入了国贼禄蠹之流。这总是前人无故生事,立言竖辞,原为导后事的须眉浊物。不想我生不幸,亦且琼闺绣阁中亦染此风,真真有负天地钟灵毓秀之德。

这就表明,“女儿”的“清爽”,是因为她们距离“国贼禄蠹”的男人们远的缘故。若她们也染此风,那就是真正有负天地钟灵毓秀之德了。

宝玉对天生美丽的女孩子,“天分中生成一段痴情”。在宝玉身边汇聚的钗、黛等人及身边丫鬟们，都是一等一的美人胎子。贾宝玉则大有天下女儿独钟于我，而我广钟于天下女儿之意。第四十九回宝玉见宝琴、邢岫烟、李琦、李纹等人来了，惊喜若狂，忙忙来至怡红院中，向袭人、麝月、晴雯等笑道：

可知我井底之蛙，成日家自说现在的这几个人是有一无二的，谁知不必远寻，就是本地风光，一个赛似一个，如今我又长了层学问了，除了这几个，难道还有几个不成？

不仅如此，宝玉对大观园外的美丽女孩儿也总是一见倾心，百般关爱。如第十五回看见一个农村女孩，就情不能禁。“恨不得下车跟了他去。”这些女性，不仅容貌天下少有，才识也是无与伦比。宝、黛博学，秦可卿有过人见识，王熙凤、探春的精明干练都是世上少有，如作者开篇说明：“念及当日所有之女子，一一细考较去，觉其行止见识，皆出于我之上。”

有人说，小说塑造出这些杰出女儿们，显露了作者的女性崇拜意识。其实，所谓“女性崇拜”，不过是表现了对美好理想的向往而已。中国古代社会，世道是男人的世道，仕途经济是男人的事业。男子是官场、世道、仕途经济的象征。于是，当宝玉斥官场、世道和仕途经济的为浊臭，就自然把女儿当作其对立的范畴并赋予“纯洁”的象征意义。作品中以女儿与男子，清爽与浊臭相对举，实是同一意旨的不同表达。正如侠人在上世纪初刊行的《新小说·小说丛话》中指出：贾宝玉视世间一切男子恶浊之物，以为天下灵气悉钟于女子。言之不足，至于再三，则何也？曰：此真著者疾末世之不仁……而为此以寓其种种隐痛之第一伤心泣血语也。

细究小说，作者虽然申明自己的“行止见识”不如书中的女子，但作者意识深处对女性的根本认识仍是女不如男，缺乏真正对女性角色的认同。第一回，作者借僧人之口所道：

只因西方灵河岸上三生石畔，有珠草一株，时有赤瑕宫神瑛侍者，日以甘露灌溉，这绛草始得久延岁月。后来既受天地精华，复得雨露滋养，遂得脱却草胎木质，得换人形，仅修成个女体……

这绛草被男性神瑛侍者灌溉，受天地精华，雨露滋润，也“仅”修成个女体。作者集中笔墨塑造的“脂粉队里的英雄”王熙凤与作者至真至洁的理想人格距离甚远，如第十三回“金紫万千谁治国，裙钗一二可齐家”句，名为尊女，实系贬男。正如俞平伯所说：“若引一个四德皆备的女子从而尊敬之，褒扬之，在那个时代谓之尊女可也。现在却引了一个缺点很多，且有罪恶的妇女凤姐为例；夫何足尊，而竟尊之，岂非痛贬这‘万千金紫’贵族的男人们乎！”为突出与贾赦、贾珍等浊物男人不同，表达对浊臭官场的厌弃与无奈，作者将宝玉也塑造成清爽女儿般的人物；小说里正面刻画的其他男性角色如北静王水溶、柳湘莲等也都是形容秀美，举止温柔，具有女性之美。作品中塑造的十二钗的魅力也主要来自她们身上融会的男性文化因素，她们从小接受了像男孩子一样的教育，才具有了像男子一般的见识。

凤姐从小被当男儿“凤哥”养，长大后精明强干不输男子；黛玉从小假充养子培养，才有了“咏絮才”的才情（第二回）；宝钗从小被教以诗书，在男性文化氛围中熏陶长大，才有了后来非同一般的心机；即使寄托了作者政治理想的探春，作诗时仍不忘提醒宝玉：“不许带出闺阁字样来”，显出了女性对自我性别角色的不认同。探春喊出的关于性别反抗最有力度的一句，不过是：“我但凡是一个男人，可以出得去，我必早走了，立一番事业，那时，自有一番道理。”这和某个时期女孩纷纷起名为“胜男、亚男”何其相似。

从这些作者塑造的异样女子身上，无法看到男性作者和女性自己对女性角色的主动辨别与认同。只不过，这是时代的局限，也是生在此时的女儿们的共同悲哀。

（3）痴情与泛爱

《红楼梦》中尊重女性的态度是古代小说中罕见的。宝、黛之爱是灵魂之爱、知己之爱，区别于其他肉欲之淫的爱情类型。但从大观园的种种情况来看，宝玉不过是一个痴情与泛爱者的混合体。宝玉对林黛玉的真挚爱情，确已达到了“痴”的境界。第二十八回，宝玉对黛玉有番话说：

当初姑娘来了，那不是我陪着顽笑？凭我心爱的，姑娘要，就拿去。爱吃的，听见姑娘也爱吃，连忙干干净净收着等姑娘。一桌子吃饭，一床上睡觉，丫头们想不到的，我怕姑娘生气，我替丫头们想到了……谁知你总不理我，叫我摸不着头脑，少魂失魄。不知怎么样才好，就便死了，也是个屈死鬼。

第三十二回宝玉深情向黛玉表白：

我为你也弄了一身的病在这里。又不敢告诉人，只好掩着，只等你的病好了，只怕我的病才得好呢，睡里梦里也忘不了你！

“弄了一身的病”是宝玉痴爱黛玉的符号边界了。伦理帝国下，“爱”是不能言说的。然而，宝玉虽把黛玉视为自己的生命，但“见了姐姐就忘了妹妹”。黛玉的小性子多半就是因为宝玉的“泛爱”而起。第二十八回，黛玉感花伤己，随口念道：“侬今葬花人笑痴，他年葬侬知是谁”，“一朝春尽红颜老，花落人亡两不知”，宝玉听了不觉恸倒在山坡之上，心里想着：

试想林黛玉的花颜月貌，将来亦到无可寻觅之时，宁不心碎隔断！既黛玉终归无可寻觅之时，推之于他人，如宝钗、香菱、袭人等，亦可到无可寻见之时矣。

宝玉由黛玉花容月貌无可寻觅，推及到了众多女孩子，确实“心大”。清代江顺怡的《读红楼梦杂记》一文中说道：

尤三姐惜宝玉之多情，可谓宝玉知己。然意不在宝玉而在湘莲，岂湘莲果胜于宝玉？不知宝玉爱博而情不专，及至黛玉死而宝玉不死，三姐死而湘莲立断尘缘，始信三姐之知人。设而不死，其专于一人，必不同于宝玉。

宝玉对宝钗有时时抑制不住的爱慕。

第三十四回，宝玉挨打后，宝钗来看他，一时话说急了，不觉红了脸低下头来，面对此情此景，小说中有一段宝玉的心理活动：

宝玉听得这话如此亲切稠密……心中自思："我不过挨了几下打，他们一个个就有这些怜惜悲感呢！既是他们这样，我便一时死了，得他们如此，一生事业纵然尽付东流，亦无足叹息。

这时他心中哪里还有黛玉。

第三十五回，莺儿给宝玉打络子时，与宝玉有一段对话：

宝玉道："我常常和袭人说，明儿不知那一个有福的消受你们主子奴才两个呢。"莺儿笑道："你还不知道，我们姑娘有几样世人都没有的好处呢，模样不凡还在次。"宝玉见莺儿娇憨婉转，语笑如痴，早不胜其情了，那更提起宝钗来！

话里道出宝玉潜藏着的对宝钗的艳羡，对"众美兼备于我"境界的无限向往。"消受"一词更流露出了强烈的男权意识的倾向。

黛玉死后，宝玉虽然未忘怀黛玉，但也与宝钗过起了恩爱的小日子。第一〇一回，有一段宝玉与宝钗家常生活的描写：

且说凤姐梳了头。换了衣服……便过来到宝玉房中，只见宝玉穿着衣服歪在炕上，两个眼睛呆呆的看宝钗梳头。凤姐站在门口，还是宝钗一回头看见了，连忙起身让坐，宝玉也爬起来，凤姐才嘻嘻的坐下，宝钗因说麝月道："你们瞧着二奶奶进来也不言语声儿。"麝月笑着道："二奶奶头里进来就摆手儿不叫言语么。"凤姐因向宝玉道："你还不走，等什么呢。没见这么大人了还是这么小孩子气的。人家各自梳头，你爬在旁边看什么？成日一块子在屋里还看不够？也不怕丫头们笑话。"说着，嗤的一笑，又瞅着他咂嘴儿。宝玉虽也有些不好意思，还不理会，把个宝钗直臊的满脸飞红，又不好听着，又不好说什么。

宝玉来向贾母道别，凤姐也与宝钗一同来至贾母处，书里写道：

宝玉正在那里回贾母往舅舅家去，贾母点头说道："去罢，只是少吃酒早些回来，你的身子才好些。"宝玉答应着出来，刚走到院内，又转身回来向宝钗耳边说了几句不知什么。宝钗笑道："是了，你快去罢。"将宝玉催着去了，这贾母和凤姐宝钗说了没三句话，只见秋纹进来传说："二爷打发培茗转来，说请二奶奶。""宝钗说道："他又忘了什么，又叫他回来?"秋纹道："我叫小丫头问了，焙茗说是'二爷忘了一句话，二爷叫我回来告诉二奶奶：若是去呢，快些来罢；若不去呢，别在风地里站着。'"说的贾母凤姐并地下站着的众老婆子丫头都笑了，宝钗飞红了脸，把秋纹啐了一口，说道："好个糊涂东西！这也值得这样慌慌张跑了来说。"秋纹也笑着回去叫小丫头去骂焙茗，那焙茗一面跑着，一面回头说道："二爷把我巴巴的叫下马来，叫我来说的。我若不说，回来对出来又骂我了。这会子说了，他们又骂我。"那丫头笑着跑回来说了，贾母向宝钗道："你去罢，省得他这么记挂。"说的宝钗站不住，又被凤姐怄他顽笑，没好意思，才走了。

试想，即使宝玉与黛玉在一起的婚后生活，其恩爱体贴也不过如此这般吧。黛玉死了，宝玉痛则痛矣，依然可以与宝钗过着恩爱的小日子。与柳湘莲相比，宝玉实是忘情、移情、泛情了。宝玉居住在大观园里。众女儿环绕，使他有着一种众爱皆归我有的心理。宝玉对小姐身分的女儿们，尚能注意分寸。对丫鬟们，则比较放肆，凑鸳鸯脖子嗅香气，与碧痕洗澡，夜半挑逗五儿，吃金钏口上的胭脂，显示出了贵公子的浮浪习气。大观园本是作者为众女儿避免世俗污浊精心设计的女儿乐园，可是从它的存在形态来看，却成了宝玉个人的乐园，这正是一夫多妻生活状态的典型意象。

黛玉因宝玉而死，可宝玉出家却不尽是为着黛玉。牟宗三在《红楼梦悲剧之演成》一文中对此有评价：

不过逼着宝玉出家的主力，据情理推测，尚不在爱黛玉心切，而实在思想之乖僻与人世之无常。这两个主力合起来，使着宝玉感觉到人生之无趣。试想读书上进他既看不起，而他所最钟情的又都风流云散，他所想望的以眼泪来葬他及大家都守着他的梦不过是幻。他除了出家以外，还有什么办法？为黛玉出家实在是一个巧合，而事实上促成他这个目的与前言，却有好多其他成分在内，如果宝玉不是乖僻之人，如果是乖僻而不走到佛家的路上，转回来走儒家之路，如甄宝玉似的，则与宝钗偕老是必然的事。因为宝玉也实在爱慕宝钗，而宝钗运用柔情，也实在有过移花接木之计。然而并未偕老，这其中并非对于宝钗有所恨，有所过不去，这实在是世事使着他太伤心了，因而使着他对于生活也冷淡起来，这是蕴藏在他的内部的心理情绪，若说他一心想着黛玉而出家，这还是有热情。须知此时的宝玉不但是看富贵如浮云，即是儿女情缘也是如浮云。

宝玉视黛玉为真正的爱人，却又对其他女儿们倾心爱护，作者借警幻之口解释这是“天分中生成一段痴情”，是“意淫”，但很难让人信服。其实，与其说是意淫，不如说是阶级特权对宝玉的骄宠，是男权社会对男人的骄宠。正如李银河所言：“在不同的年代和不同的文化中，男性也受压迫。但他们是由于属于某个阶级或者阶层的成员而受压迫，而不是由于是男性而受压迫（李银河《女性主义》）。宝玉等男人本来就只是想“补天”不是想“换天”，所以，不会带来超出当时传统文化背景太多的话语呈现。

作者把目光投向女人，用笔墨书写女人的生活世界和内心体现，这已经是一种女性主义目光。然而，作者并不是在男人和女人的世界中主动选择女人的故事和讲述女人的故事，更多是在叹息家族男人的不堪和自己无才的悔恨之际，使闺阁昭传，且悦世人之目。“我”乃“堂堂须眉”，“我愧有余”，“我悔无益”，“我之负罪”，“我之不肖”，“我”之“将真事隐去”，“我”之“用假语村言”，等等，无处不在昭告自己写书的立场的男性化特征，要书写的是男人的自愧、自悔、自责或自励。文本缺乏对女性身分的真正辨别和认同。

但作者通过贾宝玉对待女性的态度，为我们呈现出一个无限丰富、复杂的心灵世界，让我们看到了《红楼梦》对女性价值、女性人生的设计的多元与复杂性，其中既有至今依然先锋的女性思想，也纠缠着中国自古以

来即存在的女人祸水、一夫多妻等传统意识，带有男权文化语境的明显特征，这既是作者的无奈，更是时代的真实呈现。（周）

“顽石”和“蠢物”——《红楼梦》与《姑妄言》的神秘联系

《红楼梦》说宝玉乃“顽石”下凡，全书亦幻形入世的石头所记。一般皆云乃袭用《西游记》石猴之事。然近捡清代雍正年间的奇书《姑妄言》，却早已用“顽石”来喻人叙事了，它是与《红楼梦》时代最近的长篇小说。颇疑曹公一定看过此书，或与曹去晶竟然相识。此书全本隐身于俄罗斯多年，不见清人著录。上世纪六十年代始被发现。故所知者甚少。其书第三回描述四大家族的宦萼身世云：

> 夫人艾氏，单只生得宦萼一个。那宦萼自幼生得性质粗顽，面皮丑陋，混混沌沌，就像不曾斫开七窍的顽石一般，他父母却十分珍爱。（第三回）

《红楼梦》开篇即云宝玉是顽石。而这顽石是补天所剩。宝玉在出家前，也是未开窍的顽石样。宦萼是《姑妄言》中四大豪门家族最重要的人物，堪为主角。他是个富家公子。读书五年，《三字经》尚不能记全。宝玉也是多情公子，也不太喜欢读正经书。《姑妄言》第三回有诗云：“形骸固是同顽石，腰下垂悬有异僧。”（第二册第三回 553 页）点明其是“顽石”。宦萼有呆气，不喜读书，林钝翁说他“起初是个痴顽公子，惟知骄矜使气。那一种呆气勃勃，自然日盛一日”。（第五回评）书中还用《西江月》嘲讽他：

> 那宦萼不久到家，他因跟着父亲在都，宦场中混了几年，大非昔

> 比。竟是心地如剑如枪，行径似鬼似蜮。学问虽不曾长进分毫，只他眼眶越发大了，体统越发尊了，势利越发重了，身躯越发胖了。虽学了些文文绉绉半通不通的话语，却面目生得甚是可笑。有一调《西江月》为证：团团一个肥脸，卷卷几撮黄须，眉粗鼻大体如猪。双眼微微近观。　　腹内空空无物，言谈字字粗疏。不知何物是诗书，使势横行到处。（第五回）

《红楼梦》说宝玉亦是经常发呆气，第三回用《西江月》调形容其性情，词中描述颇有与宦萼相似之处。如“纵然生得好皮囊，腹内原来草莽。潦倒不通事物，愚顽怕读文章”。宦萼和宝玉除了外表迥异，两人最后结局颇相似。宦萼后来改邪归正，宝玉下考场，然后出家，都得正果。第五回另一阙《丑奴儿》嘲讽宦萼“骄顽公子痴愚性，衣食无忧，酒色为媒，说道诗书胜似仇”。除了“酒色为媒”外，也与贾宝玉相仿。富贵闲人一个，经常有几分痴性情，不喜欢读获取科举的书。

《姑妄言》第九回讽刺不尊敬的老师的武官李太有句云：“形容卤夯，相貌狰狞。话语多粗俗，仪文没半分。心如顽石无微窍，腹内稠糊有一盆。”此中“心如顽石无微窍”，正可作为《红楼梦》那位一心贪恋红尘，而未醒悟的石兄的最好注释。此即所谓癞头和尚不断说的“沉酣一梦终需醒”。是书“顽石”的叙述和“刺点”多次出现，绝非偶然。

“顽石”的特质是“蠢”。《红楼梦》第一回说此书来源。乃女娲补天所剩一块顽石，感叹自己怀才不遇，日夜被号。一日忽见骨格不凡的一僧一道来。那顽石听到红尘中荣华富贵，不觉心动，不得已向二仙人开口：

> 此石听了，不觉打动凡心，也想要到人间去享一享这荣华富贵，但自恨粗蠢，不得已，便口吐人言，向那僧道说道：“大师，弟子蠢物，不能见礼了！适闻二位谈那人世间荣耀繁华，心切慕之。弟子质虽粗蠢，性却稍通，况见二师仙形道体，定非凡品，必有补天济世之材，利物济人之德。如蒙发一点慈心，携带弟子得入红尘，在那富贵场中，温柔乡里受享几年，自当永佩洪恩，万劫不忘也！”

此段文字不过是《红楼梦》这部长篇巨著的故事“引言”。不过笔者注意的是顽石不断自称之“蠢物”和“粗蠢”。因这“蠢物”大概是顽石和石兄的符号自我，亦是著者或宝玉的自我呈现。第三回《西江月》描绘宝玉“愚顽怕读文章”，便是明证。第二十五回宝玉遭魔法，癞头和尚唱道“沉酣一梦”，正是说宝玉乃沉睡之“蠢物”。第一回作者自述“背父兄教育之恩，负师友规谈之德，以至于今一技无成，半生潦倒”，此亦“蠢物”自白。姚燮说宝玉“纯乎傻子气”（《读红楼梦纲领》）。李劼也说宝玉“混沌未开”。（《历史文化的全息图像：论红楼梦》）宝玉在荣府多为人目以为傻呆。《姑妄言》开篇有批书人林钝翁总评描述作者曹去晶性情曰：“曹子生平性与予通。愚而且卤，直而且方。不合时宜之蠢物也。”此亦可为红楼顽石“蠢物”的解读。而《红楼梦》第六十三回又借邢岫烟之口说妙玉居贾府是“因不合时宜”，为“权势不容”。要知妙玉心性与黛玉极像，可谓著者夫子自道。

《姑妄言》作者曹去晶乃辽阳人（即所谓“三韩”），而曹公雪芹老家亦辽阳。清人《有怀堂文集》说曹寅是“三韩曹使君子清，乃诚善读书者”，此可证。《姑妄言》作于雍正八年，与曹公甚近。且其书名之意乃讽刺世人“以妄为真，以真为妄”，这与《红楼梦》中多次提及“以真为假，以假为真”，甄家和贾家，“假作真时真亦假”的极富意味的哲理极为相似。两个曹公，一人乎？两人乎？　（张）

贾府权力斗争的波澜——还原邢夫人

大老爷贾赦的夫人邢氏在《红楼梦》中是个配角，并以悭吝和“左性子”著称，然而其人真的如此简单吗？大老爷贾赦虽然无治家之权，但并不傻，邢夫人也绝非凤姐一个“秉性愚强”，爱使“左性子”就能定论的。王蒙就说她“相当阴险，并非省油的灯”，是颇有眼光的（《不奴隶，毋宁死》）。贾母对她的轻视，导致了荣府权力斗争的波澜的掀起。

贾赦要鸳鸯的事件，有火力试探贾母的意味。凤姐管家后，太自以为是而过高估计自己而小看了邢夫人。这是特别聪明的人所爱犯的错误。关于邢夫人，自来深究较少，且多以叙述者之“尴尬”一语评之。其实邢夫人绝非等闲之辈。她虽然处于边缘状态，但她毕竟是长房有品的媳妇。她的人生恰是荣府内部朝野斗争的镜子。贾母几次大的宴会游乐都没有邢夫人的份，她怎能不生气。所以从第四十六回贾赦以要鸳鸯为妾开始，贾府赦、政两房就进入了暗战时期。贾赦并非只是好色，他知道贾母离不开鸳鸯，其实是故意想气下贾母。邢夫人表面上是承顺贾赦，但也是顺便出口恶气。儿子住贾政这边，儿媳妇却不拿她当回事。一试之下，贾母虽仍是“老佛爷”，实已经外强中干，故色厉内荏地连王夫人也骂上，尽显世态衰微之象。这之后，贾赦和邢夫人就攻伐不断了。终于后来拾得绣春囊，让主家的贾政一系遭到挫折。凤姐对邢夫人的轻视，乃因其非当权人物。邢夫人虽是荣国府的长房大太太，但却是被排斥在权力核心圈之外。

表面上作为一等将军贾赦夫人的邢夫人是很风光的，她又是长房大太太。她的月钱和贾政的王夫人一样，都是二十两左右。贾府宗祠家祭之时作为诰封夫人她也有资格与贾母共放祭品，但实际上她只是一个影子似的边缘人物，因为她没有家政大权，她不属于权力核心圈中的人物。丈夫贾赦的权力是被贾母架空的，成为在野的“非主流派”。（王蒙《红楼梦启示录》）作为诰命夫人的她却不属于贵族家庭即四大家族中的一员，这是她的尴尬地位和真实处境。首先，邢夫人进入不了贾府权力核心圈子，最重要的原因就是贾赦不为贾母所宠，殃及池鱼，她自然也就成为边缘人。按理贾府荣国公世袭权是贾母的大儿子贾赦袭的，但贾母对贾赦却一直都是另眼相看，府内的事物都是小儿子一房来统治。书中没有明言贾母不喜欢大儿子的原因。但贾赦虽袭位，住的却是与府中隔断的“荣府旧园”，贾政反居正府，贾母也跟着次子住。贾赦长期失势，仅有世职虚名，无权主导家中事务，甚至筹建大观园都是贾政负责。故贾赦只能隐居家中，喝酒纳妾。在这种形势下，一等将军的夫人邢氏当然也只能是个摆设了。

其次，邢夫人出身的寒微也是她被排挤出权力圈的另一重要因素。倘若邢夫人出身豪门，则其大太太的身分完全应有管家的权力，则非王夫人了。但她恰好没有这一优势。贾赦为什么续弦娶了非豪门的邢氏呢？按理说贵族家庭的婚姻应该是门当户对，且清代婚姻“重门第”，“重财富”。（林永匡、袁立泽《中国风俗通史·清代卷》）如黛玉母亲贾敏嫁的就是诗礼侯门的探花林如海。其实这都是贾母精心的安排，她不希望袭职的贾赦再如虎添翼。与宁国府的尤氏不同，虽然尤氏也是寒门续弦，且非诰命夫人，但宁府没有老祖宗，贾珍充分信任她，宁府的权力是在她手中的。邢夫人则没有这个运气。她上面有贾母，平辈的王夫人是主政的，名义上的儿媳妇王熙凤却是王夫人侄女，一切唯王夫人是从。她几乎成了一个影子般的夫人，她唯有一个“大太太”的象征地位。这一切都源于她得不到权力源泉的贾母的支持。而贾母之所以冷淡她，一则是防范贾赦。鸳鸯事件后，引起贾母警觉，更冷淡了她；二则因她是寒门的身分，不属于贵族世家，没有实力。贾母史老太君自己就是以金陵望族的史侯家小姐，嫁入贾府的。历经漫长的经营六十年，坐上了荣府权力金字塔顶峰的宝座。她深谙权力之道，故以四大家族联姻，相互协助，一损俱损，一荣俱荣，形成了一个稳定的权力核心圈子。因此，荣府中的权力分配格局就是围绕贾母这个权力顶端，她“处在一个女王的地位”。（王蒙《红楼梦启示录》）以贾政一房为主导，具体由王夫人指导下凤姐主持家政，权力的运作通过月钱的发放进行。谁控制了月钱，谁就是权力的主宰。小说第三回写黛玉进贾府，就点出贵族大家中的生活资源为月钱所控制。邢夫人属于这个权力圈外的边缘人，由于这种特殊的处境，她形成了特有的性情和行事方式。清代文人涂瀛《红楼梦论赞》之《邢夫人赞》评其曰：“邢夫人似柔非柔，乃柔邪之柔。”颇能概括邢氏的性情为人。邢夫人在小说四十回后卷入了权力斗争中，这是形势与其个性综合所致。罗素尝言：“一个人爱好权力所采用的形式，决定于他的性情、他的机遇、他的才能；而他的性情又大都是由他的环境所造成的。”（《权力论》）贾赦既在府中做不了主，在自己别院中，自然要主政了。王熙凤所谓的“家中一应大小事务，俱由贾赦摆布”就是这样形成的（第四十六回）。这种困境无形中加剧了邢夫人这个诰命夫人的窘境，然而她却能以似柔非柔的心态和行动来周旋处事。

况且，邢夫人在贾府多年一直是以“柔态”低调处事。邢氏家本贫寒，家有三姐妹和兄弟。成为豪门续弦，她算是攀了高枝。但贾赦失宠，自己未有子嗣，又无家政大权，故在家中她的第一生活原则是承顺贾赦，保持旧园的风平浪静。诚如台湾学者朱嘉雯所言的“贾赦本人则是个好色滥淫之辈，脾气又非常严峻，久而久之，邢夫人便养成了屈从与坑吝的习性”。（《紫金流梦》）在府中她尽力承欢贾母。这是很明智之举，如此则贾赦安然。两人的婚姻是和谐的，她顺从丈夫，完全符合妻子“柔为用”和“弱为美”的古代女德要求。在唐、宋以来《女论语》、《家范·妻上》等儒家规范中，“柔顺”乃妻子“六德”之一（常建华：《婚姻内外的古代女性》）。贾赦对她是极其信任的。可凤姐却说她是“愚犟”，代表了权力圈内人对她的蔑视。所谓“愚”者，盖讥讽其缺乏处事智慧而言，书中也说她“本是没主意人”。（第一一八回）不过，这一切只是表象。她当然不如媳妇凤姐那样的聪明能干，如在鸳鸯事件上落入凤姐圈套，进退失据。但王夫人处理绣春囊事件的惊慌失措也不比她强多少。邢夫人的“愚”大有“装愚”的味道。她也并非“左性子”不善处事。第三回黛玉初到荣府，离开大舅别院，她“令两三个嬷嬷用方才的车好生送了姑娘过去。邢夫人送至仪门前，又嘱咐了众人几句，眼看着车去了方回来”。（第三回）她对黛玉既热情又体贴关爱。她对贾母最疼的宝玉也很关爱。第二十五回宝玉遭厌胜术，“邢夫人兄弟辈并各亲情眷属都来瞧看，也有送符水的，也有荐僧道的”。第三十五回宝玉挨打后，她特地“遣了两个丫鬟送了两样果子与他吃，问他：‘可走得动了？若走得动，叫哥儿明儿过来散散心，太太着实记挂着呢。'" 这些举动其实都是为让贾母高兴。邢夫人之所以比较积极地为贾赦娶妾，一是觉得"很有体面"，办好了这件事可以固宠（周汝昌《红楼梦新证》）；二是她一直没有生育，若不顺从贾赦，则可在"七去"之列。这种行为也完全符合中国传统伦理道德对正妻的要求。须知丈夫娶妾，正妻不妒，在礼治家庭是最受敬重的。通达世情的贾母就看得准，说她捞"贤惠"的名声。其实寒门背景的邢夫人除了以德立足，别无他法。况且贾赦贵为一等将军，妻妾成群亦是地位的象征。一般来说"大多数的婚姻的结局是精神上的失望和生理上的剥夺，要消受得起婚姻的折磨，一个女子必须特别健康才行"。（霭理士著，潘光旦译《性心理学》引述弗洛伊德之语）小说中邢夫人很少生病，仅得过一次"火眼"。（第五十三回）其性情基本上是开朗健康的，没有儿女的她曾很豁达地对迎春说："倒是我无儿无女的，一生干净，也不能惹人笑话议论为高。"（第七十三回）

第四十六回当家的凤姐评价其婆婆"儿女奴仆，一人不靠，一言不听的"，是很偏颇的。说她"一人不靠"，就不准确。她没有亲生子女，实在无人可靠。奴仆她还是用的，后来领头抄检大观园的就是她的陪房王善保家的。她也没有"一言不听"，她对陪房们都很信任。邢夫人真让人诟病者，乃在对钱的"克啬"。这是凤姐扣的帽子。谓其"凡出入银钱事务，一经她手，便克啬异常，以贾赦浪费为名，'须得我就中俭省，方可偿补'"。这也许是事实，但邢夫人既不掌月钱之发放，她每月最多也就二十两银子。凤姐扣他人月钱是够狠的，赵姨娘不听话，就被扣钱。整个别院的开支和贾赦娶小玩古董都要钱，她抠一点是正常的，因为不节省亦不行。后来贾赦欠孙家五千两，还拿迎春去抵债，就是明证。况且她毕竟是续弦，贾琏、迎春又皆非其所生。娘家寒门，无所依托。所谓"贪取财货"的污名，其实就是把关严一点。这是她唯一可以支配的权力，出身寒门者对金钱是看重的，这也是人性通病。其实要真论"克啬"，凤姐是有过之无不及，抄家时就搜出七八万金。书中几处描写邢夫人对钱吝啬，以状其贪。如对自己娘家人也不帮衬。第四十九回他哥哥邢忠带女儿来投靠她，她也少有照顾之意。“邢夫人兄嫂家中原艰难，这一上京，原仗的是邢夫人与他们治房舍，帮盘缠。”但邢夫人却将岫烟等交由凤姐（第四十九回）。天下大雪，侄女邢岫烟却还“家常旧衣，并无避雪之衣”。特别是邢岫烟的月钱还因邢夫人之故少了一两：

岫烟道：“她倒想着不错日子给的，因姑妈打发人和我说，一个月用不了二两银子，叫我省一两给爹妈送出去，要使什么，横竖有二姐姐的东西，能着些儿搭着就使了。”（第五十七回）

但细阅文字，这短的一两银子是给邢岫烟的爹妈的。当然，邢夫人也许以此为借口，充为己用。但她的月钱是二十两，盯住这一两银子，有此必要吗？总的来说，邢夫人抠门及对娘家人不甚周济确是事实。不过，此时邢夫人因鸳鸯事件正被贾母冷落，她也有避嫌之苦。后来邢岫烟被薛姨妈做主嫁给了薛蝌，邢夫人并未反对而是乐见其成。此外，书中还说邢夫人控制着娘家里人的钱，一毛不拔。第七十五回她弟弟邢大舅向贾珍抱怨说：

老贤甥，你不知我邢家底里。我母亲去世时，我尚小，世事不知。她姊妹三个人，只有你令伯母年长出阁，一分家私，都是她把持带来。如今二家姐虽也出阁，她家也甚艰窘，三家姐尚在家里，一应用度，都是这里陪房王善保家的掌管。我便来要钱，也非要的是你贾府的，我邢家家私，也就够我花的了。无奈竟不得到手，所以有冤无处诉。

邢夫人对钱或许是把持严了点，但这邢大舅的话并不可完全相信。首先邢德全此人“只知吃酒赌钱，眠花宿柳，手中滥漫使钱”。（第七十五回）邢夫人不给他钱是怕他赌光喝光了。邢夫人对非亲生的迎春和名义上的孙女巧姐皆无照看倒是真的，弄得“如何娇女和孱息，一委中山一外藩”。从这个角度来说，邢夫人确实是有点“上失承欢下寡恩”了（姜祺《红楼梦诗》）。不过，应该看到邢夫人的吝啬，主要还是没有掌握家政大权，她没有发放月钱的任性。因此才要极力省钱，并且“家庭主妇的角色更是混杂着满意与挫折”。（海登、罗森博格著，周晓虹译：《妇女心理学》）没有家庭里说话主政的权威，有点余财使得她在别院中能获得稍许安慰。

其次，以柔为用的邢夫人其实也有“非柔”而刚的一面。她的“柔”既不同于宁府雍容低调的尤氏，更不同于做妾的赵姨娘的愚柔。尤氏毕竟不是诰命夫人，赵姨娘更形同“奴儿”。而她始终是长房的大太太，故内心蕴蓄着不平，不甘心永远当配角，逐渐显示出“似柔非柔”性情。她对权力的渴望在荣府当权派的挤压下逐渐滋长，这就导致事端频起了。她是在野的主子，出来挑事，当权派就感到不好受了。邢夫人虽享“尊荣”，但却并不能“安富”，这也是形势所迫。她固然缺乏出谋划策的能力，但对赦公试图在权力圈中打入楔子，抗拒贾母的权力轴心，她是心领神会，并且尽心尽力。此正符合福柯“那里有权力，那里就有抵制”的判断（《性经验史》）。书中所叙的不少事端都是贾赦暗中策划，譬如第四十六回著名的鸳鸯抗婚事件，表面上是邢夫人出面，其实后面是贾赦，所谓“冷眼选了半年”，是在观察权力圈的漏洞。他明知鸳鸯是贾母最喜欢的丫鬟，他要了去就是故意和贾母作对。“这是一场惊心动魄的斗争。”（曲沐《红楼梦会真录》）他的真实心态就像邢夫人见凤姐推脱发泄的：

> 大家子三房四妾的也多，偏咱们就使不得？我劝了也未必依。就是老太太心爱的丫头，这么胡子苍白了又作了官的一个大儿子，要了作房里人，也未必好驳回的。（第四十六回）

这“显然是贾赦的心里话”。（五眼桥《风花雪月说红楼》）受凤姐的提醒，贾琏对要鸳鸯事也不尽力，邢夫人骂道：“我把你没孝心雷打的下流种子！人间还替老子死呢，白说了几句，你就抱怨了。”要鸳鸯绝非简单的“渔色”行为，因为“男子想多娶妻子，并不仅仅是出于性动机，还可能是为了得到子孙，得到财富，得到权威”。（韦斯特马克著，礼宾译《人类婚姻史》第三卷）贾赦贵为一等将军，却无端成为摆样子的，得到鸳鸯是证明自己权威的一种方式。打老太太的贴身丫鬟的主意，也是对其地位做一次试探和挑战，果然，已然衰老的贾母闻讯后怒火攻心，把连嫡系的王夫人也怪上：

> 我通共剩了这么一个可靠的人，他们还要来算计！因见王夫人在旁，便向王夫人道："你们原来都是哄我的！外头孝敬，暗地里盘算我。有好东西也来要，有好人也来要，剩了这么个毛丫头，见我待她好了，你们自然气不过，弄开了她，好摆弄我！"

贾母的失态，乃其权威衰弱的表现。鸳鸯事件是第一次搅局的活动，虽以长房大老爷的失利告终，贾赦也知道了太太的权势已然式微。所以后来中秋时当面暗讽贾母"偏心"。邢夫人这次当然感到颜面尽失，她对其长房太太的尊严是颇为敏感的，易生"嫌隙"之心，故对凤姐更为忌惮。加之贾母"越发冷淡了她，凤姐体面反胜自己。前日南安太妃来了，要见她姊妹，贾母又只令探春出来，迎春竟似有如无，自己心内早已怨忿不乐"。邢夫人身边的人也跟着失势，乘机攻击凤姐和王夫人，不把她这个"正经太太"当回事，邢夫人不由"着实恶绝凤姐"，一直没好气。第六十九回贾琏办事妥当，贾赦赏赐秋桐为其妾，其实也有邢夫人的主意，因为在鸳鸯事件上，凤姐让邢夫人难堪，故让秋桐去羞辱凤姐。只是没想到反倒帮了凤姐的忙，这是邢夫人未料到的。（姜祺《红楼梦诗》秋桐下注云："鸳鸯之故，邢夫人定然授意来扰，岂知反为凤使。"）不过，凤姐却也不敢拿秋桐怎样。第七十一回恰逢贾母八十大寿，凤姐捆了不听话的两个婆子让尤氏发落，其中有婆子女儿是邢夫人的配房费大姐家的，邢夫人知道后打定主意，乘机当众发难，羞辱凤姐：

> 邢夫人直至晚间散时，当着许多人陪笑和凤姐求情说："我听见昨儿晚上二奶奶生气，打发周管家的娘子捆了两个老婆子，可也不知犯了什么罪。论理，我不该讨情，我想老太太好日子，发狠的还舍钱舍米，周贫济老，咱们家先倒折磨起人家来了。不看我的脸，权且看老太太，竟放了她们罢。"说毕，上车去了。

这次邢夫人完全没有所谓的“愚”，她“拉贾母大旗”，表面上“赔笑”挺客气的，却当众让掌握权力的凤姐下不来台。暗骂她不仁不义。却“以阴柔取胜，以自己的低声下气，反衬凤姐的刁恶强梁”。（王蒙《红楼梦启示录》）这是贾母去世前凤姐唯一的一次受到在野派的当面挑衅和侮辱。当然，此种泄愤并不能真正获得失落的治府的权力，所以她还必须“赔笑”。只有当权力核心圈内人自我消耗，她才有机会，因此才有了抄检大观园的冲突。抄检大观园主谋其实就是邢夫人，陪房是代理人。我们没看她从傻大姐那里接过绣春囊后，一看“连忙死紧攥住”。（第七十三回）此时此刻，她确实很紧张，但内心一定也很激动，她知道削弱王夫人和凤姐权势的机会来了。于是她“不形于声色”地盘算如何操作此事，将自己的利益最大化。当她去迎春那里时，凤姐儿想来请安，邢夫人冷笑两声，命人出去说：“请她自去养病，我这里不用她侍候。”此刻，她已经知道做什么了。于是她亲自把绣春囊交给了王夫人，直指凤姐治家的无能，“将王夫人的军”。这是贾赦一房在贾母在世时，对权力核心圈发起的最猛烈的一次冲击，“这可是一颗重磅炸弹，直指王夫人王熙凤的管理权，直指贾母轻长房宠二房的既定方针”。（五眼桥《风花雪月说红楼》）是对作为权力大家长贾母的间接挑战。由于邢夫人长期被排挤在权力圈外，她的陪房们自然也受到冷落，主奴合力推动着贾府权力斗争从圈外到核心的一次重要较量。果然王夫人中计，慌里慌张地由着邢夫人的陪房王善保家的主持抄检大观园，而俏晴雯却成了这场斗争的一个附带的牺牲品。若非王善保家的外孙女司棋也卷入其中，否则邢夫人一派会更得些势。

邢夫人真正从进入权力的核心圈，享受到权力的愉悦，其“非柔”的一面得到充分体现在贾府被抄，贾政一系势衰，特别是贾母死后。她以“冢妇”长房太太的身分暗算和整治凤姐。贾母丧事，她表面上让凤姐继续主持，但却将财权“死拿住不放”，让凤姐无能为力，丢人现眼。她还当着王夫人面奚落凤姐：

论理，该是我们做媳妇的操心，本不是孙子媳妇的事。但是我们

动不得身，所以托你的，你是打不得撒手的。（第一一〇回）

王夫人不明就里，结果弄得凤姐“含悲忍泣”的“一肚子委屈”，最后听到邢夫人讥讽她“二奶奶躲着受用去了”，气到吐血，不久即病逝。从这个结果来说，也许邢夫人绝非真“愚”，她也是有计算的。凤姐死后，受过凤姐气的贾环、王仁及邢大舅等合起买巧姐给番王，王夫人不同意，邢夫人却说：“孙女儿也大了，现在琏儿不在家，这件事我还做得主。”（第一一八回）这是压抑多年的邢夫人在府中发出的“做主”的声明。贾母去世，凤姐失去靠山而亡，贾政一系的力量衰微。邢夫人遂以长房太太的身分进入了权力圈内。她的柔而非柔的处事方式基本获得成功。然而她依然是传统中国权力斗争的恶性循环而已，她是一悲剧性的镜子。

（张）

彩环之恋——世家大族的主奴暧昧关系

贾环在荣府是不受待见的，一方面是因为庶出。但最重要的是老佛爷贾母不喜欢他。老太太曾说过：“环儿呢，谁有功夫提起他来?”（第一〇八回）因此之故，王夫人、凤姐都对他是冷漠而防范。奴仆上下亦对其冷眼。不过，却有彩霞和彩云两个丫头喜欢上了他。先说王夫人身边的贴身大丫鬟彩霞。王夫人曾被贾母说是“老实人”，而这一回她的大丫鬟彩霞也被众人呼为“老实人”：

宝玉道：“太太屋里的彩霞，是个老实人。”探春道：“可不是，外头老实，心里有数儿。太太是那么佛爷似的，事情上不留心，她都知道。凡百一应事都是他提着太太行。连老爷在家出外去的一应大小事，她都知道。太太忘了，她背地里告诉太太。”

有什么样的主子，就有什么样的奴才。王夫人一副老实样，其奴婢当然也喜欢笨笨的。这段叙述包含很多深意。宝玉赞赏彩霞是“老实人”，因为他经常到母亲这边来问安，日积月累，对彩霞品行有深入了解，彩霞貌美，宝玉对她也很喜欢，经常调戏之，还因此遭环哥蜡油烫脸。故此刻以“老实人”赞之。探春的补充叙述更加有味。“外头老实，心里有数儿”。可见彩霞为人厚道，但头脑却很清晰，是王夫人这个“佛爷”的左膀右臂。王夫人中年信佛后与贾政一样，不理俗务，每日诵经罢了，杂务都靠彩霞应付，故云“凡百一应事都是他提着太太行”。

众人之话都说明了彩霞的精明强干。然而这里还有个重要问题，读者少有注意者。这样一个貌美如花、为人厚道、灵透乖巧的大丫鬟为什么独独对“形容委琐”的三爷贾环那般的情义深重呢？“老实人”的真正的深意其实在此。我们可以作以下几种猜测：第一，宝玉房中已有了秋纹、麝月、晴雯和袭人这些得宠的丫鬟，彩霞是再无机会接近宝二爷了，她退而求其次爱上贾环。因为在这种贵族豪门中，丫鬟也是吃青春饭的，她们和皇宫里的宫女命运极相似。年龄大了，或是给主子做通房丫头，以后当偏房，或是配小厮出去生活；当姨娘可以继续享受荣华富贵的生活，这是丫鬟们的最好结局，所以每一个丫头都在为此而奋斗；环哥虽是庶出，但在伦理秩序中也是小主子。明清时代，妾的地位低，但生的儿子却高。就像《姑妄言》中艾奶奶说的“妻有大小，子无贵贱”。（第十七回）第二，彩霞爱上贾环，是日久生情。环哥虽是赵姨娘生的，但按传统家教，得由正房王夫人抚养。故能经常在王夫人房内走动，与房中的丫鬟们也就比较容易接近。彩霞也要为自己的未来打算。第三，彩霞这样为大家喜欢，颇像平儿的人品，她喜欢贾环，至少说明环哥也有值得喜欢的地方。丫鬟们都不大看得起环哥，而彩霞却独具慧眼。因为第七十二回当凤姐强迫她嫁旺儿家儿子时，书中这样说：

且说彩霞因前日出去，等父母择人，心中虽是与贾环有旧，尚未作准。今日又见旺儿每每来求亲，早闻得旺儿之子酗酒赌博，而且容颜丑陋，一技不知，自此心中越发懊恼。生恐旺儿仗凤姐之势，一时作成，终身为患，不免心中急躁。

这说明彩霞择偶是有一定标准的，“容貌丑陋，一技不知”者，她是看不中的。这里虽有赵姨娘的笼络，但反过来想，贾环的真实样子应该不会太差的，因为其母赵姨娘就很漂亮，不然贾政岂能迷恋不断。环哥绝非八七年版电视剧《红楼梦》那种憨痴之态。贾环也能做诗词，其才亦不在宝玉之下。而且也喜欢读闲情杂书，这就是所谓的不写之写。第七十五回贾赦赞叹环哥作的诗，庚辰本脂批云：“贾环亦荣公子正脉，虽少年顽劣，见今故小儿之常，情年读书，岂无长进之理哉?”可见读者千万莫被书中对贾环厌恶的叙述态度蒙住双眼。

当听说要被嫁给来旺的儿子后，彩霞还让妹妹小霞去找赵姨娘，希望帮她说与老爷。足见其对环哥的痴情。彩霞爱上贾环后，就一心一意，再未有他心。有彩霞的爱，环哥也不孤独了。只是他没有珍惜彩霞的这份真情。贾环不是一个情痴，他是个十足的现实主义者，他并没有太把彩霞放在心上。彩霞究竟嫁旺儿家的儿子没有？书中一直未明确交代，但后四十回有彩云，却再未出现彩霞，大概是嫁过去了。凤姐死后，贾环一心要报复巧姐，大概不仅仅是为赵姨娘，也是因为彩霞罢了。

另一个爱上贾环的彩云很巧也是王夫人身边的四大丫鬟之一。她是受王夫人宠信的。如小说第四十三回，贾母主动要给凤姐过生日，要小姐丫鬟们都“凑份子”。宁府的尤氏却悄悄让王夫人把彩云的钱还了他。此可见彩云乃王夫人屋里的心腹丫鬟。与彩霞这个“老实人”相比，她显得稍微滑头一点，如玫瑰露事败现后，就挤兑玉钏儿，赖她偷的。不过在感情上她也很坚定。她爱上贾环要稍晚些，书中描写隐蔽，不易察觉。贾环烫宝玉之时，没有提到彩云，可见他俩还没有好上。但到第三十回金钏儿悄悄对宝玉说：“我倒告诉你个巧宗儿，你往东小院子里拿环哥儿同彩云去。”可见那个时候彩云与贾环已暗通情愫，或被金钏儿发现了。后来大概大观园里的丫鬟们都知道了她和贾环的关系，如第六十一回平儿查玫瑰露失窃事，晴雯走来笑道："太太那边的露再无别人，分明是彩云偷了给环哥儿去了。"

彩云爱上贾环，是悄然而动的。贾环很少参与荣府的各种游宴活动，长期被圈在赵姨娘房里这样一个很小的生活空间，见识不广，视野狭窄，连蔷薇硝和茉莉粉都不能分辨，故被芳官轻易欺骗，尝被彩云笑为"乡老"（姚燮说贾环有"村俗气"，正与彩云之言相合。《读红楼梦纲领》）。但彩云居然还是爱上了这个"乡老"。一方面她也许是喜欢贾环的这种质朴；另一方面她是独具慧眼。宝玉那边红粉佳丽众多，她是一点机会都没有的。而贾环因庶出虽受到家长的冷遇，但毕竟还是主子，爱上贾环，算是曲径通幽。清代二知道人说得好：

> 彩云置宝玉于度外，独恋恋于贾环，非无目者也，非不辨妍媸也，与其妍而争，不若媸而独。世途中有避众而别开一径者，得毋类是？（《红楼梦说梦》）

同时也因为赵姨娘的极力促成两人的恋情。赵姨娘总感到势单力薄，巴不得有彩云这样的丫鬟也成为环儿的人。她有意让彩云喜欢上环哥除了为儿子增加膀臂，也有暗中得到一些王夫人房中东西的动机。因为她在王夫人房里是管事的丫鬟，负责掌管夫人房中器物。如第三十四回，王夫人就是让她去拿玫瑰露，第七十七回，又叫她找人参等。赵姨娘生活是拮据的，做衣服连成块的料都没有，月钱仅二两，日用匮乏。甚至请马道婆施厌胜都是写欠条。因此，她对彩云也很好。如彩云被贾环误解，赵姨娘百般安慰她，骂贾环是"没造化的种子，蛆心孽障"。（第六十二回）彩云对赵姨娘还是心存感激的，特别是在贾母灵柩前，赵姨娘"中邪"，她以为是鸳鸯的附身，就代她央告道："你死是自己愿意的，与赵姨娘什么相干，放了他吧。"（第一一二回）此刻的彩云，确实有情有义。而她对贾环亦同样情深意重，故清代批书者就赞："彩云之事贾环可谓忠矣！"（青山山农《红楼梦广义》）彩霞和彩云爱上贾环还有一个重要因素，那就是赵姨娘的撮合。赵姨娘对待"二彩"姑娘均很有心计，一心将两个王夫人身边的丫鬟培养为自己的人，一方面她有了耳目，可以知道王夫人的一举一动。另一方面孤危的贾环未来也有了自己的左膀右臂。就此而言，赵姨娘并非真如探春说的“心里又没有算计”那样简单了。贾环的身分地位孤弱而得“二彩”姑娘之爱，很大程度上，正是得力于其母亲的长期的努力培养。彩霞和彩云与贾环的关系维持了较长的时间。

彩云虽是稍后才爱上贾环，但自芳心许人后却颇重情重意。特别是为了贾环，她暗中拿了不少王夫人房里东西私相赠与。她自己也承认“拿了些与环哥是情真”。也就是说为了爱人，她甘愿冒险。当贾环误解她，认为她与宝玉好，将其私赠之物照着彩云脸上摔了去，她急得“发身赌誓，至于哭了”。赵姨娘安慰她，彩云气得“哭个泪干肠断”。她把那些私赠物“赌气一顿包起来，承认不见，来至园中，都撇在河内，顺水沉的沉的漂了。自己气的夜间在被内暗哭”（第六十一回）。这些描述均可知她对贾环的“素日之情”的确是很深的。所谓爱之深而哭之切。清人凌承枢《玉连环》说她是“偷香贾午情何重”（《红楼梦百咏词》）。这个“重”字，突出了彩云爱恋贾环之深。彩云与贾环闹矛盾“分崩”后，因此郁郁不乐，得了“无医之症”。但她为人“懂事乃至厚道”，始终对贾环恋恋不舍。到此书后半部分，贾环与贾蔷等混在一起，彩云还“时常规劝，反被贾环辱骂”。（第七十回）第一一九回，宝玉中举后“丢了”，王夫人直挺挺的躺倒床上。“亏得彩云等在后面扶着。”这是全书最后一次提及彩云。可以肯定的是，最后她与贾环的感情应该是镜花水月了，正应了“彩云易散”那句谶语。除了“二彩”姑娘，荣国府中其他大多数丫鬟下人都是“看菜下蝶”，遵循着两千年专制文化的“互害”模式，对贾环是正眼也不瞧的，就连本就优伶出身的芳官也很轻视他。如用茉莉粉当蔷薇骗他。但在这样一个势力环境中，贾环却能得到了“二彩”姑娘的真爱，原因就是被大家轻视的环哥也有他的可爱之处。

“彩环之恋”最终云散巫山。彩霞后来是否嫁了来旺儿子，书中没有再提，大概命运不妙。彩云则因玫瑰事件为环哥所猜忌。贾环用情本就不深，更无宝玉对女子的痴情体贴。甚至在这点上他还不如其母赵姨娘有情有义。可以说彩霞和彩云对他均是浓情蜜意，但他的回应却是寡情薄义，真应了清代文人那句词“可恨小郎太憨，落花流水同嗟”。（凌承枢《红楼梦百咏词》之彩霞《朝中措》）诚然他也不是一个感情上完全麻木不仁的“浑人”，其对彩霞和彩云还是有一定关心和情义的，只是没有那种珍惜儿女之情的痴情浓意。（张）

红楼僧尼形象及清代对佛徒的态度

护花主人在评点《红楼梦》时尝云：“人物则方正阴邪，贞淫顽善，节烈豪侠，刚强懦弱，及前代女将，外洋诗人，仙佛鬼怪，尼僧女道，倡伎优伶，黠奴豪仆，盗贼邪魔，醉汉无赖，色色皆有。”僧尼形象作为《红楼梦》中的一个特殊群体，在小说中有充分描写，他们既是小说中的人物形象，也承载着当时社会独特且深刻的宗教文化意蕴。

出家的含义有广狭之分。从狭义上说，出家专指削发为僧尼，广义上说，僧尼与道三者皆是出家。据统计，小说中明确提及的出家人约为四百余人，这些僧尼散见于各章节，其中有三十多人对小说情节发展和人物塑造有一定影响。

《红楼梦》中提到的僧尼的活动场所主要有四类：寺、庙、观、庵，共计十四处。

葫芦庙：首见于第一回。贾雨村的寄居地，甄士隐的邻家，也是两人命运转折的起点。

智通寺：首见于第二回。贾雨村在此见到煮粥老僧。寺中有一联：身后有余忘缩手，眼前无路想回头。可看做贾府和贾雨村命运的暗示。

水月庵（馒头庵）：首见于第七回，静虚、智能儿、芳官等人的出家地。

铁槛寺：首见于第十五回，贾府家庙。

清虚观：首见于第二十八回，荣府替身张道士所在道观。有官方性质，比其他寺庙规格高些。

牟尼院：首见于第十七回，妙玉进大观园栊翠庵前曾寄足于此。

栊翠庵：首见于第十七回，位于大观园中，妙玉的修行之处。贾府的家庙之一。

玉皇庙和达摩庵：首见于第二十三回。玉皇庙并达摩庵两处，一班的小沙弥并十二个小道士，如今挪出大观园来，贾政正想着发到各庙去分住。这些庙还配备了专门的和尚道士住持日常事务。

蟠香寺：首见于第四十一回，妙玉在入住大观园之前的居处之一。

水仙庵：首见于第四十三回，在城外北郊约五里地，也是贾府的一处香火之地，宝玉因祭奠金钏来到水仙庵的井台旁。

玄真观：首见于第六十三回，贾敬在此炼丹修道，也因吃丹药死于此。

地藏庵：首见于第七十七回，蕊官、藕官随圆信出家的庙庵。

天齐庙：首见于第八十回，王道士（即王一贴）所在的道观。

散花寺：首见于第一〇一回，王熙凤夜里在大观园见了鬼，她心中疑惧，便到散花寺磕头祝告摇签，大了为王熙凤占卜解卦。

这些庙庵大多数是依赖于贾府而存在，在一定程度上算是贾府的家庙，依赖于这些僧道庙庵存在的大多数出家人都带有明显世俗化倾向。

小说中出现的主要尼僧们，大致有四个类型：第一类是超越于凡尘之外的得道者与度人者，如一僧一道、后期的甄世隐等。第二类是勘破红尘的遁世者，如柳湘莲、惜春、贾宝玉等。第三类是贪婪狡诈的欺世者，如静虚、大了、王一贴、马道婆等。第四类是无奈出家的受欺者，如智能儿，后期的芳官、蕊官等。

第一类是作者的理想类人物，第二类是作者的文学虚构类人物，第三类、第四类更具有现实世情意义。

第一类：超越凡尘的得道者与度人者。

在明清小说中，一些僧道的形象常常超越于故事的情节之上，不经意出现却对情节发展起着重大作用。这些人物形象的设计主要是为了表现一定的思想观念和叙事要求，如孔尚任《桃花扇》中的道士张瑶星。当侯方域和李香君历经种种磨难又相聚在一起之后，他怒斥道：

> 呵呸！两个痴虫，你看国在哪里，家在哪里，君在哪里，父在哪里，偏是这点花月情根，割他不断？大道才知是，浓情悔认真。回头皆幻影，对面是何人。

一语点醒两个沉迷红尘的痴情人，两人最终都出家学道。《红楼梦》中一僧一道的设计也是如此。一僧一道是茫茫大士和渺渺真人的代称，带有一定的神话成分，在现实生活中是以癞头和尚和跛足道人的形象出现的，而且大多数都是联袂出场，偶尔单独出现。

作者笔下理想化的僧道人物具有叙事意义，他们既能度己又能度人。这类出家人的存在，与世俗出家人存在很大的差别，可以预知将来，引领故事的发展，也是连接天地的重要线索，他们在神和人之间自由转换，对《红楼梦》中的人物进行度化和指引，这种度化和指引贯穿于小说的始终。甄士隐离尘出家、柳湘莲斩断尘缘、贾宝玉看破红尘都是一僧一道度脱的结果。茫茫大士和渺渺真人在整部书中出现的次数不多，但点化了诸多的世俗之人。

首先是对宝玉的三次点化。第一回，携宝玉入凡尘；第二十五回，救治被魇魔的宝玉；第一二〇回，带走宝玉，了却尘缘。

其次是对甄士隐的点化。第一回，梦中梦醒后经历一僧一道的第一次点化，不悟。直到第一〇三回，经历了失家、失女、失意后，跛足道人唱《好了歌》而来，甄士隐顿悟，和了《好了歌解》后，同道人一起飘然而去。自此甄士隐不仅自悟，还可度人。

第三是对贾瑞和柳湘莲的点化。都由跛足道人进行，却一成一败。情伤后的柳湘莲悟到人生本就是无中来、无中去的道理，斩断青丝而去。贾瑞被王熙凤毒设相思局所害，跛足道人送来风月宝鉴欲点化他，可贾瑞一味贪淫，最终殒命。昭示了可度之人和不可度之人的不同道路。

对其他人物如英莲、黛玉、宝钗也有不同程度的点化。

第二类：勘破红尘的遁世者。

贾宝玉、贾惜春、柳湘莲等处于世俗社会中上阶层，除惜春外的其他几个人物身上均担负着各种家庭责任和社会责任，一般来说是不允许他们出家的。但是他们在见证了家族败落和人情的冷漠之后，为了逃避现实也为了追求自我的精神世界，勘破红尘，遁入空门。

贾宝玉作为“神瑛侍者”的化身，衔玉而生，“行为偏僻性乖张”，像是个神话一样的人物，他可以“神游太虚境”，聆听“警幻仙曲演红楼梦”，能先知先觉金陵十二钗的“千红一哭，万艳同悲”。在人世走过一遭后，最终舍弃功名利禄和尘世情缘，出家回到大荒山无稽崖青埂峰，做回顽石。

贾府的四小姐惜春，从小失去母亲，父亲贾敬只一心求道，惜春与兄嫂不和，三个姐姐结局都不如意，这些不仅使惜春养成孤僻离群的性格，更让她对亲情、爱情、婚姻彻底失望。也看透了贾府中的荒淫本相，出家的念头愈发强烈，她借检抄大观园的机会将身边的人赶出去，最后自己也出家了。

这些人中，柳湘莲的情况相对比较单纯。柳湘莲在尤三姐自刎而亡之后，遇到跛足道人，在听完道士“连我也不知道此系何方，我系何人？不过暂来歇足而已”。之后，顿悟，掣出雄剑，将万根烦恼丝一挥而尽，随那道士，不知道往哪里去了。

妙玉的出家也比较特殊。她因自幼多病，为保全自身性命而遁入空门，本非看破红尘出家。但在出家以后，父母陆续亡故，师父也于昨冬圆寂，在这个过程当中，妙玉的心境逐渐发生了改变，其精神寄托逐渐转移到宗教上面，努力在宗教中寻求自身的平衡，青春年华却独伴青灯古佛。

后来妙玉被强盗劫持，备受凌辱却无力反抗，真是“欲洁何曾洁”，“可怜金玉质，终陷泥淖中”。

贾敬是这个群体中的特殊个体，是个一味求仙、愚昧麻木、烧丹炼汞、自食恶果的道士形象。贾敬本是贾府宁国公贾代化之次子，“系进士出身”却“白衣无功于国”。他出身显贵却不务正业，“一心想做神仙”，“余者一概不在心上”。放弃爵位，让其子贾珍袭了官，自己则躲进都城外的玄真观，“和道士们胡羼”，家事一概不管，任凭子孙胡作非为、伤风坏俗、败家破业。“箕裘颓堕皆从敬，家事消亡首罪宁。”贾家百年基业崩塌，他难辞其咎。

以上两类中的僧尼有的是神话般存在，在小说中仅承担功能性作用。有的出家就是结局，未见其皈依后生活描述，不太具备现实生活影像的记录作用。第三类和第四类的写实性就大得多，比较真实地反映了当时世俗化的真实僧尼群体。

第三类：贪婪狡诈的欺世者。

（1）佛门肮脏女尼

马道婆，是古代“三姑六婆”里的典型代表。元代陶宗仪《辍耕录·三姑六婆》说：“三姑者，尼姑、道姑、卦姑；六婆者，牙婆、媒婆、师婆、虔婆、药婆、稳婆也。但是马道婆究竟属于三姑六婆中的哪一类，很难明确界定，从名称上来看，她似乎是道姑，但是从其言谈举止来看，马道婆又像是一个尼姑，一口一句阿弥陀佛，讲菩萨讲得头头是道。但她又在家中作法，行“五鬼魇魔法”，看起来更像一个巫婆。她是贾宝玉“寄名的干娘”，寄名本为得到神的保佑免除灾难，可实际上宝玉却因她的邪术险些丧命。宝玉脸被烫伤的第三天，马道婆便来到荣国府，她先煞有介事地为宝玉画符持诵，似乎能疗伤去痛，骗取了贾母的信任。然后便开始用心机骗贾母的布施，终于骗得贾母每日五斤的香油布施来供奉“大光明普照菩萨”。随后马道婆对赵姨娘展开了攻心术。她察言观色，刺探出赵姨娘对王熙凤和贾宝玉又恨又怕又妒但又无计可施的心理，便怂恿赵氏暗中算计。而当赵求计时，马欲擒故纵，在骗得赵姨娘体己银子、衣服、簪子谢定，写下五百两银的欠契后，才从裤腰里“掏出十个纸铰的青面白发的鬼来，并两个纸人”递给赵姨娘，悄悄教赵办法，并给赵打气：“我只在家里作法，自有效验。千万小心，不要害怕!”符咒等法术本是消灾祈福的一种方式，在马道婆等居心不良的人那里，就成了害人之邪术了。

静虚，水月庵（馒头庵）主持，出现于第七回、十五回，是个贪婪狠毒、巧舌如簧的尼姑典型。她与贾府有较多联系，每月会到贾府领取月例香供银子。为了维持生计和贪欲，另外还从事多种营生，比如收胡老爷十两银子念《血盆经》，卖卖馒头等。第十五回，秦可卿出殡，王熙凤带着宝玉、秦钟到庙歇宿，静虚带徒弟智善、智能迎接。为贪图厚利，静虚施展口舌，摸准王熙凤贪财逞能性格，说服凤姐“弄权铁槛寺”，凤姐在收了三千两贿银后，害得一对有情人殉情而亡。

大了，散花寺尼姑，一个佛门骗子的形象。出现在第一〇一回，她听到“大观园月夜感幽魂”的风声后马上来游说，说见神见鬼的王大人府上为“保佑家口安宁”明天就到散花寺做水陆道场，极力怂恿贾母到寺里随喜。最后说服凤姐初一便去庙里求签，给了香银，成功达到了骗布施、哄斋供的目的。

智通、圆心，分别是水月庵与地藏庵女尼，是拐骗优伶的尼姑形象。第七十七回，王夫人把优伶芳官、蕊官、藕官等当作“狐狸精”加以驱逐，命她们的干娘带出去随便配人。可是芳官三人桀骜不驯，拒不接受王夫人的“恩典”，正在荣国府的智通、圆心听得此信，“巴不得又拐两个女孩子去作活使唤”，就巧言哄劝王夫人，免费得骗芳官、蕊官、藕官三人出贾府，跟她们“出家”去了。同样无耻的还有第一一五回“惑偏私惜春矢素志”中的两个地藏庵尼姑，见宝钗后，言妙玉之事，不但贬低妙玉，而且别有用心，劝惜春出家，想借贵族小姐壮大本庵力量以牟利。

（2）道观势利道士

张道士，有地位有来头的高级道士，“是当日荣国府国公的替身，曾经先皇御口亲呼为‘大幻仙人’，现掌‘道录司’印，又是当今封为‘终了真人’，现今王公藩镇都称他为‘神仙’”。贾珍、宝玉称他为“张爷爷”。在第二十九回出现，贾母率众家眷到清虚观打醮，张道士使出浑身解数，极尽阿谀奉承。摆出接驾阵势，自称“小道”，夸了贾母气色好又夸宝玉各样行，他还给贾宝玉提亲做媒以邀功请赏，并将从小道士手里搜刮三五十件“珠穿宝贯，玉琢金镂”的“敬贺之物”送给宝玉。当宝玉提出把这些礼物给散穷人时，张道士明确反对，说若给了乞丐反倒糟蹋了这些东西。嫌贫爱富、阿谀逢迎之态尽显。

王一贴，是天齐庙的当家道士，出现在第八十回，专意在江湖上卖药，弄些偏方获利。为了卖药骗钱，练得油嘴贫舌、信口胡诌的本领。当宝玉问到为女人疗妒的膏药时，精明圆滑的王道士竟被问住了，但他随即杜撰出一个“疗妒汤”，并用扯淡的方法自圆其说：“吃来吃去就好了”，“吃过一百岁，人横竖是要死的，死了还妒什么！那时就见效了。”贾宝玉来天齐庙烧香还愿时，见庙宇虽宏壮却极其荒凉，可见生意也不太好。

第四类：无奈出家的受欺者。

《红楼梦》中贾府年轻一代的奴婢，一般是通过采买而来的。其中就包含了专供家庙祭祀而用的和尚和道尼，被安放在大观园旁或者是城外的家庙里。这些小尼小道们作为一种特殊的奴婢专为贾府供奉祖先神灵、念经拜佛、求福求禄。

为了准备元妃省亲，贾家特去姑苏采买了十二个女孩子，这十二个女孩子就是芳官、龄官、蕊官、藕官等人。她们初为戏子，后也因不堪受辱而出家为尼。小说第七十七回借芳官等丫头的干娘之口道出了她们出家的原委：“芳官自前日蒙太太的恩典，赏了出去，她就疯了似的，茶饭都不吃，勾引上藕官、蕊官，三个人寻死觅活，只要剪了头发做尼姑去。”最后这三人被水月庵、地藏庵拐子尼姑骗走。

除了买卖而来的一批僧尼道士，贾府中还有一批不在府中，分布于各家庙和道观中替主子们祈福的和尚和尼姑们。在铁槛寺、栊翠庵、水月庵、天齐庙等地方都长期蓄养了一批沙弥道士。在第七回中，就有水月庵的小尼姑智能随师父静虚至贾府中，智能与惜春玩耍，惜春问周瑞家的：“如今各庙月例银子是谁管着？”贾府中配有专门管各庙月例银子的人，可见，依附于贾府的和尚尼姑的数量之大。元妃省亲时，买来的“一班小尼姑、道姑也都学会了念佛诵经”，元妃省亲后，贾政本想将玉皇庙并达摩庵两处的十二个小沙弥并十二个小道士挪出大观园，发到各庙里去分住，被王熙凤一番说辞后将他们派到家庙铁槛寺去住着。第九十三回，因贾芹与庙中的小道姑之间的风月韵事，被人贴了匿名揭帖：“西贝草斤年纪轻，水月庵里管尼僧，一个男人多少女，窝娼聚赌是陶情。不孝子弟来办事，荣国府内好声名。”贾政看后大怒，贾琏怕累及自己，便与大管家赖大合计掩盖了事实，“竟叫了媒人来，领了去。一卖完事。”这一批小道姑，又被转卖到哪里，命运不得而知。王夫人的一番话，道出了他们的命运：

> 这些东西一刻也是留不得的。头里我原要打发他们去来着，都是你们说留着好，如今不是弄出事来了么？你竟叫赖大带了去细细儿的问他的本家儿有人没有，将文书查出，花上几十两银子，雇只船，派个妥当人，送到本地，一概连文书发还了，也落得无事。若是为着一两个不好，个个都押着他们还俗，那又太造孽了。若在这里发给官媒，虽然我们不要身价，他们弄去卖钱，那里顾人的死活呢？

原本是采买而来以取所需的小尼小道，在主子们口中仅是谋取利益的工具和随意买卖物件。可以由主子任意买卖或者是馈赠给他人。好则回归本家，坏则直接发配官媒，再不顾死活，他们的命运并不会因为遁入空门而有所改变，他们不过是像草芥一样的商品而已。其中比较有代表性的是小尼姑智能。

智能，是馒头庵中小尼姑，在第七、十五和十六回出场。智能第七回首次出场时还是个孩童，她跟随师父静虚来到贾府，无忧无虑，还与惜春玩耍。智能再次出现时已长成漂亮女尼，性意识开始觉醒，与秦钟产生了爱情。“她如今大了，渐知风月，便看上了秦钟人物风流，那秦钟也极爱她妍媚，二人虽未上手，却已情投意合了。”秦钟趁黑无人来亲昵时，智能说：“你想怎样？除非等我出了这牢坑，离了这些人，才依你。”智能把尼庵视为牢坑，可见对自己的处境及静虚等人十分憎恶，她自幼出家应是被逼无奈。秦钟离开后，爱情的力量竟能促使智能“私逃进城，找至秦钟家下看视秦钟”，正当他们“偷期绻缱”时，“不意被秦业知觉”，智能被无情逐出，秦钟抱恨而死，而智能则下落不明。

清王朝的统治思想以儒学为核心的同时，还利用道教和佛教进行辅助。一方面制定了严格的法律条文来对出家进行限制，一方面他们对宗教的积极扶持，从中央到地方都设立僧寺衙门和道教衙门，掌管宗教事务。这不仅表明清王朝对于宗教的重视，还表明宗教在当时具有相当独立的地位和享有某些特权。清朝统治者运用佛教统治可谓出神入化。一直难以征服的蒙古贵族，因为满洲的大力修庙和提倡男儿出家，蒙古完全服服帖帖。所谓“明朝修长城，清朝修庙”。蒙古因为出家男子太多，到清末民初，其族濒临灭种。道教还利用自己的本土性，二千余年已在民间深深扎根的有利条件，在广大人民中间吸收教徒，并将诸多民间神吸收进来，使得日渐衰微的道教在社会上，特别是下层群众中得以继续存在。

在清代初期，佛、道二教是比较流行且受到朝廷重视，到清代晚期，已经衰落。康熙皇帝曾谈及此事道：“颓波日下岂能回，二氏于今自可衰，何必辟邪犹泥古，留资画景与诗才。”当时对出家还有比较严格的管制和制度。必须要有朝廷发放的度牒才可出家。但在雍正以后，这一制度伴随着佛、道的衰落已经形同虚设了。僧道出家多是“或穷乏不能自存，则遁入空门；甚至犯罪者，亦借寺庙为藏身之地。古人所谓出家乃大丈夫之事者，至是寖失其本意矣”。乾隆十九年废除度牒以后，僧尼便可以随意出家而漫无限制了，僧道的数量进一步增加，并无法进行统计。民间的佛教信仰比较普遍，念佛成为一种习惯，如《红楼梦》中刘姥姥这个乡村老妇到了贾府大观园，就阿弥陀佛的念。《姑妄言》第二十回宦萼代了乡排里还了欠账，众人齐来宦府感谢，“口中宣扬着佛号，高呼大慈大悲救苦救难的宦菩萨”。当日净土的信仰可见一斑。因为取消度牒制度，使得出家人的身分与构成更加复杂，出家人数量的激增，导致出家人的身分已经职业化，更多的人只是将出家当做谋生的方式而已，这也就直接影响到出家人的世俗化，也催生了寺院经济的发展。同时，出家人的世俗化使得部分僧人不再严格恪守出家人戒律，而是将出家当做了一种类似于佃农的职业。同时，僧多必滥的情况也更为严重，僧人不但娶妻、娶妾，酗酒，赌博，甚至淫乱。《红楼梦》中最为明显的体现是诸多出家人不是以独立的身分存在，而是依附于类似贾府这样的世家官僚家族和世俗社会存在，宗教的逐渐世俗化导致了宗教的整体地位降低，社会影响力逐渐减弱，直接导致了各大寺庙在政治、经济等方面的独立性受到影响，在小说中就直接展现为各阶层出家人独立性的丧失。

自明代以来，儒释道三教合流思想盛行，对出家人的修行也产生了巨大的影响。出家人不再仅仅居于庵院一隅，而是走出庵院，进入民间，与世俗普通人往来交往。尤其是尼姑，与民间妇女频繁往来，成了民间妇女了解外界的媒介。尼姑与外界交往的过程中，宗教情结渐淡，恋世情结日增。她们不仅在穿戴上模仿世俗妇女，还与世俗交往越来越密切，世人时常拜认其为干爹、干娘等等。小说中宝玉的寄名干娘马道婆就是一个明显的例子。她时常来往于贾府之中，表面上为宝玉的寄名干娘，为宝玉祈福消灾，背地里却与赵姨娘一起施行魇魔之法，谋害宝玉和凤姐，像妙玉一类的世家小姐，虽为出家人身分，但是她的日常活动和言谈皆表现出了世俗化的特征。

水月庵、地藏庵、天齐庙、散花寺里的静虚、智通、圆心、大了、王一贴等僧尼常打着神的使者或代言人的旗号，来往于世俗之家，行蛊惑欺骗之事，有的甚至违背佛教清规戒律和封建礼法，为非作歹，正经修行者很少。这也导致了明清两代民间和小说作者对僧侣这一群体的批评态度。稍早于《红楼梦》的长篇家庭小说《姑妄言》每每提到僧尼，都是批判讽刺的态度。如说“这些和尚，人称为色中恶鬼”（第一回）。又让和尚自白

“我出家人见了妇人，如苍蝇见血一般”（第一回）。书中还描述万缘和尚于百花楼奸淫姚华胄众姬妾之事，最后还被追魂而死。

曹雪芹对僧尼的态度与《姑妄言》差不多，所以《红楼梦》中往往借贾宝玉之口“毁僧骂道”，并声言“和尚道士的话如何信得”。不过，明清小说中对僧尼淫奸的态度只是一种相对的，即暗含了真僧大德太少的期待，所以，最终“毁僧”的宝玉还是成了佛徒，解放之道还是僧尼之道。（周）

惜春的佛缘与宝玉的出家

有学者说，《红楼梦》价值取向的着重处是“佛徒的沉浮与最后得悟的过程”。（文一著《红楼梦叙述中的符号自我》）主人公宝玉最后出家了，细究下来，宝玉最后的决定其实也深受妹妹惜春出世思想的影响，惜春可谓是宝玉出家最重要的推手。所以，惜春出场虽不多，却是绝不可忽视的人物。

惜春是荣府四小姐中最小的，她是贾府现任族长贾珍同父异母的妹妹，是正经嫡出的小姐。辛弃疾《摸鱼儿》词中有“惜春长怕花开早，何况落红无数”的诗句，惜春的名字大概是“春日的惋惜者”，总给人悲剧符号意味，让人顿生寥落和虚空之感，也暗合了她青灯古佛的归宿。

惜春的性格底色，以“冷”和“坚僻”为主，而这性格形成，有着多元化的原因。惜春生存空间特殊，缺乏亲情温暖。前人有诗云：“孤零未获慈亲爱，坚僻难谐伯嫂情。”惜春母亲大概在其幼时即去世，父亲贾敬一心求道，对她不甚在意；贾珍非其胞兄，对她亦少关怀；嫂子尤氏与其不和；贾母对她也有些淡漠。因此，“孤零”是其生活写照，而“坚僻”就成了惜春性格写照。

当然，惜春虽“坚僻”，也偶有快乐之时。惜春相貌，书中皆虚写。黛玉进荣府时，看到的惜春只是“身量未足，形容尚小”。还是一个女孩模样。惜春年小，故青春之态很天真的。第四十回，凤姐安排刘姥姥以“老刘，老刘，食量大如牛，吃一个老母猪不抬头”逗大家笑。众人笑倒一片，惜春“离了座位，拉着奶母叫揉一揉肠子”。可见其笑得最灿烂、最厉害，少女的活泼丝毫无掩饰。不过在整部小说中，惜春笑的时候很少。

“坚”则坚定，即书中所谓“百折不回”；“僻”则孤僻，书中言其是“廉介孤僻性”。

“坚僻”的惜春最后走到向佛出尘一步，有着自己独特的轨迹与成因。

首先，惜春三个姐姐的命运皆不幸福。

元春身为贵妃，十几岁就入宫，犹如在牢笼中，“终无意趣”英年去世；二姐迎春，老实善良，柔弱怕事，出嫁后一年就被孙绍祖这个“中山狼”折磨而死；三姐探春，是一个精明能干的女子，但因庶出的名分，最后成为“和亲”的牺牲品，远嫁异域。婚姻，几乎是封建时代俗世女子的唯一归宿，惜春从三个姐姐的不幸结局，看到了爱情的不可能与婚姻的不可靠，使得她对这世间的事物渐渐失望，其性格愈加自私冷漠起来，出世的思想也愈加浓厚坚定。

其次，惜春父亲贾敬的好道求仙对其出世思想亦有很大影响。

惜春父亲贾敬是宁府的另类老爷，对富贵荣华皆不太在意，只求升仙，最后因服食丹砂而死。贾敬虽对惜春不太在意，但影响了惜春的性格，也给她种下了“出世”的种子。贾敬和荣府贾赦一样是承袭世爵的，但贾敬不像贾赦那样安享尊荣，而是好读书，是贾府唯一的科班进士。秉性孤傲的贾敬因在帝都考试和交游之故，迷上道门，遂不回原籍，把爵位也给了儿子贾珍。自己常年住在玄真观中，“一味好道，只爱烧丹炼汞，余者一概不在心上”。（第二回）惜春的性格孤介亦如其父的翻版。她擅长绘画，这是与大观园中其他小姐不同之处，亦如其父的科举和好道般的特殊。惜春“杜绝宁国府”很像其道家父亲的独修玄真观。惜春一心独善其身，也同贾敬一味好道求仙，家事一概不理颇为相似。贾敬生日对来问候的儿子说道：“我是清净惯了的，我不愿意往你们是非场中去闹去。”惜春也曾对尤氏说：“我清清白白一个人，为什么教你们带累坏了我！”所以贾敬死后，惜春都未去祭灵，可谓看破红尘。惜春出世的思想从小就有，大概与贾敬从小好道相似。贾敬“敝履富贵”修道玄真观，惜春最后带发在家筑静室修行也和贾敬玄真观中烧丹炼汞极相似。在整部书中，贾敬的生活着墨很少，但其身影已投射到惜春身上。惜春今天就是昨日的贾敬之影，贾敬的现在则是惜春的将来。

一心求仙成道的父亲像是惜春出世的药引子。他长期不在宁府，贾珍、贾蓉父子遂秽乱府中，如焦大醉骂的“爬灰的爬灰，养小叔子的养小叔子”。这使得惜春对于贵族家庭荣华下的龌龊，又看透一层。第八十二回，惜春曾这样评说黛玉：“林姐姐那样一个聪明人，我看他总有些瞧不破，一点半点儿都要认真起来。天下事那里有多少认真的呢？”这段话很能代表惜春出世的价值观念，比黛玉的“孤高自许”还要极致了。正如探春说的“我们再傲不过她的”。她以看破世间相自许，故对凡俗世的情与事，皆不在意了。也正因这种看破，她对任何人都显得冷淡乃至于冷酷，无怪乎嫂子尤氏骂她是“心冷口冷心狠意狠的人”。

再次，妙玉入贾府后，惜春与其往来甚密，受其影响亦深。

惜春本来很小就喜欢和尼姑来往。如第七回周瑞家送宫花，正遇见惜春和小尼姑智能儿一起玩。此刻惜春说：“我们明儿也剃了头同她作姑子去呢，可巧又送了花儿来；若剃了头，可把这花儿戴在那里呢？”这句话直接相当于话谶了，也为惜春后来青灯为尼种下了佛缘。因此，当十八岁的贵族小姐妙玉在荣府栊翠庵带发修行时，由于注定的佛缘，惜春经常去找她。而妙玉本是个孤僻性情的人，更加深了惜春本就有的孤僻。两人常常一起弈棋谈佛。贾母出殡，惜春看家，便求妙玉相陪。两人烹茶弈棋，“座谈一夜”，惜春“欣幸异常”。渐渐的，绘画的嗜好被弈棋、烹茶和佛理的兴趣所取代。如第一一一回惜春奉命值夜，请妙玉伴宿。便命彩屏开上年蠲的雨水，预备好茶。惜春亲自烹茶，两人对弈。这种生活方式无疑是受妙玉的影响。加之搬离大观园后，“住的房屋不比园里的显亮”，惜春就更“没兴画”了。在与妙玉的交往中，惜春所得佛缘渐深，最后，终能超越妙玉。涂瀛批书说惜春“与妙玉交最厚，出尘之想，端自隗始矣”。（《红楼梦论赞》之《贾惜春赞》）斯言颇有见地。

妙玉性情之“孤僻”可谓“造乎其极”，讲究外在的“洁净”成癖。如对烹茶之器之水的讲究等。刘姥姥喝了她的杯子，她就想砸碎了也不能给她。但妙玉之心“欲洁何曾洁”，其“外似孤高，内实俗尘”。一见宝玉，心有所动，就把自己用过的绿玉斗拿出来给宝玉喝，俗缘实难了，佛缘尚不如惜春。

惜春与妙玉相处久了，颇得禅宗顿悟之味，如第八十七回描述宝玉去蓼风轩看惜春，正碰上妙玉与之下棋。妙玉见到宝玉，颇不好意思，痴痴的问他：“你从何处来?”宝玉以为是机锋，半天不能回答。惜春却笑道：

> 二哥哥，这什么难答的，你没的听见人家常说的“从来处来”么。这也值得把脸一红，见了生人的似的。

于此可见，惜春已得禅味，其觉悟且在宝玉之上，可为宝玉的引路人了。而妙玉自见宝玉后，回去神不守舍，走火入魔。惜春却从妙玉入魔深悟得佛门真心：

> 惜春的佛缘与宝玉的出家惜春听了，默然无语，因想：“妙玉虽然洁净，毕竟尘缘未断。可惜我生在这种人家，不便出家。我若出了家时，那有邪魔缠扰，一念不生，万缘俱寂。”想到这里，蓦与神会，若有所得，便口占一偈云：大造本无方，云何是应住。既从空中来，应向空中去。

“一念不生，万缘俱寂”是惜春心灵得到安住的体现，也是她性情“冷漠”之因。“既从空中来，应向空中去”乃是其悟得世相凡尘一切本空之觉悟。后来惜春要出家，缘是此故。至第八十八回鸳鸯要惜春为贾母写

《心经》，她很自信地说："别的我写不来，若要写经，我最信心的。"第一一二回贾府被盗，惜春守夜不力。书中对其心理有一段描述：

惜春正是愁闷，惦着：妙玉清早去后，不知听见我们姓包的话了没有，只怕又得罪了她，以后总不肯来。我的知己是没有了。况我现在实难见人，父母早死，嫂子嫌我。头里有老太太，到底还疼我些，如今也死了，留下我孤苦伶仃，如何了局！想到：迎春姐姐磨折死了，史姐姐守着病人，三姐姐远去，这都是命里所招，不能自由。独有妙玉如闲云野鹤，无拘无束。我能学她，就造化不小了。但我是世家之女，怎能遂意！

此时的惜春已决心走妙玉的道路了。果然，她最后就在妙玉曾经住过的栊翠庵中静修，继承了妙玉的衣钵，此正是一世佛缘的归宿。正是妙玉寻隐心不隐，惜春不求心却能悟空。青山山农言"惜春奇僻似妙玉而操守过之。故其修行在妙玉之后，悟道则在妙玉之前"。（《红楼梦广义》，《红楼梦考评六种》）可谓正得之矣。对于惜春出家，宝玉最能理解，赞叹是"真真难得"。惜春对于佛家的执著促使了宝玉下了最后出家的决心。

惜春在小说中"非常有个性，非常奇特"。（《白先勇细说红楼梦》）但惜春虽一心向佛，却没有佛家的慈爱温暖。她以瞧破世间相为自得，多以"冷"对人。在全书中她很少笑，也从没为他人伤心或落泪，真是做到了"忘情故不泣"，一心要割断对人世和人情的眷念。

第七十四回，抄大观园，惜春的丫鬟入画箱中搜出金银和男人玉带板子并鞋袜等物。惜春马上要让凤姐"带出去打罢"。后来入画向尤氏求情，惜春却丝毫不为所动，一定要赶走入画这个丫头：

惜春道："你们管教不严，反骂丫头。这些姊妹，独我的丫头这样没脸，我如何去见人！昨儿我立逼着凤姐姐带了她去，她只不肯。我想，她原是那边的人，凤姐姐不带她去，也原有理。我今日正要送过去，嫂子来得恰好，快带了她去。或打，或杀，或卖，我一概不管。"入画听说，又跪下哭求，说："再不敢了。只求姑娘看从小儿的情常，好歹生死在一处罢！”

尤氏、奶娘等众人皆劝，但惜春“只以为丢了她的体面，咬定牙断乎不肯”。入画是“从小儿侍候”惜春的，惜春却对尤氏说：“我只知道保得住自己就够了，不管你们。从此以后，你们有事别累我。”话语句句“寒人的心”。惜春自有她无情冷漠的理由：“不作狠心人，难得自了汉。”她坚决赶入画出大观园，其实也是让丫头自由了。惜春后来终于实现遁入空门之愿，其性之“坚僻”起了很大作用，即前人所谓“不僻则不净”。

惜春喜欢绘画，本应有一种热爱自然和他人的心灵。画家是需要独处，但不能离开细致的观察和敏锐的眼光，而这眼光必须是有情感所染的，也不能少了一颗爱世间万物的心。可惜春的一颗心由凉至冷，而至于寒，让人悚然。探春说她“孤介太过”正是其短处（第七十五回）。除了“冷”，惜春还自私胆小爱面子。赶入画也是为了面子。后来周瑞家干儿子何三夜盗荣府，惜春看家。出事后，她一心只是想到自己丢脸。反怪李纨：“这都是大嫂子害了我的，他撺掇太太派我看家的。如今我的脸搁在哪里呢?”（第一一二回）贾政、邢夫人等回家后，惜春觉得“满面羞愧”。尤氏说：“姑娘，你操心了，倒照应了好几天!”惜春“一言不发，只紫涨了脸”。甚至可以说，致使惜春最终下决心出家的因缘，就是出于维护面子的考虑。贾府遭盗，她负责看家，感到丢脸。心里想“这回看家，已大担不是，还有何颜？在这里，又恐太太们不知我的心事，将来的后事如何呢？想到其间，便要把自己的青丝绞去，要想出家。彩屏等听见，急忙来劝，岂知已将一半头发绞去”。（第一一二回））众人力劝，然而惜春心里已死定下出家的念头了。对于四小姐来说，真是“面子大于佛”。如此怯懦又顾及自己的“面子”，惜春其实并没有真正看透世相，与出世者所应有的豁达心性相差太远，根本未出离所有的执著。

王国维评说此书“真正之解脱，仅贾宝玉、惜春、紫鹃三人耳”，是太高看了这位四小姐。白先勇赞赏她“解脱得最彻底”，亦是言过其实。还是民国季新说得客观：“自私自利，不顾他人，断不能成佛。”（《红楼梦新评》,《红楼梦资料汇编》) 与贾家众人不同的是，贾宝玉则以一种反常的态度看待惜春的出家，他不仅不劝，反而还劝王夫人同意紫鹃去服侍她，以“全了她的好心”。这种反常的态度，宝钗、李纨、王夫人都看出了端倪，但事已至此，谁也无可奈何，此时最懂惜春者，当属宝玉。惜春的出家也展现了贾府这一诗礼簪缨之族的彻底没落，惜春表现出坚定的出家意志，也更加坚定宝玉出家的念头。惜春出家虽与宝玉出家精神内核不同，但确是宝玉出家的先声与预示。

惜春的出世意识既有看破世间、领悟人生的一面，也是藉以逃避，不想面对世间磨难和痛苦的无奈。《虚花悟》曲云：“似这般生关死劫谁能躲？闻说道，西方宝树唤婆娑，上结着长生果。”似乎西天是多么地令人神往。但作者在《葬花词》中却发出深沉的疑问：“天尽头，何处有香丘?” （周）

王熙凤毒设相思局的故事渊源

《红楼梦》第十二回王熙凤毒设相思局整死贾瑞是很有名的故事。但少有人知道这个故事的来源。更少知道其故事源头其实来自佛经《根本说一切有部苾刍尼毗奈耶》。这部经不太为人所熟知，但这是后来明清小说中类似的相思局故事的“本事”和渊源。

《根本说一切有部苾刍尼毗奈耶》这部佛经内容大意是讲述一部落长者妻容色“超绝”，故有五少年皆欲与之交合。此妇人告夫合谋决定“辱之”。遂计骗五人夜间于多根树上于东西南北中无处相待，至晓而妇人不至。五人寒夜受冻不已。这个佛经故事被后世文人巧妙地引入小说中。最先是唐传奇《却要》，它几乎完全模仿了这个故事模式，不过将“长者妻”

改为观察使家的美艳女奴却要，好色“五少年”变成观察使家的四个公子。故事的主题也是佛经中让好色者被辱后知难而退，即所谓“令彼羞赧”。唯一变化的是却要独自谋骗四个公子罢了。这四个公子迷恋着却要，皆欲与之交欢。在一个清明月夜，四人又欲求欢。精明的却要就设计让四子晚上分别在在大厅东西南北处相待。却要“突燃火炬，疾向厅事，豁双扉而照之”。（汪辟疆校录《唐人小说》）正言警告四个公子，令皆惭愧而去，从此“怀惭”，不敢再非礼。至南宋，又有一个类似《却要》的故事被载入郭彖的随笔《睽车志》中：

绍兴间，一郎官，不欲言其姓字，疏荡不检，一朝士与之善。朝士家有数妓，客至必出以侑酒。郎官者与一妓私相悦慕，而未得间。一日，郎官折简寄妓与为私约，朝士适见之，妓不敢隐，具言其故。朝士曰：“然则非尔之过，当为尔辈为一笑资。姑答简，与之期以来夕密会于西厢，且云主人者适有故之城外，越日乃归，此机不可失。”郎官得简，喜不自胜，如期赴之，妓已先待于会所。引入屏后曲房，妓先登榻垂幔，命郎官解衣而登。暨前褰幔，则妓已自榻后潜去，朝士者方偃卧榻上，瞠目视之。郎官羸露，惶遽欲走，则门已闭。朝士谩为好辞谑之曰：“与公厚善，何为如此？妓女鄙陋，不足奉君子之欢，已遣归矣。惟公勿讶。”徐起复曰：“某家使令稍众，不略相惩，彼将观望，无所畏惮。”乃呼群仆掖之于柱，以巨竹梃挞之二十，流血及髁，呼服谢罪。复谓曰：“与公素善，故不欲闻官。薄示庭训，亦不泄于它人也。”乃遣出，亦不与衣。其人狼狈遁还。明日朝路，仍复相见如故云。（卷五）

《睽车志》中多载灵异鬼神，因为当时宋高宗喜欢这类故事。郭氏大概出于迎合当朝圣上的需要。但这个故事是其中少有的非志怪小说。这个密会西厢的故事也许还启发了后来的《西厢记》。它与最早的佛经故事和唐传奇《却要》有不少相似之处。譬如都是因爱慕一个艳女而起，这里是朝士的家妓。贪恋女色的郎官被骗密约。与佛经一样的还有计谋是朝士与妓共同商议而施行的。但是这个故事（来源于他人的叙述，或许是实际发生的事）却有一个明显的嬗变。其一，佛经和《却要》虽然均有密约，亦有“受冻”等惩罚，但毕竟没有暴力和血腥场面，最后的结局还是喜剧性的。可是这个绍兴间的郎官却被“巨竹梃挞之二十，流血及髁”。其二，佛经故事和《却要》都是几个好色男企图诱奸一个艳女。但南宋这个故事模式有所变动。好色男只有一个，而且还遭受肉体的惩罚。这种变化深刻影响了清代的《姑妄言》与《红楼梦》，这两部小说被骗的好色男均只有一人。并且结局都更为悲惨，不仅仅是流血了，死亡的阴影也出现了。

关于《却要》，明代杨慎较早说其源出佛经，但并未引起后世学者的注意。真正细致梳理其故事源泉和脉络者是四川大学杰出的敦煌学专家项楚先生。他在《读〈管锥编〉札记》中有精辟之辨析：

> 唐三藏法师义净《根本说说一切有部苾刍尼毗奈耶》卷二不净行学处之余，其文颇隽永可喜，而历来治唐人小说者，似皆未之见也。……《却要》应是皇甫枚根据义净所译律藏故事改写而成，而篇首“湖南观察使李庚之女奴却要”云云，将这个故事完全中土化了。一般读者很难想到它是源自异域。在我国古代小说中，还有许多从佛书移植的故事和情节，此事特意例耳。（《柱马屋存稿》）

但是，至今少有学者注意到《睽车志》所载的郎官好色被骗这个故事，特别是它改变了故事的一些叙述模式。此外，按钱锺书的《管锥编》所示，俗书《三笑姻缘》中秋香戏弄华文、华武兄弟事即是从《却要》故事学来。三笑民间故事自朱季美《桐下听然》到冯梦龙《警世通言》卷二十六之《唐解元一笑姻缘》，其情节日益丰富。不过，笔者以为影响《红楼梦》王熙凤毒设相思局的不是三笑故事，而是《睽车志》郎官的遭遇。

不过，凤姐毒设相思局的故事也许还有一个更为直接的叙述来源。清代小说情节仿效佛经故事《却要》和《睽车志》者的不仅是《红楼梦》。当时另一部曹去晶创作的长篇小说《姑妄言》，其第七回也有个毒设相思局的故事。即嬴氏设计除掉纠缠她的龙飏。故事情节与《红楼梦》中凤姐弄贾瑞很相似。是书成于雍正八年，在《红楼梦》之前。曹雪芹或许是受到该书此种桥段的影响更多一些。《姑妄言》应该也同样是受到那个佛经原始故事的启发。如都是对好色者的惩罚，都是夫妻合谋。也有对《睽车志》的继承。但其故事的血腥程度大大超越了后者，好色者的惩罚终至死亡。较之那郎官惨遭拷打又有了新的变化。整个故事的发展情节更为惊心动魄，更有谐趣，也更残忍和悲剧。贪恋女色的龙飏被嬴氏夫妇虚与委蛇，夜晚骗到家中，嬴氏在交欢时咬下龙飏舌头，暴其菊花，伤脚捆绑，沥青涂头发，染色全身。如此而言，凤姐只是让贾瑞吹点风吃点粪便，算是客气了。细读《姑妄言》这段描述，与《红楼梦》王熙凤毒设相思局的不少细节极为相仿。首先，龙飏和贾瑞皆是贪恋女色，欣欣然飞蛾投火，不知不觉落入陷阱。其次，时间上相似。王熙凤玩弄贾瑞，是叫他晚上来成好事。贾瑞“直等吃了晚饭才去，那天已有掌灯时候”。嬴氏骗龙家小子也是叫他“日落掌灯时候来”。再次，两人均在夜晚的约会中遭难。贾瑞被贾蓉和贾蔷逼写了一百两银子的欠契，又被泼尿粪一身。龙飏则更惨，被嬴氏咬掉舌头后，继而脚骨被嬴氏丈夫邬合打伤并绑住。菊花被插棒槌做成尾巴，头发被沥青刷直，全身从头到脚涂上红蓝黑的油料。最后，两人结局都是因贪色而亡。贾瑞被凤姐捉弄后不久即惊吓而死，龙飏以“怪物”样子跑到街头，被众人当鬼怪乱棒打死。《姑妄言》将《睽车志》郎官的故事重新进行了艺术的加工，更加有趣，也更为血腥。《红楼梦》继承了这种方式，但更为隐蔽，少了血腥，但更有艺术魅力。

曹雪芹《红楼梦》所写的王熙凤整贾瑞事，乃是将佛经故事、《却要》、《睽车志》和《姑妄言》融合为一体，化为自己的故事叙述，非常巧妙，一般读者绝不会知道是有所因袭的。博览群书的撰者可能读到过郎官好色的故事。贾瑞之好色如那郎官“疏荡不检”。故此，王熙凤的相思局，仅是骗贾瑞一人。而佛教故事和《却要》都是骗东南西北四个人。这就增加了它的隐蔽性。可是故事的核心元素是没有变的。都是好色男人调戏已婚美少妇，并极为渴望与之交欢。而美少妇又是极聪明之人，以色为局骗之，约其晚间到某处等候，使之丢丑而无可奈何。贪淫的贾瑞迷恋凤姐美色，遂被擅长计谋的王熙凤骗至晚间的至穿堂等待，“一夜几乎不曾冻死”。这与佛经讲述的五人“夜寒几冻死”，“一夜寒受苦”完全相同。不过，佛经和《却要》都只骗一次。而贾瑞却贼心不死，后又再次上当，遭贾蓉等侮辱，逼迫写下欠条，遭尿袭惊吓而病死。贾瑞一人竟受骗二次。此与佛经故事不同。于此可见曹公对佛经故事的谙熟，而且融化自然高超，难见痕迹。唐传奇描述却要“美容止，善辞令”。此正是凤姐之才貌写照。又谓其“巧媚才捷，能承顺颜色，姻党亦多怜之”。而凤姐行事亦最善谄媚奉承贾母和王夫人等，因此备受宠爱，身为荣府管家，权势熏天。凤姐这个角色的塑造也许在一定程度上受到了《却要》的启发。此外，凤姐与贾蔷和贾蓉合谋诓骗贾瑞，与《睽车志》郎官被骗的情节很相似。如“引入屏后曲房……暨前褰幔，则妓已自榻后潜去，朝士者方偃卧榻上，瞠目视之。郎官羸露，惶遽欲走，则门已闭”。《姑妄言》也是明写嬴氏与其夫商议整治龙飚。但是曹公的《红楼梦》完全没有写凤姐与贾蓉等合谋的情节，直到贾瑞被抓现行，读者才猜到是凤姐的阴谋。如此艺术魅力则更高于《睽车志》和《姑妄言》了。最后，贾瑞虽然被泼尿粪挨冻，写了欠条，但却没有血腥的拷打场面。最后是惊吓而死，比《睽车志》和《姑妄言》温柔了许多，但贾瑞照风月宝鉴而死，写出了他遭难后微妙的心态，一个好色者，至死不悟的可怜者被塑造得很生动。

两个故事稍不同的是贾瑞被凤姐骗了两次，而龙飚是一次。凤姐为了自己的权势害贾瑞，而嬴氏是为了报仇。不过，这两个约会的故事均和佛经有关。但《红楼梦》的诸多细节与嬴氏骗龙飚关系似更密切些，显示了两部长篇小说之间的神秘联系。从王熙凤毒设相思局的故事结构来看，整部《红楼梦》确实是佛典贯穿，色空觉悟之局。由此，更可证明，《红楼梦》乃小说家虚构，绝非所谓自传实录。　（张）

附　录：

唐三藏法师义净译的《根本说一切有部苾刍尼毗奈耶》

不净行学处之余佛告诸苾刍。非但彼时令天惑乱而为美颂，乃往昔时亦复如是。由此女故城邑聚落诸少男子，皆于彼所而为歌咏，汝等谛听。往时于一聚落，长者有妻，颜容端正形仪超绝甚可爱乐。时五少年因至聚落见长者妻，情皆染着心并迷乱，令使告知私相求，及欲于某处共为交会。时此妇人报夫主曰：有诸少年共来求我，我当辱之。君当默住令彼羞赧，报其使，曰可于夜暗向某处多根树上暂时相待，我当即至。其第一人令向树东枝上坐，次告第二人可向西枝，次第三人可于南枝，次第四人可在北枝，次第五人坐树中枝。各不相知作此处分。诸人依语皆住树上，至晓相待妇人不来。其中一人而说颂曰：

日光今出现，农夫已向田。

妄语既不来，可舍多根树。

其第二人又说颂曰：

彼妙者定来，不应为妄语。

何因此日光，急速而出现。

第三人亦说颂曰：

日光已旭旦，农夫往田业。

我等如愚羊，在树受寒冻。

第四人复说颂曰：

今遭大苦恼，求他妇故然。

我等共君迷，夜寒几冻死。

第五人复说颂曰：

我不忧己身，一夜寒受苦。

但愁迦啰树，枝枯不复生。

于时有多根树神而说颂曰：

汝等但忧身，勿忧他外事。

树损有生期，欲苦无停息。

汝诸苾刍当知，耽欲之人有如是过，徒受辛苦，事不遂心。是故勤求，出离生死，除欲过患。彼长者妻，即妙贤是。（卷二）

《却　要》

湖南观察使李庾之女奴曰却要，美容止，善辞令。朔望通礼谒于亲姻家，惟却要主之。李侍婢数十，莫之偕也。而巧媚才捷，能承顺颜色，姻党亦多怜之。李四子，长曰延禧，次曰延范，次曰延祚，所谓大郎而下五郎也，皆年少狂侠，咸欲烝却要而不能也。尝遇清明节，时纤月娟娟，庭花烂发，中堂垂绣幕，背银釭。而却要遇大郎于樱桃花影中，大郎乃持之求偶，却要取茵席授之，曰：可于厅中东南隅，伫立相待，候堂前眠□，当至。大郎既去至廊下，又逢二郎调之。却要复取茵席授之，曰：可于厅中东北隅相待。二郎既去，又遇三郎束之。却要复取茵席授之，曰：可于厅中西南隅相待。三郎既去，又五郎遇着，握手不可解。却要亦取茵席授之，曰：可于厅中西北隅相待。四郎皆去。延禧于厅角中屏息以待，厅门斜闭，见其三弟比比而至，各趋一隅，心虽讶之，而不敢发。少顷，却要密燃炬，疾向厅事，豁双扉而照之，谓延禧辈曰：阿堵贫儿，争敢向这里觅宿处。皆弃所携，掩面而走，却要复从而哈之。自是诸子怀惭，不敢失敬。（汪辟疆《唐人小说》，《太平广记》二百七十五引此文）

梅花雪和绿玉斗——栊翠庵品茶迷局

茶在《红楼梦》中是交往行为中的重要媒介和自我呈现的符号。将茶作为诱惑人的“手段”充分利用的人却是清高的妙玉。第四十一回栊翠庵茶品梅花雪很精彩。不过，奇妙的倒不她的茶艺，而是她出神入化地运用茶媒介来进行交际，勾引宝玉。她绝不仅仅是一个烹茶奇人，更是一个演员，一个情感交际高手，她之自我呈现如此飘逸自然而性感。

这一回，妙玉充分利用茶的“水”、“茶具”、“品茶”和“话茶”等为媒介自导自演了一出好戏。极力显示了她这个“槛外人”在贾府的符号存在。她本人的潜意识的性欲望也通过茶得到释放。首先，她对贾府中人的口味都心中有数。她知道贾母不喝“六安茶”，所以特地奉上旧年雨水泡的“老君眉”。而且还“亲自拣了一个海棠花式雕漆填金云龙献寿的小茶盘，里面放一个成窑五彩泥金小盖钟”。其次，她将茶媒介的交流方式弄得出神入化。但目的明确，即千方百计地吸引宝玉对她的注意，这才是重头戏。宝玉看腻了怡红院中的女子，对栊翠庵中神秘的妙玉，早就充满一亲芳泽的欲望，因此妙玉一出场，宝玉的眼睛就没有离开过她，“留神看她怎么行事”。后面妙玉烹茶的一言一行，又都通过对茶道颇有造诣的宝玉的目光来叙述。

最奇妙的是，妙玉似乎知道怡红公子的目光了。她把黛玉和宝钗“衣襟一拉”看似要和黛、钗单独品茶，其实醉翁之意皆不在此。果然“宝玉悄悄的随后跟了来”，她先是说自己是托了黛钗的福，实乃暗示对宝玉的看重，接着通过展示她所藏雅致茶器和高妙茶艺，来吸引宝玉。她给宝钗用的杯是“一个旁边有一耳，杯上镌着‘𤓰瓟斝’三个隶字，后有一行小真字是‘晋王恺珍玩’，又有‘宋元丰五年四月眉山苏轼见于秘府一行小字’”。而黛玉的茶杯是“一只形似钵而小，也有三个垂珠篆字，镌着‘点犀䀉’”。这些茶具显示了她精于此道。接着她给宝玉的茶杯是“自己常日吃茶的那只绿玉斗”，足见对宝玉的心仪。这个茶杯还留有妙玉舌尖的滋味，一种潜涌的性欲望在茶味中荡漾着。故宝玉一奉承说：“到了你这里，自然把那金玉珠宝一概贬为俗器了。”妙玉就十分欢喜，她和惜春一样，很爱面子。“遂又寻出一只九曲十环一百二十节蟠虬整雕竹根的一个大盒出来”给宝玉品茶。又说起茶道。妙玉笑道：“你虽吃得了，也没这些茶你糟踏。岂不闻‘一杯为品，二杯即是解渴的蠢物，三杯便是饮牛饮驴了’。”黛玉以为是“旧年的雨水”，妙玉立即摆出高士的姿态，极力炫自己如何讲究茶水，表明自己的不同凡响：

> 你这么个人，竟是大俗人，连水也尝不出来。这是五年前我在玄墓蟠香寺住着，收的梅花上的雪，共得了那一鬼脸青的花瓮一瓮，总舍不得吃，埋在地下，今年夏天才开了。我只吃过一回，这是第二回了。你怎么尝不出来？隔年蠲的雨水那有这样轻浮，如何吃得。

黛玉瞬间成了“大俗人”，妙玉之清高由此可见。但这段话与其说是说给黛玉听，不如说是在暗示旁边的宝玉，她的渊博和不凡。钟惺云“茶以雪烹，味更清洌，所为半天河水是也”。（《扫雪烹茶玩画》）妙玉藏五年的梅花雪水，其茶道之雅，正在于此。接下来，闻之刘姥姥走了，就要丢刘姥姥喝过的成窑的茶具，嫌已脏，既是显示自己的高贵身分，也是向宝玉的一种微妙表示。她说：“幸而那杯子是我没吃过的，若我使过，我就砸碎了也不能给他。”试想，如此冰清玉洁之人却把自己的杯子给宝玉喝，意在不言中了。宝玉在妙玉这个“茶局”面前，完全倾倒了，由此对妙玉有了独特的仰慕。从此宝玉完全癫狂于妙玉这个“槛外人”的清雅超脱的自我中。他将妙玉想象为超出众人的世外高人。寿怡红后看到妙玉送的贴，激动得“直跳起来”。为回贴事焦虑，还请教邢岫烟方得稳妥。宝玉还把妙玉尊为“妙公”。“于惜春奕棋之候，则相对含情。”可宝玉恰恰对妙玉的内心世界几乎一无所知，宝玉心中的妙玉依然停留在妙公“一碗茶”的幻梦中。

小说中描写妙玉只是“天性怪癖”，而其心灵深处难以窥见。然其隐秘心态在此回被茶水清澈映出，其“怪癖”不过是表面。她“外似孤高，内实尘俗”。否则不会选在大观园静修，亦不会对贾府中人了如指掌。妙玉情缘难断，渴望生活。她以贵家小姐身分进贾府，本身就有一种被人遗忘的符号不在场的缺失。寂寞的她敏锐地抓住了贾母等游园的机会，以茶彰显自己的存在，以茶之欲诱惑宝玉的心，证明自己的魅力。而妙玉这个表面修行的居士，因这一个“情”字难挡，再也不能静心了，她关注着宝玉，最终相思入魔。她洁癖似的自我最后也落得悲剧的命运。真是“欲洁何曾洁”！妙玉在整部小说中如此高雅和孤傲，但内心又是充满对生活的渴望。首先，我们要明白，妙玉出家和惜春不一样，它不是真正彻底看破红尘，而是被迫的。书中交代了这个背景。因为从小有疾，替身不行才到寺庙。她的青春被压抑了。所以当她越是表现得爱洁净高傲，其实越可见其性压抑的焦虑度。她的茶道是超一流的，饮茶之水用蟠香寺的梅花雪，贮藏五年，并埋入地下。妙玉如此静心烹此梅花雪茶，是以一种高洁之态抑制内心对“其雨其雨”的无比的渴求，所谓“欲洁何曾洁”真意在此。但要知道，品茶其实在寺观中有着特殊的功能。茶之兴奋作用，除了有利于禅坐，彻夜不眠外，它也是压抑性欲望不发的良药，有助修行者摒除俗念。所以古代中国，禅茶是最高的品味。然而当她一见宝玉，她的茶道就变味了。当她向宝玉奉献自己的绿玉斗后，从此恋恋不舍。她记挂着他的生辰，时常去蓼风轩和惜春下棋，希望能见到宝玉。第八十七回，宝玉真来了。书中描写妙玉连红了三次脸，其性心理的微妙变化十分让人玩味：

宝玉道：“我头里就进来了，看着你们两个争这个‘畸角儿’。”说着，一面与妙玉施礼，一面又笑问道：“妙公轻易不出禅关，今日何缘下凡一走?”妙玉听了，忽然把脸一红，也不答言，低了头，自看那棋。宝玉自觉造次，连忙陪笑道：“倒是出家人比不得我们在家的俗人，头一件心是静的。静则灵，灵则慧。”宝玉尚未说完，只见妙玉微微的把眼一抬，看了宝玉一眼，复又低下头去，那脸上的颜色渐渐的红晕起来。宝玉见她不理，只得讪讪的旁边坐了。惜春还要下子，妙玉半日说道：“再下罢。”便起身理理衣裳，重新坐下，痴痴的问着宝玉道：“你从何处来？”宝玉巴不得这一声，好解释前头的话，忽又想道：“或是妙玉的机锋。”转红了脸，答应不出来。妙玉微微一笑，自和惜春说话。惜春也笑道：“二哥哥，这什么难答的，你没的听见人家常说的，‘从来处来’么？这也值得把脸红了，见了生人的似的。”妙玉听了这话，想起自家，心上一动，脸上一热，必然也是红的，倒觉不好意思起来。因站起来说道：“我来得久了，要回庵里去了。”

此段叙述非高手不能达此。当宝玉把妙玉奉为道家“妙公”、“槛外人”之时，其实妙玉凡情欲火正逐步上升。宝玉说她“何缘下凡”，妙玉脸红，因为说中了她的欲结凡缘的心病；她的脸又一次“红晕起来”，乃因宝玉说出家人头一件心是静的，而妙玉此刻恰好是春心萌萌；最后听惜春说宝玉脸红，仿佛两人情意相通，故再脸红。茶道、弈棋、栊翠庵的宁静、打坐等都没有让妙玉安住，也没能让她静心修业。则寺庵如同青春的牢坑。最终她的坐禅在欲望的火焰中崩溃了，她终于走火入魔。海盗从房顶将其掳走，何尝不是完成了她潜意识的涌潮呢？梅雪茶的清澈没能熄灭人性的火。出家包含绝欲的目的，但对于心理和身体都有实在的困难。英国著名性学家蔼理士谈过绝欲者的困境：

在生理方面，它可以引起小范围的扰乱，使人感到不舒适；在心理方面，对性冲动既不能驱遣，而又驱遣不去，结果是在一个不断来复的挣扎与焦虑，而越是驱遣不成，神经上性的意象越来越是纷然杂陈，那种不健全性感过敏状态越是来得发展，这两种倾向更会转变为一种虚伪的贞静的表现。（潘光旦译《性心理学》）

此话可为妙玉性心理的最佳注解。妙玉的自我呈现意义正在此，她是青春自我桎梏的符号。明清礼教甚严，男女私授为大忌，所以龄官喜欢贾蔷，却不敢倾述，只能背地里在地上痴痴地写“蔷”。大观园里的小姐们的青春看似活泼，实际上处于压抑状态。宝钗为控制情欲常吃“冷香丸”，住的房间“雪洞一般”。读书只看“正经书”，生怕“移了性情”。李纨只是守着贾兰，心如槁木般。其实这些行为都是有意压制正常性欲；黛玉的哭泣和与宝玉的多次争吵，其实也是一种性敏感和自我抑制的反映。宝玉的怡红院如“绣房”一般，象征其男性特质的褪化和日益女性化，这是不正常的，这都属于性的扭曲。

压抑个体心性，服从礼教等级的秩序和规范。性意识和心理在《红楼梦》的呈现总体上是压抑和内敛的，甚至包括叙述者本身。这也是文化人格在清代持续衰微的征象。中年贵妇王夫人、邢夫人的孤寂，智能儿、妙玉的性渴望，其符号自我的意义均在于此，只不过，她们的自我并未意识到这一点罢了。　（张）

繁华必散——荣国公的命名寓意

《红楼梦》深受明代文化的影响，如叙述和想象吸收《西游记》和《姑妄言》的营养不少。这部小说的符号命名是很有深意的，如贾家四大小姐寓意了“原因叹息”。而“荣国公”的命名则象征了宝玉最后的出家和悼亡明之意。索隐一直是红学一派，胡适的新红学对索隐嗤之以鼻，殊不知其“自传说”亦是一索隐耳。很简单，整部小说并没有说是写江宁织造曹寅家世，最明显的是曹家没有当过荣国公这样显赫的爵位，他们只是康熙的满洲家奴而已。但自传索隐依然给红学研究提供了一种视角。卞孝萱研究唐传奇重视“探求作者之寓意”，这是索隐的学术立场（《唐传奇新探·后记》）。通过这种寓意的探究从而更深地理解文本，知晓作者创作的一些隐秘的动机。

贾府虽然是宁府居长，贾珍乃族长，荣府居次。但全书描述皆以荣国府为描述的核心。贾赦和贾政一系是当家人。历史上荣国公和宁国公的封号确实有之，譬如隋朝的来护儿算是最早的被封荣国公。又有学者考证出宋代赵佶曾封宁国公，南宋赵挺封荣国公。不过，考虑到《红楼梦》隐含的特殊意味，如索隐派不断寻找其吊祭明朝的蛛丝马迹，不能不说，此书与明朝还真是有一定的关联。因为明朝的荣国公较多，如张玉、梅殷等。特别是朱棣的开国功臣、著名的道衍和尚国师姚广孝，他在死后被封赠荣国公。他是中国历史中唯一的一个僧人被封为公爵，而《红楼梦》佛影深深。因此，荣国公这个符号的呈现，隐含了宝玉出家和全书浓郁的佛家思想及人物塑造。

姚广孝是明代的传奇人物，《明史》本传云其是"长洲人，本医家子，十四度为僧，名道衍，字斯通"。他是朱棣起兵的关键人物。所谓"文皇起事，称佐命者，道衍以僧，袁珙以相，金忠以卜"。（《玉光剑气集》卷十八）年轻时姚广孝云游到嵩山寺挂单，碰巧遇上了元末著名的神相袁珙。袁珙说他是"异僧"。道衍后被举荐，与燕王相善。太祖崩，建文立，消藩日紧，道衍密劝燕王起兵。将起事，适大风雨至，檐瓦堕地，朱棣色变。道衍说："祥也。飞龙在天，从以风雨。瓦堕，将易黄也。"朱棣心遂坚定。经过四年的战争，朱棣损兵折将，无法取得优势，欲修整。还是道衍劝他直取南京，"毋下城邑，疾趋京师。京师单弱，势必举"。这是燕王取胜的关键。所以朱棣夺位后，道衍和尚"论功为第一。拜资善大夫、太子少师。复其姓，赐名广孝，赠祖父如其官。帝与语，呼少师而不名"。（《明史·姚广孝传》卷一四五）姚广孝多才多艺，北京城是他主持设计的。永乐十六年姚广孝卒。广孝薨后，"帝震悼，辍视朝二日，命有司治丧，以僧礼葬。追赠推诚辅国协谋宣力文臣、特进荣禄大夫、上柱国、荣国公，谥恭靖。赐葬房山县东北。帝亲制神道碑志其功。官其养子继尚宝少卿"。

姚广孝在明朝的地位一直非常崇高。仁宗洪熙元年，加赠少师，配享成祖庙庭。世宗嘉靖九年移祀大兴隆寺，太常春秋致祭。索隐派多认为《红楼梦》暗藏悼明之意，若以荣国公之符号命名来看，确有一定的道理。因为姚广孝是大明的著名异僧帝师，是如道家一般的人物，功成身退，不恋权力。成于雍正年间的长篇巨构《姑妄言》也很有意味地提到姚广孝后人承继了荣国公的爵位。《姑妄言》是哀痛明朝覆灭的政治小说，作者曹去晶的生活时代与曹雪芹同时，其书对《红楼梦》的创作不能说没有一点影响。概而言之，荣国公姚广孝与《红楼梦》的隐喻大致有以下几点：

首先，姚广孝虽助燕王夺位，但始终不以荣华富贵为人生终极目标，而是保持了僧人的本色，佛心不变。在北京时期，他谢绝了朱棣的好意，不住宫殿，而是隐身于京西潭柘寺后山小院，过着清贫的僧侣生活。靖难成功后，姚广孝辞去了燕王的勋位高爵，仍隐居僧寺，清净自修，并将所赐金银分给宗族乡人。且重新监修了《明太祖实录》及《永乐大典》。在这段时间，姚广孝虽贵为国师的身分，但内心却隐隐痛苦。因为他帮助燕王的靖难毕竟是乱臣贼子之所为，他回到家乡，乡里皆鄙视之，其亲姐姐骂其为助纣为虐的刽子手。姚广孝临终请求明成祖释放禁锢已久的建文帝主录僧溥洽，算是内心的一种赎罪。姚广孝这种心态与《红楼梦》大观园中“悲凉之雾，遍被华林，然呼吸而领会者独宝玉而已”确有相通之处。姚广孝《道余录》云：“旅泊三界，茫茫大化之中，何物而非寄寓也哉！”《红楼梦》也在不断暗示这种“寄寓”的散场感。第十六回秦可卿托梦凤姐，就说到繁盛终会“散场”。那些个“烈火烹油，鲜花着锦之盛也不过都是瞬息间的繁华，一时的欢乐，万不可忘了那‘盛筵必散’的俗语”。第二十六回小说借小红玉的口说：“红玉道：也不犯着气她们。俗语说的‘千里搭长棚，没有个不散的筵席’，谁守谁一辈子呢？不过三年五载，各人干各人的去了。那时谁还管谁呢？”小丫鬟佳惠听了差点哭了。第七十二回司琪又说：“再俗语说，‘千里搭长棚，没有不散的筵席’。再过三二年，咱们都是要离这里的。”第七十七回王夫人逐了司琪，迎春含泪而言：

我知道你干了什么大不是？我还十分说情留下，岂不连我也完了？你瞧入画也是几年的，怎么说去就去了。自然不止你两个，想这园子里凡大的都要去呢。依我说，将来终有一散，不如各人去罢。

“将来终有一散”其实正是通部小说的主题。迎春固然懦弱，但在华林终散场这点上很清醒。前八十回的风花雪月的描绘目的亦在此。所以第三十一回叙述者忍不住站出来讲了一番人生聚散的哲理：

林黛玉天性喜散不喜聚。她想的也有个道理，她说，“人有聚就有散，聚时欢喜，到散时岂不清冷？既清冷则生伤感，所以不如倒是不聚的好。比如那花开时令人爱慕，谢时则增惆怅，所以倒是不开的好。”故此人以为喜之时，她反以为悲。那宝玉的情性只愿常聚，生怕一时散了添悲；那花只愿常开，生怕一时谢了没趣；只到筵散花谢，虽有万种悲伤，也就无可如何了。

黛玉不喜聚是怕散的悲凉，宝玉喜聚也是怕散的痛苦，道理是一样的。这是佛家“不应住色生心”的觉悟（《金刚经》庄严净土分第十）。所谓“闲愁万种”终归一梦。接着晴雯侍候宝玉不慎把扇子跌折了，宝玉训诫起来。晴雯一番顶撞，宝玉气得浑身打颤，说道：“你不用忙，将来有散的日子。”这是主人公对自己命运的预测。

《红楼梦》贾府除了宝玉有这种“悲凉”的意识外，还有一个人大略也感到了，他就是宁府的宁国公贾敬。本来承袭爵位的贾敬中进士后，不住府中，却在成外的玄真观中修道，这与姚广孝功成身退隐居庆寿寺很相似。贾敬是宁府的另类老爷，对富贵荣华皆不太在意，只求升仙。贾敬年轻时好读书，并且还考中进士，成为整个贾府唯一的科班进士。秉性孤傲的贾敬因在帝都考试和交游之故，迷上道门，遂不回原籍，把爵位给了儿子贾珍，自己常年住在玄真观中。贾敬修道之心颇坚毅笃实，视荣华为过眼云烟，亦如姚广孝虽建功业却佛心不改一般。跛足道人的《好了歌》讽刺世人贪恋尘世之乐，固然深中世人痼疾，但宁府的贾敬却做到了，他是真想作“神仙”。冷子兴说贾敬其实也是“二爷”，他前面还有个哥哥贾敷，八九岁上便死了。这与宝玉这个“宝二爷”颇相似，贾敬为道士，是对宝玉结局的某种先兆和暗示。贾敬为啥“一心想作神仙”，书中未明说。但是大哥贾敷之死可能是其中一个重要原因。兄长的早夭对于他来说，是一种强烈的冲击。他感到了人生的无常和残酷。这导致贾敬的生命观念发生了改变，即任何荣华富贵的享受最后都逃不了一死。所以他把爵位传给了儿子贾珍，然后义无反顾走上漫漫的求道之路，即书中说只是在城外和道士们“胡羼”。贾敬的觉悟颇有些像当年释迦王子乔达摩·悉达多。经历了一番荣华富贵后，看透了生命的真相。我们一般只是注意到贾敬一味和城外的道士们“胡羼”，以为是撰者的讽刺。其实，贾敬是惜春和宝玉等出家的先驱，他的方外之心很坚决。过生日时，他对来问候的儿子说道：“我是清净惯了的，我不愿意往你们是非场中去闹去。”（第十回）只是叫府里抄《阴骘文》，还“叫急急的刻出来，印一万张散人”。（第十一回）只有到了新年除夕祭祖的时候，贾敬才回家一次。也许，曹公对于成为神仙大概还是有所怀疑的，贾敬的神仙梦没有成，最后还是吞丹药而亡。然而无论怎样，贾敬毕竟是撇弃了世袭的爵位，也丢开了娇妻美妾，抛弃了子女儿孙，一心想作神仙。这点贾敬是真诚的。他自修道后，素不茹酒，回家祭祖，亦是“净室默处，一概无听无闻”。长于贵族大家的子弟，有两个极端，一种是贪图富贵荣华的享受，如贾珍辈；另一种是出世思想浓厚，因为他们体验并尝够了豪门富豪的精致生活，反而涵养了出世的意识，贾敬是个典型，也影响了惜春和宝玉。惜春少时很独孤，但却常和水月庵的智能儿玩耍。贾敬的人生与帝师姚广孝有几分相似，导致后来虽得成祖赐予很高地位和荣誉，但不蓄发还俗，“常居僧寺，冠带而朝，退仍缁衣”。

贾敬是宁公一脉，但荣宁二府，实在是不可分割的一体。故惜春出家时，平常不念佛的宝玉却说：“阿弥陀佛，难得难得。不料你倒先好了！”（第一一八回）这是宝玉对自己的期待。贾府为省亲修了大观园，但依然在园内有一栊翠庵，妙玉入主其间。这其中的寓寓耐人寻味。

其次，宝玉身上有些地方颇似姚广孝，如在诗词上很有灵性，又颇厌峨冠顶戴之人，如贾雨村喜欢见他，宝玉对此很讨厌。对“读书上进的人”呼之为“禄蠹”，又说“明明德外无数，都是前人自己不能解圣人之书，便另出己意，混编出来的”（第十九回）。宝玉还对儒门推崇的“文死谏，武死战”等皆冷嘲热讽。第三十六回他与袭人谈死亡：

宝玉谈至浓快时，见他不说了，便笑道：“人谁不死，只要死得好。那些个须眉浊物，只知道文死谏，武死战，这二死是大丈夫死名死节，究竟何如不死的好！必定有昏君他方谏，他只顾邀名，猛拚一死，将来弃君于何地？必定有刀兵他方战，猛拚一死，他只顾图汗马之名，将来弃国于何地？所以这皆非正死。”袭人道：“忠臣良将，出于不得已他才死。”宝玉道：“那武将不过仗血气之勇，疏谋少略，他自己无能，送了性命，这难道也是不得已！那文官更不可比武将了，他念两句书污在心里，若朝廷少有疵瑕，他就胡谈乱劝，只顾他邀忠烈之名，浊气一涌，即时拚死，这难道也是不得已！要知道，那朝廷是受命于天，他不圣不仁，那天也断断不把这万几重任与他了。可知那些死的都是沽名，并不知大义。”

这种论断确实在一定程度背离了传统儒门的规训，曹公思想具有某种超越性的地方正是此处。姚广孝对儒家圣贤亦有微词。《明史·姚广孝传》载其“亦工诗，与王宾、高启、杨孟载友善。宋濂、苏伯衡亦推奖之。晚著《道余录》，颇毁先儒”。《道余录》是驳斥二程和朱熹的，认为二程遗书中二十八条，朱熹语录汇总二十一条“极为谬诞”。姚广孝有些思想甚至是后来正德、嘉靖间王阳明心学兴起的先驱。如他说：“是非之心，人皆有之。心才一举，是非分然；心若一歇，是非寂然。所以禅祖云：‘境缘无好丑，好丑起于心。心若不强名，妄情从何起？妄情既不起，真心任遍知。’世人只为认着有我，便被物所役……程子堕在拘滞泥坑里，事事转动不得。”（《道余录》）《红楼梦》所描述的故事和人物也正是在这个“拘滞泥坑”里的停滞生活的实景。胡兰成《中国的礼乐风景》论述最确：

中国文学如《红楼梦》写贾府人家就是一个人世的风景。但已是宋儒以后的拘滞的家庭了，以前如汉乐府里的富贵人家与健妇把门户，皆爽荡高朗得多。自被宋儒的理学拘滞了，才有贾政的迂，家门的角角落落多有藏垢纳污，但宝玉与大观园姊妹们及丫鬟们的美，与凤姐的笑话，皆是生在中国人家才有的。

姚广孝通过保持身心的通透，远离并抛弃了荣华富贵，选择了隐居庙宇。而宝玉脱离这个华丽但"拘滞"的望族家庭，最终选择了出家。《红楼梦》第二十九回贾母等一行到清虚观打醮。观中的张道士就是贾府荣国公的"替身"。而"替身"主要是指舍身出家作僧尼。且张道士见到贾母第一句话就是"无量寿佛"。无怪乎钱锺书认为是"寻常二氏之徒和光无町畦"（《管锥编》）。这与小说开篇就是一僧一道，佛道已然浑融一体照应。这个张道士做荣公的替身，正如当年的姚广孝封为荣国公后，依然佛寺栖身的历史事实。荣宁二府固是满洲大贵族家庭，被不少佛寺道观围绕其周围，其中有些还是家庙：如铁槛寺、水月庵、水仙庵、地藏庵、散花寺、清虚观及天齐庙等。因为满人多信佛教或喇嘛教。贾府中贾敬、王夫人、惜春、贾母、宝玉等都有很深的佛家信仰。小说第二回其实隐写了姚广孝的身影。当日贾雨村被参落职游郭外，信步而至一"智通寺"，见有"身后有余忘缩手，眼前无路想回头"一副对联。他想："其中必有个翻个筋斗来的。"靖难之役若无道衍和尚，朱棣要夺位将会非常困难，这是"筋斗"。雨村入寺后，但见一个"龙钟老僧在那里煮粥"。这个饱经沧桑的"老僧"不正是当年荣国公姚广孝晚年的写照吗？

再次，荣国公这个符号还象征了小说中写的"夺嫡"的故事。第七十五回中秋夜宴，贾赦预言了环哥"夺嫡"袭了荣国公的世职。中土社会是礼教的，但隐蔽的权力斗争从未停歇，诚如张爱玲所言"贾环袭世职，贾琏失去继承权的原因，想必是被凤姐带累"。（《红楼梦魇》）荣国府这样的大家族嫡庶之争一直都是长期存在的。但是，为什么荣国公与"夺嫡"相关呢？因为明代的永乐皇帝朱棣就是靠靖难起兵"夺嫡"登基的。而他身边的两个重要宠臣都追封了荣国公。一个就是道衍和尚姚广孝，另一个就是“骁果善谋画”的大将张玉。两人一文一武，是朱棣夺取皇位的重要功臣。《红楼梦》分荣宁二府，盖为此二人耶。而巧得很的是，清代多流传雍正篡改诏书“夺嫡”的故事。不少红学家索隐小说暗写了雍正夺位之事。索隐末流固然易流于笨伯猜谜。不过，探源和考证文学，以诗证史和以史证诗，这是古代阐释的传统。中国小说一直有以隐射时事和历史以寄托心绪的，这是索隐的根据。譬如卞孝萱以史实考证唐传奇《任氏传》隐写了刘晏、杨炎与元载之间的恩怨。而此传奇表面上是写任氏与郑六和韦崟之间的情感纠葛。然而“唐代文艺作品中，常以男女之爱来比喻政界、科场的知遇”。(《任氏传新探》) 这正如《红楼梦》描述的是宝、黛、钗之间的爱情一样。因此，如果说在红楼表面的情爱缠绵中隐喻了某些历史真相，也是有可能的。至少我们要知道“荣国公”这个符号命名并非随意而来的，它大有深意。

《红楼梦》以“荣国公”的符号介入小说，导致了小说的整个空间飘拂着浓厚的佛家思想。其故事的最终结局就必然“散场”和主人公的看破红尘。这部小说曾经叫《情僧录》，最后定名《红楼梦》就是告诉这么一个人生的真相：繁华是短暂的，散场是必然的。只有解脱，才是生命的觉悟。永乐朝的荣国公姚广孝号“逃虚子”，宝玉最终也是抛妻弃子，“逃之夭夭”做和尚去了。　(张)

华林散去如烟灰——贾宝玉的死亡叙述

胡兰成说中国人对于死亡是“激情而豁达”的，此在宝玉身上可谓引证。《红楼梦》是部伟大的小说，其包含深刻的人生哲理，譬如关于生死。

生死是所有哲学诞生的根源。曹雪芹的死亡观念可以通过对书中主人公宝玉的死亡叙述进行剖析。《红楼梦》的主人公贾宝玉有一种迥异他人的生命意识，特别是其关于死亡“化灰化烟”的愉悦性的叙述。在这个钟鸣鼎食的大家庭中，这种话语透着浓浓的激情和灵性的超脱。如果说“符号是携带意义的感知”，那么，宝玉恬淡而充满想象性的死亡叙述符号则构成他对彼岸世界的一种独特观照。维特根斯坦尝云：“死不是生命的事件，人是没有体验过死的。”（《逻辑哲学》）死是人无法体验的滋味，不过，人们还是可以谈论和叙述着死，通过死亡观念的能指符号获得某种安住。

宝玉自我生命显现是很特殊的。表面上天天沉醉儿女柔乡中，诗酒宴会，无忧无虑，可他居然早早对死亡有一种伤感却喜悦的期待，这在传统中国是很少见的。因为儒家一直否定对任何不可知的彼岸的渴望。在死亡的叙述中，宝玉最倾心于“化灰化烟”的符号想象。他最早说到死后的情景就是“化灰烟”。小说第十九回袭人欲“箴规”宝玉，提出要他今后改正的几件事。宝玉就忙笑道说：

> 你说，哪几件？我都依你。好姐姐，好亲姐姐，别说两三件，就是两三百件，我也依。只求你们同看着我，守着我，等我有一日化成了飞灰——飞灰还不好，灰还有形有迹，还有知识。——等我化成一股轻烟，风一吹便散了的时候，你们也管不得我，我也顾不得你们了。那时凭我去，我也凭你们爱哪里去就去了。

这是小说中宝玉第一次描述他死亡的象征符号“灰烟”。有两点很重要，一是希望在姐妹们未散之前化去。一直到第一百回他听说探春要远嫁，他依然绝望地说：“这日子过不得了！我姊妹们都一个一个的散了……为什么散的这么早呢？等我化了灰的时候再散也不迟。”可见这个心思一直未变。二是描述“化”的过程，即在与身边女儿们相守之后，先化为“飞灰”，因“灰”尚有迹，故再化为“轻烟”，随风散去，无影无踪。这是宝玉对于死亡的“疯话”般的诗意叙述和想象。飞灰和轻烟似乎消解了死亡的恐惧，而产生出对死的欢喜。在整部小说中，宝玉几乎丝毫不避讳关于这种死的话谶，而且常常说得激情满怀，诗意无限，但也暗暗让人心惊。第二十二回宝玉又一次谈到“灰烟”的死亡符号。湘云因黛玉事气恼，宝玉急了说“我倒是为你，反为出不是来了。我要有外心，立刻就化成灰，叫万人践踹!”为表白心迹乃以死去“化灰”为证。由此亦可推测，以“灰烟”化去的死亡观念大概是经常徘徊在宝玉脑海中的，否则他不会常常脱口而出。“宝玉是带着死亡意识去存在的人。”（文一著《红楼梦叙述中的符号自我》）第三十六回他在对袭人批评历来的“文死谏，武死战”后，突然给自己描绘一幅自己死后得到众女儿泪葬的动人画面：

> 比如我此时若果有造化，该死于此时的，趁你们在，我就死了，再能够你们哭我的眼泪流成大河，把我的尸首漂起来，送到那鸦雀不到的幽僻之处，随风化了，自此再不要托生为人，就是我死的得时了。

世间女儿爱哭，故由“千红一窟”的泪水之河让他的尸首漂起来，送到幽僻之地，再“随风化了”。宝玉还是惦记着泪葬后的化去，他似乎急切盼望着这个“死的得时”的“泪葬”的到来，因为他能得到女儿们的泪，因为这些泪，他感觉没有虚度此生，这“化灰化烟”含蕴了多少人世的惘然和伤感呢？宝玉对于如此浪漫的“泪葬”恋恋不舍，此回中他听到龄官和贾蔷的话而痴起来，又对袭人等叹道：

> “我昨晚上的话竟错了，怪道老爷说我是‘管窥蠡测’。昨夜说你们的眼泪单葬我，这就错了。我竟不能全得了。从此后只是各人各得眼泪罢了。”袭人昨夜不过是些玩话，已经忘了，不想宝玉今又提起来，便笑道：“你可真真有些疯了。”宝玉默默不对，自此，深悟人生情缘，各有分定，只是每每暗伤“不知将来葬我洒泪者为谁?”

宝玉虽悟得“人生情缘各有分定”，但内心还是盼望死后有泪葬的知音（洒泪者）。如果说宝玉对袭人和湘云说的“化灰化烟”以及“泪葬”还较温情和浪漫，如一个性情中人的幻梦。那么，他在第五十七回对紫鹃的叙述则说得很沉痛。值紫鹃情辞试宝玉后，他对黛玉定亲之事很敏感。

又将“灰烟”死亡叙述想象到极致：

> 一面说，一面咬牙切齿的，又说道：“我只愿这会子立刻我死了，把心迸出来你们瞧见了，然后连皮带骨一概都化成一股灰，——灰还有形迹，不如再化一股烟，——烟还可凝聚，人还看见，须得一阵大乱风吹得四面八方都登时散了，这才好！”一面说，一面又滚下泪来。

在这里，宝玉又一次详细描绘了他的死亡的过程：死—灰—烟—散。死亡的叙述呈现了递进式的逻辑推进，从有形的灰烟终至无影无踪消失于人间。这种死后极致的自我符号显现了宝玉心灵的绝望。也许是他预感到和黛玉的悲剧结局，故死亡的叙述已经不是欢欣而是透着绝望，灰散烟吹，自我彻底消失。“我立刻死了”看似轻生其实是留恋。不过当紫鹃表示只是担心林姑娘时，沉痛立即又变得喜悦：

> 宝玉笑道：“原来是你愁这个，所以你是傻子。从此后再别愁了。我只告诉你一句趸话：活着，咱们一处活着，不活着，咱们一处化灰化烟，如何？”

这里的特异处和前几次颇不同。先前他的“化烟化灰”所指不过是自己，现在却谈到黛玉和其他女儿“一起化灰化烟”。这就是宝玉“化灰化烟”死亡叙述符号能指的最终所指之意。一方面既是宝玉对爱情的忠贞的相喻，同时也将死亡在嬉笑间成为一种趣味的玩话。他对林黛玉就说得很直接了，因为他的生命存在的意义是以黛玉之生为前提的。

宝玉“化灰化烟”的死亡符号叙述在全书中出现多次，其所蕴含的意味非常值得探讨。既然“心智的生命以符号为基础”，这种特殊的死亡符号叙述自然与宝玉的死亡心态和想象密切相联系（迪利《符号学基础》）。因此，关注宝玉特殊的死亡表述固然重要，但深度挖掘内中因缘，即此种死亡符号出现的复杂原因和个体自我对死亡的独特领悟就显得更为重要了。胡兰成惊讶于中国人对于死亡的态度是“豁达而激情”的（《中国的礼乐风景》）。宝玉倾心于“化灰化烟”的死亡叙述既和他的符号自我——其独特性情有很大的关系，也和《红楼梦》的理想世界的构思密切相关。

两者组成宝玉独特的死亡愉悦心态。宝玉的死亡符号首先是他个体性情的反映。他出身不凡，是“衔下一块五彩晶莹的玉来”的贵公子。既生而不凡，故行为话语皆脱俗超拔尘世。这是他的禀赋和天分，更是其符号自我的先天文化之气。如《西江月》词之明贬实褒的“无故寻愁觅恨，有时似傻实狂。行为偏僻性乖张”等。宝玉心灵符号自我的形成是很独特的。他从小被史老太君宠爱，生活在锦衣玉食之中。长于贵族红楼，养于妇人之手，又长期游戏于少女堆中，遂成就了他灵气与痴性的凝聚。因为他从小就和身边的脂粉丫鬟相处，对女儿钟爱体贴，得“怡红公子”之号。他喜欢“调脂弄粉”，常和丫鬟们一起“淘漉胭脂膏子”，因此染上“吃人嘴上的胭脂”的嗜好（第十九回）。宝玉还有一个“爱红”的毛病，书中未详叙，大概喜欢穿女儿红装吧。他看得太多了，叙述世间女子的变化也最透彻：

> 女孩儿未出嫁，是颗无价之宝珠；出了嫁，不知怎么就变出许多的不好的毛病来，虽是颗珠子，却没有光彩宝色，是颗死珠了；再老了，更变得不是珠子，竟是鱼眼睛。

宝玉死亡叙述的对象绝不仅是自己的，也针对身边的女子。女子如水之灵气透净陶冶了他的气质。故只有面对女儿们，他才有一种期待死亡的喜悦和灵性表达。宝玉虽托身这样的“诗礼簪英”的大家，生活悠裕，然却属于体质柔弱之人，这种体质的人一般都有一颗至情至性的温柔心灵。第六十四回叙述宝玉夏日饮茶习惯：

> 说着，芳官早托了一杯凉水内新湃的茶来。因宝玉素昔秉赋柔脆，虽暑月不敢用冰，只以新汲井水将茶连壶浸在盆内，不时更换，取其凉意而已。

书中写到他“禀赋柔脆”的地方还很多，如第十三回秦可卿死了，他便“心中似戳了一刀的不忍，哇的一声，直奔出一口血来”。这样柔弱的身体，心灵必然是极其敏感细微的。他是贾府中男人唯一有“兜花葬水”举动的。他的“无事忙”就是对女儿们的体贴入微与“做小俯低”的细心伺候。宝玉长期生活在女儿堆中，但并未成为冷子兴所说的“色鬼”，却成为闺阁中良友，脂粉堆中的知音，这就是第二回贾雨村说的“聪俊灵秀之气，则在万万人之上”，“若生于公侯富贵之家，则为情痴情种”。小说中曾谈到他的“意淫”，则是其情痴的象征，而其化灰烟的死亡符号未尝不是这种情痴般爱欲的升华活动，英国性学家蔼理士云：

在性心理学范围，所谓升华包括两点，一是生理上的性冲动力，或狭义的“欲”，是可以转变成比较高尚的精神活动的一些动力，二是欲力既经转变，就不再成为一个急迫的生理上的要求。这样一番转变，虽非不可能，却是不容易的，也不是亟切可以期望成功的，并且也许不是人人可能，而只有少数神经组织比常人为细腻的人才真正可能。（潘光旦译《性心理学》）

宝玉恰好就属于“少数神经组织比常人为细腻”这一类人物。贾府中除了宝玉，没有第二个人有真正生命意识的思考，更勿论对死亡有如此超脱的表述。他读书奇特，虽然也读“四书”这样的正经书。但却专好奇书杂笔。小说中尝借宝钗之口谓其“杂学旁收”。这些“杂”塑造了他独特的痴情性灵。大观园题诗，他的诗就比那些头巾气的清客们好多了。他又特别喜欢佛道之书，尤其浪漫的《庄子》，常常细读玩味。《庄子》至乐篇中庄周对待死亡“鼓盆而歌”的喜悦态度对宝玉肯定产生了暗示。（余英时说他“最喜欢的古人是阮籍，最喜欢的古籍是《庄子》。见《曹雪芹的反传统思想·红楼梦的两个世界》）而其“察其始而本无生，非徒无生也，而本无形，非徒无形也，而本无气”的生命哲学与宝玉化“灰烟”而无迹的想法确有相通之处。庄子是春秋时代最有灵性的文人，《养生主》篇以“适来适去”的“安时处顺”态度看待死亡，而宝玉亦将死亡视为愉悦的解脱，他是“无成于毁，似悲实喜”。（胡兰成《禅是一枝花》）

其次，“化灰化烟”的死亡叙述符号还蕴含了对大观园这个理想的干净园地的留恋和追求，即达到与女儿们的“共生共死”。（李劼《论红楼梦：历史文化的全息图像》）按照余英时的说法。《红楼梦》写了两个相互联系的世界。一个是肮脏的现实世界，一个是乌托邦式的理想净土。大观园的女儿世界正是这个理想的代表。宝玉满怀激情地展开死的想象叙述，正是这种理想的涅槃：

> 这样的死，不但不是理想世界的幻灭，而且恰恰是理想世界的永恒化。因为只有如此，才真正彻底的干净，再无被现实世界污染的危险。第二十二回黛玉为宝玉的禅偈续上两句："无立足境，是方干净。"作者的深意是值得我们细心体会的。(《红楼梦的两个世界》)

"干净"是这个理想世界的象征符号，对于宝玉的死亡叙述有着重要的启迪和塑造。第二回宝玉曾说过"女儿是水作的骨肉，男人是泥作的骨肉。我见了女儿，我便清爽；见了男子，便觉浊臭逼人"。学者们长期一直没有真正理解这句话，但是如果站在理想的净土乐园这个角度看，就很容易明了。大观园的女儿世界是干净的，闺阁之外的"男人世界"是"浊臭"的，甚至那些"文死谏，武死战"的也不过是"浊气"之涌而已。因此，寻找一方干净世界，留恋此净土乃是宝玉的自觉意识，与女儿们一同干净地死去或自己干干净净地化去。《红楼梦》中宝黛二人一体"遥遥知意"，而黛玉《葬花词》中名句"质本洁来还洁去"，正好指引我们进一步认识宝玉死亡心态的路标。第二十三回宝玉遇见黛玉葬花：

> 宝玉一回头，却是林黛玉来了，肩上担着花锄，锄上挂着花囊，手内拿着花帚。宝玉笑道："好，好，来把这个花扫起来，撂在那水里。我才撂了好些在那里呢。"黛玉道："撂在水里不好。你看这里的水干净，只一流出去，有人家的地方脏的臭的混倒，仍旧把花遭塌了。那畸角上我有一个花冢，如今把它扫了，装在这绢袋里，拿土埋上，日久不过随土化了，岂不干净。"

"随土化了，岂不干净"乃是黛玉宁愿葬花而不愿花随流水遭污的重要原因。所谓"一抔净土掩风流"。"随土化了"不也是化为烟灰吗？宝玉也怕将落花践踏了，故"抖在池内"。但黛玉则欲更彻底地使其干净。在《红楼梦》中只有黛玉说了与宝玉相似的"化了"的话，这并非偶然的。

甚至宝玉的死亡想象或许也是受到了黛玉的暗示，也未可知，两人确是前世的知音。葬花虽是明代唐寅的发明，但黛玉的想法却是“土化”不留痕迹，这就超越了前人。宝玉的死亡心态也同样如此。所以他很欣赏《寄生草》词的“赤条条来去无牵挂”的干净。黛玉续其禅偈有“无立足境，是方干净”之语可谓“化灰烟”的最好注解。

再次，死亡灰烟的叙述是宝玉对繁华不能持久的言说和预感。宝玉的死亡话语看似洒脱，但骨子里是悲凉，绝望的悲凉，并没有完全摆脱死亡的焦虑。第二十八回他听到黛玉唱《葬花吟》就“恸倒山坡之上”。不过他不是恐惧死亡本身，而是忧心大观园女儿们的“斯处、斯园、斯花、斯柳”也必然要随着无法逃避的死亡的逼近而消失。这是对繁华必不能持久的忧愁突然上身。因此他的性情“只愿常聚”，同生共死，不愿一刻分离。若不能如此，则宁愿死在姐妹们的前面，让她们泪葬了他，而他则化灰烟而去，永久保留那份理想和纯真的气息。如胡兰成所云：“有的只是满满的浩然之气，像贾宝玉对眼前诸人都是难舍难分，只愿相守到他死了，化为飞灰，然后可不管了，化为飞灰尚有痕迹，要化为一股气，吹得无影无踪。”（胡兰成《中国文化学史话》）这恰是“落了片白茫茫大地真干净”的真意。宝玉前世乃一石头，被空空道人携入红尘，本是人世间的过客，故不留行迹于浮尘中。他的无影无踪的死亡标记就是一种诗意栖居后的灵性想象。因为“历史的消息有灵气”，它决定了宝玉对于死亡符号的叙述和选择。他最后的出家其实也基本完成了这个宿愿，他终于隐肉身于人间了。

虽然宝玉有这种化灰化烟的不留行迹的死亡预想，然而他似还不能彻底忘情人间。如他还说死后给黛玉驮一辈子碑，生命在这个寻找的过程中，宝玉才有了去得干净的“化灰化烟”的死亡符号。它使生命成为艺术，这是宝玉死亡符号的内涵，他希望永远守住这份灵性的生命和纯净的乐土。皮尔斯所说的“没有生命就没有符号”对于宝玉的人生是再恰当不过了（《论符号》）。宝玉“化灰化烟”的浪漫激情象征了他对于死的豁达的自觉及对传统的死亡文化表述的某种突破，它的文化价值何在？这是一个非常值得探讨的问题。“《红楼梦》写贾府人家就是一个人世的风景，但已是宋儒以后的拘滞的家庭了。”（胡兰成《中国礼乐风景》）“化灰化烟”的死亡叙述对于宝玉而言，是对这种“拘滞”的摆脱，“直视骄阳”，从而寻找生命的灵性意义。尽管考察中土的死亡文化，这种“化灰烟”的意识并非曹雪芹首创，但依然使小说闪烁着文化的光芒。宝玉化“灰烟”而去，符号所指对着伦理家庭传统的背离，意味着他“拒绝生产，选择断子绝孙，‘空对着，山中高士精莹雪’”。（李劼《论红楼梦：历史文化的全息图像》）这在传统社会可谓罪不可赎的。《红楼梦》中贾母这个享福人象征着中国世俗所艳羡的子孙满堂，宴会游玩，福禄寿全。贾敬的修道则表现着中国道家希图肉体长生不老，从容享受食色之乐的不死的理想。贾政逼宝玉获取功名，则代表儒家士大夫阶层对于获取功名利禄的人生最高理想的希冀。但宝玉的化灰烟则使得这福（多子多孙）、禄（功名富贵）、寿（长寿）的三大幸福都消失了。同时，“化灰化烟”的死亡准备与中国人千方百计包裹和保留死者躯体的习俗相背，李劼分析得最好：

> 因为渴望身体的永恒，列祖列宗的价值共在和子孙满堂的天伦之乐便构成中国人的血缘宗教和伦理道德。既然身体的永恒和血缘的绵远是不死的象征，那么延年益寿和生儿育女就不啻是伦理的规范，而且还是心理的自觉。（《论红楼梦：历史文化的全息图像》）

中国文化一方面重生避死，但又宣扬忠臣的愚忠和烈女的烈死。而宝玉的死亡准备对这个也抛弃了，第三十六回他就批判了那种“浊气一涌”只顾“邀名”，“图汗马之劳”的“文死谏，武死战”，谓之“皆非正死”。“人谁不死？只要死得好。”在宝玉心中，所谓“好”的死就是能够和如水般的女儿们相处一世，服侍她们，然后干干净净地“还洁”化灰烟而去。以此而言，宝玉的死亡话语是冲决罗网的了。小说最后，他果然悬崖撒手，隐身红尘。如果说“文化是一种惯例”，（《维特根斯坦笔记》）那么宝玉的死亡叙述就是对这种惯例的打破了。

中国文化本就一直讳谈死亡，死亡一直隐藏在阴暗的角落，中国人的墓地是与活人隔离的。死亡的话语叙述也一直没有真正进入思维和文学领域。除了庄子，先秦诸子敢于谈“死”者很少。孔圣一句“未知生，焉知死”，（先进篇）就理性地回避了人间的最终真相。而《红楼梦》却通过宝玉的死亡言说，重续了传统文化河流中的死亡符号。这是明清小说中的第一部。前面的《金瓶梅》、《水浒传》、《姑妄言》等均未能达到如此境界。庄子喜论生死，并以生为赘死为乐。如其《至乐》中髑髅所言之“南面王之乐”。庄周“无生，无形”之谈与宝玉的飘渺叙述差相似，但毕竟无化灰化烟之谈。且后之道家追求肉体的修炼成仙，恰与化灰烟相反。“灰烟”即空，此种死亡意识似更受到佛家的启发，盖佛徒本以“身心皆为幻垢”为本（《圆觉经》卷上）。死后火葬，本就有“诸幻尽灭”之象。尤其《圆觉经》所言之“得无所离，即除诸幻。譬如火两木相因，火出木尽，灰飞烟灭”。“诸相犹如虚空”等。“灰飞烟灭”则诸幻皆离，宝玉希望不留痕迹，也就是不留人世的幻象之意，达到佛家“生死涅槃，犹如昨梦”之境界（《圆觉经》）。这恰是整部小说的解脱之道。小说第一回空空道人的“因空见色”就是用《心经》“色即是空，空即是色”的“五蕴皆空”之说（《心经》）。“空”是整部《红楼梦》“大旨谈情”背后的符号所指。第五回宝玉游太虚幻境至迷津，警幻就曾告诉他“中无舟楫可通，只有一个木筏，乃木居士掌舵，灰侍者撑篙，不受金银之谢，但遇有缘者渡之”。此处的“木掌舵”和“灰侍者”既是《圆觉经》“木尽灰飞”之喻，亦如《庄子》“形如槁木，面如死灰”之比。“灰烟”即是“空”之喻。宝玉的死亡叙述既是对肉体的抛弃，同时也是对尘世的绝不留念。不过，化灰化烟的叙述对佛教亦有所发扬，佛经以“解脱”为根，“火葬”是烧去三世之业，但毕竟未将死亡作为生命的滋味来咀嚼，且此种体验由对女儿们之情而种下，此乃宝玉所独有。且佛教徒尚追求金身、舍利子这些“有形”的痕迹，而宝玉的死只是逝如灰烟了无痕，这是超越佛家的。可谓“非儒非道非释非耶稣基督，端端是前无古人后无来者，古今中外独一无二”！

（王蒙《红楼启示录》）《西江月》称其“似傻似狂”，其实他的“疯话”均是正话，伤痛之极语。而其愈是富有想象性，则愈蕴悲凉。化灰化烟不留痕迹于世间，固然豁达，然其内囊却是绝大的悲哀。也许只有鲁迅绝笔语“忘记我，管自己的生活”的话能够作为宝玉死亡疯语的最好解释。宝玉知道他只不过是这个浊世的过客罢了。

鲁迅所谓《红楼梦》出来后，“传统的思想和写法都打破了”。（《中国小说的历史的变迁》）勿论此话正确否，然贾宝玉关于死亡的叙述却是打破了传统的。几乎没有哪部作品像《红楼梦》般以主人公的身份缠绵执着于叙述死亡。中国文化哲学一直缺乏正视死亡的勇气和气魄。但是《红楼梦》跳过了藩篱，它通过贾宝玉的死亡叙述，在传统文化中注入了新的生命。这部小说诞生于乾隆盛世。但那并非一个健康的社会，腐朽之气已经在紫禁城的夕阳中飘荡，尽管宝玉不知出路在哪？但“对死亡的熟思也就是对自由的熟思。谁学会了死亡，谁就不再有被奴役的心灵，就能无视一切束缚和强制”。（《蒙田随笔全集》上册）

宝玉的死亡灰烟的叙述对后世文学亦有较大的影响，如民国朱湘的诗《葬我》。前两段是葬我于“荷花池”与“马樱花下”。诗境意境很美了，但诗人犹不满意，最后却吟道：“不然，就烧我成灰，投入泛滥的春江，与落花一同漂去，无人知道的地方。”这就是完全袭用了《红楼梦》宝玉的化灰烟的浪漫了（维特根斯坦《逻辑哲学》）。所以“死亡”的叙述永在路上，“灰烟”化去固然不留痕，但并不会真正的消失，它依然跳动在追寻人生意义的人们心中，它比那些有形之物器还要永久，永久！（张）

薛蟠形象的文学来源

薛蟠是《红楼梦》中著名的“呆霸王”。出场不多，但却多笑料。因系金陵一霸，常常仗势欺人。第三回他打死冯渊，第八十五回他又伤人性命，然而赖贾府和薛家的势力，贿赂官员，都逃过了惩罚。他虽是小说中的次要人物，但在小说中却能给人较深印象。单就明清小说人物的继承和演变而言，薛蟠这个形象有一定的文学来源。这个人物大致融合了《姑妄言》中的聂变豹，《姑妄言》中的童自大，《西游记》中的猪八戒。

首先薛蟠富豪之势和恶霸行径颇像《姑妄言》中的聂变豹。聂变豹在小说中是苏州一霸：

> 那时城中有个财主，姓聂名变豹，生性淫恶。他有个妹子嫁在京中一个皇亲家为宠妾，他倚势行凶，把持官府，无恶不作。纳了一个监生名色，同这知县衙官分庭抗礼，眼空一世的样子，人人侧目。虽有一个理刑要拿他，但这苏州钦差来的织造，并驻防太监出京时，那皇亲谆谆之嘱托护庇他。那时太监的威势，虽抚按也不敢得罪他，何况以次官员。他因有此靠山，所以更横行无忌。杀人性命如草菅，占人妻女如囊寄。乡人皆恶之，就把他的名字同音而改，都称他为孽便报。（第六回）

聂变豹算得上是皇亲，有宫中太监为靠山，遂得称霸一方。薛蟠亦是一个皇商，其家族势力大。舅舅王子腾是京营节度使，其姨是荣国府贾政的夫人，富甲金陵。所谓“丰年好大雪，珍珠如土金如铁”。家中有“百万之富，现领着内帑钱粮，采办杂料”。薛蟠本是书香续世之家，但因母亲薛姨妈的自小娇纵，愈变得奢傲。聂变豹有一妹子为皇亲家宠妾，而薛宝钗也尝入京“待选”。聂变豹是个十足的淫棍，“既贪女色又慕男风”。薛蟠在这方面亦不遑多让。第二十五回看见林黛玉“风流婉转，已酥倒在那里”；他不仅强夺民女为妾，还有“龙阳之兴”。将荣府私塾中的“香怜”和“玉爱”两个学生弄到手中。后来还曾调戏柳湘莲。聂变豹后被铁按院处死。薛蟠命运却要好些，虽又犯法打死人，最终被赦免。

其次薛蟠、宝玉的呆气和懒惰、好色等大概融合了《姑妄言》中的童自大与《西游记》中的“呆子”猪八戒。《姑妄言》常常提及呆，如第十五回说人是“老呆”，说长舌妇是“呆老婆”等。四大家族中号称“童百万”的童子大也是个呆财主。被称为“蠢蠢然一个痴肥财主”。这样的身材与薛蟠颇像。他是呆得有几分可爱的。书中有一回这样描述：

> 童自大道：“哥既这样说，我就坐鼓楼上一交栽下来，直滚到北门桥，脸上的油皮儿也没有塌一点，还拾了一个大钱。”宦萼道：“这话是怎么讲?”童自大笑道：“哥不懂得这市语么？这叫做老脸大发财。你们听我唱：姑娘姑娘生得俏，头戴骨姑帽。腰里拽把草，肚里娃娃叫。遇着大鸡巴，肏得他两头跷。”（第十回）

这种俚俗极了的唱词不正是《红楼梦》薛蟠的“女儿乐”吗？童自大早年极为吝啬可笑，不过后来改邪归正，“蠢人有蠢福”，活到了一百多岁，差似半仙。薛蟠两次打死人，居然都能幸免于难。他调戏柳湘莲，后来悔悟，反与之结为兄弟。虽娶河东狮金桂，可是后来妒妻害人害已，反让香菱扶正，也算个福人了。

猪八戒是《西游记》中的经典形象，且是明代小说，因此《姑妄言》中的呆子也承袭了八戒的特色。八戒形象的“经典”是因为自大闹天宫之后，孙悟空的戏已然有些乏味，而呆气憨厚的猪八戒却隐隐成为取经道路上不可缺少的一味笑料。猪八戒和薛蟠之间确实有相近之处。譬如二人的相貌和性情特质相似。《西游记》中高老讲述八戒的相貌和气质：

> 初来时，是一条黑胖汉，后来就变做一个长嘴大耳朵的呆子，脑后又有一溜鬃毛，身体粗糙怕人，头脸就像个猪的模样。食肠亦甚

大。（第十八回）

这段描述的关键词是“黑胖汉”和“呆子”，恍如《红楼梦》“呆霸王”薛蟠的写照。薛蟠是纨绔子弟，“黑”大概不够，但“胖汉”是肯定具备的。“圆胖”在中西方一直都是呆的形象。猪八戒出身不凡，是天蓬元帅下凡，而薛蟠亦是金陵世家的薛家。八戒的懒惰和笨拙是出名的。《西游记》有诗云：“自小生来心性拙，贪闲爱赖无休歇。不曾扬性欲修真，混沌迷心熬日月。”（第十九回）这里说的“混沌”心态恰好符合薛蟠和八戒。薛蟠的一生就是浑浑噩噩的。其懒惰很有名。他因是“独根孤种”，薛姨妈又从来“溺爱纵容”，故“五岁上就性情奢侈，言语傲慢。虽上过学，不过略识几个字，终日惟有斗鸡走马，游山玩水而已，一切经济世事，全然不知”。（第四回）《西游记》里自八戒出世，一直不断强调其呆性。八戒脑筋转得慢，高才说他是“呆子”；八戒吃得多，悟空常常嘲讽其为“那馕糠的夯货”；八戒力气大，书中说“那呆子有些夯力”。第二十五回悟空叫八戒伐柳树，“那呆子有些夯力，走了去，一嘴一颗，就拱了四颗”。《红楼梦》叙述“呆”的地方不少，除了薛蟠，宝玉也以“呆”著名。譬如贾母就说他有个“呆根子”。第五十七回有一段文字描述其呆堪为绝佳图画：

> 宝玉见了这般景况，心中忽浇了一盆冷水一般，只瞅着竹子发了一回呆。因祝妈正来挖笋修竿，便怔怔的走出来，一时魂魄失守，心无所知，随便坐在一块山石上出神，不觉滴下泪来。直呆了五六顿饭工夫，千思万想，总不知如何是可。偶值雪雁从王夫人房中取了人参来，从此经过，忽扭项看见桃花树下石上一人，手托着腮颊出神，不是别人，却是宝玉。雪雁疑惑道：“怪冷的，他一个人在这里作什么？春天凡有残疾的人都犯病，敢是他犯了呆病了？”

小说中描绘宝玉之“呆”还有不少。如龄官墙内画“蔷”字，宝玉墙外看得呆了，下起雨来亦不自知，还提醒墙内之人。书中还有个“石呆子”，拒绝贾赦的高价买扇子。让大观园掀起波澜还有一个著名的傻大姐，她被唤着“呆大姐”，贾母喜欢她爽利便捷，闷时逗引她取笑。这些似乎都受到《西游记》猪八戒“呆子”的话语影响。不过，薛蟠和八戒还有一个重要的相似之处，就是都有点憨厚天真的性情。孙悟空变成高小姐试探问他的来历。八戒坦白地说：“我家住在福陵山云栈洞。我以相貌为姓，官名叫做猪刚鬣。”连悟空都不禁暗喜道：“那怪却也老实，不用动刑，就供得这等明白。”八戒在高老庄，虽是食量大，但主要是因为容貌丑陋为高老所厌。他自己说的“我也曾替你家扫地通沟，搬砖运瓦，筑土打墙，耕田耙地，种麦插秧，床架立业”。（第十八回）这倒是事实。取经路上，挑行李的也有八戒。这些都是他的“夯”处。不过，八戒呆中也有滑头之处，如悟空打死白骨精，本来唐僧已经消气，八戒却在旁边说悟空用了“障眼法”，鼓动师傅念紧箍咒。而薛蟠这个呆霸王虽有诸多恶习，然也有可爱之处，特别是他的呆气和真率。书中虽说他“心直口快”，其实也有点八戒式的滑头。如第二十六回他为骗宝玉出来，谎称是老爷要见他，唬得宝玉如雷打一般出来，也顾不得别的，疾忙回来穿衣服出去。书中描述薛蟠的呆气颇为精彩：

> 转过大厅，宝玉心里还自狐疑，只听墙角边一阵呵呵大笑，回头只时，见是薛蟠拍着手笑了出来，笑道：“要不说姨夫叫你，你哪里出来得这么快。”

这时的薛蟠真可谓天真无邪。一阵“呵呵大笑”还“拍着手”，还躲在“墙角边”，完全是一副无邪的顽童行乐图。难怪清人评点说薛蟠天性中尚有“天真烂漫，纯任自然”的一面（涂瀛《红楼梦论赞》）。他接下来给宝玉介绍古董行的程日兴送的生日礼物，话语好似小孩。“这么粗这么长粉脆的鲜藕，这么大的大西瓜，这么长的一尾新鲜的鲟鱼，这么大的一个暹罗国进贡的灵柏香薰的暹猪。”这种语言惟有薛蟠说出让人莞尔。两个“长”，两个“大”，特别是“这么大的大西瓜”，将不学无术的薛蟠呆气形容殆尽。第二十五回宝玉和凤姐被魔法厌胜，薛蟠的“忙相”着实有趣：

别人慌张自不必讲，独有薛蟠更比诸人忙到十分去：又恐薛姨妈被人挤倒，又恐薛宝钗被人瞧见，又恐香菱被人臊皮——知道贾珍等是在女人身上做功夫的，因此忙得不堪。

三个“恐”字将薛蟠之呆貌傻气说得甚妙。薛蟠名声不好，不好的事经常会摊在他的头上。宝玉被打后，众人皆猜度是薛蟠调唆的，其实这次却不是他做的。宝钗和薛姨妈责备了几句，他争辩不能，急起来，抓起门闩要去把宝玉打死，被薛姨妈一把抓住，“急得眼似铜铃一般”。第二十八回薛蟠与宝玉、冯紫英和云儿等行悲、愁、喜、乐的酒令，他虽胸无点墨，尽显草包相，但也不禁憨态可掬：

薛蟠道：“我可要说了：女儿悲……”说了半日，不见说底下的。冯紫英笑道：“悲什么？快说来。”薛蟠登时急得眼睛铃铛一般，瞪了半日，才说道：“女儿悲……”又咳嗽了两声，说道：“女儿悲，嫁了个男人是乌龟。”众人听了都大笑起来。薛蟠道：“笑什么，难道我说的不是？一个女儿嫁了汉子，要当忘八，她怎么不伤心呢?”众人笑得弯腰，说道：“你说得很是，快说底下的。”薛蟠瞪了一瞪眼，又说道：“女儿愁……”说了这句，又不言语了。众人道：“怎么愁?”薛蟠道：“女儿愁，绣房撺出个大马猴。”众人呵呵笑道：“该罚，该罚！这句更不通，先还可恕。”说着便要筛酒。宝玉笑道：“押韵就好。”薛蟠道：“令官都准了，你们闹什么！”众人听说，方才罢了。云儿笑道：“下两句越发难说了，我替你说罢。”薛蟠道：“胡说！当真的我就没好的了！听我说罢：女儿喜，洞房花烛朝慵起。”众人听了都诧异道：“这句何其太韵?”

除了真率呆气，薛蟠和八戒气度也颇大。《西游记》中孙悟空在高老庄降伏八戒，破坏了他的婚事，八戒成为悟空师弟，一道辅助唐僧取经。取经路上，八戒挑着行李，不辞辛苦，有时还要助悟空除妖，这与薛蟠因调戏柳湘莲被打吃泥水，后来却不计前嫌与湘莲结拜为生死兄弟，情节上颇有相仿之处。薛蟠好色，八戒亦然，且有过之而无不及。《西游记》说猪八戒投胎人间是因为醉酒后调戏嫦娥，书中描述是“逞雄撞入广寒宫，风流仙子来相接。见他容貌挟人魂，旧日凡心难得灭。全无上下失尊卑，扯住嫦娥要陪歇。……色胆如天叫似雷，险些震倒天关阙。”（第十九回）而薛蟠出世也是因为看上香菱的美貌，强夺打死人。取经路上，八戒是最不坚定的，时常露出凡心色胆。如其离开高老庄时还对高老说：“你好生看待我浑家：只怕我们取不成经时，好来还俗，照旧与你做女婿过活。”第二十三回“四圣试禅心”。八戒是唯一愿招为女婿的，连丈母娘都想要。

薛蟠形象的文化原型出于《西游记》中猪八戒的影响绝非一种索隐和猜测。因为《西游记》对《姑妄言》和《红楼梦》的影响均是颇深的。《姑妄言》多处说到《西游记》，如第十五回说“除非向傲来国花果山水帘洞孙行者处拿了分身妙法。咦，阳物变做金箍棒，把你们这些陷空山无底洞全部捣塌。”《红楼梦》第一回说空空道人访道求仙，见大荒山无稽崖青埂峰下，一大石头上有字。空空道人从头一看，“原来就是无材补天，幻形入世，蒙茫茫大士，渺渺真人携入红尘，历尽离合悲欢炎凉世态的一段故事”。这里的“茫茫大士渺渺真人”其实是从《西游记》而来。该书第一回有诗云“混沌未分天地乱，茫茫渺渺无人见”。第十八回又有诗云：“起初时微微荡荡，向后来渺渺茫茫。微微荡荡乾坤大，渺渺茫茫无阻碍。”《西游记》非常喜欢用“渺渺”和“茫茫”这两个词。《红楼梦》形容凤姐，亦多用“猴儿”。薛蟠因调戏柳湘莲被打一节也似模拟《西游记》中悟空高老庄打八戒一回。而呆霸王被发现时“面目肿破，没头没脸，遍身内外，滚的似个泥猪一般”，可谓与八戒遥遥相应了。

清代以来文人对于《红楼梦》与《西游记》之间的联系，早有注意。如张新之尝说“《红楼梦》脱胎在《西游记》”。（《红楼梦读法》）盖非虚言。梦痴学人云：“《红楼》义旨，全仿《西游》，语类禅机，颠倒错综，变换百出，最难通晓。”（《梦痴说梦》）此外，曹去晶的《姑妄言》亦受《西游记》很大的影响。《红楼梦》薛蟠的形象渊源皆与此两部小说相关，亦非偶然，其中的玄机，还有待探索。　（张）

晴雯“调歪”的人生悲剧

《红楼梦》第七十八回，抄检大观园后，王夫人有一天来给贾母晨省问安，见贾母高兴。就乘机说了晴雯之事。王夫人平日寡言少语，但这次却很会说。一上来就先说晴雯的毛病，分外淘气，也懒，近来又得了女儿痨，就顺理成章地决定“赏他家配人去也罢了”。试问一个丫头平日里就不听话，不干活，且又病了，荣府岂能容这样的婢女。然后王夫人又说到把学戏的女孩子也放出去了。贾母倒不在意那些小戏子，当下只是有点可惜走了晴雯。便委婉地说：“但晴雯那丫头我看他甚好，怎么就这样起来。我的意思这些丫头的模样爽利言谈针线多不及她，将来只他还可以给宝玉使唤得。谁知变了。”

晴雯服侍过老太太，贾母是很满意的，所以当初给了最疼爱的孙子宝玉做丫头，也是将来收做屋里人的意思。王夫人如此先斩后奏其实让贾母略感不快，但王夫人毕竟是宝玉的母亲，不好干涉，故只能表示了点惋惜之情，亦无可奈何。王夫人是早铁了心赶晴雯，因为这个丫鬟极不符合她的审美观。王夫人自己相貌本一般，她是个金陵王家的世家淑女，嫁给贾政当正妻，靠的是显赫之家世。但贾政内心却一直喜欢从小服侍他的赵姨娘和周姨娘，所谓“妻不如妾”。赵氏还生了一男一女。王夫人遵守传统的女德，容忍小妾，顺从丈夫。但内心从此对妖媚之女人很不爽，特别是中年后贾政基本上都是由赵姨娘侍寝。王夫人就更讨厌貌好聪慧之女。她特别喜欢笨笨的长相一般的老实人。她身边的大丫鬟彩霞就是一个有名的“老实人”。她自己也被贾母赞为“木头似”的老实人。接下来，王夫人这样给贾母解释逐晴雯的原因：

老太太挑中的人原不错。只怕他命里没造化，所以得了这个病。俗语又说，“女大十八变”。况且有本事的人，未免就有些调歪。老太太还有什么不曾经验过的。三年前我也就留心这件事。先只取中了他，我便留心。冷眼看去，他色色比人强，只是不太沉重。

第一句话是安慰下老太太的。所谓“没造化”等都是托词，此段话重心却是“调歪”，调什么歪，最后说“不太沉重”相当于注释。那么“调歪”在这里的含有张狂、嚣张和轻佻之意，即王夫人最痛恨的晴雯“装狐媚子”诱惑爷们之事。“歪”是由“不正”组成的字，亦含有使坏、不正经、悖逆正统等味道。《汉语大词典》的解释是“依恃才能故意作难”，更符合这个语境的内涵。晴雯在怡红院是最有才情的。王夫人接下来赞美袭人“沉重知大礼、行事大方、心地老实”等，都是“调歪”的反面。那么晴雯“调歪”就包含了不守礼仪、不稳重、不老实等贬义。这个词小说里出现仅两次，小说第六十八回亦有“吃醋调歪”的话语。

晴雯是黛玉的影子，她是“心比天高，身为下贱”。她平日的行为确有“调歪”之嫌，譬如平儿送给她的外号就是“暴炭”，可见其脾气不好。林语堂说得更透：“晴雯坏处，在其野嘴烂舌。”“烂舌”指其说话厉害。书中有不少地方描述其打骂小丫鬟，比主子还严厉，常常声称要撵走她们。谁知道爱撵人者自己也被撵走了。晴雯是怡红院排第一的大丫鬟，才貌双全，对宝玉又是忠心耿耿。但在荣府久了，享受多了，受宠太厚，渐渐就有了半个主子的傲然，所谓“副小姐”的架子就摆了起来。这就是“调歪”嚣张了，如撕扇子为一笑等，这些都是有违奴才身分的，最易遭人嫉恨。当她被逐出荣府，除了宝玉，上上下下几乎没有人同情她。所以，晴雯的教训就是无论一个人多么优秀，要低调些，柔软些，不要“调歪”。

既有天真烂漫的孤高又常表现出以主子自居的蛮横和娇嗔的“晴雯人格”很明显具一定的有分裂性，这既是对等级制度的自觉维护，同时也是对等级秩序的一种大胆的越界，即违背了她的奴婢的身分。要理解这样的矛盾性格，就必须先察一下晴雯的生世和她在贾府的特殊生存状况。晴雯十岁被赖嬷嬷带进贾府，“贾母见他生得伶俐标致，十分喜爱”，当时就留下了，到贾母跟前做事以后，又因他“千伶百俐，嘴尖性大”，（第七十七回）贾母更加青眼有加，“看他甚好”，就把她派给宝玉作贴身丫环。由于贾宝玉对侍女的爱护，比较平等的对待她，使她少有其他丫鬟的自卑感，而多了较强的尊严感。这种类似主子的待遇，又加之生活在一个相对自由的“桃花源”里，就逐渐形成了晴雯的既天真且孤高的性情。晴雯从小缺少艰苦的磨难，被卖到贾家后，一帆风顺。侍候宝玉亦最久，得宝玉之宠最长，她遂以宝玉的特殊照顾当成了整个主子阶层皆应如此的错觉，她在潜意识中也有了“主子”的意识，至少是半个主子的错觉。而将自己奴婢之“身”忘记了。所谓“副小姐”的身分是极容易使人看不清自己的。如有一次，睡到半夜，宝玉要吃茶，麝月忙起来服侍宝玉吃了，这时晴雯笑道：“好妹子，也赏我一口儿。”麝月听说，只得也伏侍他漱了口，倒了半碗茶与他吃过。这显然是忘记了自己的奴婢身分，故意撒娇装“小姐”了。第二十六回夜晚宝钗来看宝玉，晴雯就有点不高兴，和秋纹拌嘴。抱怨说：“有事没事跑了坐着，叫我们三更半夜的不得睡觉！”正好黛玉也来扣门。晴雯却一直不开。还说“凭你是谁，二爷吩咐的，一概不许放人进来呢！”结果让黛玉气恼伤心误会宝玉。其实宝玉何尝有什么“吩咐”，都是晴雯忘记了自己奴婢的身分，充当了主子的角色。这点，袭人是绝对不会的，袭人确实有阴的一面，但总的来说，她很清楚自己的身分。

由于宝玉身边的得宠，晴雯作为贴身丫鬟的生活其实与主子基本上没有两样的。有一个细节值得注意，一次晴雯病了，请了个大夫去给晴雯诊脉，书里这样描写：

> 晴雯从幔中单伸出手来，那大夫见这只手上有两根指甲，足有三寸长，尚有金凤花染的通红的痕迹，便忙回过头来。（第五十一回）

那胡庸医还以为是给贾府的小姐看病。一个丫环，怎么能留那长的指甲呢？显然是平常不干活的。“染指甲”倒成了生活的消遣。晴雯被逐出大观园后，宝玉偷偷去看她，见她喝一碗带“油膻之气”的茶，却“如得甘露一般，一气都灌下去了。”宝玉心下暗想：“往常那样好茶，他尚有不如意之处，今日这样。”透露出了晴雯平时的生活水准了。晴雯性格中的娇嗔很大程度上就是在这种养尊处优的半个“小姐”的生活中形成的。甚至，宝玉有时候都会受不了她，在第三十一回宝玉与晴雯发生冲突后，他很委婉地批评说“你性子越发惯娇了”，就透露出平日里对晴雯的所受的宠爱迁就了。难怪晴雯被撵之后，宝玉说：“他自幼上来娇生惯养，何尝受过一日委屈。……他这一下去，就如同一盆才抽出嫩箭来的兰花送到猪窝里去一般。”（第七十七回）从某种意义上说，晴雯的悲剧宝玉实在也应该负点责任的。因为正是宝玉培养助长了她的性情，如“撕扇子”，就是最好的例证。而晴雯的天真烂漫也让宝玉日益喜欢，天长日久，晴雯那份孤高自然越来越大了，她的娇嗔也愈浓厚。民国有位学者就曾敏锐指出，晴雯之所以根本忘记了自己的身分，和周围所处的环境，“主要的是不主不奴的生活方式蒙蔽了她”。（王昆《红楼人物小谈》）当然，我们没有权力指责宝玉和晴雯，他们之间的关系始终是具有温暖的人情味的，这也让试图在小说中寻找平等因子的学者们倍感鼓舞。但是，在严格的等级社会的大环境下，一个没有老爷架子和不按主子规则行事的宝玉，和他所心爱的不太守奴婢本分的晴雯，等待他们的都不会有好的结果。

除了在贾宝玉身边的特殊生活环境影响了晴雯的个性之外，那么，晴雯的“生得美”，“心慧”是形成其孤傲骄嗔等性格的个体原因。这与林黛玉相似，林黛玉在小姐中为第一，晴雯是丫环里第一，两人均受贾府家长的嫌弃。“心比天高，身为下贱，风流灵巧招人怨。寿夭多因诽谤生……”这几句判词实际已写尽了晴雯的一生，暗示了对晴雯命运自身的原因，一个性格悲剧的宿命。晴雯被宝玉视为“第一等的人”而倍加呵护怜情，死后还为她专门写作《芙蓉女儿诔》的祭文。晴雯之身美心慧，在大观园里是出名的，首先是贾母的首肯：“这些丫头的模样爽利、言谈针线多不及他，将来只他还可以给宝玉使唤得。”可见，晴雯的聪明漂亮，会说话又会做针线是得到贾母首肯的。凤姐也赞：“若记这些丫头们，总比起来，都没晴雯做得好。”继而是王夫人，王夫人对晴雯很是看不惯，最重要的一条理由就是她“好个美人”样。连生病时候也“像个病西施”的（第七十四回）。小说中突出晴雯的灵巧心慧最典型的当然就是“夜补孔雀裘”一节了。

但晴雯的这种天生丽质和灵性如果不善于藏拙守巧，其实反而会成为其人生的不幸。王夫人就说：“宝玉房里常见到的只有袭人麝月，这两个笨笨的倒好。”（第七十四回）可见，贾府主子喜欢的还是那种心里安分笨拙的奴才。可是晴雯恰好相反，她以宝玉之宠又恃身美突出，不知道掩藏自己，却“天天打扮得像那西施样”，又常训斥小的丫鬟，遂成为惹人嫉恨的对象。晴雯之死为其身美心慧付出了沉重代价。　（张）

完美的“幸运儿”——平儿招人喜爱之谜

平儿，凤姐的“心腹通房大丫头”（第六回），贾琏的“房里人”（第六十五回）。在第六回刘姥姥一进荣国府时正式出场。作为贾府四大丫鬟（鸳鸯、平儿、袭人、金钏）之一，平儿的活动贯穿小说始终，而且上了四次回目，分别是第二十一回“俏平儿软语救贾琏”，第四十四回“喜出望外平儿理妆”，第五十二回“俏平儿情掩虾须镯”，第六十一回“判冤决狱平儿行权”，是前八十回里出场最多的大丫鬟。贾府中大丫鬟的地位依主子地位与活跃程度而定，金钏因跟着退在幕后的王夫人，戏份较少。能与平儿比肩的惟有贾母的“拐杖”鸳鸯与宝玉的大丫鬟袭人。从结局看，鸳鸯悬梁自尽，袭人出嫁优伶，只有平儿一人被贾琏扶正，得了“善终”，称得上是贾府丫鬟第一人。

贾府的丫鬟有两种来源，一种是“家生”的，她们是几代为奴之人，如鸳鸯、小红；一种是买来的，尚有赎身的机会，属“半自由”之身，如袭人、晴雯。不管是哪一种来源，一旦她们凭着出众的美貌和才华给主子们看中，当上亲侍大丫鬟，就“吃穿和主子一样”，过着锦衣玉食的生活，地位尊贵，还享有特权，被底层奴仆们半羡慕半嫉恨地称为“副小姐”、“二层主子”。这些亲侍大丫鬟们，表面风光体面，如同半个主子，但因为“身为下贱”，对主子而言，她们就是一件物品，可以买卖，可以随意丢弃，没有任何自由，必须无条件服从主子，一但失宠，就如同雨打落花一般，或流落，或惨死，毫无保障。入画、晴雯、金钏就是例子。

大丫鬟们都是主子们精挑细选出来的得力助手，是丫鬟群中的佼佼者。用宝钗的话来说，她们都是“百个里头挑不出一个来，妙在各人有各人的好处”。除模样性格必须出众外，还得有独门武功，她们能在竞争激烈的众仆中脱颖而出，绝不是机缘凑巧，而是靠真才实料，要经过多次淘汰与选拔，其中辛苦可想而知。主子们可以生而为主子，她们的地位却是真真正正靠打拼得来。菜鸟平儿怎样成长为全人平儿已不可考，这也是不写之写之笔。只零星从小说中他人口中知道其无父母兄弟，自小服侍凤姐，跟着凤姐陪嫁到贾府，被凤姐强逼做了贾琏侍妾。第一男主角宝玉，不仅今生琐事详写细画，甚至前世都得历历道来。可即使是平儿这种贾府中的顶级丫鬟，其身世也是无人在意也不必在意的。那位为贾府生了两位主子的赵姨娘，一出场，也都到了“鱼眼睛”的年纪了。平儿之所以成为贾府大丫鬟中的唯一“善终”之人，除了才貌出众外，最为人称道应是她天性中的“忠义”与“善良”。惟“善”方能“终”。达到作者美、才、善、忠集于一身的人格理想要求的，惟平儿一人而已。

一、忠义两全的平儿

平儿对凤姐的忠心，尽人皆知。这份忠心，不仅仅是对主子的无奈愚忠，应有发自内心的情感在内。兴儿评价平儿说：“那平姑娘又是个正经人，从不把这一件事放在心上，也不会挑妻窝夫的，倒一味忠心赤胆服侍他。”（第六十四回）平儿看见尤二姐受折磨心中不忍，对尤二姐道：“我原是一片痴心，从没瞒他的话……”（第六十九回）凤姐自己说：“所以知道我的心的，就是他知三分罢了。”（第五十一回）

平儿没有父母兄弟，自小跟着凤姐，最亲密的人惟有凤姐一人而已。做陪嫁丫鬟随着凤姐嫁到贾家又做了贾琏的侍妾后，更是与凤姐命运紧紧相连。凤姐地位最大威胁是无子，只生养了个巧姐，贾琏又极不安分。平儿深知凤姐癖性与苦恼，知道凤姐把自己给贾琏，是凤姐自己的“需要”，“一则显化他的贤良名儿，二则又叫拴爷的心，好不外头走邪的。”（第六十二回）对贾琏就坚决只做忠心丫头不“通房”，不给凤姐添堵。

凤姐与平儿虽是主仆，多年相处，她们之间常见真情流动。第十一回中凤姐受贾瑞的调戏，第一个告诉的人就是平儿。平儿说：“癞蛤蟆想吃天鹅肉！没人伦的混账东西！起这样念头，叫他不得好死。”平儿完全是站在凤姐的立场，真心为凤姐的受辱而气愤。贾琏说凤姐与叔伯兄弟不该相处时，为凤姐剖白的是平儿，帮着凤姐收放利银的是平儿，每日间陪着凤姐出主意解闷的还是平儿。凤姐过生日喝醉酒悄悄离席而去，平儿怕凤姐走不稳，她很“留心，也忙跟了来，凤姐儿便扶着他”（第四十四回）。“留心”与“跟了来”，更显出平儿一颗心一直悬在凤姐身上，服侍凤姐已成本能与习惯。贾琏与鲍二家的苟合，被凤姐发现，还听见奸夫、淫妇同声赞平儿，凤姐便怀疑“平儿素日背地里自然也有愤怨语了”，即把平儿打了两下，“平儿哭的哽咽难言”。贾母发令贾琏向凤姐赔礼，并让贾琏、凤姐安慰平儿。凤姐还没开口，平儿先上来给凤姐磕头，说：“奶奶的千秋，我惹了奶奶生气，是我该死。”凤姐看平儿如此，“又是惭愧，又是心酸，忙一把拉起来，落下泪来”。能让凤姐“惭愧”“心酸”落下泪来的，也只有平儿了。

平儿对凤姐不仅有忠心，更有义气，这在凤姐失势时候最能见出。

第一〇一回李妈挫磨巧姐，凤姐嘱托平儿“知好歹，只疼我那孩子就是了”，平儿听了“越发哭的泪人似的”；第一一四回凤姐丧事在即，平儿自出私财，救贾琏之急。慨然取出东西交给贾琏，且说是奶奶所给，还与不还毫无介意；第一一八回巧姐舅兄借说亲串卖巧姐，平儿发现相看巧姐之人行的“是相妾法子，不是对头亲法子”，便留神施救，终于第一一九回平儿与刘姥姥救护巧姐离开贾府。为此，东观主人、姚燮赞平儿“不负凤姐”；黄小田赞平儿“不负所托，义哉平儿”；王希廉之赞平儿“真不负恩义之人”。另一大丫鬟袭人，书中写袭人“亦有些痴处：伏侍贾母时，心中眼中只有个贾母；如今伏侍宝玉，心中眼中又只有一个宝玉”。可这忠心、痴心的袭人，却在宝玉出家后，很快就半推半就嫁给蒋玉菡，做“奶奶”去了。所以，袭人经常被人讥为“伪”。

二、有才而不带锋芒的平儿

凤姐是荣府的大主管，处于贾府各方矛盾的中心。作为凤姐“总钥匙”的平儿，面临的人际困境比另两位大丫鬟——鸳鸯、袭人复杂的太多。民国太愚说贾府治理之难得好：

> 过于软弱无能，不配做王熙凤的心腹助手，精明和强干了，一天也容她不下。若平儿是紫鹃那样温柔敦厚的好人，在那样一个精明狠毒的主子脚下，简直不能活下去。（《红楼梦人物》）

平儿最可贵的是才华出众却能隐藏光芒。有才难，有才而能藏其锋芒，更难。

第十六回，贾琏前脚刚到家，来旺媳妇后脚送来凤姐放利的私房钱。平儿反应敏捷地搪塞过去，凤姐问她时贾链虽然已经外出，平儿还是“说着，又走至凤姐身边，悄悄的说道……”行事稳妥机密，话语妥帖暖心：“二爷或问奶奶是什么利钱，奶奶自然不肯瞒二爷的，少不得照实告诉二爷，二爷那脾气，油锅里的钱还要找出来花呢，听见奶奶有了这个体已，他还不放心地花了呢。”把凤姐背着丈夫赚取私房钱的不体面行径，给予了冠冕堂皇的理由，虽然她俩都明白怎么回事，但让凤姐听起来感到无比地舒服。金钏儿死后，一些仆人送凤姐东西，凤姐感到莫名其妙，心如明镜的平儿及时提醒凤姐，她们不过是想补死去的金钏儿，得每月一两银子的差使。第五十一回，袭人回家探望垂危的母亲，凤姐送袭人衣服，平儿却拿出两件，说明另一件要送邢岫烟，因为看到下雪只有岫烟没有雪褂子，非常可怜。此时凤姐故意说，“我的东西，他私自就要给人，我一个还花不够，再添上你提着，更好了！”面对着王夫人的陪房周瑞家的，主仆两人一唱一和，给凤姐赢来了一片孝敬太太，疼爱下人的赞誉。其实这件衣服是否是平儿自作主张要送给岫烟，还很难说。小说中前面曾提到，凤姐看到岫烟温厚可疼，倒待她比别的姊妹多疼惜一些。芦雪庵联诗凤姐也在场，把岫烟的可怜看在眼里，难免不会与平儿讨论，准备送岫烟衣服。但平儿在这种能露脸的时候拿出来，给凤姐争脸，凤姐当然会高兴。

凤姐总管荣国府内务，平儿全力协助，并且才干不在凤姐之下。凤姐小产之时，贾府大事小事层出不穷。接连上演“柳叶渚边嗔莺叱燕”、“茉莉粉替去蔷薇硝”、“玫瑰露引来茯苓霜”事件。涉及人物，从太太房里的大丫头到还未进大观园的小丫头，从人见人厌的赵姨娘到优伶们，从厨房内主事的婆子到园子内外混事的小厮，一应俱全。平儿一件件处理得妥妥帖贴，干干净净，不留后患。凤姐知道了事情的原委后，本想“细细地追问”，“叫他们垫着瓷瓦子跪在太阳底下，茶饭也别给吃。”聪慧的平儿却温言劝凤姐：

> 何苦来操这心？“得放手时须放手”，什么大不了的事，乐得施恩呢。依我说，在这屋里操上一百分心，终久是回那边屋里去的，没的结些小人的仇恨，使人含恨抱怨。况且自己又三灾八难的，好容易怀了一个哥儿，到了六七月还掉了，焉知不是素日操劳、气恼伤着的？如今趁早儿见一事不见一半的，也倒罢了。

一席话，滴水不漏，既体贴凤姐，帮凤姐筹谋将来退路，又使事件当事人避免了更大的灾祸。陈其泰赞此回的平儿：“平儿识见，高出凤姐百倍。”

在第五十六回探春理家一回，当探春受到赵姨娘的凌辱，正想借题发挥，宣泄愤懑的时候，平儿应付探春的一番抢白，不卑不亢，柔声细语，娓娓道来：

姑娘知道二奶奶本来事多，哪里照看得这些，保不住不忽略，俗话说“旁观者清”，这几年姑娘冷眼看着，或有该添该减的去处二奶奶没行到，姑娘竟一添减，头一件于太太的事有益，第二件也不枉姑娘待我们二奶奶的情义了。

一番巧妙辩解，说的天衣无缝的，无懈可击，在尊重探春的前提下，步步为营寸步不让。怪不得李纨夸平儿“真怨不得凤丫头偏疼她！本来无可添减的事，如今听你一说，倒要找出两件来斟酌斟酌，不辜负你这话”。正一肚子气的探春也叹：“偏她碰了来说了这些话，叫我也没了主意了。”探春想在园中实行改革，去弊兴利，平儿为了圆凤姐以前的管理漏洞，忙说：“这件事须得姑娘说出来，我们奶奶虽有些心，也未必好出口。此刻姑娘们在园里住着，不能多弄些玩意儿去陪衬，反叫人去监管修理，图省钱，这话断不好出口。”听了这些似乎很在情理的话，连智慧过人的宝钗也不得不赞叹“她奶奶便不是和咱们好，听她这一番话也必要自愧的变好了，不和也变和了”。探春这时也“不但没了气，倒惭愧起来”。

陈其泰直言“平儿见识，竟在探春之上”。（五十五回眉批）据其分析，“探春为人毫无含蓄，自以为能，遇事从刻，且以得管家务为荣；不知凤姐、平儿，早经看破，正欲探春为己分谤”。“探春坠其术中矣。”

平儿有才，但从不恃才邀功，她自觉地如影随形跟着凤姐成为“一把总钥匙”。并且有远虑，劝凤姐“得放手时且放手”。凤姐虽一向一意孤行，却能听得进平儿的话，也许正如她自己所说的，只有平儿这蹄子才能“降服”她。对待下人，凤姐永远是副火辣辣的架式，动不动就是跪瓦砖、打板子、抛出去，在她的强权之下，奴才们表面风平浪静，背地里“含恨抱怨”。平儿则以“得饶人处且饶人”的处事原则，在一定程度上帮凤姐稳定了人心，稳定了大局。凤姐之所以能在杀机四伏、危机重重的贾府长袖善舞，如鱼得水，与平儿的得力辅助是分不开的。如果没有平儿，凤姐一定会遭更多人的怨恨，惹更多的麻烦。所以李纨说：“凤丫头就是个楚霸王，也得这两只膀子好举千斤鼎。”

三、善良温暖懂同情的平儿

平儿天性中的善良，在行事与语言表达中会自然散发出来，让与之接近的每个人感到舒服与温暖。与贾府第一大丫鬟鸳鸯比较，便可见出差异。

第四十二回中，刘姥姥二进荣国府，回家之前，平儿和鸳鸯都奉命给刘姥姥打点东西，这两个体面的大丫鬟做着大致相同的事，从中可见出平儿与鸳鸯性格的不同。

平儿先是给刘姥姥一一指点了凤姐与王夫人所赠的东西后，又悄悄笑道：

> “这两件袄儿和两条裙子，还有四块包头，一包绒线，可是我送姥姥的，衣裳是旧的，我也没大狠穿，你要弃嫌我就不敢说了。”刘姥姥谦让之后，平儿笑道：“休说外话，咱们都是自己，我才这样，你放心收了，我还和你要东西呢。到年下，你只把你们晒的那个灰条菜干子和红豆、扁豆、茄子、葫芦条儿各样干菜带些来，我们这里上上下下都爱吃，这个就算了，别罔费了心。”刘姥姥千恩万谢答应了。平儿道：“你只管睡你的去，我替你收拾妥当了就放在这里，明儿一早打发小厮们雇辆车装上，不用你费一点心的。”

后一场景是鸳鸯给刘姥姥指点贾母所赠的东西，介绍到一个小荷包时：

> 说着便抽系子，掏出两个笔锭如意的锞子来给他瞧，又笑道：“荷包拿去，这个留下给我罢。”刘姥姥信以为真，鸳鸯却仍与他装上，笑道：“哄你顽呢，我有好些呢，留着年下给小孩子们罢。”然后鸳鸯道：“前儿我叫你洗澡，换的衣裳是我的，你不弃嫌，我还有几件，也送你罢。”刘姥姥又忙道谢。鸳鸯果然又拿出两件来与他包好。

这两幕场景中，两人的语言、动作体现出个性化的特点。平儿先奉命一一介绍东西，而鸳鸯却趁机和刘姥姥开了个玩笑，试探了一下刘姥姥的反应。后面私下送刘姥姥衣服的不同表达更充分表现了二人的不同个性。平儿事先已经把自己的衣服收拾好了，与送刘姥姥的东西放在一起，说明她早已有此打算，而鸳鸯却是问过姥姥后才去找出来的。二人都出于礼貌，表达过希望刘姥姥不要弃嫌的意思，平儿体贴对方感受并懂得表达，她先是“悄悄笑道”，这足以让刘姥姥油然而生一种亲切之感，迅速拉近了情感距离，然后她非常低姿态地表示若刘姥姥弃嫌她就不敢说了，用语是称“咱们自己”，在刘姥姥面前只有亲密，没有一点架子。鸳鸯口中的“你不弃嫌”仅是礼貌用语，然后突然想起还可以再送刘姥姥几件旧衣。送东西时的态度，平儿表达得周到、谦逊，鸳鸯却表现出了随意、居高临下之态。最后，平儿还向刘姥姥要东西——干菜。贾府的人也许确实爱吃这些“野意”，但主要目的不在此，因为与刘姥姥来往并不由平儿做主，重要的是平儿的话给了刘姥姥无限自尊。刘姥姥本是去贾府打秋风的穷苦村妇。别人只有拿她寻开心，送她东西也是一种优越的“舍”而已。而平儿说要和她要东西，使刘姥姥真正回复到贾府亲戚的地位，她们的交往是礼尚往来，而且也明白地表示了真诚地欢迎刘姥姥以后再来。这正是平儿最可人处——尊重别人，善解人意。

通过比较，我们就能够看出平儿与鸳鸯各自不同的性格特征，她们的身分虽然都是极有体面的丫鬟，但却是两个完全不同的形象。平儿让人感觉到发自内心的细心与善良，因为对刘姥姥这样打秋风的贫妇，主子们喜欢她也不过是因为她的风趣，拿来取乐开心罢了，送东西也是施舍而已。平儿对刘姥姥表现出的细致的关心，来自平儿自发的同情心。鸳鸯对待刘姥姥，则承继了主子的态度，她的思维还停留在前对刘姥姥的调笑阶段，乘机开刘姥姥的玩笑。她虽然最后负责送走刘姥姥，也不过是执行贾母的成命，虽也考虑周到，却没有平儿的亲切与体贴，有一种冷漠与傲慢。鸳鸯心高气傲，是贾母的代言人，习惯了我行我素，差一点的主子她都看不起，她不用像平儿那样在夹缝中艰难地求生存，她以奴婢的地位，却拥有主子的实权，所以养成了高傲的性格。在送刘姥姥东西这个相同的场景中，鸳鸯与平儿相同的举动中的差别，显露的是二人的不同性格。

与另一伶俐大丫鬟晴雯比较，差距更大。

晴雯似乎是反对礼教的等级制度的，她曾说：“一样这屋里的人，难道谁又比谁高贵些?”可是她的许多言行却与此相反。她自认为比小丫头、老婆子“高贵”，对小丫头常是把“撵出去”挂在嘴上。她会叱骂小红越级；麝月让她放镜套，她说“有你们一日，我且受用一日。”晴雯还常以大丫鬟的身分打骂责罚小丫头，对于偷东西的坠儿，她先是把她骗到跟前，用簪子在坠儿脸上乱戳，并且一定要把坠儿立即撵走，与第四十四回凤姐对一个小丫头用簪子朝脸上乱戳没啥区别。可见晴雯所反对的，也正是她所坚决奉行的。晴雯“掐枝要强”，对丫头婆子苛刻，贾府奴仆们平时是敢怒不敢言，可一旦有了抄检大观园的机会，不仅王善保家的，还有那些“和园中不睦”的人，就“随机趁便”告了状，晴雯被赶走后，这些人都非常得意，认为“把这一个祸害妖精退送了，大家清净些”。晴雯被赶，与晴雯的自身性格有很大关系。

平儿作为凤姐的心腹，大权在握，却从不作威作福、仗势欺人。她总是设身处地为下人着想，力所能及地为下人排忧解难。在对待奴仆的纠纷上，她愿意“饶人”，也常常劝凤姐“放手”。第六十五回兴儿是这样评价平儿的：

> 为人很好，虽然和奶奶一气，他倒背着我常作些好事。小的们凡有了不是，奶奶是容不过的。只求求他去就完了。

平儿的善良不仅赢得荣府下人的尊敬与爱戴，也在荣府主子中赢得了好人缘。

在贾母斥责她“怎么暗地里这么坏”的时候，尤氏会在不明就里的情况下就替她辩解，使贾母回心转意，派人安慰她。李纨也马上挺身相救，“被李纨拉入大观园去了”，平儿当晚就是在李纨处歇了一宿，李纨给了这个并无背景的丫头无私的关爱，还感叹平儿“可惜这么个好体面模样儿，命却平常，只落得个屋里使唤，不知道的人，谁不拿你当作奶奶太太看”

（第三十九回）。

平儿在《红楼梦》中是个神奇的存在。不管是小说中的贾府上下，还是小说外两百年来的学者、读者，对这个人物都是交口称赞。可以说，她唯一的缺点是没有缺点；唯一的不好，是命不好。以宝钗、黛玉、湘云之出众，都有令人刻薄之处，惟有平儿，几乎无人指摘。似乎每个人都能从平儿身上看到自己的上司、助手、爱人、朋友的理想形象。这“得人心”之术，堪称红楼第一人。怪不得清代评论家涂瀛在《红楼梦论赞·平儿赞》中云：“求全人于《红楼梦》其惟平儿乎！平儿者，有色有才，而又有德者也。” （周）

琏、凤隐秘房内考

荣府管家少奶奶凤姐儿威风八面，治家严酷，然其房内生活却比较隐秘。贾琏有一妻一妾，而由于凤姐的强势，他不得不退避三舍，成为惧内的典型。小说中写他的惧内也不明显，绝不像《姑妄言》写惧内那样夸张。由于曹公是女性崇拜者，小说中对男性皆有诟病。对凤姐的丈夫贾琏多有淫荡描述，而对凤姐却多隐晦。盖爱其才而隐其丑。对贾琏的通房丫头平儿更是赞赏有加，贾府上下几乎都喜欢平姑娘。凤姐性欲之强比之贾琏其实是不遑多让的。在夫妻生活上，她是强悍的，是要独占贾琏的。可是，她看似占尽优势，其实人心渐失。

传统中国一直是多妻制或妻妾制，而凤姐入贾府后，就将贾琏的两个贴身丫头，自己陪房的三个丫头赶的赶，整死的整死，就留下了平儿当个通房丫头，按其本意，是一个也不给贾琏的，只是如此一来，妒妇名声就坐实了，故以此图个贤良样儿。但也不许平儿随便靠近贾琏。小说中的凤姐二十来岁，性欲旺盛，当日琏、凤之间的情感也较深，以至于白昼宣淫。第七回特写了中午时周瑞家的送宫花至凤姐处，只见丰儿坐在房中门槛上，见她来，忙摆手儿叫她往东屋里去。周瑞家的会意，蹑手蹑脚往东边屋里去，过来一会，只听“那边一阵笑声，却有贾琏的声音。接着房门响处，平儿拿着大铜盆出来，叫丰儿舀水进去”。这种比较隐晦的夫妻生活描述，非有心人不能体会其深意。周瑞家的如此“会意”，想来琏、凤这种癖好，是经常有的事。许是小说文字过于隐晦，清人王芝岑《题红词》特撰“红窗迥”一阙，细绘琏、凤的风流：

> 午漏长，春意闹。正云锁金屋，几重画屏窈窕。鸾凤协，巫峰峭。适宫花递到。　　已过回廊，刚近了鸟，帘外婢小，玉碗轻麾声悄。聊且休，怎教来也，恰不迟不早。

暧昧而暗示性语言是传统文士们最擅长的。王氏此词上片以“春意”和“巫山云雨”等传统典故似画出一副春宫，下片的“怎教来也，恰不迟不早”摹写琏、凤之不能尽兴的心态极有神韵。第十四回贾琏办林如海丧事，特地从苏州派昭儿回来报信。凤姐对贾琏则可谓异常想念：

> 凤姐当着人未及细问贾琏，心中自是记挂，待要回去，争奈事情繁杂，一时去了，恐有延迟失误，惹人笑话。少不得耐到晚上回来，复令昭儿进来，细问一路平安信息。连夜打点大毛衣服，和平儿亲自检点包裹，再细细追想所需何物，一并包藏交付昭儿。又细细吩咐昭儿：“在外好生小心服侍，不要惹你二爷生气。时时劝他少吃酒，别勾引他认得混帐女人——回来打折你的腿”等语。

从“耐到晚上”，“亲自检点包裹”和“细细追想所需何物”等描述，可知凤姐之心真是“其雨其雨，杲杲出日”了。那时琏、凤的感情确实是如胶似漆，彼此思念的。凤姐自生了巧姐后，一直想生男孩，但不幸总是小产，其实这里也有纵欲的原因。平儿经常劝凤姐多休息，少管家事，其实也暗含了对主子房事的某种警告。第二十一回，贾琏和多浑虫通奸，巧姐毒尽瘢退，贾琏仍复搬进卧室，“见了凤姐，正是俗语云‘新婚不如远别'，更有无限恩爱”。不过，凤姐固然强悍，但在性事的趣味方面，却是有点保守规范，不如贾琏那样追求体式和花样。如第二十三回，贾琏被凤姐夺了大观园内的人事安排，心理不舒服，闷闷的没有面子。就用晚上床上之事来揶揄凤姐儿。他说“只是昨儿晚上，我不过改了个样儿，你就扭手扭脚的”。凤姐没有生气，只是“嗤的一声笑了，向贾琏啐了一口”。这段话的故事也许是袭自《战国策》秦宣太后以性交姿势来喻国事。不过，却罕见地透露了清代夫妻对性交体式的情趣追求。这表明传统夫妻的房内并非只是为了生育，也有性的愉悦。此诚如福柯所说“家庭是性经验机制的水晶体”。

王凤姐对贾琏沾花惹草防范很严，但她自己却未必就很干净。在性生活上，如平儿所说的“她醋你使得，你醋她使不得”。对此，民国学者评点甚好：“王熙凤，实乃生活欲极强之少妇。在夫妻情欲上强烈。”她在刘姥姥面前和蓉哥的调情，已可窥见其内心的淫欲之渴望。书中第六回刘姥姥正和凤姐坐。贾蓉来借屏风，起身出去后，又被凤姐叫回来。过了好一会她又笑道：“罢了，你且去罢。晚饭后你来再说。这会子有人，我也没精神了。”此段描写，一般解者多以刘姥姥在场凤姐不便和蓉哥说私密话，其实不然。细心的评点者就注意到贾蓉进来之时，作者的着意描述“有深意”。一个面目清秀，俊俏身材和美服华冠的青春少年在凤姐面前已经有了足够的想象和暗示。接下来的话语，清代文人的阐释很透。“不知者以为凤姐真想起一事碍着刘姥姥不说，岂知已说了也。特嘱其晚饭后来耳。”这不就是《西游记》元始天尊暗示孙悟空晚上来传授道法吗？凤姐“慢慢的吃茶”，“出来半日神”，当着一村姥姥慢慢调情，无非是在显示一种家庭掌权者的悠然和对性欲望的享受品味。此即批书者说的“神情闪烁飘荡”之意。小说家的端木蕻良分析更透：

> 这儿不单单写出王熙凤对家人的暧昧关系，还写出她的暗示性和挑拨性的强烈和沉迷。她是当作一个生人（刘姥姥）的谈话中间来做这些，说明她的大胆和淫乱。

凤姐和贾蓉的奸情，在全书都是暗示性的描绘。特别是第七回，焦大醉骂族人“爬灰的爬灰，养小叔子的养小叔子”。凤姐和贾蓉遥遥的闻得，都装作没听见。宝玉就问凤姐什么是“爬灰”。凤姐一听，“立眉嗔目断喝道：‘少胡说！’那是醉汉嘴里混吣”。凤姐突然的失态暴怒不是为了“爬灰”这句，而是为了后面的“养小叔子”几个字戳中心病。祝秉权说小说家对王凤姐有某种“怜惜之情”，故叙其丑事，用了“莺藏柳暗无人语”的笔法，是很有见地的。

凤姐儿还把性赋予了权力符号的呈现。族人贾瑞对她的美色垂涎欲滴，轻薄戏之，凤姐本可正言警告，让其自退。但为显露自己地位的强势和少奶奶的本事，遂设毒计相思局将其害死。如其所言“几时叫他死在我的手里，他才知道我的手段”，重要的不是贾瑞如何死，而是要让他知道其权势和“手段”。这是性的权力呈现叙述。王凤姐的性欲望和控制权术再次证明了“性具有普遍的意义和一般的秘密，它是无所不在的原因，不断地让人恐惧”这句话的深刻性（福柯《性经验史》）。《红楼梦》的性描述摆脱了《金瓶梅》的市井趣味，重归于文雅的古典风格，即通过一种极为隐蔽的、暗示性的、却极富想象性的叙述方式，颇像元稹《梦游春七十韵》、《会真诗三十韵》等艳情诗。虽然《红楼梦》描写人的性欲一般都很隐蔽，然而亦有端倪可寻。譬如平儿这个几乎完美的丫鬟，作为贾琏身边唯一的通房丫头，她是被凤姐作样子的。就是兴儿说的“一则是显他的贤良名儿，二则拴爷的心，好不外头走邪的”。凤姐是阴妒之人，她之所以挑平儿为贾琏的小妾，主要是看准平儿的赤胆忠心，不会“挑妻窝夫”。如此，平儿长期和贾琏是有名无实的夫妾关系。

然而无论平儿如何忠于凤姐，人的正常欲望毕竟不是完全能够压抑住的。在凤姐的严密监控下，平儿一年也难得有一次和贾琏亲热。所以一直没有生育。这是凤姐妒态的可怕之处。也许平儿不把这种事放在心上，但压抑的欲望有时还是会表露出来的。第二十一回，巧姐出痘后，贾琏仍搬回房子。“见了凤姐，正是俗语云‘新婚不如远别’，更有无限的恩爱。”

次日，凤姐往上屋去后，平儿来到收拾房间。此时，房间里也许还残留着昨夜琏、凤云雨欢会的气息。平儿闻着这股气味，幽幽怨意，尽在不言之间。也许她想发现点什么，这是一个小妾的性意识。果然，不承望枕套中抖出一缕青丝。平儿会意，忙拽在袖内。“会意”是性欲望的延伸呈现，“青丝”是交媾后的遗迹。“拽”不可轻易放过，这就像邢夫人发现傻大姐的绣春囊一样，死紧攥住。平儿发现头发后，便去揶揄贾琏，她的内心是有点含酸的，但话语却很“俏”。因为她只是小妾的身分，书中如此描述：

便走至这边房里来，拿出头发来，向贾琏笑道：“这是什么？”贾琏看见，着了忙，抢上来要夺。平儿便跑，被贾琏一把揪住，按在炕上，掰手要夺，口内笑道：“小蹄子，你不趁早拿出来，我把你膀子撅折了。”平儿笑道：“你就是没良心的。我好意瞒着她来问你，你倒赌狠！等她回来我告诉她，看你怎么着。”贾琏听说，忙陪笑央求道：“好人，赏我罢！我再不赌狠了。”

这段描写的关键是“我好意瞒着她来问你”，其实是向贾琏撒娇示好。告诉凤姐是假，以此得贾琏欢心是真。一语未了，凤姐来了，让平儿替太太找样子。立马借机讽刺贾琏的风流。“这半个月难保干净，或者有相厚的丢失下的东西：戒指、汗巾、香袋儿，再至于头发、指甲，都是东西。”这些话急得贾琏在后面朝平儿杀鸡抹跛使眼色。平儿的表现却出乎意料：

平儿只装看不见，因笑道：“怎么我的心就和奶奶的心一样！我就怕有这些个，留神搜了一搜，竟一点破绽也没有。奶奶不信时，那些东西我还没收呢，奶奶亲自翻寻一遍去。”

这就是平儿的可爱之处，这一回叫俏平儿软语救贾琏。平儿是忠于凤姐，但她绝不愚忠。凤姐把她作为门面给了贾琏，却又严格限制和贾琏的同房，她只是像晴雯那般“担了个虚名”，内心深处是有怨的。所以她救贾琏不仅是智慧，更有潜藏的性欲望的驱使。贾琏见此当然“心肝肉肠”的感谢，但马上就过河拆桥把头发抢了过去。平儿说头发是贾琏一生的把柄，应该只是想戏弄下贾琏，并非真要以此要挟丈夫，目的是要贾琏记住她的乖巧。所以贾琏才见她“娇俏动情”，想搂住求欢。这一刻，平儿的性诱惑很成功，但她却夺手跑了，立于窗外与贾琏说笑。这是进一步的魅惑，并道出了长期受压抑的性心理。“难道图你受用一回，叫他知道了，又不待见我。”可见凤姐在夫妻性生活上对平儿的限制有多深。一句话马上惹得贾琏大骂凤姐“醋坛子”。发泄一番。一句未了，凤姐走进院子。见二人隔窗调情，妒意顿起，嘲讽二人，“正是没人才好呢”。平儿一听此言，说出了让人难以相信的话：

> 平儿听说，便说道：“这话是说我么？”凤姐笑道：“不说你说谁？”平儿道：“别叫我说出好话来了。”说着，也不打帘子，也不让凤姐，自己先摔帘子进来，往那边去了。

一贯平和的平儿这次为什么生气了？因为她很不满凤姐儿独霸贾琏就算了，却还叽叽歪歪说些风凉话。一句“别叫我说出好话来了。”发泄了多年的积怨。平儿会说什么“好话”呢？那就是你王凤姐是世上少有的阴险妒妇，对外又装一副贤良模样，也太欺负人了。平儿的怒气在此。平儿是平和善良的，但也是有锋芒的。她的性意识和欲望也是有所显露的。可是她对贾琏那点醋意却表现得如此娇俏动人，善解人意，这就是她和凤姐阴毒的根本不同，难怪贾琏后来要把她扶正。平儿很有韧性，包括在夫妻生活上。琏、凤、平的房内堪可代表古代中国多妻制度下最平凡而隐秘的生活方式。　（张）

尤三姐与黛玉身形相似之谜

《红楼梦》中的女性，出场不多，却给读者留下深刻印象的女性，尤三姐绝对是占第一位。三姐是最让人热血沸腾和难忘的。她虽然是个“小家女子"，但却是如黛玉那般像菊花一样孤高不俗的人物。大家都知道晴雯像黛玉，论述者亦多，但少有人注意尤三姐和黛玉的诸多相似之处，唯孙渠甫指出"尤三姐影黛"（《石头记微言·释影》）是颇有眼光的。三姐在灵魂深处颇具黛玉之气质，在形貌上又能与黛玉媲美。

首先，三姐外形美上与黛玉非常相似，那就是都有一种独特的"风流婉转"的神态。第三回黛玉一出场就说她"虽然年纪小小，但是其言谈举止不俗，身体面庞虽然怯弱不胜，却有一段自然的风流态度"。紧接着又通过宝玉的眼睛细绘黛玉风姿："态生两靥之愁，娇袭一身之痛，泪光点点，娇喘微微。闲静时如娇花照水，行动处似弱柳扶风，心较比干多一窍，病如西子胜三分。"第二十五回宝玉和凤姐遭魔法，书中言薛蟠忙得不堪，"忽一眼瞥见林黛玉风流婉转，已酥倒在那里"。这是对黛玉容貌气质的概括。这几处都是很写意的叙述，盖黛玉乃姑苏探花这样的书香世家女儿。而尤三姐生"尤物之家"，长市井人家，其风流体态则是从贾珍和贾琏的淫欲色视野中画出。笔法写意结合工笔浓墨，风骚愈深则清脱愈出：

> 这尤三姐松松挽着头发，大红袄子半掩半开，露着葱绿抹胸，一痕雪脯。底下绿裤红鞋，一对金莲或翘或并，没半刻斯文。两个坠子却似打秋千一般，灯光之下，越显得柳眉浓翠雾，檀口点丹砂。本是一双秋水眼，再吃了酒，又添了饧涩淫浪，不独将她二姊压倒，据珍、琏评去，所见过的上下贵贱若干女子，皆未有此绰约风流者。（第六十五回）

"葱绿抹胸"一段，形容得三姐"神气出"。（陈其泰《桐花凤阁评红楼梦辑录》）一发"倜傥不羁，英气逼人"。（王雪香《石头记分评》）面对如此"绰约风流"的三姨，贾珍和贾琏就像薛蟠一样"二人已酥麻如醉，不禁去招她一招"。曹公也许是怕读者不能将黛玉和三姐联系起来，故特地在第六十五回干脆借兴儿之嘴向尤氏姐妹说黛玉"面庞身段和三姨不差什么"。如此强调二人的相似性是有深意存焉，也就是暗示她俩命运的悲剧性。因为小说中凡与黛玉身材相貌相似的女子，皆无好的结局，譬如宝玉的大丫鬟晴雯是黛玉之副，最后被驱逐惨死。曹公意在暗示我们，在庸众之上的孤高傲世者，往往难有美满的人生结局。

其次，三姐与黛玉绝不仅仅是体态容貌的形似，两人更有几分文化气质的神似，即都有一股超尘拔俗的隐士般的孤洁傲世之气。因为这种气质，所以皆不被污浊恶世所容。无怪乎白先勇说："尤三姐、林黛玉、晴雯这一挂子的人，她们的个性，她们的结局，都有相似之处，都是执著于情，为情而死。"（《白先勇细说红楼梦》下册）黛玉一肚子文章，待人真诚无比，高洁如菊，惜花、葬花、咏菊。但因其敏感多疑的孤傲尖刻，不仅贾母不会喜欢，荣府中人也多不喜欢，甚至像号称"英豪阔大"的史湘云，骨子里还是俗气沉沉。她不大喜欢黛玉，却只佩服虚伪善于笼络人的宝钗。并对袭人大赞"这些姐姐们再没一个比宝姐姐好的"。她和袭人一样还劝宝玉"也该常常会会这些为官做宰的人们，谈谈讲讲些仕途经济的学问"。（第三十二回）表面超尘拔俗之下还是脱不了世俗的沉渣。尤三姐是真豪迈真名士，毫无掩饰自己喜怒哀乐。是在男人的风月场中，反客为主的调戏侮辱过他的人。如第六十五回，三姐对贾琏和贾珍的捉弄，逆袭了传统的男权社会，可谓回肠荡气，酣畅淋漓：

> 尤三姐站在炕上，指贾琏笑道："你不用和我花马吊嘴的，咱们清水下杂面，你吃我看！见提着影戏人子上场，好歹别戳破这层纸儿。你别油蒙了心，打量我们不知道你府上的事！……喝酒怕什么，咱们就喝！"说着，自己绰起壶来斟了一杯，自己先喝了半杯，搂过贾琏的脖子来就灌，说："我和你哥哥已经吃过了，咱们来亲香亲香。"唬得贾琏酒都醒了。贾珍也不承望尤三姐这等无耻老辣。弟兄两个本是风月场中耍惯的，不想今日反被这闺女一席话说住。

三姐一句"咱们来亲香亲香"唬倒贾琏。盖"三姐狂纵自如正三姐贞洁自守"。（话石头主人《红楼梦精义》）黛玉在荣府，孤傲不惧，天生伶牙俐齿，"说出一句话来，比刀子还尖刻"。（第六回李嬷嬷之语）她看透荣府少奶奶凤姐的谄媚贪婪。宝玉被打，她就料定凤姐“必定来打过花忽哨，讨老太太和太太的好儿才是”。（第三十五回）三姐亦是一样贵家豪侠气派，她痛恨贾珍父子和贾琏等辱没玩弄她们姐妹俩，骂得痛快淋漓，丝毫不畏两府人人害怕的凤姐：

打谅我们不知道你府上的事。这会子花了几个臭钱，你们哥儿俩拿着我们姐儿两个权当粉头来取乐儿，你们就打错了算盘了。我也知道你那老婆太难缠，如今把我姐姐拐了来做二房，偷的锣儿敲不得。我也要会会那凤奶奶去，看她是几个脑袋几只手。若大家好取和便罢；倘若有一点叫人过不去，我有本事先把你两个的牛黄狗宝掏了出来，再和那泼妇拼了这命，也不算是尤三姑奶奶！（第六十五回）

“粉头”、“拐”、“偷来的锣”等词语，可谓一针见血，将事实陈述得分毫不差，将两个大男人呛得说不出一句话来。

再次，三姐和黛玉对所爱之人都是前世宿缘，慧眼识人，主动选择。黛玉前身为绛珠仙子，因木石前缘，返尘为宝玉还一生的泪，此自不用说。三姐是五年前尤老娘过寿、柳湘莲客串演戏时，独独被三姐相看中，从此便是心有所属了，尽管这只是一种“积蓄心底的‘单恋’”。（丁武光《百态人间红楼梦》）三姐最具黛玉灵魂气质的是她对爱情的忠贞不二，“斩钉截铁”。（王雪香评点她是“虞美人”草。《红楼梦评赞》之《评花》）当二姐欲为之婚配时，她就只说要嫁湘莲，并异常坚定：

只见尤三姐走来说道：“姐夫，你只放心。我们不是那心口两样的人，说什么是什么。若有了姓柳的来，我便嫁他。从今日起，我吃斋念佛，只服侍母亲，等他来了，嫁了他去，若一百年不来，我自己修行去了。”说着，将一根玉簪，击作两段，“一句不真，就如这簪子！”说着，回房去了，真个竟“非礼不动，非礼不言”起来。（第六十六回）

尤三姐对湘莲的这种心态，犹如黛玉之“木石前盟”，好像是注定一般。丁武光的阐释很有诗意且堪为知音：

所爱之人一经道出，便认定这一“情”字……自此，她的一生已经交给了柳湘莲，她的存在似乎不再是孤独的自我，而是跟所爱之人拴在一起了，她以“情”自慰、自勉，仿佛所爱之人已经进入了她的生活之中，时常出现在爱身边。（《百态人间红楼梦》）

其实黛玉又何尝不是如此，她对宝玉也是认定这个情而终不变了。作为姐夫的贾琏倒是为三姐的婚配着实出了力。而且天缘巧合，他又偶遇柳湘莲。便立即为三姐做媒。并要柳湘莲给定情之物：

贾琏笑道：“你我一言为定，只是我信不过柳兄。你乃萍踪浪迹，倘然淹滞不归，岂不误了人家，须得留一定礼。”（第六十六回）

湘莲于是解下传代之宝的鸳鸯剑给贾琏，作为订婚信物。三姐得此信物，欢喜无尽：

三姐看时，上面龙吞夔护，珠宝晶荧，将靶一掣，里面却是两把合体的。一把上面錾着一“鸳”字，一把上面錾着一“鸯”字，冷飕飕，明亮亮，如两痕秋水一般。三姐喜出望外，连忙收了，挂在自己绣房床上，每日望着剑，自笑终身有靠。（第六十六回）

三姐和湘莲的故事意境是有所承袭的。它很有可能从著名的唐传奇《虬髯客传》中红佛妓与李靖故事受到启发。盖尤三姐与湘莲只有一面之缘，却立即把一颗心给了他。杜光庭小说中李靖力谏杨素不要“踞见宾客”，红佛“立于前，独目公”。这是独具慧眼。李靖走后，立即大谈其住处，夜五更来见李靖。这犹如尤三姐内心已有归宿。《虬髯客传》描述红拂女的面貌气质是“观其肌肤，仪状，言辞，真天人也”。（汪辟疆校录《唐人小说》）而小说中强调三姐“绰约风流”，颇有仙气。不同的只是，李靖与红佛的结局是圆满，而三姐与湘莲却是悲剧的结果。

最后，三姐和黛玉都是悲剧性的结局。黛玉和三姐从小都有些不幸。三姐从小和姐姐及老娘依附于宁府，身旁是贾珍之徒，故有失身之恸。清代文人二知道人云：“尤三姐，女中丈夫也。生而孤贫，随其母寄人篱下，恨阿姊之失守，隐痛方深。”正得三姐之心（《红楼梦说梦》）。黛玉父母双亡，寄居荣府，寄人篱下，有所爱却无人为其做主，因此有病弱之苦。但就是这样一个病弱的女子，却是诗中才女，宝玉的老师。三姐是表面淫荡，似被俗界所浸染，其实内心却是如冰如玉，如《庄子·逍遥游》里的“仙子”。三姐或因年少，或因家庭的特殊环境，尝失身于贾珍父子，但她心灵却依旧是纯净的。就因为她是很清醒地生活在龌龊的世间。她尝沉痛地对母姐二人说：“姐姐糊涂。咱们金玉般的人，白叫这两个现世宝玷污了去，也算无能。”关于三姐的悲剧，前人多感疑惑，如说“作者未写得透彻”。（野鹤《读红楼梦杂记》）当代红学家克非谓之“性格牵强，爱无根据，死亦无由”。（《红坛伪学》）其实是未理解曹公是把三姐作为黛玉的魂影来塑造的。尤三姐的性情，爱恨，结局都是黛玉未来的命运。唯嘉庆间文士陈其泰说三姐和湘莲较得之：

> 湘莲是宝玉先声，三姐是黛玉榜样；而宝玉情痴，湘莲顿悟，黛玉柔肠，三姐侠骨。四人者不同道，其趋一也。一者何也，曰情也。（桐花凤阁评红楼梦辑录》）

所谓“黛玉榜样”者似已看到玉影黛魂了。今人白先勇的说法与陈氏相仿。“尤三姐的殉情这么刚烈决绝，某方面也预告了最后的‘林黛玉焚稿断痴情’。”（《白先勇细说红楼梦》下册）三姐和黛玉俩人的爱情都是悲剧性的失败。柳湘莲是自命清高实则昏庸无识，宝玉号称多情公子然懦弱不堪，皆不敢为爱人去争取。不少文士均注意到贾琏向湘莲说媒，只不说三姐自择之语，其实与宝玉、黛玉心心相印而不敢自择相似，这是礼教文化规训的悲剧。黛玉死后，宝玉偶道荒凉的潇湘馆，恍惚听到啼哭之声。便滴下泪来，说：“林妹妹，林妹妹，好好儿的是我害了你！你别怨我，只是父母作主，并不是我负心。”（第一〇八回）这段话由于历来对后四十回的轻视，没有引起重视，但已经将旧式婚姻的实质揭露了出来。因此两人的结局注定都是自杀。三姐是悲壮的自刎，黛玉同样是刚烈地不食而死。她们的爱情死亡后，都绝不愿意苟活于浊世。三姐死得壮烈，甚至歹毒的凤姐都赞她“造化高”。当糊涂的柳湘莲不识好女子，要讨回鸳鸯剑时，她的死亡叙述决绝而悲壮慷慨，犹如嵇康一曲《广陵散》。

> 那尤三姐在房明明听见。好容易等了他来，今忽见反悔，便知他在贾府中得了消息，自然是嫌自己淫奔无耻之流，不屑为妻。今若容他出去和贾琏说退亲，料那贾琏必无法可处，自己岂不无趣。一听贾琏要同他出去，连忙摘下剑来，将一股雌锋隐在肘后，出来便说："你们不必出去再议，还你的定礼。"一面泪如雨下，左手将剑并鞘送与湘莲，右手回肘只往项上一横。可怜：揉碎桃花红满地，玉山倾倒再难扶。（第六十六回）

尤三姐死时的季节是在秋八月，但作者偏用"揉碎桃花红满地"，既是"桃花人面"之意，亦是有意让人联想到黛玉的《桃花行》。因为黛玉恰好死在春正月。黛玉闻宝玉娶宝钗，则毫无犹豫地撕题帕手绢，焚旧日诗稿而去，毫无牵挂，显示了对浊世的决绝态度。尤三姐自刎是黛玉之死的预兆和伏笔。其符号自我的呈现和价值意义，祝秉权说得较有深度和诗意：

> 爱情是女人的生命。尤三姐爱柳湘莲，是一片真心，却不被对方理解。爱情没了，活着有何意义？不如死了。（祝秉全《百味红楼》）

壮烈的三姐和隐士般的黛玉用她们忠贞的死，唤醒了沉睡迷失徘徊的爱人，宝玉和湘莲两人心和肉体都死了，最终一个入道，一个出家，一起斩断烦恼丝，摆脱红尘，悬崖撒手。清代文人江顺怡说湘莲是"非出家也，亦自刎耳"。很有眼光（《读红楼梦杂记》）。宝玉同样如此，黛玉死后，心如槁木矣。白先勇云湘莲出家是宝玉出家的前哨，亦很有眼光。（《白先勇细说红楼梦》下册）　（张）

探春不认赵姨娘之因

三姑娘探春，是贾政与赵姨娘所生，宝玉同父异母的妹妹，贾环的胞姐，是《红楼梦》里的一个重要的人物，长相出众："削肩细腰，长挑身材，鸭蛋脸面，俊眼修眉，顾盼神飞，文采精华，见之忘俗。"（第三回）太虚幻境薄命司对他的判词是："才自精明志自高，生于末世运偏消；清明涕泣江边望，千里东风一梦遥。"（第五回）作者在"敏探春兴利除宿弊"，（第五十六回）给了探春一个"敏"字，说明她既有补天之"志"，治世之"才"，更有处事之"敏"。只可惜"生于末世"，无力回天。她的悲剧与红楼其他女子仅不同而已。

评论家和读者在探春的评价上的分歧，多数集中在对赵姨娘和其胞弟贾环"无情"的表现上。探春真是位无情的人儿吗？

一、可以不认

与另一庶出小姐，"二木头"迎春的认命，懦弱相比，探春是刚强、精明、清醒的。探春的清醒，首先表现在她对于自己身世的清醒。探春明白，自己虽贵为贾府的三小姐，却有一个与生俱来的致命伤——庶出。在"妻妾不分则家室乱，嫡庶无别则宗族乱"的封建社会，庶出的身分使探春从一开始就处在尴尬境地：她是主子姑娘，享有主子的特权；又是姨娘生的姑娘，为世俗所轻。

《大清律》注上说："妻者，齐也，与夫齐体之人也；妾者，接也，仅得与夫接见而已，贵贱有别，不可紊也。妾者，侧也，谓得侍乎侧也。妻则称夫，妾则称家长，明有别也。"当时的制度还规定，妾生的子女，包括姨娘生的子女，都必须以嫡妻为正式母亲，庶母不应该把亲生的子女看作是自己的子女，而应该把他们看作是嫡母的子女。赵姨娘虽是探春的生母，却没有母亲的名分。更没有管教女儿的权利，庶出的探春只能认王夫人为母亲。

了解了当时的社会制度，就可以理解为什么有才有志、机敏果决的探春在这一问题上的“无情”抉择，理解探春内心深处强烈的嫡庶之分和由此产生的等级观念。在一个男尊女卑的社会里，自己是女儿身，又是庶出身分，要想在一个个像乌眼鸡似的贾府中（第七十五回）有尊严地活着，要得到能左右自己命运的老太太、太太、老爷及贾府众人的认可，在情与“礼”上不得不有所取舍。母女之情固然天经地义，可是奴才与主子的身分依旧是不可跨越的，而身受传统伦理文化教育的探春自觉维护这种秩序无可指责。

探春疏离生母，小说中身处同一文化环境中的贾府众人不仅无人指责探春的寡恩，反而一致钦佩她的才能，也换来了在家族中的地位与声望，这也是对探春“无情”选择的正强化。况且，探春跟弟弟贾环不同，她跟着王夫人长大，自然与王夫人更亲，赵姨娘对她并无多少抚养之情，所以与生物学母亲赵姨娘的感情到底有多深，也不好说。

二、不可以认

王熙凤曾评价探春和贾环是“真真一个娘肚子里跑出这天悬地隔的两个人来”。（第五十五回）“人物委琐，举止荒疏”的贾环和探春不是一类人，万人嫌生母赵姨娘和探春更无互相理解的和有效交流的可能。

“才自精明志自高”的探春有能力、有胆识、识大体、通情达理。她有凤姐之气魄却宅心仁厚；有黛玉之敏锐却气度颇大；不屑于藏拙守愚，大胆显露才华，豪爽开朗。她发起大观园诗社，为宝玉亲手做鞋，和姐妹兄弟能和谐相处。比之迎春之“懦”、惜春之“怪”，是位才华品貌俱佳，阳光爽利的贵族小姐。

探春的个性养成，一是来自于她的先天禀赋，来自于出身高贵的王夫人的熏陶培育，更来自于从庶出的自卑激发出的自尊、向上的内驱力。

作者曾说，“探春有心的人”。（第四十六回）有“心”就是有“思想”。有自己独立思维与独立见解。以探春之个性，一旦决定，绝不拖泥带水，暧昧不清，也不会被别人的意见左右。正如她自己《簪菊》诗中所言：“高情不入时人眼，拍手凭他笑路旁。”（第三十八回）不认赵姨娘，既是探春在礼法制度下的顺势而为，应该也是探春无奈之下的主动选择。为何不认？因为不可以认。

在遍地是“一个富贵心，两只势利眼”的贾府，生存不易。主子间是“恨不得你吃了我，我吃了你”，主子与奴才，奴才与奴才间的关系也是一样。用王熙凤的话说是：“咱们家所有的这些管家奶奶们，哪一位是好缠的？错一点儿他们就笑话打趣，偏一点儿他们就指桑说槐的抱怨，‘坐山观虎斗’、‘借刀杀人’、‘引风吹火’、‘站干岸儿’、‘推倒油瓶不扶’，都是全挂子的武艺。”（第十六回）

迎春、惜春无人可依靠，探春倒有两位帮倒忙的“猪队友”：上不了台面的贾环和时时惹事的赵姨娘。王夫人面善心窄城府深，贾环和赵姨娘的存在本身就是王夫人的肉中之“刺”。作为王夫人情敌的女儿，探春本就得加倍小心维系关系，要处处“有情”，处处让其放心才行。探春不仅在言语上清楚表白与赵姨娘、贾环的界限：“我只管认得老爷、太太两个，别人我一概不管。”“就是姐妹弟兄跟前，谁和我好，我就和谁好，什么偏的庶的，我也不知道。”（第二十七回）更会在行动上处处留心王夫人喜怒。在“鸳鸯女誓绝鸳鸯偶”事件中，贾母大怒骂身边的王夫人，在场的探春盘算到：“想王夫人虽有委曲，如何敢辩；薛姨妈也是亲姊妹，自然也不好辩的；宝钗也不便为姨母辩；李纨、凤姐、宝玉一概不敢辩；这正用着女孩之时，迎春老实，惜春小。因此窗外听了一听，便走进来陪笑向贾母道：‘这事与太太什么相干？老太太想一想，也有大伯子要收屋里的人，小婶子如何知道？便知道，也推不知道。’”（第四十六回）这看似不起眼的一辩却是探春表明自己态度立场的好机会。

探春不仅称呼自己的生母为“姨娘”，喊王夫人为“母亲”，也把自己的亲舅舅当做奴才对待。绝不给人“口实”和误会的机会。第五十五回中，正值亲生闺女当家，看不懂颜色的赵姨娘跑来给兄弟多讨几个钱，刚说出“你舅舅”三个字就被探春喝住了：“谁是我舅舅？我舅舅年下才升了九省检点，哪里又跑出一个舅舅来?”这“断情绝义”、“铁石心肠”确实“无情”。怪不得赵姨娘惧探春比惧凤姐更甚！探春不愿提及嫡庶区别，一向把自己当作嫡生女。“舅舅”王子腾的夫人寿诞，她和薛姨妈、凤姐、宝钗、宝玉一齐去贺寿，很晚才回。正因为她的清醒与“无情”，王夫人对这个庶出的女儿也确实放了心，还“让她一二分”；王熙凤“在这些大姑子小姑子里头，也就单惧她五分”，决心要和她“协同”，拉她“做个臂膀”。

探春很清楚生母赵姨娘只有些“阴微鄙贱的见识”，做事更“忒昏愦的不像了”。（第二十七回）姜祺在《红楼梦诗》中说赵姨娘：“质恤愚纯赋性偏，含沙兴浪费周旋。”正是赵姨娘的真实写照。第六十回赵姨娘找芳官算账，路遇与芳官她们有冲突的夏婆子，赵姨娘在夏婆子的极力鼓动下在怡红院与芳官一众厮打起来。夏婆子身为效劳贾府多年的中年仆妇，阴险狡诈，不敢公开找受宝玉庇护的芳官诸人的麻烦，于是利用耳根软的赵姨娘报复素日不和的芳官，结果赵姨娘被芳官诸人“手撕头撞”，被众人看尽笑话。就连亲生女儿探春都觉察到是没脸的奴才们在捉弄赵姨娘这个“呆人”，替她们出气。耳朵软、心里没计算的赵姨娘多次因为愚钝而被“墙倒众人推”，赵姨娘虽然是名不副实的主子，却也极力纵容娘家人仗着自己姨娘的名头在外兴风作浪，欺凌其他下人，她好酗酒的内侄钱槐“有些钱势”，看上了聪明漂亮的柳五儿，遭到五儿的拒绝后竟“发狠定要弄成此配”。钱槐有钱，因为父母在库上管账；有势，因为姑姑是贾政的枕边人，“发狠定要弄成此配”底气十足，来源于赵姨娘对娘家的看顾及对娘家人仗势欺人行为的一贯支持。

“愚”且喜欢“兴浪”的赵姨娘不懂得自己和一双儿女在贾府里如何生存，没能力也不愿顾及探春的苦心与难处，满心只想着“母凭子贵”的美梦，还“必要过两三个月寻出由头来，生怕人不知，故意表白表白”。（第五十五回）完全不管这“故意”会给女儿带来多大的麻烦和耻辱。第五十五回、五十六回就深刻地刻画了这对母女的正面交锋。

探春刚刚接受照管家任务时，就有一起小人在旁打听她办事如何：“若办得妥当，大家则安个畏惧之心，若少有嫌隙不当之处，不但不畏伏，出二门还要编出许多笑话来取笑。”（第五十五回）而探春这时也“正要找几件利害事与有体面的人开例作法子，镇压与众人作榜样”。赵姨娘此时为挣到和袭人一样的体面，来找探春吵闹，要增加二十两银子给弟弟办丧事。探春依例拒绝，赵姨娘就当着众人的面言语折磨探春：“太太疼你，你越发拉扯拉扯我们。你只顾讨太太的疼，就把我们忘了。明儿等出了阁，我还想你额外照看赵家呢。如今没有长羽毛，就忘了根本，只拣高枝儿飞去了！”探春当场被“气的脸白气噎”。（第五十五回）

探春此时有一番话：“他是太太的奴才，我是按着旧规矩办……太太满心疼我，因姨娘每每生事，几次寒心。……如今因看重我，才叫我照管家务，还没有做一件好事，姨娘倒先来作践我。倘或太太知道了，怕我为难不叫我管，那才正经没脸，连姨娘也没脸。”（第五十五回）

这段话很有意味，完全不像母女间的对话。既像主子教训不懂事的奴才，更像是无奈的探春对赵姨娘的苦心劝谏与内心悲愤的呐喊。即使真的如赵姨娘所愿，探春一心“拉扯”，赵姨娘就可以有好日子吗？不过是大家一起毁灭罢了。探春的“脸”，全仗王夫人所赐，探春如果没脸，又哪有能力“拉扯”？以赵姨娘的能力与见识，探春拼尽全力，可“拉扯”得起来？试想，探春一直严守界限，赵姨娘还是时不时胡闹，如果探春再软弱些，会是什么样的局面？探春对赵姨娘“无情”压制，让她有些忌惮，说不定也是对她的一种保护。众人都嫌弃她，都知道其无能，不是也少了相害之心吗？

赵姨娘对探春的这种言语表达，也不仅使人疑问，赵姨娘把自己弟弟当亲弟弟，可把女儿当亲女儿疼了？可有想到顾及女儿的脸面？在探春远嫁时，赵姨娘竟无丝毫悲戚，“反欢喜起来”，“想要他孝敬我，不能够了。只愿意她像迎丫头似的，我也称称愿”。这种“无情”实在令人寒心和不解。赵姨娘有老母鸡爱小鸡的天性，但却没有成熟的爱的能力。对一双“主子”儿女，没学会给予母性的爱和温暖。这点在对贾环的教育上看得更清楚。赵姨娘经常把自己内心的怨毒化为恨铁不成钢的辱骂。母子在书中的第一次对话，赵姨娘就指责贾环“谁叫你上高台盘去了？下流没脸的东西！那里顽不得？谁叫你跑了去讨没意思？”（第二十回）遇到一点小事儿，她就大骂儿子“下流没刚性的”，（第六十四回）稍不顺心就只会一味挑唆贾环去泼闹。

经过一次次实践，贾环也渐渐知道母亲的路线行不通，决心放弃了。第六十回里，芳官用茉莉粉替去蔷薇硝，赵姨娘自觉受辱要去大闹，贾环先是苦劝，当赵姨娘执意前去的时候，“贾环便也躲出仪门，自去顽耍”了。甚至在赵姨娘临死的时候，贾环都没有任何悲哀，甚至不愿留下来照顾生母。连贾环都放弃了赵姨娘，何况刚强自尊、处事谨慎的探春。从某种意义上说，探春看得不仅仅比王夫人远，比大观园的众姐妹们远，也比贾政等男人们更远。在《红楼梦》中，也惟有探春看到了贾府政治上的黑暗，看到了整个贾府的命运。所以说，与大观园的其他女孩子相比，除了性格上的不同，才干出众的探春身上更多了一层沧桑与无奈回天的悲凉之感。

古代君主专制的官僚社会留给女人的路仅有嫁人这一条，探春自然也不例外。值得注意的是，在贾母、王夫人、贾政安排探春的未来时，探春自始至终除了掉泪之外未置一词，完全是一副逆来顺受任人摆布的态度。这与探春“刺玫瑰”的性格似乎并不相符。

其实，这里探春的“认命”，任凭别人摆布，却正是探春悲剧深刻性之所在。即便雄心勃勃如探春，在自己的婚姻大事上连发言的权利也没有，只能听凭命运的摆布，更无法改变贾府的命运和社会的命运。只能顺从地踏上“一帆风雨路三千，把骨肉家园齐来抛闪”的远嫁之路。成为

“千红一窟”之一，“万艳同悲”之一。同那个时代所有的女子一样，探春也不可能有更好的命运！没有理解，何来宽容？蝼蚁理解不了的孤独的老虎的伤悲。而习惯独行的老虎，确实也无法彻底俯下身子，与蝼蚁一起匍匐前行。　（周）

贾芸与小红的恋情

《红楼梦》中小人物的爱恋以小红与贾芸的故事最为动人。他们初次见面，便已互生好感，手帕传情。在贾芸眼里，小红是个精细干净的丫头；在小红眼中，贾芸是个斯文清秀的本家爷们。这样的爱情，本就存在着阶级等级差别，而这二人不经过父母之命或者媒妁之言便私订终身的行为，更加显示出对礼教社会的婚姻法则的某种程度的逆反。

小说第二十四回末尾，小红梦见贾芸捡到自己的手帕，并且来送还。在古代社会，男女之间是不能够直接表达自己的感情的，手帕便成了交往的一个媒介。此回小红的梦帕表明小红已是心属贾芸了。第二十六回，小红渐渐与贾芸熟悉了，虽然看见了他手里的帕子，但碍于女孩子的矜持，她也不好直接问。后来贾芸通过坠儿之口得知捡到的手帕竟是心上人小红之物，十分高兴，接着又借坠儿之手将自己的一块旧帕子赠予了小红。手帕使他们得以产生情感的契机，在他们的故事中起到了定情的作用。宝玉和黛玉的爱情有一块手帕作为媒介，让人难忘，让人感动。黛玉临终亦焚稿烧帕而逝。而贾芸和小红的爱情媒介居然也是一块手帕。可见曹公对芸、红两人的某种看顾。当然，细读文本，小红的手帕并非真的遗失，而是有意留给贾芸。当时他们在山坡上相遇，四周没有别人，那么小红掉在地上的手帕是非贾芸捡起不可了，这样，手帕便成了连接两个有情人心意的传情之物。小红接受了贾芸的手帕，同时也接受了贾芸的真心。在红、芸两人的故事中，坠儿可谓是被动地充当了这两人的红娘，但手帕定情的整个过程，都没有露出一点让外人察觉的痕迹，这也足以见得红、芸两人的心思缜密，并且精于设计。

小说中贾芸和小红事是属于一见钟情的。贾芸见了小红，立刻便有了好感，“贾芸听这丫头的话简便俏丽，待要问他的名字，因是宝玉屋里的，又不便问，只得说道：‘这话倒是。我明日再来。’说着，便往外去了。焙茗道：‘我倒茶去。二爷喝了茶再去。’贾芸一面走，一面回头说：‘不用，我还有事呢。’口里说话，眼睛瞧那丫头还站在那里呢。”再来看看小红，则更为大胆，第一次见面她的“大胆”就表现得淋漓尽致。“那丫头听见，方知是本家的爷们，便不似从前那等回避，下死眼把贾芸看钉了两眼。”《红楼梦》中，在宝、黛、钗之外，还有着许多边缘化的小人物，正是这些小人物，对改变命运的追求才更加的强烈。只有环境的改善才能改变他们的生存状况，基本的生存保障了，他们才能向宝玉一样去深究情感纠葛。贾芸，贾氏一族的低微之人。西廊下五嫂子的儿子，早先没了父亲，也无产业，早早便面临生计问题。为此，贾芸专门去求贾琏，希望得到一些府中的杂事管一管，贾芸求贾琏谋事，自然常要候望着贾琏，于是相遇了宝玉。第二十四回叙述贾芸千般讨好宝二爷很是生动：

只见旁边转出一个人来，“请宝叔安”。宝玉看时，只见这人生的容长脸，长挑身材，年纪只好十八九岁，生得着实斯文清秀，倒也十分面善，只是想不起是那一房的，叫什么名字。贾琏笑道：“你怎么发呆，连他也不认得？他是后廊上住的五嫂子的儿子芸儿。”宝玉笑道：“是了，是了，我怎么就忘了。”因问他：“母亲好，这会子什么勾当？”贾芸指贾琏道：“找二叔说句话。”宝玉笑道：“你倒比先越发出挑了，倒象我的儿子。”贾琏笑道：“好不害臊！人家比你大四五岁呢，就替你作儿子了？”宝玉笑道：“你今年十几岁了？”贾芸道：“十八岁。”原来这贾芸最伶俐乖觉，听宝玉这样说，便笑道：“俗语说的，“摇车里的爷爷，拄拐的孙孙”。虽然岁数大，山高高不过太阳。只从我父亲没了，这几年也无人照管教导。如若宝叔不嫌侄儿蠢笨，认作儿子，就是我的造化了。”贾琏笑道：“你听见了？认儿子不是好开交的呢。”说着就进去了。宝玉笑道：“明儿你闲了，只管来找我，别和他们鬼鬼祟祟的。这会子我不得闲儿，明儿你到书房里来，和你说天话儿，我带你园里顽耍去。”说着扳鞍上马，众小厮围随往贾赦这边来。

贾芸极为伶俐乖觉，认小自己几岁的宝玉为干爹，不觉让人悲叹，底层人物的生活即是这般的无奈和酸苦，为一点小利就要使出全身力气。同样的小红也是如此，她有着几分容貌，心里一直想着攀上高枝，每每要在宝玉面前现弄现弄，可是宝玉身边一干人都是伶牙利“爪”的，插不下手。终于遇到宝玉要茶，身边无人侍奉，小红便赶紧上前递茶，谁知被秋纹、碧痕看到，被骂道“没脸的下流东西……你也拿那镜子照照，配递茶递水不配!”一顿恶语把小红攀高的心骂的灰了一半。虽然如此，但两人都是有些心机的人物，终究是不甘于现状，希望能够得到更体面更好的生活。

这段文字，倒是写出了宝玉的另一面，作为公子哥脾性的另一面。而贾芸的伶俐乖觉，认小自己几岁的宝玉为干爹，不觉让人悲叹。

贾芸与小红的恋情的独特性还在于融合了一种生命的焦虑感。这种焦虑来源于二人地位的低微。他们一个是族中小人物，一个是外围的小丫鬟。同病相怜是二人恋情的重要媒介。因此他们焦虑的核心主要是物质的贫乏和改善自身的不利处境下贾芸为了能在贾府捞到好处，不得不低声下气的四处求人。他对贾琏的逢迎拍马、对琏二奶奶的阿谀奉承、对贾宝玉自称“儿子”，此番种种委曲求全，都是因他所处的卑下的地位导致的。像贾芸这样的小人物要想在贾府生存下去，并且生活得较好就不得不如此小心谨慎、低三下四。小红玉的处境也一样，比起贾芸来她对自身所处的环境和命运似乎更加不安和焦虑，更想早日摆脱这种焦虑的烦扰。书中写道："这红玉虽然是个不谙事的丫头，却因他原有三分容貌，心内着实妄想痴心的向上攀高，每每的要在宝玉面前现弄现弄。"这正是小红不甘自卑自贱，迫切想改变自己命运的写照。由于身分地位的悬殊，所处环境的迥异，文化修养的差异，贾芸和小红对焦虑的认识不可能达到黛玉和宝玉的高度。他们也许会慨叹命运的不公或生活的无常，却不会因此而生发出和宝黛一样的，对人生、生命和宇宙的哲学的思辨中来。贾芸和小红对命运的无奈，对自我的意识注定了只是一种世俗的焦虑感。也因此，贾芸在贾琏和王熙凤跟前讨差事时，显现出一副油嘴滑舌的馅媚相；小红也不甘为卑，善于把握自己的命运，在怡红院众多副小姐压力下没有出路，便迅速倒向凤姐，并凭着伶牙俐齿的言谈而受到青睐"攀上了高枝"。正是由于贾芸和小红在现实环境里有着相似相通的生存焦虑、对命运的不甘和精于世故、人情练达的品性，他们的爱情才有了稳定的现实基础。

在现实的环境里，"贾芸没有宝玉的书卷气和脂粉气，所以他'必有一番作为'。""比宝玉接触社会，比宝玉更像一个男人"。小红骨子里有点黛玉的孤傲，但更圆滑一些，懂得利用一切有利的条件来改变自己的命运，在处事上比黛玉更工于心计，懂得生存的智慧。这些看似对生存有利的条件，这些宝玉和黛玉欠缺的"优点"也正是他们与贾芸和小红二者焦虑内涵不同的本质所在。

小红是大观园众多丫鬟中最具人生哲学家气质的一个（另一个是司琪），在第二十六回中与佳慧的对话，说出了自己的心事，也是她对大观园今后结局的看法。在佳慧为分赏银的事感到不公时，小红却说："也犯不着气他们，俗话说的好：'千里搭长棚，没有个不散的筵席'，谁能等谁一辈子呢？不过是三年五载，各人干各人的去了，那时还谁管谁呢？"这话虽出于一个丫头之口，却不亚于秦可卿当初托梦于王熙凤之言："月满则亏，水满则溢"，"登高必跌重"，"要知道，也不过是瞬息的繁华，一时的欢乐，万不可忘了那'盛筵必散'的俗语。"小红对此看得很透，是对今后的人生方向找个出路的最简单的领悟。俗语说："卑贱者聪明，高贵者愚昧。"在晴雯等众丫头还为是否受主人的宠爱，地位高低针锋相对时，小红看到了未来，她不仅没有放弃现在，还要在这仅有的“三年五载”做出自己的“事业”，为自己以后有更好的出路做打算，也证明自己价值的所在。不仅如此，还要为自己的终身做打算。于是，她与贾芸的爱情顺理成章地默默进行，惊涛骇浪之后，到头来还是要换一个平静的生活。而小红呢，小说第二十六回中提及林黛玉给佳蕙钱的事，佳蕙听了跑进来，就坐在床上，笑道：“我好造化！才在院子里洗东西，宝玉叫往林姑娘那里送茶叶，花大姐姐交给我送去。可巧老太太给林姑娘送钱来，正分给他们的丫头们呢，见我去了，林姑娘就抓了两把给我。也不知是多少，你替我收着。”便把手绢子打开，把钱倒出来交给小红。小红就替她一五一十地数了收起。佳蕙在自己得了钱后，并不避讳跟小红讲，不仅让小红帮忙收着，就连数目也要小红点清，可见小红为人不仅诚信度很高，信誉良好，而且乐于助人。

最终贾芸借银子送礼给凤姐，谋了个种花的差事，小红则因为自己的伶俐、才干得到凤姐的赏识，成为凤姐的侍奉丫头，两人的心愿也都算达成了。第一次见面双方就暗生情愫，给对方留下很深的印象，也可说他们是一见钟情。后再次相遇：“这里小红刚走至蜂腰门前，只见那边坠儿引着贾芸来了。那贾芸一面走，一面拿眼把小红一溜；小红只装着和坠儿说话，也把眼去一溜贾芸：四目恰好相对。小红不觉把脸一红，一扭身往蘅芜院去了。”他们的爱情颇有纯真梦幻的色彩，只是这么一对人物，在整个贾府中，并不出类拔萃，他们的故事也少有描绘。此段爱情与宝、黛之恋和秦钟、智能儿之恋颇有相似，两厢情愿自可不说，只是少了些宝、黛的精神依恋，少了些秦钟、智能儿的欲望诉求，多了些理性。这种理性却是这段爱情不可或缺的存在因素。小红生活在大观园之中，与各个贾府中的主子都有较近的接触。对于贾芸来说，小红是一个非常好的信息传递者，他需要这样一个人来帮助他，这可使他去争取更多的利益。贾芸，只能站在廊下的贾府族人，虽然低微，但毕竟不是正宗奴才，起码他姓“贾”，算是贾府公子中的一位。对于小红这么一个心气较高的丫头来说，贾芸是非常好的选择。贾芸与小红是非常契合对方要求的，以后他们的感情发展，这些客观因素必不可少。他们的爱情是情感与理性的结合，是人们在现实中直视生活的一种情感选择。

在传统礼教观念看来，婚前的男女若带有恋爱性质的交往是大逆不道的。男女之间的心理障碍首先来自于对异性本体的神秘化，而芸、红之恋有一点那种冲破这个障碍交往的意义。小红与贾芸的爱情浸透在第二十四回到第八十八回长达六十四回的断断续续描写中。第一次与贾芸相见，小红便“娇声嫩语”叫哥哥，“下死眼”“盯两眼”，“站在那里”送至看不见。随后，小红通过故意丢帕恋贾芸，梦中欢会思贾芸，从纵横两个方面加强了他们之间的真挚情感。梦是人的压抑神经松弛、潜在情感凝聚的最佳状态，俗话说酒后吐真言，梦中现真情。《红楼梦》借梦表达爱情是非常频繁的，但是用梦表现“小人物”的性爱却并不多见。小红与贾芸对自己生活理想的追求，对自己爱情愿望的向往，反映了当时朴素的人文主义要求。他们的爱情都是在企图摆脱现有低下地位的基础上发展的，因此是志同道合的爱情。男权专制的社会，女子既没有人身平等的地位，也没有主动获取的爱情，即使内心萌发主动追求的愿望，也没有化为实际行动的可能。《红楼梦》的“小人物”爱情，在现实主义创作中有很大突破，小红的死眼相盯，故意遗帕不是主动追求吗？尤三姐击断玉簪，誓嫁湘莲不是主动追求吗？司棋偷会表弟潘又安不也是主动追求吗？虽然，他们的爱情以双双殉死而告终，但是他们交流情感的行动却使统治者和小姐们脆弱的神经不得不恐惧。司棋与潘又安几次夜间幽会，几次传递信物，巩固了他们的情谊。从这点来看，对爱情的严重禁锢，对爱情的盲目扼杀，必然使得爱情向反方向发展，向反方向深化。

芸、红的自由恋爱反映了当时下层青年男女们对自由婚恋的强烈追求。《红楼梦》虽然依旧是礼教文化的产物，但还是反映了试图摆脱束缚，具有现代女性主义的某种意识，芸、红之恋象征了普通人对爱情和婚姻的某种自由的渴望，尽管他们不是自觉的。（张）

唐伯虎与《红楼梦》的宿缘

唐伯虎，名寅，是明代弘治、正德年间的吴中四才子之一，平生以字行。唐伯虎的文化人格和其文学创作对于《红楼梦》影响巨大，它影响了小说核心人物的塑造和意境的表现。黛玉葬花与《葬花词》深受伯虎的影响，这是大家都知道的。伯虎一生诗才超尘拔俗，其咏花诗最多，大概有一百三十多首是专门咏花的。比较著名有《和沈石田落花诗三十首》《桃花庵歌》《花月诗十首》和《落花诗十七首》等。

唐伯虎是"花癖"，最喜赏花。而宝玉号称是绛洞花主。伯虎诗中有"江南人尽似神仙，四季看花过一年"。《感怀》云："生涯画笔兼诗笔，踪迹花边与柳边。"他的居处名"桃花庵"；他喜欢戴花，"头插花枝手把杯，听罢歌童看舞女"。唐伯虎是书画家，他还有不少题画诗词亦和花相关。《红楼梦》不少篇章都涉及花。刘姥姥进大观园，贾母戴花，给姥姥头上插满了花。藕香榭品茶，凸碧山庄听笛，都是伴着桂花的飘香。诗社亦皆是花命名的，"海棠社"、"桃花社"等。唐伯虎是苏州人，黛玉亦生姑苏。其葬花所唱的《葬花吟》是小说中比较出色的诗。不过这首诗并非曹雪芹所独创，他不仅承袭了自六朝的《董娇娆》与唐代刘希夷的《代悲白头翁》的惜花诗意的间接影响，而且更多的是受到唐伯虎的直接影响。首先，葬花这个举动，就是唐伯虎的发明。他在其诗序中说："唐子畏居桃花庵。轩前庭半亩，多种牡丹花，至花落，遣一小秤，一一细拾，盛以锦囊，葬于药栏东畔，作落花诗送之。"后来清初的纳兰性德也学唐伯虎葬花。这对《红楼梦》作者肯定有影响。也难怪索隐派常说《红楼梦》写明珠家事了。其次，《葬花吟》的语句上也多模仿伯虎的诗。伯虎的《花下酌酒歌》有“今日花开又一枝，明日来看知是谁？明年今日花开否？今日明年谁得知”。《葬花吟》则说：“桃李明年能再发，明年闺中知有谁。”《葬花吟》有“一年三百六十日，风刀霜剑严相逼”。这是明显模仿唐伯虎的《一年歌》“一年三百六十日，春夏秋冬各九十。冬寒夏热最难当，寒则如刀热如炙”。黛玉葬花而哭，伯虎诗有“随伴看花偷洒泪”。黛玉在贾府是小姐，生活待遇是不愁的，但她说“风刀霜剑”是不符合实际的。这是因为袭用伯虎的诗意所造成的。由此亦可见，曹雪芹的诗才不算是太高，其中最明显的是清代的所有诗选没有选《红楼梦》里面的诗词，一方面大概是对小说的歧视，但也有艺术上的看低。

除了《葬花词》，红楼海棠诗社咏菊那一回盛事，其实也是袭用了唐伯虎“对菊命酒”的意境。然论之者甚少。唐伯虎颇爱咏菊，画菊，如其《题菊二首》、《墨菊两首》、《题菊花三首》及《山家见菊》等诗。这大概是第三十八回海棠社以“菊”为题的缘由。而潇湘妃子黛玉夺菊魁，其《咏菊》和《问菊》皆有些唐寅诗的味道。他的《对菊》说：“主人持酒看，漫饮吸清香。”其《题自画墨菊》“铁骨不教秋色淡，满身香汗立东篱”。黛玉《咏菊》云：“无赖诗魔昏晓侵，绕篱欹石自沉香。”构思上可谓不谋而合。唐伯虎《题菊花三首》其三有“秋光满眼无殊品，笑傲东篱羡尔荣。”这种“笑傲”王侯的精神正可为黛玉《问菊》诗“孤标傲世偕谁隐，一样花开为底迟”的评注。唐伯虎尝有《秋庭记》描绘徐子芳处秋养心的君子之道：

当夫凄楚摇落之时，端居深默以御天和。黄菊满篱，绿酒盈尊；青山半窗，红叶填鼍；虽夫王侯扣门，而不屑迎也；虽金玉满堂，而不屑计也。傻帽笼头，蒲团□足；秋风满天……（《唐寅集》卷六）

这种处秋方式就是红楼才女们海棠诗社咏菊向往的人生境界。如黛玉《咏菊》说：“一从陶令平章后，千古高风说到今。”史湘云的“数去更无均傲世，看来惟有我知音”。（《对菊》）探春的“长安公子因花癖，彭泽先生是酒狂”。（《簪菊》）而唐伯虎正好是一个“花癖”和“酒狂”。

伯虎《菊隐记》曰："对菊命，世必有知陶渊明、刘伯伦者矣。"（《唐寅集》卷五）海棠诗人咏菊，主题宗旨源此。《红楼梦》有一种"散场"意识贯穿全书。如小红所言说的"千里搭长棚，没有个不散的筵席"。而此种独特观念很可能来自唐伯虎。其《绝笔》云："生在阳间有散场，死归地府也何妨？阳间地府俱相似，只当漂流在异乡。"（《唐寅集》卷三）除了花之外，唐伯虎喜欢弹琴和写咏琴诗，也影响了《红楼梦》对黛玉的塑造。他自己说年轻时就"鸣琴在室，坐客常满"。（《与文征明书》）"忆昔琴书纵漫游"。（《忆昔》）他的《听弹琴瑟》云："高厦列明灯，展瑟复张琴；柔丝乱弱指，递节赴繁音。"《宝琴图》云"抱琴归去碧山空，一路松声两腋风"。《题画九首》云："促席坐鸣琴，写我平生心。"《红楼梦》第八十六回"寄闲情淑女解琴书"，黛玉论琴谈琴；第八十七回"感秋深抚琴悲往事"，特以琴为黛玉写心，抒发"知音"之叹。唐伯虎《宫词》说："花开花落悄无人，强把新诗教鹦鹉。"黛玉在潇湘馆，也是教鹦鹉话语，吟诗。

唐伯虎不仅影响了黛玉的塑造，他和宝玉的关系也很有关联。他号称"江南第一风流才子"，看似洒脱不羁，其实颇守礼教。唐伯虎写了不少赞赏忠孝节义的诗。"为人能把口应心，孝弟忠信从此始；其余小德或出入，焉能磨涅吾行止？"（《默坐自省歌》）这方面还有《孝顺歌》等。这与宝玉的表面顽痴荒唐，实则守礼亦相符合。唐伯虎早年以风流才子自居，可晚年皈依佛教，号六如居士。"六如"之"如"是"喻"之意，来自《金刚经》最后的偈语"一切有为法，如梦幻泡影，如露亦如电"。唐伯虎晚年喜欢过一种禅悦的生活，如"虚窗飒飒雪打竹，静坐焚香弦在膝"。（《为钱君题鹤听琴图》）"试展蒲团坐，叶声生早寒。"（《题画九首》）这正是宝玉最向往和羡慕的。小说有一回故意让薛蟠误读唐伯虎之名为"庚黄"，但宝玉却立马猜到是唐寅，可见其对唐伯虎诗画的熟悉和喜爱程度。宝玉不喜欢见雨村这些俗吏，但妙玉这样的出家人送来一个"槛外人"帖子，就把他弄得如见圣人般，回帖都要大费周章地找邢岫烟请教。妙玉住栊翠庵真如伯虎居桃花坞了。《红楼梦》的佛家思想非常浓厚，主人公宝玉最后也是出家为僧，被皇帝封为“文妙真人”。唐伯虎弘治十一年中乡试第一，因科场舞弊案所累，后终身隐居乡里。这与宝玉中举后，随即出家隐身人世间非常相仿。唐伯虎嗜酒狂放，曹雪芹亦爱喝酒。敦城说他“酒渴如狂”。(《佩刀质酒歌》序)

《红楼梦》的书名和小说中某些情节与唐伯虎亦有紧密联系。如伯虎诗中特别爱说梦。“月下行吟劳伴侣，松阴梦觉许追随。”(《题友鹤图与天与》)“梅花月落江南梦。”(花月诗)“十载铅华梦一场”、“短梦风烟千里蝶”、“两字功名称蝶梦”、(《慢兴十首》)“春色自来皆梦里，人生何必尽尊前。”(《寻花》)他的《哭妓徐素》有“月明花向灯前落，春尽人从梦里逢；在托生来侬未老，好教相见梦姿容”。颇似红楼三春去后诸芳尽的悲凉。《题琵琶美人图》云：“梦断碧沙厨，窗外闻鹈鴂。”黛玉入贾府，被贾母安置住在碧纱厨里。焉知曹公不是从此诗受到某种暗示。特别是他的《五十自寿》的“从前悲喜皆成梦，向后荣枯未可知”，似可作《红楼梦》全书的佛道价值观念的符号。《红楼梦》第二十九回，宝、黛因误会相互生气，贾母听说抱怨道：“我这老冤家是那世里的孽障，偏生遇见了这么两个不省事的小冤家，没有一天不叫我操心。真是俗语说的‘不是冤家不聚头’”。可巧的是伯虎的《醉时歌》有句云“不是冤家头不聚”。(《唐寅集》卷一)大观园的设计也有伯虎的影子。《红楼梦》中黛玉命名的“凹晶溪馆”很有名，第七十六回她与湘云再次联句，“寒塘渡鹤影，冷月葬花魂”的名句诞生于此。这次联句的意境也似同唐伯虎的《花月诗十首》有关。如其中“待看月落花残夜，愁煞寻花问月人!”(《唐寅集》卷二)正像黛玉和湘云凹晶联句时的心境。书中描绘凹晶馆是“山坡底下就是池沿，山坳里近水一个所在，就是凹晶馆。”“因这几间就在此山怀抱之中，乃凸碧山庄之退居，因洼而近水，故颜其额曰‘凹晶溪馆’。”伯虎《题碧藻轩》云：

画堂基构画船通，碧水涟漪碧藻丛。波弄日光翻上栋，窗含烟景直浮空。帘垂菡萏花开上，鱼戏栏杆倒影中。试倩诗人略评品，不妨唤作水晶宫。

这首诗所咏之“碧藻轩”乃四周水流，菡萏花开，鱼戏倒影的“水晶宫”，正与“凹晶”相似。凹晶馆的描绘，也许受到唐伯虎“水晶宫”似的“碧藻轩”的影响。（张）

《红楼梦》丫鬟奴仆的隐性等级

贾母在除夕受礼时，主子们按辈分、年齿行礼之后，“两府男女、小厮、丫环，亦按上、中、下行礼”。主子讲宗法制度上长幼之序，奴仆则按差役等级。奴仆不被当作宗法制度中的有人格的人，而是按工具的重要与否排列，不顾其辈分高下、年齿长幼了。这里的主奴界限之别和奴仆等级之差都写得清清楚楚。

《红楼梦》中的奴仆们，在生产资料上一无所有、完全依附主子。周瑞、林之孝两家，就都住在贾家专为奴仆建造的群房之内，连自己的房产都没有。管家奴仆都是几代为奴的世仆，小说中对赖、林两家有清楚的交代。周瑞、王善保家都是全家作陪房，是作为主子姑娘的嫁妆被带到了贾家的，自然也是世仆，这种世仆家的男男女女，从出生之日起就是法定的“家生子”奴仆，其生活资料的来源都是主子按月发放的月钱与米，像主子家的猫儿狗儿一般。一长到服役年龄，都应该到主子家当差服役，婚娶一般都由主子指配。

传统礼制决定了如猫儿狗儿的奴仆们的“法定”等级，而贾府中大大小小的丫鬟奴仆小厮们还有自己的“俗成”等级。那就是根据与主子接近的程度，又分出了隐性等级。余英时先生推崇大观园为理想世界，但也不得不承认“大观园中的‘咱们’也不都是一律平等的，理想世界依然有它自己的秩序”。(《红楼梦的两个世界》)所谓“秩序”指的就是这种法定与俗成的等级。是贾府庞大的奴仆阶层的潜规则。这种隐性等级，在《红楼梦》中着笔较多的丫鬟身上尤为明显。长期生活在其中的她们的自我与身分间有着一定的撕裂。奴婢的卑贱身分使丫鬟们以接近主子的程度，作为她们获得人性尊严的一种扭曲的方式。

荣府小丫头春燕曾经转述过宝玉的一段关于女人各阶段的名言：

> 女孩儿未出嫁，是颗无价之宝珠；出了嫁，不知怎么就变出许多的不好的毛病来，虽是颗珠子，却没有光彩宝色，是颗死珠了；再老了，更变得不是珠子，竟是鱼眼睛了。分明一个人，怎么变出三样来？

照此话而言，围绕在宝玉周围的和大观园中各房的丫鬟们都是可爱纯洁的“珍珠”。而宝玉判定女儿“出嫁”是变成“死珠”的原因。后来王夫人令王善保家的抄检大观园，驱逐晴雯时，宝玉又骂嫁了汉子的这些女人。“奇怪，奇怪，怎么这些人只一嫁了汉子，染了男人的气味，就这样混账起来，比男人更可杀了。”其实宝玉不知，女人的变化不是嫁与不嫁，而是制度性的熏染。无论男人女人在封建礼制文化模式下，无人能幸免于这个染缸。他最喜欢的“水”做的清净无比女儿们同样如此。史湘云虽是个直爽女子，但有时她比宝玉看得透。有一次她好心提醒宝琴，把荣府丫鬟真相透露了点：

> 你除了在老太太眼前，就在园里来，这两处只管顽笑吃喝。到了太太屋里，若太太在屋里，只管和太太说笑，多坐一回无妨；若太太不在屋里，你别进去，那屋里人多心坏，都是要害咱们的。

这番话是有深意的。贾母看来是被当成闺阁良友了，王夫人应该也被视为无害。但接下来湘云那句“那屋里人多心坏”就值得细细推敲了。这里有好多层含义，其一是王夫人身边的丫鬟奴仆显然都有问题，即所谓“人多”；其二是“心坏”，也暗指赵姨娘这边；其三是王夫人和赵姨娘表面和气，暗中却勾心斗角，相互发展两边的丫鬟为内应，如赵姨娘把彩霞和彩云争取过来，而她的小丫鬟小鹊又是王夫人的探子。王夫人这边的"人多心坏"已经是"珍珠"褪色的符号，可见湘云赞赏的大观园并不能免于这个染缸。在明礼法暗规则的染缸浸泡下，"珍珠"们亮丽的颜色逐渐褪尽。丫鬟中分小丫鬟和大丫鬟，大丫鬟是贴身服侍。其他的低等的嬷嬷、老妈子是绝对不能接近主子的。譬如芳官干娘不知底细，想帮宝玉吹汤，被晴雯一顿臭骂，房中的小丫头又说老婆子：

小丫头们都说："我们撵她，她不出去；说她，她又不信。如今带累我们受气，你可信了？我们到的地方儿，有你到的一半，一半是你到不去的呢。何况又跑到我们到不去的地方还不算，又去伸手动嘴的。"一面说，一面推她出去。阶下几个等空盒家伙的婆子见她出来，都笑道："嫂子也没用镜子照一照，就进去了。"羞得那婆子又恨又气，只得忍耐下去。

这里"我们到的地方"有"你到的一半"地方和"到不去"的地方，就是鲜明的下人与主人的等级秩序。荣府中侍候每个主子的丫头奴仆众多，但主子一般只认得贴身侍候的几个大丫鬟，其他皆不熟悉。荣府总"凡老少房中所有亲侍的女孩子们，更比待家下众人不同"。如宝玉有次喝茶，身边大丫鬟们恰巧都不在，又不喜老嬷嬷们近前，无奈正想亲自动手，一个伶俐的小丫鬟却闪了过来：

宝玉见没丫头们，只得自己下来，拿了碗向茶壶去倒茶。只听背后说道："二爷仔细烫了手！让我们倒。"一面说，一面走上来，早接了碗过去。宝玉倒唬了一跳，问："你在那里的？忽然来了，唬我一跳。"那丫头一面递茶，一面回说："我在后院子里，才从里间的后门进来，难道二爷就没听见脚步响？"宝玉一面吃茶，一面仔细打量那丫头：穿着几件半新不旧的衣裳，倒是一头黑鬒鬒的好头发，挽着个簪，容长脸面，细巧身材，却十分俏丽干净。

宝玉看了，便笑问道："你也是我这屋里的人么？"那丫头道：

“是的。”宝玉道：“既是这屋里的，我怎么不认得？”那丫头听说，便冷笑了一声道：“认不得的也多，岂止我一个？从来我又不递茶递水，拿东拿西，眼见的事一点儿不作，爷那里认得呢！”

这小丫鬟就是红玉，通过她的叙述可见丫鬟内部的等级，“递茶递水”这类贴身侍候是属于“眼见的事”，即时刻能和主子亲近说话。这不仅意味着不干任何卑下劳累的粗活，也暗示一种下人之间的等级秩序。递茶的丫鬟们能享受其他人没有的待遇，算是主子身边核心圈子的人了。袭人自不必说，他和宝玉早就有了警幻仙姑所授之事。而晴雯、麝月和秋纹等就是一直能垄断了宝玉身边细事的宠儿了。小红虽也是属于服侍宝玉的，但却是圈外的，是不能递茶亲近的。故其所用的衣裳就是“半旧不新”的，宝玉几乎没有看见过她。小红的“冷笑”也充满了对上等丫鬟们的妒意和不满。

这种等级秩序标明了接近主子的程度，而接近主子的程度就决定取得物质享受的高低，像优伶芳官成了宝玉的贴身丫鬟后，享受着优厚的生活待遇，面对着“一碗虾皮鸡皮汤，一碗酒酿清蒸鸭子，一碟腌的胭脂鹅脯，还有一碟四个奶油松瓤卷酥”这些好菜，她居然还嫌弃说“油腻腻的，谁吃这些东西”。而生活享受的高低最终决定丫鬟们的生命维度。王善保家的倒说得没错，“这些女孩子们一个个倒像受了诰封似的，她们就成了千金小姐”。“诰封似的”错觉经常使得她们的自我迷失而忘乎所以。如第三十回宝玉和金钏调笑，金钏仗着是王夫人宠爱的大丫鬟，对宝玉的嬉戏颇不避讳。吃香雪润津丹时，她“并不睁眼，只管噙了”。有点有恃无恐，忘记了王夫人就在身边。宝玉接着表示要向太太讨她。金钏得意地说：“金簪子掉在井里头，有你的只是有你的。”大概王夫人是听到此话而有了驱逐金钏的念头。哈斯宝评其与宝玉之调笑，“其轻薄，毫无妇女之态。这便是找死的根由”。可谓一语中的。

大丫鬟们贴身侍候主子，容易得到主子的垂青和关爱，因此有希望再升一级，或当通房丫头，如平儿、袭人等。运气再好点，成为未来的名正言顺的姨太太，如赵姨娘。甚至被扶正，如娇杏。丫鬟之间为争宠经常争风吃醋，相互争斗。如袭人自从与宝玉有了“云雨”之后，就“一心装狐媚子哄宝玉”，常常把自己当着了宝二爷屋里人。她还设计规箴宝玉要戒除“那爱红的毛病儿”，希望主子少沾花惹草，自己好独占宠爱。袭人这种用心，早被聪慧而心高气傲的晴雯看破，对其得宠心怀不满，当听到袭人称自己和宝玉是“我们”时，醋意顿生，立即讥讽起来：

晴雯听她说“我们”两个字，自然是她和宝玉了，不觉又添了醋意，冷笑几声道：“我倒不知道你们是谁，别我替你们害臊了！便是你们鬼鬼祟祟干的那事儿，也瞒不过我去，哪里就称起‘我们’来了。明公正道，连个姑娘还没挣上去呢。也不过和我似的，那里就称上‘我们’了！”

第二十回麝月为宝玉篦头，晴雯进来撞见，便含酸带刺地嘲讽麝月“交杯盏还没吃，倒上头了”。第三十一回晴雯无不嫉妒地说碧痕给宝玉洗澡时间太长。贴身大丫鬟们对于接近主子的程度和暧昧经常相互试探和挑战。但是有一点，她们虽然可以和主子吃住一体，但在名分上又是实实在在的奴婢。这使得她们逐步形成一种媚上欺下的扭曲变态人格，在主子面前是奴才，在比其更低的人面前，她们又是一幅主子的模样。因此，荣府其他奴仆们给她们一个非常经典的符号称谓——“副小姐”。其意大略在半个主子兼半个奴婢之间。“副”亦可看着“附”或“假”，即依附着主子或小姐的“二层主子”。（第六十一回）副小姐平日地位高，“素日大样”，他人不禁要让三分。像贾芸到怡红院见宝玉，面对袭人这些大丫鬟“连拿正眼也不敢看”，还要殷勤地称她们为“姐姐”。（第十九回）她们也以身为贴身丫鬟而感到高人一等，如麝月向宋嬷嬷宣称的：

麝月忙道：“嫂子，你只管带了人出去，有话再说。这个地方岂有你叫喊讲礼的？你见谁和我们讲过礼？别说嫂子你，就是赖奶奶林大娘，也得担待我们三分……嫂子原不得在老太太，太太跟前当些体统差事，成年家只在三门外头混，怪不得不知我们里头的规矩。这里不是嫂子久站的，再一会，不用我们说话，就有人来问你了。”说着，便叫小丫头子：“拿了擦地的布来擦地！”

宋嬷嬷作为下等老妈子，连在宝玉房中站的资格都没有，因为会玷污了这里。麝月叫人用布擦地这个细节，可谓一种直入灵魂的等级符号。这是大丫鬟们强烈而自觉的礼教意识，只不过，这种优越感是建立在欺压比她更低级的奴仆身上。除了宝玉最喜欢的晴雯，麝月、秋纹和碧痕也是宝玉房中的贴身大丫鬟，这三个大丫鬟也是封建礼制社会中标本型奴才婢女，沾满了势利和俗尘气。其等级观念异常强烈，对于试图接近宝玉的其他丫鬟，防范严密。第二十四回描写秋纹、碧痕催水回来，见下等丫头小红独自在宝玉房子服侍，两人醋意顿生，火冒三丈了，立即给小红一顿啐骂：

“没脸的下流东西！正经叫你去催水去，你说有事故，倒叫我们去，你可等着做这个巧宗儿。一里一里的，这不上来了。难道我们倒跟不上你了？你也拿镜子照照，配递茶递水不配！”碧痕道：“明儿我说给她们，凡要茶要水送东送西的事，咱们都别动，只叫她去便是了。”秋纹道：“这么说，还不如我们散了，单让她在这屋里呢。”

秋纹骂的“没脸的下流东西”，正是小红这样的低级丫鬟的身分符号，因为能够给主子“递茶”才是“有脸”的丫鬟们的事。一旦看见自己的那点权力被没有身分的下等小丫鬟僭越或夺取，那种怒火是可以想象的。故荣府婆子们都“深妒袭人晴雯一干人，已知凡房中大些的丫鬟都比他们有些体统权势。”（第五十九回）不过，这些自我感觉很有“体统”的大丫鬟的命运会随时变换的，她们若是被主子去掉那点半个主子的光环，则又人人可欺。如周瑞家的奉命驱赶司棋就说得很露骨：“你如今不是副小姐了，若不听话，我就打得你。”（第七十七回）其实主子们心里不过是把这些丫头们看着猫儿狗儿似的“玩意儿”罢了（第六十回）。甚至对丫鬟们很体贴的宝玉也曾骂她们是“下流东西”。（第三十回）丫鬟们跟着主子享受富贵生活，并非主子们开恩，而是贵族阶级的消费文化所决定的。

一般而言，在帝制时代，“畜养一批仆役，不让他们从事任何生产工作，其所证明的却是更多的财富和更高的地位。”（凡伯伦《有闲阶级论》）主子对奴婢的赏赐也是按照一种等级赏赐，这无形中更加剧了丫鬟们的等级意识。在荣府中，奴仆们如果勤勉或为主子所宠信，熬上两三辈，确实有爬上主子阶梯的可能。赖嬷嬷的儿子就是典型。主子帮忙捐了前程，还当上了州县官员，家里发了财修了花园大宅。赖嬷嬷的传奇故事，无疑是丫鬟奴仆的活生生的励志榜样，她们也都渴望着由奴隶到主子的改变。然而这种奇迹并不多。失意和争斗才是生活的常态。第二十六回，贾母赏赐宝玉生病期间服侍的人，小丫鬟佳蕙不满地抱怨：

可也怨不得这个地方难站。就像昨儿老太太因宝玉病了这些日子，说跟着服侍的这些人都辛苦了，如今身上好了，各处还完了愿，叫把跟着的人都按着等儿赏他们。我算年纪小，上不去，不得我也不怨，像你怎么也不算在里头，我心里就不服。袭人哪怕她得十个分儿，也不恼她，……可气晴雯、绮霰她们这几个，都算在上等里去，仗着老子娘的脸面，众人倒捧着她去。你说可气不可气？

佳蕙的话代表了很多低等小丫鬟的委曲，“上等”和“下等”斗争永远都是徘徊在众多奴婢们内心的阴影。荣府主子们是看到过惯了锦衣玉食生活的奴婢们的软肋的。所以主子对丫鬟们最重的处罚就是还你自由——打发回家去，或是拉出去配小厮。各房中丫头们也把这种处罚看成天塌下来一般可怕。如第三十一回，晴雯撒野气得宝玉恼怒，责骂不听，便使出最后一招，威胁要去回太太，打发她出去。晴雯果然就哭起来，声称宁可碰死了也不出荣府。宝玉坚持要去回禀老太太，袭人等大小丫鬟都跪下求情。这一节书中描写很生动：

晴雯哭道：“我多早晚闹着出去饶生气？还拿话压派我。只管去回，我一头碰死了也不出这门儿。”袭人见拦不住，只得跪下了。碧痕、秋纹、麝月等众丫鬟便一齐进来都跪下了。

高傲如晴雯尚且如此，其他丫鬟可想而知。甚至有些奴婢家里人愿意将她们赎出来，她们也不乐意，特别是有了当未来姨太太希望的，更是死也不愿意。如袭人哥哥和母亲重振家业后想赎回袭人，袭人却死也不愿：

> 袭人在家听见她母兄要赎她回去，她就说至死也不回去的。又说："当日原是你们没饭吃，就剩我还值几两银子，若不叫你们卖，没有个看着老子娘饿死的理。如今幸而卖到这个地方，吃穿和主子一样，也不朝打暮骂。况且如今爹虽没了，你们却又整理得家成业就，复了元气。若果然还艰难，把我赎出来，再多掏澄几个钱，也还罢了，其实又不难了。这会子又赎我作什么？权当我死了，再不必起赎我的念头！"因此哭闹了一阵。

袭人这段话相当于荣府丫鬟中混得不错的自白了。"吃穿和主子一样，也不朝打暮骂"，这就是一种得宠的副小姐的浮华生活。清人评点家说袭人"在贾府虽不曾娇生惯养，然名为奴婢实无异闺阁千金绣闱以居之；粱肉以餍之；绮罗以衣之；小丫头子以服侍之"。此种优厚之生活状态不仅是袭人，也可适用于大观园中的所有大丫鬟。王夫人打了金钏儿，就要赶她出府。金钏儿哀求道："太太要打骂，只管发落，别叫我出去就是天恩了。我跟了太太十来年，这会子撵出去，我还见人不见人呢。"金钏儿的话最能代表荣府奴婢的共同心声，她们与主子的金玉生活是"天恩"，被撵出去就"见不得人"。见不得人有两层深意，一是自己觉得见不得人，二是出去后被家人或他人笑话。也就是说作为奴仆被赶出曾经侍候的贵族府邸，在民间被认为是一种耻辱。所以金钏儿被撵后就立即跳井自尽了。晴雯被赶回家，伤心欲绝，不久即亡。荣府中的丫鬟奴性表现多种多样，有些是恋恋不舍，有些是无限忠于主子，甚至为之殉身。人们眼中最光彩的鸳鸯其实最为奴性满满。鸳鸯贵为贾母心腹贴身丫鬟，贾母一日离不开她。贾赦一日忽然要纳其为妾，这本来是一个改变命运的机会，做妾是总比跟着半截身子就要入土的老佛爷要好一点，但鸳鸯却誓死不从，跪在贾母面前表明忠心和殉主之志：

> 鸳鸯喜之不尽，拉了她嫂子，到贾母跟前跪下，一行哭，一行

说，把邢夫人怎么来说，园子里她嫂子又如何说，今儿她哥哥又如何说，“因为不依，方才大老爷索性说我恋着宝玉，不然要等着往外聘，我到天上，这一辈子也跳不出他的手心去，终究要报仇。我是横了心的，当着众人在这里，我这一辈子莫说是‘宝玉’，便是‘宝金’‘宝银’‘宝天王’‘宝皇帝’，横竖不嫁人就完了！就是老太太逼着我，我一刀抹死了，也不能从命！若有造化，我死在老太太之先，若没造化，该讨吃的命，服侍老太太归了西，我也不跟着我老子娘哥哥去，我或是寻死，或是剪了头发当尼姑去！”

鸳鸯抗婚的描写看似壮烈，其实挺悲哀的，她想一刀抹死，就如祥林嫂再嫁撞桌子一样。最后殉身“老废物”贾母，毫无价值。贾母真疼惜鸳鸯吗？其实绝不是，她只是习惯了鸳鸯无微不至的服侍，同时怕被大儿子贾赦架空。曹公如此带着感情浓墨重彩地描绘鸳鸯姑娘，可见其对所谓传统“贞女”的膜拜。如芦月草舍居士叹其“忠烈”；周春赞扬其死“重于泰山”，可见清代文人多么执念于传统礼教的皈依。封建礼制文化下，“珍珠”似女儿们的刚烈只有“节烈”和出家两条路而已。鸳鸯是贾母唯一的心腹丫鬟，相当于是皇帝身边的大太监，她的殉主意识，就是一种扭曲的奴隶心灵。如果说她最初的誓死不当大老爷的妾，还可理解为一种扭曲的反抗，但贾母死后，她的殉主，就真是奴性的完美体现了。除了获得一个贞烈牌坊外，她的死一无所得。鸳鸯抗婚完全是一种奴仆殉主的传统意识，完全谈不上任何所谓的“反封建”意义。还是王蒙的点评最锐利：“一个女孩子，精明能干，敢苦敢骂，身材高挑，脸蛋也很好，却只能用终身不嫁人与太太死后殉主的声言与行为来捍卫自己的尊严，这不是太悲惨太变态了吗？”

荣府丫鬟内部的这种层级有清代社会的影子，在这种荣华富贵的环境中生活久了，奴婢们的人格也大多被社会公认的正统道德和体制驯化和扭曲变形了（在那个时代被视为正统）。她们依赖于这种奢靡舒适的生活方式，再也不能回到贫困的自由，如宝玉诗里所咏“自是小鬟娇懒惯，拥衾不耐笑言频”。过着亦奴亦主的双重生活。贵族之家的奢靡享受和浮华泡影迷幻了这些奴婢的自我，忘记了自己真实的身分。诚如福柯所言“个体最终在一种经过恰当控制的塑造行为中把自己塑造成道德主体”。丫鬟的身分使她们渐渐分裂扭曲，自动融合进入礼法的等级符号，身为奴才，自我呈现为坚定维护这个男权等级社会的楷模。（周）

红楼优伶的悲情人生

《红楼梦》中荣府曾为元妃省亲专门下江南买了十二个绝色的优伶，由贾蔷专门负责此事。后来因老太妃薨，就要放还这些戏子。但欲留下者很多，遂分给各房小姐和宝玉：

> 贾母便留下文官自使，将正旦芳官指与宝玉，将小旦蕊官送了宝钗，将小生藕官指与了黛玉，将大花面葵官送了湘云，将小花面豆官送了宝琴，将老外艾官送了探春，尤氏便讨了老旦茄官去。当下各得其所，就如倦鸟出笼，每日园中游戏。（第五十七回）

哪知这些小戏子们留在大观园后，大多不能做活，又无自律，遂弄得园内风生水起，事端频繁。小说这样说：

> 因文官等一干人或心性高傲，或倚势凌下，或拣衣挑食，或口角锋芒，大概不安分守理者多。因此众婆子无不含怨，只是口中不敢与她们分证。

而她们之中有些还玩起了同性恋。芳官告诉宝玉一段情事：

> 芳官笑道：“哪里是友谊？她竟是疯傻的想头，说她自己是小生，药官是小旦，常做夫妻，虽说是假的，每日那些曲文排场，皆是真正温存体贴之事，故此二人就疯了，虽不做戏，寻常饮食起坐，两个人

竟是你恩我爱。药官一死，她哭得死去活来，至今不忘，所以每节烧纸。后来补了蕊官，我们见她一般的温柔体贴，也曾问她得新弃旧的。她说：‘这又有个大道理。比如男子丧了妻，或有必当续弦者也必要续弦为是。’”

戏子的等级身分感较强，有时对人不够真诚，如芳官对人是典型的“看菜下碟子”。她有蔷薇硝，贾环见了欲要。她因缺货，但却用茉莉粉骗他，行为也很没有礼貌：

芳官接了这个，自去收好，便从奁中去寻自己常使的。启奁看时盒内已空，心中疑惑：“早间还剩了些，如何没了?”因问人时，都说不知。麝月便说：“这会子且忙着问这个！不过是这屋里人一时短了使了。你不管拿些什么给他们，他们哪里看得出来？快打发他们去了，咱们好吃饭。”芳官听了，便将些茉莉粉包了一包拿来。贾环见了，喜得就伸手来接。芳官便忙向炕上一掷。贾环只得向炕上拾了，揣在怀内，方作辞而去。

“炕上一掷”的动作是完全没有把环哥当回事。贾环兴冲冲地把茉莉粉拿来送彩云，彩云一眼就看出是假的，笑他这“乡老”被骗。赵姨娘气极，跑过去兴师问罪，也是情理使然。芳官自恃宝玉宠爱，很势利，知道赵姨娘地位不高，就反骂她是“梅香拜把子”的“奴几”，赵姨娘气急了打了她两耳光，她马上像市井泼妇般撒泼滚地，说的话像市井无赖之徒。“你打得起我么？你照照那模样儿再动手！我叫你打了去，我还活着！”芳官的这种泼辣性情颇像《水浒传》里的牛二威逼青面兽杨志：

杨志道：“我不与你。”牛二道：“你好男子，剁我一刀。”杨志大怒，把牛二推了一交。牛二爬将起来，钻入杨志怀里……

牛二是“钻入杨志怀里”，芳官是撞在赵姨娘怀里叫她打，这场面非常相似。藕官、蕊官、葵官和豆官四个小戏子也来帮忙，一起厮打赵姨娘，场面的确有些狗血：

豆官先便一头几乎不曾将赵姨娘撞了一跌。那三个也便拥上来，放声大哭，手撕头撞，把个赵姨娘裹住。……赵姨娘反没了主意，只好乱骂。蕊官、藕官两个一边一个，抱住左右手；葵官、豆官前后头顶住。四人只说："你只打死我们四个就罢！"芳官直挺挺躺在地下，哭得死过去。

这些优伶小戏子们很贪图享受，吃饭还挺挑肥拣瘦的。如芳官吃东西比宝二爷还讲究：

说着，只见柳家的果遣了人送了一个盒子来。小燕接着揭开，里面一碗虾丸鸡皮汤，又是一碗酒酿清蒸鸭子，一碟腌的胭脂鹅脯，还有一碟四个奶油松瓤卷酥，并一大碗热腾腾，碧荧荧蒸的绿畦香稻粳米饭。小燕放在案上，走去拿了小菜并碗箸过来，拨了一碗饭。芳官便说："油腻腻的，谁吃这些东西。"只将汤泡饭吃了一碗，拣了两块腌鹅就不吃了。

芳官的话和挑食很像一个身在福中不惜福的贵家小姐。《红楼梦》中的戏子们，也许是演戏太多，又从小漂泊，她们对生命缺乏严肃的自律，而是游戏人生，又有些欺软怕硬。让人疼爱又有点叹息。芳官等最后出家，其他的戏子也都各奔东西，颇为凄凉。明清两代，优伶都不受社会的尊重。如曹去晶《姑妄言》第六回描述戏子嬴阳求亲的故事：

到家，过了两月，请了街上阴老儿的一个厚朋友到酒馆中饮了两壶，烦他到阴家去求亲。那人扰了他的酒，只得去说，到铺中向阴老儿说了嬴阳求亲的话，这老儿把女儿养到十九岁，从没有人来说亲。今忽听这话，心中也喜，暗道："可惜是个戏旦。"随道："你请坐，我同老妻商量商量。"去到里边向婆子说知，又道："论人物倒也罢了，同女儿配得过，但我家虽穷，把女儿嫁个戏旦，恐人笑话。"那婆子见女儿长得大，又从没人提，日夜见他怨天恨地，知他是想嫁人，况且自己已有年纪了，养他到那一日，说道："女儿大了，果然人品好，许了他罢，如今时年，戏子还有做官的呢。"

曹公是喜欢女儿，在小说中是正面地描写芳官等的可爱美丽，但是她

们最后的命运却很悲剧。也许，在潜意识中，他对优伶戏子还是有点瞧不起的，故而写了她们的傲慢和游戏人生吧。（张）

紫鹃名字寓意与黛玉的归宿

荣府中每个主子都有一二贴身丫鬟侍候。小说从某种意义上而言就是主仆的故事叙述。书中第三回说贾母将自己的一个二等丫鬟鹦哥给了黛玉：

黛玉只带了两个人来：一个是自幼奶娘王嬷嬷，一个是十岁的小丫头，亦是自幼随身的，名唤雪雁。贾母见雪雁甚小，一团孩气，王嬷嬷又极老，料黛玉皆不遂心省力的，便将自己身边的一个二等丫头，名唤鹦哥者与了黛玉。

后来小说中就再不见鹦哥之名。第八回宝玉去见宝钗，黛玉含酸，才又写其丫头：

黛玉磕着瓜子儿，只抿着嘴笑。可巧黛玉的小丫鬟雪雁走来，与黛玉送小手炉，黛玉因含笑问他："谁叫你送来的？难为她费心，那里就冷死了我！"雪雁道："紫鹃姐姐怕姑娘冷，使我送来的。"黛玉一面接了，抱在怀中，笑道："也亏你倒听她的话。我平日和你说的，全当耳旁风；怎么他说了你就依，比圣旨还快呢！"

由此可知这紫鹃即是鹦哥，因为黛玉就两个贴身丫鬟，雪雁既说"紫鹃姐姐"，那肯定就是原来的鹦哥。按清代惯例，丫鬟跟从新的主子一般皆要改名。宝玉改珍珠为袭人就是证据。不过黛玉何以改鹦哥为紫鹃呢？这倒是个很又趣味的问题。关于这一点小说中一直没有明写。但此小说中不写之写的地方不少。因此我们虽不知黛玉改名之意，但却可从宝玉改丫鬟名来推测。袭人姓花，本叫珍珠。后来宝玉根据“花气袭人知昼暖”一句诗，将其改为“袭人”。宝玉自己号“绛洞花主”，主仆名号皆寓富贵公子整日泡在花丛之中。宝玉给芳官也取了很多名字，书中皆细讲其寓意。而黛玉的两个丫鬟名字书中皆避而不谈。小丫鬟雪雁名字寓意，小说第九十七回两次特意点出“雪雁是他南边家里带来的”。所谓寓其思念江南乡里之意和魂归故里。而紫鹃这个名字却和黛玉命运紧紧联系。她是黛玉悲剧结局的象征符号。君不见古诗有“杜鹃啼血猿哀鸣”，李白《蜀道难》云：“又闻子规啼烟月，愁空山。”等等。“鹃”之意味正在此。黛玉所居曰潇湘馆，其竹乃湘妃竹，亦是其眼泪所染。其哭泣对象在多数时候乃紫鹃。子规乃杜鹃鸟的别名，又名蜀魄、蜀魂、催归。传说为蜀帝杜宇的魂魄所化。常夜鸣，声音凄切，文学中多借以抒悲苦哀怨之情。黛玉的《桃花行》吟道：“若将人泪比桃花，泪自长流花自媚。泪眼观花泪易干，泪干春尽花憔悴。憔悴花遮憔悴人，花飞人倦易黄昏。一声杜宇春归尽，寂寞帘栊空月痕。”这是黛玉的自叙其眼泪与悲情。也预示了自己的死亡，她将死在一个桃花盛开的春天、子规悲啼的夜晚。黛玉的《桃花行》是曹公的有意安排。他将黛玉比为“桃花人面”，暗用了崔护《题都城南庄》的意境，寓其夭亡。后来黛玉果然在春天的夜晚，一弯月中咽气。紫鹃是黛玉平日里抒发愁绪最重要的对象。故此紫鹃与黛玉是名虽主仆，实则闺中知己。如第九十七回李纨如此评价紫鹃：

> 当真这林姑娘和这丫头也是前世的缘法儿。倒是雪雁是他南边带来的，他倒不理会。惟有紫鹃，我看他两个一时也离不开。

紫鹃和黛玉是前世有缘的。黛玉也将紫鹃视为知音。第九十七回黛玉临终前对紫鹃道：“妹妹，你是我最知心的，虽是老太太派你伏侍我这几年，我拿你就当我的亲妹妹。”这不仅仅是闺蜜知己了，已经是亲人相依了。作为丫鬟的紫鹃对黛玉不是一般下人的服侍，那是彼此的敬重。紫鹃长期侍候黛玉为其孤高冰洁的人格魅力所感。在荣府人目光中的黛玉是“嘴比刀子还尖”、“爱使小性儿”；但紫鹃内隐的叙述则是一个冰清玉洁，善良单纯，才华横溢，贾府中唯一会抚古琴的黛玉。如第八十七回，紫鹃欲让雪雁告诉厨房给林黛玉做吃的，黛玉却觉得会惹人厌烦。紫鹃却不这样想：

> 姑娘这话也是多想，姑娘是老太太的外孙女儿，又是老太太心坎儿上的。别人求其在姑娘跟前讨好儿还不能呢，那里有抱怨的。

可见黛玉处处为他人着想。由相识到相知。此时黛玉已经完全将紫鹃视为知己。紫鹃亦视黛玉为知音。缘于礼教的限制，黛玉和宝玉都不能直接抖露心事。最多是宝玉所说的："我为林姑娘病了。"两人之情都靠紫鹃来传递。她为宝玉和黛玉的尽心结合竭力，如向薛姨妈、王凤姐请求做媒。《西厢记》是黛玉最喜欢的书，紫鹃犹如红娘。为黛玉的被抛弃而痛心疾首，为宝玉之负心而气愤。黛玉临终前的一段时间，几乎都是以紫鹃的注视来叙述的。黛玉的心事重重，听风听雨的烦躁不安，听说宝玉结婚后的泪干绝食。这一切读者都是跟随紫鹃的目光移动，一直到黛玉焚稿离开尘世。紫鹃对黛玉相当于晴雯对宝玉，忠心耿耿，尽心竭力。

不同于宝钗和莺儿，紫鹃与黛玉的相处少了些主奴等级的限制，多了平等的相互温暖。这在大观园中的主仆关系比较一下就很明显。譬如蘅芜院的宝钗和莺儿也是一对关系融洽的主仆。宝钗本身就是一个礼教思想很浓厚的贵族女子。她是可以和莺儿一唱一和地向宝玉灌输"金玉良缘"，但主奴界限是绝不能越过的。在宝钗眼中，她的骨子里是认同"女子无才便是德"这种正统道德的，所以她经常规劝宝玉要认真读圣贤之书，而宝玉又是一个"思想叛逆"的人，所以这是宝玉最不喜欢宝钗的一点。而黛玉不同于宝钗，她不会逼宝玉读什么圣贤书，反而还和宝玉看《西厢记》这种禁书。宝钗是十分有等级观念的人，在她看来，丫鬟就是丫鬟，例如第二十回中说贾环与宝钗、香菱、莺儿三个要围棋掷骰子，贾环输了赖账，莺儿不许，结果被宝钗骂了一顿，因为在宝钗眼中，贾环虽是庶出，但却比莺儿高贵些，所以她认为丫鬟对主子不能没有规矩。她不会和丫鬟多说什么，甚至于外人，她都是"事不关己，己不劳心"的姿态，如第六十七回中写道贾琏偷娶尤二姐，莺儿从凤姐那里送东西回来跟宝钗说凤姐不知因为什么生气，结果宝钗说了句：“各人家有各人的事，咱们那里管得，你去倒茶去罢。”可见在宝钗眼中，不该丫鬟过问的事就不要去问去管。相比较之下，紫鹃可能就显得多事了，她勇敢地充当了《西厢记》里的“红娘”，为宝、黛出力。她敢于指出黛玉的过错，敢说黛玉“使小性子”，敢为了黛玉的爱情而向薛姨妈进言，为了黛玉的爱情而千方百计的想办法，这早已超越了一个作为丫鬟应该操心的事，皆因为在紫鹃眼中，黛玉是超越主子的存在。而黛玉相较于宝钗，对待下人似乎“更尽人意”。黛玉虽自孤高，但却能虚心接受下人的意见，对于紫鹃真诚的劝说，黛玉没有呵斥她，而是心有所想，慢慢接受。黛玉不会掩饰自己的真性情，生气就生气，开心就开心，她敢于和宝玉一起看《西厢记》，了解宝玉。而宝钗呢，明明自己也看过《西厢记》，却仍然一副道貌岸然的样子向黛玉说女孩家不该看这样的书，这一点也看出宝钗有些虚伪。正因为真性情，她才会对紫鹃很好，对紫娟没有所谓的等级之分，把紫鹃当成是她的最知心的“亲妹妹”，而宝钗就不会这样。不仅宝钗不会这样，懦弱的迎春在下人都欺负到自己身上时也不管。冷漠的惜春对自己的丫鬟更是漠不关心，甚至将被冤枉的丫鬟入画无情撵走。她们对待丫鬟都不会像黛玉如此。而王熙凤对待心腹丫鬟平儿，是将她看作得力的助手，也是可以拴住贾琏的通房丫头。为她出谋划策，最得力的左膀右臂，可谓是“相得益彰”。但是当贾琏私通鲍二时，凤姐依然会对平儿大打出手，在骨子里，平儿只是个丫头。一般而言，主子是一个什么样的人，奴才就是一个什么样的人，相互影响。恶奴才狗仗人势，好奴才相互扶持，从黛玉的身上可以看见紫鹃的可贵人格，从紫鹃身上可以摸索黛玉的高贵品质。紫鹃没有奴颜媚骨，不随波逐流，宁静从容，这一切与黛玉的纯真之性有诸多映衬之处，黛玉身上的孤傲与紫鹃的疏淡有相似之处。所以说黛玉并非是其他丫鬟们眼中的不好相处的人，反而比谁都真，待人实在。在黛玉眼中，紫鹃比谁都值得信任，最爱的宝玉负她而去，而她的紫鹃，仍旧侍在她的身旁，不离不弃，在表面热闹但却淡漠的大观园，紫鹃才是她的亲情与真情。

与紫鹃的忠心侍主最像的可能就是贾母身边的鸳鸯了，冯家眚就说紫鹃“大似鸳鸯”。（《红楼梦小品》）但鸳鸯只是一味愚忠，而且没有紫鹃的勇气。黛玉病危，她测度到贾母对黛玉冷淡了，就不敢关心了。所以紫鹃又超出鸳鸯好多。面对胆怯的主人，紫鹃敢于鼓励支持；面对黛玉与宝玉均不敢言说的爱情困境，紫鹃敢于从中调和，做黛玉与宝玉的“红娘”。尽管宝、黛爱情最终“胎死腹中”，未能开花结果，但是在这场看似可能但实际不可能的爱情中，紫鹃从一开始就是坚定的支持者，并伴随着黛玉的死亡而消逝。第九十七回，面对黛玉的即将归去，面对林之孝家的催她去参加宝玉的婚事，紫鹃说道：“林奶奶，你先请罢，等着人死了我们自然是出去的。”在紫鹃心中，黛玉比任何人任何事都重要，因此黛玉信任她，对她委以重任，要将尸骨托付与她。紫鹃也无愧于黛玉的信任，为了黛玉深恨宝玉，宝、黛爱情的破灭加深了她对封建婚姻的不满和反抗，她为了黛玉常伴青灯，度过余生。

紫鹃只是黛玉的贴身丫鬟，黛玉又将紫鹃看作是最知心的人，紫鹃的劝解听得进去，希望和紫鹃相伴下去。在黛玉眼中，紫鹃是体贴入微照顾她的丫鬟、是为她排忧解闷的朋友，能准确剖析黛玉的心事，是她和宝玉爱情的支持者，是知心相伴陪她到最后的“亲妹妹”。黛玉只是紫鹃的主人，可她为黛玉操了太多的心，不止做到了对黛玉的无微不至的照顾，为了黛玉敢于抗令，除了黛玉谁都不重要。只因在紫鹃眼中，黛玉是对她“极好”的人，是对她真心的人，是和她性情相投，真实的人，从没将她看作一个下人，而是一个知心的姐妹，光是这一点，就足够紫鹃为她相随。紫鹃与黛玉，相知相伴，相互了解，相互关爱，是亲近的主仆，更是亲密的姐妹。所谓“茎杆一枝，花开两朵，同生同死”①。紫鹃映照黛玉，

① 王菁《红楼梦里的忠烈——鸳鸯的忠己，紫鹃的忠主》，《安徽文学》2016年第八期。

是黛玉最真实的命运写照，哀怨、凄切、思而不得归，这是一个愁怨的姑娘在为一株泪眼斑斑的湘妃竹啼血。

民国季新《红楼梦新评》论紫鹃可谓的评：

紫鹃一生心神注于黛玉，惟其于中有耿耿者存，故一语一默一动一止，其精专真挚之意，宛然如见。其为人也，舍为黛玉打算之外无思想，舍遂黛玉爱情之外无志愿。

杜鹃啼血，孤女报恨，不如归去，清代林召棠《红楼梦百咏》咏黛玉"魂犹怨杜鹃"，正得个中滋味，这一代才女鞶鞶的命运的注定（《桐阴清话》卷三）。紫鹃在黛玉死后最终随惜春出家而去，不知所终。人世的春恨秋悲皆梦幻泡影。（张）

黛玉《桃花行》的死亡预兆

黛玉的《桃花行》是红楼著名诗篇，是她死的预言。黛玉不像宝玉那样谈论死亡，谈论着诗意无限的死亡，但她只是做好心理的准备，即"提前好长时间在不停触及'死'"。（文一茗《红楼梦叙述中的符号自我》）与《葬花吟》皆为黛玉命运的象征。但《桃花行》更明显地暗喻了黛玉的死亡。《桃花行》当然是受到唐伯虎《桃花庵歌》的启发，因为撰者在某些方面一直以唐伯虎的孤傲来塑造黛玉的。唐伯虎号称"江南第一才子"，但科场案后，一直郁郁不得志，隐居桃花坞，终其一生。这与黛玉独居潇湘馆，何其相似，都是"不合时宜"的人。黛玉孤傲自赏，亦如唐伯虎。不过，黛玉的《桃花行》是自嗟命薄，而唐伯虎的《桃花庵歌》是自明淡泊之志：

桃花坞里桃花庵，桃花庵下桃花仙；桃花仙人种桃树，又摘桃花卖酒钱。酒醒只在花前坐，酒醉还来花下眠；半醒半醉日复日，花落花开年复年。但愿老死花酒间，不愿鞠躬车马前；车尘马足富者趣，酒盏花枝贫者缘。若将富贵比贫贱，一在平地一在天；若将贫贱比车马，他得驱驰我得闲。别人笑我太疯癫，我笑他人看不穿；不见五陵豪杰墓，无花无酒锄作田。

这首诗的思想依然是传统的笑傲王侯，意境却很美，也很有高士之气。金庸《射雕英雄传》里黄药师的“桃花岛”大概就是从这里受到启发。唐伯虎把自己比喻为“桃花仙”符合他晚年皈依佛道，自号“六如”的风范：“但愿老死花酒间，不愿鞠躬车马前。”

黛玉为什么写《桃花行》？为什么喜欢“桃花”？这是黛玉最后一次写长诗。因为“桃花”是她的符号自我的象征。小说第二十三回宝玉和黛玉就是坐在大观园沁芳园桥边的一块石头上，头上飘拂着灿烂的桃花，读《会真记》。黛玉葬花的“花”就是桃花。桃花很早就和美女联系在一起。《诗经·桃夭》云：“逃之夭夭，灼灼其华”，以艳丽的桃花比喻新娘的青春艳丽。从此桃花与美女、婚爱等结下不解之缘。崔护的诗“桃花人面相映红”，小晏的“歌尽桃花扇底风”，孔尚任《桃花扇》等，均以桃花为符号，同才女的风流飘零命运联系在一起。黛玉葬花自然是桃花，葬花是惜花，但也是葬自己的青春和生命的暗喻。桃花开得时间很短，犹如樱花。黛玉的诗就是通过“复制美的瞬间来打发当下”。（《红楼梦叙述中的符号自我》）只是在那时，黛玉对宝玉的爱情还有所期待，所以在“花谢花飞花满天”的莫名烦恼中还有一种孤芳自赏的“自我”。

小说第七十回，全书曲调渐入低沉，盛筵暗淡，宝玉因“冷遁了柳湘莲，剑刎了尤小妹，金逝了尤二姐，气病了柳五儿”。“情色弱痴，语言常乱”。也就是在这个时候，黛玉写了《桃花行》，还和探春等到沁芳桥，招宝玉来，欲重结为诗社。这首长诗整体上没有《葬花吟》那么伤心，显得比较理性和觉悟。但是诗的最后部分，却点名了死亡的未来：

若将人泪比桃花，泪自长流花自媚。泪眼观花泪易干，泪干春尽花憔悴。

憔悴花遮憔悴人，花飞人倦易黄昏。一声杜宇春归尽，寂寞帘栊空月痕！

眼泪流干了，黛玉必然死亡，这是小说“木石前盟”注定的必然。因为黛玉要用眼泪还给曾经浇灌绛珠仙子的神瑛侍者。“杜宇春归尽”与“空月痕”是黛玉死亡的预兆。黛玉的死亡时间是春正月间。因为小说第九十四回海棠花开，贾母说“如今虽是十一月，因节气迟，还算十月”。紧接着第九十五回说“元妃薨日是十二月十九日，已交卯年寅月”。到第九十六回，书中叙述“到了正月十七日，王夫人正盼王子腾来京，只见凤姐进来回说：‘今日二爷在外听得有人传说，我们家大老爷赶着进京，离城只二百多里地，在路上没了。’”后面即是黛玉焚稿了。黛玉死在一个清冷的明月的晚上，当时探春、李纨在潇湘馆外，“惟有竹梢风动，月影移墙，好不凄凉冷淡！”当初她和史湘云凹晶溪馆联句，最后一句就是“冷月葬花魂”。黛玉死在桃花尚未开放的春正月，希望即象征着死亡。《红楼梦》的死亡季节多数都是在秋冬，譬如贾瑞死于冬季，（第十二回）秦可卿亦稍后贾瑞死于冬天。第十二回末说：“谁知这年冬底，林如海的书信寄来，却为身染重疾，写书特来接林黛玉回去。”第十三回就说王熙凤“这日夜间，正和平儿灯下拥炉倦绣”。黛玉之父林如海也死在秋天。宝玉的丫鬟晴雯在中秋过后死。第七十七回：“话说王夫人见中秋已过，凤姐病比先减了，虽未痊愈，大可以出入行走的了。”尤三姐秋八月湘莲进京索取定情鸳鸯剑自刎。尤二姐吞金死在腊月。命最富贵的元妃死在腊月十九日。死在仲春花盛季节的很少。只有一心好道的贾敬死在“春柳春花”之时。第六十三回写平儿采了一枝芍药，邀约二十来人传花为令，热闹了一回。正玩笑间，东府有人报信“老爷宾天了”。贾敬抛弃了荣华富贵，看透生命的真相，故死在最繁华的时候。贾府多数人的死亡季节是秋冬，都是一种生命的等待和失望。尤三姐自尽于秋天，但撰者忍不住用诗叹道：“揉碎桃花红满地，玉山倾倒再难扶。”“桃花”是美的象征但也是死亡的季节。

“宛转蛾眉能几时？须臾鹤发乱如丝。”黛玉死在春正月，保留了“质本洁来”的清白身子。她正好站在人生的绝望和希望的窗口，放眼望去，唯有随风而逝才是彻底的自由。宝玉《红豆曲》所唱“滴不尽相思血泪抛红豆，开不完春柳春花满画楼”。正是对黛玉《桃花行》的某种呼应。青青的春天很近了，繁华飘洒，但斯人，斯处，斯园，斯花，已经永远地消散了。为了寻找黛玉飘逝的灵魂，促成了宝玉最后的出家。（张）

黛玉和妙玉原本是知音

如果说黛玉和尤三姐、晴雯身形相似，那么在精神和灵魂上黛玉和妙玉则可谓一体。黛玉初进贾府，众人见其“怯弱不胜”，就问其服什么药。黛玉答了这样一番话：

> 我自来是如此，从会吃饮食时便吃药，到今日未断；请了多少名医修方配药，皆不见效。那一年我才三岁时，听得说来了一个癞头和尚，说要化我去出家，我父母固是不从。他又说：“既舍不得她，只怕她的病一生也不能好的。若要好时，除非从此以后总不许见哭声；除父母之外，凡有外姓亲友之人，一概不见，方可平安了此一世。”疯疯癫癫，说了这些不经之谈，也没人理他。如今还是吃人参养荣丸。

批书者多言此乃黛玉病弱之象，但却没有注意此言已埋下宝黛爱情悲剧的伏笔。宝玉曾经对黛玉两次明言，其死后必出家当和尚，这是对黛玉出家命的呼应。黛玉身世还很像妙玉。第十八回借林之孝家的说出妙玉出家缘由：

> 外有一个带发修行的，本是苏州人氏，祖上也是读书仕宦之家。

因生了这位姑娘自小多病，买了许多替身儿皆不中用，到底这位姑娘亲自入了空门，方才好了。所以带发修行，今年才十八岁，法名妙玉。

很巧的是黛玉也是姑苏女子，都是江南文化荟萃之地。两人都是仕宦人家，黛玉更是探花林如海的千金，生长于书香之家。两人都是从小体弱多病。都有方外之人劝其出家。妙玉尽管没有明说，但既然替身不管用，自然有道士和尚劝其出家消灾。这是妙玉入栊翠庵的原因。还有一点更巧，妙玉的姓氏，书中未明说。但清代周春《阅红楼梦随笔》有所考证：

妙玉独不知其姓。宋时有林妙玉，杨升庵《丹铅录》云，女进士者林妙玉也，淳熙九年女童林妙玉求试经书，四十三件并通，时年十二岁，赐为孺人，或云赐为进士，妙玉盖本于此。

此虽有索隐之嫌，然却暗合了小说中妙玉的才学和与黛玉的特殊关系，这种联系也给全书罩上了浓厚的佛空思想。整部小说惟黛玉能抚琴，然知音者却是妙玉，而妙玉亦能琴。第八十七回妙玉在潇湘馆坐听黛玉琴音，很能识琴中之味。感觉“太过”，“恐不能持久”，果然“君弦蹦的一声断了”。清代文人也注意到这种安排，故解盦居士云“书中人惟颦颦抚琴，妙玉听琴，甚矣知音之难得也”。（《石头臆说》）周春也说：“听琴而知变徵，妙玉知音。”（《阅红楼梦随笔》）妙玉能听懂黛玉琴音，因为两人性情相似。两人都是不大得人喜欢的。《红楼梦》第五回说“黛玉孤高自许，目无下尘”，所以宝钗更得人心。妙玉同样是孤芳自赏，得罪人不少。她缘何原因进贾府修真，书中很少叙述。此回有所透露。然只是只言片语，不得要领：

岫烟笑道：“她也未必真心重我，但我和她做过十年的邻居，只一墙之隔。她在蟠香寺修炼，我家原寒素，赁房居住，就赁的是她庙里的房子，住了十年，无事到她庙里去作伴。我所认的字，都是承她所授。我和她又是贫贱之交，又有半师之分。因我们投亲去了，闻得她因不合时宜，权势不容，竟投到这里来。如今又天缘凑合，我们得遇，旧情竟未易。承她青目，更胜当日。”

此段叙述有深意。“不合时宜”所指不明。大概是不和世俗相容。“权势不容”是妙玉入贾府的直接原因，大概是其孤傲而得罪了当地的权贵。叔本华说：“青年人首先要学习的一课，就是承受孤独，因为孤独是幸福、安乐的源泉。”（《人生的智慧》）于二玉而言，却正合适。这也是二玉在大观园卓尔不群的原因。妙玉不只精于茶道，亦能诗，其才不在黛玉之下。而且和黛玉一样，喜欢话诗评点。黛玉教香菱习诗有一大段对古今诗人的评点，是大多数论者很熟悉的。但妙玉的诗话，少有重视者。小说中写妙玉烹茶，共有两次，却有明显的不同。第一次妙玉是表现其精微的茶道，第二次却是极力展现自己的诗才，喝茶只是一个引子。当日已是中秋清夜，贾母摆茶酒于凸碧山庄，箫声悠扬，桂芳飘拂，却遮不住凄凉之感。黛玉和湘云则在凹晶溪馆联句正盛，黛玉对出“冷月葬花魂”时，妙玉忍不住笑道：“好诗，好诗，果然太悲凉了。”原来是夜凸碧山庄的悠悠笛声，凹晶馆的一池清月，妙玉也为之所感，出来赏月，听见林、史二人的联句，忍不住动了诗兴。又觉诗句“颓败凄楚”，遂邀黛玉和湘云到栊翠庵吃茶，意在“奇文共欣赏”。

妙玉和黛玉在诗词方面，才华都很高。妙玉喜欢细品论文，与诗圣杜甫有点像：

> 三人遂一同来至栊翠庵中。只见龛焰犹青，炉香未烬。几个老嬷嬷也都睡了，只有小丫鬟在蒲团上垂头打盹。妙玉唤她起来，现去烹茶。忽听叩门之声，小丫鬟忙去开门看时，却是紫鹃翠缕与几个老嬷嬷来找她姊妹两个。进来见她们正吃茶，因都笑道：“要我们好找，一个园里走遍了，连姨太太那里都找到了。才到了那山坡底下小亭里找时，可巧那里上夜的正睡醒了。我们问她们，她们说，方才庭外头棚下两个人说话，后来又添了一个，听见说大家往庵里去。我们就知是这里了。”

随后妙玉忙命小丫鬟引她们到那边去坐着歇息吃茶。便取了笔墨纸砚抄了黛玉和湘云之诗，又写了自己的续诗：

香篆销金鼎，脂冰腻玉盆。箫增嫠妇泣，衾倩侍儿温。空帐悬文凤，闲屏掩彩鸳。露浓苔更滑，霜重竹难扪。犹步萦纡沼，还登寂历原。石奇神鬼搏，木怪虎狼蹲。赑屃朝光透，罘罳晓露屯。振林千树鸟，啼谷一声猿。歧熟焉忘径，泉知不问源。钟鸣栊翠寺，鸡唱稻香村。有兴悲何继，无愁意岂烦。芳情只自遣，雅趣向谁言。彻旦休云倦，烹茶更细论。

妙玉这诗总体上像唐代韩愈、李贺一派的奇崛险怪。难怪黛玉感叹“诗仙在此”。如其中“石奇神鬼搏，木怪虎狼蹲。……振林千树鸟，啼谷一声猿”等。“钟鸣栊翠寺，鸡唱稻香村”又颇有王维的味道。最后感叹“芳情”和“雅趣”无人述说，且“芳情”有寂寥之感。“烹茶更细论”效仿杜甫《春日忆李白》的“何时一樽酒，重与细论文”。当有视黛玉和湘云为文章知己之意。梅花雪品茶渲染妙玉之茶道，此节则重在展示其诗才。

妙玉入大观园后对宝玉却也有一种前世因缘般的感情。黛玉第一次见宝玉便吃一惊，倒像在那里见过一般。而宝玉也说“这个妹妹我见过”。妙玉修行栊翠庵，她和宝玉很少见面。但两人似乎有宿世之缘一般心心相印。栊翠庵品茶，她将自己平日饮用的绿玉斗给宝玉用。宝玉生日她还送了帖子祝贺。而宝玉对妙玉也有一种奇异的情感，他非常尊重妙玉，将其看得神圣纯洁。回妙玉的帖子都要思考好久，还找邢岫烟咨询，最后呼妙玉为“槛外人”。他的乞红梅诗说“离尘香割紫云来，入世冷挑红雪去”。黛玉和妙玉的命运亦相似。黛玉死在一个暮春的夜晚，不食而终。妙玉也在一个月黑风高的时候被盗贼劫持，最后不屈自杀。妙玉被劫持后，书中描述宝玉的想法：

宝玉听得，十分纳闷。想来必是被强徒抢去。这个人必不肯受，一定不屈而死。但是一无下落，心下甚不放心，每日长嘘短叹。还说：“这样一个人，自称为‘槛外人’，怎么遭此结局！”又想到：“当日园中何等热闹。自从二姐姐出阁以来，死的死，嫁的嫁，我想她一尘不染，是保得住的了，岂知风波顿起，比林妹妹死的更奇!”

宝玉对妙玉确实亦堪知音，妙玉后来果然是“不屈而死”，保留了青白之身。“比林妹妹死的更奇”此语颇有深意。是将黛玉和妙玉视为一体了。黛玉临死前“颜色雪白”，对紫鹃说：“妹妹，我这里并没亲人。我的身子是干净的，你好歹叫他们送我回去。”（第九十八回）两个玉，都是“质本洁来还洁去”了。可谓红楼一梦的真相。凡一切诸相，皆似虚幻。黛玉本是出家命，注定了和宝玉的爱情只是一场幻梦。（张）

帝制视觉文化观照下的王熙凤

王熙凤是《红楼梦》中很重要的风云人物，她小时被呼为凤哥，长大后行事颇有男人的气概。设若没有凤姐，则整部小说将逊色不少。她的聪明才智和管家能力是停滞帝国残留的一丝激情。但是在贾府中主子上下是如何看待凤姐的呢？这恰恰是读小说者往往容易忽视的。而贾府主子奴仆上下的视角却正代表了帝制中国的等级符号规范的视觉文化。

在《红楼梦》中，著者从叙述角度的运用来塑造王熙凤的形象和刻画其性格特点上非常之高超。王熙凤的形象一直存在争议，除了《红楼梦曲·聪明累》和判词“凡鸟偏从末世来，都知爱慕此生才。一从二令三人木，哭向金陵事更哀”。作者介入以全知叙述者的特权对其做出总结性的评价外，绝大多数的篇幅是采取有限叙述角度，通过“第三观察者”从不同的视角来审视王熙凤，表现王熙凤性格的复杂性和形象的多样性，给读者留下思考的空间，让读者从王熙凤的多面性中探寻“隐性叙述者”（拉杰德·普林斯《叙述学词典》）的态度，进而构建一个“具有异常复杂的多层次多侧面性格”（王增彬《明清世态人情小说史稿》）的女子。此处从他者的目光，即使三重叙述视角来看王熙凤。冷子兴与贾母的俯视、林黛玉的平视、刘姥姥及来升的仰视角度来看王熙凤，分析他者眼中的王熙凤的形象和性格特点。

一、冷子兴和贾母——俯视目光的赞赏与肯定

冷子兴，是都中在古董行中贸易的，乃周瑞家的女婿。在物理距离上，他是一个旁观者。贾母，是荣国府的老太君，她是贾府中所处地位最高的老祖宗，她几乎和所有人物的故事都有关系，在全书中起着非常重要的作用。在贾母眼中，孙媳妇王熙凤是一个精明能干的管家，且是一个善于让她高兴的“开心果”。冷子兴“看”王熙凤，全书仅在第二回介绍贾府情况时出现，冷子兴对贾雨村道：

> 谁知自娶了他令夫人之后，倒上下无一人不称颂他夫人的，琏爷倒退了一射之地：说模样又极标致，言谈又爽利，心机又极深细，竟是个男人万不及一的。

冷子兴在“看”王熙凤过程中，他在扬州城，看的客体远在金陵。在物理距离上，两地之间相距较远，他的评价不会受到任何力量的制约，可以自由描叙。作为第三观察者，叙述者在消除“作者的痕迹”时，限制了第三观察者的权力范围，第三观察者认知范围的大小，决定了对看的客体的认识的范围。冷子兴乃一商人，虽其丈母娘就是王夫人的陪房周瑞家的，但对王熙凤的了解也不可能有深层次的看法。距离和身分的双重限制，导致他在远观俯视时，对王熙凤才色持赞扬态度。他的俯视，并不能表现出他的身分地位和认知范围及才智高于凤姐，原因如甲戌本侧批：“未见其人，先有有照。”（俞平伯评点《红楼梦》）王熙凤属于贾府中的重要人物，演说荣国府，就必须要说王熙凤。因此，冷子兴的远观俯视，其作用只是给读者描绘了一个才色双全的王熙凤于脑海中。

老祖宗贾母目光注视的王熙凤，决定了她在荣府的地位和荣耀。她多是对王熙凤的性格评价和能力赞赏。贾母第一次说出对王熙凤的评价，是

在第三回，黛玉看到王熙凤时。贾母笑着介绍凤姐的独特性情：

你不认得他，他是我们这里有名的一个泼皮破落户儿，南省俗谓作“辣子”，你只叫他“凤辣子”就是了。

“凤辣子”这句话透露了贾母的赞许。而在第二十九回张道士托着已经取掉符的空盘欲报大姐儿时，王熙凤笑他是化布施来了。贾母回头道：

猴儿猴儿！你不怕下割舌头地狱？

第三十五回，宝钗与贾母的对话中，贾母说自己年轻时比凤姐还厉害，可谓心心相惜。这是贾母欣赏凤姐的原因：

我如今老了，那里还巧什么。当日我像凤哥儿这么大年纪，比他还来得呢。他如今虽说不如我们，也就算好了，比你姨娘强远了……凤儿嘴乖，怎么怨得人疼她。

第三十八回，凤姐取笑贾母，王夫人认为是贾母惯的，贾母笑道：

我喜欢他（王熙凤）这样，况且他又不是那不知高低的孩子。

第七十一回，凤姐受了邢夫人的气，鸳鸯向贾母说明凤姐受气的原故后，贾母道：

这才是凤丫头知礼处，难道为我的生日由着奴才们把一族中的主子都得罪了也不管罢。

第九十四回，贾母不同意砍花树，并预备酒席请大家赏花，叫宝玉、环儿、兰儿做一首志喜。贾母高兴后，在回去的路上，凤姐叫平儿来服侍贾母和王夫人，并送红绸给宝玉包花，贾母听了，笑着说：

嗳哟，我还忘了呢，凤丫头虽病着，还是他想得到，送得也巧。

在以上回目中，在贾母眼中，王熙凤是一个“泼辣”、“猴儿”、“知礼”、能力强、“嘴乖”且周到的孙媳妇。这虽是王熙凤有意奉承贾母，但贾母却很受用。贾母以贾府最高身分对王熙凤做出的这些评价，在视角上属于俯视角度。从自反性而言，俯视视角折射出的是王熙凤的地位、见识、能力、认知范围等方面较之地位等级高的贾母要低许多。贾母因年事已高，已经不管家庭事务，贾母身边的丫头也没有喜欢嚼舌根的，基本上没有谁会对贾母说王熙凤的不是或者她对下人的严厉，因此贾母所感知的范围，多是自己和王熙凤的日常相处，而在此过程中，王熙凤对她唯知极力谄媚奉承，导致贾母在俯视王熙凤时只能看到她好的一面，以至于做出如上述的评价。贾母对王熙凤的评价，叙述者完全处在情节之外，没有任何介入性评价，且赋予了贾母这个第三观察者一定的特权，使其成为建构王熙凤形象的一个方面。只有在第一一〇回贾母去世前对王熙凤道："我的儿，你是太聪明了，将来修修福罢。"借用贾母之眼俯视王熙凤，以照应判词和红楼梦曲。

在冷子兴和贾母的眼中，我们可以看到王熙凤是一个正面的形象：远观俯视下才色双全的能人；近距俯视下知书达理的好孙媳。冷子兴在身分地位上和王熙凤无直接的联系，只是被动性的看，他的远观俯视只是叙述者为勾勒贾府之貌必不可少的一环。而贾母和王熙凤是亲属关系，且对王熙凤的宠信仅次于贾宝玉，这从第一一〇回贾母去世前对人嘱咐话的顺序可以看出：第一位是贾宝玉，贾母拉着宝玉手说想再见一个重孙子，那么接下来叙述者肯定得介绍第一个重孙子贾兰，因此对贾兰的嘱咐是对宝玉的延续，可算着第一位，第二位就是王熙凤。贾母宠信凤姐，"溺爱凤姐则主要因其'才'"。（段江丽《女正位乎内：论贾母、王熙凤在贾府中的地位》）而她讨好贾母"目的是为了利用"。（傅继馥《论王熙凤形象的时代特征》）仗着贾母之宠信在贾府内任意施为，追权逐利。贾母对王熙凤的影响非常大，表现出一种"一荣俱荣，一损俱损"的关系，以致"史太君寿终归地府，王凤姐力拙失人心"。在这种涉及王熙凤切身荣辱的亲属关系中，贾母因身分地位的高低之别主动俯视看的过程，抵消了距离所带来的压迫感。

二、黛玉的观察——平视细描的凤姐

林黛玉是大家闺秀，姑苏才女，林如海与贾敏之女，贾母的外孙女。黛玉性情是孤傲自许，敏感多愁。她是全书的中心人物之一，与薛宝钗并列"金陵十二钗"之首。在贾府中，与凤姐是平辈。黛玉因为母亲去世而入都依傍贾府，在初入贾府未见王熙凤前，眼中所见贾母及在场众人叙述者描写都比较简单，其中对三个姊妹的描写也只是形态上的文学描述，而没有具体实写。待到王熙凤出场时，“首先是未见其人，先闻其声，而且人皆屏息，她独放诞。特别是神情活跃，装饰辉煌，气势更高人一等。”（王昆仑《王熙凤论》）这是“先声夺人”式的出场。这使黛玉心中产生疑问，究竟是谁可以在贾母面前如此放诞无礼？作者对黛玉的疑问用工笔画的技法做了回答，将王熙凤的具体形象借黛玉之眼呈现出来。如王希廉言“王熙凤出来，另用一幅笔墨，细细描画。”（《红楼梦总评》）先是凤姐的整个形态的描写：

只见一群媳妇丫鬟围拥着一个人从后房门进来。这个人打扮与众姑娘不同：彩绣辉煌，恍若神妃仙子。

再是头部，头上戴着金丝八宝攒珠髻，绾着朝阳五凤挂珠钗；再到颈部，“项上戴着赤金盘螭璎珞圈”；又到腰部的服饰，“裙边系着豆绿宫绦，双衡比目玫瑰佩”；然后到整个穿着描绘，“身上穿着缕金百蝶穿花大红洋缎窄裉袄，外罩五彩刻丝石青银鼠褂；下着翡翠撒花洋绉裙”。最后再到面部及神态的写意：“一双丹凤三角眼，两弯柳叶吊梢眉，身量苗条，体格风骚。粉面含春威不露，丹唇未启笑先闻。”王熙凤的神态及具体穿着打扮，通过黛玉这个初入贾府的亲戚之眼来表现，有其独特的含义。叙述者在借黛玉之眼看凤姐时，已经预设了一个前提，即凤姐知道她所见的人是贾母的外孙女黛玉，而黛玉只是听母亲提过，并不知此人就是王熙凤。在看之主体了解的信息不对称时，看之客体突然闯入看者之眼，逼迫看者不得不“看”。“为了从总体上给人以气象非凡、令人咋舌的印象，本书特别注意通过陌生的眼睛来写对于贾府的总体感受。”（王蒙《红楼启示录》）为此，叙述者跟在黛玉之后，透过黛玉这双好奇和陌生的眼，将贾府中这个占据举足轻重的人物的具体形象呈现于读者之脑之眼。在黛玉被迫“看”时，心中必然会有疑惑，会猜测其身分与地位，这有利于调动各层的主体性：看者疑惑，读者疑惑。对黛玉而言，对这个不得不看的对象是仰视、平视，还是俯视呢？显然，让看的主体用俯视视角来观察凤姐是不可能的，因为她是客，对贾府情况的了解受到了身分和距离上的限制，且此人敢在贾母面前人未到声先到，足以说明此人地位与身分非一般人可比；黛玉看的过程中不用仰视视角来观察凤姐，原因在于黛玉是出身姑苏诗礼大家，且与荣府贾母是亲属关系。贾府中比贾敏高的贾母和与贾敏身分对等的大舅母二舅母已到场，贾府里已经没有女性的身分在黛玉之上了，而且黛玉和凤姐论礼是平辈。而且此时黛玉并没有寄身于贾府的孤独之感，因此，用仰视的视角来观察这个突然闯入的看的客体，无法从情理和逻辑上讲通。采用平视角度之所以很恰当，是因为基于看者的身分地位以及与被看者之间的心理距离，看者和被看者之间之前没有任何交集，心理彼此是陌生的，因此心理距离较远，两者之间互视是平角角度。

但撰者（叙述者）为什么要通过黛玉之眼聚焦于凤姐的形态与神态描写呢？黛玉第一次看王熙凤，并没有做出任何评价。黛玉眼中的凤姐又是一个什么样的人？而叙述者为什么要透过黛玉之眼描写这个重要人物的第一次出场的衣着、外貌和神态？从下面的原文中，可以管中窥豹。第二十五回，因宝玉的脸被烫，大家都在怡红院中闲聊，黛玉刚进门说完话凤姐就问她茶是否收到，味道如何等，黛玉与凤姐二人幽默说笑，凤姐说吃了她家茶就要给她家作媳妇，黛玉害羞，李纨解围称凤姐诙谐，林黛玉含羞笑道："什么诙谐，不过是贫嘴贱舌讨人厌恶罢了。"说着便啐了一口。其实此刻凤姐才得了林家一笔大财富，心有所愧，对黛玉显得温柔和善。甚至潜意识中想让黛玉嫁到荣府。第三十四回，宝玉挨打后，黛玉待众人看过后再悄悄地来看宝玉，见其伤势悲泣不已。正伤心时，只见院外人说二奶奶来了。黛玉欲从后院走，宝玉疑惑，问她怕凤姐做什么，林黛玉急得跺脚，悄悄的说道："你瞧瞧我的眼睛，又该他取笑开心呢。"这说明她对凤姐性格摸透了。凤姐这次来，是以管家身分来关心。下一回，黛玉立于花阴之下，远远的却向怡红院内望着。只不见凤姐儿来。疑惑她应该来打一个"花胡哨"。可见黛玉对凤姐的所谓"聪明"看透了。果然贾母搭着凤姐儿的手来了。这次她是做给贾母看的戏。王熙凤的所有经常表演都被黛玉瞧在眼里。第四十九回，下雪日海棠诗社相约作诗，没有人告诉凤姐，凤姐打发小丫头去找平儿，平儿没有回去，一会儿后，只见凤姐也披了斗篷走来，笑道：

> "吃这样好东西，也不告诉我！"说着也凑着一处吃起来。黛玉笑道："那里找这一群花子去！罢了，罢了，今日芦雪广遭劫，生生被云丫头作践了。我为芦雪广一大哭！"

第八十二回，在林黛玉做噩梦时不相信凤姐说黛玉之父续弦了，硬说道："没有的事，都是凤姐姐混闹。"在以上几回中，黛玉平视凤姐，距离没有太多地影响黛玉眼中凤姐的形象，主要取决于身分地位的相当。黛玉眼中的王熙凤是一个贫嘴、爱取笑她、最会奉承贾母、喜混闹的和顺的姐姐。鉴于黛玉所能感知的范围，所能了解到凤姐的所作所为并不是很多，她只是以一个身分等级与凤姐相当的角色站在平行线上平视凤姐的行为。在黛玉眼中，凤姐的形象介于立体人物和扁平人物之间。叙述者用平视视角来建立两者联系，说明两者在智识、思想、地位等方面旗鼓相当，这也是平视自反性的体现。平视视角下凤姐的形象和性格特点，尤氏和李纨也有评价，这些评价在一定程度上与黛玉的评价互补。

王熙凤对黛玉的一生影响至深。这个第一眼看见的王熙凤，权势熏陶，春风得意。黛玉的爱情就是被她斩断的。这是要读者记住这个叙述影像。从借黛玉之眼第一次描写王熙凤，到王熙凤笑言黛玉"吃了我们家茶就要做我们家媳妇"，再到笑言宝、黛之间"相敬如宾"。然而，宝、黛之间的关系从伏笔到悬念，最后在王熙凤"偷梁换柱"的计谋之下，悬念变成了以"哭绛珠魂归离恨天"为结尾的悲剧。据此，笔者认为作者以黛玉的视角来呈现王熙凤的形态与神态，是为黛玉最终的悲剧结尾埋下一个隐蔽的伏笔。它是让读者记住，害死黛玉者，凤姐是首恶。再者，也只有黛玉的眼，才有第一位资格呈现凤姐的神态与形态，这是叙述者的视角必须让位于场景中的人物视角的缘故。

三、刘姥姥和来升的仰视——敬畏叙述

刘姥姥，乃久经世故的老寡妇，与女儿女婿一起过活。她的女婿狗儿的祖上认作王家的侄儿，因此与王家有连宗的关系，但知者甚少，且到狗儿这一代早已疏远。因生活艰难，姥姥只得厚着老脸去请求贾府的帮助。来升，宁国府的都总管，总管宁国府的仆人。刘姥姥第一次进贾府，靠着王夫人的陪房周瑞家的帮助，没有见到王夫人，而是见到了凤姐。叙述者没有透过第三观察者的眼来呈现凤姐的外貌与神态，而只是借周瑞家的口说出来，刘姥姥以仰视的角度来远观其才。

第六回，周瑞家的对刘姥姥说现在管事的不是王夫人，而是王夫人的内侄女，现在的琏二奶奶凤哥儿，刘姥姥听了，罕问道：

> 原来是他！怪道呢，我当日就说他不错呢。这等说来，我今儿还得见他了。

在周瑞家的和刘姥姥闲话时，刘姥姥因说：

> 这凤姑娘今年大还不过二十岁罢了，就这等有本事，当这样的家，可是难得的。

刘姥姥未见到王熙凤之前的这两次仰视凤姐之才，其认知来源可能是刘姥姥见过小时候的王熙凤或者听说过她，再就是从周瑞家的口中略知一二，因而仰视时并没有赞赏其貌如何之美，将其与冷子兴的认知范围进行区分。见到凤姐后，刘姥姥忍耻开口，诉难求帮，终得二十两银子。在近距离的空间里，刘姥姥面对的是一个大家族的管家，不论从身分地位、才智认知等各方面而言她均处于下方，虽然凤姐的形象主动入刘姥姥的眼，刘姥姥也必须看，但叙述者为了维护身分高低之别，动用了特权，不将刘姥姥看到王熙凤的形象描述出来，而使用对话的方式呈现王熙凤在刘姥姥眼里的形象：通情达理、谦和、和善等，以致刘姥姥见到王熙凤时“心眼里爱还爱不过来”。距离和身分决定了刘姥姥对王熙凤的仰视。

刘姥姥二进贾府，叙述者借刘姥姥这个局外人之眼来展现贾府的奢华生活。刘姥姥对贾府中的一切都显得特别新鲜，一切也特别高贵。此场面中刘姥姥依然是仰视视角看王熙凤包括贾府的一切。但在刘姥姥听闻贾母去世三进贾府时，刘姥姥看着骨瘦如柴的凤姐，神情恍惚，心里也就悲惨起来，说：

我的奶奶，怎么这几个月不见，就病到这个分儿。

刘姥姥对病如膏肓的凤姐充满了同情，毕竟前两次刘姥姥满意而归，全仗着凤姐的不嫌弃（至少刘姥姥这样认为）。叙述者此时将第三观察者的视角从仰视转变为了俯视，并非因刘姥姥的身分地位发生了变化而高于王熙凤，而是出于一种同情，对患病的凤姐的同情，将视角从之前的仰视变成了俯视。第十四回，秦可卿病逝后，贾珍无力处理宁国府大小事，于是请王熙凤协助处理宁国府的事务。宁国府的总管来升闻知贾珍请的是凤姐，就传齐仆人，说道：

“如今请了西府里琏二奶奶管理内事，倘或他来支取东西，或是说话，我们须要比往日小心些。每日大家早来晚散，宁可辛苦这一个月，过后再歇息，不要把老脸丢了。那是个有名的烈货，脸酸心硬，一时恼了，不认人的。”众人都道：“有理。”

来升还没有看到王熙凤，但他从别的渠道了解到王熙凤的厉害与治家之严。这为王熙凤处理那个迎亲送友的人作了铺垫。因为身分是主仆关系，他怕王熙凤，在视角上属于仰视；但因王熙凤不在他说话的现场，他远观王熙凤时，就以俯视的视角评价王熙凤是“烈货”。在来升的眼中，王熙凤治家之严已经到了脸酸心硬的地步。一仰一俯之间，主子与仆人之间的关系昭然若揭。来升评凤姐，乃以害怕的视角来仰视凤姐之威。从刘姥姥的仰视和仆人的仰视过程中，可以发现，身分地位和距离的远近是影响视角的主要因素，特别是身分地位。刘姥姥一乡村老妪，告难而入荣国府，首先气势上就已低于所求对象一等，加之贫富差距所造成的高低之别，均是刘姥姥一入荣国府时无法平视或俯视凤姐的客观因素，这两个客观因素可以从小说的原文中体现出来。在第六回中，刘姥姥在大姐儿屋里等凤姐时，书中如下描述：

> 忽见堂屋中柱子上挂着一个匣子，底下又坠着一个称砣般的一物，却不住的乱幌。

刘姥姥欲问时，凤姐下来了。为什么叙述者要扣留信息，除了叙述者坚持人物角度叙述，笔者认为是有意突出刘姥姥乃告难而来的目的，在刘姥姥与凤姐的对话中，刘姥姥忍耻说道：

> “论理今儿初次见姑奶奶，却不该说……也少不的说了。”刚说到这里，只听二门上小厮们回说：“东府里小大爷进来了。”凤姐忙止刘姥姥：“不必说了。”一面便问：“你蓉大爷在那里呢?”

此处突然插入贾蓉借炕屏，打断刘姥姥的告难，在章法上虽为横云断山法，但贵贱之别也立现于此。

刘姥姥和来升均以“仰视”目光看凤姐，然从心态而言亦各自有别。刘姥姥乃为生存而言，贾蓉乃为装饰而来，凤姐轻前者重后者，可知刘姥姥身分在凤姐眼里之地位也。因此，仰视的结果乃彰显穷人之悲，富人之盛。刘姥姥二进荣国府游大观园时，遇疑惑处叙述者安排了他人为他解释，这是为她三进荣国府怀悲悯之心以俯视视角见病凤姐作铺垫，通过视角的变化折射出荣府兴衰的变化。来升仰视凤姐，其目的是写凤姐治家之严及凤姐在仆人眼中的形象。宁府贾珍治家之严不如荣府，才会有焦大的破口大骂，揭宁府乱伦之乱象。凤姐协理宁国府，仆人摄于凤姐之威而惧于凤姐，但私下却痛恨凤姐，认为凤姐是一个“烈货”。叙述者透过视角的自反性，对凤姐在仆人眼中形象描写以仆人的仰视展现，将凤姐心里阴毒、好逞强显摆的形象呈现于读者面前。　（张）

贾敬修道之谜

贾敬是宁府的另类老爷，对荣华富贵不太在意，一心升仙。贾敬和荣府贾赦一样是承袭世爵的，但贾敬不像贾赦那样安享尊荣，而是好读书，还考了进士，成为整个贾府唯一的科班进士。贾敬因在帝都考试和交游之故，迷上道门，遂不回原籍，把爵位也给了儿子贾珍。自己常年住在玄真观中，"一味好道，只爱烧丹炼汞，余者一概不在心上"。（第二回）《红楼梦》中，他是个符号般存在的人物，其人其事基本全靠他人之口交代。第二回冷子兴演说荣府，介绍他存身道观，炼丹求取长生，将世袭职位让儿子贾珍袭了；第十回和第十一回写到他的生日，但他并没有回家参与寿宴；第十三回秦可卿丧事，交代贾敬没有回家理丧以及进士出身的信息；第五十三回他虽参加了祭宗祠，仅只有人名符号的意义；第六十三回写他吞丹而死，叙事重心却转向了风月。所以，书中虽有六回涉及到他，可他本身既没有故事，也不是矛盾的焦点，带给读者的印象就像一个神秘的过客。

贾敬好道的目的有世俗和功利的一面。从贾敬躲到玄真观，远离所谓红尘是非，"秘法新制的丹砂吃坏事"的结局可知。他的修行多半是抱着修仙学道得以长生不老的期望，终致沉溺于不断"炼丹"并服用，最后中毒而死。死时"肚中坚硬似铁，面皮嘴唇烧的紫绛皱裂"，死相很难看。这种修炼之术与道教的外丹派观念相同，与内丹相对而论的外丹，是指古代炼丹家用"五石"、"八石"等矿物原料配制，外丹们以"物性互化"为理论依据，认为服用"金丹"能长生成仙。在小说的第十回，尤氏问贾珍如何给贾敬祝寿时，贾珍的回答勾勒出了贾敬的形象：

贾珍说道："我方才到太爷那里去请安，兼请太爷来家来受一家子的礼。太爷因说道："我是清净惯了的，我不愿意望你们那是非场中去闹去。你们必定说是我的生日，要叫我去受众人些头，莫过你把我从前注的《阴骘文》给我令人好好的写出来刻了，比叫我无故受众人的头还强百倍呢。倘或明日、后日这两天一家子要来，你就在家里好好的款待他们就是了，也不必给我送什么东西来，连你后日也不必来；你要心中不安，你今日就给我磕了头去。倘或后日你要来，又跟随多少人来闹我，我必和你不依。"

贾敬专心修道，不关心其他，但又嘱咐贾珍将他注的《阴骘文》刻了散发。"阴骘"一词，来自《书经·洪范》，原句是"惟天阴骘下民"，骘是安定的意思，即上天不言而安定下民。"阴骘"二字，衍义即为"阴德"之意。《阴骘文》按旧时说法，是善书的一种，是劝人做好事的。还特别强调做好事不要人知道，要暗地里自觉地做好事，讲究积阴德、积阴功。是封建时代社会道德教育的一种，其目的也还是好的，是理学和道教结合的产物。用现在的标准来衡量，也好像雷锋精神，本是一种很可贵的精神品质。贾敬的注《阴骘文》并刻印的行为，联系他为求长生热衷炼丹，最终中毒而死的表现。这表面看来是在济人的行为，更大可能是为自己积阴德，积阴功，期冀通过这一方式助自己早日修得善果。

沉醉于修仙求道中的贾敬，唯有家中祭祖时回家去过一趟，当其孙媳妇秦可卿死后，他想到的却是（自己）"早晚就要飞升，如何肯又回家染了红尘，将前功尽弃呢，因此并不在意，只凭贾珍料理"。直到最后因服食丹砂过多药中毒而死，他也没有从中醒悟过来：

大夫们见人已死，何处诊脉来，素知贾敬导气之术总属虚诞，更至参星礼斗……尤氏也不听，只命锁着，等贾珍来发放，且命人去飞马报信。

道教的"出家"，就是指道士离开家庭修道。道教典籍《元始洞真决疑经》曾对道教的"出家"做过明晰的阐释：

夫出家者，义趣甚深，利益弘远。家有二种：一者恩爱，二者诸有。……离三界爱，登入九清，是名出离诸有之家。是名出家。

这里认为，“家”有两种。一是尘世间的各种“恩爱”，二是自己所拥有的一切。而这些都被认为是“入道”的枷锁，抛离这些，方是达道的基础。真正的出家人，不仅仅是在行动上出家，更深层次的应是意志和精神的出家。

而贾敬，虽然将贾府视为“是非场”，一心在道观里求自己长生多福。但他的出家也仅仅停留在形式的层面，一直在事实出家与形式出家之间游离。这点上和妙玉的出家有异曲同工之处。贾敬是以世俗之身的身分居于观中修行，对于尘世一概不管；而妙玉却以出家人身分，居于出家人之地，却对世俗红尘恋恋不舍，正是“欲洁何曾洁，云空未必空”。作者为何要刻画着这样一个面目模糊、关键信息一概虚化、没有实质性作用的人物？沈治钧教授从《红楼梦》成书过程角度，认为贾敬这个人物是作者后来加上去的，并认为“贾敬这个人物在书中并不重要。他很少出场，并且在六十三回就死了，可以说在《红楼梦》的故事情节当中没有发挥什么实质性的作用……除了世系符号之外，他仅有的功能是承担一个‘养不教’的罪名”。（沈治钧《红楼梦成书研究》）

美国著名的后经典叙事学家詹姆斯·费伦指出：小说人物包含三因素，第一是模仿的人物，即作为人的人物；第二是主题的人物，即作为观念的人物；第三是综合的人物，即作为艺术构建的人物，也就是说，小说中的人物，除了是故事中的一个人物形象之外，还兼有表达主题和构建作品整体性的功能和任务。贾敬的形象塑造也可以从这方面考虑。他虽没有像宝玉、黛玉等人那样在故事中实际存在，并推动故事向前发展，但对整个小说表达主题却有着一定意义。

从《红楼梦》故事的架构与叙说本身看，与僧道有着密切的联系，小说中的僧道携带“石头”入世，让它经历红尘悲欢，最终又归返于青埂峰，在这个过程中又引发出一系列的出家人，其故事的设定本身就有浓厚的出家意蕴。从孔子开始，中国知识分子就似乎陷入了一个死循环。读书为啥？一定要有用。学以致用。而不是对自我生命的本真观照，也不是为了抚慰世界与人类的生命。学成干啥？货与帝王！君王是读书人最高的服务目标。周公的服务对象是周王，孔子当年就是怀揣所学，游走于列国之间，想寻找到“好买家”而未成。他活着的时候没有实现他为君王师的人生目标，他死后，经过一代一代儒生的努力，终成万世师表，而这种极高的赞美性质的称呼，也是由皇帝命名的。“学以致用”、“货与帝王”的实用主义读书观念，就此成了儒家极为重要的理念和读书人传统，影响着每个国人，也把读书人的出路彻底狭窄化了。所以，封建时代，读书人对自身出路探索来探索去，无非入世与归隐而已。入世为官以求实现“有用”值，如在现实中碰壁，只能选择归隐以慰藉受伤心灵。

读书人的归隐，从精神上多会走向释道一途。贾敬就是放弃了世俗的荣华富贵，选择了寄身道观以求远离红尘是非，但他也并非完全意义上的出家。他需要宁府提供道观生活的物质保障，作为回报，他也需在年终祭宗祠时尽点义务，无法彻底割舍家人恩爱和自己在俗世间拥有的一切。贾敬的出家与非正常死亡，说明了此“道”不通，那“释”可行否？宝玉、惜春等人的出家过程也没有让人感受到“解脱”。可见，对于释道之途，作者的态度始终是矛盾犹疑的。不入仕则出家，真的是一条理想之途吗？

因为《红楼梦》成书及流传的特殊原因，宁国府的贾敬和秦可卿身上都有些未解谜团。《红楼梦》之《好事终》咏秦可卿一曲中唱道：

> 画梁春尽落香尘。擅风情，秉月貌，便是败家的根本。　箕裘颓堕皆从敬，家事消亡首罪宁。宿孽总因情。

“箕裘颓堕皆从敬，家事消亡首罪宁”，指出祖宗开创的事业和家族传统的颓败、丧失是从贾敬开始的，贾家的颓败和衰亡的罪魁祸首是贾敬和宁国府。小说中与贾宝玉式的意境优美的“意淫”成强烈对照的是贾珍贾蓉式的污秽的肉淫。而肉淫乱伦事件发生的地点和时间基本都在宁国府。除贾珍、贾蓉外，贾琏勾引尤二姐在宁国府；贾瑞见王熙凤起淫心在宁国府；即使是茗烟和万儿性交，贾宝玉和花袭人偷试云雨情也在宁国府。巧合的是，这些事发生时间上都与贾敬有关。一是宁国府为贾敬庆寿辰期间，发生贾瑞起淫心、贾珍和儿媳淫乱等事件；二是贾敬丧礼期间，有贾珍、贾蓉父子和尤氏姐妹淫乱事件。由这些事件又引出一连串的悲剧。可谓是万恶淫为首，荒淫敬为先。宁府不宁，荣府无荣，贾府百年基业彻底崩塌。

宁国府的老奴焦大醉后痛骂宁国府："每日家偷狗戏鸡。爬灰的爬灰，养小叔子的养小叔子。我什么不知道!"如果"箕裘颓堕"由贾敬而始，贾敬便成了贾家颓败的第一罪人。冷子兴介绍宁国府："宁公死后，贾代化袭了官，也养了两个儿子：长名贾敷，至八九岁上便死了；只剩了次子贾敬袭了官，如今一味好道，只爱烧丹炼汞，余事一概不在心上，幸而早年留下一子，名唤贾珍，因他父亲一心想作神仙，把官倒让他袭了。他父亲又不肯回原籍来，只在都中城外和道士们胡羼。这珍爷那里肯读书，只一味高乐不了，把宁国府竟翻了过来，也没有人敢来管他。"（第二回）

贾敬的罪责仅仅是"养不教"?《红楼梦》一开篇，贾敬便已是个抛却尘缘不问人间是非的出家静修的道士，可贾敬并非生来便是道士，而是半路出家。《红楼梦》里仅展示了其后半生，他的前半生是一片神秘的空白。但从偶见的形迹之中，似乎也有些痕迹可察。第四十五回，赖嬷嬷开导贾宝玉，说贾政比起宁府中的老辈还真是温和多了："东府里你珍哥儿的爷爷，那才是火上浇油的性子，说声恼了，什么儿子，竟是审贼!"这话说的是贾代化审问贾敬。这消息透露两方面的情况：一是宁府"老祖宗的规矩"是暴虐，贾敬会继承这个规矩和家风；二是贾敬本身曾有劣迹，被当做"贼"严厉审问。如果说贾敬有劣迹，会是什么劣迹呢？从"宿孽总因情"句看，应是"情事"无疑，只是不可考罢了。《红楼梦》第七十四回记贾惜春和宁国府决裂时，惜春对尤氏道：

古人曾也说的，"不作狠心人，难得自了汉。"我清清白白的一个人，为什么教你们带累坏了我？"尤氏心内原有病，怕说这些话。听说有人议论，已是心中羞恼激射……

尤氏有些什么“心病”？是些什么“心病”让尤氏羞恼？会不会与贾敬有关呢？

贾敬其人，即使行事不再可考，仅具备叙事结构上的符号意义，作者话语中仍包含有一种毫不留情的批判意味。当然，如果一个男人，放弃了家族责任，只图自保，既无情也无义，确实是废人一个，也终会死得很难看。（张）

红楼中的屈原身影与《楚辞》的香草

《红楼梦》开篇即借用女娲补天的神话传说，而《离骚》开篇，屈原亦自述“帝高阳之苗裔兮”。二者都是以上古之事，来为今说张本正源。屈原擅于象征借喻之法，多说香草美人之事，例如《离骚》里说：“制芰荷以为衣兮，集芙蓉以为裳。”《九歌·山鬼》中提到的：“山中人兮芳杜若，饮石泉兮荫松柏。”皆是以草木本性付之于人，复特指固相。王逸评注《楚辞》时尝说：“善鸟香草，以配忠贞；恶禽腐物，以比谗佞；灵修美人，以媲于君。”便是这个道理。而曹雪芹也在《红楼梦》的描写中借鉴了屈原的“香草美人”这种象征性手法进行创作。以林黛玉的名字称号就是典型的例子，林黛玉的前世乃是绛珠仙草，受到了神瑛侍者的灌溉之恩，于是下凡还泪而来。绛者，血也，珠者，泪也，辅之以仙草下世，又异于凡尘女子，才化作这林黛玉的肉身。并且林黛玉居住的潇湘馆，也和《九歌·湘夫人》的典故不谋而合，林黛玉写诗时用名“潇湘妃子”。在西晋张华《博物志》卷八中所记载：“尧之二女，舜之二妃，曰：湘夫人，帝崩，二妃啼，以涕挥竹，竹尽斑。”探春为林黛玉取这个雅号就按照

《博物志》中的典故来解释道：

“你别忙中使巧话来骂人，我已替你想了个极当的美号了。”又向众人道：“当日娥皇女英洒泪在竹上成斑，故今斑竹又名湘妃竹。如今他住的是潇湘馆，他又爱哭，将来他想林姐夫，那些竹子也是要变成斑竹的。以后都叫他作潇湘妃子就完了。”

屈原在《湘君》中描写湘夫人寻找湘君未果而吟咏悲叹。“横流涕兮潺湲，隐思君兮悱恻。”王逸批注云：“屈原感女媭之言，外欲变节，而意不能改，内自悲伤，涕泣横流也。”（洪兴祖《楚辞补注》）屈原将自己的人格附在湘夫人之上。而曹雪芹借黛玉还泪说来写这“哭”，何尝不是把自己的人格附在林黛玉身上进行“哭”。

屈原对《红楼梦》的影响首先是体现在人物形象内涵上的文化人格的暗喻。元妃省亲后，担心佳人落魄，花柳无颜。下谕让姐妹们和宝玉进大观园居住读书。宝玉一听喜得无可不可。一面向贾母要这要那，一面便问黛玉：“你住那一处好？”黛玉心里正盘算这事，忽见宝玉问他。便有如此回答：

我心里想着潇湘馆好，爱那儿几竿竹子隐着一道曲栏，比别处更觉幽静。

而宝玉一听，拍手笑道：“正和我的主意一样，我也要叫你住那里呢。我就住怡红院，咱们两个又近，又都清幽。”

历来批书者皆云竹子象征了黛玉的人格，潇湘馆的竹子还是湘妃竹，是黛玉还泪之符号。黛玉所住潇湘馆和翠竹的隐喻正是来自屈原的《山鬼》篇。山鬼歌颂伟大的孤独者，其实就是屈原心中的理想人格。她独居山中，如此的孤独和纯洁。“山中人兮芳杜若，饮石泉兮荫松柏”。她就住在竹林中。“披石兰兮带杜衡，折芳馨兮遗所思。余处幽篁兮终不见天，路险难兮独后来”。高雅之士与竹子的结缘，盖从屈子此篇始。魏晋风度的“竹林七贤”亦源于此。《红楼梦》曹公亦将竹林给了隐士般的黛玉。黛玉在潇湘馆，犹如佳人居空谷，她与宝玉的爱情亦犹如山鬼的悲情，

“思公子兮徒离忧”，宝黛之爱也只是一个“徒”字。这场爱恋犹如一场徒然的幻梦，最终是悲剧和苍凉。曹雪芹曾借贾宝玉之眼描绘云：

> 只见凤尾森森，龙吟细细。举目望门上一看，只见匾上写着“潇湘馆”三字。宝玉信步走入，只见湘帘垂地，悄无人声。走至窗前，觉得一缕幽香从碧纱窗中暗暗透出。

而《山鬼》之中倾力描绘的就是一位貌美、纯真、痴心，一尘不染的少女形象，描绘出其在盼望心上人可是心上人却没有到来的情绪。而此处借贾宝玉之眼，描写出这般场景，正好恰如其分。关于这句《山鬼》诗歌的照应，还不仅如此。在第八十二回“老学究讲义警顽心，病潇湘痴魂惊恶梦”中提到林黛玉在梦中梦见林如海续弦，并将自己许配给继母的亲戚。凤姐、王夫人、邢夫人等人都来祝贺她，而林黛玉孤独无助，想求助贾母、宝玉，可是一干人都是冷漠无情，林黛玉吓得从噩梦中惊醒。而对于林黛玉惊醒后的环境描写也是异常引人入胜：“只听得外面淅淅飒飒，又像风声，又像雨声。……觉得窗缝里透进一缕凉风来，吹得寒毛直竖，便又躺下。正要朦胧睡去，听得竹枝上不知有多少家雀儿的声儿，啾啾唧唧，叫个不住。那窗上的纸，隔着屉子，渐渐的透进清光来。”林黛玉的这番“潇湘馆惊梦”不正是与“余处幽篁兮终不见天，路险难兮独后来”照应得天衣无缝吗？而林黛玉心中的凄凉、苦楚，不是与“山鬼”一样表现得淋漓尽致吗？

有屈原的身影，也就有了文化传递所组成的骚影符号。所谓“衣被词人，非一代也”。唐代杜甫的《佳人》亦化用《山鬼》境界，塑造一个孤独的佳人。“天寒翠袖薄，日暮倚修竹”不正是栖居潇湘馆，终日与那些湘妃竹相伴的瘦弱的黛玉吗？整日的读书，写诗、饮茶、吃药、咳嗽、倚竹抚琴，以及对宝玉的思念，这就是黛玉全部的生活。黛玉的爱情悲剧其实也体现在《佳人》中。所谓“夫婿轻薄儿，新人已如玉。合昏尚知时，鸳鸯不独宿。但见新人笑，那闻旧人哭”。当宝玉和宝钗结婚那晚，月光洒过翠竹，而此时的绝代佳人黛玉，正是泪尽灯枯、焚稿自尽之时。黛玉绝食而亡，宝玉肉体亦死，他的出家是绝望最后的归宿。除了林黛玉外，薛宝钗的“蘅芜苑”也多奇花异草，也是对“香草美人”意象的借鉴。

《红楼梦》的描述中还插入了不少《楚辞》的意象。在第十七回“大观园试才题对额，荣国府归省庆元宵”中对于大观园的景物有这样的描绘：

只见许多异草：或有牵藤的，或有引蔓的，或垂山巅，或穿石隙，甚至垂檐绕柱，萦砌盘阶，或如翠带飘飘，或如金绳盘曲，或实若丹砂，或花如金桂，味芬气馥，非花香之可比。

一般人大多不能认出这些奇花异草，但杂学旁收的宝玉却认得。他不仅一一说出了这些异草的名字来，诸如：杜若、蘅芜、茝兰、清葛、金登草、玉蕗藤、紫芸、青芷等。还解释如今人不识草的原因，发了一番感叹：

想来《离骚》、《文选》等书上所有的那些异草，也有叫作什么藿纳姜荨的，也有叫作什么纶组紫绛的，还有石帆、水松、扶留等样，又有叫什么绿荑的，还有什么丹椒、蘼芜、风连。如今年深岁改，人不能识，故皆象形夺名，渐渐的唤差了也是有的。

“象形夺名”是著者对异常名称发生变化解释。由此可见曹雪芹对屈原和《楚辞》研读精深，不过借宝玉之口道出自己对“楚辞”的喜爱而已。《红楼梦》的一些地方化用了屈原《离骚》的意境，只是很隐蔽，一般人不觉。特别是第二十六回，宝玉被薛蟠谎称“老爷叫你”骗出去。“一日不来”，黛玉不禁有些担心。就步行至怡红院扣门。没想到晴雯正和秋纹闹脾气。黛玉两次叫门，她都不开。黛玉“气怔在门外”。忽有听见院中有欢声笑语，竟是宝玉和宝钗。她因气而伤感起来。书中如此描述：

林黛玉心中越发动了气，左思右想，忽然想起早起的事来：必定是宝玉恼我要告他的原故。但只我何尝告你了！你也不打听打听，就恼我到这步田地。你今儿不叫我进来，难道明儿就不见面了！越想越伤感，也不顾苍苔露冷，花径风寒，独立墙角边花阴之下，悲悲戚戚呜咽起来。原来这林黛玉秉绝代姿容，具希世俊美，不期这一哭，那附近柳枝花朵上的宿鸟栖鸦一闻此声，俱忒楞楞飞起远避，不忍再听。真是：花魂默默无情绪，鸟梦痴痴何处惊。因有一首诗道：颦儿才貌世应希，独抱幽芳出绣闺。呜咽一声犹未了，落花满地鸟惊飞。

此段语言可谓如画又如泣如诉，意境幽幽。然而，如若对古代文学典籍很熟悉，就能品味出它是从《离骚》的上下求索那一段学过来的：

路漫漫其修远兮，吾将上下而求索。

饮余马于咸池兮，总余辔乎扶桑。

……

吾令帝阍开关兮，倚阊阖而望予。

时暧暧其将罢兮，结幽兰而延伫。

世溷浊而不分兮，好蔽美而嫉妒。

不仅因为黛玉对宝玉的爱情是“上下求索”的，而且此段描述意境暗示了宝、黛爱情的最终悲剧。“帝阍”就是守门人，象征了宝、黛爱情所受到的阻碍。黛玉去找宝玉的时候正是夜晚，即“时暧暧”。黛玉后面“墙边华阴之下”的哭泣完全是从“结幽兰而延伫”的意境而来。“世溷浊而不分兮”好似黛玉《葬花词》的“一年三百六十日，风刀霜剑严相逼”。大观园中的建筑也有用楚辞意境的。如第三十八回贾母等在迎春的藕香榭饮茶，这个雅致的竹亭，四面绕水而建造，品茗于此，可抵浮生一日。藕香榭这种独特的立体空间的意境，极有可能是受到屈原《湘夫人》中诗句“筑室兮水中，葺之兮荷盖……疏石兰为芳，芷葺兮荷屋，缭之兮杜蘅”的启发。其亭子的对联“芙蓉影破归兰桨”也暗示了这种“荷屋”的意境。藕香榭就是建筑于水中之荷屋亭子。

《红楼梦》的描写和语言也从屈原和《楚辞》继承不少。譬如“骚体”形式的承袭。在《红楼梦》的创作过程中，对《楚辞》的描写艺术也多有承袭。第八十七回“感深秋抚琴悲往事，坐禅寂走火入邪魔”，薛宝钗写下了“聊赋”四章来表示对林黛玉的惺惺相惜之情：

悲时序之递嬗兮，又属清秋。感遭家之不造兮，独处离愁。北堂有萱兮，何以忘忧？无以解忧兮，我心咻咻。

云凭凭兮秋风酸，步中庭兮霜叶干。何去何从兮，失我故欢。静言思之兮恻肺肝。

惟鲔有潭兮，惟鹤有梁。鳞甲潜伏兮，羽毛何长。搔首问兮茫茫，天高地厚兮，谁知余之永伤。

银河耿耿兮寒气侵，月色横斜兮玉漏沉。忧心炳炳兮发我哀吟，吟复吟兮寄我知音。

上述四章可见出薛宝钗不凡的文学功底，而当林黛玉看后，随即抚琴并唱了四韵：

风萧萧兮秋气深，美人千里兮独沉吟。望故乡兮何处，倚栏杆兮涕沾襟。山迢迢兮水长，照轩窗兮明月光。耿耿寐兮银河渺茫，罗衫怯怯兮风露凉。子之遭遇兮不自由，予之遇兮多烦忧。之子与我兮心焉相投，思古人兮俾无尤。人生斯世兮轻如尘，天上人间兮感夙因。感夙因兮不可惙，素心如何天上月。

这八句辞赋恰好都是模拟“楚辞”的骚体而创作，无甚疑问，但为何要以“骚体”抒发呢？细想来作者自然不仅仅是为了丰富小说内涵，炫耀文采之笔作。据此问题，再读小说方可寻求答案。在第七十八回“老学士闲征姽婳词，痴公子杜撰芙蓉诔”中，贾宝玉为晴雯撰写《芙蓉女儿诔》的祭文，书写之前，宝玉这样解释说：

我又不希罕那功名，不为世人观阅称赞，何必不远师楚人之《大言》、《招魂》、《离骚》、《九辩》、《枯树》、《问难》、《秋水》、《大人先生传》等法，或杂参单句，或偶成短联，或用实典，或设譬寓，随意所之，信笔而去，喜则以文为戏，悲则以言志痛，辞达意尽为止，何必若世俗之拘拘于方寸之间哉。

这句话直抒胸臆，道出贾宝玉模拟屈原笔法的心意，可见出其创作的用途不仅是祭奠晴雯，更是自己内心的写照。并且在庚辰本的脂批中对这篇祭文多有注解，且注解中大多引述了屈原的《离骚》，正是看到此诔文完全是模拟了骚体：

孰料鸠鸩恶其高，鹰鸷翻遭罦罬。（庚辰本脂批：《离骚》：鸷鸟之不群兮。又语：吾令鸩为媒兮，鸩告余以不好。雄鸠之鸣逝兮，余犹恶其佻巧。）

薋葹妒其臭，茝兰竟被芟钼。（据庚辰本脂批：《离骚》。薋、葹皆恶草，以别邪佞。茝兰，芳草，以别君子。）

杏脸香枯，色陈颇颔。（庚辰木脂批：《离骚》：长颇颔亦何伤，面黄色。）

岂招尤则替，实攘诟而终。（据庚辰本脂批：《离骚》：謇朝谇而夕替，废也。忍尤而攘诟。攘，取也。）

直烈遭危，巾帼惨于羽野。（庚辰本脂批：鲧刚直自命，舜殛于羽山。《离骚》曰：鲧婞直以亡身兮，终然殀乎羽之野。）

乃歌而招之曰：天何如是之苍苍兮，乘玉虬以游乎穹窿耶？（庚辰本脂批：《楚辞》：驷玉虬以乘鹥兮。）

地何如是之茫茫兮，驾瑶象以降乎泉壤耶？（庚辰本脂批：《楚辞》：杂瑶象以为车。）

来兮止兮，卿其来耶？（《脂砚斋重评石头记》（庚辰本）人民文学出版社）

参看着庚辰本的脂批，脂砚斋在每句重要的祭文下都加有批注，并且这些批注都是参照《楚辞》进行解读的。这篇祭文辞藻飞扬，行文明显为楚辞风格，要么直接沿用楚辞文学意象，要么间接化用楚辞语句。例如祭文中的“望舒”、“风廉（即飞廉）”，出自《离骚》“前望舒使先驱兮，后飞廉使奔属”；祭文中“纫蘅杜以为佩耶”等语句直接化用《离骚》中“纫秋兰以为佩”。“孰料鸠鸩恶其高，鹰鸷翻遭罦罬”、“薋葹妒其臭，茝兰竟被芟钽!”根据脂砚斋的批语来看，许多批注直接点明这些祭文之话就是源于《离骚》。“鸷鸟之不群兮”代表高飞之鸟，品质高洁，“薋”、“葹”

都是恶草，借以代表邪佞。“茝兰”为芳草，借以代表君子。显然是作者借为晴雯写这《芙蓉女儿诔》，托体楚辞，表达他那一肚子的不合时宜。曹雪芹显然将自己与屈原归为同一类人，屈原自叹：“众女嫉余之蛾眉兮，谣诼谓余以善淫”，而晴雯之所以被驱逐出大观园，也是因为这个“淫”字，由此观之，曹雪芹为晴雯立传，实则是在将自己自喻屈原，不追逐名利，不同流合污而为世事所不容。再回过头来看薛宝钗与林黛玉的《秋兴八韵》，我们按后四十回为高鹗续作的说法，那高鹗也应当是明白了曹雪芹本意的，并且想借“离骚体”来表达林黛玉之哀情。拿秋兴八韵对比《芙蓉女儿诔》，文采高下我们不做判断，而曹雪芹已经写了如此好的一篇楚辞体，又为什么要再写八章“离骚体”的语句呢？这不是恰好照应了前文“蘅芜苑”之薛宝钗，“潇湘馆”之林黛玉身上隐射出来的香草美人意象耶。

屈原是中国文学史上唯一一个自杀的文学家。他之影响《红楼梦》可谓深远。

屈原愤而投江，除了有对仕途不畅，不得赏识这一原因，更重要的是他在《渔父》中所提到的“举世皆浊我独清，众人皆醉我独醒”。其中关于清与浊、醉与醒的探讨，是中国文学中经典的论辩之一。屈原以“醉”与“醒”对应，以醉为梦、为浊、为痴；以觉为开悟、为生觉、为独醒。屈原沉江，是保持清白之身，不染世俗污垢的表现。这其实不正是曹雪芹与《红楼梦》所向往的精神境界。《红楼梦》中的许多人物形象身上，无一不投射着曹雪芹对屈原这份精神的向往。屈原之于曹雪芹，《楚辞》之于《红楼梦》就像一座思想丰碑屹立于前。

淮南王刘安点评《离骚传》云：“濯淖污泥之中，蝉蜕于浊秽，以浮游尘埃之外，不获世之滋垢，皭然泥而不滓者也。推此志也，虽与日月争光可也。”而贾宝玉、林黛玉、妙玉等人与大观园中的每一个人都格格不入，这不正是体现了这群《红楼梦》中人“濯淖污泥之中，蝉蜕于浊秽，以浮游尘埃之外”吗？曹雪芹为何如此多的在小说中突出屈原和《楚辞》。

因为屈原是“被儒家信念逼死的”。(刘小枫《拯救与逍遥》)《红楼梦》的林黛玉也是被儒家伦理道德逼死的。宝玉的出家也是道德信念破灭的选择。

屈原放逐，乃作《离骚》，《离骚》是屈原一生的高度体现，他空有高洁的品质、报国济世的志向，却不得赏识，郁郁而终。这不就像《红楼梦》开篇时所提到的：“今风尘碌碌，一事无成，忽念及当日所有之女子，一一细推了去，觉其行止见识，皆出于我之上。何我堂堂之须眉，诚不若彼一干裙钗？实愧则有余，悔又无益之大无可奈何之日也！当此时，则自欲将已往所赖——上赖天恩，下承祖德，锦衣纨绔之时，饫甘餍肥之日，背父兄教育之恩，负师友规训之德，以至今日一事无成，半生潦倒之罪，编述一记，以告普天下人：我之罪固不免，然闺阁中本自历历有人，万不可因我之不肖，则一并使其泯灭也。”《红楼梦》常自称“假语村言”，大观园中的女子或许是虚构的，但也可能或有其实，正如小说所说“假作真时真亦假”，即便这些女子的事迹或有杜撰的嫌疑，可作者向读者传达的思想内涵却是真的。这些女子才能显著，但却困于闺阁之中，不就像郁郁不得志的屈原一般吗？《红楼梦》开篇第一回的诗中就说道：

无材可去补苍天，枉入红尘若许年。

此系身前身后事，倩谁记去作奇传？

脂批云：“书之本旨。”这通灵宝玉本是当年女娲炼石补天遗留下的，可惜空有“补天”的志向，却无奈被遗落凡尘。屈原满腔报国热情，最后却遭放逐，不得已怒而投江，诸如此类种种，恐怕都和屈原有着密不可分的、千丝万缕的相似性。屈原开创了中国文学的“独唱”时代，而《红楼梦》更是将这种文人的精神风骨一一展现，推向高潮。 (张)

《红楼梦》后四十回的艺术魅力撷花

自民国初元胡适博士搞新红学的“自传”说的索隐以来，将好生生一部完璧的《红楼梦》割裂为前八十回和后四十回。胡适的文学欣赏能力并不高，他认为《红楼梦》仅仅是一部“自然主义的作品”，未能领会到《红楼梦》的艺术真谛。不仅如此，为配合其自传说，他又极力诋毁后四十回的艺术成就。然而，且不论后四十回作者为谁，但就艺术描写的魅力而言，它丝毫不逊于前八十回。白先勇先生说得好，前八十回是风花雪月，后四十回是贾府衰微散场，用笔自然不同。后四十回一改之前的繁华笔调，境界顿转凄清和空寂。艺术上还有不少超越前八十回之处。大家公认的九十七和九十八回黛玉之死是整部书的高潮，其叙述更是笔力千钧，春雨如花。如王雪香（希廉）云“黛玉临终光景写得惨淡可怜。更妙在连呼宝玉，只说得你好二字，便咽住气绝，描神之笔”。（《石头记分评》）

可是后四十回精妙处绝不止此。仅就关于黛玉的描述而言，可谓用了金石之笔力。黛玉死状固惨，如一边是病榻将亡的凄凉，一边是宝玉娶亲的热闹，一悲一了，以乐衬哀，一倍增其哀。书中这段文字的精炼足可媲美东坡《承天寺夜游》：

> 当时黛玉气绝，正是宝玉娶宝钗的这个时辰。紫鹃等大哭起来。……一时大家痛苦了一阵，只听得远远一阵音乐之声，侧耳一听，却又没有了。探春李纨走出院外再听时，惟有竹梢风动，月影移墙，好不凄凉冷淡！（第九十八回）

早在《诗经·小雅·采薇》就有“昔我往矣，杨柳依依；今我来思，雨雪霏霏”的奇句。此种今昔对比亦用哀乐相衬，正是艺术上承袭。清人诗词歌赋多写黛玉焚稿一节，就因为这段描写的艺术感染力。如沈谦《红楼梦赋》专门写了《焚稿断痴情赋》，中有“此恨请验啼痕，点点则湘妃洒泪亭亭……依本情深，郎何缘薄”。然而作者为了写惊心动魄的黛玉之死，却已用了不少铺垫之法。特别是有意描述黛玉病重后的耳朵和听觉的异常灵敏，就是少有的高妙之笔墨。这种耳根听觉的灵性又与其梦相连。第八十二回黛玉作了一个噩梦，贾母要送其到南方成婚，黛玉紧紧拉住宝玉，宝玉却嬉笑她，还拿刀子划胸口，要抓出心给她看。这是黛玉潜意识将失去宝玉爱情的暗喻。林姑娘梦中惊醒后，枕头上已经湿透，肩背身心，但觉冰冷异常。她又躺下，翻来覆去，哪里睡得着。书中于是细致描绘其耳朵听外面的声音：

> 只听得外面淅淅飒飒，又像风声，又像雨声。又停了一会子，又听得远远的吆呼声儿，却是紫鹃已在那里睡着，鼻息出入之声。自己挣扎着爬起来，围着被坐了一会。觉得窗缝里透进一缕凉风来，吹得寒毛直竖，便又躺下。正要朦胧睡去，听得竹枝上不知有多少家雀儿的声儿，啾啾唧唧，叫个不住。那窗上的纸，隔着屉子，渐渐的透进清光来。

此段描绘非大师级手笔是不能写出来的。王国维《人间词话》强调所谓“有我之景”，景皆染我之色。而这些声音则是黛玉的“有我之声”，声皆触黛玉内心之潮的翻滚。潇湘馆此时的恶梦是一个很不详的预兆，是黛玉对与宝玉爱情彻底无望的醒觉。她的眼泪已枯，生命将要走到尽头，“听”是她理解这世界的最后方式。所以从这一刻起，黛玉的耳朵变得很尖了，对所有外界的声响细动都异常敏感。因为她只是想听到最后一个明确的结果。潇湘馆本来就是很静谧之处，黛玉如隐士般在那里居住，也许除了听雨就是抚琴。然而她和宝玉的婚事“尚未放定”。她清楚地意识到老太太舅母又不见有半点意思，宝玉又无力去争取。她已然感到最后摊牌的时候快到了，她的眼泪快哭干了，耳朵却超常灵敏起来，凌晨窗外雀儿的“啾啾唧唧”，以景画出此刻黛玉心潮的起伏不定。既然和宝玉已经没有可能，生离死别即将到来。没有宝玉，黛玉的生命将结束。天亮时，黛玉已经“醒得双眸炯炯，一回儿咳嗽起来”。此段叙述似暗用了周邦彦的《蝶恋花》的整体意境。周词写情人离别，其上阙云：

月皎惊乌栖不定。更漏将残，轳辘牵金井。唤起两眸清炯炯，泪花落枕红绵冷。

离人将别，黛玉一夜未眠，两眸炯炯，泪落红绵，正是黛玉此刻心境。她很清醒，木石前盟将被遗忘。不久宝玉就丢玉失魂了。从这个时候开始，黛玉再未真正睡着过。她的痰在那时也成了血色，这是死亡的象征。第二天惜春知道黛玉病重，也晓得是为了宝玉。就说她“有些瞧不破”。其实黛玉绝顶聪慧之人，何尝不能瞧破，只是她未能如惜春那般对感情心如槁木。然后是第八十三回，探春和湘云听紫鹃说黛玉吐血，都来看她，惟彼此伤心，却不能减去她半点心事。偏又听见外面老婆子骂“你这不成的小蹄子”。黛玉听了，大叫一声道：“这里住不得了。”一手指向窗外，两眼反插上去。这句话是“话谶”，黛玉不久就会永远离开这里了。众人于是忙劝慰一番，然后紫鹃服侍黛玉躺下。书里又描绘黛玉的耳朵所听到的画面：

那黛玉闭着眼躺了半晌，哪里睡得着？觉得园里头平日只见寂寞，如今躺在床上，偏听得风声，虫鸣声，鸟语声，人走的脚步声，又像远远的孩子们啼哭声，一阵一阵的聒噪的烦躁起来，因叫紫鹃放下帐子来。

这里说黛玉“平日只见寂寞”，是因为黛玉对宝玉的爱情还持有一份信心。然而此刻，绝望成为一种致命的疾病。而绝望的人是最清醒的。她再也无法入眠，因为生命所剩不多矣。然而这些恼人的风声，虫鸣声，鸟语声，人走的脚步声，黛玉还能听多久呢？但就在这个时候小说突然写起了黛玉抚琴。宝玉前去潇湘馆，却见黛玉靠在桌上看书。宝玉瞧所看的书，书上的字一个也不认得。黛玉才告诉他这是琴谱。宝玉大为惊讶道：“我不信，从没有听见你会抚琴。”前八十回渲染了黛玉的诗才，却没有透露过她会抚琴，此刻才露出这独特的才艺，这是要告诉读者，黛玉是真正的文人雅士，大观园里的一派宗师。同时，黛玉重新操缦是一种回归其原生家庭和文化本体的渴望。所以她对宝玉说：“我在扬州也听得讲究过，也曾学过，只是不弄了。”黛玉习琴因是父亲如海的教导，如海是探花出身。抚琴是黛玉回忆故乡的一种方式，回忆是因为人生已所剩不多了。

所以接下来的第八十七回，宝钗送信回忆曾经的诗会，黛玉看了正不胜伤感。恰在这时探春、湘云和李氏姐妹四人来潇湘馆，大家寒暄清谈起来。这次清谈看似欢笑，其实饱含了告别的悲情而呈现了人生一梦的滋味：

> 正说着，忽听得唿喇喇一片风声，吹了好些落叶打在窗纸上。停了一回儿，又透过一阵清香来。众人闻着，都说道：“这是何处来的香风？这像什么香？”黛玉道：“好像木樨香。”探春笑道：“林姐姐终不脱南边人的话，这大九月里的，那里还有桂花呢。”黛玉笑道：“原是啊，不然，怎么不竟说是桂花香，只说似乎像呢。”湘云道：“三姐姐，你也别说。你可记得‘十里荷花，三秋桂子’？在南边正是晚桂开的时候了。你只没有见过罢了，等你明日到南边去的时候，你自然也就知道了。”探春笑道：“我有什么事到南边去？况且这个也是我早知道的，不用你们说嘴。”李纹、李绮只抿着嘴儿笑。黛玉道：“妹妹，这可说不齐。俗语说，‘人是地行仙’，今日在这里，明日就不知在那里。譬如我，原是南边人，怎么到了这里呢？”湘云拍着手笑道：“今儿三姐姐可叫林姐姐问住了。不但林姐姐是南边人到这里，就是我们这几个人就不同。也有本来是北边的；也有根子是南边，生长在北边的；也有生长在南边，到这北边的，今儿大家都凑在一处。可见人总有一个定数，大凡地和人，总是各自有缘分的。”

这从窗外吹进来的清香正是第十六回宝玉闻到从黛玉袖中发出的那一股“幽香”。当时宝玉追问香从何来，黛玉亦不能答。但这里告诉读者，这是黛玉家乡的“木樨香”。木樨就是桂花，曾让宝玉“醉魂酥骨”的香。

这风声是从南方吹来的，是召唤林妹妹的。作者还怕读者不明白，故意让探春说“林姐姐终不脱南边人的话”。然后湘云又说南方九月开晚桂，还说探春也会去南边，探春不信。后来三姑娘真去了海疆，恰如黛玉说的“俗语说，‘人是地行仙’，今日在这里，明日就不知在那里”。一贯豪迈的湘云最后却说了很悲情话：“大凡地和人，总是各自有缘分的。”这是再次提醒我们宝玉看藕官画“蔷”字所领悟的“人生情缘，各有分定”。而黛玉和宝玉的情缘就要走到尽头了。

谈起江南的乡愁，众人散后，黛玉伤感地想起“父母若在，南边的景致，春花秋月，水秀山明，二十四桥，六朝遗迹。不少下人服侍，诸事可以任意，言语亦可不避。香车画舫，红杏青帘，惟我独尊。今日寄人篱下……”紫鹃见黛玉又伤心，就服侍她喝了五儿特地做的米粥。然后让紫鹃去休息，自己添香，自己坐下，才要拿起书，耳朵里又是窗外的声响：

> 只听得园内的风自西边直透到东边，穿过树枝，都在那里唏哩哗喇不住的响。一回儿，檐下的铁马也只管叮叮当当的乱敲起来。

老檀香是添上了，烟绕榻边，一片静谧。可黛玉已经没有读书的静心了，她的心在流淌，耳朵里听到的是江南故乡的消息，屋檐上的铁马是江南人家屋檐下的“叮叮当当”。或许当年父亲如海正是在细雨飘洒，铁马叮当的时候，在窗下教导幼女黛玉读书弹琴呢。“江南”是绝美的，然而它也是死亡和断肠的“符号”。屈原《招魂》最早吟唱着“魂兮归来兮哀江南”。这是伤心人对江南故乡的眷念之情。屈原的悲情影响了六朝的谢灵运，他将对故乡“哀”更进一步化为“断肠”。“楚人心昔绝，越客肠今断。断绝虽殊念，俱为归虑款。”（《道路忆山中》）自谢灵运后，“断肠”成为江南美和思念的符号呈现。孟棨《本事诗》载刘禹锡罢和州，在李司空酒宴上赋诗“司空见惯浑闲事，断尽江南刺史肠”。韦庄词好凄美，“垆边人似月，皓腕凝霜雪，未老莫还乡，还乡须断肠”。（《菩萨蛮》）此刻“乱敲”的叮当声，正是“断肠人”在捱着更漏。“锦瑟华年谁与度……飞云冉冉蘅皋暮。彩笔新题断肠句。”那些“唏哩哗喇”的风声，好似绝望之音，如泣如诉，像是欧阳修的《秋声赋》，凉入人心，是死亡的预告。此段描写从黛玉等闲说江南到哀痛江南，最后听风声的江南，意境可谓哀艳缠绵，步步惊心，非曹公，何人能写出此绝代之笔。

听风中的江南，黛玉让从小跟自己的雪雁拿衣服晾，看见了宝玉送的旧手帕，看那上面的旧诗，不觉簌簌泪下。紫鹃过来安慰，提起和宝玉两小无猜的旧事，黛玉泪珠连绵起来。林姑娘伤怀无限，何以解忧，唯有抚琴。遂翻出琴谱，拿出自己的短琴，调上弦，以抚琴抒情。第二日，宝玉去蓼风轩，惜春和妙玉正在弈棋。随后宝玉送妙玉回栊翠庵，路过潇湘馆，听得黛玉琴音。两人在石子路坐着静听。黛玉先低吟“望故乡兮何处，倚栏杆兮涕粘襟”，抒发对江南故里的思念。随后又吟唱“之子与我兮心焉相投”的知音之叹。此节文字与岳飞《小重山》词的意境很相似。黛玉是怀江南，武穆亦是“梦回故乡”。黛玉此刻操缦的心情正与岳飞“起来独自绕阶行”时的感怀相同。不同的只是岳飞是报国，黛玉是爱情的追求。最后的吟唱是“人生斯兮如轻尘”，黛玉已然自感命不久矣。心绪一下苍凉悲戚。“欲将心事付瑶琴。知音少，弦断有谁听?”妙玉知琴，就说：“如何忽作变徵之声……只是太过……恐不能持久。”果然“听得君弦蹦的一声断了”。这里宝玉和妙玉都在听琴，而宝玉却不懂琴音之变徵，已经暗示宝、黛爱情之弦的即将断裂。黛玉的生命也将随风而逝。

黛玉自己知道她的时日不多了。她的身体回不去了，但用耳朵超越了尘世，飞向了江南的天尽头。作者真是颇通病人的心理学的。黛玉病重亦敏感于周遭之声音，这里也用了佛家六根的耳根所听来描述生命的觉悟。后来贾母病危时耳朵也很灵，偏偏听到迎春病危消息：

岂知贾母病中心静，偏偏听见，便道：“迎丫头要死了么?”

一个重病老人听说自己的孙女的噩耗，当是什么恸切的心理。老太君并没有平静的离去。黛玉绝命前，凤姐为家长们献上自以为聪明的调包计，偷梁换柱地决定将宝钗嫁给混沌状态的宝玉（其实是宝玉无力娶黛玉）。然而在第九十六回，黛玉来到大观园沁芳桥下的上石后面，却看见傻大姐在那里呜呜咽咽的哭泣。一问方知是为宝玉的事，说漏了嘴，被袭人打了。黛玉至此知道了荣府的秘密，一时之间，心里“竟是油儿酱儿糖儿醋儿倒在一处的一般”。这个故事写得可谓惊才绝艳，非曹公无有此大手笔。为什么要在这里见到傻大姐，因为第二十三回宝玉和黛玉就是在这里的桃花下，读《会真记》，扫花葬花。这是千里伏线，这是命运的使然。

《红楼梦》后四十回少了风花雪月的热闹，但多了生命的觉悟和沧桑，它的艺术魅力绝对不容低估。（张）

嫁妆与红楼贵妇的命运

嫁妆，是女子出嫁时娘家陪送的财物，亦称“嫁装”、“妆奁”、“嫁资”等。在中国传统社会当中，一直有着给女儿陪送嫁妆的习俗，上至皇家，下到百姓。嫁妆对于女子婚姻的意义重大，是女子出嫁时必不可少之物，它不仅代表了一个女子的家世门风，更是决定了女子婚后的生活水平。清朝是由满洲贵族建立的王朝。在清军入关之前，满族的嫁妆较为简单，入关后，受汉文化的影响，满人的嫁妆也逐渐变得丰富起来，并且保留了本民族的一些陪嫁特色。在古代社会，为了维护宗族的利益，婚姻大事已不再涉及男女双方的个人意志，已经成为了一条维护利益的纽带。

古代统治阶级的婚姻都是以门第为基础的，他们的婚姻具有社会和政治的两重意义。皇族婚姻的嫁娶大多是围绕政权的建立而展开的，其必要的手段就是政治联姻。清代八旗皇族的婚姻主要实行的是选婚、指婚、赐婚制度。八旗秀女是皇帝后妃的主要来源，门第基础是挑选后妃的主要条件，凡是旗人家族年满十三周岁的女子，都要送到京师，交给户部和内务府预备挑选。除了给皇帝的后宫注入新鲜的血液外，有的还要配给皇帝的近支宗亲。满洲人注重本民族的生殖繁衍，逐渐的就形成了八旗秀女的遴选制度。指婚是清朝礼制的重要内容，为了维护政治和经济利益，指定婚姻，使门世相当的两户人家构成亲戚的关系。清朝皇子、公主的娶嫁，近支宗亲格格、贝子的嫁娶等，根据他们的年龄进呈，由太后或是皇帝指定人选，颁发懿旨。统治者为了笼络朝中的大臣和少数民族中的贵族，将自己的女儿下嫁于臣，与少数民族中的贵族联姻。清朝的皇族婚姻关系的主要形式是门第婚姻与累世通婚，它既巩固了皇族的政治势力，又加强了皇权。

嫁奁是伴随婚嫁产生的，皇族为满洲贵族的最上层，其婚礼仪式也最为隆重繁复的，不同等次的皇族成员要相应举行不同规格的婚礼。清朝，仪式最为盛大、规模最为宏大的当属皇帝大婚之时。皇族嫁妆的特点在于，它一方面要体现出帝王婚礼的九五之尊、无与伦比，另一方面，又要体现出嫁妆本身所包含的实际功用。皇后嫁妆的筹备是一个非常繁杂的过程，皇后的嫁妆是由有关大臣共同商议拟定，再经朝臣、太后、皇帝的反复商议、增减讨论，才能最终裁定。然后交由各处分头筹备。皇后嫁妆的筹备不仅是其娘家无法承受的，就算是内务府乃至于整个皇宫、京城都难以完成这项艰难的任务，必须调动全国上下的力量一同进行筹备。皇后嫁妆分为“内办”与“外办”两种方式，从内办的构成来看，主要为冠帽鞋袜、珠宝首饰等物品，这种物品应当属于内务府储备，或者在京城可以办齐的，无需委托外地机构筹办。其他各项京城可以采办的，就由“京制造”购办，京城难以采办的项目由各织造和粤海关监管。皇后的嫁妆大体可以分为冠帽衣物、珠宝首饰、被褥毡帐枕垫、家具摆设等几个大类，每种物品皆讲求齐备精美。就冠帽衣物类来看，皇后嫁妆中冠帽有二十八顶，其中朝帽就有八顶，其他冠十二顶、帽八顶，每项冠帽都配有相应的珠石、帽花，并配有黄绫冠盒。不同的冠帽适用于不同的季候和场所，各种冠帽制作的质地都十分的精良。衣物类的讲究就更多了，质地上从厚至薄分为貂皮、元狐皮、狐肷皮、天马皮、棉、单实地纱、芝麻地纱等；款式按照不同的场所和季候分为朝袍、朝褂、朝裙、端罩、袍、褂、衫、紧身（分为无袖有袖）、领衣、衬衣等；织造工艺上分为缂丝、纳纱、秀、纳等；色彩上分为明黄、石青、玉色、湖色等；花样上分为金龙、金龙十二章、五彩、五彩舒袖等。这些东西的材质精美、工艺精湛，不仅体现出了皇家身分的尊贵，而且还包含了吉祥喜庆的寓意。

除了皇后的嫁妆之外，妃嫔的嫁妆也由朝廷统一置办。妃嫔嫁妆的种类与皇后大体相像，只是在规格上要低于皇后，在嫁妆物品的数目、织造工艺、色彩等方面，无不体现着严格的等级差别。譬如：在皇后和妃嫔的衣物穿着方面，皇后的朝袍首用明黄色，其他服饰用大红、石青、果绿、宝蓝等色彩；贵妃朝袍用杏黄色，其他服饰用大红、桃红、深绿等色彩；嫔朝袍用大红色，其他服饰用大红、藕褐、葱绿等色彩。在材质上，皇后的衣服分貂皮、天马皮、棉、单实地纱、芝麻地纱等材质；贵妃用灰鼠皮、狐肷皮、棉、直径地纱等材质；嫔用灰鼠皮、天马皮、棉、单、直径地纱等材质。在衣物材质降低的同时，种类和数目也在随之减少。在皇家，宗室子女的婚姻都是由天子做主，即“指婚”，是将八旗秀女或蒙古王公之女指配与皇子及王公之子，将皇女或宗室之女指配与八旗及蒙古王公子弟的制度。这种婚姻缔结的方式，是将宗室贵族的婚配权牢牢掌控在统治者手中。所以，在这种婚姻中，福晋与公主的嫁妆一方面要体现出王公贵族的气派，另一方面又要受到各种规定的限制。皇子与福晋的婚礼始于“指婚礼”，由太后或是皇帝指配，颁发懿旨。首先叫其妻父跪在宫中乾清门前，由大臣传旨，今以某氏女作配皇子某为福晋，福晋父三跪九拜谢恩后退去。然后择其吉日，皇子在大臣和侍从的陪同下，去福晋家行文定礼，拜见岳父岳母，行纳采礼。聘礼由大臣送往福晋家。婚前一日，福晋家将嫁妆送至太子宫，与皇室缔结婚姻，无疑是家族荣耀之事，加上清朝社会奢靡之风盛行，婚礼操办日趋豪奢，满洲贵族在陪送女儿嫁妆时，往往是“图体面而尽力求丰”。福晋嫁妆的丰盛程度虽然与皇帝后妃无法媲美，但还是引起了朝廷的关注，朝廷勒令禁止福晋父家陪送奢华的嫁妆，这项禁令从侧面反映出了当时福晋嫁妆的奢华程度，也体现出皇帝对于皇家婚娶及其造成影响的重视。至此，福晋家在筹备嫁妆时都要先将嫁妆的清单呈报给皇帝检视，也增加了嫁妆筹备的难度。按照满族的习俗，结婚时，“一切陈设桌椅板凳直到炕席毡条”都由女方家筹办。（《北平风俗类征·嫁妆》，《中国风土志丛刊》第十三册）公主下嫁，“指婚礼”与皇子的相似，在其嫁妆中，为了显示出皇家高贵的象征，公主的嫁妆中配有显示皇族成员特征的朝衣、朝冠、丰富的衣服首饰、日用物品以及庄头仆从，这是其他人家的女儿无法比拟的。

古代社会的婚姻，严守的是父母之命和媒妁之言。早在《诗经·齐风·南山》就说：“娶妻如之何？必告父母……析薪如之何？匪斧不克。娶妻如之何？匪媒不得。既曰得止，曷又极止？”两千多年传统婚姻都没有超出这个文化规训。当时的社会，在男女授受不亲这个礼制的约束下，儿女的一切事情皆是父母做主，所以在《红楼梦》中的婚姻大都是充满了悲剧色彩的，儿女婚姻的缔结就成了一根使家族事业兴起的稻草。“都道是金玉良缘，俺只念木石前盟”，曹雪芹以两种不同的婚姻观展开了宝玉与钗、黛之间的关系。“金玉良缘”是金钱与权利的结合，薛宝钗项上所携带的金锁与贾宝玉身上所佩戴的玉分别象征了“富”与“贵”，金不必说，玉作为古代社会礼器的代表，正是贾府门第高贵的标记。

在第八回“比通灵金莺微露意，探宝钗黛玉半含酸”中，就隐含了这种金玉良缘：

> 宝钗因好奇宝玉的玉，便想要细细的鉴赏，宝玉也凑了上去，将玉取下来，递在宝钗的手中。宝钗看完，又新翻过来从正面细看，口内念道：“莫失莫忘，仙寿恒昌。”念了两遍，乃回头向莺儿笑道：“你不去倒茶，也在这里发呆作什么？”莺儿嘻嘻笑道：“我听这两句话，倒像和姑娘的项圈上的两句话是一对儿。”

在当时社会，挑选儿媳的标准是要符合门当户对和礼教的观念。就如宝玉和宝钗的婚姻，任凭贾母如何疼爱宝玉，但是宝玉的婚姻还是得由贾政做主。而宝钗因为从小就没了父亲，所以她的婚姻就得薛姨妈和薛蟠做主。在宝玉和宝钗的婚礼中，当时宝玉是神志不清的状态，贾府合家上下惶惶不安，为了给宝玉冲喜，挽救他的生命，急急忙忙的就准备了一场婚礼。又因当时贾府和薛家都处于非常时期，又是大户人家，财力雄厚，一切都是现成的，在大体上礼节都有。因此，在第九十七回“林黛玉焚稿断痴情，薛宝钗出闺成大礼”中，凤姐就说了这么一句话：

今日早起听见说，房子不差什么就妥当了，竟是老太太、太太到姑妈那边去，我也跟了去，商量商量。

从凤姐的话语当中就可以体现出贾府这种家世和财富的雄厚。关于嫁妆，是由男方先下聘之后，女方才有嫁妆陪送过去的，可是在《红楼梦》这部小说中，并没有细细提及关于宝钗的嫁妆问题，只是在“宝钗出闺成大礼”中，王夫人略微提了下薛姨妈家里没人，把嫁妆一概都蠲免了，而薛姨妈又想着薛蟠还被关押着呢，赶着把宝钗的婚礼给办了，还可以更好的依托贾家的关系，省下一些钱来给薛蟠赎罪。但是，在这一回中，鸳鸯笑着给贾母清点下礼的东西时说道：

这是金项圈，这是金珠首饰，共八十件。这是妆蟒四十匹。这是各色绸缎一百二十匹。这是四季的衣服共一百二十件。外面也没有预备羊酒，这是折羊酒的银子。

之前有提到，在两个家庭背景相当的家族中，一般情况下，男方所下的聘礼和女方的嫁妆是大致相当的。所以，在这里即使是没有明确宝钗的嫁妆是什么，通过贾家所下的聘礼也能猜出个大概。红楼四大家族是“一荣俱荣，一损俱损”的紧密关系，而维护他们这层关系的办法就是家族之间相互通婚。从政治上来说：薛家没有爵位，且只有两代人为官，所以在这一点上，就与贾、史、王三大家族之间有了明显的区别。在社会政治地位上，相对于其他三个家族来说，地位偏低；从经济上来说：薛家是皇商，家中积有大量的地产和买卖，如在第四十五回“金兰契互剖金兰语”中：

黛玉对薛宝钗说道："你如何比我？你又有母亲，又有亲哥哥，这里又有买卖土地，家里又仍有房有地。"

在第四回"葫芦僧乱判葫芦案"中，又称薛家在各个省份都有"买卖承局、总管、伙计人"等等，这些都可以体现出薛家经济实力的雄厚；在文化方面来看：薛蝌主要是负责经营，没有功名，文化素质并不是太高；而薛蟠则是懒散惯了，喜欢逗留于花街柳巷，不务正业，总是喜欢惹祸，所以文化素质是很差的，并且时常成为大家的笑柄；唯有宝钗和宝蟾，在文学造诣上，是比其他两兄弟要高很多的。有一个这样的描写，"当日有他父亲在日，酷爱此女，令其读书识字，较之乃兄竟高过十倍"。并且，在第十七回"荣国府归省庆元宵"中，贾妃就对宝钗所作的《凝晖钟瑞》表示过赞扬，足以说明宝钗的才华。所以，由这几点就可以得出：薛家是一个经济实力很强，政治势力较强，文化素养较高的家族。

古代的嫁妆，除了物质这种硬通货外，还包涵一种软实力的财富，即陪房，它是属于整个嫁妆中的一份特殊陪嫁品，所谓"陪房"主要是指"随嫁的婢仆"（《汉语大词典》十一卷，四川辞书出版社，1992 年版）。总的来说就是旧社会随主子姑娘出嫁到婆家的男女仆人，他们亦是主子嫁妆中的一部分。这种以人作为陪嫁品的习俗其实并不为中国古代社会所独有，它也是整个人类社会婚姻习俗中的一部分。满洲入主中原后，"将婚姻陪房习俗公开等级制度化，在中国数千年的封建历史上是独一无二的"。（孔令彬《中国古代婚俗中的陪房现象研究》）因此，在《红楼梦》的描述中，则为我们展现了这些陪房习俗丰富而真实的画面。陪房有男有女，有单个的，也有整体的。有年轻的陪房丫头，也有有经验的奶娘和一家子的陪房。陪房除了显示财富，它最重要的功能是增强嫁过去的女主人在夫家的地位。所以她们充当了"二层主子"的角色。著名红学家周汝昌云："陪房者，旧时姑娘出阁，嫁到婆家，一切陌生，要从娘家带过来一位媳妇照料扶持她，包括教导指引家务礼数，种种关系，也是她的'保护者'。"（《红楼梦的真故事》）平儿是王熙凤从娘家带过来的四个陪嫁丫头之一，后来“死的死，去的去”，只剩下了她一个，成了王熙凤的得力助手。除此之外，还有来旺、来旺媳妇、来旺的儿子等这些她经常使用的“帮手”。李纨曾经对平儿说：“你就是你奶奶的一把钥匙。”这句话就说明了平儿在贾府中的地位和作用。王熙凤平日里克扣丫头们的月钱去放高利贷，就是由平儿负责帮凤姐收回利钱的。当平儿知晓贾琏在外偷娶了尤二姐时，也是她最先告诉凤姐的。而至于来旺，瞒着贾琏给凤姐做的那些见不得人的龌龊事就更多了，如：凤姐唆使张华状告贾琏，其中为凤姐跑腿的人就是来旺。虽然贾琏和凤姐都是他们的主子，但如若真要分个清楚明白，平儿以及来旺他们都会选择凤姐，毕竟在关系上来说，他们和凤姐是更亲近的娘家人。陪房作为女主人所使用的“工具”，替主子办事情，照顾主子的生活起居，是他们作为陪嫁最基本的工作。赵姨娘就是王夫人的贴身丫鬟，以陪嫁丫头的身分进入了贾家，从而发展成为了贾政的侍妾。而在《红楼梦》当中，除了来旺家的是作为一家子的陪房进入贾府之外，还有周瑞一家子，吴兴家的，郑华家的等等。陪房的职责除了照顾主子的生活起居之外，通常是为主子跑腿，为主子出面办理一些他们不方便办理的事情。在刘姥姥第一次进贾府时，就是由周瑞家的引见的，她是所有陪房中最有身分，也是最刁滑的一个人。她有自己的小丫头，吃穿用度也比其他的仆人要尊贵些。她和邢夫人的陪房王善保家的是死对头，在抄检大观园时，她翻出了王善保家的外孙女司琪的情书以及一双男人的鞋袜，指着王善保家的嘲笑，没有留一丝的余地，并且给王夫人出主意要把证据交给邢夫人，借机撵司琪出去。这样子的行为虽然不太厚道，却映证了王夫人对周瑞家的信赖。女主人的陪房越多，男方就容易惧内，她在夫家的地位就高。如《姑妄言》载尚书温体仁将女儿嫁毛羽健，“嫁时妆奁之富，是不消说得，赔了八房家人，八个丫头，八个小厮，到了署中，竟把他的县衙填满。毛羽健见他的赔嫁那些婢妇，侍奉小姐那尊贵的样子，由不得就势怕起来了”。（第二十一回）贾琏有点怕王熙凤，贾政惧王夫人，都是这个原因。

陪房的权力、地位都是和主子的身分密切相挂钩的，他们是女主人陪嫁到男方家的一种私有财产。王熙凤和王夫人在贾府都有着举足轻重的地位，平儿和周瑞家的又都是凤姐和王夫人的左右手，她们在贾府的地位是一般的奴仆所不能比拟的。王子腾是凤姐的叔叔，也是王家财富和权利的核心。王夫人、薛姨妈是凤姐的姑姑，其祖父为外务官，其叔父王子腾先为京营节度使，后官至内阁大学士。论财富，王家可能还胜过贾家。但是就王家人的文化素质而言，文中所提及的并不多，在第三回“林黛玉抛父进京都”中，就有说道，王熙凤自幼假充男儿教养的，且从未提过凤姐父母对于凤姐的文化教育，那个时代对教育的普遍看法大多都是“女子无才便是德”。就像李纨，除了读些简单的《女四书》《烈女传》之外，也并无涉猎其他。而凤姐就只是因为要管家，简单认识几个字，但并没有因她的学识低下就妨碍她管家理事的这个才能。王子腾是武将，可想而知，文化素养不会太高。王夫人平庸而自以为聪明，爱听信谗言，没有自己主观判断力的人。就如在第七十四回“惑奸谗抄检大观园”中，她不问青红皂白，就把贾母丫头在园子里捡的十锦春意香袋误以为是凤姐的，对凤姐破口就大骂了一顿，然后又听信王善保家的谗言，侮辱晴雯，她是间接害死晴雯的凶手，完全没有自己的判断力，听小人胡诌。薛姨妈则是一个遇事慌张凌乱的小妇人，夏金桂和薛蟠吵架殃及香菱，她便要把香菱打发给人伢子卖出去，全然不顾及他们这种大户人家的“脸面”。同样，巧姐的舅舅王仁，也不是什么好东西，在第一一八回“记微嫌舅兄欺弱女”中，贾环和贾芸想要摆布巧姐出气，就想把巧姐卖给一个外藩做偏房，正巧在商量的时候被王仁给听到了，他不但不阻止，反而应了他们，拍手叫好，仗着自己是巧姐的舅舅，就擅自做主要将巧姐儿“许”给那位郡王，从中获取利益，由此可以看出王仁是一个品行特别低下的人。综上，可以得出一个结论，王家财力雄厚，政治实力很强，但在文化素质方面还有待提高，也正是因为如此，才会有凤姐的种种恶行。

嫁妆作为婚姻缔结中最重要的环节，在一定程度上肯定是会对婚姻产生影响的，丰厚的嫁妆能够使新嫁娘在婆家迅速的站稳脚跟，更决定了今后的幸福指数。任何事情都是具有双面性的，既有好的一面，也有坏的一面，既有积极的促进作用，也有消极的破坏作用。丰厚的嫁妆在一段婚姻缔结当中起到促进的作用，特别是当女子本人或其家庭具有某种缺陷而影响到婚姻时，丰厚的嫁妆就可以弥补这种不足。当然，在这里，“嫁妆”不一定指代的就是衣物首饰，生活器具。它，还代表着一个女子的家世，以及她自己所具有的人格魅力。

著名学者王昆仑先生在其红学名著《红楼梦人物论》中的《薛宝钗论》中感慨的说道：“直到今天，不少中国人还有‘娶妻当如薛宝钗’之想。诚然地，宝钗是美貌，是端庄，是和平，是多才，是一般男子最感到‘受用’的贤妻。”（王昆仑《红楼梦人物论》）薛宝钗出身于“丰年好大雪，珍珠如土金如铁”的薛家，是地地道道的皇商，其母出身于“东海缺少白玉床，龙王来请金陵王”的王家，其父早亡，和母亲还有哥哥薛蟠相依为命。为人慷慨仁慈，处事大度，即使是面对黛玉的挖苦讽刺，她也能忍让不计较。在湘云承办诗社，却无法解决经济问题时，主动献计策划，并且慷慨赠予了大量的螃蟹，让湘云不失体面的渡过了难关；帮助经济拮据，甚至将衣物都典当出去了的邢岫烟；还为大病初愈，需要服用上等人参的凤姐解决了难题。不管谁发生困难她都能伸出援手，解囊相助。她不仅有一颗善良的心，更富有过人的智慧。在《红楼梦》中，关于“木石前盟”和“金玉良缘”就有很多的说法，抛开其他的不说，就家世而言，林黛玉家和薛宝钗家都是属于家世显赫的大家族。但是，如海死后，虽有庞大的财富，但黛玉家是“绝了后”的。其财富为贾府所得，她在贾府显得是寄人篱下一般。任凭贾母是如何的疼爱她，宝玉是如何的偏爱她，她都得看人脸色行事，正所谓“人在屋檐下，不得不低头”。而宝钗，尽管她家和贾府的关系没有那么亲密，但她不是孤苦伶仃的一个人，她还有宝琴、薛姨妈、薛蟠、薛蝌可以帮衬她。换句话说，此时的贾府已经是“空壳子”一个了，它必须从外表去获取力量，整个家族才有复兴的可能，而薛家是皇商，在经济上就可以给与贾家一定的支持，而林黛玉家，在她父亲去世时候，几百万的银两就被贾府给吞噬了。并且，“不孝有三，无后为大”，在古代，身为男丁，身上肩有传宗接代的重任。林黛玉的女儿身，且身体孱弱，更是不能助“夫”完成这个重任的。宝钗就不一样了，“生得肌骨莹润，举止娴雅”（第四回），连宝玉也把她比作杨妃，体丰怯热（第三十回）。唐朝是以胖为美的，在这里把宝钗比作杨贵妃，就道出了宝钗体态的丰腴，也具备生孩子的基础条件。所以，宝玉娶宝钗，不仅娶的是她这个媳妇，更看重的是她这个人的家世以及她自身所携带的个人能力，能为“衰败”中的贾府增添一点新的生机，注入新的生命力。

除促进和维护作用外，嫁妆也对婚姻产生一些消极作用和负面影响。古代的礼教社会，是一种男尊女卑的关系。所以凤姐儿的骄横必定会为自己惹出祸患，殃及他人。王熙凤是“脂粉队里的英雄”，人们对于她的评价都是褒贬不一的，她的聪明和智慧为她带来了一展雄才的机会，也带来了种种利益，在贾府当中，几乎没有人敢当面说她的不是，但是在背后，那些人的嘴里没有几句关于这个“二奶奶”的好话。在第七十二回“王熙凤恃强羞说病”中，贾琏因向鸳鸯讨要贾母不用的金银拿去抵押，被凤姐听到了，就问道了几句，怕贾琏被贾母发现了丢了她的脸，谁知就起了点烟火味儿，争吵了几句。凤姐说道：

> 我有三千五万，不是赚的你的……把我王家的地缝子扫一扫，就够你们过一辈子呢。说出来的话也不怕臊！现有对证：把太太和我的嫁妆细看看，比一比你们的，那一样是配不上你们的。

家族的权势地位及财产成为她的硬靠山，助长了她的骄横。并且在第十六回“贾元春才选凤藻宫”中，王熙凤称：

> 那时我爷爷单管各国进贡朝贺的事，凡有的外国人来，都是我们家养活。粤、闽、滇、浙所有的洋船货物都是我们家的，甚至接驾之事“我们王府也预备过一次”。

凤姐仗着自己是都统制县伯之后，出身豪门，充满了家族的优越感。

她受贾母和王夫人的委托，管理贾府，执掌着贾府的实际权力。可她品德有亏，揽权弄财，贪赃枉法。为了三千两银子，勾结贪官，破坏张金哥的婚事，害得一对有情人做了亡命鸳鸯。挪用克扣整个荣府的月钱，拿出去放高利贷。王熙凤和贪官的勾结，是导致贾府被抄家的导火索之一，而她本人，也是被抄查的重点对象，她和贾琏平日里累积的体己，被抄得干干净净。财产尽失，恶行败露，颜面丢尽，在贾府的地位轰然坍塌。（张）

《红楼梦》器物摆件之特色

《红楼梦》中的满洲望族大家贾府，完全称得上是“钟鸣鼎食之家”，其中描绘的各种摆设器物，无一不精，无一不美，而且品类丰富多样。

一、瓷器。瓷器是中国先民的重要智慧体现，明代谢肇淛在《五杂俎》中记载：“今俗语窑器谓之磁器者，盖磁州窑最多，故相延名之。”因各地窑口烧造的瓷器特点各有不同，所以瓷器的种类也就丰富多彩。宋代就有五大名窑：定、汝、哥、官、钧。《红楼梦》中出现的瓷器，较为典型的有：王夫人房中的“汝窑美人觚”，王熙凤房中的“汝窑盘子”，贾探春秋爽斋里的“汝窑花囊”、“大观窑”的大盘，妙玉喝茶用的“成窑五彩小盖钟”、“官窑脱胎填白盖碗”，装雪水用的“鬼脸青”的花瓮，宝玉房中的一对“联珠瓶”、“宣窑瓷盒”和四十个“白粉定窑碟子”，李纨用来插红梅的“美女耸肩瓶”，等等。这些瓷器形制各式各样，窑口众多，但单单“汝窑”就出现了三次，在中国陶瓷史上素有“汝窑为魁”一说，明代学者高濂在《燕闲清赏笺》中描绘道：“汝窑，余尝见之，其色卵白，汁水莹厚如堆脂。”可见曹雪芹对汝窑瓷的钟爱异于他瓷。

二、玉器。《说文解字》称：“石之美者”可以谓之玉，中国古人赋予玉以美德、操守、思想内涵。玉石可为礼器，可为配饰，可为摆件，材质丰富，用途多样。《红楼梦》更是对玉文化情有独钟，诸多主人公名中带玉（贾宝玉、林黛玉、妙玉等等），“通灵宝玉”更是小说中的重要物件，贾家字辈更是以“玉”排辈。《红楼梦》中较典型的玉器摆件有：探春秋爽斋里的“白玉比目磬”，妙玉喝茶用的“绿玉斗”，宝玉装胭脂的“白玉盒子”，黛玉潇湘馆里装水仙的“玉石条盆”，等等。

三、木器。中国古代宫廷贵族，多用珍惜名木打造家居、陈设，而《红楼梦》中使用紫檀、黄花梨、黄杨木等名木制作的器具更是不胜枚举，这些名木生长周期缓慢、木质细腻、纹理精美，其中极具特色的有：给刘姥姥灌酒用的十个竹根套杯，黄杨根整抠的十个大套杯，妙玉喝茶用的“九曲十环一百二十节蟠虬整雕竹根大盏”，等等。

四、漆器。漆器是中国古代在化学及工艺美术方面的重要发明，传统漆器多用漆树上割取的天然汁液为原材料，具有耐腐蚀、耐高温、耐潮湿等特点。颜色多以红、黑为主，漆器技艺也是复杂多样。较典型的就有：“描金”（在漆器表面，用金色描绘花纹的装饰方法），“雕漆”（在堆起的平面漆胎剔刻花纹的技法），“填漆”（在漆器表面阴刻出花纹后，用不同的色漆填入花纹，干后将表面磨光滑），等等。《红楼梦》中的漆器也是琳琅满目：凤姐日常使用的“大漆捧盒”、“雕漆痰盒”、“填漆茶盘”，妙玉使用的“海棠花式雕漆填金云龙献寿茶盘”，王夫人房里的“梅花式洋漆小几”，宝玉使用的“小连环洋漆茶盘”，贾母房中的“洋漆描金小几”，等等。而其中提到的“洋漆”是清代特有的漆器名词，据朱家溍先生的研究，“所谓‘洋漆’，是指‘描金’”。而这种工艺最早由中国传入日本，而后经由日本高度发展，传回中国。

五、青铜器。青铜器是世界文明的典型象征，而中国使用青铜器的历史也极其悠久，在铁器普遍使用之前，青铜器一直是中国古人使用的日常工具，并且青铜器还是祭祀用具，礼制等级的象征。并且《红楼梦》中的祭祀活动仍使用青铜器，但青铜器此时的功用大多为家居摆设。《红楼梦》

较典型的几处青铜器描写有："荣禧堂"里的"青绿古铜鼎"、"錾金彝"，王夫人房里的"文王鼎"，秦可卿房里摆设的"武则天当日镜室中设的宝镜"，等等。

六、玻璃器。中国古代使用玻璃的历史非常悠久，但对玻璃的起源研究仍有争议。李时珍《本草纲目》提到："玻璃，本作颇黎。颇黎国名也。其莹如水，其坚如玉，故名水玉。与水精同名。"温庭筠笔下就有名句"水精帘里颇黎枕"。《红楼梦》中玻璃的使用还较多，诸如玻璃窗、玻璃镜子、玻璃灯等等。代表性的器物有："荣禧堂"里摆放的"玻璃盆"，贾蓉向王熙凤借去的"玻璃炕屏"，宝玉使用的"金镶双扣金星玻璃扁盒"，粤海将军邬家一架"玻璃围屏"，等等。

七、西洋器。明清时期已有很多西洋的"舶来品"，而这些进口的稀罕物件在贾府中也有出现，例如：宝玉房中的"金西洋自行船""自鸣钟"等等。贾府后来被抄家时，清单上就有"钟表十八件"，而贾府的自鸣钟还曾被王熙凤偷偷地变卖了填补家用。

八、其他。除了以上分门别类的摆件外，《红楼梦》还花费不少笔墨描写的摆件有：秦可卿房中"赵飞燕舞过的金盘"，宝玉给探春送荔枝时用的"缠丝白玛瑙碟子"，妙玉收藏的古玩器具"瓟瓟斝"、"点犀䀉"，贾母给宝钗"蘅芜苑"挑选的"石头盆景"、"纱桌屏"、"墨烟冻石鼎"，还有贾母房中收藏的慧娘所绣"草字诗词璎珞"等等稀奇古怪的珍宝。

《红楼梦》中的摆件除了材质类型丰富外、摆放方式也极具特色。很多摆件的放置特点与李渔《闲情偶寄》中提出的要求相符合。

一、材质类型上，包罗古今中外，珍贵稀罕。很多西洋器，包括玻璃制品都是外国进口。除实用器外，多古董及文人雅玩。因贾元春被选皇妃的关系，贾府的摆件还不乏进贡内造之物，更重要的是很多还是独一无二的，存世稀有。值得一提的是，《红楼梦》中出现的这么多瓷器，竟然没有明清时期广为盛行的"青花瓷"，而多以宋代瓷器为主，明代瓷器为辅。清康熙时"青花瓷"工艺水平高超，可贾府的日常摆设中竟然没有提及，这不难看出作者想故意隐去《红楼梦》创作的时代特征。并且清代的“青花瓷”又有“官窑”、“民窑”之分，恐怕难以表达作者欲彰显贾府尊荣之意。

二、摆放方式上，忌讳排偶，灵活多变。《闲情偶寄》中提到说：“胪列古玩，切忌排偶。”最典型的地方就是“荣禧堂”中的摆件放置，“荣禧堂”是贾府的中心建筑，又有皇帝御赐的匾额，按理来说此间屋子的陈设布局就应该以对偶式的庄严肃穆为主，可作者笔下，“荣禧堂”一边放着“錾金彝”，另一边放的则是“玻璃盆”。紧接着进到王夫人房中，王夫人在《红楼梦》中一直是封建礼教的维护者，按理来说她房间的摆设也应该对称中正，可作者却在成对的“梅花式洋漆小几”上左边放着“文王鼎”，右边放着“汝窑美人觚”。作者用意显然是想打破这种对称排偶的审美。而李渔曾谓：“若夫天生一对，地生一双，如雌雄二剑、鸳鸯二壶，本来原在一处者，而我必欲分之，以避排偶之迹。”而《红楼梦》的这些摆件中着重提到宝玉的一对“联珠瓶”，可作者却借宝玉之手，将这对瓶子拆开，插上了桂花后，一只送给了贾母，一只送给了王夫人。正与李渔之意完全契合。

灵活多变这个特点更是不难看出，贾府里摆件通常都是流通的，贾蓉可以借走王熙凤的“玻璃炕屏”，宝玉可以送走自己的“缠丝白玛瑙碟子”，贾母高兴了就将自己的摆件玩器拿来赏人，都可见摆件安放的灵活多变。

“金陵十二衩”中以秦可卿、妙玉二人的身世最为扑朔迷离。而恰好这两人使用的器具都是异于贾府中人，且规格极高。对于二人的身世，诸多学者都各有论断，比如刘心武提出的秦可卿是“废太子胤礽之女”（详见《刘心武揭秘红楼梦》），张锦池提出的“妙玉的家世即便不是宗室之属，也不会低于四大家族”，（详见张锦池《妙玉论》一文）等等。尽管争议颇多，但通过她们使用的器物来判断她们出身不俗，这是可取的。《红楼梦》中对秦可卿的陈设这样描写：

案上设着武则天当日镜室中设的宝镜，一边摆着飞燕立着舞的金盘，盘内盛着安禄山掷过伤了太真乳的木瓜。上面设着寿昌公主于含章殿下卧的宝榻，悬的是同昌公主制的连珠帐。

周汝昌先生评价说："写她屋中陈设，设计武则天、杨太真、赵飞燕等等一串女性，都是历史上尽人皆知的淫乱女人，还要替她辩护，岂非强词夺理，徒劳无益?"（详见《红楼小讲》）武则天先后侍奉过唐太宗李世民与唐高宗李治父子，杨贵妃先后侍奉过寿王李瑁与唐玄宗李隆基父子，这与秦可卿和贾珍之间乱伦的"爬灰"关系是契合的。赵飞燕除淫乱之名外，《飞燕外传》还提到她内用"息肌丸"致使不孕，此说虽为野史，但也可照应《红楼梦》里秦可卿的病情提到的经期紊乱，并且秦氏无后而亡，可卿与飞燕的情况亦相吻合。

亦有学者提出寿昌公主（应作寿阳公主）与同昌公主并无淫行，与前文岂非自相矛盾。此处只要结合秦可卿的判词便不难解释，"情天情海幻情身，情既相逢必主淫"。前述三位"主淫"，而两位公主之事主"幻情"。据《太平御览》记载：

宋武帝女寿阳公主，人日卧于含章殿檐下，梅花落公主额上，成五出花，拂之不去。皇后留之，看得几时，经三日，洗之乃落。宫女奇其异，竟效之，今梅花妆是也。

梅花点额为妆，和秦可卿太虚幻境的身分一般梦幻，存在过，逝去快。同昌公主为唐懿宗之女，据《旧唐书》记载：

同昌公主薨，追赠卫国公主，谥曰文懿。主，郭淑妃所生。主以大中三年七月三日生，咸通九年二月二日下降。

大中三年为公元 849 年，咸通九年为公元 869 年，同昌公主二十岁即去世，暗示了秦可卿早逝的命运，《红楼梦》虽有意淡化各人物的年龄，但秦可卿死时应与同昌公主年岁相仿。

妙玉更是在"栊翠庵品茶"一回中拿出了诸多珍宝古玩，给贾母用的茶具是"成窑五彩小盖盅"，其余人却只用"官窑脱胎填白盖碗"。吃"体己茶”时，给宝钗的“瓟斝”上刻有“王恺珍玩”与“宋元丰五年四月眉山苏轼见于秘府”两行字，之所以写这两行字，也是结合宝钗的身世特点：“王恺”乃西晋富豪，点出薛家皇商身分，“苏轼”则点出薛宝钗的才情。妙玉给宝钗此物，宝钗心里也是受用的。给黛玉的“点犀𫇞”，应为犀牛角制成，取“心有灵犀一点通”之意，妙玉嘴上虽说黛玉是个“大俗人”，但纵观《红楼梦》能和妙玉惺惺相惜的也只有黛玉了。而对宝玉，先给自己“常日吃茶”的“绿玉斗”，其心思可见一斑，然后取出“九曲十环一百二十节蟠虬整雕竹根大𥱢”，这个𥱢弯弯曲曲，不正是妙玉的心思弯弯曲曲嘛！妙玉向来孤芳自赏、不合俗流，可从她安排每个人的器物来看她是极通人情世故，极会洞察人心的。

还有贾探春的“秋爽斋”里的摆设，也是有趣得紧：

> 当地放着一张花梨大理石大案，案上磊着各种名人法帖，并数十方宝砚，各色笔筒，笔海内插的笔如树林一般。那一边设着斗大的一个汝窑花囊，插着满满的一囊水晶球儿的白菊。西墙上当中挂着一大幅米襄阳《烟雨图》，左右挂着一副对联，乃是颜鲁公墨迹，其词云：烟霞闲骨格，泉石野生涯。案上设着大鼎，左边紫檀架上放着一个大观窑的大盘，盘内盛着数十个娇黄玲珑大佛手，右边洋漆架上悬着一个白玉比目磬，旁边挂着小锤。

探春乃赵姨娘所生，养在王夫人膝下。使得其性格中天生带着一点缺陷，为弥补这庶出的自卑，探春唯有发愤图强，提升自己的才能。所以探春能力出众而性格果敢，她挂着颜真卿的书法，“颜体”字笔力端庄、气势雄伟，而其房内的“花梨大理石案”特点“大”，“汝窑花囊”特点“大”，米芾的《烟雨图》特点“大”，青铜鼎特点“大”，观（官）窑瓷盘特点“大”，里边盛着的佛手还是“大”，这一系列的陈设放大化，恰好反衬出了探春内心的“小”，那种“小”是对于庶出的自卑感。

综上所述，曹雪芹对每一个摆件的安排都是别具匠心，用意深远。《红楼梦》中的摆件不仅体现了曹雪芹独到的家居审美，更重要的是这些

摆件，不仅点缀了贾府、大观园，更点缀了整个《红楼梦》。还可为每个读者提供丰富的家居文化知识。　（雷）

何三“下海”与清代海盗

《红楼梦》中有名有姓的人物共四百五十二个，作者除了对那些主要人物刻画生动传神，对那些零零散散的小人物也描绘得栩栩如生。很多小人物看似不起眼，却对故事剧情有着重要作用。例如没有“傻大姐”，就没有抄检大观园，因为傻大姐，也间接推动了黛玉逝世的进程。没有王仁、邢大舅等人就没有巧姐被卖之事，也就不会“巧得遇刘氏”得到刘姥姥的帮助。而何三在《红楼梦》后四十回的故事中就是这么一个边角料的人物，但没有他，就不会导致妙玉最终被劫匪抓走，落得“终陷淖泥中”的结局。

何三，本是荣国府管家周瑞夫妇的干儿子，由于整日游手好闲，喝了酒还和鲍二打了一架，就被贾珍打了五十鞭子撵出府去。如果说此时的何三只是一个不思进取、惹事生非的小混混，而之后他做出的事便算是心术不正、狼心狗肺的恶人。何三每日混迹于赌场之中，因一穷二白没有赌资，狐朋狗友们便让他找周瑞要，他只说：“你们还说呢。他们的金银不知有几百万，只藏着不用。明儿留着，不是火烧了，就是贼偷了，他们才死心呢。”连长辈都可诅咒，他纠结一帮海盗去偷盗贾府也就不足为奇了。也正因贾母去世，贾府众人都去送殡，才被何三和这群海盗钻了空子。

何三被贼人引诱“下海”时这样写道：“这么说，你的运气来了。我的朋友还有海边上的呢，现今都在这里看个风头，等个门路。若到了手，你我在这里也无益，不如大家下海去受用不好么?”这里的“下海”却不同于上世纪八十年代改革开放后人们常说的“下海”，改革开放的“下海”是指许多人停薪留职或辞职去经商，这些放弃体制的弄潮儿到南方临海去打工创业，如潮水般涌到海上，“下海”一词倒也颇具象征性。何三的“下海”是去沿海当海盗，从良民到当盗贼，确也算“下海”了。都是为挣钱谋生而去，虽有相似之处，但本质实在相去甚远。何三虽未真正成为海盗，最终也被贾府的护院包勇打死，但偷盗贾府的行为与海盗也并无区别。

提到清代的海盗，这是一个与明代倭寇齐名的恶势力群体。清代的海盗是一个极具复杂的群体，包括民族英雄郑成功的父亲郑芝龙、至今仍为人所熟悉的香港历史人物张保仔都曾是海盗出身。海盗曾一度成为清政府头疼的危险团体。据《琼州府志》记载，从顺治八年（1651）至嘉庆十五年（1810）间海南各地的海盗事件就有二十四起，更别说其他沿海城市了。而在东南沿海一带，下海为盗的大多是当地渔民、居民。他们不仅在海上抢劫，还组织武装抗衡官兵。

值得一提的是，这些海盗的首领，很多都是女性。其中以海盗蔡牵的妻子，人称“蔡牵妈”，海盗朱渍的妻子，红旗帮首领郑一嫂三位女性最为有名。尤其是郑一嫂，在海外名气尤其远扬，还名列世界十大海盗之一。

当然我们可以从《红楼梦》中看出这些海盗除了在沿海渔船生活，也会潜入内地“看个风头，等个门路”，打探消息。并且在第一一七回赖家与林家的子弟对话时，提到衙门抓到了海盗时的一些情况，也可看出海盗藏于内陆的特点：“只听见海疆的贼寇拿住了好些，也解到法司衙门里审问。还审出好些贼寇，也有藏在城里的，打听消息，抽空儿就劫抢人家。”这两人还提到：“恍惚有人说是有个内地里的人，城里犯了事，抢了一个女人下海去。那女人不依，被这贼寇杀了。那贼寇正要跳出关去，被官兵拿住了，就在拿获的地方正了法了。”从这段描述中还可看出，海盗们藏于内陆也是为了打家劫舍，并且惯于偷抢人口，一旦被官兵抓住，都是就地正法，所以可见当时社会对海盗的深恶痛绝。当然至于妙玉被那伙海盗抓去，下场如何，《红楼梦》却未交代，总而言之是命运坎坷，若按妙玉的性格，会不会也像文中提到的那位女子一般，因为不依，被贼寇杀害了也犹未可知。　（雷）

贾母看尤二姐的脚

《红楼梦》中描写王熙凤的心机城府、阴狠毒辣时，最喜欢借他人他事来进行刻画。尤其是贾琏在外娶了尤二姐作妾室，王熙凤不动声色地将尤二姐接入贾府，欲行谋害。就在尤二姐进贾府后，王熙凤将尤二姐一一介绍给贾府众人，这看似善举，其实包藏祸心。

就在第六十九回，凤姐带着尤二姐去见贾母时，贾母的一个小举动颇耐人寻味。书中对贾母初见尤二姐的场景这样描写：

> 贾母又戴了眼镜，命鸳鸯琥珀："把那孩子拉过来，我瞧瞧肉皮儿。"众人都抿嘴儿笑着，只得推他上去。贾母细瞧了一遍，又命琥珀："拿出手来我瞧瞧。"鸳鸯又揭起裙子来。贾母瞧毕，摘下眼镜来，笑说道："更是个齐全孩子，我看比你俊些。"

贾母在仔细打量尤二姐时，鸳鸯却揭起尤二姐的裙子，最早在意这一细节的是张爱玲。张爱玲对此提出自己的看法："揭起裙子来当然是看脚，是否裹得小，脚样如何，是当时买妾的惯例。"了解曹雪芹家世的人都应知道，曹家乃是"包衣"出身，所谓"包衣"乃是清朝八旗贵族的家奴，因得主人荣宠，才使家世显赫起来。冯其庸在《曹雪芹的时代、家世和创作》中提到说："曹雪芹的家庭，是一个贵族官僚家庭，但又是一个奴才家世，因为他的上世很早就入了旗籍，属正白旗包衣。"虽然是八旗贵族的家奴，但也算是旗人出身。

在未入关前清太宗皇太极下令禁止妇女“束发裹足”，满族女子如若效法汉族女子那般缠足，皆治重罪。顺治十七年，规定有抗旨缠足者，其夫或父杖八十，流三千里。康熙三年亦严申禁令，包括清初期政治女强人孝庄太后更是颁布过谕旨：“有以缠足女子入宫者，斩。”孝庄还将这道谕旨悬挂在神武门内。由此可见清朝贵族对于“三寸金莲”的态度。

而贾母看了尤二姐的脚后，是非常满意的，且认为她是个“齐全的孩子”，那尤二姐究竟是不是“三寸金莲”呢？细读《红楼梦》我们不难发现她是缠足了的。在“琉璃世界白雪红梅，脂粉香娃割腥啖膻”一回中，我们清楚的看见林黛玉换上了“羊皮小靴”，史湘云也穿着“鹿皮小靴”。当然有人会质疑说此时黛玉、湘云都才是十多岁的小女孩，穿小皮靴无法证明她们是裹了小脚。而在描写贾珍、贾琏与尤氏姐妹厮混时，关于“缠足”这件事，作者尤其在对尤三姐的刻画中就显而易见了，《红楼梦》这样描绘道：“这尤三姐松松挽着头发，大红袄子半掩半开，露着葱绿抹胸，一痕雪脯。底下绿裤红鞋，一对金莲或翘或并，没半刻斯文。”尤三姐的脚是“一对金莲”，“金莲”本就是对女子小脚的雅称，所以由此可见尤氏姐妹都是缠了小脚的。

并且在第七十回描写晴雯、麝月、芳官三个女孩子在床上嬉戏时，亦对缠足有所提及：“那晴雯只穿葱绿院绸小袄、红小衣、红睡鞋，披着头发，骑在雄奴身上。”这里提到的“睡鞋”就是女子缠足的产物，据徐珂《清稗类钞》记载：“睡鞋，裹足妇女所著以就寝者。”由此可见《红楼梦》中描述的诸多女子，尤其是汉家女儿，都有缠足的习俗。

曹雪芹家族作为正白旗包衣，家中女子竟然裹小脚，这一习俗岂不是和前文所提到的清政府禁令相违背吗？关于“三寸金莲”的这些描写，作者到底是无心之笔，还是刻意为之，用意又究竟何在？笔者对此，至少提出三种看法。第一，曹家虽入旗籍，但仍然不忘汉人习俗。虽然《红楼梦》中有很多生活场景可以看出曹家的满族生活细节，但曹家祖上毕竟是汉人，骨子里的东西是无法改变的，并且曹家随清政府入关之后，几代历任“江宁织造”，基本定居江南，江南的人文风情、世俗礼仪自然而然对曹家影响深刻。

其二，作者刻意描绘，以便隐去创作背景。《红楼梦》虽成书于清代，可作者却有意将其时代背景架空、模糊化。按《红楼梦》开篇所说，便不难理解：“作者自云：因曾历过一番梦幻之后，故将真事隐去，而借‘通灵’之说，撰此《石头记》一书也。故曰‘甄士隐’云云。”所以清政府虽有明令禁止缠足，但作者偏偏反其道而行之。让人抛开清王朝，抛开满汉之别，抛开时代特征，让人捉摸不透，又感同身受。这种手法在《红楼梦》中并非个例，正应了那句“假做真时真亦假，无为有处有还无”，这是作者的创作特点，也是读者阅读时应该持有的观点。

其三，虽然清政府对“缠足”有严格的禁令，但执行力度却未必那么落到实处。废除“缠足”和“剃发易服”一样，都是清朝为改变汉族习俗而提出。清政府入关初期，素有“留头不留发，留发不留头”的口号，但“缠足”的实际施行却不像“剃发易服”那样严苛。并且此时缠足之风已经根深蒂固，民间私自缠足者也屡禁不止。所以在康熙七年，都察院左都御史王熙就曾建议皇帝，认为禁令过于严苛，还会在执行过程中，制造出许多民间冤案，牵连无辜。康熙皇帝便采纳了王熙的建议，这使得裹足的禁令逐渐废弛。除却满、蒙、回、藏、苗等民族外，对于汉族而言，缠足禁令名存实亡。所以《红楼梦》中出现“三寸金莲”也就不是什么稀罕事了，甚至这就是作者亲历，曹家曾真切发生的生活细节。《红楼梦》描写的空间是满洲贵族世家大族，因此小脚和缠足的描写还是很少。雍正八年成书的《姑妄言》写明末的四大家族，缠足的描述和对三寸金莲的欣赏就非常多，如用诗词来赞：“眼波淫淫，腰肢袅袅。尖尖玉指柔，窄窄金莲小。”“腿儿白白光光，脚儿尖尖跷跷”。（第十八回）有对天足的厌恶，如说多银的大脚“两只大扁脚有七八寸长，一个碗口大的高底板垫在脚心上，专好穿双大红花鞋，竟像娃娃们顽的两只小船”。（第十回）因缠足走路不便的“他鞋弓足小，一步一跌”。（第九回）专门描绘裹脚的。“那郑氏或早间坐床上裹脚，露出白森森的腿儿”。（第八回）有白描赞小脚的“一双金莲裹得小小的”。（第六回）《姑妄言》是吊明亡之作，故处处突出女子缠足，以彰显不忘汉家之意，像这样的描写，《红楼梦》一处都没有。贾母看尤二姐的脚，多少透露了一点汉风。

所以鸳鸯撩起尤二姐裙子这一小动作，看似随意，其实背后深藏玄机，缠足虽是陋习，但在明清时期，富贵人家通常会以女子小脚来彰显自家高贵，这也就是贾母为何要带着眼镜细细打量的原因。而看了尤二姐的小脚后，对其赞誉有加也就不足为奇了。　（雷）

贾政“梦坡斋”书房寓意

《红楼梦》书名最后一个“梦”是小说宗旨。其书中“梦”的地方亦多有深意。小说第八回说宝玉想躲开父亲，清客们告诉他老爷在“梦坡斋小书房歇中觉呢，不妨事的”。中年的贾政庸碌无为，但其书房名称却很雅致。他自己不惯俗务，常日里只和清客们闲谈品茶弈棋。“梦坡”可能是梦东坡之意。但也许是中年贾政在儒家道德规范的规规矩矩的生活中，想留一丝曾经的梦想吧。贾政年轻时是什么状况，小说中少有叙述，但第八十四回贾母却有所透露：

> 贾母因说道：“你这会子也有了几岁年纪，又居着官，自然越历练越老成。”说到这里，回头瞅着邢夫人和王夫人笑道：“想他那年轻的时候，那一种古怪脾气，比宝玉还加一倍呢。直等娶了媳妇，才略略的懂了些人事儿。如今只抱怨宝玉，这会子我看宝玉比他还略体些人情儿呢。”说的邢夫人王夫人都笑了。

贾母的话不多，信息量却不少。一是贾政年少时，也是一般的“古怪脾气”。这古怪脾气是什么呢？贾母未具体说，大概碍于贾政和王夫人等在旁边，点到即止了。不过，可以猜测就是第三回说宝玉的那首《西江月》的“无故寻愁觅恨，有时似傻如狂；纵然生得好皮囊，腹内原来草莽。潦倒不通世务，愚顽怕读文章；行为偏僻性乖张，那管世人毁谤！”为何如此断定？因为接着贾母说了，“比宝玉还加一倍呢”，此其二也。可见，少年贾政也是情痴情种，浪漫天真的翩翩公子，喜欢在女人堆里玩。赵姨娘和周姨娘就如同宝玉身边的袭人和晴雯等。其三贾政是如何成了今日灵性全无、平庸无能的呢？贾母也说了，“直等娶了媳妇，才略略的懂了些人事儿”。也就是说贾政是结婚后才收敛了少年的放荡生活的。王夫人——这个金陵贵族淑女用儒家思想把他改变了。这也是为什么荣公临终上本，让贾赦袭了世职的一个重要原因。贾政对王夫人没有爱，只有一种深深的畏惧。第七十六回中秋赏月击鼓传花，贾政说了一个怕老婆的故事。就是暗喻了他和王氏的夫妻真实关系。

我们看宝玉和宝钗结婚后，宝钗也是用王夫人的方式来管教宝玉，经常给以脸色和威慑，企图让宝玉读正经书，参加应试，重回规矩礼教人生。宝玉若不出家，其结局肯定就是另一个贾政，又过上贾政那种庸碌的“正经”生活。第九十三回书中有暗示。甄家的包勇就向贾政说，他家的宝玉大病一场后，竟改了脾气，不和姐妹们玩了，“唯有念书为事。就是有什么人来引诱他，他也全不动心”。第一一五回甄宝玉至荣府亲见宝玉、贾环和贾兰。便说“家遭萧索”后于“世道人情略略领悟了好些”，还赞宝玉是“文章经济高出人上”。宝玉甚感其话头近了禄蠹的旧套。除了结婚对人的某种改变，还有自身对世俗功名的意识和心态的转变，这才是关键。贾政的心态是如何转变的，书中从未有片言，但紧接着甄宝玉对宝玉所言却是一种暗示。因为甄（真）家之事即贾（假）府之实：

甄宝玉听说，心里晓得“他知我少年的性情，所以疑我为假。我索性把话说明，或者与我作个知心朋友，也是好的”。便说道：“世兄高论，固是真切。但弟少时也曾深恶那些旧套陈言，只是一年长似一年，家君致仕在家，懒于酬应，委弟接待。后来见过那些大人先生，尽都是显亲扬名的人，便是著书立说，无非言忠言孝，自有一番立德立言的事业，方不枉生在圣明之时，也不致负了父亲师长养育教诲之恩，所以把少时那一派迂想痴情渐渐的淘汰了些。”

贾政从一个狂诞少年转变为迂腐儒士的心路历程当是如此。这也是宝玉的未来。贾政的昨天就是宝玉，宝玉的明天就是贾政，然而他出家了，他没有去走乃父儒门循规蹈矩的人生。

贾政走上世俗的规范之路后，其内心的少年情痴和残存的一点灵透，只能寄托于书斋的一缕残“梦”，只能宠爱下赵姨娘。他悄悄保留了对诗词的喜爱，以不惯俗务为冠冕堂皇的理由，将管家之事交给琏二夫妇，日日和清客们谭诗下棋。所以张毕来说他是“一个陶情诗酒的人”。(《红楼佛影》) 他甚至对宝玉的才情也有一点暗暗的妒忌，如大观园题诗，常常喝斥宝玉为“混账东西”。不过至少他还能欣赏诗词，特别是他看了黛玉拟的凸碧山庄和凹晶溪馆的名称，很是喜欢，并遗憾当日应让黛玉当场拟了各处名称。可见贾政虽迂腐，但对美的欣赏力还有。

不过，贾政确实也被正统意识所扭曲了，他将曾经被自己长辈严厉教训的方式又强加于宝玉了，因为贾政的父亲当年也是这样对待他的。一个循环而停滞的帝国人生就如此代代相传。当然，贾政所为都是当时社会公认的道德准则和生活方式，只不过，宝玉若不出家，也只能守着残梦生活。 (张)

美人觚和文王鼎——王夫人的隐微心理结构

《红楼梦》第三回黛玉入荣府，借其慧眼将贵族之家各色人等都做了描述。如胡兰成所言，黛玉历历所见是一个“宋儒以后的拘滞的家庭”。规规矩矩的礼仪，坐次，饮茶，精美的食物。每个人按照礼法的要求进行“表演”，呈现自我。但在这一切温情脉脉的背后隐藏着各种压抑和焦虑。这部小说按蒋勋的说法是赞赏青春的，目光不在中年女人和出嫁的女人。宝玉还说她们是“死珠子”和“鱼眼睛”。然而无论是出嫁的或是未出嫁的，生活在这个停滞的帝国，无不感到一种礼法的约束和内在的焦虑。曹公倾力描绘大观园各处的内外之景象和摆设，然而却很少写中年贵妇的房内景观。不过这一回却写了王夫人房间的摆设，这是唯一的一次：

> 临窗大炕上猩红洋罽，正面设着大红金钱蟒靠背，石青金钱蟒引枕，秋香色金钱蟒大条褥。两边设一对梅花式洋漆小几。左边几上文王鼎、匙箸香盒；右边几上汝窑美人觚——觚内插着时鲜花卉，并茗碗、痰盒等物。地下面西一溜四张椅上，都搭着银红撒花椅搭，底下四副脚踏。椅之两边，也有一对高几，几上茗碗瓶花俱备。其余陈设，自不必细说。

王夫人房内的装饰无疑都是一个世家“夫人”所应有的豪奢与身分。所谓“大红”、“大条褥”这些字眼以及所使用器物都已尽显其贵妇的地位。然而最值得注意的是几上的“汝窑美人觚”和“文王鼎”。贾府之中的装饰都是忌讳排偶的，王夫人在成对的“梅花式洋漆小几”上左边放着“文王鼎”，右边放着“汝窑美人觚”。作者用意显然是想打破这种对称排偶的审美。

“汝窑美人觚”这是一种很特别的花瓶。首先其材质珍贵，乃是宋代五大名窑的汝窑瓷，器型为一个花觚，“觚”谐音就是“孤”，寓“孤独”之意。据台湾朱嘉雯女士考证，其“瓶口和圈足虽然都很开阔，但瓶身却甚狭长”，似美女之纤细的腰身，故谓之“美人觚”。王夫人是四大家族之金陵王家的大家闺秀，依赖侄女王熙凤管家，王家在贾府拥有了支配的权力。然而，这个幽长的美人觚却象征着王夫人压抑着的内心。这即是朱女士所言“在她长年心中郁闷无处派遣的漫长婚姻与家庭生活里，为了凸显她孤寂的形象和生命情调，曹雪芹就以一支美人觚来衬托她孤寂忧伤的身影”（《紫金流梦》）。这个发现很有眼光，但王夫人到底“孤寂忧伤”什么呢？她有高贵的血统和尊贵的身分，主持家政的权力也在她这边。那么她的孤寂忧伤就只能性爱生活的缺失。小说里从来没有描述过王夫人的相貌，但可见其不以貌美著称，像王夫人这种贵妇，凭借的是家世财富和从小受到的儒家女德的教育。王夫人读什么书，看下李纨的书单即可知一二，而明清又是节妇倡导最烈的时代：

> 原来这李氏即贾珠之妻，珠虽夭亡，幸存一子，取名贾兰，今方五岁，已入学攻书。这李氏亦系金陵名宦之女，父名李守中，曾为国子监祭酒，族中男女无有不诵诗读书者。至李守中继承以来，便说“女子无才便有德”，故生李氏时，便不十分令其读书，只不过将些《女四书》、《列女传》、《贤媛集》等三四种书，使他认得几个字，记得前朝这几个贤女便罢了。

《女四书》和《列女传》都有个核心内容，就是出嫁后一定要承顺丈夫。如《孟子》所言“无违夫子，以顺为正者”，这是古代贤惠主妇的标准。王夫人是做到这一点了。特别是她容忍了贾政的姨太太们。贾政一直喜欢的是从小服侍他的几个丫鬟。赵姨娘在小说中被叙述为“蠢笨”的印象，然而她能在王夫人的威压下生了两个孩子，足见其智谋绝不在平儿之下。赵姨娘的命运正是围绕在宝玉身边的袭人和晴雯的未来。明清小说家庭里男主人一般都是喜欢小妾的，如《金瓶梅》里的吴月娘虽受西门庆尊重，但依然是“妻不如妾”的命运。王夫人以正妻身分嫁给贾政，得到了想要的一切。但并未被丈夫所珍爱。王夫人在生下宝玉后，就和贾政分居了，赵姨娘一直负责侍寝。自来批书者都云贾政的性取向不高，其实是不了解传统妻妾制度和习俗。清代纳妾成风，像《随园诗话》的名士袁枚，有十几房姨太太，众多的女弟子，还好男风。一般而言，娶妻对贵族而言，只是为了政治和经济利益的联姻。所以婚后生活多数是平淡的，就像弗洛依德所言“大多数的婚姻的结局是精神上的失望和生理上的剥夺”。而男人若追求精神上的恋爱和享受快感美色，只有两种途径，一是和妓女的交往，二是纳妾。文人挟妓是个悠久的传统，因为它使得士人能享受至少一次恋爱的机会。（详见高罗佩《中国古代房内考》）而纳妾既显示悠闲阶层的身分，如邢夫人说的“大家子三房四妾的也多”，也能避免与妓女交往的一些风险，故最为高门大户所喜。在有正室的家庭里，小妾一般都负责照料主子的房内私生活。无论中外，艳妾始终是满足主子性欲的主要角色。正室在有了合法继承的男嗣后，多数就过着孤栖幽僻的生活。王夫人和贾政分床睡，恐怕还有个原因，就是王夫人比丈夫年长一些。人类学家早有考察，“在中国，做丈夫的通常要比她所娶的第一个妻子小三至八岁，而正是这种年龄导致了一夫多妻或纳妾制”。（维斯特马克《人类婚姻史》）譬如宝钗就比宝玉大一些。而赵姨娘恰好年龄小。为什么凤姐对赵姨娘那么狠毒，其实是为生活孤寂的姑妈鸣不平。王夫人是随顺贤德的典范，她容忍了妾室，这是多妻制社会的道德要求。不过，她还是让凤姐儿来监控赵姨娘的一举一动，以免贾环将来夺走属于宝玉的东西。她的心灵也有点扭曲，把对赵姨娘的不满转化为对一切俏丽聪慧女子的痛恨。她最瞧不惯晴雯和黛玉，却很喜欢笨笨的、容貌一般的女子，如她的大丫鬟彩霞就是“老实人”。袭人得宠，也因于此。

中年后的王夫人话语越来越少，大儿子死后，她因信佛又得了宝玉这个命根子，故从此皈依我佛。如第二十五回让贾环抄《金刚经》唪诵。第四十三回尤氏见她进了佛堂。她的话语越来越少，贾母都说她是像木头一样的老实人。她的大丫鬟彩霞也被称为“老实人”。她自己也像个活菩萨，她的儿媳妇李纨也是个大菩萨。但是，她最在意的却是男女之大防。在传统社会和家庭，失去性生活的主妇们往往都是维护礼教最坚决的，对男女私通和伤风败俗事件最为敏感。所以当邢夫人把绣春囊交到她手上时，她立刻失去了方寸，“气色更变”。怒冲冲地来找凤姐儿，严厉斥责。表面上她是怒绣春囊，其实是有些妒恨琏儿和凤姐儿的性福生活。所以她这样说：“一家子除了你们小夫小妻，余者老婆子们，要这何用？……自然是那琏儿不长进下流种子那里弄来的。你们又和气，当作一件玩意儿，年轻人儿女闺房私意是有的，你还和我赖。”

大老爷赦公的正室邢夫人，小说中从未描写其房内陈设，但邢夫人相比王夫人，心理上相对健康一些。她对于老爷纳妾的嗜好，是百分之百的顺从，毫无异议。不但没有妒忌之心反而比老爷还热情地帮忙纳妾，如娶鸳鸯之事。邢夫人的家世不显，又是续弦，无儿无女，故不顺从贾赦则不能保其正室地位，这是她内心深深的无奈。她只能以抠钱捞财作为失落心灵的一种安慰。她除了害过一次火眼，很少生病。其性情基本上是开朗豁达，她还说：“倒是我无儿无女的，一生干净，也不能惹人笑话议论为高。”不过，中年的邢夫人，也隐伏在一种莫名寂寥情绪之中。贾赦自有众多姬妾的侍寝，而她只能以诰命夫人的身分自慰了。这部书对中年贵妇的性心理表述是相当隐晦的，因为她们是遵守女德的榜样。不过，当邢夫人接过傻丫头的绣春囊的那瞬间，“吓得连忙死攥住”，已可略窥其压抑和焦虑混合的性意识的颤抖。这些中年贵妇被传统礼教束缚得太久，而欲望却被隐藏得太深。抄检大观园，未尝不是一种对那些享受性福生活的人们的妒恨。我们都过着“枯木死灰”般的生活了，你们还在快活。

再说这“文王鼎”，传世的鼎中并无这个器物，有说法认为此乃“周公方鼎”，当然也不排除是曹雪芹杜撰的名称。但光从这件器物的名称我们便可一探作者用意。周文王乃是孔子最为推崇的圣人，鼎又是青铜器里最为盛大、尊贵的祭祀礼器。用以衬托出王夫人，衬托出其礼教捍卫者庄严肃穆的形象。虽然王夫人潜心修佛，贾府的诸多事务交给了王熙凤打理，但其时王夫人是站在王熙凤之后的那位权力裁决者。也正因王夫人要捍卫封建礼教，所以才会有后边抄检大观园的故事。

但花几上除了这尊“文王鼎”，旁边还放了一个“匙箸香盒”，香盒乃是女子爱美的表现，这和对面那尊“汝窑美人觚”相照应，衬托出王夫人内心的细腻与脆弱。王夫人身为贾政正妻，出身名门、容貌姣好，却独守空房，虽然名义上她寄身佛堂，正是想从宗教之中寻求填补内心孤独寂寞的慰藉。就连她房内的两件器物，无不体现这种复杂纠结的精干与心绪。

（雷）

傻大姐与憨丫头

《红楼梦》有个著名的傻大姐，是贾母房中的丫鬟。脑筋愚顽，干粗活很麻利。贾母因此喜欢她的爽利便捷，闷时常引她取笑一回。故又被唤作“呆大姐”或“痴丫头”。傻大姐在小说中出场不多，仅仅两次，但都引得了贾府风波迭起。她先是捡了绣春囊，惹出抄检大观园的风波。傻大姐后来被给了宝玉房里使唤，又因宝玉偷娶宝钗事被袭人打，遂暗里哭泣，撞见黛玉，透露了宝玉娶宝姑娘的事，使得黛玉伤心欲绝，迷迷痴痴。而《姑妄言》第十三回也描绘了一个懵懂愚蠢的憨丫头。原来阮大铖的马六姨和私通的家奴苟雄拐带财物双双私奔。那一晚阮大铖回家，不见小妾马六姨，遂去问她的丫鬟，没想到这丫头傻里傻气的，一问什么都不知道，对于人世龌龊之事，毫无知觉。让阮大铖急火攻心，却又无可奈何：

一日，阮大铖往亲戚家吃戏酒，五鼓方归。小厮打着灯笼到上房，迳到马氏房中来。黑魆魆的，以为都睡熟了。自己接过灯笼，命小厮出去。他进到房内，见房门大开。到房中掀开帐子一看，不见有人。叫了两声，也不见答应，心中甚是疑惑。走到那边，见丫头酒气冲人，呼呼大睡。摇醒了，问道："你姨娘呢？"丫头揉了揉眼睛，答道："在床上睡觉呢。"阮大铖道："在那里？何尝在床上？"丫头还矇矇戆戆的道："想是到奶奶上边去罢。"阮大铖大怒，夹脸两个嘴巴，道："半夜三更到上头做甚么去？你还胡说。"那丫头被这两下才打得醒过来，道："昨晚点灯时，姨娘强着赏了我两碗酒吃。我醉了来睡觉，不知姨娘在那里？"阮大铖复又到马氏房中，见桌上放着只蜡台，点着了，开了箱木一看，都是空空如也，毫无所有，知他是拐带逃走。叫那丫头来，问道："他既逃走，你可有不知道的？你实说，他同谁有奸？跟谁去了？"那丫头道："我不知甚么叫做奸？他往那里去，又不曾告诉我，我那里知道了？"阮大铖越怒，上前打了几拳，踢了几脚。那丫头大喊大哭，疼得满地打滚，道："腿在他身上，他走了，我如何晓得？我要知道，我也去了。"阮大铖更怒，揪过头发，又踢打了一顿，道："你快说，不然我打死你。"丫头怪叫道："杀了我，我也不知道，与我甚么相干？我每常只见苟雄常来屋里，姨娘就把我倒扣在那边。我间或看见他腰里塞些东西出去，别的我不知道。"（第六册第十三回）

《红楼梦》里的"傻大姐"与这个憨丫头颇有几分相似。首先，两个傻丫头均不知道人间"春事"。傻大姐拾了五彩绣春囊，不识画中"春意"。反而以为是"两个妖精打架，不然必是两口子相打"。还想拿去给贾母看。中途被邢夫人碰见。阮大铖急切地问憨丫头马六姨"同谁有奸"？丫头却说"我不知甚么叫做奸"？气得阮大铖暴打不已。其次，两人皆无辜挨打。傻大姐第一次处事，多亏遇到邢夫人，只是叫不要乱说。但第二次傻大姐有些倒霉了。因为自和袭人姐姐说了一句"咱们明儿更热闹了，又是宝姑娘，又是宝二奶奶，这可怎么叫你！"袭人走过来就打了他一个嘴巴，威胁要撵傻大姐出去。袭人之恶，于此显露。傻大姐挨打后委曲不已，不知为何遭此祸。不知不觉跑到当年黛玉葬花的沁芳桥的那片山石处，呜呜咽咽在那里哭泣。小说第二十三回写宝、黛在此葬花，并在桃花下读《西厢记》，这种千里伏线，非曹公不能有如此笔胆，可笑有人还怀疑后四十回的艺术水平。傻大姐正哭泣时，恰巧被黛玉看见，得知了调包计的秘密。马六姨的憨丫头，被灌了酒，睡得迷迷糊糊，夜晚矇矇𥉂𥉂地被老爷阮大铖大骂踢打，而不明就里。再次，因为两个傻丫头，大家庭里都是风生水起。王夫人叫人抄检大观园，逐出了晴雯，激怒了探春，打了王善宝家的耳光，又查出司琪和潘又安的事，后来悲剧连连。马六姨私奔事不了了之，却又导致了阮大铖的大儿媳妇花氏和爱奴私逃，被官府追捕，凌迟的凌迟，剐的剐了。《姑妄言》在《红楼梦》之前完成，“憨丫头”对曹雪芹塑造傻大姐这个形象也许是有所启发的。

红楼傻大姐这个经典的形象对后世文学影响深远。金庸《射雕英雄传》的傻姑就是完全仿照傻大姐，连有些情节故事都挺相似。杨康杀欧阳克这件事只有傻姑知道。后来黄蓉故意在欧阳锋面前，以对话的方式引诱傻姑说出了真相。黛玉也是让傻大姐慢慢说出宝玉娶宝钗的秘密的。傻姑娘成了小说揭露秘密的关键人物，她们傻吗？也许正因为傻，她们才看得清人世。《姑妄言》和《红楼梦》，两个曹公，人物形象都有类似，是偶然还是有隐秘的联系，有待探索。　（张）

贾赦的贪婪

刘荣先生在《习惯说》中提出“一室不治，何以天下家国为?”（周明华《叶圣陶教育习惯论研究》）在当时贾府是一个声名显赫的封建贵族世家，《红楼梦》第二回提到“自荣国公死后，其长子贾代善就袭了官，还娶金陵世家史侯的小姐为妻。生了两个儿子，长子叫贾赦，次子叫贾政”。荣国府世代累受功勋，长子贾赦世袭一等将军的爵位，在当时真是无限的荣耀。身为荣国府的长子，妥善处理荣府家庭内部矛盾、提高家族事务管理水平、增进家族团结有着不可推卸的责任。在《红楼梦》第二回中借用冷子兴之口说到，现在贾府里人多事盛，但主仆安富尊荣，缺少运筹谋划人才，贾母对于权力的放任给贾赦的贪婪开了一个口。作者以借用旁人之口讲述了贾府无人管理主仆尊荣的现状，贾母的知而不治的管理方法，让贾赦贪婪慢慢滋生。

贾赦的贪婪首先是贪婪女色。身为世袭一等将军，是一个大家庭的门面，在这样的大家庭中当然自己得做好榜样才不辱没祖先的余德。在《红楼梦》第四十六回，王熙凤的丫鬟平儿说到了一句话：“真真这话论理不该我能说，这个大老爷也太好色了，略平头正脸的，他就不放手了。”平儿是贾府的丫鬟，在当时丫鬟的地位是非常低的，就连贾府里丫鬟都是这样看法，贾赦的好色，可见不是虚传。书中还多次提到贾赦生性好色，不仅糟蹋了无数良家女子，凡贾府中稍有头脸的丫头也都不肯轻易放过，与贵族的高尚情操背道而驰。《红楼梦》第四十六回，王熙凤说了一番话：“老太太常说，老爷如今上了年纪，作什么左一个小老婆右一个小老婆放在屋里，没的耽误了人家。放着身子不保养，官儿也不好生作去，成日家和小老婆喝酒。”这段虽然是王熙凤说的，但其实就是转达贾母的看法。贾母从金陵到贾府，从孙媳妇到自己有了孙媳妇已数十载，一路走来看到了贾家的繁荣，是一位久经世故的老太太。贾母所说的这段话是对贾赦长时间的生活习惯的整体概括，以一个老人客观的观点来评价贪色，通过不同人群的评论得到同样的观点——贪色，更加有力地证实了贾赦贪婪女色的恶习的真实性。

贾赦不仅仅喜欢渔色，更是贪财。他不但喜欢与家里的妾寻欢作乐，还喜欢糟蹋良家女子。甚至看上了贾母房中的鸳鸯，执意要鸳鸯做他的妾；在《红楼梦》第四十六回中写道贾赦都已经胡子花白了，儿孙一大群，看上了贾母房中贴身丫环的鸳鸯，完全不顾及形象，执意向贾母要鸳鸯做妾。鸳鸯不肯，贾赦却仍旧不肯善罢甘休，直到贾母大发雷霆，又买了个十七岁的女孩嫣红放在自己的屋子里，这才歇了这个心思。原文中说道贾母“气的浑身乱战，口内只说：我通共剩了这么一个可靠的人，他们还要来算计”！贾母说这话虽是冲着王夫人去的，但大家都知道其实就是指贾赦。其原因在于此事是贾赦欲纳鸳鸯为妾所起的，贾母其实也就是因此事而当场发火的。这个贴身丫鬟鸳鸯平时负责贾母一切生活和财务等重要事务，所有吃穿用度，银钱进出全部由鸳鸯负责，对贾母的财政了如指掌。但贾母这位久经世故的老人，对于贾赦的长期品性和贪婪的性格还是十分了解，知道贾赦一则贪色，看上丫鬟鸳鸯本人，二则是想通过鸳鸯与贾母的特殊关系来获取贾母的财产信息，希望以后能多分到贾母一些财产。贾赦得到的无论是财富还是女人都很丰厚了，但贪婪的性格让贪婪恶性行为继续恣意妄行，这确实让贾赦的孩子们和荣国府里的人很痛恨，而又很无奈。

范仲淹在《岳阳楼记》中说到“居庙堂之高则忧其民，处江湖之远则忧其君”。贾赦身为国家重臣在朝廷做官，本应该勤勉自励为朝廷做贡献，让人民过上幸福安定的生活，才不枉皇上的恩德。不在朝廷也要为国家江山社稷，为人民大众的利益着想。以儒家的修身齐家治国平天下作为自己的远大目标。贾赦交通平安州，包揽诉讼，从中牟取利益；结交贾雨村等外官，为了几把古扇恃强凌弱以公谋私，巧取豪夺，制造出石呆子家破人亡为首的一系列目无法纪的事件。无耻的贪婪辜负了皇上的恩典，更玷污了他们贾家祖上的德行和光辉。

在《红楼梦》的开篇就提到了贾雨村，作者在第一回中写道“只是目今行囊路费一概无措，神京路远，非赖卖字撰文即能到者”。讲述了贾雨村没有路费进京赶考，后来甄士隐资助贾雨村五十两白银和两套冬衣，解决了盘费余事之困。他于十六日便起身入都，后中举得官，贾雨村升了本县知府。贾雨村升任县令乃是一方父母官，拿着国家俸禄和民众给予的期望，首先应处理地方事务，为民众办实事。然而第一件事就是派人拜访甄家，要甄家丫鬟做二房，有负人民的期望和皇上的隆恩。不到一年的时间便被上司寻了个空隙，参他“生性狡猾，擅篡礼仪，且沽清正之名，而暗结虎狼之属，致使地方多事，民命不堪”等语。在革职文书一到，本府官员无不喜悦。明显看出贾雨村，擅篡礼仪，且沽清正之名。后来因为得到贾政的帮助，贾雨村又到京城做官。贾赦贪婪的方式还有巧取豪夺。《红楼梦》说有一年春天，贾赦看中了几把古扇，家中所藏的扇子就都不入他的眼了，于是命家人四处搜求。偏巧有一个石呆子，手中有二十几把古扇，全是湘妃、棕竹、麋鹿、玉竹的，上面都是古人写画真迹。贾赦知道后先是吩咐贾琏找到石呆子，出重金购买。扇子是石呆子的传家宝，他执意不卖。贾赦恼羞成怒，勾结贾雨村，巫陷石呆子“拖欠官银”，将他拘押，并且抄没家产。石呆子被弄得家破人亡，古扇悉数归了贾赦。常言道：“近朱者赤，近墨者黑。”像贾雨村这种见利忘义、贪得无厌、生情狡猾的人，贾赦与之密切往来真是臭味相投。再加上贾赦本身贪婪的性格，相互勾结在一起只会沆瀣一气。贾雨村仗贾赦的权势作出强索石呆子古扇等目无王法的事情。贾赦为了一己私利公然与贾雨村勾结，贾雨村借用自己的职权不顾国家法纪，设了个圈套讹石呆子拖欠了官银，拿他到衙门里去，说所欠官银变卖家产赔补，不顾及为官之仁德，恃势强索石呆子古扇，且把这扇子抄了作贱官价奉上。贾赦为这几把古扇，弄得石呆子坑家败业，最后逼得石呆子愤而自尽，家破人亡。

《红楼梦》第六十六回说道，那日贾琏正与尤二姐商量尤三姐嫁人的事，贾赦突然把他叫走了，叫小厮隆儿来告诉尤二姐：“老爷有事，是件机密大事，要遣二爷往平安州去。不过三五天就起身，来回也得半月工夫。”尤二姐也只得劝他：“既有正事，何必忙忙又来！千万别为我误事。”贾琏说：“也没甚事，只是偏偏的又出来了一件远差，出了月就起身，得半个月工夫才回来。”是什么事比新婚燕尔更重要呢？贾赦的确让贾琏去办的是一件“机密大事”，但贾琏爷儿俩一直只字不漏。“是日一早出城，就奔平安州大道，晓行夜住，渴饮饥餐”；“一日到了平安州，见了节度，完了公事”，“又嘱他十月前后务要还来一次”；“又往平安州”“偏值平安节度巡边在外，约一个月方回”；“及至回来相见，将事办妥，回程已是将两个月的限了，事毕回来”。贾琏前后两次往返于平安州，折腾好几个月终于把所谓的机密事情处理好。但究竟是什么“机密”呢，待到事办成后贾赦对贾琏是赏银又赏妾，别人一概不知。后来作者在第一〇五回为这件“机密大事”揭破，西平郡王到贾府宣旨：“贾赦交通外官，依势凌弱，辜负朕恩，有忝祖德，着革去世职。”贾政得知：李御史参奏了平安州节度使，罪状是奉承京官，迎合上司，虐害百姓等几大款；京官指的就是贾赦，主要问题是包揽词讼。平安州节度使奉承的京官指的就是贾赦，那贾赦交通的外官就是平安州节度使。所谓“机密大事”，就是包揽词讼，依势凌弱。因为这件事，贾府被查抄，贾赦被革职。贾赦私通平安州节度使，包揽诉讼严重破坏司法体系，从中牟取巨大利益。书中写道贾琏把事情办妥后，“贾赦十分欢喜，说他中用，赏了他一百两银子，又将房中一个十七岁的丫鬟名唤秋桐者，赏他为妾”。贾赦本身就是一个极其贪婪的人，为何对贾琏如此大方呢？从侧面看出了贾赦私通平安州，包揽诉讼牟取到了巨大的利益。

鲁迅在《再论雷峰塔的倒掉》“悲剧将人生的有价值的东西毁灭给人看”。《红楼梦》是曹雪芹批阅数十载的毕生之作，构思逻辑非常严密，对人物的描写更是生动形象且具代表性。在贾赦的心中藏着一丝幽怨，一怨母亲偏心，明明贾赦是长子，是荣国府官爵的袭承者，却要将荣府四通八达、轩昂壮丽的正房“荣禧堂”承让贾政，而住进荣府花园处隔断出来的小院中；二怨自己的儿子贾琏与儿媳妇王熙凤居然献媚献到搬入二房院落之中居住，还替二房操心尽力，当家管事。所以，贾赦置家业于不顾，置官职于不顾，却不放过与贾政争权夺利、争宠邀功。

贾赦是在贾府中世袭了爵位，按照清朝制度，朝中绝大多数重臣都不能达到侯爵的爵位。然而贾政好读书，但考取功名之路并不平坦，最终还是没有走科举当官这一条路。皇帝念其祖上有功，给了贾政一个六品工部主事的职位，因此贾赦的地位和权势是何等荣耀，哪里是贾政能够相比的。但贾赦是世袭爵位，拥有的功名和荣耀不是自己经过长时间艰辛的努力获得的，其暴谑贪婪的恶习并没有经历过打磨而知有所收敛。故经王熙凤之口，表明了贾母对贾赦贪恋女色、不无正业的个人形象的不满。中秋佳节时贾府家人相聚团圆十分热闹，饮酒赋诗传统的文化盛宴，一家人以贾母为中心，左右围成圈共赏中秋宴会。贾母便命人折了一枝桂花来，命一媳妇在屏后击鼓传花。若花到谁手中饮酒一杯，罚说笑话一个方可。这一次传到贾宝玉那里鼓就停止了，宝玉因父亲在坐，自是局促不安，说道："我不能说笑话，求再限别的罢了。"贾政道："既这样，限一个'秋'字，就即景作一首诗。"宝玉听了，碰在心坎上，遂立想了四句，向纸上写了，呈与贾政看，道是贾政看了，点头不语。贾母见这般，知无甚大不好，便问："怎么样?"贾政因欲贾母喜悦，便说："难为他。只是不肯念书，到底词句不雅。"贾母道："这就罢了。他能多大，定要他做才子不成！这就该奖励他，以后越发上心了。"贾政便把从海南带来的扇子取两把给贾宝玉作奖励。当下贾兰见奖励宝玉，他便出席也做一首递与贾政看时，写道是贾政看了喜不自胜，遂并讲与贾母听，贾母也十分欢喜，也忙令贾政赏他。这里我们看到贾宝玉和贾兰都得到了赏赐，但他们俩不是为了赏赐而作诗，文学诗歌是不带有功利性的，在这里只是希望贾母和众人都能非常愉悦。

《红楼梦》原文写到"不料这次花却在贾环手里。贾环近日读书稍进，其脾味中不好务正也与宝玉一样，故每常也好看些诗词，专好奇诡仙鬼一格。今见宝玉作诗受奖，他便技痒，只当着贾政不敢造次。如今可巧花在手中，便也索纸笔来立挥一绝与贾政。"贾政看了亦觉罕异，只是词句终带着不乐读书之意，遂不悦道：

可见是弟兄了。发言吐气总属邪派，将来都是不由规矩准绳，一起下流货。妙在古人中有"二难"，你两个也可以称"二难"了。只是你两个的“难”字，却是作难以教训之“难”字讲才好。哥哥是公然以温飞卿自居，如今兄弟又自为曹唐再世了。

贾政在这次对他们两人诗歌的评价中非常客观。先说出他们的诗歌不是当下正派，又表扬其中巧妙的词句，先抑后扬让大家感受团圆的气息。贾赦要诗瞧了一遍，连声赞好，道：“这诗据我看甚是有骨气。想来咱们这样人家，原不比那起寒酸，定要‘雪窗荧火’，一日蟾宫折桂，方得扬眉吐气。咱们的子弟都原该读些书，不过比别人略明白些，可以做得官时就跑不了一个官的。何必多费了工夫，反弄出书呆子来。所以我爱他这诗，竟不失咱们侯门的气概。”（第七十五回）因回头吩咐人去取了自己的许多玩物来赏赐与他。贾赦借用评价贾环的诗歌再一次表述不必努力学习就可以蟾宫折桂，以世袭官职来扬眉吐气，世袭前程对于贾赦而言就像家常便饭一样，这个无耻的封建阶级的末代子孙向祖辈功劳贪婪的无限索取。贾环的处境和如今贾赦有很多相同之处，都得不到贾母的喜欢，文中写道贾赦对贾环说：“以后就这么做去，方是咱们的口气，将来这世袭的前程定跑不了你袭呢。”贾赦也是世袭，但是现在住在别院，借机隐晦的表明了要伺机夺回荣府权力。

在《红楼梦》第七十五回中对贾环的诗歌评价的时候，看出贾赦贪得无厌的性格。贾母想把贾府营造成家一个温馨的港湾，对儿孙的不重视教育、不善于教育、溺爱纵子造成的恶性是贾赦贪婪的间接原因。这种知而不治方法并不能很好地指导贾赦的成长，不能遏制他贪婪的发展，无形中给贾赦提供了贪恋酒色的恶习滋生的土壤。其次，贾母的孙女贾元春是当时的皇帝的宠妃，荣府因贤德妃贾元春成了皇亲国戚，外官自然攀附，是贾赦贪婪的外部原因之一。《红楼梦》第一〇五回，“李御史参奏了平安州节度，罪状是奉承京官，迎合上司，虐害百姓等几大款。”然而平安州节度奉承的京官指的就是贾赦，贾赦依仗皇亲国戚交通的外官平安州节度使。像贾雨村、平安州节度使这样的一些官员的自然攀附，为贾赦的贪婪铺设便利之道，让贾赦更加胆大妄为，为贪婪助长气焰。贾赦利用自己和外官的权宜之便，包揽词讼，依势凌弱，从中牟取巨大的利益。最终也因此而遭到查抄家产，革去世职，远离都城，充军边地以赎罪的应得下场。这样的悲剧主要来源于贾赦自己贪婪，那让人羡慕的荣耀到最后被抄家，家衰人败真的自食其果，也完全符合了鲁迅先生悲剧定论。但是像贾赦这样的人在当时又岂止是一个两个呢，作者借用贾赦的人物形象揭示了帝制制度的腐朽和停滞。

贾赦世袭一等将军，上为国家社稷、下为黎明苍生、治国齐家是自己的荣耀和责任。贾赦又是荣国府的长子，一般人不能拥有的富贵和特权，贾赦几乎都有。贾赦生性好色，妻妾成群，没有树立良好的形象，自身贪婪的恶习让自己一步步堕落。平日里自作聪明，勾心斗角，埋怨贾老太太偏心，貌合神离，导致贾府矛盾逐渐尖锐。贾赦不守法纪，私下结交官员为非作歹，做出以私通平安州、包揽诉讼、抢夺石呆子古扇等一系列事件，内外因共同促使贾赦走向不归路。贾赦乖张的品行和依权作事的行为，置国家法纪和民众利益于不顾，此等伤天害理的事件，最终也只以强抢石呆子古扇之罪论罚。这虽是贾赦贪婪所导致的结果，同时也影射出帝制社会世袭制度的弊端。　（张）

妙玉扶乩与道家法术

中国民间有许多的占卜之术随着文化的发展而进行着传承，而《红楼梦》既是一部文学著作，也是一部文化著作，占卜也在《红楼梦》中多次出现，在古代科学技术不普及的前提下，《红楼梦》中对占卜活动的描绘正好再现了当时的社会风貌和生活特点。

而以“才华馥比仙”著称的妙玉就擅长“扶乩”之术。扶乩又名扶箕、抬箕、扶鸾等。作为一种占卜活动，其实我们对它并不陌生，用民间相传的称呼，便更容易理解其意思了。所谓扶乩，就是民间俗称的请仙、请神。而坊间流传的很多关于“碟仙”、“笔仙”的故事，也就是这个占卜形式。但是其各个称谓的不同，也就意味着占卜的具体操作方法有所不同。

许地山先生就根据这一占卜现象，写成了其代表著作《扶箕迷信底研究》。许地山先生大致根据扶乩的起源，箕仙与降笔现象，以及扶箕在心灵学上的解释等等方面，来研究扶乩之术。

陈定山在《春申旧闻续》中讲述清末民国上海旧闻掌故时，亦曾提到这个法术：“上海曾有一度盛行碟仙，法以小碟口上划墨线一条，另以白纸画方格，小书数百字，置碟子上，两人对立以指推之，自然行动，视其墨线所止，录其字句，如扶乩然。号为碟仙，而不知其昉自何所。”陈定山已经说明，“碟仙”与“扶乩”类似，看其操作，与《红楼梦》中提到的妙玉扶乩过程亦颇为相似。

而《红楼梦》中“扶乩”这一占卜形式，出现于第九十五回“因讹成实元妃薨逝，以假乱真宝玉疯癫”中。因为贾宝玉的通灵宝玉丢失了，大观园内束手无策，因邢岫烟提出妙玉会扶乩之术，贾府便求邢岫烟前去请妙玉施法。邢岫烟前去找妙玉一段，我们大致可以看出扶乩之术的几个特点：

第一，扶乩之术不可擅用。当邢岫烟向妙玉开口道明来意时，妙玉一口回绝，且坚称自己不会这门法术。《清稗类钞》中还曾提到乾隆年间有个叫张春和的书生，请来两个美女乩仙后就病逝了，可见扶乩之术是有禁忌的。

第二，需要道具准备。先焚香，再安放沙盘乩架，然后画符，施术者完成以上步骤，由请愿的人，进行礼祝，这时请来的神仙就会借乩架在沙盘上写出所问之答案。《清稗类钞》中对此就有清晰的描述：“术士以朱盘承沙，上置形如‘丁’字之架悬锥其端，左右以两人扶之，焚符，神降，以决休咎，即书字于沙中。”

第三，所给出的答案通常晦涩难懂。结果要么是古典的诗词或文章，要么是双关、暗喻的模糊话语。例如妙玉扶乩出的答案就如此：“噫！来无迹，去无踪，青埂峰下倚古松。欲追寻，山万重，入我门来一笑逢。”这样占卜者就可以借不便泄露天机为由，其实是故弄玄虚，增加占卜本身的神秘色彩，以及赋予事物发展的多重可解释性。邢岫烟看着这段文字问妙玉当如何解释，妙玉却说不懂，直道大观园里必有聪明人可解。其实这便是占卜的一大玄机，便是不可说破，如果破了他日结果与此不同，便难以收场。可妙玉便将这个难题抛给了大观园里众人，而大家各有各的看法，各有各的解读，即便到时结果有异，也有得圆场。而对于这则“仙机隐语”，大观园内的共同认知是，“一时要找是找不着的，然而丢是丢不了的。不知几时不找便出来了”。只要有了这个认知，无论对于占卜者，还是求卜者，都是一个皆大欢喜的结局。

当妙玉扶乩完了之后，邢岫烟问了妙玉，请的是哪位神仙上身，而妙玉说：“拐仙。”而当邢岫烟回复众人扶乩结果时，通过林黛玉之口，又问道：“不知请的是谁?”岫烟答：“拐仙。”作者前后两次皆提到拐仙，而再问之时由黛玉问出，尤其显得重要。因为这位“拐仙”说来亦是中国人最耳熟能详的神仙之一，他就是中国道教神话八仙中的“铁拐李”。据明代彭大翼的《山堂肆考·铁拐提表》中提到：“拐仙姓李名孔目，有足疾，西王母点化升仙，封东华教主，授以铁拐一根。”然后流传最广的还是铁拐李借尸还魂、得道成仙的故事。故事梗概岳伯川的杂剧《吕洞宾度铁拐李岳》及吴元泰的《东游记》皆有记载。

扶乩之术是一种原始民族的信仰，而中国最早将它融入宗教活动的便是道教，在陶弘景的《真诰》中就曾记载过道教很多神仙下降人间的故事。《真诰》中提及的道教神仙就有：萼绿华、紫薇夫人、南岳夫人、清灵真人等等。她们附身于人，对人交谈书写、进行传道活动。而道教法术众多，各个流派之间所擅长的法术也不尽相同，例如“上清派”擅长的茅山法术，灵宝派擅长的符箓咒术，“神霄派”擅长的雷法等等，分门别类令人眼花缭乱，但道教法术大致以符、咒、诀、步四大功能为主体，我们时常听闻的“急急如律令”就是法术咒语，扶乩在某种程度上可以看作道家的“请仙法”。南宋文学家周密在《志雅堂杂钞》就详细记载了一个叫胡天放的人请仙的过程：

先念净天地咒，洞中元虚。次念北斗咒，咒斗。又次，顺念揭谛咒七遍，又口念揭谛咒七遍，而后画圆圈一个。在圆圈里写上个“煞”字，接着写下北斗七星秘字，最后念诵：“我今请大仙，愿降蓬莱阙。骑鹤下云端，谈风咏明月。”

这个请仙过程中使用的咒法，都是道教经籍里记载过的，所以扶乩术的完善成熟，和道教是密不可分的。从《红楼梦》的描述来看妙玉的扶乩之术显然也是一种道教法术：“妙玉笑了一笑，叫道婆焚香，在箱子里找出沙盘乩架，书了符，命岫烟行礼，祝告毕，起来同妙玉扶着乩。”而妙玉一个带发修行的尼姑，却精通道教法术，这样也可以看出妙玉不僧不道、似俗非俗的人物特点。

扶乩除了可以请来道教仙人；还可请来关羽、岳飞等名垂千古的历史人物，就连金圣叹都曾被人当作乩仙请去；有时，甚至还会招来山精鬼怪。扶乩的施法，除了术士可以为之，古代很多文人士大夫都擅长此术，包括宋代文豪苏东坡、康熙状元彭定求等等。而扶乩发展到明清之时，尤为盛行。除了《红楼梦》中的描绘，袁枚的《子不语》，纪晓岚的《阅微草堂笔记》都多次对此术进行记述。《子不语》卷二十一记载过两则举子欲借扶乩预知科考试题，最后弄得啼笑皆非：

康熙戊辰会试，举子求乩仙示题，乩仙书“不知”二字。举子再拜，求曰：“岂有神仙而不知之理？”乩仙乃大书曰：“不知不知又不知。”众人大笑，以仙为无知也，是科题乃“不知命无以为君子也”三节。

又甲午试前，秀才求乩仙示题，仙书“不可语”三字。众秀才若求不已，乃书曰：“正在不可语上。”众愈不解，再求仙明示之，仙书一“署”字，再叩之，则不应矣。已而题是“知之者不如好之者”一章。

在两则故事中，这乩仙还略显可爱，给人答案“不知”，当举子不懂再求，且又经不住举子的激将法——“岂有神仙不知之理”，它便大书“不知不知又不知”，读来不觉莞尔，且赞乩仙之可爱，既说了答案，又不露玄机，又赞袁枚笔触之幽默。所以可见扶乩之术在当时，上到文人士大夫，下到平民百姓都惯于使用且求教。

《阅微草堂笔记》卷十中也记载：“海宁陈文勤公言：昔在人家遇扶乩，降坛者安溪李文贞公也。公拜问涉世之道，文贞判曰：‘得意时毋太快意，失意时毋太快口，则永保终吉。’公终身诵之。”而从这则故事看到的又是乩仙教给求教者为人处世之道。

当然《红楼梦》中除了妙玉会扶乩之术外，还曾提到一处用扶乩欺瞒世人的地方。在“葫芦僧乱判葫芦案”中，薛蟠打死了冯渊，贾雨村又想保住薛蟠，又不知怎么给冯家交代而为难时，葫芦庙的小沙弥就教贾雨村：“老爷只说善能扶鸾请仙，堂上设下乩坛，令军民人等只管来看。老爷就说：‘乩仙批了，死者冯渊与薛蟠原因夙孽相逢，今狭路既遇，原应了结. 薛蟠今已得了无名之病，被冯魂追索已死。其祸皆因拐子某人而起，拐之人原系某乡某姓人氏，按法处治，余不略及’等语。”而贾雨村用扶乩之术编出这通谎言掩盖冯渊之死，私放薛蟠，可见时人对于扶乩之术的信任，以及反映出世俗的落后迷信。

由此，虽可见扶乩之术是封建迷信，其内容多涉及科举考试、仕途前程、寿命吉凶，其可信度是存在很大争议的。所以纪晓岚对此评价道：“大抵幻术多手法捷巧，惟扶乩一事，则却有所凭附，然皆灵鬼之能文者耳。所称某神某仙，固属假托。”对于扶乩之术，固然有很多人用它来愚昧世人，甚至沦为恶人的工具。但它也不乏劝人向善、修身处世的积极一面。 （张）

马道婆厌胜与清代巫风

《红楼梦》第二十五回贾环见宝玉调戏彩霞，心怀不满，欲烫瞎宝玉不成，反被凤姐儿抢白，遭王夫人喝斥。赵姨娘一心想报复。正好宝玉寄名的干娘马道婆来荣府，与赵姨娘私下交通，赵氏将对凤姐儿的怨愤说与道婆，道婆暗示用法术把两个绝了。赵氏决计害宝玉和凤姐儿，遂写了五百两的欠契给道婆。马道婆掏出十个纸铰的青面白发的鬼来，并两个纸人，递与赵氏。又悄悄告诉法术。

把他两个的年庚八字写在这两个纸人身上，一并五个鬼都掖在他们各人的床上就完了，我只在家里作法，自有效验。

这法术果然灵验，不久凤姐和宝玉果然差点被害死，此无需赘言。然而赵姨娘如何将纸人和五个鬼掖在宝玉和凤姐儿的床上的呢？因为这个法术是一定要有这种方式的。第八十回金桂欲陷害香菱，就是从枕头内抖出纸人来，上面写着金桂的年庚八字，有五根针钉在心窝并四肢骨节等处。那么，赵姨娘如何把这些东西放到二人床上的呢？这是一个谜。放到宝玉房中是有机会的，因为接下来赵姨娘和周姨娘去看烫伤的宝玉，她暗暗将纸人等藏到宝玉床上。但是凤姐处是如何做到的呢？这是很难亲自做的。此外，还有一个问题，当宝玉和凤姐儿好了以后，为何长期没有发现纸人等东西，因为床铺枕头始终是要洗的。惟一的可能性就是，凤姐儿房内的丫鬟奴仆也有赵氏的内应，否则绝难事前置放，事后毁灭证据。赵姨娘害宝玉和凤姐儿后，其罪证居然消失得无影无踪，可见其行事的诡秘。

《红楼梦》既写了厌胜的巫术过程和道具，也写了以此陷害他人的故事。如第八十回夏金桂欲陷害香菱，就是故意在自己枕头内“抖出纸人来，上面写着金桂的年庚八字，有五根针钉在心窝并四肢骨节灯处”。然后贼喊捉贼诬陷香菱。从小说看，厌胜术施行起来，确乎有效，然而事情一旦败露，下场也很惨。第八十一回马道婆作邪法被闹破也是因为她作法的“纸人”和“闹香”包裹被人捡到。然后搜出起身的象牙魔王和绣花针，锦衣府又搜出其家藏的用于魔法的七星灯、草人和无数的纸人来。关于厌胜之术其实喜爱“古装剧”、“宫廷剧”的朋友并不陌生，就是民间常说的“扎小人”，而见诸于正史的厌胜活动，亦不胜枚举。

厌胜这种巫术既能害人，亦能被他人以此为借口陷害。如汉武帝时候江充陷害太子即用了从东宫发现木人的巫蛊之术作为罪状。汉武帝晚年笃信巫术，而疑神疑鬼。太子刘据就被政见不合的奸臣江充设计陷害，据《汉书》记载：“充既知上意，因言宫中有蛊气，先治后宫希幸夫人，以次及皇后，遂掘蛊于太子宫，得桐木人。太子惧，不能自明，收充，自临斩之。”就因为在太子刘据的宫中搜出了一个“桐木人”，汉武帝便不惜杀子自保，且此事又牵连甚广，连同卫皇后生下的两个公主，卫青的儿子都被诛杀，史称“巫蛊之祸”。而这里出现的“桐木人”就是厌胜之术。

除了汉武帝，武则天和此术也有颇多交集。据《资治通鉴·唐记》记载永徽六年六月在唐高宗的后宫发生了这样一件宫廷斗争之事，“武昭仪诬王后与其母魏国夫人柳氏为厌胜，敕禁后母柳氏不得入宫”。除了用此术排除异己，武则天称帝后，更以厌胜之术处死了两个儿媳妇刘氏和窦氏（唐玄宗李隆基生母）。武则天便通过这门巫术，一步一步巩固自己的权力和地位。

“厌胜”又同“压胜”，《辞海》释义：“古代方士的一种巫术，谓能以诅咒制服人或物。”在《红楼梦》中，对厌胜之术进行描写的地方出现在第二十五回“魇魔法姐弟逢五鬼，红楼梦通灵遇双真”。这一章讲述赵姨娘串通贾宝玉的寄名干娘马道婆陷害贾宝玉和王熙凤。我们大致可以通过此章中马道婆的“勾当”对厌胜过程进行粗略的认识。

首先在实施厌胜之术前，马道婆从裤腰里掏给赵姨娘的——两个纸人，十个青面白发鬼（程甲本作马道婆用剪子当场铰了两个纸人和五个青面鬼）。马道婆还叮嘱赵姨娘须在两个纸人上写好被害人的生辰八字，最重要的是得由赵姨娘将纸人藏在被害人的床上，之后由马道婆就在家中做法。由此，我们不难看出厌胜之术的施展，大致需要这么几个因素：施法者（巫者）、厌胜物、生辰八字以及能亲近被害人的内线。

我们对于厌胜之术的认知，都是在它害人的情况下了解的。可是厌胜之术却并不是一个一开始就用于害人的巫术活动，与之相反的是，它恰好是人们用以祛邪、祈福、纳吉所用。

例如我们口皆能诵的王安石的《元日》中，“总把新桃换旧符”一句，桃符便是古代常见的“厌胜物”。再则很多在铜钱上铸有“出入大吉”、“天下太平”、“宜室宜家”等等吉祥语的铜钱，也是一种压胜物，又叫压胜钱，也有在其背面印上龙凤灵兽、双鱼星宿等等图案供祈福者佩戴赏玩的。

而对于厌胜物的吉祥一面，其实在《红楼梦》亦有体现。就出在宝玉、熙凤遇害本回。当一僧一道前来救治宝玉与熙凤时，贾政道：“倒有两个人中邪，不知你们有何符水?”那道人笑道：“你家现有希世奇珍，如何还问我们有符水?”贾政听后，心中便懂了。而这件“希世奇珍”便是贾宝玉佩戴的那块通灵宝玉，而通灵宝玉既是压胜物，且玉上刻有“莫失莫忘，仙寿恒昌”，便是当日这一僧一道为这件宝物镌上这八个字为它赋予些“实在的好处”。而薛宝钗的金项圈上镌刻“不离不弃，芳龄永继”也是一件压胜物。许地山先生在《道教史》中说到：“秦汉人主求神仙，一方面就得拔除邪恶，故所立底祠都与厌胜有关。”可见秦汉时人们就以建立祠堂等建筑来作为压胜物。

厌胜之术古已有之，但具体起源已无证可考。传说起源于姜太公，在《太公金匮》中曾提到：武王伐纣天下归服，只有丁侯不肯归顺，姜太公就画了一张丁侯的像，向这张像射箭，丁侯竟然生起病来。当他得知是姜太公在幕后操作，便赶紧派使臣去向周武王表示臣服。姜太公便在甲乙日拔掉了射在画像上的箭，丙丁日拔掉了画像眼睛上的箭，庚辛日拔掉了画像脚上的箭，丁侯的病就好了。

虽然我们不知道厌胜之术是否由姜太公发明，但在清代钱泳的笔记《履园丛话·笑柄》中就记载了这样一则关于用压胜之术的趣事：

今南方烹庖鱼肉，皆用酱，故不论大小门户，当三伏时，每家必自制之，取其便也，其制酱时，必书“姜太公在此”五字，为压胜，处处皆然。有问于袁简斋曰：“何义也?”袁笑曰：“此太公不善将兵，而善将酱。”盖戏言耳。后阅颜师古《急就章》云：“酱者，百味之将帅，酱领百味而行。”乃知虽一时戏语，却暗合古人意义。

除了《履园丛话》，《清稗类钞》中也有类似的记载。所以可见在当时，人们对于巫卜之术的使用，不仅仅只局限于求知未来，坑人害人，更重要的是它是当时人的一种生活习惯，就连制酱时，家家都要使用，一则已是风俗，二则，恐怕是将对生活的美好向往给予在这些巫卜上。即便制酱，也希望赋予神灵的庇护，能更美味一些。所以说《红楼梦》中出现的巫卜之术既受时下风气影响，也对时下风气进行影射。潜移默化，相辅相成。

随着传统文化的发展，至清代时，诸方面的文化都已成熟完备，发展至高潮。而巫卜文化亦不例外，清代专制思想达到顶峰，巫卜文化的发展亦到一个至高点。《红楼梦》在这个时代下完成，显然其中出现的巫卜现象，极大程度地反映了当时巫卜之术蔚然成风的现象。见诸正史野录所记载，亦不难窥见厌胜之术的功用可正可邪，但在于所用之人罢了。

（雷）

贾母抄《金刚经》与清代民间佛教信仰

东汉永平十一年（68），汉明帝刘庄从西域请来了两位印度高僧迦摄摩腾和竺法兰。汉明帝将两位高僧以及他们随行白马驮着的佛像、经卷安置于洛阳城内的鸿胪寺，从此鸿胪寺更名白马寺，而此寺也成为中国佛教"祖庭"，这也就是白马驮经典故的由来。

而迦摄摩腾和竺法兰带来并翻译的五部佛经分别是《十地断结经》、《佛本生经》、《法海藏经》、《佛本行经》、《四十二章经》，可惜前面四经皆失传，所以《四十二章经》就成为了第一部汉译佛经。由于当时印刷术尚未出现，佛经的流传便只能依靠人工抄写，今天敦煌经卷中出土的大量佛经，都不乏手抄本。唐朝已出现雕版印刷术，而目前已知最早的雕版印刷作品便是敦煌出土的唐懿宗咸通九年（868）《金刚经》。对于佛经的抄写，最早肯定是佛教用以传播佛法，紧接着便是僧众、信徒修行功课、研习佛理之用，再后来抄写佛经慢慢兼有了祈福、报恩、布施、超度的作用。所以抄写佛经的群体渐渐由佛教信徒向普通众人延展开去。

对于普通人抄经，不似佛教徒那般专业，最受常人青睐的就是《心经》与《金刚经》。此二经受欢迎的直观原因便是字数较为适中，不像其他经书那般庞大。《心经》（玄奘法师译本）共计二六〇字，《金刚经》（鸠摩罗什法师译本）共计五一七六字或五一八〇字。再则此二经由二位大师翻译出来，文笔流畅隽永，言简而义丰，词寡而旨深，并且又对佛教思想高度浓缩概括。

《红楼梦》里也提到抄经，说鸳鸯去找惜春，让她为贾母寿辰抄写佛经。文中鸳鸯这样说道：

> 老太太因明年八十一岁，是个暗九。许下一场九昼夜的功德，发心要写三千六百五十零一部《金刚经》。这已发出外面人写了。但是俗说《金刚经》就像那道家的符壳，《心经》才算是符胆。故此《金刚经》内必要插着《心经》，更有功德。老太太因《心经》是更要紧的，观自在又是女菩萨，所以要几个亲丁奶奶姑娘们写上三百六十五部，如此又虔诚，又洁净。咱们家中除了二奶奶，头一宗他当家没有空儿，二宗他也写不上来，其余会写字的，不论写得多少，连东府珍大奶奶姨娘们都分了去，本家里头自不用说。

从中可看出，吩咐众人抄经，乃是为了贾母过寿积攒的功德，民间为老人过寿常有“庆九不庆十”的习俗，一来古人看中数字“九”，二来“九”又可谐音“久”，有长长久久之意。且古人认为过寿是会折损寿命的，所以贾母方才要抄写佛经，以期积德添寿。

民国弘一法师便曾提出过抄经十大利益：

> 一、从前所作种种罪过，轻者立即消灭，重者也得转经。
>
> 二、常得吉神拥护，一切瘟疫、水火、盗贼、刀兵、牢狱之灾，悉皆不受。
>
> 三、夙世怨对，咸蒙法益，而得解脱，永免寻仇报复之苦。
>
> 四、夜叉恶鬼，不能侵犯；毒蛇虎狼，不能为害。
>
> 五、心得安慰，日无险事，夜无恶梦，颜色光泽，身力充盛，所做吉利。
>
> 六、至心奉法，虽无希求，自然衣食丰足，家庭和睦，福禄绵长。
>
> 七、所言所行，人天欢喜。任到何方常为多众倾城爱戴，恭敬礼拜。
>
> 八、愚者转智，病者转健，困者转亨。不愿为妇女者，报谢之日，捐转男身。
>
> 九、勇离恶道，受生善道。相貌端正，天资超越，福禄殊胜。

十、能为一切众生，种植善根。以众生心，作大福田，获无量胜果。所生之处，常得见佛闻法。直至三慧宏开，六通亲证，速得成佛。

并且《金刚经·持经功德分》中提到："若复有人，闻此经典，信心不逆，其福胜彼。何况书写、受持读诵，为人解说。"所以人们普遍认为抄写佛经是一种有着宗教庇护，功德无量的事情。并且抄经还得有许多讲究。一则需要内心虔诚，鸳鸯在拜托惜春抄经时就带去了一个"小黄绢包"，这黄色的绢包里装的就是要抄经的素纸。而陈寅恪先生上课时，凡是和佛教有关的资料都用黄色布包。所以可见一个黄色的包裹，就是一颗虔诚的心。二则抄经需要闲暇心静，三则需要抄写者文字功底过关。由于王熙凤素来忙于内务，又心浮气躁，且读书不多，所以抄经就没她多少事。

包括对抄经的态度，弘一法师就曾和印光法师多次探讨过，印光法师认为："写经不同写字屏，取其神趣，不必工整。若写经，宜如进士写策，一笔不容苟简。其体必须依正式体。若座下书札体格，断不可用。古今人多有以行草体写经者，光绝不赞成。"印光法师对那些字体不工之人，甚至严厉批评道："所写潦草，毫无恭敬，直是儿戏。"弘一法师对于抄经的态度也曾提到："书写之人，日夜斋戒。将入经室，夹路焚香，梵呗先引，散华供养，方乃书写。香汁合墨，沉檀充管，下笔含香，举笔吐气。逮及书就，盛以宝函，置诸香厨。"由此可见抄经时还可斋戒焚香。而《红楼梦》中鸳鸯亦考虑到这点，所以给惜春都备好了抄经时焚烧的"藏香"。

古往今来，关于抄经的典故却少有记载。凡有流传的故事也难考证其真伪，但许多书家都有佛经写本流传于世，这是毋庸置疑的，诸如柳公权、赵孟頫、文徵明、董其昌都有《金刚经》作品流传于世。除了书法家，帝王贵族也时常抄经，万历皇帝的母亲慈圣太后李氏就曾抄过《金刚经》，清朝帝王更是抄经频繁，康熙、雍正、乾隆都有作品流传。乾隆皇帝尤其酷爱写经，在《秘殿珠林》就著录了他抄写的七百多份《心经》。

除《心经》、《金刚经》以外，他还经常抄写《无量寿经》、《大方广圆觉修多罗了义经》、《妙法莲花经》等长篇经文。

而虎门硝烟的民族英雄林则徐也是一位抄经践行者，印光法师盛赞林则徐抄写的《阿弥陀经》、《金刚经》、《心经》、《往生咒》、《大悲咒》："林文忠公则徐，其学问、智识、志节、忠义，为前清一代所仅见。虽政事冗繁，而修持净业，不稍间断以学佛，乃学问、志节、忠义之根本。此本既得，则泛应曲当，举措咸宜，此古大人高出流辈之所由来也。"可见抄经实乃当时社会的一种风尚。

除了抄经这一修行法门，诵读佛经、口念佛号也是佛教的修行方法，其作用也可达到抄经的境地。《印光法师文钞》中曾讲述民国时一个军官诵读《金刚经》后征战不受伤的故事："一军士杨某，人极忠厚好善。在陕镇嵩军中，作营官，吃长素，能背诵《金刚经》，日念数遍。在军十年，打仗四百余次，通身大小未带一伤。"《了凡四训》中也提到袁了凡改变命运时坚持诵念《准提咒》。

《红楼梦》中诵经念佛更是多不胜数，刘姥姥、林黛玉、史湘云、王夫人等等都诵念过"阿弥陀佛"，佛教净土宗便提倡持名念佛，在净土宗看来，通过持名念佛方法，可以往生西方极乐世界。《阿弥陀经》云："若有善男子，善女人，闻说阿弥陀佛，执持名号，若一日，若二日，若三日，若四日，若五日，若六日，若七日，一心不乱。其人临命终时，阿弥陀佛，与诸圣众，现在其前。是人终时，心不颠倒，即得往生阿弥陀佛极乐国土。"

除了口念佛号，《红楼梦》中还提到一种较为奇特的修行方法。虽然贾母八十一岁寿辰时，鸳鸯作为贾母最喜爱的丫鬟，但却并没有参与抄经，而是选择了另一种方法："向来服侍老太太安歇后，自己念上米佛，已经念了三年多了。我把这个米收好，等老太太做功德的时候，我将他衬在里头供佛施食，也是我一点诚心。"其中提到的"念米佛"颇耐人寻味，究竟什么叫"念米佛"呢？其实细读《红楼梦》便不难理解。

在第七十一回贾母过八十寿辰时曾让王熙凤和尤氏帮着两个尼姑拣佛豆，还提到："贾母又叫把喜鸾四姐儿二人也叫来，跟他二人吃毕，洗了手，点上香，捧过一升豆子来。两个姑子先念了佛偈，然后一个一个的拣在一个簸箩内，每拣一个，念一声佛。明日煮熟了，令人在十字街结寿缘。"想来鸳鸯"念米佛"也差不多是这个意思，每拣一粒米，就诵念一声"阿弥陀佛"，之后将念了佛号的米供奉佛前，或用以布施，都算积攒功德。由此可见净土宗的念佛法门，方便易行，将修行的途径大大简化，而贾府甚至整个清代社会都深受净土宗修行方法的影响。

清王朝信奉佛教，康、雍、乾等帝王热衷抄经，自然无可厚非。即便林则徐生前时常抄经，但都不为人知，直到民国子孙才将其抄经书法刊出，对于此种现象印光法师也在《林文忠公行舆日课发隐》一文中提到："致其本隐而不显，潜而不彰。以拘儒忌佛，故多主于潜修密证，不自暴露。若详审其行迹，必有不可掩者。其子孙若非具正知见，必惟恐为俗儒所讥，亦不肯为之阐发耳。以此因缘，致潜德幽光，湮没无闻者多多矣。"虽然清代尚佛，但士大夫阶级都以儒家自居，即便有抄经、念佛之举，都秘而不发。这也就使得后人离真相远矣。

《阅微草堂笔记》也曾记载了一则关于抄写《金刚经》的故事。话说桐城有一个叫姚别峰的人，善于诗书，书法学习的赵孟頫，其擅长模仿赵孟頫，书法几近相似，就连鉴赏家都不能分辨。在一个月夜姚别峰遇到了一个女子，只见文中这么写道：

> 一夕月明，见窗上有女子影，出视则无。四望园内，似有翠裙红袖，隐隐树石花竹间。东就之则在西，南就之则在北，环走半夜，迄不能一睹，倦而憩息。闻窗外语曰："君为书《金刚经》一部，则妾当相见拜谢。不过七千余字，君肯见许耶？"

后来姚别峰为了见这女子一面，只用了一日便将《金刚经》抄完，到了晚上这女子果然来取经文，但远远站在花丛中，并跪地磕头拜谢，这姚别峰就上前去伸手拉这女子，谁知，女子双目上视，浑身鲜血淋漓，乃是一个自刎而死的女鬼，顿时将姚别峰吓倒在地。细细想来，这女鬼身前乃是自刎而死，可能自知罪孽深重，方才请姚别峰为她抄写《金刚经》，以期积攒阴德。

《红楼梦》中描绘抄经之举，包括贾母临死前还在叮嘱王熙凤：“我的儿，你是太聪明了，将来修修福罢。我也没有修什么，不过心实吃亏，那些吃斋念佛的事我也不大干，就是旧年叫人写了些《金刚经》送送人，不知送完了没有?”其实便是当时社会上至王公贵族、下到平民百姓，对于佛教的一种信仰，以及佛教对人们日常生活的影响。　（雷）

爬灰之“灰”

《红楼梦》的语言特色丰富多彩，虽然它描绘的是贵族文人的生活日常，但写到市井俚语丝毫不逊色于《水浒传》与《金瓶梅》。并且《红楼梦》在人物语言对话的展现上，可谓是收放自如、可俗可雅。对于刘姥姥、薛蟠等人要么写得通俗、要么写得庸俗；对于宝黛一干人，要么写得文雅、要么写得隽永。反正曹雪芹总能做到因人而异，画龙点睛。

而在第七回写到贾府老仆焦大时，焦大喝醉了酒在宁国府中大骂：“我要往祠堂里哭太爷去，那里承望到如今生下这些畜牲来！每日家偷狗戏鸡，爬灰的爬灰，养小叔子的养小叔子，我什么不知道？咱们胳膊折了往袖子里藏!”

焦大作为贾府的老仆人，从小跟宁国公贾演出过三四回兵，曾从死人堆里把奄奄一息的主子背出来。没有饭吃，他饿着肚子去偷东西给主子吃；没有水喝，他自己喝马尿，把得来的半碗水给主子喝。他虽有恩于贾府，但终究算是生活在贾府社会底层的人，所以他说话既直白，又多市井气。而在此处提到了“爬灰”一词，许多人读来丈二和尚摸不着头脑，包括文中的贾宝玉听了，也不明就里，连忙问王熙凤“爬灰”是什么意思，王熙凤自然知道是何意，但却只得哄骗宝玉是焦大胡说的醉话。

爬灰，又名扒灰，这词的源起向来众说纷纭。其意专指公公和儿媳之间发生乱伦的性关系。脂砚斋还专门在“爬灰”旁批注道“珍哥儿”，焦大在这自然骂的就是贾珍与儿媳妇秦可卿之间的乱伦关系。

而爬灰一词，清人李元复在《常谈丛录》中解释道：“俗以淫于子妇者为扒灰，盖为污媳之隐语。膝、媳音同，扒行灰上，则膝污也。”此说大致涵义是古人要往灶台里添火扒灰，就得弯腰跪在地上，自然就将膝盖弄脏，“污膝”与“污媳”谐音，久而久之就隐射为公公和媳妇乱伦。无独有偶，在清代《吴下谚联》一书中对“爬灰”亦用了谐音的方法解释，还解释得颇为详细：

> 翁私其媳，俗称扒灰。鲜知其义。按昔有神庙，香火特盛，锡箔镪焚炉中，灰积日多，淘出其锡，市得厚利。庙邻知之，扒取其灰，盗淘其锡以为常。扒灰，偷锡也。锡、媳同音，以为隐语。

这段话大致讲述的是古代寺庙烧香的香炉里，焚烧的锡箔比较多，日积月累也就越攒越多，和尚们就扒出来卖钱用。后来庙旁的人知道后，也来炉子里偷锡。因为锡媳同音，“偷锡”也就慢慢演变为“偷媳”，接着就引申为公公与儿媳乱伦的隐语。

除了这则关于“爬灰”的解说，《吴下谚联》中还在“爬灰”一条下讲述了一个关于王安石的故事：

> 王荆公子雱，早世，其妻另筑小楼以居，荆公时往窥焉。媳错会公意，题诗于壁，有风流不落别人家句。公见之，以指爪爬去壁粉。外间爬灰之语，盖昉于是。

这故事讲的是王安石长子王雱英年早逝，王安石时常去窥探守寡的儿媳妇，儿媳妇误会了王安石的意思，就在墙上题写了“风流不落别人家”的诗句，王安石见了墙上的题诗，便赶紧用指甲将诗扣抹下来，结果自然爬了一墙的灰。所以“爬灰”一词就这么流传了开来。很显然这样的故事必然是民间或后世杜撰，黄庭坚曾评价王安石：“余尝熟观其风度，真视富贵如浮云，不溺于财利酒色，一世之伟人也。”北宋著名理学家邵雍之子邵伯温在《河南邵氏闻见录》一书中还记载了一个王安石拒绝纳妾的故事。像王安石这样立场坚定的人，连妾室尚且不接受，更何况与儿媳乱伦，所以要说“爬灰”始自王安石实在荒谬。

还有研究者认为“爬灰”源自道家炼丹术和房中术，认为道家将女子、女阴比作炉鼎，“‘扒灰’一语，意为从儿子的炉（儿媳）下扒出余烬”。（详见许晖《这个词，竟然是这个意思》）

而笔者认为无论“爬灰”还是“扒灰”，都是谐音自“耙灰”，因为至今在中国很多地方的方言中都有这个词，多为辱骂贬责性俗语。包括很多民间的婚俗中，都有让公公在婚礼上背着一把“掏火耙”闹新娘的，“掏火耙”本来就是厨房里用来“耙灰”的，这显然是一种恶劣的民间陋习。

在古文中还有“聚麀”一词与“爬灰”同义，只不过是雅俗不同。明代诗人冯梦祯因曾收藏过《快雪时晴帖》，便取斋号“快雪堂”，在他的《快雪堂漫录》中就曾提到：“俗呼聚麀为扒灰”。这是如今最早的关于“扒灰”的记载。至于“聚麀”古已有之，《礼记·曲礼上》记载：“夫唯禽兽无礼，故父子聚麀。”麀，即母鹿，而鹿群之中父子可共配一头母鹿，所以古人将这种两代的乱伦行为，视为禽兽之举。包括在著名的《代徐敬业讨武氏檄》中，骆宾王指责武则天的罪行之一就是：“践元后于翚翟，陷吾君于聚麀。”并且在《红楼梦》第六十四回“幽淑女悲题五美吟，浪荡子情遗九龙佩”中贾琏因垂涎尤二姐、尤三姐的美色，亦曾提到：“况知与贾珍贾蓉等素日有聚麀之诮，因而乘机百般撩拨，眉目传情。”无论“爬灰”也好，还是“聚麀”也罢，贾珍等宁国府一干人等之丑事漏闻，实在应了“造衅开端实在宁”。

总而言之，“爬灰”一词终归是流传民间的俗语，作者之所以不直接点明乱伦通奸之事，其实用意已然明了，脂砚斋在“爬灰”一回上批注道："用'背面渲染'之法揭出正文，读之便不觉污秽笔墨，此文字三昧也。"用俗语、用典故都是《红楼梦》语言魅力的重要法门，只待读者细细寻味。（雷）

凤姐敛财终败家

《红楼梦》中故事核心是荣国府，荣府内颇有些扑朔迷离之事。比如：荣府内，长子贾赦袭了官，但荣府的正房"荣禧堂"，却不是袭了官的长子贾赦居住，是贾母和次子贾政一家一起居住。有学者就此还提出贾赦不是贾母亲生的说法。也或许因为贾母更喜欢小儿子，愿意和他一起居住，但多少与礼法之序不合。

更奇怪的是，贾赦、贾政兄弟本已分开另过，贾赦的儿子贾琏、媳妇王熙凤却又都到贾政这边来管事。贾琏管外，王熙凤理内，掌管荣府大权。他们"替代"贾政和王夫人，成为实际上的"当家人"。贾琏虽被称为二爷，却无大爷存在，贾赦那边并没有其他儿子可以管家。连平儿都对王熙凤说过："何苦来操这心……依我说，纵在这屋里操上一百分的心，终究咱们是那边屋里去的。没的结些小人仇恨，使人含怨。"（第六十一回）贾琏夫妻在贾政这边管家，表层原因是王夫人长子贾珠故去，不得已才借来他们夫妇俩，而更本质的原因应是王熙凤是王夫人的亲侄女，是可信赖的娘家人。如果贾珠健在，理应贾珠李纨夫妇担此责任，可贾珠死后，王夫人无可依靠，寡媳李纨只能"不管事，只宜清净守节"。（第六十五回）王夫人被迫引来王熙凤夫妻做"外援"。可惜的是，这位王夫人的"外援"凤姐，虽精明强悍，却机关算尽，无法无天，敛财无餍足，从一定程度上加速了荣府的败落。小说第一〇七回有一句话评凤姐是"本是贪得无厌的人”，可做凤姐一生行事的总评。凤姐对钱财的贪欲首先来自于其原生家庭的养成教育。凤姐娘家王家，富可敌国。第四回护官符说王家是“东海缺少白玉床，龙王来请金陵王”，可见王家之富，也见其贪。凤姐也曾亲口说过王府预备接驾一次。“我爷爷单管各国进贡朝贺”，可见王家确实财雄势大。

然金陵王家虽富甲一方，却少有诗书之修养，只以聚敛为好。这与林黛玉的父亲林如海家恰好相反。林家四世为侯，林如海是探花出身，先升兰台寺大夫，后钦点巡盐御史。明清时期盐均是官家垄断经营，巡盐御史一职正是管理盐业的监察官员，权力不小，油水也足。林家称得上是世禄之家，书香之族。贾母让唯一的女儿贾敏嫁到林家，绝对是精挑细选了的。林如海毕竟科第出身，黛玉五岁开始接受诗书礼仪的教育，贾雨村还被其聘为西宾，教授黛玉。黛玉因这种教育，其家虽家财万贯，她对金钱财富却不太感兴趣。与林家相反，金陵王家却只一味追求积累财富，对后世子女诗书教养一块却不太上心。王家之贪婪是有遗传基因的，如凤姐哥哥王仁就是为了弄钱，不择手段，无所不为，甚至贾琏都看不下去，骂其是忘了仁义礼智信的“亡仁”：

> 贾琏道：“你还作梦呢！他一到京，接着舅太爷的首尾就开了一个吊，他怕咱们知道拦他，所以没告诉咱们，弄了好几千银子。后来二舅嗔着他，说他不该一网打尽。他吃不住了，变了个法子，就指着你们二叔的生日撒了个网，想着再弄几个钱，好打点二舅太爷不生气。也不管亲戚朋友冬天夏天的，人家知道不知道，这么丢脸！”（第一一〇回）

王仁除了这种处心积虑地到处弄钱贪钱，还从凤姐那里“不知拿了多少东西”，（第一一四回）与其妹凤姐的贪欲可谓异曲同工。凤姐之贪婪本色与她没有受到传统教育密切相关。她因不大识字，更未读过书，所以头脑里没有儒佛道三家的传统思想，也没有女德的教育。从小满眼都只是荣华富贵金银财宝。所以她唯一的人生价值观就是多捞钱，积累尽量多的个人财富，敛财成了她人生中最大的生命符号。尤氏看透了她这种无止境的贪欲，骂她是“没厌足的小蹄子”，袭人也讽刺她捞钱是“没足厌”。可见“没厌足”最能形象地概括和比喻凤姐那种无休无止的贪欲人生。

凤姐贪婪无度的第二重要因素，是因为她处在财富的支配地位。荣府的生活资源是她分配的，生活秩序也由此确定。“因为生活秩序控制着财富的分配，控制着物质兴趣和观念兴趣的满足。”（哈贝马斯《交往行为理论》）权力带来的心理膨胀和快感更会催生对金钱的攫取欲望。凤姐的管家少奶奶身份，给了她控制生活秩序的权力，而她的物质和观念兴趣都在“钱”上。

凤姐积累财富大致通过两种方式。一是长期渠道紧抓住——放债取利；二是抓住机会搞创收，如水月庵得老尼的三千两银子和攫取黛玉父亲的家私。

放高利贷既是凤姐最大的获利来源，却也是最大的败家之举。因为凤姐放债非一般的放贷，是重利盘剥乡民。第一〇五回西平王对贾政说：“番役呈禀有禁用之物并重利欠票，我们也难掩过。”她做这个勾当几乎贯穿整部小说。而且完全是凤姐背着贾琏悄悄为自己搞钱，帮手主要是陪房心腹来旺夫妇与心腹丫头平儿。小说最早透露出凤姐放高利贷的隐秘之事在第十一回。凤姐当时刚刚从秦可卿那里探病回来，询问家事，平儿便说到来旺媳妇：

> 凤姐儿答应着出来，见过了王夫人，到了家中，平儿将烘的家常的衣服给凤姐儿换了。凤姐儿方坐下，问道：“家里没有什么事么?”平儿方端了茶来，递了过去，说道：“没有什么事。就是那三百银子的利银，旺儿媳妇送进来，我收了。

平儿是凤姐的“总钥匙”，小说中凡高利贷这事皆通过平儿嘴里透露出来。这里的“三百银子的利银”暗示了凤姐暗中的操纵放债。不过此回未透露此项收入的用途和目的。到第十六回书中叙述贾琏回家，凤姐摆酒接风，正自炫耀在宁府的杀伐治理能力时，忽闻外间有人说话。凤姐便问："是谁?""平儿进来回道："姨太太打发了香菱妹子来问我一句话，我已经说了，打发她回去了。"凤姐丝毫不动声色，等贾琏走后，才淡淡地询问平儿何事。平儿遂吐露实情：

这里凤姐乃问平儿："方才姨妈有什么事，巴巴打发了香菱来?"平儿笑道："哪里来的香菱，是我借她暂撒个谎。奶奶说说，旺儿嫂子越发连个承算也没了。"说着，又走至凤姐身边，悄悄说道："奶奶的那利钱银子，迟不送来，早不送来，这会子二爷在家，她却送这个来了。幸亏我在堂屋里撞见，不然时走了来回奶奶，二爷倘或问奶奶是什么利钱，奶奶自然不肯瞒二爷的，少不得照实告诉二爷。我们二爷那脾气，油锅里的钱还要找出来花呢，听见奶奶有了这个体己，他还不放心的花了呢。所以我赶着接了过来，叫我说了她两句，谁知奶奶偏听见了问我，我就撒谎说香菱来了。"

这一场描绘埋伏多层深意：一是凤姐放高利贷取利这件事，对外执行者是来旺夫妇，身边助手是心腹丫头平儿；二是此事是秘密进行的，凤姐不仅瞒着贾政和王夫人，也不愿丈夫贾琏知晓；三是平儿说旺儿嫂子送利钱的时间不好，可见这种"利钱"是每月都要送来给凤姐的，乃是凤姐的固定收益；四是凤姐做这种勾当的原因其实也是所谓"油锅里的钱还要找出来花"，这话看似说贾琏，也点出了凤姐的心思；五是小说在贾琏第一次正式浓墨登场时，就安排了旺儿悄悄送利钱，意在千里伏线，已然埋下后来荣府被凤姐贪婪败家的草灰蛇影。

凭着自己的管家权力和贾母王夫人为靠山，凤姐自己的月钱是从来用不着的。她就到处在外头放高利贷弄钱，赚取利滚利，放得越多。为了追逐最大化的利润，除了用自己的体己私钱外，她的胃口越来越大，开始悄悄挪用荣府每月发放的"公钱"——月钱来赚取自己的财富。这个秘密荣府众人都不知晓，不过平儿却透露了给了袭人，看书中第三十九回所叙：

袭人又叫住问道："这个月的月钱，连老太太和太太还没放呢，是为什么?"平儿见问，忙转身至袭人跟前，见左近无人，因悄悄说道："你快别问，横竖再迟两天就放了。"袭人笑道："这是为什么，唬得你这样？"平儿悄悄告诉她道："这个月的月钱，我们奶奶早已支了，放给人使呢。等别处的利钱收了来，凑齐了才放呢。因为是你，我才告诉你，可不许告诉一个人去。"袭人笑道："难道他还短钱使，还没个足厌？何苦还操这心！"平儿笑道："何曾不是呢。这几年拿着这一项银子，翻出有几百来了。她的公费月例又使不着，十两八两零碎攒了放出去，只她这梯己利钱，一年不到，上千的银子呢！"袭人笑道："拿着我们的钱，你们主子、奴才赚利钱，哄得我们呆等。"

那些佩服凤姐善于治家的读者如果认真品读了这段描写的话，相信都会大失所望的。凤姐当家专宠十年之久，其最大功绩，不过就借着权势捞取自己个人的私利和好处罢了，毫无为全府着想之念。袭人嘲讽其"难道他还短钱，还没个足厌"，最能剖其心肺，盖其贪钱乃为贪而贪，以囤积金钱为生命的满足，且永不满足。故后人评说王熙凤"生于锦绣丛中，其难填之欲壑，不异贫儿"。荣府中的人渐渐对凤姐的勾当，也有所怀疑，悄悄在后面骂其把家财"搬运到娘家去了"。"凤姐将众人的月钱支来放利，迟不给散最为敛怨之媒介。后文力绌失人心，未必不基于此。"（佚名《读红楼梦随笔》）

当家最重要的有两点，首先是善于理财，其次是能让上上下下和谐相处。而凤姐治家，却有一条核心铁律——贪污自肥。而且是大贪特贪，永不满足。作者写《红楼梦》很善于运用太史公的互见法。重彩描写凤姐协理宁国府的杀伐果断，奉承贾母时的口齿伶俐机智聪颖。但常在看似一些不经意的叙述中，慢慢揭出凤姐表面光辉背后的贪婪核心。知道凤姐这种阴暗勾当的只有来旺夫妇和平儿。来旺夫妇有好处收，当然决不会吐露半个字。可是平儿不一样，她虽然也很忠于凤姐，但凤姐为人异常铿吝，她是得不到多少好处的。尽管平儿对金钱是毫不在意，但对凤姐如此贪婪之品性，未免不存一点鄙夷之心。她将高利贷事告诉袭人，一来袭人已是宝玉爱妾又为王夫人所宠，她大概希望能传点风声，约束一下凤姐的疯狂放债之举。另一方面，平儿也是想把凤姐的阴事适当暴露点出来。这段描写异常重要，平儿将凤姐背地里的捞钱之法一一道出：伙同旺儿夫妇，是先拿体己的月钱出去放债，后来还嫌少，就把府中的所有月例都拿出去放债，翻出几百来。凤姐一年所得，“上千的银子”。

通过这种巧取豪夺的放债取利，多少人家因还不了高利贷的债而倾家荡产，凤姐因此又得到很多的房产抵押和契据。后来抄家时就查出“两箱房地契”，可见凤姐重利盘剥的时间之久。为了多赚利钱，她常常拖欠府中月钱累月不发，而放债榨取所得的，却一分都不能少。她对旺儿媳妇说：“说给你男人，外头所有的账，一概赶今年年底下收了进来，少一个钱我也不依的。”（第七十二回）凤姐这种对金钱的无止境的贪欲，宁府的菩萨奶奶尤氏看不下去，曾好心劝其收手：“你收着些儿。太满了就泼出去了。”（第四十三回）可凤姐不懂这水满则溢之理，哪里肯收手。

在凤姐这种大权独掌而营私自肥的管理下，荣府被管得越来越穷，她自己却是越来越富。凤姐还曾假言对旺儿媳妇哭穷：

> 我也是一场痴心白使了。我真个的还等钱作什么，不过为的是日用，出的多，进的少。这屋里有的没的，我和你姑爷一月的月钱，再连上四个丫头的月钱，通共一二十两银子，还不够三五天的使用呢。若不是我千凑万挪的，早不知道到什么破窑里去了。如今倒落了一个放账破落户的名儿。（第七十二回）

凤姐勾结心腹来旺夫妇，不为荣府整体利益谋划，却为一己之私，到处悄悄地放债，疯狂取利。不仅瞒住贾政和王夫人，丈夫贾琏也被蒙在鼓里，直到贾府被抄，才暴露出来。她是从不把荣府的安危放在心上，只要自己有积累的财富就行。可覆巢之下岂有卵存。荣府被抄，她凤姐的私产也随之荡然无存。李劼说她像《飘》中的斯嘉丽小姐（《历史文化的全息图像：论红楼梦》）。然而李氏只看到了两人表面的“才干”、“个性”、“自私”等相同点，却没有注意到斯嘉丽的不择手段都是为桃乐庄园的振兴而努力奋斗，而凤姐却从来没有为振兴家族而努力过。她完全只是为了构筑个人的安乐窝而大肆营私捞钱。而且斯嘉丽也没有像凤姐那样为了钱，干下很多伤天害理之事。

凤姐敛财除靠放债长期稳定取利外，还会抓住一切机会搞创收，创收方式之一就是以荣府势力包揽诉讼捞取好处，最典型者莫过于水月庵事件。为了贪图三千两银子，顺便显示下自己的权势和手段，与老尼静虚活活拆散并害死了张金哥。书中载：

> 凤姐听了这话，便发了兴头，说道："你是素日知道我的，从来不信什么是阴司地狱报应的，凭是什么事，我说要行就行。你叫他拿三千两银子来，我就替他出这口气。"

她捞了这笔钱，却又马上虚伪地说自己"不过是打发小厮做盘缠，是他赚几个辛苦钱，我一个钱也不要他的"。第六十八回为了整死尤二姐派旺儿唆使张华打官司，前后花了三百二十两银子。大闹宁国府时还不忘敲了尤氏一笔，最后尤氏和贾蓉只得乖乖地送上五百两银子补偿了事。凤姐是完全不相信佛家因果这些事，说"不信什么是阴司地狱报应"的话语，这话，恐怕不具备所谓的"反封建"意义。

水月庵弄钱，害死了张金哥一对有情有义鸳鸯后，"自此凤姐胆识愈壮，以后有了这样的事，便恣意的作为起来"（第十六回）。水月庵事件是凤姐贪婪的典型，非常重要。清人说得好：

> 凤姐一生舞弊作孽不可胜言。若逐事细说嫌于杂冗烦琐，若一概不叙又似虚枉。故就铁槛寺弄权及后文尤二姐事最恶最险者细写原委，以包括诸恶。（《红楼梦评赞》）

对外凤姐借助荣府权势搞创收，对内则借助自己的管理权和人事权捞回扣。荣府中族人子弟要找点事做，都要向她夫妻二人送礼讨好。如元妃省亲前后下姑苏采办优伶的贾蔷和负责管理尼姑道士的贾芹的差事都是从凤姐手中"购得"。大观园的不少后续工程的决定权都在凤姐儿那里，贾芸为能进园里得点事做，不得已从倪二处借了十五两银子的高利贷，买了香料去奉承凤姐，还被凤姐讥讽为什么不一开始就来求她。

除了这些，贾琏和凤姐还是私吞林家财富的嫌疑人。林家在林如海去世后，财产是贾琏去办理的。这笔巨大的财富应该皆为荣府所得。如海死后，贾琏以总管家之职奉命去处理林家一切后事。如海当过巡盐御史，因这个肥缺，应颇有些家资。林家没有直系子嗣，黛玉尚年少，无法处理这笔财富，故临终托给贾母照管，实则为荣府所得。有学者认为林家财产实为林家族亲叔伯所得，并指出这是宗法制的习俗。然而任何习俗其实都是有特例的，小说第二回就交代得很清楚了。“只可惜这林家支庶不盛，子孙有限，虽有几门，却与如海俱是堂族而已，没甚亲支嫡派的。”由“支庶”等关键词可知如海是林家独苗，黛玉没有叔叔伯伯，堂兄妹这类亲戚。因此，如海一死，其巨大财富只能交由外戚贾府来处理了。这也是贾母专门派贾琏去的深意。因为贾琏是一个“善机变言谈”荣府管家。黛玉孤身入贾府，凤姐却是时刻留心林家这笔财富的。

贾母应该是知道这笔财产的，但因其年事已高，主要还是由贾政处理。可贾政夫妇又不理俗务，这笔钱的真正支配权就被贾琏夫妇操纵了。按照一些学者的估计，元春省亲造别墅的费用很多是出自这笔巨资。省亲之后，大概这笔钱还有不少，凤姐曾盘算过如何永久占有它。所以那段时间，她有意向黛玉示好，如第二十四回她特地给黛玉送“上用新茶”。第二十五回凤姐以玩笑的方式逗黛玉嫁到荣府，无意间泄露获得了林家一大笔财富的喜悦：

> 凤姐笑道：“你别作梦！你给我们家做了媳妇，少什么？”便指宝道：“你瞧瞧，人物儿、门第配不上，根基配不上，家私配不上？哪一点还玷辱了谁呢？”

有批书者揣摩此节云：“凤以吃茶为妇戏谑黛玉，时而言及家当配得上，疑凤姐心中必有确知其富有之处，故曰配。后抄去七八万金私蓄中有林家故物耶?”（芦月草舍居士《红楼梦偶说》）这种猜想是有一定根据的。不过凤姐儿此处的话语毕竟较含蓄，林家这笔财富书中没明说，黛玉也未提及过，林家财富下落始终成谜。不过，第七十二回夏太监来打秋风要钱时，贾琏的抱怨确实透露了一点蛛丝马迹：

昨儿周太监来，张口一千两。我略应慢了些，他就不自在。将来得罪人之处不少。这会子再发个三二百万的财就好了。

这“再发个三二百万”颇有意味，读者要特别注意这个“再”字。显然，凤姐夫妇已经发了一次“三二百万的”横财的。这笔横财应该就是林家的财产，因为在这期间贾府没有任何意外之喜。而且林家的财富总数大概在三二百万两银子左右。但是这三二百万两为何很快就用完了呢？应该是由于这几项用途导致。一是荣府日常的庞大开销用了，荣府族人众多，日用累金，但一直是进少出多。二是应付宫内的大太监和王公贵族这些打秋风的有借无还的主。这笔开销颇大，因为这些人狮子大开口，都是千两以上的借去。三是应付元妃省亲和大观园的建造，用了不少。四是很大部分钱肯定被凤姐悄悄挪用去放债取利了。所谓本金越多，利息当然就越多，所以后来东窗事发时，凤姐竟然积累了私人金库体己不下八九万两的金子。这是一笔巨大的财富，要知道因为荣宁二府靠农庄的年收入也就六七万两，而史老太君贾母从做媳妇起在荣府六十年，积攒的个人体己也只有二万多两银子（第一〇七回）。难怪二知道人斥其为“刻薄盗臣”，（《红楼梦说梦》，《红楼梦资料汇编》）确非虚言。

凤姐没有受过传统家庭的诗书礼仪的教育，却凭着天赋异禀，聪明伶俐，成为荣府的当家人物。冷子兴赞赏她“心机又极深细”；李纨说她是个“水晶心肝玻璃人”。凤姐把这种难得的“心机”和“水晶玻璃”般的聪明才智用在了两个地方，一是百般讨好奉承贾母和王夫人，以保住其权势；另一方面就是大肆敛财，无所不用其极。只可惜凤姐的这种天赋没用在正途上，在为自己积累了巨额财富的同时，也将自己与贾府大厦推到了崩塌的不归路上了。（张）

贾府被抄与清代抄家文化

贾府被抄，是贾府由盛转衰的一个节点。对于贾府被抄，其实《红楼梦》早有暗示，无论是判词、谶诗的隐射，还有甄士隐家的败落，秦可卿之死，抄检大观园等内容都可看出。例如抄检大观园时，查抄到探春房里时，探春由于性子火爆，怒骂道：

> 你们别忙，自然连你们抄的日子有呢！你们今日早起不曾议论甄家，自己家里好好的抄家，果然今日真抄了。咱们也渐渐的来了，可知这样大族人家，若从外头杀来，一时是杀不死的，这是古人曾说的“百足之虫，死而不僵”，必须先从家里自杀自灭起来，才能一败涂地！

至于贾府为什么被抄？其实客观原因是因为贾元春之死，贾府至此失去了一大靠山；直接原因是由于贾府子孙腐朽败落，以及犯下的诸多罪过被政敌弹劾。

贾府被抄得突然，连贾政都不知道发生了什么被抄，所以可见贾政平时对家族事物了解甚少。还是从薛蝌口中才知道犯了些什么罪。薛蝌道：

> 今朝为我哥哥打听决罪的事，在衙内闻得，有两位御史风闻得珍大爷引诱世家子弟赌博，这款还轻，还有一大款是强占良民妻女为妾，因其女不从，凌逼致死。那御史恐怕不准，还将咱们家的鲍二拿去，又还拉出一个姓张的来。只怕连都察院都有不是，为的是姓张的曾告过的。

关于贾珍所犯罪责从小说中总结起来主要有以下几条：

一、引诱世家子弟赌博，这其实不是什么重罪，只能说是治家风气不严，但古代御史都有监察百官之责，所有官员的品行问题是可以治罪的。

二、强占良民妻女为妾，将人逼凌致死。这条就要重许多了，奸淫本已是重罪，更何况还惹出人命官司。贾珍的奸淫本性在贾府已经是一个公开的秘密，所以他背上这条罪责，实在情理之中。但这里被贾珍逼迫的女子，其实就是尤二姐，尤二姐原本是指腹为婚给张华，但被贾珍、贾琏用计，才让贾琏得以纳尤二姐为妾。

三、尤三姐自刎，私自掩埋并未报官。这一条也是贾珍被参的主要原因。说他“身系世袭职员，罔知法纪，私埋人命，本应重治”。

从贾珍所犯之罪过来看，引诱赌博、私埋人命都确有其事，但诱娶尤二姐的是贾琏，害死尤二姐的始作俑者是王熙凤，把这条人命官司算在贾珍头上，显然不对。之所以会这样，这恐怕就和贾珍平时自大蛮横，树敌太多脱不了干系，又加上政敌的弹劾，自然就在皇帝盛怒之下被惩处了。

关于贾赦的罪责就比贾珍重得多了。总结起来其实也就两条：

一、交通外官。这是一个很重的罪名。古代官员在朝的就是京官，地方任职的就是外官。帝王最厌恶的就是大臣之间结党营私，相互勾连。而贾赦结交的这个外官还是“平安州节度使”，虽然《红楼梦》有意隐去时代背景，所用官职也都是前朝或古代官职。节度使乃是隋唐官职，在古代就是封疆大吏，相当于今天的地方军区司令。贾赦作为世系荣国公、承袭一等将军爵位，结交封疆大吏，这显然会是君王的一大禁忌。而且贾赦多次派贾琏去平安州办差，其实就是在和地方官员私相勾结。但后来也查明，贾赦和平安州节度使往来只是姻亲私事，不涉及官家公事。

二、恃强凌弱。这条罪状相比前一条就没那么严重了。说的是贾赦觊觎一个叫石呆子的人收藏的古玩扇子，石呆子不肯卖，贾赦借由贾雨村之手胡乱诬陷了一个拖欠官银的罪名把他家的扇子全部抄来送给贾赦而且把石呆子惩治的不知死活。

对于贾珍最后的惩罚是“革去世职，派往海疆效力赎罪”；贾赦最后的处罚是“发往台站效力赎罪”，也就是将两人革职查办，发往边关服役。

从二人所犯罪过来看，得到这样的惩处也是合理的。但配合上抄家，就有点雷声大雨点小的嫌疑了。所以也有很多学者提出贾府被抄，实际上与贾珍、贾赦无关，是隐含了政治立场的问题，因为在政治上站错队，从而被惩处。当然这种猜测可以作为贾府被抄的一种原因解读，但需要长期、大量的资料、依据来支持。

抄家，是列朝列代都有的一种刑罚，但它通常是作为附加惩罚而存在，例如官员犯上作乱，有的会被判斩首，严重的被判凌迟，家族成员也会被连坐，要么流放，要么充作奴婢，最后家产也就随之被抄没。历来被抄家的官员都是犯了极其严厉的过错，才会伴随前罪得到这样的惩罚。

首当其中被抄家的罪行主要是威胁皇权，或政治上站错队伍。例如张居正死后被抄家，被万历皇帝冠以“专权乱政，罔上负恩，谋国不忠”的罪名。张居正以相权压制了皇权，这是专制王朝历来大忌，被抄家也就情理之中。这是一种情况，功高震主且惹得帝王厌恶。再比如雍正处罚年羹尧，不仅赐其自尽，其子年富被斩首，十五岁以上诸子都流放戍边，亲属俱披甲为奴，最后抄家灭族。而清朝最出名的抄家案，当数和珅莫属。嘉庆四年（1799）正月初八，嘉庆皇帝下谕宣布，将和珅革职查办，抄没家产。对此事还有“和珅跌倒，嘉庆吃饱”的谚语在民间广为流传。

再如，一些抄家是因为官员的财务亏空，借所抄没之财弥补亏空。虽然和珅是巨贪不假，抄没的巨额财产用于充实国库，但嘉庆皇帝之所以迫不及待的处置他还是从皇权利益角度出发的，所以不算在此类里面。而因为财务问题被抄家的有两则比较著名，那就是和《红楼梦》有千丝万缕的曹家、李家。曹寅任职江宁织造时，康熙六次南巡，曹家便四次接驾，每次接驾的都要扩建行宫、花园，甚至开挖河道供皇帝的游船出入，吃穿用度一应花费已经远远超出了曹家的承受能力。曹頫在上书康熙皇帝的奏折提到：“窃奴才父寅去年身故，荷蒙万岁天高地厚洪恩，怜念奴才母子孤寡无依，钱粮补欠未完，特命李煦代任两淮盐差一年，将所得银共五十八万六千两，所有织造各项钱粮及代商完欠，李煦与奴才眼见具已解补清完，共五十四万九千六百余两。”这些亏空是当时的曹家根本无力偿还的。康熙在位时尚且还可以为曹家遮掩、拖延，但雍正继位，极力整顿吏治，曹家的亏空自然就被作为问罪把柄。当然学术界至今对曹家被抄一事，仍然持有争议，但曹家亏空巨大是毋庸置疑的事实。

还有一种就是，政治意识形态与帝王相违背。当然这类情况比较复杂，有因为改朝换代，新帝继位，一朝天子一朝臣导致的。清政府由于出身满族，所以大兴文字狱，康雍乾三朝文字狱尤其严重，所以也有被文字狱牵连抄家的。雍正时期影响甚广的“吕留良案”就是如此。雍正六年(1728)，吕留良的弟子曾静，令门人张熙致信川陕总督岳钟琪，劝说岳钟琪效法岳飞，驱除鞑虏反清复明。可是岳钟琪假装同意，骗出口供，反过来抓捕曾、张二人，案子审结还将吕留良、吕葆中父子开棺戮尸、枭首示众，吕留良九子吕毅中被判斩立决，子孙被流放宁古塔给披甲人为奴，家产悉数抄没。

在清代还有一件格外有趣的抄家案例，就是此人被抄了两次。这个人就是乾隆时期的大臣李侍尧，这李侍尧出身仕宦之家，自己官做得也很大，乾隆二十一年被就做到了户部侍郎、两广总督，并加太子太保。晚年还曾出征台湾，得以入列“紫光阁平台湾二十功臣”。就是这样一个重臣，在乾隆四十五年，被云南粮储道海宁上奏其贪纵营私的罪状，后来乾隆皇帝派和珅审理此案，案子审结乾隆下诏将其罢免，逮捕回京师。本来要判斩立决，但乾隆一时心软就判了斩监候，并抄了他家。后来他在甘肃治理回乱有功，又被重用，可乾隆四十九年他先是在两广总督任上被广东盐商谭达元揭发贪赃敛财，随后在甘肃督军时被福康安上奏玩忽职守的罪状，本来要判斩立决，乾隆皇帝又赦免为斩监候并抄家。

当然对于抄家的标准，历来都没有明确规定。《明史·吕坤传》中就有对抄家的残酷描述：“自抄没法重，株连数多。坐以转寄，则并籍家资。诬以多赃，则互连亲识。宅一封而鸡豚大半饿死，人一出则亲戚不敢藏留。加以官吏法严，兵番搜苦，少年妇女，亦令解衣。”当然虽有执法过激的情况，但这是和所犯行的严重程度相关联的。对于一些犯罪情节较轻的官员，皇帝也都会网开一面。例如乾隆时期的直隶总督杨景素，被两江总督弹劾操守不谨，并发官兵得赃纵盗状；接着又被福康安弹劾贪污受贿六万余两，最后乾隆皇帝将他贬到伊犁戍边，并抄没家产，但乾隆皇帝并没有将其赶尽杀绝，抄家之后又下旨“着加恩将杨家产拨给三四万两俾资养赡”，如果将清代的白银与粮食等价兑换，三四万两也就相当于今天的几百万元。乾隆能给杨景素留下三四万两的安家费实在算是“皇恩浩荡”了。

再如曹雪芹家族虽然被抄，但家族子孙却没有被惩罚牵连，并且雍正皇帝也并不想赶尽杀绝，虽没收了曹氏家产，但还是对曹頫“恩谕少留房产以资养赡”。如若像前文中提到的那些严重处罚，曹家子孙为奴的为奴，为婢的为婢，关押的关押，流放的流放，恐怕《红楼梦》也难以问世了。从这几个案例可见清代的抄家不仅和所犯罪责有关，更和皇帝个人的喜好相关联。　（雷）

贾政父子的生命疏离及其人生悲剧

“角色”这个词，是指一个人在社会交往中所应保持的某种身分特性。由于在现实生活中，每个人都是在多维的、多层次的关系网中生活，在不同的场合中，每个人都扮演着不同的角色。当一个人出现在某个场合时，别人就会对他抱有某种具体的角色期待，期待他按照角色规范的要求行事，说符合角色身分的话。每个人都会在生活中扮演各类角色——父亲、儿子、情人、老师等等，有人能够在各类角色中转换自如，有人却应付不来，不但无法成为别人眼中满意的角色扮演者，甚至无法满足自己内心对自己的角色要求，成为生活中的失败者。

《红楼梦》中贾政与贾宝玉父子是作者着力刻画的一对父子。贾政正经，有使命感，端正方直。宝玉来历不凡，对女儿们深情体贴，他们都有别于贾府中的贾敬、贾珍、贾琏、贾蓉等“皮肤滥淫”的蠢物，但他们父子之间却是疏离的，互相不能认同的。贾政对宝玉是期望过高却又粗暴教育，宝玉对贾政是拼命躲避，彻底逃离，无法相互理解与沟通，终以悲剧告终。

一、无能又无奈的贾政

（一）贾政的严父角色是中国传统父亲角色的习惯定位。

在中国封建家长制的家庭中，父亲的形象总是刻意以刚性形象展现。“敬父莫如子”、“君要臣死，臣不得不死；父要子亡，子不得不亡”等教条，就充分体现了封建礼教对父性的推崇，父亲们总是试图将自己的价值观强加在孩子身上，传统观念中的“钢铁男人”、“大男人”、“严父慈母”等角色定位使得父亲们大多自觉不自觉地变得刻板、教条、严肃而威严，甚至严酷与专横。

贾政是十八世纪的封建家长，在以理杀人的程朱理学仍主宰着人们的思想言行的背景下，君臣、父子、男女、尊卑、长幼变成了绝对的隶从和相尊的关系。贾政作为当时封建王朝正统派的官僚，身处在这个被儒家文化的伦理道德观念所涵盖的社会之中，他的角色行为必然会打上那个时代的烙印。

按照正统思想的要求，贾政必须是严父，他的亲情只能为封建纲常所替代。元春好不容易回家省亲，但做父亲的贾政连见亲生女儿一面都不可能。有话也必须像臣子对皇帝那样启奏，而且只能一个在帘外，一个在帘内。贾政尽管正统，但在向元妃启奏时也是眼中含泪，在喜庆中伴随的却是骨肉不能接近的痛苦。滔天富贵背后却是个性自由和骨肉亲情的丧失，这也就不难理解贾政为什么总是对宝玉那无法理解与宽容、动辄斥骂的原因了。

（二）贾政的家族核心管理者的角色是被迫的，最后成了“虚摆设”。

在宁、荣两府贾氏大家族中，宁国公居长，因此在辈分上，应以贾敬为尊。但贾敬一心求道修炼，不与家人来往，将世袭爵位让给了儿子贾珍，加上荣国公遗孀贾母还健在，使得荣府成了贾氏家族的中心。在荣国府中，贾赦居长，并世袭了官爵，因而贾政应以兄长贾赦为尊。然而贾母偏疼小儿子，跟贾政在一起生活，而且贾政子孙众多，嫡庶共出了三子二女一孙，长女元春还入选凤藻宫，加封贤德妃，是整个贾氏家族的荣耀。二子宝玉衔玉而诞，来历不凡，且面貌酷肖贾母的丈夫贾代善，成了贾母的心尖子。众多外因使得贾政在家族中的地位陡然升高，被架到了贾家的“舞台”中心。不仅荣府声势超过宁府，就是兄长贾赦在贾政面前也显得矮了三分。但这些是外在因素使然，并非贾政的才能所致。所以在管理家政时，贾赦并不合作，贾珍等子侄辈也不配合，贾政在贾家实际是有名无实的“虚摆设”。在内被王夫人、王熙凤架空，在外被贾赦、贾珍等刻意忽视。“虽则贾政训子有方，治家有法，一则族大人多，照管不到这些；二则现任族长乃是贾珍，彼乃宁府长孙，又现袭职，凡族中事，自有他掌管；三则公私冗杂，且素性潇洒，不以俗务为要，每公暇之时，不过看书着棋而已，馀事多不介意。”（第四回）贾政对家事是时时挂怀的。如贾珍要用薛蟠提供的“纹若槟榔，味若檀麝”的高级樯木给秦氏入殓，贾政就劝告他：“此物恐非常人可享者，殓以上等杉木也就是了。”（第十三回）可惜贾珍不听。小说第七十九回贾赦作主将女儿迎春嫁给“中山狼”孙绍祖时，贾母虽然心中“不十分称意”，但因为是迎春的亲父主张，“何必出头多事”，便放手不管。而贾政却“深恶孙家”，“因此倒劝谏过两次”。如果贾赦能听贾政一句话，迎春也不至于“金闺花柳质，一载赴黄粱”了。荣国府里的坏事，譬如抄检大观园、撵晴雯、放高利贷、讹人家的古扇等，都和贾政没有什么关系；金哥、鲍二家的、尤二姐等人之死，也都与贾政无关。可见，贾政虽是一个正直的、有善恶标准的人，可惜手里没实权，身边的几个清客詹光（沾光）、单聘仁（善骗人）之流又都是些无能之辈，他欣赏的贾雨村也是个见利忘义的小人。因此，做不得主的贾政只好假装潇洒，无奈放权，成了“虚摆设”，贾政——假管正事尔。

（三）贾政把自己定位为贾宝玉的改造者，却无力教子。

贾政的堂兄贾敬是终日只晓得炼丹求道，不问世事，“只在都中城外和那些道士们胡羼”，（第二回）最终“吞金服砂，烧胀而殁”。（第六十三回）其兄长贾赦袭着官，“如今上了年纪”，依然“左一个小老婆右一个小老婆放在屋里”。（第四十六回）贾敬之子，现任族长贾珍，“只一味的高乐不了”，把“宁国府竟翻了过来，也没有人敢来管他”，（第二回）和儿媳秦可卿有“爬灰”之实，和儿子贾蓉“素有聚麀之诮”。（第六十四回）子侄辈的贾蓉和贾琏等人也都和贾珍、贾赦一样都是“皮肤滥淫”的蠢物。贾家男人的堕落与不堪让素以“继业”为己任的贾政感到了家族的使命感，他也是贾府中唯一早早感受到盛世悲音的人，在第二十二回“制灯谜贾政悲谶语”中，贾政已有了大厦将倾的危机感，并“翻来覆去竟难成寐，不由伤悲感慨”。加上贾政的长子贾珠早逝，三儿子贾环又猥琐不堪大任。二儿子贾宝玉衔玉而诞，给整个家族注入了强心剂，也使贾政骤然感到自己肩上的重任，对宝玉的期待也骤然加重。所以在诸事上无奈的贾政在教育宝玉之事上用力最深，用情最切，可宝玉却让贾政大失所望。一岁抓周时“将那世上所有之物摆了无数与他抓取。谁知他一概不取，伸手只把那些脂粉钗环抓来。政老爹便大怒了，说：‘将来酒色之徒耳！’因此便大不喜悦。”（第二回）贾政的“怒”暴露了内心的焦躁和对宝玉成长为合格继承人的强烈期待。为了扶正这棵幼苗，贾政板起面孔，开始诉诸暴力——言语暴力与身体暴力。对宝玉动辄呵斥、嘲讽、谩骂。当宝玉把“上学”的决定禀报他时，贾政竟冷笑道：“你如果再提上学两个字，连我也羞死了。依我的话，你竟顽你的去是正理。仔细站脏了我的地，靠脏了我的门！”（第九回）贾政挂在嘴边的常是“作孽的畜牲”、“无知的孽障”、“叉出去”等语。使得宝玉一见贾政，便如“避猫鼠儿一般”，一听到贾政叫唤，心中就“不觉打了个焦雷”，父子见面成了宝玉最痛苦的事，父子亲情彻底断绝。在第十

七、十八回“大观园试才题对额”一回中，因宝玉的“歪才”，贾政在众人面前大有面子，是全书中贾政笑得最多，最开心的一回。但贾政还是不忘“冷笑”、“喝道”、“断喝”（各一次）。可见，贾政已过分偏爱自己严父的角色，不能自拔了。第十九回“情切切良宵花解语”中，袭人劝宝玉：“你真喜读书也罢，不喜也罢，只是在老爷跟前或在别人跟前，你别只管批驳诮谤，只做出个喜读书的样子来，也教老爷少生些气，在人前也好说嘴。他心里想着，我家代代读书，只从有了你，不承望你不喜读书，已经在他心里又气又愧了。而且背前背后乱说那些混话，凡读书上进的人，你就起个名叫做‘禄蠹’；又说只除‘明明德’外无书，都是前人自己不能解圣人之书，便另出主意，混编纂出来的。这些话，怎么怨得老爷不气，不时时打你？教别人怎么想你！”善解人意的袭人把父子两人的矛盾看得清清楚楚：宝玉的不读书上进，诽谤圣贤书，让贾政的期待落空，所以又急又恼，时时敲打宝玉，第三十三回的宝玉挨打使父子的矛盾升到了顶点。琪官儿事件与金钏儿事件对贾政的毁灭性打击，对宝玉失望已极的贾政丧失了理性，将“上辱先人”，并“祸及于我”的宝玉一顿暴打。可挨打后宝玉却说：“就便是为这些人死了，也是情愿的！”（第三四十回）完全体会不到贾政的一片苦心。之后的宝玉未见收敛，反变本加厉，在贾母的庇护下更加懒于读书上进，还学会了与父亲智斗：在赵姨娘房中安插了“密探”小鹊；晴雯还敢谎报军情，谎称有人从墙头跳下、吓病了宝玉等（第七十三回）。这场父子之间的尖锐的矛盾冲突，以贾政的彻底失败告终。第三十七回贾政外放出京做学差后，就彻底退出了贾家的政治中心。再次回京后的贾政，从七十一回开始到七十八回贾宝玉完成《姽婳词》，无能也无奈的贾政已对贾宝玉的生存状态开始被迫认同、妥协了。这种妥协既是“年迈，名利大灰”的老年贾政的真实心理写照，也是对自己无能教子角色的默认。

一、被迫叛逆的宝玉

（一）特殊教育环境造就了贾宝玉特殊的性别角色意识。

因长相酷似祖父，加上衔玉而诞，贾家老祖宗贾母对他另眼相看，自小放在身边养育，宠溺有加。且“自幼姊妹丛中长大，亲姊妹有元春、探春，伯叔的迎春、惜春，亲戚中又有史湘云、林黛玉、薛宝钗等诸人。他便料定，原来天生人为万物之灵，凡山川日月之精华，只钟于女儿，须眉男子不过是些渣滓浊沫而已。因有这个呆念在心，把一切男子都看成混沌浊物，可有可无……弟兄之间不过尽其大概的情理就罢了，并不想自己是丈夫，须要为子弟之表率。”（第二十回）

贾母的保护和母亲王夫人、皇妃姐姐元春的宠爱，使得宝玉自小就生活在众多女性织就的保护网下，满眼看到的都是钟灵毓秀、天真烂漫的女儿们。在女儿们的比衬下，贾府那些男人形象更加不堪，令宝玉对男性心生厌恶，彻底失望，也完成了对女性形象的认同，成了个“女性的男人”。他厌倦男人们追求的仕途经济，称之为“禄蠹”，厌倦自己的性别，对女儿们深情体贴，从形象到心理都在向他欣赏的女儿们看齐。他有着女儿般的外表：“鬓若刀裁，眉如墨画，面如桃瓣，目若秋波。”（第三回）他也有着细腻的、能与女子们充分共情的内心世界。三十三回中被贾政痛打，已“昏昏默默”的宝玉，看到黛玉为自己流泪时还不忘说：“你又做什么跑来！虽说太阳落下去，那地上的余热未散，走两趟又要受了暑。我虽捱了打，并不觉疼痛。我这个样儿，只妆出来哄他们，好在外头布散给老爷听，其实是假的，你不可认真。”第四十四回中，平儿受连累被打，宝玉有了为平儿理妆的机会后有段心理描写，“宝玉因自来未在平儿前尽过心……深为恨怨……竟得在平儿面前稍尽片心，亦今生意中不想之乐也……心内怡然自得。……又思平儿并无父母兄弟姐妹，独自一人，供应贾琏夫妇两人……今儿还遭荼毒，想来此人薄命，比黛玉犹甚。想到此间，便又伤感起来，不觉潸然泪下”。得不到为平儿服务的机会就“深为恨怨”，得到服务的机会就“怡然自得”，想到平儿的不幸就“潸然泪下”。宝玉的全部心神都在女儿们身上，全然忘我地扮演着女儿们的侍者角色。宝玉舍不得散，又知不得不散。第十九回他发表了那一段著名的表白：“只求你们看着我，守着我，等我有一日化成了飞灰——飞灰还是不好，灰还有形有迹，还有知识——等我化成一股轻烟，风一吹便散了的时候……那时凭我去，我也凭着你们爱到哪里去就去了。”到了第三十六回，宝玉还进一步说：“比如我此时果有造化……趁你们在，我就死了，再能够你们哭我的眼泪流成大河，把我的尸首漂起来，送到那鸦雀不到的幽僻之处，随风化了，自此再不要托生为人，就是我死的得时了。”

宝玉的情痴状态在世人的眼里成了“怪物”，即使疼爱他的母亲王夫人都称之为“孽胎祸根”、“混世魔王”、“疯疯傻傻”（第三回）；连袭人都认为他“性情乖僻”，（第三回）有时索性在背后叫他“呆子”、“傻子”（第五十七回）。对众人的非议，宝玉却不以为然，自觉自愿地成了贾府的异类。

（二）宝玉刻意逃避自己的男性角色定位，变成了一个“小废物”。

贾府男人们的不堪使宝玉心中的男人形象彻底坍塌；贾政的暴力教子，不但使父子之间丧失了起码的亲情，也切断了宝玉对男性世界的最后一丝留恋，促使宝玉决然地滑向清静女儿世界，龟缩在女儿国里再也不愿走出来，对做为贾府继承人的使命完全不感兴趣，每日浑浑噩噩地过着寄生虫的生活。三十三回挨打后，宝玉就“日日只在园中游卧……却每每甘心为诸丫鬟充役，竟也得十分消闲岁月。”（三十六回）贾政外放离京后，宝玉更是“每日在园中任意纵性的旷荡，真把光阴虚度，岁月空添”。（第三十七回）不愿听到谁提起仕途经济之事，对向他规谏的女子——宝钗、湘云等人皆冷语相向，“独有林黛玉自幼不曾劝他去立身扬名等语，所以深敬黛玉”。（第三十六回）“林姑娘从来说过这些混账话不曾？若他也说过这些混账话，我早和他生分了！”（第三十二回）这两句话里宝玉把宝钗、湘云和黛玉放在一起作了比较，也做了爱情的选择。宝玉甚至愿意别人将他比作女儿。如写宁府为秦可卿出殡时：“凤姐儿因记挂着宝玉……惟恐有个闪失，难见贾母，因此便命小厮来唤他……凤姐笑道：‘好兄弟，你是个尊贵人，女孩儿一样的人品，别学他们猴在马上。下来，咱们姐儿两个坐车，岂不好？’宝玉听说，忙下了马，爬入凤姐车上，两人说笑前来。”（第十五回）可见，宝玉挺受用“女孩儿一样的人品”的评价，正如脂评说：“非此一句宝玉必不依，阿凤好才情。”这对宝玉心理的分析，可谓准确。

宝玉恨不能化身为女儿的心理实际上是对现男性角色的一种逃避。不认同男人，不认同男人们的价值观，就不必像其他男人一样去追求仕途经济，从而逃离父亲，逃离污浊的男性世界，逃离男性应承担的责任与义务，躲在女性世界里自我麻醉。在这种心理诉求下，宝玉也彻底成了一个小废物。对国家，对家族，对他爱恋的女子，都是无用的。他不能劳动，不能持家，不能创业亦不能守业；对自己爱恋的女子，也不能保护，不能争取，任由她们凄惨地死去，成了贾府的“局外人”。至第六十二回，甚至不问俗事的林黛玉都为家族的命运担心。她对宝玉说：“心里每常闲了，替他们一算，出的多进的少，如今若不省俭，必致后手不接。”宝玉笑道：“凭他怎么后手不接，也短不了咱们两个人的。”完全是一副局外人的心态。

第三回有《西江月》两阕词就是对宝玉生存状态的确评：

无故寻仇觅恨，有时似傻如狂。纵然生得好皮囊，腹内原来草莽。潦倒不通世务，愚顽怕读文章。行为偏僻性乖张，哪管世人诽谤。

富贵不知乐业，贫穷难耐凄凉。可怜辜负好韶光，于国于家无望。天下无能第一，古今不肖无双。寄言纨绔与膏粱，莫效此儿形状。

但现实终究是残酷的，无人承担继业的贾府最终坍塌，多情而无用的寄生虫宝玉最后只能眼睁睁地看着女儿们死的死，散的散，连挚爱的黛玉也无力保全，连忠心的袭人也得嫁与他人。实在退无可退了，宝玉就悬崖撒手，做个彻底的逃避。

贾政、贾宝玉父子本是贾府中相对出色的男人，一个为维护好贾氏基业，兢兢业业；一个天资灵秀，来历不凡。可父子俩都无力扮演好自己的角色，最后既无力满足别人的角色期望，也无力满足自己的期望。贾政最终是：“忠臣未做成，严父没当好，家长不治家，孝子未尽孝。”而宝玉虽聪明灵秀，但最后仍在父兄的影响下成长为一个“不肖无双”，“于国于家无望”的废物。父子俩都无力为贾家的家族大业添砖加瓦，成了一代不如一代的贾家不肖子孙中的一员。想到《红楼梦》凡开篇以“作者自云”的名义说：“……当此日，欲将已往所赖：上赖天恩，下承祖德，锦衣纨绔之时，饫甘餍美之日，背父母教育之恩，负师兄规训之德，以致今日一事无成，半生潦倒之罪，编述一记，以告普天下人……”的痛彻肺腑之语，再看看这对无奈又无能的父子，悲哉！　（周）

贾宝玉出家的“超凡入圣”

《红楼梦》是一部传统思想范围内的才子小说，作者亦是一个才子，他的思想没有超越性的东西。全书只有一股佛门道家的解脱意识，即宝玉的遁入空门，“落了片白茫茫大地一片干净”，并非就是革命思想，而是佛家的色空观，它的历史意义在于，“桃花源”并不存在，我们已经无处可逃。更悲哀的是除了“散场”和死去或出家，其实没有其他的选择之路。如顾准所言最是无奈而伤感。“贾宝玉不做禄蠹，只好出家。”（《顾准文集》）身在其中的小人物们，“散场”的符号所指也是向着“空”的解脱的方式，即小说开头的《心经》“色即是空”的预言。这个生命符号预示着解脱此在的痛苦，而彼岸之花尚无所见，前途茫茫，没有明天，只有无可奈何的活着或彻底散场的绝望感。很惊叹于王国维将小说与叔本华的悲剧哲学联系起来，尽管他是站在“欲”的美学角度。然而却与这样一种自然而然的“散场”符号意识相合。当叔翁说到“时间犹如吞没一切的深渊，在它里面一切都消逝得无影无踪了”时，“梦”的“风花雪月”很欢快，但一定会散场的（叔本华《论生存的虚无》）。此话正如华夏“黄粱一梦”的典故一样，《红楼梦》不过是又一次人生虚无的演绎罢了。它的核心也即李太白“浮生若梦，为欢几何”。（《春夜宴从弟桃花园序》）虽然是汤显祖在明代王阳明思想“心即理”的思想影响下，以至情来弥补梦的虚空，不过，这终究是一种临时性的自慰罢了。《临川四梦》也不得不借助唐传奇似的幻境来实现“情”的力量。曹公固然喜欢汤氏所倡导的“情”，如写宝玉是情痴，但已知其所困，固名之于书中的繁华盛景为“太虚幻境”的符号。凡小说中的美食，筵席，玩物，服饰，诗社，艳丽等皆如“幻”，《金刚经》云：“凡所有相，皆是虚妄。”又有“不应住色生心，不应住声香味触法生心”等语（《金刚经·妙行无住分第四》）。荣宁二府和大观园乃是“相”，富贵荣华的生活乃是“声香味触”的“盛筵”，这些浮华的世界注定是要“散场”的，呼吸而领会者，宝玉也。此乃《红楼梦》的宗旨——厌世解脱之精神内核。

帝制中国需要一种完美的奴隶人格。《红楼梦》中的丫鬟小厮们正被塑造为主子们需要的模型，她们自觉地甚至完美地遵循着尊卑等级的秩序，但疑惑的空隙已经显露出来。饱尝人生沧桑的曹公只是想写下他的荣华富贵的生活往昔，将如烟之事化为叙述的沉湎，而在这往昔的体味中，绝望在暗夜中悄悄滋生蔓延……。晚清殉身残梦帝制文化的王国维的话道出了这部小说真正伟大之处：

> 吾国之文学中，其具厌世解脱之精神者，仅有《桃花扇》与《红楼梦》耳。……《桃花扇》之解脱，是他律的；而《红楼梦》之解脱，是自律也。（《红楼梦评论》）

不过，王国维这句话真正要表达的意思还是叔本华的，这也是《红楼梦》的叙述者真想表露的小说的内涵。“归根到底，人生只是一种失望，甚至是一种欺骗。”（叔本华《论人世的痛苦》）宝玉最后的出离，原因在此，读者对风花雪月的沉湎和流连忘返，也在此。盛筵终究是要散的，无论其散场之前是如何的华丽风月，但结局是注定的，物生草，心只剩下空空。鲁迅分析这“散场”最为惊心动魄：

> 《红楼梦》中的小悲剧，是社会上常有的事，作者又是比较的敢于实写的，而那结果也并不坏。无论贾氏家业再振，兰桂齐芳，即宝玉自己，也成了个披大红猩猩毡斗篷的和尚。和尚多矣，但披这样阔斗篷的能有几个，已经是“入圣超凡”无疑了。至于别的人们，则早在册子里一一注定，末路不过是一个归结：是问题的结束，不是问题的开头。（《坟·论睁了眼看》）

鲁迅深通佛典，这段话很有深意，所谓“超凡入圣”蕴藉了无限悲凉。很难用语言来表达与理解，可能只有韦伯论佛教说的“它遏止了一切自然的冲动，但同时也脱离了世界上的一切强制力量”。（哈贝马斯《交往行为理论》第一卷）换句话说，“披大红猩猩毡斗篷”的符号象征了生命的自由，只是传统社会唯一的解脱。另一个可特别注意的是，如此的论断必须建立在将小说一百二十回视为完璧整体，非如此，不能完整理解人物，阐释小说。《红楼梦》自程甲、乙本以来一直都是整体的一百二十回，但到民国初元却被无端割裂蔑视，并且这种割裂在今天却几乎成为主流，维护完璧的小说却成为非主流的和边缘的思索问题。　（张）

书　缘——代后记

此书虽是谭红梦尘，但更是一段有情有义的情缘。巴蜀书社何锐校友前辈约稿于安顺丁武光先生。先生以老病不能执笔，怀殷切提携后学之心，嘱余等完璧此缘。贵州省《红楼梦》研究学会井绪东会长亦有意于余和挚友周晓波小力兄。余思友生雷庭来君，甚爱《红楼梦》一书，家里藏书甚丰。自《红楼梦》诞生以来几乎所有版本皆贮之，读之，味之。性甚好雅，文笔清丽，发论往往出人意料。遂邀庭来加入，僧如爽快而应。余告知小力兄，言正有此意，此所谓心有灵犀耶！于是乎，溪山拂云灵溪翁，半山为蘋斋僧如君，黔灵南山小力兄携手共勉，共撰此书，喜结此书缘。

因约稿时间甚紧，丁酉酷暑，三山各卧书斋，冒汗执笔，翻书跌宕，读卷至夜，听红楼梦尘，探文化密码。为了写作，我还换了一个二十七吋的显示屏。整个暑假一边阅红楼文献，一边又细细品味原著文本。间或又看《姑妄言》，二曹隐秘，若有若无，如湖心亭看雪，有所得便欣然忘食。小力兄又赠两盒云南普洱茉莉，累时品茗，但见绿窗外，溪音如雨，浮云悠然，芭蕉叶大。云之南方，山光水色甚好，正是著书者的透灵心胸。

衷心感谢这次缘分，感谢丁武光与何锐先生，更感谢与二位挚友的合作，这种友谊之水的交融，如听黛玉潇湘馆月夜抚琴。它使得写作成为克尔凯郭尔所说的“幸福无比”！高山不改，绿水长流。南无阿弥陀佛！护佑所有爱我之人。

丁酉初秋七月十五盂兰盆节夜统稿并记

张劲松于溪山书连拂云庵